人民艺术家·王蒙

创作70年全稿

读论编

论文学与创作

（三）

王　蒙

目 录

创 作 谈

林震及其他 …………………………………（3）
给《北京日报》编辑的复信 …………………（7）
关于《组织部新来的青年人》………………（10）
《组织部来了个年轻人》琐谈 ………………（15）
关于《春之声》的通信 ………………………（19）
关于创作的通信 ……………………………（25）
谈近作 ………………………………………（39）
我愿多写点好的故事 ………………………（45）
倾听着生活的声息 …………………………（49）
谢谢你,爱读《青春万岁》的朋友 …………（63）
诗情词意 ……………………………………（66）
撰余赘语 ……………………………………（69）
文学与我 ……………………………………（73）
我的第一部小说 ……………………………（81）
梁有志他 ……………………………………（85）
关于我的推理小说新作 ……………………（87）
我的六本新书 ………………………………（88）
我写《暗杀3322》……………………………（90）

好戏还在后头……………………………………（93）
止于流血　止于画龙…………………………（98）
长图裁制血抽丝………………………………（101）
关于《夜的眼》…………………………………（103）
亮点与痛点……………………………………（105）
困难与跨越:关于弥赛亚情结…………………（106）
叠印与你的花园………………………………（122）
真相及其叙述…………………………………（124）
《青春万岁》六十年……………………………（128）
《这边风景》获奖感言…………………………（136）
关于《这边风景》………………………………（138）
已经写了六十五年……………………………（146）

自序 / 后记

《青春万岁》后记………………………………（151）
《青春万岁》再版后记…………………………（153）
《青春万岁》插图版说明………………………（154）
《冬雨》后记……………………………………（157）
我在寻找什么?…………………………………（159）
《深的湖》序……………………………………（167）
《旋转的秋千》后记……………………………（169）
《布礼》英译本前言……………………………（172）
蝴蝶为什么得意………………………………（173）
《冬雨》序………………………………………（175）
《表姐》序………………………………………（177）
《轻松与感伤》序………………………………（178）
我的写作………………………………………（179）
漫游这个世界…………………………………（181）

《淡灰色的眼珠》台湾版小序……………………（184）
如诗的篇什……………………………………（186）
《王蒙荒诞小说》序……………………………（189）
《王蒙漫游美文》序……………………………（191）
《新疆精灵》序…………………………………（193）
人与时间………………………………………（195）
《只要心儿不曾老》序…………………………（197）
这一束束玫瑰…………………………………（198）
说话的活性……………………………………（200）
与韩国读者共享庄子…………………………（202）
《红楼启示录》韩文版序………………………（204）
致韩国读者……………………………………（205）
《这边风景》序言………………………………（207）
《这边风景》后记………………………………（209）
《这边风景》外文版序言………………………（213）
《明年我将衰老》前言…………………………（215）
我要告诉你奇葩们的故事……………………（216）
怀念与夙愿……………………………………（220）
天地·岁月·人…………………………………（222）
出小说的黄金年代……………………………（224）
《生死恋》序跋…………………………………（226）
《页页情书》序…………………………………（230）
回忆创造猴子…………………………………（233）

文 艺 杂 谈

栽培……………………………………………（237）
关键在于质量…………………………………（240）
创作是精神生产………………………………（242）

让文学永葆青春……………………………………（245）
悲剧二题………………………………………………（247）
谈"收"…………………………………………………（252）
探索断想………………………………………………（256）
窝头就蜗牛，再加二两油……………………………（261）
让生活变得更加美好…………………………………（263）
把文艺评论的文体解放一下…………………………（266）
说"贫乏"………………………………………………（269）
新的世界　新的文学…………………………………（271）
长篇小说要水涨船高…………………………………（273）
感谢和呼吁……………………………………………（275）
切莫拥挤在文学小道上………………………………（277）
涤除污垢，迎接新的繁荣……………………………（281）
长篇小说是史诗………………………………………（284）
且说"撞车"……………………………………………（285）
文学与文学之外………………………………………（289）
我们为什么自豪………………………………………（293）
致习作者………………………………………………（296）
防御价值歧义的陷阱…………………………………（298）
不懂之后………………………………………………（301）
当我想到一九八六……………………………………（303）
搞文学这条路…………………………………………（305）
给孩子一个世界………………………………………（307）
谈"兴奋"………………………………………………（308）
我的祝愿………………………………………………（311）
剧场拾艺………………………………………………（313）
也谈文学作品的读者面………………………………（317）
漫说喜剧………………………………………………（319）

对深刻与真挚的珍视	(323)
关于文艺批评的一封信	(329)
文学评奖与文学尊严	(332)
话说实验小说	(335)
白话文是中文吗？	(338)
你为什么写作	(342)
中国的先锋小说与新写实主义	(346)
周末与文化	(349)
王朔的挑战	(351)
漫话文艺效果	(355)
再说文艺效果	(358)
题材与作家	(362)
建设与文艺	(365)
为了民族的生机	(368)
调侃	(370)
文学绿浪	(373)
最好再从容些	(375)
苏联文学的光明梦	(380)
致鲁枢元信	(390)
文学与企业家	(392)
作家从政	(394)
杂感	(397)
先锋文学失败了吗？	(403)
文化市场一议	(407)
关于散文	(412)
艺术属于人类	(414)
文学与世界	(416)
自由与质量	(420)

关于晚报文体 …………………………………… (422)
冤屈的魅力 ……………………………………… (424)
清明的理性 ……………………………………… (427)
大愚若智话阿甘 ………………………………… (430)
美丽围巾的启示 ………………………………… (432)
精神食粮 ………………………………………… (439)
面对真实的世界 ………………………………… (441)
你赢得尊敬了么？ ……………………………… (443)
写作这一行 ……………………………………… (447)
活动的限度 ……………………………………… (451)
通俗、经典与商业化 …………………………… (454)
华文创作的魅力 ………………………………… (462)
泡沫与文学 ……………………………………… (465)
回眸琐记 ………………………………………… (467)
小说永远不会被替代 …………………………… (470)
文化工作战线空前稳定 ………………………… (472)
长篇小说的历史感 ……………………………… (475)
在"新概念"作文大赛的讲话 …………………… (478)
莎乐美、潘金莲和巴别尔的骑兵军 …………… (481)
咒骂与预言 ……………………………………… (490)
安徒生 …………………………………………… (492)
学好汉语，没有借口 …………………………… (494)
让中华文化在我们手中发扬光大 ……………… (496)
北京奥运的文化意义 …………………………… (498)
请爱护我们的语言文字 ………………………… (500)
从文化紧张到文化和谐 ………………………… (502)
也谈一点中国的当代文学 ……………………… (505)
享受自己的文化 ………………………………… (510)

演出、表演与展演"秀" …………………………（515）
从赵本山的《不差钱》说起 ……………………（517）
小小说的明天更美好 ……………………………（519）
平常心看待当代文学 ……………………………（522）
六十余年的性沧桑 ………………………………（524）
两三千册的新文学大系 …………………………（533）
文化三说 …………………………………………（535）
让春节成为百姓畅言的节日 ……………………（539）
欢欢喜喜过大年 …………………………………（541）
呼唤经典 …………………………………………（543）
文化,可不仅仅是品牌 ……………………………（548）
重树文化的公信力 ………………………………（550）
汉字之恋 …………………………………………（552）
话说泰戈尔 ………………………………………（555）
文化自觉与文化自信 ……………………………（558）
家大舍小令人家 …………………………………（560）
中华传统文化与软实力 …………………………（562）
谈词说字 …………………………………………（564）
眷恋与忧思 ………………………………………（575）
诗词的时间与空间容量 …………………………（577）
从莫言获奖说起 …………………………………（579）
浏览、阅读与我们精神生活的质量 ……………（583）
莫言获奖与我们的文化心态 ……………………（587）
噱头与警报 ………………………………………（593）
重拾艺术评论的尊严 ……………………………（597）
情系阅读话今昔 …………………………………（599）
寄希望于文化 ……………………………………（603）
文化只剩下平庸就危险了 ………………………（611）

今天读《论语》……………………………………（613）
读书三议……………………………………………（615）
身外之学与身同之学………………………………（619）
文道与世道…………………………………………（620）
珍惜国家大剧院的荣光……………………………（622）
坚持与时代同步，以人民为中心 …………………（625）
我们的儒学…………………………………………（628）
天意怜芳草，人间要好书…………………………（632）

创 作 谈

林震及其他

在小说《组织部新来的青年人》①中,林震这一人物的处理带给我不少的困难。

我无意把他写成娜斯嘉式的英雄,像一个刚刚走向生活的知识青年能够像娜斯嘉那样。那似乎太理想化了,如果生活里一边是娜斯嘉、正确的同时坚信自己的正确的娜斯嘉,一边是阿尔卡琪、显然可鄙的阿尔卡琪,新与旧的斗争就会简单和顺利得多。不遂人愿的是,往往一些热情学习娜斯嘉的人竟全然不像娜斯嘉那样无可指摘,因而他不可能像娜斯嘉那样坚定、正确。他们正在成长,正在战胜周围的落后势力的斗争中战胜自身的缺陷。遵照生活的提示,我试写了林震。

林震是新社会培养起来的新人,对于他来说,除了遵照党章、党课和他心爱的小说、书籍来生活就没有别的道路。除了做好工作,使自己度过的每一个日子无愧于我们伟大的时代以外就没有别的愿望。爱生活,爱党,爱同志,爱美,并为了他所爱的而斗争,自然地融合于他的血肉之中,而且带有他自己的年轻人的特质。

但是,被林震奉为神圣的那些新的工作和道德原则,还没有经过生活实践的锻炼和丰富。林震本人,若没有他的追求、斗争,便显得空洞浮泛,不切实际,他往往在复杂的现实面前惶惑起来。他的对于一切失误的追根究底——他说的"不容许党的机关有缺点"虽然表

---

① 后改题为《组织部来了个年轻人》。

现了可贵的政治责任感,却也是过分天真的幻想,生活的激流本来不是消过毒的蒸馏水。因此,他也就无力提出改正工作的有效建议,除了在区委常委会上喊几个口号以外。很明显,如果林震不好好锻炼自己使自己变得成熟,他虽然不乏某些可爱的"精神",却也终无大用。

不论在生活里还是作品里,支持娜斯嘉是较少危险的(最近的讨论中也有祸延娜斯嘉的苗头),林震却相当使人伤脑筋,这不仅因为林震不是那么有力,也因为林震不是那么正确。何况,林震的某些言语所引起的同情的回声,又往往是与林震本人的探索语调有所不同的偏激喊叫。

我想起一个笑话,据说一位名人曾指着一个"已经证实"为新生力量的青年说:"我是一贯支持新生力量的,譬如他吧,我就支持。"但是,等到"未经证实"的新生力量找到他的时候,他却摆起十足的架子。同样,当娜斯嘉与阿尔卡琪一同走进我们的办公室,又有尼古拉耶娃同志引见他们,那么大多数人是会支持娜斯嘉的。当林震敲响了我们的门的时候,怎么办呢?

我不掩饰在"这一个"麻袋厂事件中,我基本上站在林震方面,特别是当不仅刘世吾与韩常新嘲笑林震,并且许多可敬的同志把林震从无产阶级阵营当中开除出去的时候。林震不参加韩常新的婚礼,把烂荸荠扔在地上(自是有碍卫生喽),毕竟是上帝允许犯的错误。林震常常怀疑自己,一方面是软弱的表现,一方面却也表现了他并不刚愎,而他的敲叩领导同志的房门,也标志着孤军作战阶段的结束。有什么理由对待他比对待刘世吾和韩常新更苛刻呢?不爱青年的人是没有权力教育青年的,正像不教育青年的人没有资格爱青年一样。

谈到教育青年,作者必须惭愧地说,他并没有全面地向青年指点前进的道路,由于不全面,林震这一形象还有被误认成"模范""榜样"的危险。这首先是由于作者认识上的问题(下面再详细谈),其次作者碰到了一系列艺术表现上的困难。第一,如果增多对林震的批判性的描写,就会使这一个麻袋厂事件混乱起来,混淆了对于刘世吾(他是作品中的主要人物,林震只是他的见证者)的责备和期待(注意:并不是憎恨)。顺便说,作品最初构思的时候,作者曾经想在林震的身边再写一个偏激片面、目空一切的狂热分子,通过写他,可以更好地表现反官僚主义中两条战线的斗争,但是,作者未能胜任这样的结构设计,所以作罢了。第二,作者还没有能力在"这一个"作品中,写出一个有血有肉而又完美无缺的人物,有了这样的人物,自然可以提供正确的表率并且大大增加作品的乐观气息的,即使写了这样的人物,能否恰当地安插到"这一个"环境和这一组人物中,也还是问题。这里需要感受的成熟与构思的和谐,那些认为没有写伟大的领导人物就是对领导不尊重的人,是过于简单了。第三,在一篇小说中对复杂的反官僚主义斗争做全面的论证,对林震一言一行的是非做清醒的估计,都不是没有困难的,如果写论文,事情就好办得多。作者只能对他的主人公的主要精神状态,表示大体的肯定或否定,或不是简单的否定,而是质疑。当作者没有能力判决自己的人物的时候,他只好在表示一定的态度的基础上提出自己的疑惑,只好请同志们帮助解答,只好把自己的作品当做一粒种子而不是当做成熟的果实。只有允许作者在肯定生活、干预生活的基础上提出我们时代的"怎么办",才能更好地发挥意识形态之一的文学的作用。谁能说,生活中的一切人物,一切矛盾,都已早经过马克思主义经典作家的分析,都已有了结论,因而必须表现结论,却不能抛砖引玉呢!谁能说,必须等到作家对一切矛盾的解决胸有成竹的时候,才可以写出作品呢?作家提出"怎么办"来(当然不是仅仅提出),正是为了促进矛盾的解决。

  按这样的想法写小说,必然产生一些副作用,因为作者没能够克服上述困难,也因为当今作品中的黑白脸给人的影响太深了,正面人物就必然是作者狂热歌颂、竭力提倡的,这是许多人的逻辑,他们不可能设想,正像人物在生活中是多方面的、复杂的,作者对人物的认识、态度、感情也是多方面的、复杂的,甚至是有某些矛盾的。(林震和刘世吾都反映了这种矛盾。)于是狂热歌颂林震的意见出现了,大骂作者的狂热歌颂的意见也出现了,这两种意见在争论中互为因果各走向其极端,而作者无限惶恐了。

　　责怪作者没有标明"此正面人物未经保险,读者慎勿轻易仿效"是可以的,同时,咀嚼作品需要读者的牙齿,厨师把馒头蒸硬了,应该检讨,不过,再好的厨师也不能造出牙齿来。

1957年

给《北京日报》编辑的复信

编辑同志：

　　来信收到了，谢谢你们的关心。

　　这次对《组织部新来的青年人》的讨论，给我很大的帮助。我得到了那么多的老师，他们提出了许许多多的可贵的意见。作为一个初学写作者，我感激极了。

　　说真的，去年开始讨论那篇小说的时候，有些意见我是没有认真考虑的，主要是觉得自己在写作时候的一些复杂、曲折的思想过程似乎没有被人了解，觉得有些批评是直出直入的判断。后来，讨论愈来愈深入了，我的思想开始活动起来。这里，我要特别感谢那些写批评文章写得尖锐的同志，固然他们的文章也被指出了若干缺点，但是，这些尖锐的批评对人是有好处的，它促使你严肃认真地重新考虑一切，它打破了那种高枕无忧的不谦虚的态度。只要自己不气馁，风浪大一点是只会使人受到锻炼的。

　　对我的《组织部新来的青年人》的批评，绝大多数提出了正确的意见。林默涵、康濯、秦兆阳、唐挚的文章分析得很清楚，我基本上同意。关于自己对这篇小说的看法，我也另外写了东西。我很感谢同志们。当然也有一些可怕的(但没有公开发表的)意见：有人说我的小说和路翎的《洼地上的战役》一样，和王实味的《野百合花》一样。听了这些意见，真是吃不下饭、睡不着觉。但是这些意见也是善意的，是充满了担忧和期待的。这次批评对我为党工作和写作都是有好处，真是"胜读十年书"。具体说来有三方面的好处：

一、对自己的思想改造提出了新的课题。写小说最容易流露出心灵深处的东西。我写赵慧文、林震时，做梦也没有想到把他们写成英雄人物。我也知道他们有缺点，反官僚主义胜利不了，但是感情上和他们有共同之处，所以写着写着我就被这两个人掌握了，而不是我掌握了他们。

二、对提高自己的文艺思想有好处。我因为仅仅注意了反对公式化概念化，忽视了自觉的先进思想对创作的指导作用。过去我只考虑到反映生活，没有更多的想到评价生活。

三、对待批评的态度。有人把批评和百花齐放对立起来，认为一批评就束缚创作。我觉得批评与百花齐放没有矛盾，有批评，文学创作才能发展，正确的批评不会使人变得灰溜溜的。也有个别的批评非常吓人，那就是对文艺作品进行批评时，对作者本人的政治面貌也下了判决。要给作者做鉴定，应该全面了解他的工作和他别的作品，而不应该只根据一篇作品下结论。但这样的批评也有好处，就是很尖锐，使你不能不好好考虑。批评也要百花齐放，批评中的毒草，也可以肥田。

我有一种感觉，就是目前创作和批评协作得还不够好，有的批评家过分地喜欢给创作泼冷水，也有些作家特别不欢迎批评，甚至对批评抱有一点敌意。其实，批评与自我批评是我们前进的规律，这个规律当然也是适用于文学创作的。没有批评的文学，就像没有文学的批评一样，都是不能想象的，好的批评对作者的帮助、对读者的帮助都非常大。

文学作品能不能表现人民内部的矛盾呢？我想是可以的。我的《组织部新来的青年人》就是表现这种矛盾的一个尝试。它的缺点是在揭露矛盾的同时，未能给人一种强有力的鼓舞，只是大矛盾套小矛盾，套得我自己也发晕。有些同志对反映人民内部矛盾的作品有抵触情绪，一看就生气，以为写了担任某种工作的有缺点的人物，就是攻击担任这种工作的全体同志,甚至是攻击新社会,这也不对。现在,写歌颂新事物的作品的作者顶多犯教条主义,而写人民内部矛盾的作品的作者,写得不好,就会被人看成是诬蔑党、发牢骚。其实写缺点是为了解决矛盾,而不是和谁过不去。我把故事的发生地点写在北京,并不是很有意识的。只是写到报纸时顺手写了《北京日报》。同时,我觉得小说不是真人真事,故事发生的地点在北京,也不等于北京真有这样一件事。可是有些人强调我写了北京,北京就那么几个区委会,有人就猜,你不是写这个一定是写那个。我希望做实际工作的人也应该体谅作者的困难和真心,不要乱猜作者的动机。

由于新到工厂来,目前我主要是在熟悉生活、学习,最近没有写什么新东西,但愿能快点拿出点什么,回答那些关心我的读者。

有空去看你们。

握手

王 蒙

(1957年)4月5日

附:1957年4月16日《北京日报》编者的话

王蒙同志的小说《组织部新来的青年人》发表后,引起了争论。很多读者非常关心地问:对这次争论,王蒙同志有什么看法和意见呢?对那些批评,他是怎么个想法呢?还有一些青年人热情而关切地问:王蒙创作的积极性会不会受到挫折呢?根据这些,我们给王蒙同志去了一封信,请他谈谈自己对这个问题的想法和他近来的情况。

关于《组织部新来的青年人》

最近一个时期,我写的小说《组织部新来的青年人》引起了争论,受到了不少批评。这些批评大多数都提出了正确的、有益的意见,教育了作者。我深深体会到批评与自我批评的重要:作品需要批评,就像花木需要阳光雨露似的。我体会到党和同志们对于创作的亲切关怀、严格要求与热忱保护,我要向帮助自己免于走上歧路的前辈和朋友表示同志的谢意。

最初写《组织部新来的青年人》时,想到了两个目的:一是写几个有缺点的人物,揭露我们工作、生活中的一些消极现象,一是提出一个问题,像林震这样的积极反对官僚主义却又常在斗争中碰得焦头烂额的青年到何处去。

我写的几个人物和他们的纠葛,有一些地方虽然能够感受、传达,却不能清楚地分析、评价。写这篇小说时,我是抱着一种提出若干问题,同时惭愧地承认自己未能将这些问题很好地解决的心情的。

作者的主观态度是:在生活里,特别在这一麻袋厂事件中,责备刘世吾的哲学,支持林震的基本精神,更多的,我当时觉得是难以在作品中一一论证了。

我不想把林震写成娜斯嘉式的英雄。生活不止一次地提示给我热情向往娜斯嘉又与娜斯嘉有相当区别的林震式的人物,林震式的斗争,林震式的受挫。老实讲,我觉得娜斯嘉的性格似乎理想化了些,她的胜利也似乎容易了些。我甚至还想通过林震的经历显示一下：一个知识青年，把"娜斯嘉方式"照搬到自有其民族特点的中国，应用于解决党内矛盾，往往不会成功。生活斗争是比林震从《拖拉机站站长和总农艺师》里读到的更复杂的。从道理上，我多少知道林震是不值得效法的，当一个朋友看了小说要向林震学习时，我曾写信劝阻他。但是作品所引起的效果，却是对林震以及赵慧文的无批判的美化、爱抚和同情。同样的，作品给人的印象不是对林震所了解的"娜斯嘉方式"的保留、质疑，而是盲目鼓吹。

这是怎么搞的？人物一经作者写在纸上，就成为不以作者的主观的意志为转移的客观存在，否则，人物就活不起来。当林震这样的人物活在作者的面前时，就是对作者的思想的一个考验：能不能清醒地、全面地恰如其分地理解、评价与表现自己的人物？能不能通过对这一人物的处理，宣扬正确的、无产阶级的思想？

作者没有经得起这一考验。由于作者的心灵深处还存在着一些与林震相通的东西——它们是对生活的单纯透明的幻想，对小资产阶级知识分子的孤芳自赏与狂热心理的玩味，不喜欢伤感却又以伤感点缀自己的精神世界等等，又由于作者放弃了自觉地评价自己人物的努力——于是，违背了作者的初衷，作者钻到林、赵的心理，一味去体验他们的喜怒哀乐，渲染地表现他们的情绪，替他们诉苦，掌握不住他们，反而成为他们的思想感情的俘虏。

作者没有站得比自己的人物更高，却降得（我说降得，因为在工作、生活里作者与林、赵式的人物还是有界限的）和自己的人物一般低。

这样，就发生了不好的影响。

在与林震对立的一方，刘世吾是主要人物，我着重写的不是他工作中怎样官僚主义（有些描写也不见得宜于简单地列入官僚主义的概念之下），而是他的"就那么回事"的精神状态。形成刘世吾的原因许多同志已经做了分析，除了同意他们的看法以外，我觉得刘世吾所以成为刘世吾，还在于他脱离了群众、脱离了生活。当他——一个知识分子出身的、精明强干的共产党员,还没有在群众斗争中受到足够的锻炼,还没有与群众建立血肉联系,还没有成为群众中、阶级中一个优秀分子的时候,就跑到群众上面,变成领导群众、教育阶级、"缔造"生活的干部了,他便更需要从群众中、生活中吸取营养和力量,刘世吾所不懂的正是这么一点。这样的刘世吾,怎么会不热情衰退呢?

刘世吾不无歪曲地讲到的职业病所以被我写到,就是试图说明这一点。但是由于当时想得不太清楚,写得也不清楚。而林震的对照,赵慧文的衬托,更使这一段描写的意思含混不清,甚至会给人一种荒唐的印象。

至于刘世吾在工作上,不少地方是正确的、可敬的,我一点也不憎恶他。可惜,他运用自己对工作规律的掌握来保护、掩盖自己的冷漠,他的优点和缺点是联系着的。林震是不可能了解分析清楚刘世吾的,林震对刘世吾初而尊敬,继而惶惑,后来就要笼统反对了,反对当中却又没有把握,常常陷于思想混乱之中。像前面提到的,作者既然在某种意义上做了林震的尾巴,作品对刘世吾的批判既然主要是通过林、赵的嘴巴,这种批判就不能不是有些含混的、说服力不够的。

林震、赵慧文与刘世吾、韩常新的纠葛是由好几个因素组成的:其中有最初走向生活的青年人的不尽切合实际的、不无可爱的幻想,有青年人的认真的生活态度、娜斯嘉的影响,有青年的幼稚性、片面性和小资产阶级知识分子对自己的幼稚性、片面性的珍视和保卫,有小资产阶级的洁癖、自命清高与脱离集体,有不健康的多愁善感,有担任了一些领导工作的同志的成熟、老练,有在这种老练掩护下的冷漠、衰退,有新的市侩主义,有把可以避免的缺点说成不可避免的苟且松懈,也有对某些不可避免的缺点(甚至不是缺点)的神经质的慨叹……多么复杂的生活!多么复杂的各不相同的观点、思想与情绪波流!作者没有努力依靠马克思列宁主义的思想光辉照亮自己的航路,却在这观点、思想、情绪波流组成的大海中淹没了。在写到这一切的时候,作者曾经感到头绪多么纷乱、多么难以驾驭呀!甚至,他无法给自己的小说安排一个结尾呢……

许许多多的因素都写到了,为什么不写出足以给人鼓舞、给人方向的积极因素呢,除了某些气氛和无力的描写以外?

是不是由于作者看不见、不相信我们生活中的强大的、振奋人心的积极力量呢? 否。

作者根本没有想一想写出积极因素的问题,他觉得小说篇幅有限,各有分工,这一篇就分工写缺点吧,写令作者感到头痛的纠葛吧! 至于这样会产生什么效果,没有考虑。作者还隐约感到,如果一写积极因素,由于通过积极因素的描写,就必须反衬出对于种种消极因素的正确的、清醒的、有力的分析和批判,那任务就会艰巨得多,作者隐约感到自己的力不胜任,于是就把积极因素绕开了。

在写这篇小说的时候,作者对生活真实,有一种孤立的、片面的看法,有一种"迷信"。

作者过分地相信自己的艺术感觉,他以为,靠这种艺术感觉,忠实地、大胆地再现生活当中的形形色色的人物和矛盾,就是为读者做了最好的事情。他以为,既然生活比理论更丰富、更生动,既然生活当中的一切矛盾未必都经过马克思主义经典作家和党中央的分析,那么作者就更未必分析得清楚,还是大胆地去写真实吧,把真实写出来,让读者去做结论吧。也许,话说到这里还有一些道理,但是作者却由此引申了一些错误的想法:作者以为有了生活真实就一定有了社会主义精神,其实是不去自觉地追求社会主义精神;以为有了现实的艺术感受就可以替代无产阶级的立场、观点、方法,似乎那只是写政策论文的时候才需要的,写小说的时候用不上;以为反映了生活就一定能教育读者,其实是不去自觉地评论生活、教育群众。作者是坚决反对把社会主义精神与生活真实隔离开来的,反对作品中外加的教育意义的,但因此作者陷于另一种片面性中,只要生活真实,不要社会主义精神。其实这也正是把社会主义精神与生活真实隔裂开,把生活真实孤立地"圣化"起来。

　　离开了马克思主义的自觉,解除了思想武器,能够更"没有拘束"地再现出生活真实么?不,痛切的教训给我一百个不!任何作家,都不是冷冰冰地镜子般地反映生活真实的,不管自觉与否,作家总是在作品中评判着生活、流露着爱憎,而且,即使作者一再声明自己并无主观态度,读者仍然可以敏锐地感到你的或鲜明、或模糊的思想倾向。半悬于空中的生活真实是没有的,有的只是被社会的一定的阶级或集团的思想情绪所理解、感受的生活真实。(当然,对于生活的理解和感受,也还取决于个人的心理、性格、趣味方面的因素。)当自觉的、强有力的马列主义的思想武器被解除了之后,自发的、隐藏着的小资产阶级(或其他错误的)思想情绪就要起作用了,这种作用,恰恰可悲地损害了生活的真实。

　　列宁在一九一五年写道:"人的认识不是直线(也不是沿着直线进行的),而是无限地近似于一串圆圈、近似于螺旋的曲线。这一曲线的任何一个片断、碎片、小段都能被变成(被片面地变成)独立的完整的直线,而这条直线能把人们(如果只见树木不见森林的话)引到泥坑里去……(在那里统治阶级的利益就会把它巩固起来。)"(《哲学笔记》第365页:谈谈辩证法问题)

　　文学创作不就是这样么?在形象思维的曲折道路上,任何一个岔道都可以把你引入迷途,把整个作品的倾向引入迷途。我必须好好地学习理论,学习客观地、全面地、深刻地认识生活,必须克服小资产阶级的思想情绪,不仅统治阶级的利益,一切非无产阶级的思想情绪,都会对错误的、片面的认识起"巩固"作用呢。

发表于《人民日报》1957年5月8日

《组织部来了个年轻人》琐谈

差不多二十三年前的一篇习作《组织部来了个年轻人》(发表时改题为《组织部新来的青年人》，收入一九五六年《短篇小说选》时恢复了原稿的题目，在即将出版的《建国以来的短篇小说选》中，用的是后一题目)，最近被宣布"落实政策"了。这里，我暂不想谈小说的短长、作者的感想，只想说几个曾被误解的情况。

影 射

在一九五七年初，有一篇批评文章写道："作品的影射，还不止于此……"当时，有的朋友读后对影射二字颇表愤慨。但我一点也没愤慨，原因是——说来惭愧，我当时还不懂得什么叫影射，嗅不出这两个字后面的血腥气味。我的小说就是写了缺陷、阴暗面，而且是写的一级党委的组织部门，大胆直书，百无禁忌，影射于我，何用之有？按，影射的目的无非是遮掩，影射的规律则是借古讽今，以远喻近，说自然现象而实指政治生活，却不会相反。"四人帮"诬画三虎是为林彪翻案，瘦骆驼是攻击国民经济；却不会反过来指责哪一篇谈林彪的文章是有意与北京动物园的小老虎过不去。那么，五十年代的中共××区委员会又能是影射什么呢？难道是影射唐宁官府？语近梦呓了。作者自幼受到党的教育，视党为亲娘，孩子在亲娘面前容易放肆，也不妨给以教训，但孩子不会动心眼来影射母亲。

说实话，当时不足二十二岁的作者要真知道影射和陷人影射之类的把戏，提高点警惕，倒说不定会好一些：含蓄一些，周密一些，分寸感强一些，辫子和空子少留一些。例如，全篇除一处提到《北京日报》以外再无一处提到过故事发生在北京，而仅仅为了北京有没有官僚主义就引起了那么多指责，以至惊动了毛泽东同志他老人家讲话，才得以平息（暂时平息了）。如果作者成熟一点，本来完全不必提北京，从而可以少找许多麻烦的。

不知道解放以后陷人影射之说是否从那篇文章开始的，反正影射这个概念既超出了文艺批评的范畴，也突破了法学的范畴，陷人影射不需要证据和逻辑，即使自我辩护未曾影射也无法剖胸献心。桃峰就是桃园，三虎就是林彪，做这种判断的人连讽刺喜剧《枫叶红了的时候》里的陆峥嵘都不如，陆峥嵘总还手提着一个（哪怕是假的）"忠诚探测器"，还要探测一下的嘛。

比 喻

小说中的人物赵慧文有一处提到洋槐花，说这花"比桃李浓馥，比牡丹清雅"。一位前辈分析说，作品用牡丹比喻党政领导干部，用桃李比喻芸芸众生，而赵慧文自诩清高，自我比喻为小白花。

看了这个分析我深深为这位前辈的思想的深邃与敏锐、想象力的丰富与奇妙而赞叹。而且，我觉得这种分析并非凭空得来。确实，小说中的林震、赵慧文就是有某种清高思想，他们确实该在群众斗争中经风雨、见世面、改造世界观，逐步与工农群众相结合。但我也惭愧，因为我写花时只不过信手拈来，写那时的季节，写赵慧文的女性的细心，写感情的波流，总之，我写的是花，没有将花比君子，没有微言大义。形象思维有自己的规律，形象思维不是图解，如果认为描写花鸟虫鱼、风霜雨露、山水沟坎都在比喻什么，请试试看，写出来会是什么虚伪造作的货色！读者和批评家可能从作品的形象中得到某种启示、联想和引申,然而,这只能是读者和批评家在"兴",却不是作者在"比"。顺便说一句,比兴经常连用,但比兴是颇为有别的。视兴为比,难免胶柱鼓瑟。

与此类似,有人说刘世吾的谐音是刘事务,可见作者视刘世吾为事务主义者。这对于作者也无异于说梦。作者当时根本不懂用谐音来帮助自己的人物亮相,如先进人物姓洪、坏蛋姓刁之类。这篇小说里人物的名字是这样起的:作者有一批老战友,作者取他们的名字,改换了姓氏,乱点鸳鸯谱,便成了小说人物的姓名。作者在这里和他的老友们开了一个小小的玩笑——就那么回事。

还有人问,雨夜吃馄饨一节写到一个小女孩进饭铺避雨,听意大利随想曲一节写到音乐节目后是剧场实况,这是废笔吗?败笔吗?别有奥妙吗?答:都不是。写避雨才有雨意,写广播剧场实况才有周末感。作者是写生活,生活的画面和音响就是如此。

查 究

小说一发表,引起了许多好同志的不安。他写的是谁?他对哪个领导不满?他写的是哪个区委组织部?他要干什么?谁向他透露了组织部的情况?难道××同志或××区委是这样的吗?舆论如此之强烈,直接影响了作者与他的一些老同志、老上级、老战友的关系。

甚至一位对小说倍加赞扬的读者也著文断言,林震显然是作者的化身。

还有一位同志自称是林震的模特儿,并因而遭受了批判。

呜呼!

小说来自生活,它有生活的影子,有生活的气息,但它不是生活的复制。面包来自小麦,小麦来自泥土,但三者互有质的差别。当人们为一块面包是否烤得好而忧虑、而争执的时候,大可不必组织土壤学家去考察麦地。而写小说的人只要不是一个卑劣的恶棍,总不会利用小说攻击某个人、某个单位。同时我们也可以相信，企图挟嫌泄愤的恶棍一般不会写出什么像样的小说来吧！文艺创作和刀笔诉讼，毕竟是隔行，所以如隔山。

如果你感到小说中的某人某事像生活中的某人某事，这也只是像其一点而已。我们可以从作品中得到共鸣、得到启示，也可以对小说有所不满足、有所批评或者反对，但不要按照新闻报道来要求小说吧，要相信小说是虚构，虚构就不是真人真事。否则，这不但会给作者带来意想不到的灾难，也影响百花的盛开。造成余悸的不仅有坏人的棍子，也还有好同志的误解。

附注：作者手边既无小说也无当年的评论文字，这篇小文纯系按记忆所写，错讹难免，望读者指正。

1979 年 1 月 3 日
发表于《读书》1979 年第 1 期

关于《春之声》的通信

×××:

来信收到了,你说"《春之声》我看了两遍,愈看愈不懂……"这可真让人抱歉!如果连你这样的文学教师都看不懂,那我不是有点太惨了吗?

奇怪的是许多年轻人,没有上过中文系、没有教过文学课、没有当过编辑的年轻人倒看得懂。当我告诉他们有人看不懂的时候,他们有点不相信,他们说:"这有什么不懂的呢?不是每一句话都挺明白、挺实际、挺有生活味儿的吗?"

你问"电子石英表""三接头皮鞋""结婚宴席"和"差额选举"到底是什么意思,它们之间有什么关系。能有什么别的意思呢?手表就是手表,皮鞋就是皮鞋,它们之间也没有什么密切关系。我写的不是推理小说,也不是言情小说,手表和皮鞋与主人公的行为和命运并没有必然的联系,与小说的情节发展也没有必然的联系。"那你写这些干什么?是为了凑字数?我早就说了,因为你是王蒙人家才给你发表,要是我写的,《人民文学》根本不会给登!"那天你怒气冲冲地说。

皮鞋、手表、宴席、选举,这是小说的主人公听到的别人闲谈的话题。闲谈不是开讨论会,正因为互不沾边才是真实的、令人信服的闲谈。然而真的不沾边吗?你能不能琢磨琢磨呢?如果是粉碎"四人帮"以前,甚至如果是十一届三中全会以前,大家能毫无顾忌地谈论

19

这些吗？我们的小说能如实地写人们谈论这些吗？三年多来，我们每个人的生活都发生了和正在发生着巨大的变化。人们的物质生活在提高，录音机和电子表已经不是高不可攀的东西了（应该说是相当普及了），差额选举正在试行和推广。人们的生活、人们的闲谈变得更轻松也更惬意了，但还有一些旧习惯——如结婚大请其客——还一下子摆脱不了。但就是对这样的事也得一分为二，比起"不是你吃掉我，就是我吃掉你"来，还是你和我一起坐下凉拌海蜇更好一些。十年浩劫结束了，浩劫期间的政治歇斯底里也渐渐消除了，这不是令人熨帖的么？正像有那么多人坐火车探家过春节一样，一方面，我们人口问题很大，又有许多职工男女双方分居两地，我们的交通设施也还落后，因而形成了恼人的春节前交通拥挤的状况。另一方面，大家高高兴兴地过年，连摘了帽子的老地主也可以见到久别的儿子，这不正说明我国形势的好转，说明党中央的路线政策顺天应人，愈来愈带来安定团结、繁荣幸福的局面吗？

难道这些是你想不到的吗？难道你无法理解吗？难道这有多么深奥吗？不，全不深奥，全能懂，全想得到。那你为什么说"不懂"呢？因为你已经习惯了看情节小说，而情节小说里提到的物件总是具有道具的性质，提到的环境总是具有布景的性质，提到的气象以及音响总是带有灯光、效果的性质，都与中心情节，与所谓主线有密切的关系。例如，如果提到一双皮鞋，那就要弄清这双皮鞋是不是赃物，是不是罪犯穿过而成为破案线索，是不是爱情的礼物或订婚的信物，然而《春之声》的写法却不是这样的。

如你所说，《春之声》并不是没有一个单纯的小故事的。这个小故事可以概括如下，一个过年探亲回家乡的科研干部，坐在一节条件恶劣的闷罐子车里，本来有些不快，但没想到在闷罐车中还有人放录音机、学德语，这又使他快活起来。首先，这个题材是来自我的亲身经验，不同的是我不是科研人员，我父亲也不是地主；其次，我听到的录音不是德语也不是约翰·施特劳斯的《春之声》。但它的本质仍然是一样的:在落后的、破旧的、令人不适的闷罐子车里,却有先进的、精巧的进口录音机在放音乐歌曲,这本身就够典型的了。这种事大概只能发生于一九八〇年的中国,这件事本身就既有时代特点也有象征意义。这怎么能不令我深思、令我激动、令我反复咀嚼呢?

为了最大限度地利用这个素材,为了尽可能多地挖出这个事件的意义,为了使在有限的时间和空间里的事情能让人感到更广阔、更长远、更纷繁的生活,而且要在某种程度上再现我们的生活中的矛盾和本质,我主要采取了两方面的措施。一方面,我改动了小说主人公和录音机的主人的身份和其他有关状况。请主人公"担任科研工作,又刚刚出国考察归来",这样,才能加强闷罐子车给人的落后感、差距感,这种感觉的抒发不是为了消极失望,而是为了积极赶上去。我又加上了主人公的家庭出身、童年、曾有过的"没完没了的检讨"等描写,这样不仅有了横的、空间的对比(例如欧洲先进国家与我国、北京与西北小县镇的对比),而且有了纵的、历史的对比,有了历史感,也就有了时代感。这种历史感既回顾我们已经取得的进展和成就以增加信心,也痛心地记取我们走过的弯路,表达我们再不要重蹈覆辙的愿望,更表达我们珍惜已有的拨乱反正的成果,一定要把"四化"事业搞上去的决心。至于录音机的主人,写得虚一些,这样也许比写实了更真切也更耐人寻味一些。我又把录音机的主人从男人改成一个抱小孩的女人,这样,就增加了色彩,也强调了在大家都在为"四化"而抢时间努力学习的热情。几首歌曲和乐曲,当然是为了"歌德",歌唱我们生活中的转机。最后我写道:"如今,我们生活的每一个角落都充满着转机,都是有趣的、充满希望的和不应该忘怀的……"这就是小说主题思想所在。本来这一段话是不必写上的,考虑到像你这样的读者可能对我的满天开花的写法不习惯,所以才把题点了出来。

第二方面的措施,就是我打破常规,通过主人公的联想,突破时间和空间的限制,把笔触伸向过去和现在、外国和中国、城市和乡村。

满天开花,放射性线条,一方面是尽情联想,闪电般的变化,互相切入,无边无际;一方面却又是万变不离其宗,放出去的又都能收回来,所有的射线都有一个共同的端点,那就是坐在一九八〇年春节前夕里的闷罐子车里的我们的主人公的心灵。请别以为写心理活动是属于外国人的专利,中国的诗歌就特别善于写心理活动,《红楼梦》有别于传统中国小说也恰恰在于它的心理描写。也别以为写心理就一定写出精神病来,健康的、积极进取的人也照样有心理活动。正是通过他的心理,我写了生活,写了生活的艰难,写了生活的变化,写了生活的光怪陆离,也写了生活的温暖美妙,写了冬的痕迹,更写了春的声息。是暴露吗?也是歌颂。是今天吗?也是历史。是想象吗?也是现实。

这种靠联想来组织素材和放射线结构的手法,当然有借鉴外国文学包括借鉴现代派手法之处。然而这生活、这思想、这感受、这语言、这人物、这心理,却都是货真价实的国货土产。国货土产中又出现了斯图加特、法兰克福、施特劳斯这样的洋词儿,这正是八十年代中国的特点。

这种写法的坏处是头绪乱,乍一看令人不知所云。好处是精炼,内涵比较丰富,比较耐人寻味,而且富于真实感。它不是被提纯、被装在瓶子里的蒸馏水,而是无边无际的海洋的一瞥。如今,生活是愈来愈复杂化了,愈来愈呈现出斑驳绚烂的色彩,愈来愈发出雄浑多样的音响,愈来愈表现出瞬息万变的节奏,为了表现生活的这种特点,不是可以探索一下手法的创新吗?

有人说《春之声》是意识流手法,我想,我不必否认我从某些现代派小说包括意识流小说中所得到的启发。又有人好心地辩驳说:"这哪里是意识流,这分明写的是生活!"我也不反对。因为我写的,确实与某些西方意识流手法所表现的那种朦胧、神秘、孤独、绝望,甚至带有卑劣的兽性味道的纯内向的潜意识完全不同。给手法起个什么名称,这不是我的事。但我要说的是,是生活、是我的思想和感受提示我这样写的。重视艺术联想,这是我一贯的思想,早在没有看到过任何意识流小说,甚至不知道意识流这个名词的时候,我就有这个主张了。你不是看过去年七月号《甘肃文艺》上发表的我写的那篇《〈雪〉的联想》吗?那还是一九六二年写的呢!

最后说一下象征。象征不是比喻,象征是说生活本身往往提供出大有深意的形象,这种深意却是相当含蓄而且因人而有不同的解释的,具有某种多义性。而比喻却是为了说明一个意思而举一个例证,例证本身没有多大价值,它为的是说明另一个主体,是单义的。因此,当有的评论解释说,小说中的火车头即指党中央时,我的天,可叫人吓了一跳,如果那样写,那还叫小说吗?那还叫生活吗?那还叫艺术吗?如果崭新的火车头代表中央,那么破旧的车厢又代表什么呢?难道代表人民和祖国么?我的天,这不是把我往火坑里推吗?

我自己认为这是一篇真正"歌德"的小说,只有真实的、面对一切矛盾和困难的歌德才是诚恳的歌德,才是诚恳地表达了我自己和许许多多人对我们的时代、我们的生活、我们国家的进展的满意、信心、决心和希望。

短篇小说总是来自对生活的剪裁和加工,而剪裁和加工的方法是无穷无尽的。如果生活是一个大西瓜,那么短篇小说可以是一粒西瓜子,也可以是一片、一角瓜,还可以是用铜勺挖下来的瓜心最甜的一部分,可以是用糖腌的瓜条,也可以是挤出来的西瓜汁;即使都是刀切下来的瓜肉,由于刀法不同,形状也会千奇百怪。所以说,没有比短篇小说更多种多样的了。而多样化,正是文学的规律,是人们精神生活的必然要求,是精神产品的应有的特性。

《春之声》是这样写了,我无意提倡别人也这样写,我自己也未必总是这样写。《春之声》的写法既与《说客盈门》《悠悠寸草心》不同,也与《风筝飘带》《海的梦》不同,当然也有某种共同之处。程咬金还有个三板斧呢,为什么我们的小说作者不能有四板斧、五板斧、十六板斧呢?为什么我们要作茧自缚,让一些条条框框束缚自己对艺术形式、创作手法的探求呢？鲁迅先生当年写《狂人日记》，当时不是更加叫人觉得不习惯吗？我们当然比不上鲁迅，但是，如果凡是不习惯的东西都要排斥，不是连鲁迅也出不来吗？

　　拉拉杂杂，写了许多。你同意吗？你认为能够看懂了吗？你还有什么批评和意见？好在我们是熟人，我又比你大这么七八岁，毫无顾忌地写了这些，你不会反感吧？

王　蒙
1980 年 8 月 15 日

发表于《小说选刊》1980 年第 1 期

关于创作的通信

子云同志：

读你的信是一件愉快的事情，这不但是因为你的文学见地，还因为你批评得坦诚，还因为你非常善于理解作品，不但理解作品，而且理解作者的用心。你的评论往往显得更深一些，因为你不满足于对作品的诠释的议论，而是极其认真地去抓取"狡狯"的作者也许不那么愿意直言托出的内在的意图。你是用一种严肃和崇高的态度来讨论文学的，这叫人感动。去年我在《读书》上看到你对宗璞的作品的评论，真是叫绝，可谓深得其心！我为宗璞能获得这样的知音而分享着她的激动和喜悦。

这次信里你对我，特别是对一代中年作家的理想主义的分析也是如此。这不仅是见地，而且是共鸣，是真正的理解与同情。我不知道为什么我上次的回信给你一种"委婉的拒绝"的印象。我之没有拒绝，正像没有全盘称是。抬杠往往比唯唯诺诺更能启发人，对吧？其实，你对"少共精神"的感受、分析与表述，也曾使我眼睛发热，你对《海的梦》的反响，简直使我感激。我要说的只是，我发现，许多我最好的师友，他们各自接受我的作品的一部分，而对另一部分作品觉得遗憾、难以理解甚至"痛心疾首"——如你曾经玩笑地说过的。这倒是一个颇为有趣的现象。例如，不止一位老同志给我写信，劝我多写点《说客盈门》之类的东西，便于广大读者接受。有些大学生把《风筝飘带》捧得很高，而认为《海的梦》莫名其妙。有一位思想绝不保守的批评家在谈论我的探索的时候总是把《海的梦》作为探索失败的例证。有一位从不吝惜对我的作品的溢美之词的友人对《杂色》非常不满,他说他看《杂色》有一种上当感,耐心地跟着曹千里上了山了,想知道知道他上了山有什么遭遇,结果小说忽然结束了。而你的夸奖《杂色》与惋惜《蝴蝶》实在是别具眼光,具有独树一帜的特点。

《蝴蝶》和《布礼》也是如此,你知道,中篇小说评奖时,扬《布》抑《蝴》与扬《蝴》抑《布》的意见之间颇有争论,直到最后一分钟大概才变《布》为《蝴》的。由于传出了我个人似乎宁可偏爱《蝴蝶》一点的话,似乎还有点使为《布礼》讲话的师友不快,真让人惭愧歉疚,惶恐无地!

我想借与你通信的机会说这么一个事,不论"故国八千里,风云三十年"也好,探索创新也好,乃至意识流也好,都是为我所用的,都得听作者的。我绝不会做任何一种概括或任何一种意愿的奴仆,更不要说一种手法了。

你的意见极好,当然不能老是"八千里""三十年"地搞下去,一味这样搞下去就成了黔之驴了。《心的光》《最后的"陶"》以及最近要发的一些新作就不是"三十年"与"八千里"了。探索创新也是这样,我在《深的湖》自序中说:"刻意求突破条条框框本身就有可能变成新的条条框框。"是的,不论继承还是发展,借鉴还是突破,传统还是创新,只能为作者服务,为作品服务,而不是反过来作者与作品为某种刻意追求服务。

区区意识流,有什么了不起?为何不可一用?又为何需要望文生义地、空对空地议论不休?说实话,为了反映生活,刻画与表述社会面貌与人们的心理风貌并传达作者的思想感情见解,小小一个意识流,够用吗?如实的白描,浮雕式的刻画,寓意深远的比兴和象征,主观感受与夸张变形,幽默讽刺滑稽,杂文式的嬉笑怒骂,巧合、悬念、戏剧性冲突的运用,作者的旁白与人物的独白,对比、反衬、正衬、插叙、倒叙,单线鲜明与双线、多线并举,作者的视角、某个人物的视角与诸多人物的多重视角的轮换或同时使用,立体的叙事方法,理想、幻梦、现实、客观世界与主观世界的分别的与交融的表述,民间故事(例如维吾尔民间故事)里大故事套小故事的方法,"此时无声胜有声"的空白与停顿,各式各样的心理描写(我以为,意识流只是心理描写的手段之一),生活内容的多方面与迅速的旋转——貌似堆砌实际上内含情绪与哲理的纷至沓来的生活细节(在《深的湖》里我尝试的正是此种),入戏与出戏的综合利用与从而产生的洒脱感,散文作品中的诗意与音韵节奏,相声式的垫包袱与抖包袱,诸如此类,我是满不论(北京土话,读 lìn)的,我不准备对其中任何一种手法承担义务,不准备从一而终,也不准备视任何一种手法为禁区。

有两条是肯定的,第一条叫做一切创作来自生活,不论作品的面貌多么奇特(其实我还真缺少那种出奇制胜的才识呢),都是来自生活的,包括各种手法,也同样来自生活的提示。如果没有各式各样的心理活动,哪儿来的各式各样的心理描写手法呢?这里,只要把方法论与本体论统一起来,就不会搞形式主义,矫揉造作,凌虚蹈空。我其实并不爱看作创新状的作品。顺便说一句,你从《蝴蝶》的题名可以了解到它的题意,也就可以不为我采取那种写法而惋惜了。当然,另一种写法或许可以把《蝴蝶》写成一个长篇,可以把人物写得更鲜明,那将是另一部作品,但同时它也会丧失许多现在的《蝴蝶》特有的东西。文章千古事,得失寸心知,得与失是这样地纠结在一起,唉!

第二,我反对非理性主义,我肯定并深深体会到世界观对于创作的指导作用。我并不喜欢那种思想苍白浅薄,生活空虚,缺乏真正的"货色"的东西,不管自以为手法用得多么绝。生活是真实,潜意识是真实,思想、理性同样是真实,是人的有别于物的真实,所以,即使《深的湖》的那种旋转,仍然有题,但又不仅是题。《深的湖》里我写到约旦王国的新闻,这难道是可以不写的吗?

有了这两条,在艺术手法上我们就可以更大胆地进行开拓和试验了。当然,这些开拓和试验的成败得失,还需要实践的检验、社会的检验。你的一些很好的意见,正是这种检验的一个可贵的组成部分。

你的有些意见还有待于我的思考和消化。例如你断言蓝佩玉没有及时如约赶到地下组织所指定的地点是"出于害怕和动摇",这使我迷惑。莫非是我太缺乏原则性?我明明写了她之所以迟到是由于她的任性、娇气和潜意识中的一次小小的失恋。她是大时代的一个弱者,这没问题,所以她成不了革命者。但她的软弱动摇是在入狱之后而不是在赴约之时。失约之后她还勇敢热情地到处找翁式含、找革命,这在当时并不是虚假的呀。

自知之明是不容易的,让我自己谈自己的作品实在是受罪。有时在某种情况下自己概括了一下诸如"三十年""八千里"之类的句子,其实这种概括不一定普遍适用。读你的信,我觉得你对我的剖析要比我自己更深得多。你有些话使我读了有一种被击中了的感受,例如,你的信快结束时所说的我被来自两个方面的力量所牵引时便是如此。但不知道是不是我在躲避你的分析和击打?我仍然有一种感觉,对不起,我觉得你在分析的似乎只是半个鄙人,也许是多半个。九月号《上海文学》上有一篇王元化同志的文章:《论文学的知性分析》,倒挺给人启发,难道我只是在回忆过去时才一往情深吗?难道一往情深一定表现为孩子式、少年式、青春式的吗?谁知道呢?

再一次地谢谢你!

王　蒙
1982 年 9 月 25 日

附:李子云致王蒙信

王蒙同志:

　　这次你来上海,行色匆匆,几次见面,虽然也谈到你的作品,但是每次都是话题纷沓,不能集中,未能尽所欲言,看来还是得通过写信,将我对你最近作品的读后感提供给你了。

话还是从前年那次通信讲起,你给我的复信中,委婉地拒绝了我对你作品中体现的"少年布尔什维克精神"热烈颂扬。你的言简意赅的反驳确实引起了我认真的考虑——自己从作品所得到的感受不为作者所承认,这能不引起自己严肃认真的考虑吗?

也许我在文艺欣赏上的偏爱过于强烈——我以为,所有的读者,甚至评论家都难免有偏爱,只是,我的偏爱可能太过分了。不仅对你的作品,对于其他我所喜欢的作品,我也常常不仅做出自己的解释,还常常将自己的联想灌注进去。有时,自己也觉得,这可能是强加于人,或可谓之偏执。

对于你的"反驳",我是既同意又不完全同意的(这大概又表现了我的固执己见)。你说到,每个有出息的人都不能停留于永远年轻的"少共"阶段。每个人都在发展,都要逐步成熟起来。"幼稚和天真在超过了幼稚和天真的年龄的时候就不再是美德""甚至会成为罪过""成熟往往和复杂联系在一起""回忆儿时也许是非常优美的撩人心绪的,但是面对现实的时候我们看到的却是一个大大复杂化了的而且日益复杂化着的世界"。你所说的这些都是对的。我用"永远年轻的少年布尔什维克"来概括你的作品,似乎不够准确——我过分强调了少年布尔什维克精神,特别是过分强调了"少年"二字。虽然我也认为"不能把一个中年人与少年相比较,要求返璞归真重回童年或少年是不能的",但是,我毕竟过分推崇那种少年的单纯与明朗了。用一个简单的名词——少共精神——来概括你的大部分作品固然不够贴切,但是,至今我仍偏执地认为,在你的创作道路上,随着你年龄的递增,尽管你的创作风格和作品色彩已经发生了明显的变化:由单纯而复杂,由明朗而深沉,但是其中却存在着某些贯彻始终的东西,那就是对理想及信念的虔诚、始终不渝的追求与为之献身的渴望。从你最近两年发表的作品,也可以看到,你有意识地表现一种引起更为复杂的生活现象和更为复杂的人的精神世界。即使如此,我仍然感觉到你那种热情与追求在这些作品中闪烁发光。当然,这种热情、这种追求,随着人的阅历的增长,随着社会的变化、时代的发展,它的具体内容与表现形式必然有所不同。比如,它逐渐减去了不切实际的幻想,甚至减去了只有在十九岁的时候才能有的可爱的幼稚气,而变得更为心平气和、宽容谅解,更为费厄泼赖,更为稳重成熟,但是,对理想的拳拳之心却仍保存下来。这几年来,我越来越深地感觉到,对于自己的理想的坚持不懈的追求,不仅是你一个人的,而且是这一代作家创作出发点。它们是如此的明显炫目,因此使得读者往往能够一眼就将你们的作品从其他作品中区别出来。我这样说,决不是认为其他作家就缺少对理想的追求和对人民的热爱,只是说,老一辈作家在这一点上表现得更为深沉含蓄,年轻的一代则更着重于进行多方面的深求,而中年这一代,由于他的信念形成于四十年代末五十年代初的革命高潮与革命胜利时期、形成于我们的新中国的初建与开创时期,由于当时整个的革命事业蓬蓬勃勃、充满生机,因此,这一代青少年形成于此时的信念就显得格外明朗,带有浪漫主义与理想主义的色彩。

　　是的,我也认为,这两年来(更准确地说,是以《夜的眼》为开端),你在创作上开始了新的探求,你企图把复杂与单纯、现实与理想巧妙地结合为一个有机体。你这一时期的创作,从主题来说,可以《杂色》为代表,而从艺术表现来说,则可以《深的湖》为代表(当然,这是就其主要特点而言)。然而,尽管你企图表现得既"杂"且"深",但是,在杂与深的背后,又隐藏着什么呢?不还是曹千里的壮志未已的志在千里和在杨恩府的石雕猫头鹰的两个深深的眼窝中所充盈的生机与希望?是的,从大大复杂化的现实生活与人的思想状态中,透示出生机、希望、理想的不可泯灭,对生活的新的憧憬的萌动,这就是你这两年的作品所要告诉读者的。

　　最能代表你最近艺术上新探求的,我以为是:《深的湖》《心的光》与《杂色》,而其中又以《杂色》为最出色:它在思想内容上最为充分地表现了复杂与单纯、现实与理想的统一,而艺术形式也最为完整和谐。《深的湖》与《心的光》在艺术手法上似乎还有挑剔的地方。《深的湖》实在是太深了。无论是杨恩府的与他庸俗的外表相矛盾的内心,还是杨恩府与他儿子之间的沟壑都显得"深"得过分了。无论是通向杨恩府内心的渠道,还是杨恩府父子从相互不理解转为理解的过程,都是那么迂回曲折,几乎是在使人不知所终的情况下才出现豁然开朗的局面,让人看清那两个清澈透明、宽广深邃的湖底。它之所以给人以过分的感觉,我想可能是由于你对实与虚的处理上未尽恰当:实写的部分——如写杨恩府的谨小慎微、婆婆妈妈,写儿子对父亲的轻视与厌烦,特别是关于儿子的学校、同学的描写——太多太碎,有时候离题太远,而虚写的部分——如杨恩府的内心——又少了些必要的暗示。因此,虽然虚写的部分给读者留下了很大的想象余地,但终究令人感到一种用笔多处嫌太多,少又嫌太少,未能恰到好处的遗憾。然而,尽管有这些微疵,它的结尾实在太精彩了。我真不知道你如何想出这样一个雄浑淳厚给人无穷余味的结尾。这个结尾使通篇小说为之改观,达到一个新的境界:"石头的线条非常简单朴素,从远处看像立着一块大白薯。猫头鹰的眼睛是凹进去的,是两个半圆形的坑。坑壁光滑,明亮,润泽,仍然充满生机和希望。然而,坑是太深、太深了!那简直是两个湖,两个海!那可以装下整个的历史,整个的世界。""他把他们那一代人的悲哀与欢乐,渺小与崇高,经验和智慧,光荣和耻辱……还有其他一切的一切,全装进去了。"你拨开表面的泡沫与涟漪,让他的儿子、也让读者窥见了他未曾销蚀殆尽的智慧、信念与对崇高美好的追求,而正因为它们被埋藏得太深太深了,因此显得格外深沉厚重。《心的光》则从另一个方面表现了生机与希望——不是被压抑的希望的复苏,而是新的希望的觉醒。它在艺术上的缺点似乎与《深的湖》刚刚相反,你把凯丽碧奴儿和她的未出场的姐姐的那种眼界狭小、封闭自守,以千百年来代代相传的小康生活为人生最高追求目标的精神状态写得太明白、太清楚了,然而也是由于出色的结尾而使它放出异彩。关内来的电影导演热切而耐心地对凯丽碧奴儿进行启发,她不为之所动。她以那样自高自大、拒人于千里之外的态度拒绝了他提出的要她背一首诗、唱一支歌的要求。然而,当她后来无意中在一本画报上见到这位导演与他所选中的维吾尔族女演员的照片时,她不再是无动于衷,她的心动了。她"急急忙忙地看图片下面的文字报道"。对她知道了这位将在中美合拍的电影中饰女主角的狄丽奴儿——和田丝厂的一位女工之后的心情,你写得十分意味深长:"狄丽与凯丽碧的意思差不多,也是心。可那怎么不是我的呢?那颗心怎么就不是这颗心呢？凯丽碧奴儿不敢想下去了，生活曾经怎样向她招手，给她提供了一种怎样奇妙和巨大的可能……而她，把这一切是这样轻易地失去了。她至少应该试一试的……"至此似乎可以结束了，但小说并没有就此打住，你接着又补上了几句："这几天晚上她落了泪，而且没有理睬她的丈夫的殷勤与温存。她的丈夫说，他托人从山上买了一只绵羊，价格要比市价低百分之二十，羊大概一两天就会送到了。"文章至此才徐徐而止，真是恰到好处。你把心的萌动与苏醒描写得如此自然、分寸得当。这一事件仅仅引起她的一种莫名的怅惘，让她对自己的本来那样称心如意的生活感到某种不足，宛如早春的暖风第一次吹皱一池春水时引起的涟漪。今后这颗心能发出什么样的光，那已不是你这篇小说所要回答的问题了。在这里你要告诉读者的只是对现状提出怀疑要比心满意足地安于现状好。正是这一点，具有普遍意义的这一点，使它超出它的姊妹篇《最后的"陶"》。（当然，《最后的"陶"》也是一篇不错的作品，它那么迅速而大胆地反映了哈萨克族人民生活的新变化。但是，总的说来，比起《心的光》，它显得有些就事论事，而缺少那么一种耐人咀嚼回味的东西。）

《杂色》不仅克服了这些缺点，而且充分发扬了你新的创作方法的长处，使得你所要表现的于复杂的画面中透露出不灭的理想之光这一意图相得益彰。我觉得你在《杂色》中最为淋漓尽致地宣泄了最近一直萦绕在你心头的"风雨三十年，故国八千里"的错综复杂的感慨。同时，在《杂色》中，你又赋予这种感慨以合身的外衣——为它找到了恰当的表现形式，这里我要横插出几句对于你这种新的表现形式的议论。你曾为我对你《蝴蝶》的评价感到委屈与"伤心"，但我至今仍为你的《蝴蝶》感到惋惜。我主要是认为你用那种方法来处理这种题材未免有浪费之嫌。你这样写牺牲了至少两个非常出众的人物，那就是海云与秋文。由于结构方法的限制，这两个性格强烈又富有时代特点的女性，没有能够得到充分的展开。当然，可能你这个中篇的主要用意并不在此，你主要是想表现"两个"张思远——张副部长和老张头的关系。但正因为"两个"张思远是在与海云、秋文及美兰的既简单又复杂的矛盾中展开的，因此，她们有权利要求自己得到更为丰满动人的表现。并且我相信,你如稍稍改变一些看法,也能做到这一点。由此我感到,你的新的创作试验,对于人物较多、事件头绪比较纷繁的题材,显得有些碍手碍脚,有时不免削足适履。它倒适合于人物单一、无情节的题材。由于这种写法可以十分自如地随着人物的思绪游动,不受时空的局限,并且还可以加强情与景的交融:以客观景物触发人物的主观感受,并用以烘托、强化人物的主观感受,因此,这种写法运用得当则可扩大作品的容量,加强艺术效果。

是的,你看,《杂色》通过一位由北京逐步下放到边疆牧区当统计员的曹千里,通过他骑马去夏季牧场时一路上的思潮起伏,表现出了多么丰富、深厚的内容啊!在"杂色"二字上你做了多少文章,寄寓了多少人生的感慨!你描绘了杂色的天空,杂色的草原,颠簸在杂色的老马上的骑手的杂色斑驳的思绪。就在曹千里由四周景物所触发的跳跃的思绪中,你发挥了多少对于生活的见解,真可说是随手拈来,令人目不暇接(有时我甚至感觉它们太稠密了一些,似乎还可再有张有弛、疏密有致一些)。羸弱的灰色老马的迟钝和"萧萧然、噩噩然"的神情,让你想到"皮鞭加上岁月""鞭打一次就钝一次"的历程;马厩墙缝中奋力钻出来的多刺植物,引起你的响亮叹息:"扎根扎错了地方,生命力再强也难以成材";路旁一柄被废弃而锈毁的铡刀引起你的怜惜:孙悟空的金箍棒搁久不用也会变成废铁!而横阻于前的奔腾喧闹的河流,则使你的感触一发而不可收拾;虽然曹千里"不是第一次骑马过这河,但他仍然像第一次过这河一样不解地思考着同一个问题,这条河究竟在这里奔流了多少年了呢?有多少气势,有多少力量,多少波涛多少浪头就这样白白地消逝在干枯的石头里呢?既没有灌溉的益处,更谈不上提供舟楫的便利,这原始的、仍然处在荒漠的襁褓里的河!你什么时候发挥你的作用,唱出一首新的歌呢?这随着季节而变化的、脾气暴躁却又永不衰老、永不停顿的河!你的耐性又能保持多久呢?"

每当我读到这段充满哲理的抒情时,我总要想到,不知五十年、一百年以后的读者是否还能理解这种心理、这种特殊的精神状态?——这种只有跨越过两个历史时代,既和敌人殊死斗争过、又被自己人当过敌人的特殊心理状态。曹千里,从表面看来,已被磨炼得顺应环境,与世无争,心平气和,知天乐命。但是,从他那梳理不清的纷杂而相互矛盾的思绪,从他那常常出现、但转瞬即逝的"两眼发直、对周围的一切都失去了反应,又似傻呆,又似苍老"的极度痛苦的表情,却透露出他们内心深处的信息。他们并未消沉,从未认命。他们还想奔跑,想跳跃,想飞腾,想为革命事业冲锋陷阵。最后,你终于让老马说话了,发出"最后的呼喊",让曹千里醉酒之后在苍茫的大草原上引吭高歌。这是一个令人惊心动魄的场面。面对这匹瘦弱、困乏的老马,你说:"你当真蕴藏着那么多警觉、敏捷、勇敢和精力吗?你难道能跳跃、能飞翔吗?如果是在赛马场上,你会在欢呼狂叫之中风驰电掣吗?如果是在战场上,你会在枪林弹雨中冲锋陷阵吗?"

"让我跑一次吧!"马忽然说话了,"让我跑一次吧!"它又说,清清楚楚,声泪俱下,"我只需要一次,一次机会,让我拿出最大的力量跑一次吧!"

"让它跑!让它跑!"风说。

"我在飞,我在飞!"鹰说着,展开了自己褐色的翅膀。

"它能,它能……"流水诉说,好像在求情。

"让它跑!让它跑!让它飞!让它飞!让它跑!让它飞!"

春雷一样的呼啸震动着山谷。

这个管弦铙钹齐鸣烘托老马发自内心深处再也抑制不住的呼号的场面,令我激动得不能自已。大概在我们这代人中间,许多人都曾发出过这灵魂的呐喊吧。最后,曹千里借着酒意,在远离人烟的草原上破戒,不顾一切地引吭高歌、飞腾奔驰起来了。

有人怀疑这个中篇的基调是否低沉暗淡了一些,我则谓不然。杂色绝非灰色。既是杂色,其中就有暗色,也有亮色,有冷色,也有暖色。在你这幅杂色的画布上,有灰、褐,也有天蓝、橘黄,还有红色杂居其间。感慨不是呻吟,不是呜咽,更多的时候,它是发自对于为自己信念献身的渴望。你最初曾把这个中篇题为"志在千里",你的意思我能理解。在你的心里,斑驳的杂色,生活的复杂性与志在千里、与革命者不可摧毁的理想原是并行不悖,作为一个统一体而存在的——这是你截至目前为止的对生活的理解与态度。

我认为《杂色》是最出色地表现了你过去那一段生活经历的体验(在短篇小说中我以为《海的梦》可与之媲美)。同时,我也产生了一个想法,那就是你不应再如此"三十年""八千里"地写下去了。稍后出现的小克(《如歌的行板》)、翁式含(《相见时难》),都让人感到他们在这个方面或那个方面与曹千里有某种类似,翁式含的脸上不是也不时出现曹千里那种如悲如痴、发呆愣神的表情?我想,你也一定正在考虑另辟蹊径。

至于你那篇用心良苦的《相见时难》,却又让我感到不够满足,不知我是否重蹈对待《蝴蝶》的覆辙。当然,《相见时难》有不少吸引人的地方,比如,它所反映出来的你的敏感,对许多新出现的社会现象的敏感;你的机智,对有些社会现象的恰如其分的善意的嘲讽,都让人折服。你在一篇谈自己创作的文章中曾说:那随着时间的推移而不断出现的新事物,总是特别引起你的关注和兴趣。你希望你的小说成为时间运行的轨迹。《春之声》《风筝飘带》《最后的"陶"》和这部《相见时难》都是你这一创作主张的实践。反映及时、快,有它的好处,它带给读者新鲜感,比如,闷罐子车里抱着孩子学外语的年轻妇女;在像暴发户一般闪烁着"物质的微笑"的两层楼高的金鱼牌铅笔的广告牌下,在新落成的十四层高楼的暗淡的楼道里用阿拉伯文谈恋爱的佳原和素素;进入了天山脚下桦树林的邓丽君和"猫王",等等。到《相见时难》,则出现了这几年特别时髦的所谓美籍华人。"美籍华人"这个新出现的似通非通的名词(既已入了美籍何还称之为华人?)似乎为具有一定社会地位的已入美籍者所专用,很少用之称谓以体力劳动身份入美籍者。这些人,在十年前、二十年前、三十年前,几乎极少例外地被视为敌对分子,而现在又一体待若贵宾。你在这里既反映了某些人的前倨后恭,时而怀疑一切、时而卑躬屈膝的精神状态,如孙润成;也描绘了如杜艳那样的寡廉鲜耻、无孔不入地拉"洋"关系,哪怕是只沾到一点边的亲戚也不放过手、恨不得从他们身上把最后一件衣服也扒下去的小丑。当然,你也写了翁式含这样自尊自重的人。这确是对一些新出现的社会现象做出了"灵活的反映"。不过,可能由于反映过快,作者对有些人和事还没有来得及仔细剖析,还没有来得及"反复地咀嚼,经过记忆、沉淀、怀念、遗忘又重新回忆的过程"。(这个过程对于创作是极为重要的。作者只有经过反复的咀嚼和通过回忆的沉淀，才能对自己的表现对象楔入得更深、把握得更准确。）因此，在这里有些反映似乎还停留在现象的表层，虽能博得人们会心的微笑，或者同情的苦笑，甚至惶惑的思考，但终究缺少一种使人回味不已的东西。当然，不能要求作家的作品篇篇深厚，那就是苛求了。我只是说，你对于刚刚进入我们视野的社会现象和人物心理的反映似乎还把握得不够稳，不够深。

我觉得《相见时难》的不足之处主要就在于对翁式含、蓝佩玉相见时的心理状态掌握得不够充分，也不够准确。揭示有些人在接待美籍华人时那种令人哭笑不得的表现，当然不是你这篇小说的最终目的。相见时难别亦难，这个"难"是有着多重意义的。这个"难"不完全是孙润成这类人或杜艳之流所造成的，你更多的是着眼于翁式含和他与蓝佩玉心理上的障碍，而小说恰恰在这方面没有深入下去。他们的见面不但不断地被孙润成、杜艳所干扰，而即使在机会难得单独相对的情况下，两个人的对话、动作以及心理反应也都显得一般，有时甚至让人感到别扭。对此，你这次在上海时解释说，他们这次是在一九七八年刚刚解除闭关锁国的背景下见面的，种种有形的和无形的清规戒律还名亡实存。他们还没有条件真正从思想上相见。但是，我仍以为，在这篇小说中，当时所存在的种种障碍，可以限制他们语言的交流，但并不妨碍作者对他们复杂的心理活动的揭示，可惜你在这一点上缺少一些富于特点的刻画，特别是对于蓝佩玉。

对于蓝佩玉这样一个人物，如果能够把握住、揭示出她的充满矛盾很不一般的心理状态，一定饶有趣味而发人深思。她的回国访问，她与翁式含的会面，都不可回避地要面对许多尖锐的、带有挑战性的问题。如何看待这个经济上贫穷落后的祖国？如何估价这三十年曲曲折折的革命历程？蓝佩玉既不是被革命赶出祖国的"白华"，也不是一个在年幼无知的情况下被父母携带出国的人。她是一个在革命高潮中曾被卷入浪潮，但最后又被黎明前的黑暗吓退的贵族教会女中的小姐。不论她自认为有多少理由（也不论你如何讲恕道，讲宽容，用经常"迷路""误点""缺乏方位感"来为她开脱），她在一九四八年三月十日所以没有如约来到地下组织指定的地点，是出于害怕和动摇。从她后来遵从父母的意见，只身远渡重洋到大洋彼岸来看——而且时间是在一九四八年四月北京解放的前夕——说她临阵脱逃绝非冤枉。这样一个人物,三十年后,以一位美籍博士、教授的身份回到北京,她该有多少复杂的心理活动。她曾经有过成为革命队伍中一员的可能,但是她现在是一个外国人,是一个被客气接待的"外宾"。面对这片风暴才过、疮痍满目的大地,面对这个青年时代的"战友"、童年时代的邻居,她是愧,是悔,是庆幸自己,还是钦敬别人? 当然,这样说过于简单了,她的心情绝非几个形容词所能概括的。但是,无论如何复杂,每个人总有指导他一切行动的主宰思想。我觉得你处理这个人物,没有把笔力放在真正的着力点上。在她的乐章中,缺少一个主旋律。

你对她久别归来的游子对故乡故土的眷恋之情描写得很是精彩。比如,她听到乡音并发现乡音某些语汇音调变化时的激动;她来到故居,物是人非所唤起的回忆和引起的感伤;寻觅到"梦魂萦绕了多年的豆汁",连带找回了相违已久的北京式的寒暄时所感到的亲切与温暖。这些,都能诱发读者的共鸣。对于她的作为一般美籍华人的心理历程刻画得也还真切:出国之后从惶惑到入境随俗;既接受了"不能到生活之外找生活"的人生哲学,但又不能完全放弃某些中国式的思想方式;直到重新踏上祖国大地时所坦率供认的"我爱中国,但我缺少爱的勇气。我不那么喜欢美国,但是我离不开它"。你生动地揭示了一部分美籍华人(大概多半是知识分子)的那种在美国人面前是中国人,而在中国人面前又往往是美国人的矛盾心理。只是,你没有能够准确地抓住她——蓝佩玉这样一个特定的人物:既接触过革命、又临阵脱逃到美国这样一个人物第一次回国的心理状态。你对她作为一般美籍华人的心理,是写得不错的,但对于"这一个"的特定人物的心理却展开得不够充分,未见特色。(顺便再讲一句,我觉得你对蓝佩玉解放前的某些细节描写,也有欠准确之处,比如她在卧室的床头上挂着周曼华、白云的照片,比如她到店铺门口去听收音机播送白光、李丽华的流行歌曲。当时在高级知识分子的家庭中,对白云、白光是不屑一顾的。)

我这个读者大概是太苛刻了。但我觉得对你这样有志于探求人的心理奥秘的作家,有权做如此的要求。尽管如此挑剔,我还是认为《相见时难》不失为一部耐人寻味的小说,只不过觉得蓝佩玉在你的人物画廊里稍逊一等,使人觉得有如雾里看花而已。

我认为迄今为止你写得最好的仍是那些从少年时代开始投身革命队

伍的知识分子：缪可言、曹千里、翁式含、海云、秋文，和那个在《如歌的行板》中只匆匆露了几面的萧铃（这个人物实在写得太好了！）等等。你对他们是那样的了解，你写他们的时候真是如鱼得水、恣肆自如。你对他们又是那样的钟爱，特别是每当回溯到他们的青少年时代，回溯到他们灿烂辉煌的十九岁的时候，你立刻就变得神采飞扬，如醉如痴，心驰神往，不能自已。每读到这样的篇章，我就感到，你在受着来自两个不同方面的力量所牵引：理智与感情，过去（当然，这个过去绝不是高尔基所谓的某些知识分子怀旧的那种过去）与现在。你理智上倾向面对现在，你要求自己谛听并且及时记录生活不断前进的脚步声；但在感情上，你仍不能忘情于过去，不能忘情于那个豪情满怀、生气蓬勃的青少年时代。写到这里，读到《人民文学》第七期上所发表的你的《惶惑》，我更觉得自己这个看法得到了进一步的证实。刚刚得到提拔的中年干部刘俊峰来到二十八年前到过的 T 城。"尽管这次到 T 城出差比二十八年前那次做的工作要多得无法比拟，他受到的礼遇也和那时候无法比拟，为什么在他心里倒是二十八年前的那次更值得眷恋和珍重？更令他神往？""时光不能倒转，八十年代有八十年代的挑战，而他在八十年代担起了超重的担子。他大概不如一九五四年、当然也不如一九五一年给'不相识的朋友'题词时那样可爱了，他好像有那么一点冷酷。一匹小马当然比一匹大马，更比一台拖拉机可爱，但是耕地还是要找大马，最好找拖拉机。可爱不能当饭吃，也不能脱硫。"刘俊峰所感到的那种"淡淡的，却又是持久的惶惑"也许是你自己心情的自我写照吧？虽然你现在清楚地认识到"我们需要新的乐章"，需要"更加雄浑、有力、丰富、深沉"的乐章，但是你仍然要告诉你的年轻的朋友们，曾经让十九岁的萧铃和大克、小克沉醉过的，从容宁静、带有淡淡的忧郁的"如歌的行板"，毕竟是一首非常好的、非常奇妙的乐曲。

这就是我对你近作的理解，不知对也不对？

祝好！

李子云

1982 年 8 月 16 日

发表于《文学评论》1980 年第 6 期

谈 近 作

粉碎"四人帮"以来,我的作品主导方面起了变化。现在我面临着一个问题,这就是经过二十多年以后,一个四十多岁的人,怎么找到他自己创作的立足点。

在五十年代,我要写什么,思想上比较明确。那时我比较单纯,似乎那时的社会也没有这么复杂。回忆我五十年代写的作品的核心,如果要立一个公式的话,那就是写革命加青春,写我们在整个革命过程中的那样一种赤诚的、朝气蓬勃的信念。当然我也用一个年轻革命者的一颗赤诚的心,去揭露、鞭挞一些消极的东西,但是作为消极东西的对立面,仍然是青春加革命。

粉碎"四人帮"以后,我面临的是与过去不同的情况:生活比五十年代大大复杂化了,读者大大复杂化了,而且我自己也复杂化了。但也有变化不大的地方,那种青春加革命的美学理想,那种从青年,甚至从少年时代起,就献身于革命的对国家、对人民的美好愿望,在我现在的作品里仍然可以看到。有的同志特别强调这一点,比如上海的李子云同志。她在给我的信中就称我为永远年轻的少共布尔什维克。她说我现在有时还保持着五十年代初期的一颗少共布尔什维克的心,对生活充满希望和理想。她认为我的幽默、讽刺、噱头是一种表面现象,对这一些她不那么喜欢、不那么欣赏,她真正喜欢和欣赏的是我的那颗永远年轻的少共布尔什维克的心。这也是一种看法。

但是我毕竟不敢承认我是永远年轻的。经过几十年的变化，我的思想感情还与《青春万岁》时代一样？我不那么认为。现在我对生活的理解，比五十年代多了一层清醒的理解，从我的有些作品里，也可以看出来。在我的很多辛辣的讽刺、挖苦里，在我的言论里，提倡什么，反对什么，所谓"己所不欲，勿施于人"等等，都可以看出来。比如在《悠悠寸草心》里，我讽刺了大机关招待所的门卫森严，但我心里明白像五十年代那样完全取消门卫是不可能的。我还有一个清醒的地方，就是关于干预生活。干预生活，原来我想得很高尚。一九五七年我写《组织部新来的青年人》，本想作为一个小小的共产党员给"八大"的献礼（那时我还不到二十二岁）。我把我在生活中看到的党的机关里某些值得注意的不正之风提出来，那时我知道：党的批评和自我批评是社会主义社会发展的动力。结果在反右斗争中，我交代了这个思想，差一点把有些人气晕了。他们说：你怎么敢把这样一棵反党反社会主义的大毒草，来塞给我们伟大光荣的党代会！现在我也不认为文艺能够直接对干预生活起多大作用，而且把文艺与干预生活搞得那么紧密，对文艺没有好处。你写一篇小说，就一定要纠正一些什么，推广一些什么，今后小说还能写吗？比如我写《说客盈门》，我不认为就能纠正不正之风。当然能造一点舆论。一点作用也不起，是虚无主义。我写《风筝飘带》，首先是给待业青年和失业青年一种安慰，早晚会有房子的。至于通过《风筝飘带》，能够解决多少房子，一间也解决不了。

　　但是也总要给人一点安慰吧。我们的社会是慢慢进步的，每个人总还是有理想的，该出气的出气，该安慰的还得安慰。

　　今天谈形式，为什么我先谈那些呢？就是说最终还是内容决定形式，并不是我心血来潮，为形式而形式，或者我看了海明威的作品，马上也想"留长头发"，来一点洋气。这是我的思想、生活阅历，跟五十年代不同了。那么我现在的作品又是什么主题呢？如果五十年代是"青春加革命"的话，现在我也总结了两句，叫做"故国八千里，风云三十年",这是套用唐诗"故国三千里,深宫二十年"的句子。"故国八千里"指的是我从北京下放到新疆伊犁的路程,所以我的作品里经常出现山村、边疆和首都大城市。"风云三十年"是指巨大的变化,国家的大反复,具体到一个人来讲,这种反复简直有点"梦幻离奇"。内容的变化,要求形式也要变化。其实有些形式也不是现在才采用。现在我追求一种什么样的表现手法呢?就是如何才能使作品具有更大的容量。写一个短篇,哪怕是写一瞬间,其中也要有八千里和三十年的内容。《春之声》,我如不用现在这种方法(叫意识流也好,不叫意识流也好),就无法表达。又如《布礼》,我想写一个在一九五七年受过委屈的而确实对党忠心耿耿的年轻革命者在心灵上所受到的考验。可是这个时间跨度太大,从一九四八年一直写到一九七九年,如果要按时间顺序,又加交代,那么只能写成流水账。但是能不能抓住他内心所受的考验这一点来写呢?

  文学家们历来就特别重视时间和空间,重视地方特色和时代特色。苏联作家费定说过:时序比任何东西都重要。在我的长篇小说里占第一位角色的是时序,其次才是人物。同样,我写小说时也在考虑,当时间比较长,空间比较宽,比如考虑八千里和三十年的时候,按一般小说的结构,时间和空间就变成了一个硬壳,我就突不破。所以我既要重视空间和时间的特点,又要突破时间和空间,因为不突破,就没有办法表现更广阔的生活,没有办法表现生活中所含有的丰富思想。

  有的同志说,作家不能写评论,要写评论别人就要笑话,作家应该靠自己的写作发言。我很感谢这种劝告,但有时我也不免要做一做这种"概念的游戏"。因为我反对抽象不是生活的说法。生活中有抽象的东西,而且抽象也会激动人心,某些抽象与诗的形象一样,也是一种灵感。这个抽象也要求突破时空概念,突破一般的叙述方法。怎样才能突破?我到现在为止,能找到的一个方法,就是写情绪,写人的内心活动,人的灵魂。而文学描写的主要对象恰恰是人的精神,人的灵魂。在创作中,我寻找一种能够表现人们瞬息万变的、跳动的、能够较大突破时空限制的手法。我确实并不否认是吸收或借鉴了现代派作家的表现手法,这种手法是否叫意识流,我不清楚(有人把意识流与生活流分开,我就更加糊涂了)。一些西方现代派作家不那么重视时间和空间,不注意按时序来叙述,而是留了大量空白让读者去填补。还有一种跳动,也就是电影的切入,正像看电影时感到跳跃性很大一样。借鉴总是需要的。我也不仅是借鉴西方现代派的这种手法,在《风筝飘带》我就借鉴了马季的一大段相声,《说客盈门》就像是一个完整的单口相声,相声的荒诞性和生活的真实性有时是统一的。在《夜的眼》《蝴蝶》中,我借用杂文笔法是很多的,其中有不少是杂文语言。反正我觉得把时空限制一突破,各种手法运用起来就特别自如。

也有人说:什么都是你的风格,你就没有风格了。这也是一个问题,但是我的看法不一样。有时我在作品中,不管是在政治上,还是艺术上,常常把相反的东西放在一起,这虽然很困难,但我在努力追求。比如把对某种生活的大胆干预、揭露和对生活的歌颂、脉脉含情放在一起;把严肃的和最轻松幽默的甚至单口相声结合起来;把抽象的和形象的、现实的和虚无缥缈的结合起来。文学应该多样化,只有这样,才能反映生活的各个侧面,既反映政治,又反映社会、家庭和个人的心理,反映人和自然。

我感到引起我创作变化的不仅是主题、结构、情节的线索,甚至连语法、修辞、标点符号都起了变化。如比喻倒置、人称互换、句号增多、引号减少。在《蝴蝶》中,我写张思远与儿子见面时的一段对话,省去了许多引号,就像叙述语一样,我觉得这样写是合情合理的。因为我不是直接描写他们的谈话,而是描写张思远十年后的回忆。在回忆中,对话变成了两种念头,两种观念。如果要按当时谈话用的一般方法来描写,那就要写得多,许多动作细节都要写;而这一类写法,古今中外的作家已经不知写了多少,也可以说基本上是给各位艺术大师写完了。

　　这种手法当然远不如传统的现实主义手法。它不写人物肖像，这对塑造人物形象确是一大损失。因为我们对一个人产生深刻的印象，除了内在的东西外，也还有外在的东西，他的肖像，他的动作，他的性格特征。有人把写人搞成写人物、写性格，这是否也是一种框框？不要认为塑造典型性格就是文学唯一的无所不包的最高任务。契诃夫在晚期写的那些最深刻、最著名的作品，就恰恰没有塑造人物的典型性格。我最尊敬的何其芳同志提出了一个"典型共鸣说"，他说，一个作家，他的作品里的人物能够成为永久性格的共鸣，而且被群众所接受，乃是他的作品取得最高成就的标志。按照他的理论，建国三十年以来我国文学能够称得上杰作的只有一篇，就是相声《买猴》。因为《买猴》创造了一个马大哈的形象，这个形象确是"永久性"地被群众所接受了。

　　文学的观念，不是不可以探讨，不是不可以破除的。但是我不是轻浮地否定写人物典型，或者宣布典型与我无关，根本不去塑造人物典型。我在有的作品中虽然没有侧重塑造人物典型，但是那种塑造典型的路子，仍然是被吸收的。例如《蝴蝶》。

　　人、人物、性格，我觉得是三个概念，我们过去把这三个概念是画了等号的。但是人不等于人物，有些作品没有写人物，但它是写人的，比如散文作品。具体到一篇小说来说，有的以人物为主，有的以情调为主，有的以故事情节为主。你一定要说以故事情节为主的都差，我看也不行。拿《说客盈门》来说吧，在作品中我还是力求写人的，但是这篇小说的核心不是人物，而是故事。即使这个人物的性格变了，但仍然是为了写那个故事。所以说这个作品主要不是写人物，而是写人。人和人物不一样。

　　人物和性格又是两回事，不是一个概念。写性格固然是写人物，但是写人的内心活动又何尝不是为了写人物呢？有些性格鲜明的人，内心活动不一定很复杂。我们并不要求作家在刻画性格的同时，非要把内心活动写出来。当然心理活动和性格既有联系,又有区别。我不是说写心理活动就不能写性格,或者说写心理活动就没有写性格。

总之,我不是否认写性格的重要性、必要性,我决不否认历史上伟大作家在塑造典型性格上取得的令人羡慕的辉煌成就,但是我认为写性格并不是唯一的。

我愿多写点好的故事

　　还在上小学的时候,我就听说了鲁迅,而且听说了"一株是枣树,还有一株也是枣树"的名句。他为什么这样写呢?我找来了《秋夜》,虽然看不懂,但是我已感到了那清冷中的深思的气氛,好像是夜半忽然听到了吃吃的笑声,而这笑声,却是作者自己发出来的。这实在有一点儿惊心动魄。

　　十一二岁,上初中以后,我读了《雪》《好的故事》和《风筝》。我非常喜欢《好的故事》,而且背了下来。"石油又不是老牌",这句非常北方口语化的句子,使我觉得格外亲切。什么东西"是老牌"或者"不是老牌",这样的语言,现在的年轻人大概已经不大体会得了了。

　　《好的故事》很美,"闭了眼睛,向后一仰",看到了"许多美的人和美的事,错综起来像一天云锦,而且万颗奔星似的飞动着""永是生动,永是展开",然后"带织入狗中,狗织入白云中,白云织入村女中",然后"我要追回他,完成他,留下他",这可真"美丽、幽雅、有趣"!

　　我不知道这算不算僭越,如果我说我在少年时候阅读《好的故事》感到一种激动、一种共鸣。当一九五三年,我十九岁开始我的处女作《青春万岁》的试笔的时候,我写了一首序诗,这样开头的:

　　　　所有的日子,所有的日子都来吧,
　　　　让我编织你们……

　　是的,《好的故事》对于我是一种启示,一种吸引,一种创作心理学意味上的暗示。直到今天,当我坐到桌前,面对着钢笔、墨水、洁白的稿纸的时候;当我在构思的过程中或者命笔的过程中不由得微笑、低语、念念有词起来或者眼睛湿热、呼吸粗重起来的时候;当我努力去追踪、去记录、去模拟那稍纵即逝的形象的推移、情绪的流转、意念的更迭,去表现那"诸影诸物,无不解散,而且摇动,扩大,互相融和;刚一融和,却又退缩,复近于原形"的生活的五光十色的时候;我觉得,我的尝试、我的心情和我的追求,都可以从《好的故事》里得到鼓励和参照。我愿意为了我们的时代和人民,编织一点各式各样的好的故事。

《风筝》是少年时代的我自以为读得懂的。哥哥毁坏了弟弟的风筝,等到成年以后,去向弟弟道歉,弟弟却惊异地反问:"有过这样的事么?"这个取材于童年生活的故事一下就攫住了我的心,以至压得我好几天喘不过气来。

> 现在,故乡的春天又在这异地的空中了,既给我久经逝去的儿时的回忆,而一并也带着无可把握的悲哀……

《风筝》的这个结尾,我也是反复读了许多遍,以至可以背诵下来的。正像鲁迅的小说《祝福》《故乡》《伤逝》等的结尾一样,不但蕴藉隽永,而且富于音乐感,吟诵起来叫人如闻天籁。

这种北方的春天的悲哀深深打动了我。少年的我读《风筝》的时候,也联想到了自己:我竟无待于哥哥的践踏!我压根儿就没有放过风筝!小时候营养不良,身体不好,住在北京的窄小的胡同里,到哪里去放风筝?再说我也买不起风筝,也不会制作风筝,也不会放风筝。我没有童年!这个思想深深地压迫着我,我想抗议,我想斗争。当我走向革命的时候,我是有过这样的动机的:为了让每个孩子得到童年,为了让每个孩子放起属于自己的风筝!

果然,下一代人就幸福得多了。一九六五年到一九七二年,我在伊犁住家。在那个期间,我的二儿子从五岁长到十二岁。在我的心目中,他就是风筝工艺和游戏的大匠了!当他把自制的"屁股帘儿"(大概就是鲁迅所说的"瓦片风筝"吧)放到空中,而且明显超过了其他同伴放起的高度的时候,我也仰着头去观望了。我这一代未能实现的愿望,总算由下一代实现了,我感到无比的痛快、舒展,好像我的心也随着那"屁股帘儿"升上了蓝天,而与成群的白鸽相颉颃了。

风筝是这样地牵动过我的情感。也许,这正是原因之一,使我在去年的一篇小说里,用"风筝""风筝飘带""屁股帘儿"寄托了我的年轻的主人公的那么多怀念和向往。

至于《雪》,一九六三年我专门写过一篇很长的分析文章。十六年后的一九七九年,此文发表在六月号的《甘肃文艺》上,并收在我最近出的一个评论集子《当你拿起笔……》里了。比起江南的雪,倒是那"如粉,如沙""蓬勃地奋飞""旋转而且升腾"的"雨的精魂"——"朔方的雪",给了我更强烈也更深刻的感受。这是从少年时代第一次读到的时候便是如此的,但是直到经历过五十年代末期的风浪,到了六十年代以后,我才似乎悟出一点道理。

《青春万岁》《小豆儿》《春节》,五十年代的我的这些习作,大概应该算是"江南的雪罗汉"一类了,晒上几天就会"成为不知道算什么",并且"嘴上的胭脂也褪尽"的吧?在四十年代后期和五十年代初期,我更爱看一些色彩分明、激情洋溢的作品,像《钢铁是怎样炼成的》《青年近卫军》等苏联小说。相反,却觉得鲁迅的作品离自己是愈来愈远了,我们这一代"暴风雨所诞生的"将要过完全新的生活,阿 Q 和闰土的时代是一去不复返了。那一段,我确实看鲁迅的东西不多。但是,一九五七年,仍然有评论文章指出,《组织部新来的青年人》里,刘世吾与林震雨夜在馄饨铺里饮酒谈心一节,使人想到鲁迅先生的《在酒楼上》。当然,评论家指责说,共产党人的刘世吾,不应有吕纬甫式的自思自叹。不错,《在酒楼上》的那种场面和情绪是早先给我以深刻的印象的。少年时候读鲁迅的作品,有许多社会背景、思想意义、人物遭际是我所无法理解的。但是,那作品的情调,鲁迅的那种冷静——深蕴着炽热的同情和深邃的思索的冷静,那种对于人的道是无情却有情的冷峻的解剖,却早已像刀刻一样留在我的心上了。尽管如此,尽管这些东西很可能对我的写作发生作用,一九五六年写到馄饨铺的时候,我无意模仿酒楼。

有意学鲁迅的倒是另一篇东西——至今没有发表过的《尹薇薇》。在《组织部新来的青年人》受到愈来愈多的指责的一九五七年的春天,一次病中,我收到了中国青年出版社寄赠给我的《鲁迅选集》,愈读愈觉得放不下。刚好心血来潮,便写了《尹薇薇》,写一个女大学生被生活所消磨,调子不太高,记得最后一句是尹薇薇呼唤"我"说:"风大了,竖起来你的大衣领子!"写这篇东西的时候我真想学鲁迅呀,用鲁迅式的凝重的语言。记得我这篇习作里,也有什么"我无言"之类的句子,那当然是很幼稚的。一家报纸,后来又有一家刊物,先后准备采用这篇稿子,后因形势的变化而作罢,后来倒是被打印了,作为批判材料。批的时候,同志们是很认真的,嗓门儿也很大,当时是叫做批得体无完肤了。

从此,"体无完肤"的我就去经风雨、见世面了,倒是很有收获。鲁迅的作品我也没好好看。我既怕按陈伯达、姚文元的"指导"去学鲁迅,又怕按鲁迅的杂文来理解陈伯达和姚文元。不,我还没有那么坚强,那么勇敢,那么清醒。不过,无论如何,随着阅历的增长,我越来越感觉到鲁迅思想的那种照亮一切的令人战栗的光辉了。

现在,纪念鲁迅诞生一百周年的时候,不论"朔方"的还是"南方"的冰雪,都已化成了温暖的河流;人们在酒楼上将可以畅谈农村形势的变化;少年儿童不但有风筝,而且有航空和航海模型;而秋天的夜里呢,天空也不再是奇怪而高,而是皎洁而又爽朗的了。我应该做点什么呢?学习鲁迅,尽自己的心力献给青年更多的好的故事吧!"美丽,幽雅,有趣,而且分明。青天上面,有无数美的人和美的事,我一一看见,一一知道。"

发表于《人民文学》1981年第9期

倾听着生活的声息

一

一九四九年八月,作为一个十五岁的共青团(当时还叫新民主主义青年团)干部,我去中央团校学习。当时的团校设在良乡县,在粮场上听大报告,照明用的是汽灯。有一次汽灯吸引了那么多趋光的飞虫,飞虫撞坏了汽灯纱罩,最后使得大课不能不半途停下来。

良乡是一个小小的县城。出城门不远,是一道河,我当时还不会游泳,但很喜欢到那河里,靠在大青石上去泡一泡水。八月下旬的乡下,黄昏时分空气很清爽,湍急的河水冲撞着我少年的身躯,形成漩涡,激起浪花,落日耀眼而不刺眼。这时,我忽然想起了前不久读过的一本书——萧三同志写的《毛泽东同志的青年时代》。我想到了这本书里引用的那首著名的词《沁园春·长沙》;我想到了独立寒秋、湘江北去、鹰击长空、鱼翔浅底的这个世界的美丽;我想到了毛主席青年时代的志趣,特别是那种进行"风浴""雨浴",与之奋斗、其乐无穷的情形。我好像忽然睁开了眼睛,第一次感觉到解放了的中国是太美好了,世界是太美好了,生活是太美好了,秋天的良乡县是太美好了,做一个团校的学员是太美好了。

生活是多么美好!这一直是我的心灵的一个主旋律,甚至于当生活被扭曲、被践踏的时刻,我也每每惊异于生活本身的那种力量,那种魅力,那种不可遏止、不可抹杀、不可改变的清新活泼。即使被错戴上"帽子",即使被关进了牛棚,即使我们走过的道路有过太多的曲折和坎坷,然而,生活正像长江大河,被阻挡以后它可能多拐几个弯,但始终在流动、在前进,归根到底它是不可阻挡的。

正是这种对于生活的爱,这种被生活所强烈地吸引、强烈地触动着的感觉,使我走向了文学。文学开阔了我的视野和心胸。我即是生活的实行者、当事者,又是生活的欣赏者、观察者。即使在解放初期的繁忙工作中,有时也忙里偷闲让自己停一停,我要放眼观察一下我们的城市,我们的生活,我们的春夏秋冬、风雨晨昏。

我的处女作是长篇小说《青春万岁》,我熟悉那些和我一样的、经历了新旧两个社会的少年——青年人。革命的风暴、从黑暗到光明的巨变,使他们早熟而且充满着革命的理想。在一九五三年,我已经感到这样一代青年人是难以再现了的,我要表现他们,描写他们。《青春万岁》的正文开始以前是一首《序诗》。《序诗》的头两句是:

所有的日子,所有的日子都来吧,
让我编织你们……

《序诗》的最后一段是:

所有的日子都去吧,都去吧…………

是的,当写小说的时候,过往的日子全部复活了,各种喜怒哀乐、爱爱仇仇、欢声笑语、无端愁绪纷至沓来,使我应接不暇。我完全忘记了是在写小说,我是在写生活,写我的心对于生活的感受、怀念、向往。

这是一个重要的心理体验。写作过程中对于生活的思恋、消化,创作与生活的充分交融,这是创作的最大的快乐,比成功、比发表在最有影响的报刊上、题目印成黑体字,得到优厚的稿费和奖金还要快乐得多的快乐。

如果没有这种体验,如果感觉不到这种快乐,如果不能成为如此珍贵的、一去不复返的生活的永久的纪念,如果不能在哪怕最小的程度上再现生活的芬芳和五光十色,我就丧失了创作的冲动,我宁可不写。

有人说,在进入创作之前,需要进行感情的积累,而这种积累是很伤身体的。我觉得这只说对了事情的一半。事情的另一半是,当你找到了最合适的形式,把你的所见、所思、所感、所爱、所憎、所喜、所忧表达了出来,你的畅快、你的满足也是无法比拟的。甚至于写悲剧也是一样,你流着泪写下了使许多读者为之潸然泪下的作品,你写完会感到一种安慰、一种宁静。而当读者读了你的作品而肝肠寸断的时候,你也许正神态安详地一边听音乐一边喝茶。创作是光明的和快乐的。创作有益于身心健康。作家应该是心理健全、经受得住各种变故和冲击的人。

当然,做到这一点是不容易的。这不仅因为生活本身毕竟包容着许多令人困惑、令人苦恼、令人捶胸顿足的内容,还因为,作者的主观方面,他的激情、感受、思索和愿望,与他制作出来的产品——文学作品,往往有着不小的距离。

二

年轻时候,我的最大苦恼是自己对生活——文学的热情,不能和一定的鲜明而又完整的、具有相当的社会意义的生活样式结合起来,不能和一定的鲜明而又完整的文学形式——故事和人物,冲突和层次,开头、伸展和结尾——结合起来。带着少年人的狂气,我不愿意模仿任何人,不愿意模仿任何已有的现成的章法,特别是结构故事的方法。我不喜欢编故事,因为编故事就会产生假和俗套子,这简直让人难为情。从分散中求统一,从自由中求规则,从相当自发的、似乎是漫无目的的流露中求思想性,这是我一开始就给自己定下的目标。然而这个目标对于五十年代的我来说是太难了。我经常处于自觉感受很多、要写的东西很多,却又写不出来、写出来不成样子、捏不成

"个儿"的苦恼之中。

我最早发表的作品《小豆儿》,是刊登在《人民文学》上的。此后二十多年,除去那些失去了著作权的年代,《人民文学》是和我关系最亲密的一个刊物。但是,请原谅,在一九五五年《小豆儿》发表以前,我从来没有读过一期《人民文学》。所以如此,当然最主要的原因是忙,那时我的理想是做一个职业革命家。其次,就是因为我只想走我自己的路。这种轻视同时代人的创作经验的狂妄少年的态度使我受到了惩罚:五十年代写出来的废品的数量,大大超过了发表出来的作品的数量。

开始认真考虑一下小说创作的方法其实是一九六一年开始的。那已经是在一九五六年发表《组织部新来的青年人》之后四年,正逢三年暂时困难时期,我的"帽子"还没有摘。在北京南苑的机关农场,冬季因为粮食不足而特别强调劳逸结合,也就是让大家多休息休息。利用休息时间我读了茅盾的《一九六〇年短篇小说漫评》及他提到的全部作品,我又读了茹志鹃的短篇小说集《静静的产院》,我觉得我学到了很多东西,我这才懂得,写小说,还是要讲究点章法,讲究点规矩的。我很佩服茹志鹃的小说结构的匠心和她的语言的音乐感。她那篇《阿舒》我几乎背诵了下来。

学了就用,立竿见影。在一九六二年那短暂的"调整、巩固、充实、提高"的时期,在"文艺八条"的昙花闪现下,我发表了《眼睛》和《夜雨》。显然,我的故事编得圆一点了,同时,我已失去了"青年人"的那种锐气。

《眼睛》的构思过程很有意思。我已经开始写了,本打算写一个著名的模范人物去借书、感动了乡村图书室的管理员的故事。写着写着,我忽然考虑起来。如果那个女主人公不是什么有名气的模范人物,事情又会怎么样呢?难道她的行为就不那么光彩照人了吗?不,当然不是,人的价值,人的行为的价值应该在于人和人的行为本身,而不在于她或他的名气、称号、身份。当这个思想明确了以后,我有一种狂喜的心情,只有不把她写成著名人物,才有意思,才有一点点新意,才能有一串真真假假、既象征又现实的情节。文中对于眼睛的描写,当然是一种象征。

我不知道这种思辨性的考虑对创作到底是否起了好的作用。也许《眼睛》远远不是一篇堪足挂齿的作品,但是我始终认为,逻辑思维的推理和判断决不是与形象思维不相容的。在逻辑思维的过程中,同样有启示、灵感、飞跃。不仅生活形象是激动人心的,人的理念活动同样是美的、神妙的、激动人心的。我从小既喜爱文学也喜爱数学,一直到一九五二年,由于第一个五年计划的开始,我还想离开团的工作岗位去学理工。一直到一九五八年我戴上了"帽子",我还想从此改行去搞数学。我是因为客观条件实在搞不成数理才搞文学的。但是,我始终没有忘情于概念的运用和迷人的逻辑推理。

但同时我又坚信艺术的直觉、艺术的感觉在文学创作中的重要作用。我讨厌图解,讨厌把生活只是当做主题思想的例证,使每一个具体描写都服务于作者的意图。对于那种剪裁得过分的纯而又纯、整齐而又整齐,每一个细节(不管是风景描写还是肖像、服装、陈设、天时)都在说明着什么,意味着什么,目的性特别明确的作品,我常常不无偏见地称之为"按既定方针"造出来的作品。我坚信"形象大于思想"。而形象委实大于思想,正是一篇作品有味道、耐咀嚼的首要条件。我认为写作的时候,不但要求助于自己的头脑,而且要求助于自己的心灵,求助于自己的皮肤、眼睛、耳朵、鼻子、舌头和每一根末梢神经。例如你写到冬天,写到寒冷,如果只是情节发展需要或是展示人物性格的需要使你决定去写寒冷,而不去动员你的皮肤去感受这记忆中的或假设中的冷,如果你的皮肤不起鸡皮疙瘩,如果你的毛孔不收缩,如果你的脊背上不冒凉气,你能写得好这个冷吗?如果你的眼睛不敏锐,你能写出这大千世界的万紫千红吗?如果你的耳朵不灵,你能写出这生活的旋律和节奏吗?如果你的心灵结着厚茧,你能写出叫人哭、叫人笑、叫人拍案、叫人顿足的故事来吗?

同时我又认为，哪怕是最直观的描写，也都多多少少地浸染了作者的主观色彩。同样描写一轮圆月，一个崇高的人和一个低下的人，一个深沉的人和一个浅薄的人，一个共产主义者和一个个人主义者，难道能写出相同的句子吗？不，不会的。鲁迅也写"枣树"，写"雪"，写"罗汉豆"，写夜色和故乡，但是，那描写只能是鲁迅的，绝不是别人的。

总之，我推崇艺术直觉。同时我反对神秘主义、无思想性和非理性主义。对于无意识、潜意识、下意识、意识流这样一些心理学的范畴，我大致的、粗浅的见解也是如此。我说它是大致和粗浅的，因为我没有学习过心理学，对于心理学和当代外国文学，我是外行。

三

但去年我被某些人视为意识流在中国的代理人。由于自己对意识流为何物不甚了了，所以也不敢断定自己究竟"流"到了何种程度，"流"向了何方，是不是很时髦，是不是一出悲喜剧，是丰富了还是违背了现实主义……至于把我的近作仅仅归结为意识流，只能使我对这种皮相的判断感到悲哀。正像说到五十年代的《组织部新来的青年人》，就被归结为"反官僚主义"，而这篇作品也就很荣幸地与《在桥梁工地上》等一道变成"干预生活"牌号的了。在用简单如意的归类法进行了判断之后，出现了不少的以"帽子"归类而不是以脑袋归类的讨论。

比如，说意识流在外国也已经过时了，或者是腐朽了，这大概是千真万确的吧？但其言下之意是你搞了意识流，你就过时而又腐朽，这倒是一种颇不费力的演绎法。但即使如此，能以此来证明某些被认为吸收了意识流手法的作品就一定"过时"或者"腐朽"吗？如果一篇作品吸收了某种被学者和专家认为"过时""腐朽"的手法，而本身并不腐朽、也尚未过时，那不是化腐朽为神奇，至少是化腐朽为不腐朽了吗？那不是值得称道的吗？何况文学手法的新与旧全在于运用，全在于能否为一定的内容、一定的题材和主题思想所利用。文学史上有不少这种新而速旧速朽、旧而翻新出新的例子，而且还有不少人正是打着复古、恢复传统的旗号进行革新。反过来说，如果一篇作品写得境界低下、俗不可耐，那么不论它运用了什么伟大清新纯洁朴素的手法，不是只能证明它的作者的无能，证明他是化神奇为腐朽、化健康为苍白吗？在艺术手法的问题上，望文生义的空对空、一知半解的冬烘式讨论，是没有多大意思的。

我也不赞成把一种手法和另一种手法对立起来。如说某一种手法是创新，难道另一种手法不是创新吗？为什么要这样提问题呢？难道各种手法是互相排斥、有我无你的吗？李白、杜甫，风格手法是如此不同，然而，他们都伟大，他们实际上是相异而相成、相异而相辉映、相异而相得益彰。如果这两个伟大诗人的风格手法竟然毫无二致，那不是太单调、太贫乏、太寂寞、太可悲了吗？同时，李白、杜甫再伟大，仍然不可能替代李贺、元稹、白居易等诗人各自的创作探求。白居易通俗而李贺晦涩，但是两个人不是依然各有各的位置、各有各的光辉吗？如果我们由于喜爱老妪能解的白居易的诗歌而把李贺赶出文学史坛，那祖国的文学宝库里不是少了一颗璀璨夺目的明珠吗？

事实上，任何一种流派，都以其他流派的存在为自己存在的前提。所以，百花齐放的政策是各种风格和流派的作品进行自由竞赛的政策。萝卜茄子，各有各的爱好是很自然的。因为爱吃萝卜就想方设法去贬茄子，却大可不必。在艺术手法、艺术趣味这样的问题上，"党同"是可以的和难免的，"伐异"是不需要的、有害的。只要方向好、内容有可取之处，我们就应该让其八仙过海，各显其能。我们要党同好异、党同喜异、党同求异。没有异就没有特殊性，就没有风格，就没有流派，就没有创造了。一个作品之所以有存在的价值，一个作家之所以有存在的价值，其中一个原因（不是全部原因），不正在于它和他有异于其他作品、其他作家吗?

至于说,谁要是认为意识流手法在中国包括传统的文学作品中也能时有发现,就是为意识流争专利权,这种俏皮话的专利权拥有者却丧失了起码的语法感和逻辑感。意识流不是人,不是法人,它怎么能有权呢?在拥有专利权这样的句子中,主语应该是人、人群或者法人,而意识流只能充当间接宾语或修饰宾语的定语。再说,文学表现方法与工艺图纸等东西不同,谁也不能拥有这个专利。我之所以认为李商隐诗中或《红楼梦》中的某些描写中有意识流的因素,正是想表明谁也没拥有对某种文学表现方法的专利权。事实上,倒是俏皮话的主人在为洋人争夺意识流的专利权。

另一方面,也确有许多爱好文学的青年习作者,他们求新喜异,不满足于我国传统的描写手法,热心于引进一些当代的洋玩意儿,喜欢搞意识流,搞人称和视角的变化,或者搞什么"荒诞""变形"之类,这是并不奇怪的。年轻人是有这么一股子"从我这儿开始"的狂劲儿的,前面说了,我年轻时也是这样。他们的许多作品不成功,这也是必然的,不足为奇。如果每个自称创新的人都创出了新,如果每个自称在探索的人都真的有所突破,那么创新也罢、探索也罢、突破也罢,就都易如反掌、如同儿戏,可以廉价甩卖、买一送一了。

我接触的青年朋友中有一种看法,认为采用了他所谓的意识流手法就好写了,写得就快了,这是一个严重的误解。如果以为意识流就是东拉西扯、胡说八道、信口开河、"鬼画符",那么搞出来的东西就只能是丢进字纸篓的艺术垃圾。那种结构谨严、故事完整、情节紧凑、脉络分明的作品是不容易写的,但那毕竟还有一个大致的规范。那种放得很开的作品,其实是以收得拢为条件的。联想愈是自由驰骋,就愈要有生活依据、有时代特点,入情入理,深刻巧妙,生动鲜活,余味无穷。

四

　　至于我自己,我力求趣味广泛一些,偏见少一些。偏爱是有的,偏见则愿其无。我喜欢贝多芬的交响乐,我也喜欢苍凉的河北梆子和清甜的京韵大鼓以及李谷一、朱逢博的歌唱;我喜欢李白、李商隐、曹雪芹、蒲松龄的作品,我喜欢屠格涅夫、托尔斯泰、陀思妥耶夫斯基、契诃夫的作品,我也喜欢海明威、约翰·契佛的作品;我同时也喜欢侯宝林的相声和刘宝瑞的单口相声作品,而在某种时候,我同样津津有味地读松本清张的推理小说。即使仅仅为了身心健康、生活丰富,也不必把自己的兴趣搞得那么窄呀!

　　但是真正能引起我的灵魂的颤动,使我神往,使我进入与作品的交融境界的,却是那些维妙维肖地刻画生活、刻画人的精神世界的作品。精神生活当然也是生活的一部分,而且也反映着社会生活。这种生活(包括精神生活)的气息,是我最偏爱的东西。这种生活(包括人的内心)境界,是我最重视、最神往的东西。鲜明的性格、动人的故事、匠心独运的结构,这都是我所喜爱、所重视的。我丝毫没有轻视乃至抹杀人物和故事的意图,我至今并没有写过任何一篇无人物、无故事、无冲突的"三无"小说。至于侧重什么(我说的只不过是侧重罢了),各人会有不同的偏爱。

　　与生活气息、境界并列而特别吸引我的还有一条,就是语言。那种纯粹的、富有色彩和旋律感、节奏感的语言,那种诗的、哲理的、言外有言的语言,总是能让我一见钟情,久久不忘。有许多作品我是早年看的,内容几乎忘光了,但是它的某一段语言,甚至某一句普普通通的话,却仍然印在我的心里。我写《风筝飘带》,最使我动情的并不是写那些有点花哨、有点俏皮的话的时候,而是写佳原在素素所在的清真食堂里吃饭的时候与素素的对话。他们谈的是"炒疙瘩""老豆腐""放不放辣椒",甚至是"三两粮票"和"七毛钱",然而,这正是我的男女主人公在那时令作者眼睛发热的情歌。

这种爱好当然不是绝对的,更不是排他的。文学是一个整体,忽视哪一方面也不行。前面我已经写到,对思想性、逻辑推理,我也颇为热衷,但毕竟这种审美观对我的创作有一定的影响。我喜欢小说中反映的那种活泼泼的、鲜亮而又流动的生活,我喜欢小说反映生活的时候像是用手捧出了一掬海水,水还从指缝里往外滴答呢。从这一掬水里,你可以闻见海的腥味,你会看到海水的一切杂质,会想到这水本来是广大的、形状不固定的。对另一种放在瓶里的规规整整的蒸馏水,我也完全敬重,有时候我也惊叹,但它不是我最喜爱的。

所以,我喜欢那种比较自由、不受拘束、相当解放的文体。我希望把小说的题材、手法、结构、文体搞得更宽一些、更活一些。我认为最好的结构是没有结构痕迹的行云流水式的结构;最大的匠心是完全放松、左右逢源、俯拾即是、看来像是毫不费力的、没有丝毫匠气的匠心。如果有一个十分精彩震人但过于奇巧的故事和一个有点平淡但是十分自然有趣的故事,如果有一个非常强烈但过于单一的性格和一个一句话说不大清楚、却是日常可见的性格,我都宁可选择后者。技巧、手法的问题也是一样。我认为,最好的技巧和手法,应该是让读者和作者本人完全忘掉了世界上还有技巧和手法一说的技巧和手法。最好的经营和修改,应该是不但让读者以为是天生如此、天衣无缝,而且一经改定,也让作者本人认为是自来如此,无可经营和修改的经营和修改。总之,好的作品,应该是让读者和作者完全浸沉在它的形象、情绪、境界里边,其他全忘了。文无定法,无法之法是为法也。

当然,这也只是事情的一面。五十年代我读狄更斯《双城记》的时候,常常为那结构的严整和情节的神奇而跳将起来。有点雕琢的作品,只要有新意、有内容,我仍然是推崇的。同样,堂吉诃德、阿Q这样一些反常的典型性格,也都使我印象深刻,使我羡慕它们的作者的典型概括能力,但是我觉得,像严贡生临死的时候,伸着两个手指头,这样的描写虽然极为精彩,却未必是十分深刻的。解放以后的小说作品中,没有任何一个人物像相声《买猴儿》里的马大哈那样活在人们的口头上、被普遍接受,这也是事实。有一位理直气壮的"商榷"者质问:"为什么不提阿Q呢?"这实在令人惊异,好像这位商榷者竟不知道《阿Q正传》并非发表在解放之后。对这样一些文学现象应该怎样探讨、怎样评价呢?由于我所见所学所闻所知有限,我还有待于听到学者、专家们的意见。

我特别有兴趣于把最不同的东西放在一起,加以参照,加以比较,并寻找他们的联系。城市和乡村,五十年代和八十年代,内地和边疆,汉族和少数民族,中国和外国,知识分子、干部和工人农民,上一代和下一代人,这都是我喜欢放在一起写的。因此,我不能同意按社会职业划分文学题材——如工业题材、农业题材、青年题材等。

体裁上、文体上也是这样。小说首先是小说,但它也可以吸收包含诗、戏剧、散文、杂文、相声、政论的因素。有人说某一篇小说像散文,如果不是同时能够论证这篇小说并不是小说,那么,"像散文"的评语,其实是一种褒奖。如果说是"像诗",那就更加让人鼓舞。王维的诗中有画,画中有诗,这已是两种不同的艺术门类的交流。那么,同在文学之中,我们为什么不喜欢小说中有散文、小说中有诗呢?

风格和手法上更是这样。幽默与严肃,达观与哀伤,夸张与写实,议论与直观,通俗与含蓄,嬉笑怒骂与深沉委婉都不是互相绝对地排斥的。

所以,我认为毛泽东同志关于革命现实主义与革命浪漫主义的提法是很有价值的。虽然对于二者如何结合以及是否所有的作品都要结合,我还有些困惑,但我认为毛泽东同志的提法比苏联的"社会主义现实主义"是一个进展。由于"四人帮"大搞假大空的文学,在粉碎"四人帮"以后大家都特别强调现实主义,强调写真实,这是完全必要的,可以理解的。但我认为,我们同样不能贬低浪漫主义,不能贬低作家的激情、想象力。对现实世界的独特而奇妙的感受与表现，不管写得怎样"神"，最终是来自生活并表现着生活的，这是没有疑义的，这说明我们赞成唯物论的反映论。但表现生活的重点和方法，会有各种不同，如实地去表现，按生活本来的面目去表现，这可能是最根本也最重要的一种手法，但不论这种方法如何根本而又重要，这只是方法之一种。还有别一种，例如，不完全是按照生活本来面目，而是按照生活在特定的人的心目中的感受，用类似电影的主观镜头的方法，既表现人的内心，又表现人的环境、遭遇和生活，既追求客观的真实，也追求主观感受的真实。这也是一种方法。从广义上来说，方法的丰富与变换，不是取消了源于生活、反映生活这一原则，而是丰富和发展了这一原则。

因此，那种轻率地认为现实主义已经过时、传统手法已经过时的观点，那种一看到有人在寻找尝试某种不那么习惯的手法便惊呼这是反现实主义，就要鸣鼓而攻之的观点，都是不足取的。在手法问题上，我更喜欢"不管白猫黑猫，抓住老鼠就是好猫"的态度。我们要抓的"老鼠"无非是把作品写得好一点、更积极一点、更深刻一点，境界更高一点、更引人入胜一点、更有益于人民一点。反过来，如果没抓住老鼠，恐怕也只能由猫自己负责，具体分析原因，而不能责备猫的颜色。

五

在这篇文章中，我没有多谈近几年创作中自己对内容的一些考虑。因为，内容的问题，在一些文章当中，例如去年发表在《文艺报》上《我在寻找什么？》当中，已经谈得太多了。有一些好朋友规劝我集中力量写小说，他们告诉我，创作本身就是最好的发言、最好的辩论，最好不要去参加讨论，耗费精力。显然，他们说的是正确的。自己跳出来说话，即使在最好的情况下也像是杀风景的"不务正业"，在最成功的情况下也只会把含蓄的东西说破，把耐咀嚼的东西当众自己咀嚼一遍,实在乏味。再说,写出作品来,有人谈论、有人非议、有人赞成、有人夸奖、有人讨厌、有人喜爱、有人误解,这本来是一个作者的幸运。而自己也挤进去说长道短,干预评论,干预阅读,闹得最好也是对读者和评论家的干扰;闹得不好,还会把话说片面、说错。小说作者毕竟不是学者理论家,多半不善于引经据典、科学论断。

但我毕竟又说了以上的这么一些话,是因为杂志邀稿太恳切?是因为自己也有逻辑思维的癖好(虽然我的评论文章都称不上什么理论)?还是因为人的脑子也需要换一换,在小说与小说的写作之间,不妨换换口味讨论点问题?这都可能是原因。同时,也还有一个原因,我求教心切,亮出一些不成熟的看法的目的,当然是抛砖引玉。

生活有多么美好!这仍然是我当今作品的一个主旋律。所以,即使仅仅从艺术的考虑上,我也不赞成堆砌黑暗、渲染丑恶,或者一味沉湎于那种廉价的怨艾伤感。当然,我也不赞成粉饰太平、无冲突论、假大空、冲云天。

生活仍然是美好的,而且是更美好了!在我饱尝了生活的酸甜苦咸辣五味之后,我更感到了对生活的甘之若饴。然而,这毕竟是一种多味的饴,而不是一分钱两块的那种哄小孩的糖球。因此,对于另一种冲突虽然尖锐、倾向虽然强烈、鞭挞虽然义正词严,但只把人分成黑白两色,而且黑得奇黑、白得纯白的作品,我也觉得不甚满足。我最近发表的一篇小说题为《杂色》,人们对这个题目可以自由地表示感兴趣或不感兴趣,但我要说生活是杂色的,不是单色。光说杂色又是不够的,因为我有几篇小说题为《深的湖》《温暖》《春之声》《光明》《最宝贵的》。是的,从杂色中,从深的湖中,我希望能表现出那最宝贵的东西来,那就是温暖,那就是光明,那就是并没有忘怀严冬但毕竟早已跨越了冬天的春之声。

从一九五三年冬天写下了"所有的日子,所有的日子都来吧",到现在已有二十八年了。生活是以"日子"的形式展现在我的眼前,以"日子"的形式敲打着我的心灵、激发着我的写作的愿望的。这就是说，时间是生活的一个要素，是生活最吸引我的一个方面。生活是发展的、变化的、日新月异的。那随着时间的推移而不断出现的新事物，那时代、年代的标记，就像春天飞来的第一只燕子，秋天落下的第一片黄叶，总是特别引起我的关注和兴趣。王府井大街口出现了第一块商业广告牌，经过长期的匮乏和涨价之后，猪肉又屡次降价出售，天津的两个农民坐飞机去北京旅游，年轻人中出现了"出国热"，一九八〇年底许多人围着电视机观看对"四人帮"的审讯，农村的自由市场五花八门，邓丽君的歌走红一时又逐渐凉了下来，不少的心比天高的大姑娘找不到婆家……生活中的这些事情会相当快地进入我的小说。我希望我的小说成为时间运行的轨迹。我本来是从长篇开始我的写作生涯的，近年来我也几次想搞长篇，而且手头还有一部搁置在那里的长篇初稿，但是生活对我的冲击，当代的"日子"对我的引诱是太强烈了。我像一个守门员，随时有球从前面和后面、上面和下面、左边和右边向我射来，我必须做出灵活的反应去接住球，而且，我已经进入这样一种竞技状态，想不去接那个球也不可能了。

生活是不会停滞的。党的十一届六中全会以后，完成了拨乱反正的历史任务以后，我国的政治、经济、社会、文化生活，人们的精神面貌、心理时尚、生活水平与生活方式必将发生更快更大的变化。我们处在一个大发展、大变动、大改革的时期，写小说的人大有可为。我不应该懈怠，更不能自满。我最近又来到新疆伊犁地区了，我要倾听新时期新生活的声息，我要表现新时期新人物的新生活，我应该写出更好一点的新篇章，我必须加油努力！

1981年9月完稿于新疆伊宁市
发表于《文艺研究》1982年第1期

谢谢你,爱读《青春万岁》的朋友

我不知道世界上还有没有比中学生更虔诚的小说读者。对于十五六岁、十七八岁的年轻孩子们来说,也许小说里的人物比真人更真实也更亲切,小说里的生活比实际生活还要引人入胜。也许,当他(她)的提兜里装着一本小说的时候,他(她)觉得不是自己一个人在街上行走,小说带来了那么多亲爱的伙伴,关心他、安慰他、鼓励他,而且绝不嫉妒他。也许,晚上睡觉的时候他也因而不做噩梦,假若睡前在他的枕边放上了一本他所心爱的小说的话。

我没有能够有一个完整的中学时代。在我的初中后期和高中开始的时候,吸引我的不是上学而是革命。高中一年级还没有上完,迎来了北京的解放,我也就告别了学生生活,成为一个十五岁的新民主主义青年团(即后来的共青团)工作干部。我在区里负责与各个中学的团委、团总支、团支部联络,所以我虽不是中学生,却是中学生的朋友、同龄人,我没有离开中学生活。五十年代初期的中学生生活在新旧交替的大变化、大发展时期,生活在我们共和国的童年,大家都充满了希望、朝气、信念,大家都相信从这一代人起将会过一种全新的、无私的、非常光明美满的生活,我们需要清洗的,只是旧社会残留下来的污垢,而且我们觉得,这样一种清洗未必比做几次大扫除更困难。

一九五三年以后,当国家局势变得更加安定、正常,学校生活日益恢复了自己惯有的以教学为中心的日常秩序,而当中学生们纷纷回到课堂里坐稳自己的座位,埋头学文化、向科学进军的时候,我在欢呼中学生的新生活的同时,又十分怀念处在解放前后历史的大变革的风暴中的激越的年轻孩子,于是我决定写《青春万岁》。所以要让青春万岁,当然不是说可以红颜永驻,长生不老,而是说,保持青年人的理想、热情、献身精神和友谊,是一件至关重要的事情。我当时只有十九岁,但我已经预感到当时光流逝、当人们成熟起来的时候,当人们获得了更多的经验和学识的时候,人们有可能失去年轻人身上的一些极为宝贵的东西。

所以我要写《青春万岁》,我要让人们知道我们这一代年轻人是怎样生活、思索、学习、激动过的,我们曾经万分珍爱我们的时代,我们的新中国,我们的党的共产主义思想,我们曾经万分珍爱青春和友谊,我们曾经都愿意使自己变得更完美些也更高尚些。

生活是美好的,这是《青春万岁》的主旋律,也是我至今的许多作品的主旋律,虽然我也经历过坎坷、挫折,虽然我已经深深知道了生活里不仅有盛开鲜花与撒满阳光的道路,而且也有许多黑云迷雾、凄风苦雨。

我想起一九七九年的暑假,那时,四分之一个世纪以前写的这本小书终于得以完整问世。(一九五七年《青春万岁》曾在《文汇报》部分连载,但书未能出版。一九六二年曾考虑它的出版问题,终又作罢。)在一个晚上,有十来个当年的中学生(就是我在后记中提到的马特洛索夫夏令营的朋友)来找我和我的爱人。我们一起冒着时下时停的小雨到劳动人民文化宫去了,我们在一起唱了许多当年的歌曲,朗诵了当年喜爱的诗篇。我们都已经四十多岁,都已经是做了父亲、做了母亲的人了,而且我们当中没有哪个人二十多年来一帆风顺,用一九七九年时髦的话来说,我们的心灵上也都或多或少地有着伤痕,然而,当我们聚在一起的时候,我们重温了中学时代的激情和欢乐。美好的记忆也是难得的财富,一个有这样的记忆和没有这样的记忆的人在碰到艰难的时候大概会有不同的反应。尤其是当美好的记忆与日益美好的现实和更加美好得多的前景挂起钩来的时候,我们能不觉得光明和温暖吗?

更多的反响来自当今的中学生,三年来我一直收受着来自这些读者的热情来信,有些信写得是何等好啊!可惜我不可能一一回复他们。有少数中学生这样说:"你们那个时候的中学生活是多么丰富多彩呀!我们现在只知道死记硬背,考高分,考重点学校,最后目的是考大学……"我想他们的来信是真实的。但我不能同意现在的中学生活就注定了要枯燥乏味、要充满冷酷的竞争的看法。每个时代都有自己的特点,都有自己的渺小、平庸、哀叹,也都有自己的伟大、崇高、进取。问题是要追求,要提高和丰富自己的灵魂。"从我做起!"我很赞成共青团的这个口号,与其抱怨生活单调与同学之间缺乏真诚的友谊,不如从自己做起,用自己的全面发展来充实自己的青春,用自己的友爱去温暖同龄人的心。

我还相信,今天的中学生活会有许多五十年代不可能有的东西。比如郑波、杨蔷云她们就没有看过电视,就不知道录音机为何物,甚至她们那时候还没有塑料,没有尼龙、腈纶,没有半导体收音机。我希望能有反映八十年代的中学生活的书。

《青春万岁》的写作是不容易的,因为它是我的处女作,写初稿用了一年,送出版社听取意见用了一年(这一年当中,我有多少次梦见对书稿的审读有了结果),然后修改了一年。出版它就更不容易,两次排印,两次搁浅。开始动笔的时候我年方十九,印成书的时候我已经四十五岁了。二十余年以后,它居然能被评选为中学生"最爱读的书",这使我感到惊喜,也感到幸福。文学是能够架设心灵间的桥梁的。当我想到我们的中学生在读这本书并为当年的中学生的喜怒哀乐所感染的时候,我简直想掉泪!让孩子们的心灵更加光明吧!让我们每一个人都变得好一些、更好一些吧!那么多年轻的孩子在注视着我们、期待着我们、信赖着我们呢。

发表于《山西日报》1982 年 4 月 15 日

诗 情 词 意

　　一九八一年十一月我开始写这一年我个人最重头的作品,描写一个美籍女华人回国的见闻感受。已经写了两万多字了,写得满有兴致,自我感觉良好,但我想不出作品的题目,也发愁这篇东西将如何结尾。就在这个时候我看到了何西来同志评我的作品的一篇文章:《心灵的搏动与倾吐》,里面提到李商隐的诗的意境对我的作品的影响。何不到李商隐的诗里去寻找一个题目呢?我想。于是,"相见时难别亦难,东风无力百花残"的名句向我走来了。对,就叫《相见时难》,这不是给我预备的现成的小说题目吗?我欣喜若狂,反复吟咏,在找到了这个题目以后我又找到了结尾,找到了调子,找到了把这个时髦的弄不好会带"假洋鬼子味儿"的题材与真正古老的民族文化传统、审美心理相连结的纽带……我是多么感谢何西来同志啊!

　　小的时候我就爱读古典诗词。"锦瑟无端五十弦,一弦一柱思华年……沧海月明珠有泪,蓝田日暖玉生烟",这对当年的我几乎不可解的诗句,却使我如醉如痴。五十年代讨论《组织部新来的青年人》的时候,已经有人在谈林震和赵慧文的关系时引用李商隐的诗句"昨夜星辰昨夜风,画楼西畔桂堂东。身无彩凤双飞翼,心有灵犀一点通"了。至于我个人,也许我宁愿引用晏殊的"油壁香车不再逢,浮云无意各西东"。

　　李白的诗"弃我去者,昨日之日不可留;乱我心者,今日之日多烦忧……俱怀逸兴壮思飞,欲上青天揽明月"曾经一下子征服了我,它甚至使我产生了一种神圣感和神秘感。当我吟诵这首诗的时候,一种说不出的悲凉感、洒脱感与豪迈感传遍我的全身,好像是接受一次清泉的沐浴。"明月几时有?把酒问青天""休对故人思故国,却将新火试新茶,诗酒趁年华",苏轼的前一首脍炙人口的词章与后一首不那么有名的词,给我的是差不多同样的洒脱感。

风格完全不同的元稹的悼亡诗"谢公最小偏怜女"和"唯将终夜长开眼,报答平生未展眉"也曾经那样深刻地咬啮我的心。在五十年代末期和六十年代初期,每逢我背诵这两首悼亡诗时都会不由自主的泪水盈眶。

白居易的《忆江南》又使我充满喜悦。那不仅是词,更主要的是音乐,是一支神采飞扬、华美而又干净的、天籁一般的乐曲。每次念到"能不忆江南"的时候,我都觉得"帅"得不行,那真是一种美的满足。类似的还有"细雨梦回鸡塞远,小楼吹彻玉笙寒""海棠花谢也,雨霏霏""花非花,雾非雾……来如春梦不多时,去似朝云无觅处""青山遮不住,毕竟东流去""海上生明月,天涯共此时""二十四桥明月夜,玉人何处教吹箫""君问归期未有期,巴山夜雨涨秋池"……包括毛主席的"泪飞顿作倾盆雨""分田分地真忙",都是最能触动我的心弦的。

当然,我喜欢读的古典诗词不止这些。李贺也常常使我震惊,但他的诗,包括杜甫的某些诗,使我觉得太滞涩;柳永、温庭筠的词又使我觉得太黏腻;辛弃疾、范成大的许多作品我同样是很爱读的,但总觉得少了一点魅力、一点入微的妩媚,不像前面摘引的那些句子那样熨帖。

《钟山》的编辑同志说是要在"作家之窗"的栏目下发一篇何西来同志的评论,并让我写几个字,我素来以为自己谈自己的作品往往会成为一件乏味的、煞风景的事情,于是我信口开河,写下了这些。以上所说,更多的是青年时代的事了,也许与现在的我并不完全相同。但我肯定,这种种心态和趣味,对我的作品不是没有影响的。我虽然没能成为诗人,但我往往是以写诗的心情来写小说的,我重视小说中的诗情词意。物极必反,这样的对于诗的追求,反过来又刺激我写一些与诗全不相干的东西,如最近的这一篇《风息浪止》。

不知道以上这一点点坦白交代能不能供读者和批评家们参考。

发表于《钟山》1983年第1期

撰余赘语

我的大部分小说带有浓厚的抒情色彩。在开始我的处女作《青春万岁》初稿写作的时候,我刚满十九岁,十九岁当然是一个抒情的年岁,一写起来,我就充满青春和革命的激情,我觉得,我是在写一首诗。我注意意境和情致,注意语言的音韵、节奏和色彩,胜过了用心谋篇布局、编排故事。不仅如此,在五十年代的习作时期,编排故事似乎是一个额外的负担,是一个我不能不对之让步的套套,一编故事我就觉得害羞,不理直气壮,我总觉得写故事不像写情感那样坦诚真挚。

一九五六年初我在《文艺学习》上发表了一个短篇《春节》,这篇东西原来没有一个完整的故事,我只是写一个青年人在过完舒舒服服的春节之后有一种不满足的感觉,他向往生活的更大的充实。这篇稿子寄给了《新观察》,不久,被退回来了。感谢当时《新观察》的一位不知名的编辑,他随着退稿附了一封信,说:"这篇文章写得很有感情……但显得太散……"我没费什么力就编了一个故事,改写了一下,寄给《文艺学习》,立即就发表出来了,反响还不错。但我始终觉得惭愧,那个故事并没有多大新意,而且确实是随手一编。

《组织部新来的青年人》开始表现了我把抒情、议论与生活的剖析(尽管还是相当幼稚的剖析)结合起来的努力。我毕竟是从少年时代就有做基层工作、实际工作的经验的,我从来不赞成把生活简单化,把人简单化,不赞成把生活的某些缺憾仅仅归咎于某个人的品质恶劣。在我写的年轻人林震与组织部副部长刘世吾之间，感情上我更多地同情林震，但我丝毫无意把林震写成革命闯将，也无意把刘世吾写成麻木不仁的官僚主义者。其实我既写了林震的天真与热情、直率，也写了他的幼稚、软弱，我写他口袋里揣着尼古拉耶娃的《拖拉机站站长和总农艺师》去区委会报到，这时包含着轻微的揶揄。而且即使在当时，在我还不满二十二岁的时候，我也知道刘世吾有许多正确的地方，可惜，这些正确的地方是和他整个的冷漠态度联系在一起的；可悲之处更在于，他不能更好地了解和帮助林震，而林震的轻举妄动，既不完全公正，也于事大无补益。

《组织部新来的青年人》的故事架子似乎没有脱出《拖拉机站站长和总农艺师》乃至《本报内部消息》《上海姑娘》（后者在作为小说发表时题为《甲方代表》）中年轻人与官僚主义领导者斗争的模式，但在对生活、事件、人物的剖析和倾向上，与上述作品不乏区别，有的地方甚至可以说是尼古拉耶娃的小说的翻案文章，她的小说是写一个热情勇敢的女青年三斗两斗就取得了"伟大胜利"，而我要写的是，生活远远不是这样简单，你去依样画葫芦地斗一下试试吧，其结果与效果大概不算美妙。

一九七八年三中全会以来开始了我写作的"二度青春"，我又是热情激荡的了：《夜的眼》《风筝飘带》《春之声》《海的梦》乃至《布礼》和《蝴蝶》，都带着一种激情，有时这种激情甚至妨碍了我更客观地、从容不迫地、有秩序地叙述生活。这恐怕是这些作品至今仍被争议的一个重要原因。按一般道理来说，小说这种形式比起诗歌和散文，本来是更擅长于刻画人物、叙述事件、描绘客观生活而不是抒发主观感受的。

当然，在文学创作中，主观抒发与客观描绘是不能分的。七十年代我编故事的时候已经不大有五十年代的那种不安之感了。我已经懂得：情必须有所依附、有所体现、有所根据。它的依附、体现和根据便是生活故事。情如果不和具备客观的真实性、形象性和逻辑性的生活故事结合起来抒发,是无法被读者接受的,弄不好,还可能叫读者觉得你是在忸怩作态、在发神经、在声嘶力竭。

也许,上述作品写得急了一些?但这是没有办法的事,拨乱反正,新旧交替,重新握笔,百感交集。有这种拿笔的时候情感上"超负荷"的体验的作者,我以为还是幸福的。至少,他写作的时候从来不必搜索枯肠东拼西凑,挖空心思为文造情。

但与此同时,我没有放松对客观生活的观察和思考。我是一个积极入世的人,农村、工厂、部队、干部、青年、少数民族、会议室、办公室与会客室里发生的事情,都能引起我的兴趣。我很有兴趣地去体味和分析客观世界,我常常发现我们的文学眼光是太简单了,而生活要复杂得多。

例如,我曾经是契诃夫的崇拜者,我也曾经迷恋"反庸俗"的主题。但是在实际生活里,我却发现,任何伟大辉煌浪漫的事情都包含着平凡、单调、琐碎乃至其他貌似庸俗的东西。爱情是充满诗意的,然而即使最最最充满诗意的爱情也只能是食人间烟火者的爱情,它无法排除生火、做饭、油烟、洗碗碟、打洗脚水和洗尿布,无法排除厨房、卧室和卫生间里的各种器皿,一句话,无法排除生活。

对于"反庸俗"的作品和言论,我开始抱一种怀疑和分析的态度了,我要看一看,它究竟代表的是一种脚踏实地而又充满理想的奋斗精神,还是一种不着边际的孤芳自赏。

在《深的湖》里,就有这方面的意思。

再例如,我们常常愤慨于先进人物之受打击,我们往往把这种事归咎于先进人物周围的人的嫉妒,甚或其他不正之风。但事实上,这种事情的情况是千差万别的,《风息浪止》里所剖析所叙述的,提供了这种情况中的一种类型。整材料、写报道,有时候我们太满足于"基本属实"了。其实这种材料和报道,应该句句是实,句句经得住查证才是。这种材料和报道,就像一个人的照片。如果一张照片照得各方面都"属实",就是少了一只耳朵或多了一道眉毛,那还能算

"基本属实"吗？那还能不引起当事人或当事人的知情者的抗议吗？

于是，在《风息浪止》描写的一场小风波里，各种因素搅和在一起，只有用类似写推理小说的那种耐性，那种层层剥笋的办法，才能把这个故事写清楚。

故事写完了，我又觉得有些遗憾。它有某种讽刺、幽默、剖析，却缺乏我一贯最喜爱的诗意、抒情性，缺乏一种更加庄严崇高的东西。这只有留待下一批作品来弥补了。

发表于《中篇小说选刊》1983 年第 3 期

文 学 与 我
——答《花城》编辑部××同志问

××同志：

来信悉。此次从海军部队回来经广州，蒙你们安排照顾，见闻颇丰，很有教益，多谢了。

对于公开回答你所提诸问题，本来我是不太愿意做的。因为我一贯不主张一个人写了几篇东西，便可大写"自传"，似乎一切经历、行状都有了公之于世的"意义"。但鉴于近来写到我的"生平"的《文学家辞典》之类所传甚多，间有错讹，为了避免以讹传讹，以假乱真，我只好破例向《花城》的同志交代一番。

关于我的"基本情况"

我祖籍河北省沧州专区南皮县。南皮，因是张之洞的故乡，故小有名气。但我这一辈已出生在北京了。具体地说，我出生在北京沙滩，当时我父母都在京上学。

我出生在一九三四年十月十五日。出生后回过南皮。一九三七年七七事变爆发后，全家彻底迁往北京，叫做逃难，至今我依稀记得坐马车逃难，夜宿旅店，听到牲口吃草声音的情形。小时候，在家里我说沧州话，在学校说北京话。

学龄前在香山慈幼院附属幼稚园（即幼儿园）受教育，其旧址在地王庙，后为女三中。

一九四〇年我不满六足岁，"考"入北京师范学校附属小学，简称北师附小。二年级的级任老师（相当于现在的班主任）叫华霞菱，她是一个非常优秀的教师，在品德上和知识上对我循循善诱，使我终生难忘。一九四五年，抗日战争胜利以后，单身的她响应当时国民党政府的号召，报名到刚刚"光复"的台湾推广"国语"去了，据说至今仍在台湾。

一九四五年我跳了一级，考入私立平民中学，因当时报考公立学校需要文凭，而我小学并未毕业，只好考私立的。在小学和初中，我学习成绩较好。平民中学旧址现为北京第四十一中学。

就在我考入中学这一年，日本投降，使我兴奋若狂。因为我虽年幼，但和其他儿童一样，具有反日的民族自尊心理，所以，我曾热烈地欢迎"国军"的到来。

国民党政府迅速腐败使我绝望。整个腐烂的旧社会孕育着伟大的人民革命运动。我从一九四六年起和当时的地下党员建立了经常的联系。阅读了一些马克思主义的小册子、毛泽东著作和革命（包括苏联的）文艺作品。《论联合政府》《社会发展史纲》《大众哲学》《白毛女》《李有才板话》《士敏土》《铁流》……都是在解放前悄悄阅读的。

一九四八年十月十日，还差五天十四足岁的我加入了中国共产党，成为她的地下组织的一个成员。并立即投入了发展组织，积蓄力量，迎接解放，保卫北平的斗争。在这样的年代，我的最高理想是做一个职业革命家。

一九四九年一月底，北平和平解放。三月，我成为当时的新民主主义青年团北平市工委的一名干部。八月，到中央团校学习。

一九五〇年五月，在中央团校学习期满后，分配至新民主主义青年团北京市第三区（后改为东四区）工作委员会。一直到一九五六年，我从担任干事开始，到担任副书记。

这几年的大部分时间我联系几个中学的团的工作。在中国翻天覆地、高唱革命凯歌行进的年代成长起来的少年——青年人的精神面貌是非常动人和迷人的,特别是其中那些政治上相当早熟的"少年布尔什维克",给我终生难忘的印象,当然,我自己也是其中的一个。

一九五二年第一个五年计划开始,我曾热切地申请参加高考,我想学建设,到建设第一线去。从小,我就是既喜欢文科也喜欢理工科的。而且,五十年代我所读的苏联作家安东诺夫的小说《第一个职务》也影响了我,使我对建筑工地充满神往。

我的申请没有被批准。到第一线搞建设的愿望无法实现,小小年纪的我产生了一种开辟新战线的跃跃欲试的情绪,还有一种怀旧的情绪——我非常怀念地下党的那些同志,那些在解放前后积极投入了革命斗争的青年人,那些热情地迎接解放,又热情地投入了建设新生活的斗争的青年人。

于是我决定写小说。从一九五三年十一月起,开始写《青春万岁》,陆陆续续写了一年。一九五四年底,我把稿子给了中国作家协会文学讲习所的潘之汀同志,请他看看。潘之汀同志写信称赞我的"才华",并把此稿转给了中国青年出版社。一九五五年九月,中国青年出版社的编辑吴小武(即萧也牧)同志和看了此稿的老作家萧殷同志找我谈话,肯定了小说基础并提出了修改意见。

在等待对《青春万岁》的意见的同时,我写了短篇小说《小豆儿》,寄给《人民文学》,不久,发表在这一年第九期的《人民文学》上了。这是我正式发表的第一篇小说。

第一篇小说的发表并未使我愉快,因为我发现,小说被删去了三分之一,题目也变了。我写了一封气势汹汹的质问信给《人民文学》,葛洛同志接见了我,讲了修改的道理,使我赧颜。

一九五六年初我又发表了一短篇《春节》。同时萧殷同志为我联系了半年的创作假。同年四月,参加了全国青年文学创作者会议。

会后我写了小说《组织部来了个年轻人》，发表在第九期的《人民文学》上。也是在九月，我的《青春万岁》修改完毕交稿。

一九五六年十二月，我调至四机部有线电厂，任团委副书记。

一九五七年以后和在新疆

在一九五七年的"反右"斗争后期，我被"扩大化"进去了，这样，已排好版，打出清样的《青春万岁》未能出版，直到一九七九年，二十余年后，它才得以问世。

一九五八年至一九六二年，我在北京郊区参加体力劳动。一九六二年，我到北京师范学院中文系任教员。这一年，我发表了短篇小说《眼睛》和《夜雨》。

一九六三年十月，我参加中国文联举办的读书会。在这个会上，我向有关领导提出到边疆去，到农村去。同年年底，全家抵达乌鲁木齐。

从一九六三年底到一九七九年，我在新疆生活、工作、劳动了将近十六年。特别是从一九六五年到一九七一年，我在伊犁地区的巴彦岱公社劳动锻炼，并一度兼任该公社二大队的副大队长，那是一段非常宝贵和永远难忘的经历。我和当地的维吾尔族农民相处得十分融洽，六年里我和维吾尔族老农阿卜都热合曼与老农妇赫里其汗住在一起，亲如一家。我学会了属于阿尔泰语系突厥语族的维吾尔语，能熟练地与维吾尔族人交谈和在会议上进行同声口译，并能把维吾尔文的文学作品翻译成汉语。由于维吾尔农民和当地干部的保护，在"文化大革命"中我没有受到过任何人身侮辱。一位关心我的老同志知道我的经历后，认为我在十年内乱中平安无事是一个奇迹。

上了两年"五七干校"以后，从一九七三年我先后在新疆维吾尔自治区文化局、文联担任翻译和编辑工作。

因此，不能简单地把我去新疆说成是被流放。去新疆是一件好事,是我自愿的,大大充实了我的生活经验、见闻及对中国、对汉民族、对内地和边疆的了解,使我有可能从内地——边疆、城市——乡村、汉民族——兄弟民族的一系列比较中,学到、悟到一些东西。新疆的干部、作家、群众……都对我很好。

当然,如果没有"反右"运动中的被"扩大",我大概不会去新疆,而那是一件非常痛苦的、荒谬和不幸的事情。

这几年

一九七六年十月的事件使我欣喜若狂,我当时已经感觉到,旧的时期结束了,充满了新的希望的新时期开始了。当然,那时我没有想到拨乱反正能够这样彻底。

一九七八年我开始发表小说,有《队长、书记、野猫和半截筷子的故事》《最宝贵的》《光明》等。这时候我写小说还是相当拘谨的。但在《最宝贵的》结尾时所写的严一行(市委书记)的内心独白里,已经充满了我的血泪。

一九七九年初,在"沉冤"二十余年之后,"反右"中的问题终于得到了彻底的改正。我从北京市委开出了迟开了十六年的党员的组织关系介绍信回新疆,心中感慨万分,这就是中篇小说《布礼》的由来。虽然《布礼》并不是一篇自传性小说。

同年夏天,我终于举家迁回了阔别十六载的北京,开始时没有房子,住在市文化局的一间只有九平方米的小屋里,对面是盥洗室,昼夜流水哗哗;窗后是电视室,每晚响起性能良好的高低音喇叭。时值盛夏,我每天赤膊上阵,只穿一个短裤衩写作。《布礼》《友人与烟》《悠悠寸草心》《夜的眼》和许多篇评论、创作谈,都是在这里写的。

一九七九年十一月我搬入新居,写下了《说客盈门》与《风筝飘带》。一九八〇年初我回新疆参加了一个活动,并在乌鲁木齐写下了《买买提处长轶事》,回京后,我写了中篇小说《蝴蝶》。这一年六月我去西德访问两周,同年八月底,又应美国衣阿华大学国际写作计划主持人聂华苓女士之邀去美国访问了四个月。

一九八一年初我访美经香港归来,带回一个在衣阿华五月花公寓写的中篇小说《杂色》,然后写了短篇小说《深的湖》。同年夏天,我写了中篇小说《湖光》与《如歌的行板》,微型小说《不如酸辣汤及其他》。秋天,我重返新疆,重访巴彦岱公社,又去了特克斯县牧区。在新疆,写了短篇小说《心的光》与《最后的"陶"》,散文《故乡行》。《故乡行》在《人民日报》发表之后,一个美籍华人来信告诉我,说他读后感动得流下了眼泪。

一九八二年,我发表了近十万字的中篇小说《相见时难》。其中美籍华人蓝佩玉,是我非常熟悉的一种人物。有人怀疑我能否对美籍华人有足够的了解,其实,他们不知道,这些解放前夕离开中国大陆的青年学生正是当年的学生运动里我们烂熟地打过交道的那些人,其中有一些可说是当年左派学生的手下败将。然后,三十年过去了,他们陆陆续续以"外宾"或"准外宾"的身份回来了,重新与当年打过交道的左派学生,现在我国各条战线的中坚、骨干见面,这是多么令人激动、令人困扰、令人思索的经历呀!我觉得《相见时难》并未尽其意,也许我还会写个续篇或再续篇的。一九八二年我还写了短篇小说《惶惑》《听海》和《春夜》,中篇小说《莫须有事件》和《风息浪止》。还有短篇小说《青龙潭》,发表在一九八三年初。

一九八二年五月,我再次访问美国,参加了纽约圣约翰大学举办的中国当代文学讨论会,并顺访墨西哥一周。

一九八二年十二月,根据军事题材创作会议的安排,我去西沙群岛和海南岛深入海军部队的生活。海军战士的艰苦奋斗、自我牺牲、英雄主义给我留下了深刻的印象。我写了一篇散文诗《西沙之什》,发表在《昆仑》一九八三年第二期上。

关于我的"评论"

我还写过一些创作谈、评论之类的文字。原因是我要开许多会，参加会就要准备意见，发言，便形成了"评论"文章。遇到索稿太急的编辑，当我没有小说作品可以交任务的时候，便请"评论"来救急。同时，我认为文学是社会的事业，整体的事业，我有什么想法，对别人的作品有什么意见，愿意公之于世，求教于人。

我的"评论"是带引号的，因为它缺乏理论的严谨性，而更多的是随感的性质。我追求把评论当散文或者杂文来写，当然，这样做或许能显得活泼一些，但同时会影响这种文字的严密、科学性。写什么东西，追求什么风格，往往都是有一得必有一失。

这一类文字中较重要的有《当你拿起笔……》（一九七九年至一九八〇年的《青春》）、《我在寻找什么》（《王蒙小说报告文学选》序言）、《倾听着生活的声音》（《文艺研究》一九八二年第一期）、《一个值得探讨的问题——谈我国作家的非学者化》（《读书》一九八二年第十一期）。

此外，我谈不上有什么特别的文学主张。在创作上我进行了一些试验，但从来认为生活是第一性的，生活的丰富决定了题材的多样性和手法的多样性。在各种试验中占主导地位的是以人物和故事为经，以心理描写（包括接近意识流但又与西方现代派的意识流全然不同的写作）为纬的作品。其次是一些幽默讽刺作品。我在这些幽默作品中追求的是对一些有缺点的人物的善意的揶揄和有节制的讽劝。

我的个人生活

关于我的生活。我要说，我有一个幸福的家庭，妻子与我同甘苦，共命运，永远心挨着心，她是我历尽坎坷而不垮下去的精神支柱之一。我的两个儿子都已大学毕业，我的小女儿也已是共青团员。

我喜欢游泳，不放弃每一个游泳的机会。我曾在西沙的金银岛和海南岛榆林港附近游泳。我曾在美国衣阿华的室内游泳池游泳。在墨西哥，我不但游了泳而且从三米高的跳台跳水。在新疆，我曾从五米高的峭壁上往水库里跳水。可惜，我跳水的姿势百分之百的不合标准。

我还喜欢听音乐，包括西洋音乐和民族民间音乐，某些地方戏曲、大鼓书和洋歌剧。年轻的时候喜欢唱歌，现在不唱了。

我还喜欢做平面几何的证明题，虽然我这方面的学历大概只相当于初中毕业，但是遇到三角形和圆，我就跃跃欲试。我始终认为，人类的理性活动和逻辑推理活动充满着灵感、诗情和智慧的喜悦。

我喜欢学语言。除了维吾尔语外，我利用几次出国机会唤起了少年时期（一九四五年至一九四八年）在课堂上学英语的记忆。目前，在国外，我的英语完全可以对付社交和生活的需要。我总觉得语言也是一种艺术、一种音乐，是打开一种人心、一种文化的钥匙。多学一种语言就等于多长了一双眼睛、一对耳朵、一个舌头和一副头脑，学英语、读英语、听英语和说英语，是当前我的癖好之一。

今后的写作计划，我说不出，我常常在写作上缺乏必要计划性。大致上，在相当多产地写了差不多四年的短篇和中篇以后，我要稍停一停，转入写更有分量、更扎实、更能立起几个实实在在的艺术典型的新作品。

祝

编安

王　蒙

1983 年 3 月于北京

发表于《花城》1983 年第 4 期

我的第一部小说

我的第一部小说是长篇《青春万岁》。小时候,大约十岁左右吧,我曾在一个笔记本上练习写"小说",我至今记得那内容是描写一个清道夫(现在没有这个名词了,现称清洁工)的一天,里面有一句话,是这个清道夫的自白,说他一天所得勉强"餬口而已",不知道童年的我为什么要让一个清道夫转文。当然,那是不能算数的。

一九五三年我十九岁,我已是青年团的干部,当时还不叫共产主义青年团而叫新民主主义青年团。有感于我国第一个五年计划开始以后的大好形势,我曾申请去考大学,我想学土木建筑。这说不定与我看了安东诺夫的短篇小说《第一个职务》有关,工地、脚手架、卷扬机与搅拌机是那样的吸引着我。

考大学的申请未获批准。眼看着我所熟悉的那批从地下时期就参加了人民革命运动的"少共布尔什维克"也都转向了和平建设时期的文化科学与各门业务的攻关学习,我预感到了一个旧的历史时期的结束与新的历史时期的到来。我怀恋革命运动中的慷慨激越、神圣庄严,我欢呼大规模的、有计划的社会主义建设的绚丽多彩、蓬勃兴旺,我注视着历史的转变当中生活与人们的内心世界的微妙变化与万千信息,我为我们这一代人——经历了旧社会的土崩瓦解、全国解放的欢欣、解放初期的民主改革与随后的经济建设的高潮的一代少年——青年人感到无比幸福与充实,我以为这一切是不会再原封不动地重现的了,我想把这样的生活和人记录下来。为什么不写一部长篇小说呢？

这个想法本身就使我激动，使我恐惧，使我羞怯又使我做起了诱人而又折磨人的文学之梦。

我也知道应该先从短小一点的作品开始练笔。但是，带着少年人的狂妄劲儿，我希望我写的与众不同：生活气息、诗情、哲理……我企图打破那种以一个贯穿的戏剧性的故事来结构全篇的惯常的写法。我知道我的这种追求不一定成功，也不一定容易被接受。我觉得一个短篇分量太轻了，即使被否定了，是否能证明自己的追求是不对的呢？难说，只有把自己的生活经验与内心感受通通倒出来，写到一部长篇里去，文学界的师长们才好判断我写的东西是否有一点价值。

这样我就给自己确定了一个艰难的，难以胜任的任务。最大的苦恼在于结构，而相反，种种情节片断、生活细节、情绪抒发、人物性格、生活场景，写起来似乎倒还自然而且丰富。可是怎么把这些片片断断的东西连结在一起呢？仅仅在纸上画结构表就画了不知多少次，越画越觉得千头万绪，头昏脑涨，脑袋简直要爆炸了。

能不能集中写一个故事呢？太抱歉了，我要写的不是一个大故事而是生活，是生活中的许多小故事。我所要反映的这一角生活本来就不是什么特殊事件，我如果硬要集中写一个故事，就只能挂一漏万，并人为地为某一个事件添油加醋、催肥拉长，从而影响作品的真实性、生活感，并无法不暴露出编造乃至某种套子的马脚。这样的事，我不想干。

这就苦了我，东写点、西写点，斑斑点点，几乎乱成了一团，我真想把自己打一顿，哭一场，为什么这样无能？

从开始写第一稿起，我对文学的热劲一下子就猛增了。解放初期，我忙于工作，立志要做的是一个职业革命家，并没有用多大力量去学文学。一九五三年以后，我狂热地阅读古今中外的大量名著，越读越入迷，越读越脑子发热，越读越觉得自己写得不行，又越读越觉得自己写得有希望。

"我能不能成为一个作家？我会不会失败而白白地浪费时间精力、遭人耻笑？"开始写第一篇作品的时候也许会出现这样的念头。我的切身体会是，这种夹杂着个人得失的念头就像毒蛇一样缠绕着你，引诱着你，只能扰乱你的写作，扰乱你对于文学创作的纯洁的与刻苦的追求，甚至会影响你的本职工作，影响你与周围的同志的关系，乃至影响你的饮食、起居、神经的健康。过分的"文学狂"是百害而无一利的，它使你像发疟疾一样，一会儿冷，一会儿热，一会儿得意洋洋，一会儿垂头丧气。文学事业有文学事业的守恒法则和平衡定律，头脑过热、孜孜以求，越是这样越写不成、写不好。所以，从切身的经验出发，我主张给过于狂热的文学青年适当泼一点冷水，而真正的关怀和支持，特别是对那些确有才华又确无经验的青年作者，这种关怀和支持应该藏在心里，应该化为切实有效的具体帮助，千万别随便说那些火上浇油的捧场话。

对于初学写作者来说，善于等待也是非常重要的。一九五四年冬，我把我的第一部小说《青春万岁》的初稿拿给了文学讲习所的潘之汀老师。不久，潘老师来信夸奖了我，并把此稿转给了中国青年出版社。从此开始了漫长的等待过程——我以为是漫长的，其实这个出版社对来稿还是抓得紧、看得快的。我曾经几度骑着自行车走过北京十二条老君堂，走过这家出版社的大门，以敬畏的心情看着在门口出出进进的戴眼镜的与虽不戴眼镜但显然是极有学问的编辑老师们，他们对我的稿子会说些什么呢？我极力揣测，也揣摩不透。

差不多一年之后，一九五五年，出版社文学编辑室的负责人吴小武（萧也牧）同志约我与他同到萧殷老师家去。萧老（当时他年岁其实还没有我现在大呢）热情地肯定了作品的基础，并指出了关键问题在于全书缺乏一条主线，一条贯穿线索，并提出了许多具体和宝贵的意见。萧也牧老师说话不多，但也给了我许多恳切深沉的忠告。

一九五六年初，经萧殷老师帮助，由中国作家协会帮助给我联系了半年创作假,一九五六年九月,小说完稿。

　　后来,小说正式出版则是一九七九年秋,二十三年以后的事了。不知道在解放以后的出书周期方面,在每位同行的"我的第一篇小说"的出版周期方面,是否创了点什么纪录。当然,在等待的耐心上,也算是个纪录了。因为我已经耐心到根本不予等待程度了。

　　有些事在别的场合、别的文章中提到过,就不再絮叨了。

　　一首打油诗,就此收住:

　　　　激情如瀑思如泉,弱笔何能驭纸船?
　　　　好梦如花苦技短,良师作雨润心田。
　　　　文海滔滔风浪恶,晴空丽丽路途宽,
　　　　拙痴往事成一笑,毋馁毋骄山复山。

　　　　　　　　　　发表于《山西文学》1984 年第 5 期

梁 有 志* 他

历史扮演着人,人表演着历史。

人是能够胜任许多角色的。

并非完全决定于机缘,又常常表现为机缘。

偶然是历史的灵感,泰然是人的灵感。

枉费心机者埋怨泰然处之者的老谋深算,利欲熏心者咒骂淡泊明志者的虚伪。

庸俗像是马蝇,叮住了生活的骏马,于是它也飞速前进了。

挨整时心平气和,抬举了如坐针毡。

有没有一个词儿叫做历史的幽默感?它是一种清醒剂,又是维生素,还能减肥维持线条,治水肿。

一个人演,许多人看,鼓掌和嘘声交替迅速。

有意种花花不活。

无心插柳柳成荫。

冷者无情,热者无功。

冷中有热,热中有冷。

急于出人头地的小子,还是择一点手段的好。

为什么只当一个瞎起哄的观众呢?

鹰有鹰道,蛇有蛇道。

---

* 梁有志,作者的中篇小说《名医梁有志传奇》中的主人公。

归根结底,生活在前进。

人应该把握得住自己。

都是小说的好材料,叫做"历史的小说感"。

什么是小说感?既执着又超脱,津津有味而又有韵外之韵。

发表于《小说选刊》1986 年第 5 期

关于我的推理小说新作

我没有看过多少推理小说，更对侦破案件的题材毫无研究，但推理小说的写作方法还是令我感兴趣的。它们常先叙述一个结局、一个现象，然后顺着若干线索假设出一个又一个的解释，每个解释都有自己的道理，都引出一些人物、关系、生活，每个解释又常常因失之毫厘而差之千里，由似是而非而荒谬之至。最后，当然，要有一个正确的解释，令人恍然大悟：原来如此，也常常是不过如此。

可以把这种叙述程序——方法视做布迷魂阵以吊读者胃口的通俗读物手法。但也可以把它看做一种生活本身具有的、固有的"解谜"模式。生活中有许多谜，每个谜有许多解释，很多解释都颇有道理、颇有根据，同时这些解释又往往很不充分，很不正确。而当这种"解谜"的思维模式变成思维定势，各种蹩脚侦探就会大出洋相。当蹩脚侦探们力量极大时，当然，情况就会更糟了。所以，归根结底，是生活提供了推理小说的结构方法。这种结构方法，自然也可以回到生活里去和真正的生活而不是故弄玄虚的案件相联系。

早在一九八三年，我写《风息浪止》时就用了这种方法。而在《要字8679号》里，推理小说云云，就不仅是指的方法了，不知我这样自我标榜，会不会令真正的推理小说家发怒。幸亏现在商标法还没有做出不准滥用冒用推理小说名义的规定。那么，这样的推理小说也就大可以继续做下去啦。

发表于《中篇小说选刊》1988年第4期

我的六本新书

前年下半年以来,我已经出版了五本新书。还有一本即将出版。

《王蒙代表作》,黄河文艺出版社版,是高校当代文学教学参考资料,选择大致不差。

《球星奇遇记》,人民文学出版社版,收了我一九八六至一九八八年所写中短篇小说。前言和后记,我用了一首我写的诗和一篇散文。从风格来说,幽默多于温馨,挥洒多于含蓄。都是在"位子"上的时候写的,倒也难得。

《红楼启示录》,评"红"乃我夙愿,于今终得实现,固人生大快事也。随读随写,海阔天空,信口开河,识者哂之,思者爱之。此书完稿于一九八九年,去夏,终由三联书店出版。

《王蒙》,人民文学出版社的《中国当代作家选集丛书》之一种,收数十年来所写部分小说,似颇有代表性,后附作者已成专集的著作的详尽目录。

《风格散记》,出版单位同上。内收近年所写评论三十二篇。其中谈《红楼梦》的文字与上列《启示录》不重复。还收了三篇讲李商隐的。王蒙谈古典文学,还是别开生面的。另外,此集收了一些这两年受到明明暗暗的批评的文章,一应照录,可供参考。

《我又梦见了你》,即将由华艺出版社出版。内收近三年小说新作。茶余酒后,或可把玩,喷饭解颐,微醺凝睇,知我爱我,有益无损也。

作家的天职是写作。我当以更勤奋的写作报答关心我、爱护我、支持我的读者和编者,我十分感谢理解支持我专心从事文学创作与文艺评论的领导。谢谢了,再次谢谢了。

发表于《文汇读书周报》1991 年 1 月 11 日

我写《暗杀 3322》

前年夏天，春风文艺出版社安波舜先生策划了"布老虎丛书"的出版，他说："请给读者一个故事，别的，怎么严肃怎么艺术怎么探索……你们爱怎么写就怎么写。"

他讲的得体，我为之心动。我当然不是一个畅销书的作者，但我也丝毫没有颠覆阅读之类的雅癖，我更不是滞销书作者。我始终认为曲高和寡也好，雅俗共赏也好，曲不算太高但也过得去而又和者众更好。它们各有各的本事，各有各的意义，都没有多少牛可吹，也都没有多少需要多么惭愧的地方。所以谁也不要拿自己当标尺去衡量乃至剪裁旁人。唯一不敢恭维的是曲低和寡，又没有真货又要与读者作对，不知其价值在哪里——当然，作者与他的几个朋友以此自娱倒也是人权与自由。

随后，我看到了铁凝的《无雨之城》，更觉得写得有内容又有趣是可能的。当然，为了某种通俗，也不是完全不付出代价。加以我已连写了两部"季节"，我想换换口味，就答应了写一部相对比较可读性强一些的长篇小说，叫做加盟"布老虎"。它就是《暗杀 3322》。

这个小说的基本构想出现于一九八六年初，原打算写成中篇，已经写了一万多字，没有写成。

要小说提供一个故事，这既不算苛求，也不算多么庸俗。生活中既然充满了矛盾冲突也就充满了故事，特别是咱们大起大落、热热闹闹、千奇百怪、瞬息沧桑；读者轻车熟路，容易入辙；写者有例可依，有法可循;读者与作者彼此易于认同,谁也不太费力。这样的套路,诸如三角恋爱,才子佳人,善恶报应,冤案昭雪,清官赃官,巧合误会,历险事成,拨云见日,等等,古今中外,莫不皆有。

而严肃文学的最大特点在于追求反套路、破套路、创新突破、出其不意、耐人寻味、余音绕梁;不是使读者舒服,而是使读者震服。这样,才有了深度厚度,才有了境界品位,也才有了永远评析不完解读不完的潜力。但是闹不好也常常会折磨读者的神经,考验读者的耐心,令一般读者抓不着头绪,抓不着线索,乃至读不下去。

这里,可以借用画家对于"生"与"熟"的论述。太生了,难以接受。太熟了,似曾相识,乃至鄙俗跌份。其实听歌曲听音乐也是如此,一听就爱,一学就会的曲子,常常是一会就厌,经不住欣赏。而有些好曲子必须听上两三遍乃至更多遍才听得出味道。

所谓严肃文学与通俗文学也有其相通之处。例如世态人情求其真实与深刻,人物性格求其生动和丰满,情节起伏求其动人而又别致,语言文字求其挥洒自如。再说严肃文学也不是全没有自己的套路,一个不成功的爱情,一个实现不了的隐秘愿望,生与熟,创新与传统,其关系都不是单一的。凡此种种,也是大体而言,因为文学上颇多变体与例外。

这样,和寡未必曲高。曲高常常和寡。和寡也应该敢于曲高,坚持曲高。和众就更应该求高,求艺术质量。至于曲高而又和众,就太理想了,这种两全其美的理想就像找到一个十全十美的理想伴侣一样令人羡慕,却又非强求可致。

我在写《暗杀3322》时努力掌握这个度。有时写高兴了得意洋洋,过一会儿总又觉得顾此失彼。喟然叹曰:文章千古事,得失寸心知。我无意写一部畅销通俗书。我追求的是一部故事性强一点但仍然是严肃的书,是增加一些世俗性。由于我的经历特点,常常欲写得更多一点人间烟火味儿而不可得。我是太"干部"、太"知识分子"、太理想、太洁癖与太追求了。这次有意识地生活一点、"大众"一点,爱情与政治的风云变幻，恩恩怨怨的无穷纠葛，祸从天降与时来运转的沧桑感，敌我友的重新组合，性格悲剧与历史悲剧的交织，永远偿还不清的风流孽债与永远改不了的横蛮霸道，一代青年的道德呐喊与三代女人的辛酸毒辣，都收在我的笔底。这里，俗与雅的划分当不是绝对的。小说一征订就是七万册。安先生根据他的销售策略只印五万。现在，已经印了第二次，总共是十万册了。

发表于《新民晚报》1995年1月9日

好戏还在后头

元宝如晤：

　　信与文章收悉，谢谢你对我的一些作品的关心与评析，特别是感谢你的"还差一百五十公里"论。"季节"系列不无尚可进一步精雕细刻之处。此外，还有这样一些考虑，一个是，《恋爱的季节》其实只能算是序曲，《失态的季节》刚刚开始了第一乐章，我曾小有得意地向别人说："茶喝到这时候，刚喝出点味儿来吧？"这个话，是阿庆嫂对胡传魁说的，《沙家浜》的台词。

　　在这一点上，我此次写得特别耐心。好戏还在后头，这维那维还在后头，好戏还要让人看压轴儿的呢。我才不会一下子就把什么都写在第一场里。第一场也发展、丰富不到这一步。

　　另一点，我的考虑是，这是小说，而且是比较实的小说，小说的背后是历史，小说的主要角色是时间。我已经写太多太多各种评论、杂文、小品什么的，也许早已经是过多了。我再不在长篇小说里发什么议论做什么判断了。何况是对历史和时间。历史是曾经存在而现在已经不存在的事实，我只能再现历史，却丝毫不打算评论或者审判历史。评论或者审判历史，那也许是几百年以后的事，但是我更倾向于认为几百年以后的学者也未必有资格审判历史。我们已经苦过了，甜过了，傻过了也一步一步地变过改过不少了。人是一代又一代地走过来的，一代又一代地幼稚过来愚蠢过来又聪明过来成熟过来的。如果一上来人们就和后来一样聪明，那就不会有革命，不会有爱情，不会有文学,不会有——例如足球比赛了。就是说,如果人人都像某些历史小说的作者一样成熟而且无所不知,那就不会有历史所以也就不会有历史小说了。我们不能指望人们一出生就能体验到弥留时候的痛苦或者超越。我们不具有批评一个孩子的不成熟的权利。

而时间呢?时间是铁一样的主宰,它是怎样的改变着一切,提供着小说特别是长篇小说的契机呀!对于时间,我们又何必饶舌呢?能进入那个"时间",是我的最大追求。还是把玩味的乐趣留给读者吧。

关于《活动变人形》,你的说法是正确的。它又重又轻。一个重要的原因是,我并不熟悉我的父辈人的生活,写他们对我来说是困难的,而某种真实性的企望又约束着我,我至少不想在这部小说里胡编乱侃,不想虚构太多。虽然有人以为我是眉头一皱就成了小说。这样《活动变人形》中具体一点的故事情节与环境描写相对就显得贫乏了。也许这恰恰反映了我在记忆上的特点与弱点,我敏感于语言和心绪,敏感于一代又一代人的精神上的苦难(这部小说中许多不是对话而是思想活动,我称之为无声的语言),却时或拙于怵于或者是懒于对外部事件与环境的刻画。

也许我应该写得更聪明一点?放得开一点?更细致与世俗一点?《暗杀3322》印象如何?也许我已经难以救药,业已定型,终无大起色了?反正你的信给了我启发,我希望下一个"季节"会写得好一些。

今年写得太多了,明年春节后再考虑开始下一季节的写作。最近写了一批报屁股文章,就算是挂锄歇冬吧。

此次上海得晤,还是高兴的。不知贵公子近况何如?带孩子不易,但也是极大的乐趣与安慰。评论家也得热心生活俗务,否则写出评论来太书斋气了。

此祝冬安!

王　蒙
1994年12月13日

附：郜元宝致王蒙信

王蒙老师：

您好！

通过您的书与您神交，盖有年矣。这次匆匆晤面，未能从容讨教，太遗憾了。

这两年，特别是一九九四年，您的创作获得了惊人的丰收，小说、小品、评论，铺天盖地，叫人应接不暇。

研究界的心态近来确实浮躁得可以了。其中之一，正如您那篇《从"话的力量"到"不争论"》所谈的，是对语言过分的迷信和依赖。这也许是开放社会难免的现象。社会开放了，语言和生活世界旧有的稳固联系日渐松散，人们如果在生活世界找不到安定和温馨，体会不到意义与自信，就必然要转而求诸语言。我觉得，由此出发，或许可以解释很多令人焦虑的病相。比如，批评界竞相追逐"话语权力"，对非权力的话语，对非语言的生活世界，就渐渐疏远了、淡漠了。这种情况，在创作界也同样存在。这就谈不上清新厚实的生活感受和文学想象，一切都陷入难以自控的语言的狂舞之中。我这阵子仍在思考《戏弄与谋杀》那篇文章曾经思而未明、思而未决的问题：您在小说中所着意呈现的那种"多语"状态，包括您本人对语言的过于敏感同时对语言之外的事物相对的不敏感，所有这些对于从宏观上认识二十世纪中国社会、文化以及知识分子的命运，究竟有怎样的启发意义？手头正在写一篇关于这方面的文章，也许还有点意思。

"季节"系列出了两部。第三部开笔了吗？在九十年代回忆五六十年代的往事，对我这样毫无那个时代的生活经验的读者，无疑有某种阅读接受上的障碍。现在的三代作家，您一辈，知青一辈，苏童、余华一辈，各自都有一个相对固定的汲取精神资源的心灵故地：五六十年代、八十年代、七十年代。我最近给《青年文学》写了一篇《匮乏时代的凭吊者》，分析苏童这一代作家为什么那么不厌其烦地讲述自己在七十年代的那段游荡荒原的"顽童"经历，他们和七十年代的不解之缘，喻示了他们的作品在文化气质精神品格上怎样的特征？做这种笨拙的社会学分析时,我很自然地提到"季节"系列,提到您和五六十年代的关系作为参照。成长的时代(十几岁到二十几岁)给人的烙印,往往一生也擦不掉。这就是一个作家精神的起源和语言的发生地。第一代作家不死的政治牵挂,第二代作家不竭的英雄主义(张承志、梁晓声),第三代作家软弱的抗议以及同样软弱的虚无主义,都可以从三代人各自所据的三个不同的心灵故地寻得解释。

"季节"可讲的当然不止这一点。您是在做左拉式的"专论",把一个时代的生活习尚搜罗无遗,以构成一座宏大的历史博物馆。那是文学,更是非文学(您说长篇是文学更是非文学,确实如此)。祝您成功!

王干先生把"季节"系列列入"新状态",也有道理。我在《失态的季节》中读到了《布礼》的框架、《海的梦》的气韵(尤其是最后郑仿护秋一段),但似乎读不到《杂色》式的逍遥游。也许您有意要变"内游"为"外游",您对恢复历史真相的追求、对细节的兴趣,似乎超过了对幽深的、纷乱的个体情思的兴趣。您在努力发展自己记事、叙述、白描的功夫(陆浩生书记慰问右派一节神了,可谓采风捕影),您同时也在惬意地享受您的"塔玛霞尔",从开头到结尾。但是,您对历史的层次性、心灵的层次性、个体在时间的长河中生存的层次性、特别是写作的现在进行时与故事发生的过去进行时必须注意的那种层次性,相对都有所忽略。您肯定有您的理由。也许是我太性急了,因为"季节"系列刚刚拉开序幕。不过,如果单独来看《恋爱的季节》《失态的季节》,作为长篇,精神维度还是少了,变成了单维的推进。这是我三思而未解的地方,本想当面就教的。

无论如何,我听到了两声来自历史深处的呐喊,它至少帮助我们很多人重温往事、重忆往事,而重温和重忆是重新评价的先决条件。

您近来的理论文字那么多,为什么在"季节"系列的头两部中反而把这一面——您作为思想者学者的一面——大量加以回避呢?是不是回忆您的"心灵故地"(这也许是我的强加)的行为本身,就难以接纳您的那另一面?这是我又一个不解。我觉得,这种回避也许更符合某种拒绝议论的"小说作法",但至少对您来说,相当可惜。

期待您完美的长篇。您的许多中篇和短篇,如《组织部来了个年轻人》《春之声》《风息浪止》《来劲》,特别是《杂色》《海的梦》,就中短篇的形式要求来说,都堪称完美。《活动变人形》接近完美,与完美尚距一百五十公里。两部"季节"也在一百五十公里处徘徊,有些地方比《活动》好,有些地方好像还弱于《活动》。妄评了!

想象中您的长篇的完美度,应该具有一颗自由地行走在五六十年代、七八十年代、八九十年代的众多历史裂隙处的心灵甚至是一颗自由地行走在二十世纪与二十一世纪之间的独立的心灵本身的完美性。您的许多文章时或闪现这种完美,长篇似乎很少。您是能够写出这样的长篇的。有人说写好长篇,是向中国人自己的极限挑战。经受并赢得挑战的胜利,才真的可以"让世界追求中国文学"。"让世界追求中国文学",您在复旦讲演时既潇洒又慷慨激昂的这句话,引起了听众巨大的回应。我想这首先可以理解为复旦学生对小说家王蒙的期待。

您的讲演非常成功。寄上几张当时的照片,不知是谁拍的,效果不太好,但可以记下一段美好的回忆。

问崔老师好!

谨颂冬安

元　宝

1994.11.15

表于《文学报》1995 年 1 月 12 日

止于流血　止于画龙*

　　一开始,人民文学出版社跟我商量开这个会,我还有顾虑,因为现在这类型的讨论会太多。但是,我参加今天的会,确实感到一种满足。这种满足,不是因为听人夸我,我已经过了人一夸我就来精神的那个年纪。确实有一种知音之感;是真正思想的交流,是心灵的碰撞。写东西写多了,我最喜欢曹雪芹的一句话:满纸荒唐言,一把辛酸泪,都云作者痴——这句话到我这里得改:都云作者精——谁解其中味。各位对这味儿确实也解得差不多了,我觉得都对。说的那些不足之处,也都对。过去我也说过,比如我想写革命,我想写历史,我想写心灵史,最近我想起一个词儿:我想写一种人类的经验。我坚信,中国的革命和社会主义建设的经验,包括苏联和东欧的革命和社会主义建设的经验,都是人类的经验,或者还有其他。刚才大家的发言,给我一个大的启发,底下的两部或者三部怎么写,我现在也在考虑。一种是"季节"继续弄下去,搞成鸿篇巨制,一下来他七部;还有一种方法,就是另起炉灶,里边某些人物可以一致,但显然不会用这种写法,止于"狂欢",再往下各方面都不允许了,不能再这样下去了。写"文革",因为它已经是个过去了的事情,而且,我相信一个长篇小说,要是一部接一部地老不完,一看又是这个,又是钱文,而且,钱文,我要是写他离过两次婚,搞两次婚外恋也行,一看他的妻子还

＊本文是作者在人民文学出版社召开的"季节系列"长篇小说研讨会上的发言。

是叶东菊,这样读者会腻味,钱文没腻味,读者腻味了,所以我得想点儿招,到底什么招,再说。

另外,我在这儿还稍微说明一个小情况,今天各方面评论家都来了,作家主要请了比较年轻的,原因一个是有些和我同龄的朋友,我们在电话里都交换了意见。我觉得都是六十好几的人了,也别再劳动人家。我还一直在琢磨,这四本书,一百三十几万字,送给我的朋友,过若干年后,他卖废纸,能不能卖上块儿八毛钱这个事。再一个就是说,我个人也有个顾虑,年轻人可能读不下去,所以想听听年轻作家的意见。另外这里,我也有商业的算计,年轻作家现在风头正健,比如大家都利用王朔、刘震云来做促销,有了这小哥儿几个、姐儿几个助阵,也许这套书,有可能好销。然后,作为回应,我谈一点,就是我的节制。因为很多朋友分析我写得非常充分,非常自由,非常放得开,我觉得大家分析的都好,需要黄牌考虑的问题也很好。但是这里还有另一面,就是适可而止这一面,有节制的一面。我止于流血。我这四部小说里面重要的非正常的死亡,已经有好几个人;所有这些死都没有正面的描写,我止于血,止于死亡。因为没法再写下去了。我觉得前革命写作和后革命写作是不一样的,前革命写作好办,从历史的总体趋势来说,他的批判性写作纳入了准备一场革命历史运动之中,所以那时候就有伟大的鲁迅这样的作家,一个也不宽恕。后革命写作,您一个也不宽恕?人家不宽恕您是真的。有一种前革命写作,还有一种就是反革命写作。反革命写作也好办,像索尔仁尼琴,他流亡了。索尔仁尼琴也可以算作前革命写作,因为后来的那个变化,是索尔仁尼琴喜欢的。另一种革命即我们所说的反革命,米兰·昆德拉,或者还有谁谁谁,但是,我的选择和他们并不一样,中国的国情跟苏俄也并不一样,所以,我必须止于血。对不起,我不能让血在读者面前流。

同时,我止于画龙,就是说我绝不点睛。我可以没完没了在那儿足折腾,很多是现象,是一时一地一人的见解。刚才有一位说:这里有很多东西，从表面看好像是我在那儿误导。这种见解，那种见解，其实都不是我现在的见解，但都是真实的见解，都是人类的经验。这些见解也都不是我故意捏造出来，或者拿来开涮、拿来调侃的，不是。我认为这都是人类的经验，那么是不是我现在的这个"睛"就很清楚了呢？哎呀，王蒙这个人太明白了，他什么都知道，什么都明白——这也是你的想象。不同的人有不同的想象。其实不是，我内心里也不是，我也没有这个"睛"。如果有了，我就奇货可居了。我从来没有一些小哥们儿的代表真理、全知全能的自我感觉。我想这个点"睛"的任务，这个点"睛"的趣味，还是留给读者吧，这样不同的人就会点出不同的"睛"。

人生的经验告诉我，有一种力量，他可以超出一时一地的局面，这就是生活的力量。即使是在"文革"当中，也可以吃奶油炸糕。当然，这是不是就说我在提倡苟活了，这话又说回来了，我也没提倡苟活，我提倡的仍然是有所为有所不为，坚决不大言欺世、欺世盗名，而是更历史、更理性、更现实。底下的呢，我还希望努力地写，不管用什么方式，底下的两部或者三部，我要写下去，来报答各位的理解和支持。还包括那些所有的批评，对我都非常的有价值。谢谢！

发表于《文学自由谈》2000 年第 4 期

长图裁制血抽丝

早在八十年代,我希望有机会能写我们这一代人,写我们所经历的革命和新生活,写我们的心灵史,写人类的这种刻骨铭心的经验,写天若有情天亦老、人间正道是沧桑——这是毛泽东和李贺合写的极好的两句诗。

于是有了"季节"系列,从《恋爱的季节》《失态的季节》,然后到《踌躇的季节》直到这回的《狂欢的季节》。我花了八年多时间,写了一百三十万字。

这不好写。写旧社会好办,写妓女写僧道写土匪写乞丐写国王写奸细写狐仙写疯子傻子写二性子变态都好办,都可以纳入呼唤革命(或恐惧革命)的历史潮流里。社会主义就不能这么写,迄今,写社会主义生活的要不捧上天,人间天堂,个个天使;要不就狗血喷头,骂入十八层地狱,念念有词如巫妖毒咒。

不,这不真实,这当然不是我的选择。我希望我能写出真相,我能为历史提供一份证词。历史就是历史,它伟大而又曲折,平凡而又惊心动魄,艰难而又趣味盎然,荒唐而又严丝合缝、无懈可击。

我不是历史大变革中的遗老遗少,我不是书斋里的兰菊文竹,我不是远庖厨而又善美食的谦谦君子,更不是咬牙切齿而又昏头昏脑的偏执狂与夸大狂,即在庄严的历史面前自以为小葱拌豆腐一清二白,解决复杂的问题如探囊取物的保守的或时髦的牛皮大王。我是历史的积极参与者、弄潮者,有时候被迫晒干岸儿,也至少是观察者与思考者。历史从来与我息息相关,痛痒相通,成败相连,得失相与。我有第一手的经验,第一手的感觉,第一手的反应,第一手的喜怒哀乐。把这些写出来,是我的历史责任,是我对后人的交代。

于是有了"季节"系列。它是我的怀念,它是我的辩护,它是我的豪情,它也是我的反思乃至忏悔。它是我的眼泪,它是我的调笑,它是我的游戏也是我心头流淌的血,它更是我的和我们的经验。它是我的过程,它是我的混乱和清明,它是我的寄语和诘难,它是我的纪念和旧梦、新梦、美梦、噩梦,它是我的独语、呓语、禅语与献词,它是我的软弱和顽强,理智和痴迷。它是我为画龙而泼下的成吨的墨,却又止于所当止所不可不止。历史并未终结,经验仍在积累,小说还要写下去,"睛"并非现在的作者所已有。在一浪又一浪的季节与语言后边,让我们共同去试图点上"睛",让我们共同期待着"龙"的飞翔吧。

又,曹雪芹云:满纸荒唐言,一把酸辛泪!都云作者痴,谁解其中味?其实即使作者不痴,作者很精很油很自在很智慧,又能怎样?

两年前我写过一首旧体诗,有两句是:

　　落叶飘零风送雾,长图裁制血抽丝。

呜呼,已经爬了太多的格子了,不知道会耗费读者多少时光、目力、财力,愧对读者之余,就不要再絮叨了吧。

发表于《万象》2000年第11期

关于《夜的眼》

我没有一个用笔记事的习惯——这可能也与"文革"的后遗症有关,一切靠脑子。这就缺少了精确性。

我想起的是一九七九年十二月二十一日,那天《光明日报》副刊上发表了我的短篇小说《夜的眼》。

这篇小说出自我的一种深深的却是朦朦胧胧的感觉。我刚刚回到北京,经过了许多年的边疆农村生活的历练,对大城市有点羡慕也有点陌生,有点伤感也有点兴味,对各种高论,听起来觉得好听却不免幼稚——我已经不像从前那样轻信了……

我以抒情诗的调子一口气写了《夜的眼》,给了《光明日报》的秦晋同志,很快就发表出来了,占了差不多一版。发表前编辑来电话说是多了一百二十个字,于是我立即删掉了一百三十个字,我对自己的作品从无一字不可易的良好感觉。我从小学的是听话,听党的话,听父母的话,听小组长的话,听老婆的话,也听大夫的和编辑的和警察的话。

我当时还没有房子住,临时住在北京市文化局的一个小招待所,平房,一间有十平方米,门前是公共盥洗室,窗后是一个大席棚,里面放了全招待所唯一的一台电视机。

一九七九年十二月二十一日我与妻晚饭后出来散步,走到了王府井大街东安市场对过的一个阅报栏,看到了张挂出来的《光明日报》,在昏黄的却也足够的路灯下,我看到了自己的小说。我重温了那种多年后重新回到大城市的感觉，温暖却又恍然，热烈着却又清醒着。

我们离开了阅报栏，我们看到了一个中年行人走过，他停下来了，他显然是在阅读我的小说，这使我感到安慰。

后来有人说这篇小说写得不健康；有的说是头重脚轻，就是说没有仔细写一个走后门的故事；还有的说是一个探索什么的——当时探索这个词也是不无可疑的。

总之，当时没有几个大家注意它，最好的也不过说你在试着创新吧。只有《人民文学》的崔道怡对之赞不绝口，他坚持把它收到建国三十年的小说选里去了。

当时与中国关系并未正常化的苏联很快把它译成俄语，选到他们的《外国文学》杂志里。

八十年代美中第一次作家对谈时，美国人带来了他们的一个中国当代文学译本，收了这篇小说，对它作了好的评价。一九八五年秋天，在西柏林艺术节举办的王蒙作品讨论会上，德国汉学家沃尔夫冈·顾斌作了关于《夜的眼》的结构主义分析专题讲演。

发表于《文艺报》2000年12月30日

亮 点 与 痛 点

陆文夫几次说到,王蒙是个或者首先是个诗人。他的话里可能包括王不是一个他心目中的理想的小说家的意思。但我仍然受宠若惊,说到诗,我是有一种喜爱和追求的。

在我完成了处女作《青春万岁》以后,写了序诗:"所有的日子,所有的日子都来吧……"我把序诗寄给邵燕祥,蒙他帮助定稿,他给添了两句,即"用青春的金线和幸福的璎珞,编织你们",他告诉我这样排列会显得整齐些,我于是懂得了诗歌不但需要感情,也需要排列好句子。到现在,我仍然不能忘怀拿起笔来编织"日子"的美好心情。

而我在童年——十岁时写的《题画马》的旧诗里有句道:"只因伯乐无从觅,化作神龙上九霄。"我说过,那是小儿学大人话,不幸而言中的是,后来我写下了《拉力器》一诗,此诗共有十四个字:"多少青春,多少肌肉,忽然展翅,不飞。"这十四个字中的血泪是无需解释的,所以更应该珍惜能够展翅飞翔的所有的日子。

至于《畅游》一诗,写于一九八六年春,我刚刚担任文化部的工作的时候,那是我的幼稚的忧伤和渺小的自白。

好在,都是往事了。

发表于《诗刊》2004 年第 13 期

困难与跨越:关于弥赛亚情结

我说的是二〇〇七年八月二十五日,这是一个黄道吉日。我请斯洛伐克的资深汉学家高利克教授吃午餐,他说起我的小说《十字架上》,他认为那是我写的最好的小说之一,他惊异于我对《圣经》和基督教的理解,他认为我的解读是精彩的。用他的不无溢美的话来说,我的解读超过了欧洲人。

这篇小说发表于一九八八年六月,这个时间标示令我想了很多。

高利克的话是第二次令我心动,此前,这篇小说发表后不久,我收到香港基督教一个机构来信,要求受权翻译此篇作品。

当然,我不是信徒,我没有以修道院的神学观点来写耶稣之死乃至他的一生,我是以文学的、人学的观点,以人的观点、非宗教的观点,尊重宗教也不无质疑的观点乃至社会政治的观点,来写耶稣被钉死在十字架上这个核心的基督教故事的。

所以小说的开头,我就引用了《圣经》上的话:

> 假如有人来,另传一个耶稣,不是我们所传过的;或者你们另受一个灵,不是你们所受过的;或者另得一个福音,不是你们所得过的,你们容让他也就罢了……
> ——《新约·哥多林后书·第十一章》

这个话说得何等宽厚。来自香港的与斯洛伐克的反映说明他们确实做到了容忍"另得一个福音"。然而这里包含着信仰上的悖论,你信仰 A 就不能同时信 B 信 C 信 D、E、F、G。信仰是美好的,信仰又是极可能排他的。世界历史与现实中,有多少战争与不同的宗教乃至同一宗教的不同流派间的争拗有关! 为了追求和捍卫美好而排他,带来的会是非美好,是仇恨和纷争。应了老子的那句话,世人皆知美之为美,斯不美矣。

不仅是信仰,在这篇小说里,我探讨、我担忧的是使命、真理、人众,还有人类的包括本国的分裂和危机。

> 唱赞美诗的黑衣合唱队站在离信徒远、离屋顶近的高处……他们的歌声从天上降落飘落洒落……当数百个锃亮的大小悬殊的铜管(指管风琴),在教士操作的鼓风机的感召之下,从四面八方震响起来的时候,庄严慈爱博大的情感使我想哭想死,就是说想自杀。人类创造力的最生动的记录就在于他们创造出令他们自惭形秽的物品……长着翅膀的安琪儿向纯洁无瑕的玛利亚传递信息,她已经通过圣灵而受孕……正是她,向人类……贡献了耶稣基督。

人类的创造会使人类愧煞,人会成为自身创造的俘虏,这既伟大又悲哀。

这里所说的耶稣基督,是一个象征,是一个含义广泛的代名词。在这个意义上,人人(尤其是自命精英的人)都可能有圣母情怀,都愿意、都梦想以纯洁的胸怀贡献一个弥赛亚,一个先知,一个救世主,一个真理,一个光明。例如雨果、托尔斯泰、巴金与张承志(但似乎不完全包含冷峻的鲁迅,虽然用"灵台无计逃神矢"来描写弥赛亚情结是再贴切不过的了)。

人总会在信仰什么,追求什么:各种宗教的人格神或物神(拜物教),还有神性概念——真理,信念,(大)道,苍天,爱,历史,规律,祖国,民族,人类,自然,价值,使命,光明,文明,全在内。尤其是使命,没有使命就没有人类的历史,使命使人人可以成为大大小小的弥赛亚。而使命感与使命又带来了多少危险与冲突!

　　……基督大概是最痛苦的神……他的神情充满了神圣的忧伤,还有怜悯。他好像在说:不可救药的人的种子啊……

在一篇散文中我讲过,西柏林新教堂的靛蓝的耶稣塑像给我的印象是,"他"已经对人类绝望,"他"(此处最好用示部加也的祂)已经无法再爱世人。高利克欣赏我的这个说法。

使命的承担者、与承担者心目中使命的受惠者之间,永远有一种难以沟通的痛苦,有一种无奈,有一种对立。使命与使命感,常常会受到质疑。而使命的受惠者往往会怀疑自身受到欺骗,感到迷惑。

越是没有使命感的人,越是有权对使命质疑。

小说是这样写的,如所谓"元小说",少量篇幅写小说的写作缘起,写我在欧洲旅行的时候所受到基督教文化的冲击。而大量篇幅用第一人称写耶稣。竟然是第一人称!

　　耶稣在我心中,圣灵在我心中,我就是神圣。
　　……从小,从一记事一懂人言,我学会的最初的词不是妈妈……而是救世主——基督。我娘对我说,我爹对我说,我的伯叔姨姑兄弟姐妹乡里邻舍伙伴朋友都这样对我说。四岁的时候我曾提出质疑:我为何是基督呢……我娘闻之垂泪多多。她道:苦……哇!

一个人之子,却要使命神圣。一个神之子,却要经历人间。一大批人之子,却要膜拜神圣。一组神圣(耶和华、弥赛亚、玛丽亚、耶稣、十二个门徒……),却要接受、眷顾、救援、帮助、满足愚众凡人百千万亿。

我希望探究的是人与神的关系:

　　此孕乃是圣灵赐。
　　万民欢呼谢上苍,

巨星闪闪灵气动,

分娩之时放红光,

....

众人盼你如大旱之盼云霓。

历史是人民创造的,而人民,尤其是前现代的人民、农民们需要神圣,需要旗帜,需要先知,需要钉在十字架上的悲情英雄。需要亲手将弥赛亚钉到十字架上(!)。

有了"长太息以掩涕兮,哀民生之多艰",就必然有"若大旱之盼云霓兮,期救星之出现"。

人民需要弥赛亚。宗教需要弥赛亚,历史与政治尤其是军事,科学与艺术都需要弥赛亚。弥赛亚——英语 Messiah,原文为希伯来文 Mashiakh,是早年犹太教中的一个重要观念,到了公元三世纪,这甚至变成了一个政治观念:期待救世主的到来。就是说早也盼晚也盼,望穿双眼,终于盼来了救苦救难的大救星,天翻地覆。历史从此才刚刚开始。

在中国的传统文化中,类似弥赛亚的范畴则往往被称为圣人,中国式的说法是,"天不生仲尼,万古如长夜",语出朱熹,但朱熹声称他是引用的佚名诗作。类似的说法至今存在,如说没有毛泽东,革命至今还在黑暗中摸索。

与西方说法完全一致:弥赛亚出现以前,不算历史。

六岁时,因为与同伴克侬利利抢夺一枚芒果而动手相打……克侬利利哭喊道:"他不是神!他不是弥赛亚!他抢我的芒果!"

我大惊失色……我严肃、悲哀、恐惧、怜悯地把芒果还给了他。他大为惊奇,看着看着我,给我跪下了。

当晚,克侬利利睡前在河边洗脸时失足落入河中,死了。

……奇迹从此不断。一个瞎子找我来治病……一个跛子找我来治病……他可以立即丢掉拐杖,跑步回家……我便指了他的饮水用葫芦瓢……一瓢大河之水果然立即变为葡萄美酒……

人是可以变成神的,信仰不需要论证。奇迹完全可能出现,在你需要它的时候和地点。历史会呈现新的一页。文学会出现新的杰作。宗教的创立是人类文明初期的事,时间相隔越久,越会淡化它的形而下的奇迹异闻,而余下的是形而上的激情、神秘、玄思、精神需要、灵魂升华。弥赛亚主义是激动人心感人至深的,是高耸入云,叫做冲云天,能胜天,入九天的。人当然需要虔诚和期待。需要弥赛亚。

时至今日,你再想创立新宗教,或者改名为"特异功能",则极易变成邪教。那是因为科学,因为文明,因为数学和逻辑尤其是实证主义:理性正在检验信仰,理性正在取代迷信。

这也可能是现代性的罪过之一,所以,时尚同样需要批评科学,至少是批评科学主义。

……我是生活在一个何等罪恶深重,令耶和华震怒的国度啊!埃及人、非利士人、波斯人、亚述人、巴比伦人、罗马人纷纷占领我们的国土,屠杀和奴役我们的人民,强迫我们接受他们的异教,奸淫烧杀劫掠……本国以色列人和犹太人的纷争、部落纷争、兄弟纷争、父子纷争、夫妻纷争,谎言多于真话,诚实比狡猾还要令人猜疑不解,微笑后边隐藏着匕首,文才发挥在写诬陷信上,陷阱比道路还多,毒药比饴糖还要普遍,交友的目的似乎在于关键时刻予以出卖,祈祷的内容离不开诅咒自己嫉妒的人早日得艾滋病,最不怕赔本的买卖是捕风捉影入人于罪,最时兴的行当是拉几个人制造流言蜚语,双手沾满鲜血的人在那里行善,不学无术的人作威作福……上帝准备奖励他的忠实信徒,条件是给信徒的邻人以双倍的礼物。信徒深思熟虑以后祷告道:万能的主啊,请把我的一只眼睛弄瞎了吧!

由王某代拟的耶稣的话,也带上了愤青儿的味道。耶稣看到太多的罪恶,他才下决心为拯救人之罪而上十字架。他预感到了危险,非常危险。他能怎么办呢?

问题是耶稣上了十字架以后,人类的罪恶减少了几许?还是增加了许多?谁能回答这个刺心的问题?

……他们博爱众生,宽恕罪恶,打了左脸还要伸去右脸,爱朋友也爱敌人……

当仇恨和欺骗使人们变得凶恶狡猾的时候,你可以想想,我的使命有多么艰难,多么沉重!

这最后两行话,干脆是王某在一九八八年夏天的心声。

……众多的十字架,众多的流淌着血的胸口一起向我涌来。

我还有诗为证:

……你被崇拜又被出卖

……全部承认全部接受下来……

这就是使命的悲哀与忧心忡忡。这就是弥赛亚主义的窘境与挑战。这就是不仅王某一个人而是一些人的八十年代后期。现在的知识分子时兴回味八十年代,似乎那个年代是浪漫的,光荣的,激动人心的,呼啸与歌唱的。然而王某的感受与您们不同。他的感受是八十年代对于弥赛亚主义的不安和困惑,他感到——对不起,这太夸张,然而沾点边——他和一些人,被架到了十字架上。

连年战乱和饥荒之后,人们是怎样的恐慌万状、无着无落……教士向人们应允天堂和灵魂得救,当人们刚刚皈依,却又被告知他们的道袍下露出来了尾巴。每个人对其他人不满,却无法不让别人对自己不满。每个人都感到别人的欺诈卑劣,却没有能力不对别人欺诈卑劣。每个人都感到别人在堕落,却无法停止自己的堕落……最后连那最起码的真诚与道德似乎也失去了信用,只有赤裸裸的野兽一样的自私⋯⋯

这是我阅读《圣经》与圣经故事得出的印象,处死耶稣的时候,当时的社会情况就是这样。这种"悲惨世界"的描写不无文人的夸张与神经质。但是我早就如此写过了,批判过了,比此后的人文精神失落论者写得早得多厉害得多。《圣经》上写过的"世风日下、人心不古",至今仍然像硬通货、像黄金一样地全球通用,千年保值。这说明,使命的承担者对于使命的受惠者既有着爱与忍让又有着正义的怒火,越正义越有火,拒绝宽容,嫉恶如仇。这还说明,靠咒骂扭转不了社会风气与历史劫难。

人们普遍认为⋯⋯弥赛亚会到来,通过上帝的干预,人们将获得伟大的拯救⋯⋯罪人们是不被接纳的。弥赛亚到来之后,将进行伟大的无所不包的全面审查与清理,像在麦场上扬麦打麦一样,成色十足的黄金的麦粒将会留下⋯⋯这些罪人秕糠将被天火烧毁⋯⋯

弥赛亚——先知——救世主情结是世界性现象。有人想扮演弥赛亚,更多的人盼望着天上降下弥赛亚。而那个关于麦粒与秕糠的模式,那个关于清理与审察的说法,是一种"金色恐怖"。可以对照我们关于清理与审察的经验。那么多人,期待着、惧怕着、兴奋着这大变革、这天翻地覆,这大清洗大更新的大火熊熊的一天的到来。

只有我⋯⋯提倡宽恕。当人们恶狠狠地相互斗红了眼的时候,当他们把压倒对方看得比维护自己的生命还重要的时候,我伸出了和解的手。我说:⋯⋯赦免那有重罪之人,比赦免那只有轻微错误的人还有恩德。当你的兄弟说了你不爱听的话的时候,你再去说他,不是永无和解之日了吗?即使你能得到一时的上风,一时能够是永远吗?即使你一时退让了,退让能够是永远吗⋯⋯你们互相宽恕了,我便宽恕了你们。你们的一切罪恶,我愿意独自承担。为了让你们生活得好一些,我宁愿被钉在十字架上。

很遗憾,十九年后作者自己读到这一段落的时候也感到了耶稣的无力。仁爱、谦卑、虔敬、宽恕,当真能够拯救一个罪恶的世界吗?仁爱常常败给凶恶,谦卑常常被骄横压倒,虔敬变成了上当的代名词,而宽恕的结果是自己不可能被宽恕。

知其不可为而为之。因为,如果你反过来,只相信实力,只相信斗争,只相信压倒,只相信计谋与损人利己,只相信押宝投机;那么,你只能以恶易恶,以暴易暴,以大言欺世易刁言恶语。

但是,为了拯救人众,为什么自己就一定要钉上十字架呢?我并不明晰。我需要继续思考。

人们相信了我……众口一声地说:"他是基督,他要为了我们上十字架!"你为什么还没有上十字架呢?如果不上十字架,如果和众人一样地饮水、穿衣、吃未发酵的面饼和羊羔肉……那还有什么区别,有什么神圣,有什么发言权和感召力?

……复活的前提是死,是钉在十字架上。不死也就没有复活。不死也就没有神圣……一切的信仰,归根到底是对于死的信仰。不论通过谁的手,不论通过叛卖还是举荐……要上十字架!

使命的结局是上十字架,这使我忧虑而且惊悚。顺便说一下,"未发酵的面饼"就是指新疆式的馕。尖锐对立的犹太人与阿拉伯人和邻近的穆斯林们,饮食习惯上有很大的一致的方面。只有靠得近才会那样势不两立。我写道:

这一刻无比辉煌。我的脸上呈现着神秘而骄傲超凡的微笑……大义凛然。我确实看到了,天使在广场上飞翔。

罗马总督彼拉多向众人说道:"今天是逾越节的第二天,按照惯例,我们可以释放一个囚犯……"

我的耳边轰地一响。莫非要释放我……那么,我自幼的茹

113

苦含辛，圣母圣父的教导，我的一切德行，一切禁欲主义，一切奇迹，一切对于道的领悟和宣讲，我所奋斗终生的使命，我的仁慈与我的形象，我头顶上的圆光……我的上十字架岂不成了一场沽名钓誉的骗局……教育别人宽恕的人是最难得到宽恕的。因为要别人宽恕，就把自己摆到了高于一切的地位，摆到了圣人的地位……宽恕是困难的……他们就更要睁大眼睛看你能不能宽恕，你能不能容忍。简单地说，如果罗马总督彼拉多将我释放，不出十天，我的忠诚信徒们就会把我凌迟处死活埋。

使命的矛盾，使命的悲剧。以惠众始，以不被理解终，甚至是以被无知与专横加害终。以爱始，以被仇恨终。

宗教书籍上的说法则是：

> 弥赛亚说："无故恨我的，比我头发还多；无理与我为仇，要把我剪除的甚为强盛。"基督由出生开始，就被人无故地仇恨。首先是被希律王恨恶，然后又遭到撒旦、鬼魔、宗教领袖们的恨恶，而实际上所有外邦人和犹太民族都恨恶他。那些领袖们，尤其是那些宗教领袖们，曾经多次企图杀害他……

谁让你是基督。

下面的引文仍然来自我的小说：

> 有的喊着我的名字，喊着把我释放。有的喊着我的名字，喊着我应该牺牲。又有的喊着我的名字，说："他是个骗子！别让他钻了空子！"又说："他太精明了……他要左右逢源……"又有人喊着我的名字，说："他是为了我们！我们这些瞎眼瞎心的臭驴子！"于是开始了骚乱和武斗，人们大喊着："白刀子进，红刀子出，杀死一个够本儿，捅死两个赚一个！"
>
> 于是彼拉多总督威严地宣布：根据大家的意见……严惩自称基督、自称犹太王的耶稣！
>
> ………

明明是血肉之体，
偏偏自为神圣，
你是悲剧中的英雄！
你是闹剧中的大虫！

使命至少有神圣感,有使命意识,弥赛亚主义可以带来英雄主义。而闹哄者做的是:把比自身高的人统统掀翻到阴沟里;或者先把人家捧成万能菩萨,再失望……反目成仇,将菩萨打碎以寻找新的崇奉——喊叫——打碎的目标。

在第一个钉子钉进我的左掌的时候……不是想感动众人吗?不是要为众人牺牲吗?不是要看到和解与仁慈的光辉照遍寰宇吗?我又怎能像俗人一样地哭喊呼叫呢?

……一位貌美的女子不顾行刑者的鞭打与推搡扑到了我的脚下。

一个美女由于被负心者抛弃而求耶稣,耶稣能如何?

信仰你是由于认为你有用,美女就是如此。

不用大事的考验,一件具体而微的小事,就使弥赛亚感到了自己的无力。

又有一个胡须花白的老者向我走来,他神色严肃……两眼带着杀机……"听了,耶稣!我才是真正的正牌信徒!我不但是信徒而且是卫士……我的邻居比我小十几二十岁,不提你的名字也不祷告你的言语,遇到不相信不郑重的人他也不去跟踪不去报告不去重炮猛轰……我造了二层楼房,他居然后来居上造了三层楼……而你好糊涂!你竟叫我的五层楼塌掉了……如果他的房倒塌不了你就发动一次地震吧……陪着一百人也要砸死他!"

恶人自命忠实的信徒与卫士,恶人要求钉到了十字架上的耶稣为了他而发作地震。而如果耶稣做不到,他就反目成仇,成为基督的死敌。这是使命的又一层悖论,你爱众人,包括恶人吗?你怎么样对待恶人,你为人众服务,包括恶人吗?你怎么样为恶人、为恶服务?

而如果你明确拒绝恶人,请问谁有权力划清恶人与好人的界限?为了划界限,是不是先要恶斗一场?

……他竟唯恐民主和谐的气氛会继续保持下去……这样的恶人竟自命为我的信徒,竟打着我的旗号!用那些虚假的繁文缛节,用那些虚假的不厌其烦不知羞耻的重复来证明只有他最忠于我,只有他得到了我的真传,似乎我真的给了他什么祖传衣钵专利许可证!

……然而我没有喊出一声来……请记住,上了十字架的就别想再下来……

我为使命而悲伤。我为人众而忧虑。我早就祝愿了民主与和谐。我为恶人而愤慨。我为善良者的无助而歉疚。我为大轰大嗡的举动而痛心疾首。我不相信大轰大嗡。我认定大轰大嗡凶多吉少。我闻到了不祥的气味。

不知道过了多少天,反正我醒过来了。我的形象已经完成。我的头颅下垂,又忧伤又优美。我的完全张开的手臂好像等待着准备着拥抱世人……我永远完不成对世人的拥抱……

然而我又醒过来了……

我听到了赞美诗……赞美诗使我热泪盈眶而又无比酸楚。孩子们!天真而又利己的人们,其实,你们的罪恶并不会因呼我的名而自动淡化,你们需要的想要的祈求的一切也不会因呼我的名而自动得到……

给我金钱!给我富裕!给我幸福!

给我健康!给我长寿!

论文学与创作(三)

让病者痊愈！让亲人康复！
让我成功！让我升迁！让我得到！
…………
我要爱,我不要恨！
我恨别人,我不爱别人！
判定我的冤屈,判定我的无辜！
判定他的罪恶！判定他的灭亡！
……"他是骗子！他是坏蛋！"……
…………

原来是那个美女……她指着我大喊:"他是一个无用的废物……我本来以为他应允一切帮助一切做到一切……"

这就是使命的命运。应允得多了,便令更多的人失望。境界太高了,难以相信,更无法接受。你说你爱他,却没有给被爱者带来实惠。于是,你成为骗子,成为伪君子,成为泄愤对象。而且随之发生了混战:

"胡说！诡辩！废话！两面派！老狐狸！折衷主义！放屁！"

人们喊了起来……

"这是鸦片……用虚伪的关于天国、关于永恒、关于灵魂得救与彼岸的幸福的空谈来掩盖今世的种种弊端……"

"这是一个沽名钓誉的人的成功之路……"
…………

"誓死捍卫！不准玷污！亵渎神明者千刀万剐！"

"根除邪教！还我正宗！正宗大统,异端绝不容！""你说他是假的,你上来试试！谁敢上十字架！谁敢接受四枚致命的铁钉！"

117

……一个彪形大汉……他用十五种语言宣布："看啊,听啊,我们在求他!我们在告他!我们在跪他!我们在等他!我们望眼欲穿!我们左等右盼!可是他呢?他看也不看我们一眼!理也不理我们一声!动也不动一下!他拒绝接见我们!他冲着我们摆架子!他居然摆十字架子!他敢情好了,他成了功了,他上了架子,他他妈的神气了!可他给我们谋的福利呢?"

对不起,写此篇小说的时候距现今已经十九年。我还有太多的火气。我挖苦信徒,却同情和理解先知、使命、牺牲。我质疑弥赛亚主义,又为耶稣的命运而悲伤。但我仍然不认为他在死前就脱离了人的苦海。所以这个故事疼痛并从而感人。神则是没有痛感的,我认为他同时是人。人可以追求与崇拜神,神存在于人的思想和精神里,存在于对于无限、终极、永恒、真理与完美的向往与体悟里。然而过高的自诩不但会给自家也会给广大信众带来苦难。《圣经》的伟大与深刻就在于它表现了人之子与神之子的矛盾之统一。

时至今日,我仍然坚持认为,造成耶稣的命运的力量中不但有希律王、罗马总督彼拉多、各宗教领袖、以色列人和外邦人,还有耶稣的弟子与信徒,有广大的弥赛亚主义、弥赛亚情结的信众。

　　……请离开我。请保持平静。请让我一个人静静地完成神圣祭坛上的盛典。我只想说,你们的每一句话都是一枚钉子。我将死于你们的钉子下。

我知道神圣精神与大众的结合会创造出怎样的奇迹。同时我知道,大众化会引起通俗化,通俗化会阉割神圣精神,钝化高深智慧,简化甚至歪曲改变真理,制造悲剧乃至于闹剧。

所以耶稣想:

　　……复活以后怎么办……

小说的最后部分,我模仿《新约》的《启示录》写了四条大牛:

> ……于是出现了四头牛,威威武武,高高大大……
>
> 四头牛这样吹完了又互相吹,甲吹乙复吹丙捧丁,乙捧甲复吹丙吹丁,丙吹乙捧甲吹丁,丁吹丙吹乙捧甲。请计算一下有多少种排列组合。排列组合的吹完后又互相顶斗起来,互相揭露儿时丑行并认为对方应该先挨一刀。在出路问题上都推荐对方红烧,大体认为红烧要放酱油放番茄酱放葱姜蒜花椒八角咖喱焖在高压锅里。这将给对方带来更大的痛苦,给自己带来莫大的喜悦。
>
> 他们愈顶愈厉害……

我写得尖刻到位而且淋漓尽致。其中关于四头疯牛吹牛的描写接近于当今的"恶搞",无怪现在还有小青年说网上写作是王某始作俑,虽然写《十字架上》时还没有互联网。

请看我写的第二头牛的自我标榜:

> 除了我,谁能拯救罗马,谁能拯救巴比伦,谁能拯救雅典和马达加斯加?我能够预报地震,我能够预防火灾,早在重庆飞机失事以前我已经指出,航空管理处存在着问题!早在波斯湾出现紧张局势以前,我已经揭露了海湾国家间的矛盾的危险性!我可以防止星球大战,我能教会正当的正确的最佳的做爱方式并从而从根本上消除艾滋病!我能使所有的穷人搬进五星级酒店使所有的乞丐当总统!我能叫所有的母牛不但提供牛奶而且直接从她们的乳房中挤出法式干酪与丹麦式白脱!我能令所有的公牛尿出啤酒,使所有的小牛拉出金银首饰!我能拉长男子的身高缩减女子的肥胖!我能令北极温暖如春令赤道凉爽如秋!我能令猫与老鼠拥抱接吻而不传染肝炎!

第二条牛已经呼之欲出。

写到大言我特别上火。这一辈子,我吃够了排他的大言狂言火言发烧昏言梦呓胡言的亏。包括"左"的和右的,暗的和明的,土的和西洋的,神经兮兮的和野蛮满不论的。积我七十余年的经验,我一次又一次地不厌其烦地说:凡把复杂的问题说得小葱拌豆腐一清二白者皆不可信,凡许诺万应灵丹者皆不可信,凡认为可以毕其功于一役者,皆不可信。耶稣毕竟已经离开我们二千多年,我们不可相信当今的救世神仙。

顺便说一句,我不明白为什么相声艺术家埋怨讽刺不好搞,却不好好说一说牛皮大话题材,有多少好材料呀。

当然这只是小说,只是一个侧面。而且,现在早已经不是一九八八年而是二〇〇七年了。

需要一个过程,从弥赛亚主义到科学发展,到小康与和谐。需要为之付出代价。我认为十一届三中全会以来,实现着非弥赛亚主义的痛苦的进程,更正常、更健康、更富裕也更"堕落"(在某些猛人眼里)。这个进程那时经历了严重的危险和挑战。风波已经不可避免。

我国用基督教题材写作的人不是很多。海子写的长诗《弥赛亚》是值得吟读的。诗的前言说:

在隐隐约约的远方,有我们的源头,大鹏鸟和腥日白光。

西方和南方的风上一只只明亮的眼睛瞩望着我们。回忆和遗忘都是久远的。对着这块千百年来始终沉默的天空,我们不回答,只生活……磨难中句子变得简洁而短促。那些平静淡泊的山林在绢纸上闪烁出灯火与古道……为你们的生存作证,是他的义务,是诗的良心……

……走出心灵要比走进心灵更难……心灵娇柔夸张的翅膀已蜕去,只剩下肩胛骨上的结疤和一双大脚。走向他,走向地层和实体,还是一项艰难的任务,就像通常所说的那样——就从这里开始吧。

海子的此诗没有完成,他自杀于一九八九年三月。他是不是也受了弥赛亚主义的影响?他走到了地层和实体了吗?始终没有。此诗也是一九八八年所写的。再有就是亨德尔的清唱剧《弥赛亚》,当唱到"哈里路亚"的时候,由英王乔治二世带头,全体起立。这个规则一直保持到今天。我在美国买过音乐剧《超级巨星》的磁带,它是描写耶稣诞生的。其中最气势磅礴的合唱也是:

　　哈里路亚……
　　哈里路亚!

发表于《读书》2008 年第 2—3 期

叠印与你的花园

——关于《岑寂的花园》

  作为一个七十好几的人,我常常惊异于我们的生活的日新月异。早在八十年代初期,我去美国的时候,听到当年给毛主席献红卫兵袖标,并按照领袖指示改了名字的小友,此时已胜任愉快地在美留学,我不能不赞叹中国人的戏路子实在太宽太野。

  但老王我毕竟看到太多的往事与叠印,七十年前、六十年前、五十年前,直到最近刚刚发生的事情重叠在一起,成为一个分量,成为一个故事的契机,成为一个对于想象力的超越与逗弄,成为泪水与幽默。

  中国很古老,中国又很年轻,有时候是天真与孩子气。一时间,豪宅啦、大款啦、移民啦、前卫啦、老板啦、网络啦、八〇后啦、洛丽塔啦与知青啦、"文革"啦、三种人啦、政工组啦、又红又专啦……交织在一起。多么好的小说材料。

  再说我长期以来是用非小说的眼光来写小说的。老了老了,也不妨把小说当做极其小说的小说来写,当做小字辈的小菜一碟来烧。王某老矣,尚能一闹也。

  我常常回忆起德国作家托马斯·曼的话:"愉悦这个可悯的世界吧,我们还有小说。"(大意)五十年代的那次运动里,为我对于此话的钟情,有那样的同志感到义愤填膺与无法理解。他们为啥火了呢?我也想到了那些描写花园的大家,例如博尔赫斯。

严重说明：此作大约第二十五个自然段中，"……而具有爱丝或干脆是爱玲的脸型的年龄不到三十的才女小说写手，则讲到了男人的虚恭，英语叫做破风或者法尔蒂的。她有过一个情人，第一次用声响，第二次用气味使她大哭了一场。""虚恭"二字被《收获》杂志误改为"虚荣"，完全拧了，麻烦《北京文学》的编辑仍将之改为"虚恭"（即放屁）。

2009 年

真相及其叙述

什么是真相？怎么叙述真相？有个同学问我，让我找一两个简单的词概括一下我的自传。我是最不赞成用一两个词概括一个复杂的东西，一定要概括那就是"真相"。

第一，就是我们怎样面对这个"真相"。我觉得面对真相需要良心，需要历史的责任心，需要诚实。就这点来说，我把它放在一个无条件的地位。面对真相的时候，当我需要诚实地叙述真相的时候，我不管他是我的父母，还是我的朋友，还是一个已经被枪决了的贪污犯，还是一个公众的偶像，我都说出了我所看到、我所感到、我所想到的东西。和对于真相的这样一种责任相比，其他都是次要的，可以牺牲，我不怕为此付出代价，说你忤逆也可以，说你不厚道也可以，说你鞭尸也可以，还有另外一个"尸"，就是被枪毙了的犯人。

我个人认为，真相是不能塑造的，只能勇敢面对，但是怎么样叙述真相，这是可以选择的。这里有许许多多的选择，有轻与重的选择，有叙述方式的选择，甚至也有策略的考虑，就像曾国藩跟太平军打仗，究竟是"屡败屡战"，还是"屡战屡败"，但都说明他战败了，这一点没有疑问。这种选择和个性有关，和风格有关，和叙述真相的责任也有关，必须使这种叙述成为可能，而不是成为不可能。

第二，我也常常想，是一个人的真相，还是公认的真相？是少数精英的真相，还是大众的真相？这使我非常的苦恼。因为有时候，越是不知道真相的人，他越有一个很强烈的判断——对于真和伪的判断。不论真假,他的判断都很强烈。比如说诺贝尔文学奖,认为中国作家没有出息,中国作家有两个原罪,一个是现在的作家没有鲁迅,没有一个作家敢声称我就是鲁迅,我是当今的鲁迅,没有人;第二个原罪是国内具有中华人民共和国国籍的作家没有人得诺贝尔文学奖。我发现凡是不知道诺贝尔文学奖是怎么回事的人都很坚决,或者干脆把它判定为西化分化的帝国主义的阴谋,这是一种判断,把它判断为文学的光辉,文学的标准,这些都是判断。

其实,有时候真相是少数人的真相,那么,现在我又有一个问题,能不能接受真相?接受真相有时候也很痛苦,即使我个人接受真相也是有痛苦的。我只能举最轻松的例子,比如我们看多了《三国演义》以后,我们不愿意接受真实的三国的历史。所以,有时候面对太多的真相,你会感到某种孤独。前不久,凤凰电视台记者找我和许子东、窦文涛做一个《锵锵三人行》,做我的自传,许子东他就说了这么一点,这是出乎我的意料的,他说,我看完你的三部自传,我觉得你火气很大,你充满了火气,你属于到死一个人也不原谅的那种人。这和我想的完全相反,因为我说我中庸,我宽容,而且我挺害怕那个声言自己到死一个都不原谅的,因为我不是鲁迅,他要是鲁迅好办。

在我的自传的研讨会上,我听到张光芒教授有一个太精彩的话,我记得他说,北岛那个时候说,卑鄙是卑鄙者的通行证,高尚是高尚者的墓志铭,他说现在可能是高尚是卑鄙者的通行证,卑鄙是高尚者的墓志铭。哎呀!这话说得太痛心了,因为有时候你弄不清这种真相啊,那种非白即黑的真相,他可能把卑鄙变成了高尚者,他可能用高尚变成了卑鄙者的通行证。所以,这个真相也很麻烦,有时候让人很难受,有时候它不是一个很轻易认识的。所以,我在我的香港版的自传里我就说,你有没有勇气面对这些真相?香港读者对我的反应是,对这部书不感兴趣,卖了几十本,一二百本,不看,表示了冷淡、拒绝。一些人,很多人对于真相是有预期值的,不符合他的预期值,他宁愿从真相身边逃离开。

第三，究竟有没有简明的真相？我认为应该有，一加二等于三，这个是非常简明的，我也相信真理是朴素的，我也相信常识，我也相信人应该吃饭，我相信既然活着就应该活得好。可是呢，我又往往觉得那些简明的对于真相的认知，是靠不住的。就包括我的排比句怎么就那么啰嗦呢？说着说着，我就觉得还没把它说完，光说这一面，没有那一面，我觉得排比句不一样，我是把两个相悖的命题放在一块儿了，就是类似的这种排比，这个伟大的渺小的人物，这个气壮如牛而又胆小如鼠的人物，我是喜欢这种排比。

第四，就是真相还需不需要追究？我觉得需要。我早就说过，咱们中国人特别喜欢价值判断，用鲁迅所说的，还不知道那匾上字写的是什么，这几个人都没有看清楚，但是已经在说这个字写得好不好，这个说这字写得太好了，那个说这个字写得太糟糕了，这个说，这个太感动了，那个说，这个太可爱了，但是这两人都没有看清这到底写的是什么字。我觉得我能告诉你们的是，我有些经历你们没有，读者没有。比如说，我有被打入"另册"的经验，我也有和中央的最高级的领导接触的经验，我也有和边疆的少数民族一起生活的经验，我也有直接和瑞典皇家科学院、和马悦然教授打交道的经验等等。我有时候还判断不了，我们还可以共同追究。

有一位老师他说看了我的自传，感觉到"却顾所来径，苍苍横翠微"。另外我说，"凭君解释，凭君听"，他感到难过。我很感谢你，为我感到难过。

最后，我说一下，还有一些发言在引导我，对我作一个暗示，就是你应该写更多的痛苦，更多的分裂，更多的撕裂，更多的抽搐，更多的狞笑，更多的血泪，对此我也有自己的看法。因为我说过"泪尽则喜"。第二不是我说的，我喜欢引用，"却道天凉好个秋"。第三个我自传里面整整有一章，因为有些人太……我必须表现我的快乐，快乐之所以必要，就因为有痛苦；整合之所以必要，就是因为有悖论；超越之所以有必要，是因为有障碍；通透之所以有必要，是因为有层峦叠嶂。所以,怎么办呢？我要用快乐来回答恶意,我要用善良来回答叵测,我要用轻松来回答歇斯底里。如果我一帆风顺,我脸上会显出一个笑容;如果我太不一帆风顺,我脸上会显出更美好的笑容！

发表于《名作欣赏》2008 年第 9 期

《青春万岁》六十年

六十年的往事

我的处女作长篇小说《青春万岁》,从一九五三年秋动笔,至今已经六十年了。一九五三年"开工",一九五四年第一稿完成,送中国青年出版社,一九五五年中青社肯定了此稿的基础,并由中国作协青年工作委员会出面为我办理请创作假事项,一九五六年修改定稿,一九五七年部分章节在《文汇报》上连载,个别章节在《北京日报》上发表,一九七九年由人民文学出版社首次正式出版,至今三十三年,发行超过五十万册;其间还有此书的"中国文库"版、建国六十周年作家出版社版、百花文艺出版社《王蒙选集》版、华艺出版社《王蒙文集》版、人民文学出版社《王蒙文存》版。一九八三年还上映了根据小说改编的同名影片。六十年离着"万岁"固然还远,至少,它算是长命的。

小说发行得不少,但谈不上畅销,属于长销——正式出版至今,三十三年来重印没有停止过。这是一本经历曲折的书,写于上世纪五十年代,写完后被冻结,假死于胎中;二十四年后出版于"文革"甫告结束时,至今仍上架于图书市场,为读者尤其是青年读者所购买与阅读。

《青春万岁》六十年,回忆起来,也还有趣。

从动笔到完成

我对我们那一代有个自出心裁的说法：我们赶上点儿啦！在我们的少年到青年时期，赶上了从旧中国到新中国的翻天覆地，我们恰好活到了历史的关键点上。接着又赶上了从革命的凯歌行进到和平建设时期的历史过渡。我亲眼看到、亲身经历了旧中国的土崩瓦解，反动势力的穷凶极恶，革命力量的摧枯拉朽，新中国的百废俱兴、万象更新。

而在一九五三年，十九岁的我已经感觉到，胜利的高潮、红旗与秧歌、腰鼓的高潮不可能成为日常与永远。那么我觉得自己有一个使命，把这一段历史时期、这一段历史时期的少年—青年的心史记录下来。

还有一个不无可笑的过程是，什么"五年计划"呀，什么"大规模、按比例的建设"呀，什么"工业化"呀，曾使我热血沸腾，我申请离开青年工作岗位去考大学学建筑，因为苏联作家安东诺夫的小说《第一个职务》对一名女建筑师的生活经验的描写使我沉醉。我的申请未获准，我无法，只好走向文学。此时又读了《译文》（后改名《世界文学》）杂志上苏联作家爱伦堡的文章《谈作家的工作》，同样使我如醉如痴。"一痴"成不了改为"二痴"，我动笔了。

我是悄悄地写作的，怕人家说我不安心本职工作，也怕写砸了丢人。写得很辛苦。一年后完成初稿，我请我的妹妹王鸣和我的同事朱文慧帮忙抄了一遍，又请我父亲王锦第帮助，拿给北京电影制片厂的编剧、作家、南皮县同乡潘之汀先生（我称之为潘叔叔）看看。一个月后潘叔叔来信说我"有了不起的才华"，他已把稿子推荐给中国青年出版社文艺室审读。当时的中青社文艺室负责人是吴小武即作家萧也牧，负责读我的稿子的是编辑刘令蒙。

潘叔叔的信令我如发高烧，但接着是漫长的等待。为了等到中青社对此稿的处理意见,我用了一年的时间,急不得恼不得,催不得问不得,哭不得笑不得。其间我小心翼翼地给刘令蒙编辑打过电话,他也给过"快了"之类的答复。忽然从我所在的共青团北京市委传出消息,刘令蒙在反胡风运动中有麻烦。我只能目瞪口呆了。终于,一九五五年秋天,我接到吴小武的电话,说是小说最后请了中国作协青年工作委员会副主任、老作家、评论家萧殷审读,约我到赵堂子胡同萧老师家里一谈。萧殷老师指出此书稿有很好的基础,作者有好的艺术感觉,问题在于小说缺少一根主线,需要从结构上下功夫打磨。他还表示,可以由中国作协青委会出面为我请创作假,专心于书稿的修改。

一九五六年初,我获得了"创作假",就这三个字已经让我乐得屁颠儿屁颠儿的了。此前一年夏天,我在《人民文学》上发表了小说《小豆儿》,秋天,在《文艺学习》上发表了小说《春节》,并收到了参加将于一九五六年春天召开的全国第一次青年作者会议的通知。梦想正在成真,各路绿灯正在亮将起来。

参加青年作者会议的一个收获是得到了结识我心仪已久的邵燕祥诗人的机会。我把我起草的《青春万岁》的序诗给他看,他热情地回信说:"序诗是诗,而且是好诗……"他帮我做了一些修改,其中重要的是增添了"用青春的金线,和幸福的璎珞,编织你们"句。序诗的中心是表达编织"所有的日子"的心情,这是我当时的实感,是文学写作的最大魅力所在,燕祥的金线与璎珞亦功不可没。

一九五六年,我发表了小说《组织部来了个年轻人》,引起热烈反响。同时,《青春万岁》改完交稿,各方面已经传出关于此书的正面舆论。年底,《人民日报》发表了刘白羽同志的文章,谈到"张晓的《工地上的星光》与王蒙的《青春万岁》表现了青年作家的新实绩"(大意如此)。

一九五七年,先是正欲恢复出版的上海《文汇报》驻京办事处主任浦熙修女士与著名报人梅朵先生找我洽谈《青春万岁》在该报副刊连载事宜,后来也确实选载了约七万字。此后中国青年出版社与我签订了出版合同,此书清样已经打出了。

《文汇报》的连载

《文汇报》的连载也有一点小故事。

后来被毛主席称为"能干的女将"的著名的浦熙修与梅朵登门约稿,还给我预付了稿费,说好了全文连载。但他们复刊后连载的是郁风的散文配画《我的故乡》,然后找我商量,说他们准备改为部分连载《青春万岁》。我认为这是由于《青春万岁》的题材与抒情散文文体,在当时难成主流,说严重一点就是不无另类。

这使我极不高兴,我退回了预付金,说明此事作废。但浦、梅二位长者锲而不舍,又是写信,又是坐着汽车来拜访——当时谁家有"屁股冒烟"即坐汽车者来访也不是小事。总之,最后还是按他们的意思办了。客观上看,能够部分连载一下也好,否则全面胎死或假胎死,连个模样也没有看得着,岂不更加悲哀?

后来,一九九三年我在香港,与其时也在香港的黄苗子、郁风夫妇见面。我与郁风说起此事,开玩笑说她应该赔偿我的"精神损失费"。郁风大笑,也开玩笑说当时香港当局司法方面的负责官员是她的亲戚,她不怕立马与我在港对簿公堂云云。

冻结与假死

但同时,从七月份全国"反右"运动开始,此书被冻结。我的姐姐王洒告诉我,她在新华书店听到一位女青年问售货员:"有《青春万岁》这本书吗?"

当然回答是"没有"。

说是冻结吧,舆论已经沸沸扬扬,《文汇报》也连载了近三分之一。不是完全冻结于胎中,而是出世一小部分,胎儿脑袋已经伸出了子宫,突然叫了停,可以说是中途难产。这在历史上可能也是难得一见。

一九六一年,在"调整、巩固、充实、提高"的口号下,中国各方面的政策有所松动。首先是人民文学出版社负责人韦君宜同志派人找我,打问《青春万岁》的书稿情况。不久中青社的著名编辑黄伊也来了,我还与当时的中青社负责人边春光见了面。他们请了《文艺报》的负责人、著名评论家冯牧审读书稿,我与冯牧也见了面。冯牧认为书稿无问题,只是里面提到"苏联"的次数过多,可以减少一点。于是我把提到苏联歌曲、书籍的地方尽量改成本地土产——把青年们读的《卓娅和舒拉的故事》改成《把一切献给党》,把苏联歌曲改成陕北民歌……说好了很快可以出版。这时出现了党的八届十中全会,即北戴河会议,提出"千万不要忘记阶级斗争"。如此这般,中青社将书稿报到主管上级团中央那里,请团中央的一位书记刘导生同志审读。据中青社同志传达,刘书记的主要意见是书中未写出知识分子与工农兵的结合,是个缺憾。是时对杨沫的《青春之歌》也有此批评,故而杨沫加写或改写了若干章节,让她的书中人物林道静不是没有和工农兵结合过。

我还把此书稿呈交给对我甚为爱护的时任中国作协党组书记邵荃麟同志看过,他认为我写得很好,但与工农兵结合的问题亦不可忽视,他建议我去某省找个出版社低调出版。此建议亦未实施,因为整个形势正朝着"拧紧螺丝钉"的方向迅跑。

当时黄秋耘同志告诉我,说有好事者问冯牧审读《青春万岁》事,冯牧甚感尴尬。可能是由于他肯定了此书,却仍然不能出版,以为旁人会对他的政治判断力与权威性留下非正面的印象吧。我听着,就不只是尴尬了,我想到的是哀莫大于心不死——若干年后在聂绀弩先生的诗中,我也读到了这样的句子。

然后是"文革",我以为《青春万岁》已经宣告死亡,死于难产。

一个"之歌",一个"万岁",结合得怎么样我不敢说,倒是我本人,去了新疆,与维吾尔兄弟民族的农民结合得如鱼得水,不亦乐乎。

感动人的是,新疆生产建设兵团的友人姚承勋读了《青春万岁》的清样,他用绸布做了封套,将清样装订得很漂亮,并宣布:此书已经由他出版,印数一册。时在一九七四或一九七五年。可惜的是这个"姚版"《青春万岁》没有保存好,找不到了。

出书了

一九七六年"四人帮"垮台,一九七八年我应中青社之邀到北戴河团中央的培训中心修改《这边风景》的文稿。在北京时,我与人民文学出版社的领导韦君宜同志见面。君宜同志关心我的平反问题、调回北京问题,同时坚决提出,《青春万岁》可以立马考虑出版。只有极个别的地方,如描写杨蔷云的春天的迷惘心情,略删即可。她还建议请萧殷写个序,说明一下这是当年旧作。我给萧老师写了信,萧老师因当时身体不好,无法动笔,于是由我自己写了后记。交稿后我回到乌鲁木齐。

在乌鲁木齐迎接新年之时,我收到了一份《光明日报》,原来是该报副刊刊登了我为《青春万岁》写的后记。呜呼痛哉,於戏快哉,从一九五三年到一九七九年是二十六年,从打出清样的一九五七年算是二十二年,从一九六二年宣告此稿难产死亡时算是十七年,《青春万岁》终于得见天日了。此张《光明日报》的到来大出意料,哭哭笑笑,夫复何言?

《光明日报》一出,我立即收到了老友来信,说是向马特洛索夫夏令营的营长报到。原因是,《光明日报》发表的后记中提到了一九五三年北京东四区的中学生马特洛索夫夏令营。马特洛索夫是苏联卫国战争中的一位英雄,他用自己的身体堵住了法西斯德寇的碉堡枪眼,一本描写他的事迹的纪实作品《普通一兵》当时正在中国热销。我是马营营长，后记里提到的知名物理学家是郝柏林，为马营副营长，后来成为我的妻子的崔瑞芳也是副营长。我们还请大作曲家郑律成谱写了"营歌"，歌词作者已不可考：

> 普通一兵，是我们中国青年的心，
> 我们热爱自己的祖国，
> 我们热爱和平的人民……

向我报到的马营营员是天津的中学语文教师程庆荪，一九五三年她是北京女二中的团总支组织干事。

其他，与一点歉疚

一九七九年五月，人民文学出版社首次出版《青春万岁》，定价六角八分，首印十七万册。

这里有一个阴差阳错的地方。抓这个书，最费力气的是中国青年出版社。一九七八年谈此书出版的时候，我正在为中青社修改《这边风景》，满心以为会给中青社提供一个"革命化"得多得多的书稿，没有想到"风景"因过于"革命"，亦不宜出版。"万岁"不够革命，"风景"过分革命，都未能在中青社成活。后来中青社得知"万岁"稿到了人文社，甚为着急，还通过团中央有关领导极力做我的工作，想把稿子要回来。但我已经答应了君宜这边，不好再改变。这使我至今对中青社心有歉疚。

早在"文革"一结束，上海电影制片厂刘果生先生即来联系将《青春万岁》改编电影事，但据说某些导演认为这部小说的风格不适宜搞成电影……后来出现了导演黄蜀芹女士，电影开拍了。一九八三年拍出来，反响不错。一九八四年，我率包括黄女士在内的中国电影代表团携电影《青春万岁》参加了苏联塔什干电影节。

另，此书还被山西的《语文报》评为"中学生最喜爱的书"。

还应该提一下吴小武即萧也牧,他因小说《我们夫妇之间》挨批,再未翻身。一九六三年我去新疆,他从中国青年出版社要了一辆车送我去车站。"文革"后我回来,听说他死于干校,死得很惨。

发表于《新文学史料》2013年第2期

《这边风景》获奖感言

这次获得茅盾文学奖,第一,我感动的是对于四十年前动笔今年才定稿出版的这部作品的肯定。历史并未切断与摘除,文学不相信空白,不怕事后诸葛亮,该连续的自然要连续,该弥合的也不难弥合。命名不合乎时宜了,内容仍然可以真实生动。青春能万岁生活就能万岁,文学也能万岁。文学不会是得奖、热闹一阵就夭折。我始终相信文学有一种免疫力,它不会因一时的夸张而混乱,不会因一时的冷遇而沮丧,不会因特殊的局限而失落它的真诚与动人。

局限也可以成为平台,可以成就风格。如果你有足够强大与自由的凝结力,条条框框可以成为彩头花花式的道具,因为文学归根结底来自人民、生活还有我们从《诗经》开始的文学传统,与全人类的语言艺术宝藏。它能突破、能超越、能起死回生,显示真情、真知、真理,给读者以历久弥新的感动。

其次,我觉得是奖励了一个中国的新疆故事,激活了四十年前在新疆的岁月。我怀念新疆的新老友人,尤其是各族人民,在一个并不快乐的年代,与新疆各族人民尤其是维吾尔族农民同吃同住同劳动,手拉手心连心,使我得到了莫大的快乐。脚踏实地增加知识,开了眼界。在一个找不着北与几乎无事可做的时期,我来到了风姿绰约的新疆,我为自己找到了最有意义的事情,学语言、学历史、学地理、学民族文化、学贫下中农,写人民、写边疆、写生活,知实际、知艰难、知祖国之大、知人生多彩多姿。有生活做根底,有火热的爱,即使在相对冷冻的环境中，人仍然活泛，文字仍然强硬，追求的仍然是精神生活的美好与高雅。

感谢所有支持我写作此书的亲人友人，感谢我的已不在世的妻子崔瑞芳。感谢安排我去伊犁农村的自治区党委副书记林国明与自治区的文联领导刘萧芜、王玉胡；感谢帮助我请创作假的诗人、当时的创作研究室主任。也感谢自治区党委主要领导同志与许多老领导同志的祝贺，感谢同样有作品参评的维吾尔族作家阿莱提，他表达了视为自身荣誉的欢庆。荣誉归新疆。

我还坚信奖的可爱来自文学，获奖的意义在于推动文学，不是相反，不是为了奖而文学。奖重要文学更重要，作品好没有得奖仍然是好作品，得了奖却暴露了作品的缺陷。一时沾奖的光，于人于己于文学无不有愧。李白、曹雪芹、托尔斯泰都没有得过奖。奖不能八卦化、浅薄化、低俗化，奖不是注意目标，更不能用一肚子脏水来涂抹一个本因珍惜却绝不孜孜以求的奖。在我们强调程序的公正性与廉洁性的同时，我也希望强调评奖结果的文学内涵、文学意义、文学判断。我希望有更多的对文学的关注，对作家与作品的关注，有对作品的公开公正的批评与针砭，而不是庸俗的无聊的对文学奖的信口开河的嘀嘀咕咕。感谢主持、主办、主礼此次评奖的中国作协与各位文友。

发表于《芳草》2015年Z1期

关于《这边风景》

这是一本下了苦功夫的书

"好事不会觉得太晚",这是俄罗斯的谚语。更令人欣慰的是新疆,是伊犁,是各族尤其是维吾尔族人民,是他们的生动鲜活、他们的幽默智慧、他们的别有趣味、他们的艰难困苦中的光明快乐,还有他们的与内地城市大异其趣的语言与文化,突破了环境与书写的局限,创造了阅读的清新与感动。我感谢书里书外的天山儿女,感谢在困难的时期得到的那么多友谊、知识和温暖。感谢情歌《黑黑的眼睛》,感谢流淌过巴彦岱的大湟渠——人民渠,感谢房东阿卜都热合曼·奴尔大哥与赫里其汗·乌斯曼大姐。

这是一本下了苦功夫的书,使我想起了四十多年前处于逆境的王蒙,决心按照"讲话"精神,破釜沉舟,置之死地而后生,到边疆去,到农村去,深潜到底,再造一个更辽阔更坚实的写作人;同时仍然热爱,仍然向往,仍然自信,仍然多情多思多梦多词多文。没有许多年的农村生活,没有与各族农民的同吃同住同劳动,没有对维吾尔语的熟谙,没有对于生活、对于大地、对于边疆、对于日子的爱与投入,不可能有这部作品。

真正的文学拒绝投合,真正的文学有自己的生命力与免疫力,真正的文学不怕时间的煎熬。不要受各种风向影响,不盯着任何的成功与利好,向着生活,向着灵魂开掘,写你自己的最真、最深与最好,中国文学应该比现在做到的更好。

重要之点是作品

二十世纪六十年代,在我处于逆境的时候,我下决心遵循《讲话》的教导,到边疆去,到农村去,破釜沉舟,置之死地而后生,重新打造一个更宽阔也更坚实的写作人,打造一个焕然一新的工农化的写作人。按当时的认识,我必须写工农兵,最好是写农民,我只能写工农兵才有出路。就像我在一九六三年底,坐在火车上全家从北京到新疆时所吟咏的:

> 死死生生血未冷,风风雨雨志弥坚。
> 春光唱彻方无恨,犹有微躯献塞边。

我到了伊犁州伊宁县巴彦岱人民公社,与维吾尔族农民生活在一起,同吃同住同劳动,并曾担任二大队副大队长。

我很快与农民打成一片,讲维吾尔语,读维吾尔文书籍,背诵维吾尔文毛主席语录与"老三篇"。我住在老农阿卜都热合曼·奴尔与赫里其汗·乌斯曼家里。我住的一间小屋,在我到来以后,燕子飞来做了巢。每天我与呢喃的燕子一起生活,农民们却从这一点上认定我是一个善良的人。

我爱生活,我爱人民,我爱不同的环境与新鲜的经验,我爱雪山与大漠、湖泊与草原、绿洲与戈壁滩。我得到的是爱的回报。当地的农民喜欢我。

你可以说我是在特殊处境下做出的不一般的选择,但是我选择了,我做到了。我仍然充满生机,爱恋着边疆的、对于我来说是全新的一切:情歌《黑黑的眼睛》、伊犁河、大湟渠、砍土镘、水磨,尤其是各有特色的族群——汉族、回族、维吾尔族、哈萨克族、乌孜别克族、锡伯族、俄罗斯族……还有馕饼、拉条子、哈密瓜与苹果园。我也极有兴趣于开拓自己的视野、丰富自己、充实自己。我曾经说我在新疆十六年,完成着维吾尔语博士后的学业。至今我回想起这一切,更要强调说,新疆各族人民对我恩重如山。"文革"中,是人民保护了我,乃有了《这边风景》。我确实书写了大量的有特色的生活细节。劳动、夏收、割草、扬场、赶车、灌水、打馕、植树、雨灾……我写了人民公社时期的奋斗、挫折、懒汉、积极分子,我写了伊犁的边民外逃事件、复杂的内外斗争,我写了边疆历史的风风雨雨、恩怨情仇,我写了那里的大异其趣的衣食住行婚嫁。讨论作品的时候,有学者说他们看到了西域的"清明上河图",有的说边疆生活细节排山倒海。一位维吾尔族女教授说:"作家把他的心交给了我们,各族人民也就愿意把心交给他。"

这本书的得奖,最使我感谢的是它将有利于人们关注新疆,了解新疆,热爱新疆,走近新疆。我为新疆的兄弟姐妹们高兴。

这本书的得奖,还让我相信真正的文学经得住时间的考验。四十一年前动笔写的书,三十七年前基本定稿的书,现在受到了新的关注。毋庸置疑,写作的年代与现时区别很大,写作时有各种的局限性,可以说当时的写作是戴着镣铐的舞蹈。然而,只要下了苦功,有了刻骨铭心的生活经验,有了血肉相连的感情交融,有了对大地的匍匐与谛听,有了对人民音容笑貌的细腻记忆与欣赏,你写出来的人、生活、深情,就能突破局限、摆脱镣铐、充满真情、充满趣味,成就你所难以预见的阅读的厚味与快乐。

仍然是王蒙写的,仍然热爱,仍然多情,仍然兴致盎然,仍然一片光明,仍然有青春万岁的信念、有新来的年轻人的眼睛与好奇心、有对于生活的缤纷期待、有对于日子的珍惜与温习、有对于爱情的讴歌、有对于历史和时代的钻研,都来吧,都来吧。

茅盾奖的获得当然令人高兴。至于获奖与否,并没有那么重要。文学奖引人注目,因为它向读者推荐了文学。奖为文学增光,前提是文学能不能给奖增光,能不能给予心灵抚摸与冲击、营养与激扬。只有文学本身可爱，奖才可爱。对于奖做各种猜测与解读，应该基于对获奖作品或者提名作品的阅读、品味、感受与评析。离开了作品去研究文学奖，未免可笑与可悲。文学的好处是它的公开性、群众性、长期性，如果奖励的是假冒伪劣的作品，没有什么力量可以防止它的出丑。反过来，如果你有好的作品，不奖也还是好作品，奖能锦上添花，奖能促进发行，但是奖不能弥补缺陷，奖不能化东施为西施。把功夫放在争取得奖而不是写好作品上，只能说是作者没出息到了极致。

我想念真正的文学

可以说我们现在的文学很"繁荣"。"文革"前十七年，出版长篇小说约二百部，平均每年近十二部。

现在，纸质书加网络作品，一年上千部长篇，多数是消费性的，解闷、八卦、爆料，还有刺激、胡诌、暴力、生理之类。

我想念真正的文学，提供高端的精神果实，拷问平庸与自私，发展人类的思维与感受能力，丰富与提升人的情感，回答人生的种种疑难，激起巨大的精神波澜。真正的文学，满足的是灵魂的饥渴。真正的文学，读以前与读以后你的人生方向会有所区别。我相信真正的文学不必迎合，不必为印数而操心，不必为误解而忧虑，不必为侥幸的成功而胡思乱想，更不必炒作与反炒作。

真正的文学有生命力，不怕时间的煎熬，不是与时俱逝，而是与时俱燃，燃烧长久，火焰不熄。真正的文学经得住考验掂量，经得住反复争论，经得住冷漠对待与评头论足。真正的文学不怕棍棒的挥舞，不怕起哄的浪涛。

真正的文学充满生活，充满爱情，充满关切，充满忧思与祝福，充满着要活得更好更光明更美丽的力量。

不要听信文学式微的谣言，不要理会苛评派和谩骂派的诅咒，也不要希冀文学能够撞上大运。作家需要盯着的是大地，是人民，是昭昭天日，是历史传统，是学问与思考，是创造的想象力，是自己的海一样辽阔与深邃的心。

我的处女作《青春万岁》压了二十三年，一九五六年定稿，一九七九年出版第一版，但是它至今仍然在不停地被重印，仍然被摆在青年人的案头，仍然是阅读对象，而不仅仅是研究者的文学档案。

我的《这边风景》，初次定稿于一九七八年，出版于二〇一三年，尘封了三十五年。作者耄耋，书稿却比一九七八年时显得更年轻而且新鲜，哪怕能找出它的明显的局限。

我的《活动变人形》初版于一九八六年，至今已经出版了二十九年，仍然有新的版本在重印。

我有时发问，文学作品是像小笼包子一样新出锅时滋味好，还是像醇酒一样经过一些年的发酵效果好？或者两者都是？

文学是一种精神力量，是一种感动，是一种对精神包容空间的开拓，又是一种犀利的解剖与挖掘，还有痛彻骨髓的鞭挞。从文学里可以看出一个人的恻隐之心、羞恶之心、恭敬之心、是非之心，从文学里可以看出一个人的度量、智慧、灵活与庄严，从文学里可以看出一个人的美好或者褊狭、高尚纯洁或者矫情作秀。

文学并不能产生文学，是天与地、人与人、金木水火土、爱怨情仇死别生离、工农兵学商党政军三百六十行产生文学。从中外文学史上看，写作人如果一辈子生活在文学圈子里，或者是把自己封闭起来，就太可怜了。他们容易失眠，容易自恋，容易发狂，容易因空虚而酗酒、吸毒、自杀，还容易互相嫉恨窝里斗。

让我们更多地接地气，接天气（精神的高峰），接人气，也接仙气（浪漫与超越），接纯净的空气吧。

眼界要再宽一点，心胸要再阔一点，知识要再多一点，身心要再强一些。我们绝对不能只满足于精神的消费，更要追求精神的营养、积累、提升与强化。

这边风景啊,新疆!

一九六三年我做了一个破釜沉舟的决定,全家迁往新疆。我认为这是真正的实行"讲话",开阔自己,锤炼自己。不这样,就只剩下了死路。

我仍然满心光明与希望。我带着一缸小金鱼坐火车。我写着诗:"日月推移时差多,寒温易貌越干河。似曾相识天山雪,几度寻它梦巍峨。"我吟着诗:"死死生生血未冷,风风雨雨志弥坚。春光唱彻方无恨,犹有微躯献塞边。"

同样在运动中没顶,具体处境不同,我不会因为旁人的情绪反应与我不同而改变。

那个年代,斗争的弦越拧越紧。一九六五年,我到了伊犁农村"劳动锻炼"。六年时间,我与当地维吾尔族为主的各族农民同吃同住同劳动,同生活同学习。我后来不无骄傲地说,我在新疆完成了阿勒泰语系突厥语族的维吾尔语"博士后"。我与当地农民打成一片。

我喜欢新经验,我喜欢有所相异的文化与完全相通的心,我喜欢维吾尔族民歌《黑黑的眼睛》。在"无产阶级专政下的继续革命"种种说法搞得我头晕脑胀的时候,去新疆,我想我更可以比较放心地沉浸在民族团结、祖国统一、沙漠绿洲、自有特色的新疆生活里。

古话有云:"大乱避城,小乱避乡。"如果在京,"文革"这一关,恐怕难过得多。

从一九七四年开始,我写下了《这边风景》。我对我写的生活充满了爱与趣味,充满了知识与开拓,充满了投入的激情。我对我写的土地,充满了眷恋与吟咏。何等的幸运,何等的机缘,很难再有一个人像我这样沉潜到如此地步!

四十年过去了,人民公社已经不再,记忆仍然鲜活。积极分子的忧愁、懒汉的笑料、热热闹闹的磨洋工、高高兴兴的空话连篇,却仍然是这边风景的独具美好,仍然是青年男女的无限青春,仍然是白雪与玫瑰、大漠与胡杨、明渠与水磨、骏马与草原的世界固有的强劲与良善。

毕淑敏说过一句话,有时候"文革"一类的政治歪曲了生活,但是强大的生活又在消解着歪曲的政治。

所以还是能写。即使戴上了镣铐,真情、热爱、大地的脉动、生活的兴致、感受的真实、伊犁河水的不舍昼夜、天山雪峰的冷傲庄严,都超越着镣铐,都突破着局限,给你的是"清明上河图",是"细节的排山倒海"(后面两句话是别人讲的)。

而且是怎样的一个切入角度,在一九七四年,王蒙的批判锋芒针对的是分裂势力,是极左,明白了吧,朋友?

我没有忘记伊犁人对家乡的"吹嘘",新疆人说伊宁人个个都是"呶契"——英雄好汉又兼牛皮大吹!例如,那位靠夺权上台的穆萨队长。

最使我感动的是爱弥拉克孜痛责泰外库的那一段,多少年过去了,自己读到这一段往往会痛哭。一个是尊严,一个是希望与失望,一个是爱情,不为他们落泪,你为谁哭泣?

而在雨灾里伊力哈穆问乌尔汗,你还跳舞吗?使我想起了《组织部来了个年轻人》里对赵慧文的描写,有什么办法呢?王蒙就是王蒙,清水里泡三次,碱水里泡三次,血水里泡三次,然后他问道:"各位可好?各位可老?"他在伊宁县巴彦岱农村住进了一家维吾尔族老农的一间放工具的小屋。三天后燕子开始在这里做窝,一夏天他与呢喃的一家小燕子相陪伴而过。而少数民族穆斯林们竟然从这一点上判断老王是个最善良的人。那是什么样的感受与感恩?

写到了开放爽朗的狄丽娜尔突然跳上了俄罗斯族青年廖尼卡的自行车货架子上的情景,那样的事我也有啊。我骑着一辆破车,一阵笑声中一个维吾尔大姑娘已经跳骑到了我的车上,到了她要到的地方,又是在笑声中奔跑而去。那不是一个快乐的年代,但你为什么不许我发现与珍惜快乐?

　　还有赶车夫的生活。还有穆斯林的宗教生活与宗教情绪。还有四只鸟和一个诡诈的人,那种结构显然受到《一千零一夜》故事的影响。还有一九六二年伊犁地区的边民外逃事件。还有"四清",还有汉族的女技术员杨辉,还有雪林姑丽与艾拜杜拉的洞房之夜,我看到为新郎脱靴子的话题的时候,我写到雪林姑丽脸红了,我也脸红了。

　　在不快乐的时期我找到了我的快乐。在无所事事的时期,我做了可能的最好的事。在小说基本改好以后,我将它尘封了三十五年,又过了两年,它得到了关注与本届茅盾文学奖。

　　我想起了一幅"直钩去饵八十年"的国画,大概画的是姜太公?这一切,好像有点意思呢。

2015 年 10 月

已经写了六十五年

从一九五三年写《青春万岁》时算起,我文学写作已经六十五年,二〇一九年一月,我的中篇小说《生死恋》与小小短篇小说《地中海幻想曲(两则)》都将发表。那就进入第六十六个写龄了。

不知道是什么命运,《青春万岁》是写了四分之一个世纪以后才全文出版的。而《这边风景》,是一九七三年开始写作,过了四十年二〇一三年才全文出版的。能耐受数十年的消磨,然后至今仍然出现在书店里、出现在青年的阅读中,这倒是少见的安慰。

回想我出生三年后,一九三七年日本军队占领了北京,我的整个小学阶段是在占领军的刺刀阴影下度过的。一九四五年二战结束,我的爱国主义激情燃烧。从一九四六年我十一岁多就与中共的地下组织建立了联系,一九四八年,我破例被吸收为中共地下党员。我是一个入世很深的人,担任过高高低低的各种领导职务,经历过大大小小的挫折,但我坚信自己是彻骨的与坚持一贯的文学写作者,甚至担任文化部长的时候,也没有停过笔。

与一些从事写作的朋友不同,我学生阶段同时极度喜爱数学和文学,喜欢逻辑推理论辩,喜欢语言文字抒情。而少年时代我立志做一个职业革命家。到了一九五二年,我被"五年计划"所吸引,甚至想去报考土木建筑专业,这些都没有实现。革命的凯歌行进,中华人民共和国的百废俱兴,在一代青少年的心灵中激起的波澜,我久久不能忘怀。我还感觉到,这样的青春激情、革命激情、历史激情,未必能长久保持下去,只有文学能延伸我们的体验,能记下生活、记下心绪,能对抗衰老与遗忘,能焕发诗意与美感,能留下痕迹与笑容,能实现幻想与期待,能见证生命与沧桑。能提升与扩容本来是极其渺小的自我。

"所有的故事都是好故事",很奇怪,这句话不是小说家而是前美联储的主席伯南克讲出来的。文学使一切都不会糟践:爱情是美丽的,失恋也可能更动人;一帆风顺是令人羡慕的好运,饱经坎坷的话,则意味着更多更深的内心悸动。获得是舒适的,而失落的话是更好的故事胚芽。甚至穷极无聊的最最乏味的煎熬经验也能成为非同寻常的题材,如果你是真正的文学人。

开始,写作如同编织。如我的诗:"所有的日子都来吧,让我编织你们。"后来,生活遭遇如同传奇故事,荒唐的经历,其喜剧性超过了悲剧性。我始终鼓励着自己,如我的诗:"不,不能够没有鸟儿的翅膀,不能够没有勇敢的飞翔,不能够没有天空的召唤,不然生活是多么荒凉。"

还有我在新疆的十六年经验,我手抄的波斯诗人莪默·伽亚谟的乌兹别克语译文:"我们是世界的希望与果实,我们是智慧的眼睛的黑眸子,若是将宇宙看作一枚指环,我们就是镶在上面的宝石。"

我已经满八十四岁了,中国的说法是青春作赋,皓首穷经。我近年也写过不少谈孔孟老庄的经典著作的书,同时我一直兴高采烈地写着新的小说。只有在写小说的时候,我的每一粒细胞,都在跳跃,我的每一根神经,都在抖擞。

文学是我给生活留下的情书。文学是我给朋友留下的遗言。文学是人生的趣味和作料,辣与咸,酸与甜,稀与稠,鲜活与陈酿。文学,是比我的生命更长久的存在。

我也喜欢德国作家君特·格拉斯对"你为什么写作"的回答:"因为别的事没有做成。"虽然有些小朋友对我的引用表达了遗憾。他们终究会明白,毕竟我丝毫无意贬低文学。

发表于《中华读书报》2019年1月9日

自序／后记

《青春万岁》后记

一个穿越过蔽天的松林的人还会注视细小的青草吗？一个经历过海洋的风浪的人还会喜欢树叶上的露珠吗？

那是一九五三年，四分之一个世纪以前的事了。那时，我十九岁，头一遭拿起笔来，胆怯地涂写着这部不像样子的作品。现在读起来，它是多么天真、多么幼稚啊！

二十五年过去了，我们的党、国家、人民都走过了光荣和漫长的道路；作者也在和工农兵结合、改造世界观的道路上迈动了步子，步子虽小，情况却大有不同了。

时代不同，生活也有许多区别。譬如那时在中学生中发展为数不多的党员，而现在一般不发展了。这是由当时的革命斗争的需要所决定的。那时跳交谊舞；那时中学和大学把老师叫做"先生"；那时把学生宿舍"×号院"叫做"×斋"。还有当时在男女同学的交往中萌发的一些朦胧的、自然的、却是应该加以引导的情感……所有这些，当不会令今天的青年读者骇异吧？

可是，我为什么要写得那样纤细呢？有些地方，会不会是已经流于琐屑了呢？我为什么不更广阔地勾勒时代的风雨，更浓重地刻画社会主义的新人呢？

当时作者也正像他描写的主人公那样，还太年轻，太年轻了啊。他写的是一些城市的中学生，她们也参加了人民民主革命，她们爱党，爱新社会，但她们对革命、对社会主义事业的理解是多么肤浅啊。

就像小孩子爱自己的父母,却不见得完全理解自己的父母一样。

不过,这种爱毕竟是好的,是可宝贵的,是十分真诚的。五十年代中学生生活中的某些优良传统和美好画面(例如:对于又红又专、全面发展的提倡;团组织和班集体的丰富多彩的活动和生动活泼的工作;同学们之间的友爱、互助及从中反映的新社会的人与人之间的关系;开始建立起来的师生之间的新型关系;特别是一代青年对于党、对于毛主席、对于社会主义祖国的无限深情),不是仍然值得温习,值得纪念吗?何况是当林彪、"四人帮"把这一切都无情地践踏了、摧残了以后,在需要拨乱反正、正本清源,以实现四个现代化的战略决策的时候。

再说,一个人从小到大自会有很多变化,有质变,有连续性的中断和飞跃。然而,人们总会从少年时期保存、继承下某种东西。好的,应该发扬;坏的,应该警惕和克服。这么说,回顾一下五十年代某些城市中学生的生活和思想感情,也不是毫无意义的吧?

就这样,我终于同意了,就让这个往日的带着露珠的小草儿和读者见面吧,它多少也反映着新中国的朝阳的光辉。

并谨以此书献给一九五三年北京市东四区中学生马特洛索夫夏令营的朋友们。那个夏令营里的中学生,有的现在已经是知名的物理学家了。热情的作曲家郑律成同志曾经应几个孩子的请求为夏令营谱写了"营歌"。歌中唱道:

> 我们有一个亲爱的朋友,
> 他就是马特洛索夫——普通一兵,
> 他为他的祖国献出了自己的生命。
> ……我们热爱自己的祖国,
> 我们热爱祖国的人民。

回顾昨日,愧勉有加;瞻望明天,壮心不已。

1978 年 10 月于北京

《青春万岁》再版后记

《青春万岁》初稿于一九五三年,经潘之汀、吴小武(萧也牧)同志及中国青年出版社帮助,推荐到萧殷同志那里。经萧殷同志指点并帮助联系创作假,我于一九五六年改出。一九五七年初经浦熙修、梅朵同志安排,部分章节曾在上海《文汇报》"笔会"栏连载。中国青年出版社发排后,因为众所周知的原因,小说未能出版。

一九六二年,经韦君宜、黄秋耘同志关心,冯牧同志再次仔细审读,确定可以出版。后因八届十中全会狠抓阶级斗争的精神下达,此书经当时团中央一位领导同志再次审查后再次搁浅。

至一九七八年,重新提出了出这部书的问题。终于,一九七九年,此书第一次面世——由人民文学出版社出版。距开始写此书已二十六年矣——超过了四分之一个世纪。

本书经过两次修改:第一次一九六二年,计划出版时,因当时中苏交恶,我遵嘱删去了当时令人觉得提苏联过多的部分。第二次是一九七八年,当时还处于"抓纲治国"时期,战战兢兢,删掉了认为可能被认为感情不够健康的个别段落和词句。人民文学出版社出的就是这个经过两次修改的版本。

我一直希望能恢复小说的原貌,但已找不到原稿或五十年代的校样。这次,把其中的部分章节按当年《文汇报》的"版本"做了恢复原貌的工作,总算部分地完成了心愿。呜呼!

1997 年 5 月

《青春万岁》插图版说明

一九五三年十一月初,我开始写《青春万岁》的初稿。一九五四年秋,初稿完成,经北京电影制片厂潘之汀编剧前辈协助,将初稿转到中国青年出版社文艺部主任吴小武(萧也牧)处。一九五五年底,吴小武同志延请作协青年工作委员会副主任萧殷恩师审读,提出了修改意见,并以作协名义向我所在单位共青团北京市委为我请了半年创作假,于一九五六年秋,改写定稿。

此时,中国青年出版社与我谈起为小说配插图事,我根据当时经常看到的一些宣传画的印象,提出了请河北著名油画家张文新先生插图的建议。

一九五七年,经上海《文汇报》浦熙修、梅朵二位老报人安排,小说在该报上选载了约三分之一。张文新的插图亦完成。

后来小说因故未能出版。五年后,一九六二年,人民文学出版社提出愿意出版此书,中青社也考虑出版事宜。为此我还造访了张先生,得知张先生的插图已经散失大部。最后,书并没有出版成。

一九七九年夏,《青春万岁》于人民文学出版社首次印刷,此后,反复重印,各种版本流传至今。

然后二十一年后——如果从开始写作算起,则是六十八年后——即二〇二〇年,河北美术出版社应我的祖籍河北沧州南皮县所建王蒙馆之约,收集整理了一批《青春万岁》的插图,其中就包含张文新先生仅余的油画插图原图与另一部分保留在张先生处的插图草稿、工作稿。

他的插图画稿仍然使我激动不已。关键是那个时代,那个"所有的日子",那个"青春的金线"与"幸福的璎珞",那种质朴与真诚、热烈与忘我,那种凯歌行进的自信与从此富强的甜美梦想,都活跃在他的画作里。二十世纪五十年代的中国青年啊,感谢张文新画家,他留下了你们的难以再现的美好初心与美好雏形——形象。

二〇二〇年,我经河北省出版总社首席编辑、书法家潘海波先生帮助,时隔半个多世纪,访问了鲐背之年的张画家。为诗记曰:

之一

逝者如斯六十年,文新不老书图鲜。
青春念念豪情泪,耋耄欣欣浩运颜。
卷卷丹青胸炽炽,篇篇心曲意拳拳。
风云日子都来吧,璎珞华光金线连。

之二

可歌可绘塑青春,油画张家老更勤。
大意无伤花灿烂,小心且写叶清新。
千姿历历长生动,百态频频未掩尘。
作赋穷经皆不厌,造文为画渐深沉。

之三

满室收藏画与雕,九旬添二再折腰。
端端美术春常在,字字文章意未凋。
驻颜有术心余勇,谋艺无涯路或遥。
双老八旬又百岁,相逢砥砺笑风骚。

之四

青春万岁复如何,吟罢长歌泪婆娑。

155

艺胆惊天天雨电,文词遍地地陂陀。
大千世界群生相,微末点滴众妙多。
再议双双伏枥事,有约新作耀山阿。

（注:"大意"有"大意失荆州"自嘲意,"无伤"则是事实。"掩尘"可解为岁月的灰尘,也可解为生活与作品的毛刺、瑕疵。

张先生说到他的雕塑行当,属体力劳动,乃书"折腰",赞其辛苦。张先生一九二八年生,小可生于一九三四,二人年纪相加,按传统说法,冒吹一句,一百八。

张先生老当益壮,精力饱满,我也差强人意,理当伏枥,壮心不已。）

最后,还要补记一事,现在相当普及的《青春万岁》序诗,写于一九五六年秋,我邮寄给诗人好友邵燕祥,得到他的鼓励与帮助。"璎珞"与"金线"二句,是邵诗人给我加上的。原文是:"……让我编织你们,这该多么幸福。"

比我大一岁的燕祥兄今年八月已经在梦中仙逝。诗、书、画,或者能比人的寿命更长一点。希望人民文学出版社的《青春万岁》插图版,能够衔接上个世纪与这个世纪,衔接诗、书与画,衔接仙逝者与在世者,也衔接曲折与胜利、艰苦与辉煌,还有或谓漫长、或谓闪别、或谓鲜活的《青春舞曲》:"别的那呀呦,别的那呀呦,我的青春小鸟一样在翔飞!"

这是一九四八年,在中共中央华北局城市工作部北平地下党学委组织的平津学生大联欢上唱红起来的《青春舞曲》,原词是"我的青春小鸟一样不回来",我硬将它改成了:

"我的青春小鸟一样在翔飞!"

2020年12月

《冬雨》后记

　　《冬雨》所选,包括一九五五年至一九七九年我的小说创作的大部分。四分之一个世纪,只写了这一点,固然是由于众所周知的原因——二十余年没有发表作品的可能,但仍然说明自己的疏懒和软弱。我十分佩服那些不论处于什么逆境都能不中断写作的同志。

　　和同辈作家相比较,我登上文坛大概是最晚的一个。喜爱文学还是上小学时候的事。一进中学,幼小的我就被时代的洪流推到反美反蒋、争取人民民主革命的胜利的斗争前线去了。解放后,我担任了专职的共青团干部,当时,我一心追求的,是做一个职业革命家。截至我的第一个短篇《小豆儿》发表在《人民文学》上,我甚至从没有阅读过《人民文学》。对于我来说,革命和文学是不可分割的。真、善、美是文学的追求,也是革命的目标。既然我们的社会充满了政治,我们的生活无处不具有革命的信念和革命的影响。那么,脱离政治,就是脱离了生活,或者是脱离了生活的激流,远远了国家、民族的命运亦即广大人民群众的命运。同时,我也坚决反对用政治说教代替文学,反对离开了具体的、活生生的人的观察、体验和表现去表现政治,反对把直接影响政治作为文学创作的首要目标。即使以政治反响大大超过了预期的《组织部来了个年轻人》为例,在小说中,我对两个年轻人走向生活、走向社会、走向机关工作以后的心灵的变化的描写,对他们的幻想、追求、真诚、失望、苦恼和自责的描写,远远超过了对官僚主义的揭露和解剖。如果说小说的主题仅仅是反官僚主义，我本来应该着力写好工厂里王清泉厂长与以魏鹤鸣为代表的广大职工之间的矛盾和斗争。但是，请看，作品花在这条线上的笔墨，甚至还没有花在林震与赵慧文的"感情波流"上的多。我有意地简化和虚化关于工厂的描写，免得把读者的注意力吸引在某个具体事件上。再说，作为林震的主要对立面的刘世吾的形象，如果冠之以"官僚主义"的称号，显然帽子的号码与脑袋不尽符合。但作品的客观效果是不能不承认的，于是人们说起反官僚主义就要举出它来。这真令人不知是荣幸、烦恼还是惭愧。当然，这也不是说反官僚主义不是小说内容的一个重要方面。

我希望，判断一个作品的思想倾向和艺术特色，要从作品的全局出发；判断一个作家的倾向和特点，要从他的全部作品出发。否则就会出现瞎子摸象的情状。这个小小的集子提供了读者和批评家对我进行全面解剖的依据，这是非常令人高兴的。

翻看旧作的时候，我特别想起文学前辈与一些编辑同志对我的帮助和指导。没有他们的无私的指点和鼓舞，就没有这几篇东西。我特别怀念已故的邵荃麟同志，并感谢许许多多在我困难的时候向我伸出了援助之手的同志。

对旧作的个别文字，我做了一些校订和改动。改动的目的不是为了改变原貌，而是恢复原貌。

1980 年 4 月

我在寻找什么？*

一九五三年深秋的一个晚上，在离北新桥不远的一幢新建的二层小楼里，当时担任共青团的干部的十九岁的我，怀着一种隐秘的激情，关好那间办公室兼宿舍的终年不见太阳的小屋的门，在灯下，在一叠无格的片艳纸上，开始写下了一行又一行字。旁边，摆着各种工作卷宗和没有写完的汇报、总结，如果有人敲门，我随时准备把一份汇报草稿压在片艳纸上，做出一副正在连夜写工作材料的样子。在写作生涯刚刚开始的时候，我考虑的是失败和嘲笑，我感到的是力不从心的痛苦。

即使这样，当我坐在桌前，拿起笔来的时候，我意识到这是发生了一件影响我的一生命运的事情。我觉得神圣，觉得庄严，深知自己是在努力把美好的、却也是稍纵即逝的生活记录下来，是在给热烈的、难以把握的激情赋予固定的形式。我真诚地认为，写在纸上的东西，也许其丰富多彩不及活生生的生活的千百分之一，然而它是热情的结晶、是生活的光泽、是青春的印迹，它比生活事件本身更永久，比生活事件本身更能为千万人所了解，它是心灵的历久不变、行远不衰的唯一的信息。

于是我认为作家是世上最幸福的人，他能够同时与一千个、一万个、十万个朋友谈心，他永远也不会孤独，他永远和千百万人民在一

---

* 本文是《王蒙小说报告文学选》序。

起,去建立全新的、最美好的、最公正也最富裕的生活。

在我当时所工作的共青团委会的院落外面,是一个新华书店门市部,我常常到那里去吸吮油墨的香味。我徘徊徜徉于书林,流连忘返,我希望有一天我的书——我的心,也能袒露在这里。

这是我写《青春万岁》时候的情形。后来,它终于出版了,不是在当时,而是在我的孩子的年龄已经超过了我当时的年龄的时候。它从写作到出版用了二十六年的时间,比四分之一个世纪还要长。一九七九年,它出版的时候我已经不那么激动了,我已经知道了写作需要承担什么样的责任和风险,需要付出什么样的代价——心血、眼泪、青春,有时候还包括鲜血和生命。

因为文学追求光明,向往真理,渴望发展和进步,因为文学是人学,它以人为中心,它追求人成为真正的人,它要求人和人的关系成为真正的人的关系——共产主义的关系,老吾老以及人之老、幼吾幼以及人之幼的关系。所以它要与一切剥削制度作战,要与黑暗、与愚昧、与一切反动和保守的势力和思想、与一切虚伪和谎言作战。这样,一切黑暗和反动势力不能不把文学视为眼中钉。在我上中学的时候,我已经知道了被枪杀的柔石、殷夫、胡也频……的名字。在十年浩劫期间,我每每惊异于江青一提起作家就有那么强烈的、本能的、应该说是兽性的恐惧和仇恨。

我的第一个文学教师是我的姨母。一九六七年她来到新疆伊犁我当时的家,几天之后因为脑溢血发作而长眠在那里。我至今记得她如何为小学二年级的七岁的我的第一篇作文添加了一个警语式的结尾。那本来好像是一篇描写春风的文章,姨母"代"我在结尾处写道:"风啊,把这大地上的黑暗吹散吧!"老师没有怀疑这句话是否可能出自一个孩子之口,她兴奋地、密密麻麻地为之加上了红圈。

是的,文学应该成为驱散黑暗的一股清风,成为催醒百花、唤来燕子和百灵的一股春风。正是为了驱散黑暗,我从少年时代便参加了当时还处于地下状态的党组织所领导的反对蒋介石国民党的人民革命斗争。我从少年时代便成为这个党的一名战士。在学生运动中,文学是革命的号角。不但有鲁迅、巴金、丁玲的作品,而且有《钢铁是怎样炼成的》,有《铁流》和《士敏土》,有《李有才板话》《白毛女》《吕梁英雄传》《洋铁桶的故事》和《我的两家房东》在蒋管区的青年学生中间流传。我始终认为,像《钢铁是怎样炼成的》这样的书,培养了苏联的、中国的、世界的一代或者几代革命者。

我始终认为,文学与革命是天生地一致的和不可分割的,它们有着共同的目标——旧世界打个落花流水,鲜红的太阳照遍全球。文学是革命的脉搏、革命的信号、革命的良心,而革命是文学的主导、文学的灵魂、文学的源泉。《钢铁是怎样炼成的》所以能培养不止一代的革命者,首先是因为革命的烈火、革命的理想与实践培育了奥斯特洛夫斯基和他的书。

所以,当人们用革命的名义,用辉煌的、一时难以辨认的革命的言词向文学大张挞伐的时候,最后甚至用这种名义来强奸文学、消灭文学的时候,我感到撕裂心肝、撕裂身体和灵魂的痛苦。我的人格似乎真的分裂了:要忠于革命,必须背叛文学,而爱文学搞文学,竟意味着会变成革命阵营的可耻的叛徒。

解放后的每次政治运动几乎都是从文学开刀,终于,开刀轮到了我自己头上。

于是,我"自觉地"、努力去否定文学,抛弃文学,首先是否定自己。"你和你的作品是多么渺小,多么卑鄙!"我力图去相信批判会上的这种声音,因为它不但洪亮震耳,而且义正词严。我确实发现了文学的渺小——它连一个大嗓门的批判的气势都没有。我还希望能发现文学的卑鄙,发现以后我会心安理得地躺到人们为我指出的下榻处所——历史的垃圾堆里去。如果消灭了我所热爱过的文学以后果然产生了新兴的、"新纪元"的、可能用尽一切革命词藻来形容的文学的话,如果我在滚进垃圾堆以后中国果然变得更纯洁、更美好、更幸福的话,我何乐而不乖乖地躺在那里?

于是我由衷地欢呼:"喝令三山五岭开道,我来了!"我认真地努力去领会"冲霄汉""冲云天""能胜天"之类的样板壮语,不怕人笑话也不怕人抓辫子。我其实觉悟得很晚,更谈不上有什么抵制,我甚至曾经努力去领会"三突出""高大完美",尽管在我的潜意识里对此充满了厌恶,尽管我常常在睡梦中哭湿了枕头。

在这一段时期,对于我来说,神圣的、永恒的、郑重和伟大的文学确实变成了渺小的、软弱的、可怜的、任人宰割、任人驱使的文学了。它不过是舞文弄墨的雕虫小技!它不过是自欺欺人的信口开河!它不过是权力的奴婢!它不过是附在大人物的皮上的一撮毛!呜呼,文学!别了,文学!

文学果然也成了卑鄙的了。它满纸谎言,它欺骗和麻醉人民,它变成了黑店人肉包子里的蒙汗药,变成了刽子手杀人时的遮羞布,变成了造谣和诽谤,变成了阴谋整人的小花招……

不仅是文学,生活里有多少表面上咋咋唬唬、其实是渺小而卑鄙的人和事。面对这一切,我一筹莫展,我既缺乏认识,又缺乏力量,更缺乏勇气,我在苟活,我在坐待。我在一九五七年被指责为渺小和卑鄙以后,过了二十多年,当真感到自己是渺小和卑鄙的了!

然而与此同时,我认识了真正的伟大与崇高。在生活的最底层,在最边远的地方,与人民同甘苦、共呼吸,站在人民的立场上看那些年的戏法魔术、风云变幻、翻云覆雨,孰是孰非、孰胜孰败,洞若观火!

挫折和失败锻炼了、丰富了我们。于是乎,迎来了一九七六年的十月,中国终于发生了注定要发生的、人民期待已久的事情。历史是最无情的,历史也是最有情的。我们获得了第二次解放,因为历史的规律是人民一定要自己解放自己,一次不行就再来一次。

拨乱反正就是起死回生。党重新把笔交给了我,我重新被确认为光荣的、责任沉重、道路艰难的共产党人。革命和文学复归于统一,我的灵魂和人格复归于统一。这叫做复活于文坛。复活了的我面临着一个艰巨的任务:寻找我自己。在茫茫的生活海洋、时间与空间的海洋、文学与艺术的海洋之中,寻找我的位置、我的支持点、我的主题、我的题材、我的形式和风格。

因为,不论我怎样欢呼这二度的青春,怎样愿意一切重新从二十三岁开始,愿意去寻觅二十四年以前的脚印,然而我的起点毕竟已经不是二十几岁而是四十几岁了。尽管回忆童年是一件美好的、撩人心绪的事情,然而人们无法重新成为儿童。尽管回头看《组织部新来的青年人》以及散文《新年》使我伤感,使我含泪微笑,使我壮心不已,然而,同时也有一种麻木的隔世之感。

二十岁的时候,生活和文学对于我像是天真烂漫、美好纯洁的少女,我的作品可说是献给这个少女的初恋的情诗。初恋的情诗可能是动人的,然而它毕竟是太不够太不够了啊! 而现在,生活和文学对于我来说,已经是一个庄严、干练而又慈祥的母亲。她额头的皱纹,述说着她怎样在风暴中挺立、在烈火中再生,也述说着她曾经怎样遭受娼妓和巫婆的欺凌;她宽广而又温暖的胸膛,却仍然是那样圣洁、温柔,充满着生命的乳汁,充溢着博大而又深远的爱。

不论有多少好心的读者希望我保持"组织部的青年人"的风格,但是,这是不可能也不必要的。二十年来,我当然早就被迫离开了"组织部",也不再是"青年人"。然而我得到的仍然超过于我失去的,我得到的是大有作为的广阔天地,得到的是经风雨、见世面,得到的是二十年的生聚和教训。故国八千里,风云三十年(八千里,指北京到新疆的距离),我如今的起点在这里。不论《布礼》还是《蝴蝶》,不论《夜的眼》还是《春之声》……都有远远大于相应的篇幅的时间和空间的跨度,原因也在这里。研究"小说作法"的人也许会摇头,然而,我无时不在想着、忆着、哭着、笑着这八千里和三十年,我的小说的支点正是在这里。

对于青春,对于爱情,对于生活的信念、革命的原则与理想,我仍然忠贞不渝,一往情深。说我的风格与以前判若两人了,恐怕不符合事实。然而,我现实得多了,我看到了生活的艰难,看到了一切美好的东西还需要成熟,需要成长,需要锻炼和完善自身,需要通过一个又一个的考验。于是,即使是浪漫和透明如《风筝飘带》,我的情歌里仍然有一种清醒和冷峻的调子。为了赞美我的伟大的、历尽沧桑仍然充满了活力的大海一样的母亲,我需要的是运用一切配器及和声的交响曲。我的歌不能再是少年的小夜曲。

是的,四十六岁的作者已经比二十一岁的作者复杂多了,虽然对那些消极的东西我也表现了尖酸刻薄、冷嘲热讽,但是,我已经懂得了"凡是存在的都是合理的"的道理。懂得了讲"费厄泼赖",讲恕道,讲宽容和耐心,讲安定团结。尖酸刻薄后面我有温情,冷嘲热讽后面我有谅解,痛心疾首后面我仍然满怀热忱地期待着。我还懂了人不能没有理想,但理想毕竟不可能一下子变成现实,懂得了用小说干预生活毕竟比脚踏实地地去改变生活容易。所以我写小说的时候,比起来用小说揭露矛盾、推动社会政治问题的解决,我更着眼于给读者以启迪、鼓舞和慰安。所以,在《布礼》和《蝴蝶》里,我虽然写了一些悲剧性的事情,却不想、也几乎没有谴责什么人。《说客盈门》虽然写得刻薄,但我对"说客"们并无苛责,丑陋的小萧和曾经美貌的女演员都不是什么反面人物。我对他们仍然充满情谊。

有一个不辞万里远道而来看我的青年读者问我:"经过了几十年,你自己就没有刘世吾的东西了吗?"我不好回答。赵慧文曾经责备刘世吾"什么都知道,什么都见过……于是他不再操心,不再爱也不再恨"。我几十年来也总算见过了、知道了一些事情,我力求看问题、写小说更全面、更实际、更深沉一些,然而,我仍然在操心,仍然在爱,仍然敢于面对任何尖锐复杂的社会矛盾。

至于恨,我的恨是有限的。不滥用恨,我认为这是保持和发展安定团结的一个精神条件。但是我也并非麻木不仁,并非明哲保身,我找到的一个武器是讽刺与幽默。在《买买提处长轶事》的前言里,我把幽默视为维持生存的要素。但是那位处长的所谓幽默里却带有痛苦的、值得同情的阿Q主义。荒诞的笑正是对荒诞的生活的一种抗议。

有一位友人表示不喜欢我的笑,认为我是用一笑了之来掩盖矛盾和痛苦、来磨光我自己。是耶?非耶?读者自明。但我真诚地认为我们哭得太多了,我们有笑的必要和笑的权利。我甚至觉得,有时笑可能是比哭更高级也更复杂的感情表示方法。动物里有会哭的(如屠刀前的羔羊),而只有人会笑。因此,即使在我写得最规矩、最正经、最抒情的作品里,仍然不乏笑料。同样,我也追求漫画式的、闹剧式的笔法中的严肃的东西。

复杂化了的经历、思想、感情和生活需要复杂化了的形式。我尝试着在作品中运用复线甚至是放射线的结构,而不拘泥于一条主线。我试图用突破时空限制的心理描写来充分展示前面说过的八千里和三十年,展示这八千里和三十年的不同的事物之间的联系和对比。我上下古今中外地求索,求索的目的仍然是创作中的我自己。我不否认我有所借鉴,不仅对外国文学有所借鉴,而且还对李商隐和李贺的诗、对侯宝林和马季的相声有所借鉴,但是,我的试作的形式仍然来自我脚下的土壤、我们自己的生活。首先是我们的生活复杂化了,节奏加快了,然后我的小说才变得多线条和快节奏了的。我找到了吗?我成功了吗?也许,我还是在摸索、在试验罢了。也许我真正要写的东西还在后面,也许我永远也找不到了!

不要再多说了吧。当局者迷,请读者千万不要过分相信作者自己的解说。有作品在,解释权、解剖权属于读者,相信读者会做出自己的结论。

今年,人民文学出版社编辑出版了我一九五五年至一九七九年的中短篇小说集《冬雨》。为了避免重复,本集对一九八〇年以前的小说尽量少选,包括《最宝贵的》《悠悠寸草心》这样一些获奖作品也都靠边站了,好在这两篇小说翻印得也比较多。另外,本集在体裁上采取综合的办法,除评论外,收集了小说、散文、报告文学,还有一篇译作,可以在以小说新作为主的前提下包罗万象,更全面地反映我的文学劳作。如果再加上《冬雨》和北京出版社出版的我的评论集《当你拿起笔……》,大概就可以为热情的读者、严明的批评家提供相当的解剖依据了。

亲爱的读者、批评家和同行们!请把你们的解剖结论和医疗建议告诉我,请你们帮助我!前面已经说过,我正在追求,我希望我不要成为生活和文学——这严峻而又慈祥的母亲的不肖子。五十年代的小小试笔,不过是序幕罢了,近三年,确切地说,只不过两年,我的文学创作活动才刚刚开始,刚刚起步呢!

1980 年 7 月

《深的湖》序

我想,在严格地加以限制以后,我们也不妨使用一下这样一个并不新鲜的比喻:生活是一个谜,艺术也是一个谜,人们在追求、在接近,却永远也不可能穷尽它的谜底。生活是深的湖,艺术也是深的湖,人们生于斯、长于斯、游于斯,却谁也不可能贯通它所有的层次。

写小说的人总是在追寻,又总是没有完全得到。他可能为一个小小的发现而如醉如痴、而欣喜若狂、而自以为大彻大悟,然而,紧接着将是新的犹豫、新的不满、新的焦灼不安。为什么不是最好的?究竟能起多大作用?还差得远呢!还差得远呢!

于是有突破也有丢失,有创新也有彷徨,有成功也有挫折。有徐缓如歌的行板,也有不如酸辣汤的杂色。但愿心的光能给"陶"上和"陶"下的人以温暖,而这一切当然都不是最后的。

于是看起来无技巧有可能成为更好的技巧,看起来无章法有可能成为更好的章法。"不习惯"可能使一些人激怒,但也有可能带来新的天地、新的经验,当然,也有可能带来缺乏生活和艺术根底的胡说八道。反正小说有各种各样的写法。反正写小说也要从必然王国迈向自由王国,不管这有多难、多玄。

但是,新的经验必然依赖又打破已有的集体的经验,一种写法和另一种写法相反而相成。探索易于惹人非议,苟安却又实在难有发展。嘲笑条条框框是容易的,真正有所突破却难而又难。刻意追求突破条条框框本身就有可能变成新的条条框框,刻意求新的新转眼间也可能变成老套套。一切追求都必然和某种目标、某种准则、某种规范相联系,以为乱弹琴可以奏出诱人的曲调乃是无知或者曲解。没有目标、准则和规范的追求只能是漫不经心、茫然无措、无计可施。所以,弄不好新的追求有可能变成新的作茧自缚,而无所追求只能是停滞和衰亡。

所以,不论在题材的选择还是表现的手法上,愈自由愈需要严肃和严格的要求,愈得心应手愈需要树立更高的境界和标准。程式化的、有操作规程和注意事项可循的工艺往往还是好办一点的,而看来朴实自然的花样,化为行云流水的匠心,貌似轻松如意的气力,却多半是可向往而不可及。

把生活的脉搏传递给读者,努力做到有利于社会、人民、年轻人的心灵,这是一件严肃的事情。不懈地去探求生活和艺术的秘密、生活和艺术的湖光,这是一件严肃的、有时候是痛苦的事情。

但这又是快乐的。哪怕令人汗颜也罢,总算又呈献给读者了,我一九八一年发表的小说、我的笑话、我的怀念、我的记录、我的心。生活是多彩的,向往是美丽的,所以工作也就是有趣的了。

1982 年 1 月 2 日于广西南宁

《旋转的秋千》后记

那一年和几个诗人一起去西柏林。便向他们学写诗。

后来一位诗人对我说,你还是按照自己的意思写吧。

便读起来,才知道,如今已经有了那么多诗。

还没有实现的,便是诗。不但没有成为事实,也没有成为小说,写小说的最初萌动,都是诗。

越来越没有时间去实现了,便越来越想写诗。后来还说,比如吃肉吃多了,更想喝茶。非诗非得太多了,便更想诗。请真正的诗人原谅。

便写下去了,辑录起来了。多了一个对话的渠道,我真幸运。真不幸。

1988 年

附一:读诗偶感——晏明致王蒙

你好。读了你在《星星》诗刊一九八六年十二期发表的《夏歌》(三首)以及你近来发表的一些诗作,很高兴,也很激动。作为一位小说大家,在新诗遭到各种"厄运"的时候,你兴致勃勃地走进诗人的行列,洋洋洒洒发表了许多诗,而且是值得一读再读的诗,谨向你致以诚挚的祝贺!

我这封信其所以寄给报刊,而不直接寄给你,是担心你太忙看不到我的信。这封信如能发表,我想你在百忙中也会抽空一阅,也许,你乐于听到一点关于你的诗作的反应。

《夏歌》中的第一首《遥远啊遥远》,在诗界有可能引起一点点议论。主要是形式问题,句子太长,最长的三十一字,一气读不完,要多次停顿,才能读下去。过去,诗界就为长句子引起过争论,许多人认为长句子难读,难断句。你这首诗,语言、形象、意境都很美,但长句子有可能影响读者的美感和享受。最近,发现一位青年诗人的诗句,比你这首诗的句子更长。

《遥远啊遥远》我读了三遍。读第二遍时,为了断句,我在诗句下面画了红线,仍觉不好读,又加上了标点;第三遍才读得顺畅了。当然,对于一位诗人的探索,应该尊重,不能以个人的喜爱、好恶来评论作品,难道自己喜爱的形式和作品,就是好形式、好作品吗?对于任何诗人、作者的探索,我们应该尊重、支持,包括至今仍有争议的某些诗。在诗的形式上,应该允许自由探索。探索的路走不通了,他自然会另走新路。

你的《遥远啊遥远》,在形式上虽然不是首创,但你在探索。这是一首诗意盎然的诗。

你的许多诗,有新意,有激情,也写得比较随意、自如,像泉水自然而然地流出来,你不是"做"诗,而是有感而发。写起来飘飘洒洒,想飘到哪儿,就飘到哪儿,不矫揉造作,不故作高深,也不故作惊人之笔。你的诗的创新之处,是构思新、语言新、意象新……总之,给人新的感觉,诗的感觉。

你的诗,也有不足之处。举一例,《夏歌》中的《无题》共四节,每一节的前五行都写得很有诗味,而每节后面写上两个字一行的"蓝天""从前""天边""高原",这可能是随意写来,信手写来的,但我觉得它多少有点减弱诗意。

不知你能否在"随意"中略加修饰、推敲,让诗味、诗意和诗美更浓些。原谅我不一一举例。

诗与小说有密切关系。好小说,是深沉的,有诗味、有意境的。而小说的语言,应是富有诗意的语言,凝炼、精粹、生动,而不应是乏味的平淡的语言。许多大师的小说说明了这一点。小说家写诗,可能有益于小说创作。这正同有些诗人写小说、写报告文学一样,他们的语言功力,得力于他们的诗。我相信你会写出更精彩的诗和更精彩的小说。

记得前年夏天,我接中国作协外联部通知,到你家同一位法国诗人

(也是小说家)会晤,是他要求到你家里做客的。那天,我们受到你和你夫人的热情接待。你是主人,我们几个客人谈得多些。写诗的陪客只我一人,我从雨果的诗谈到波德莱尔的诗(我很喜欢波德莱尔的诗),又谈到当代的法国诗。这当然有点班门弄斧。我想引起这位法国人的谈兴,想请他谈谈波德莱尔的影响和法国诗的现状。你的谈话,仍离不开小说,你没有谈诗,好像你那时对诗还没有兴趣。现在,你写了许多诗,不是偶一为之。你到了西藏,在缺氧的高原地带,还不忘记写诗,《夏歌》三首(可能还有其他诗)就是在拉萨定稿的。我很想知道,你是怎样写起诗来的?能公开谈谈吗?

你的诗,写得随意,我的信也很随意,不当处请指正。

附二:让读者评议——王蒙致晏明

晏明同志:

文学报转来您的来信,谢谢。

我怎么稀里糊涂地写起诗来了呢?是不是"为了保持作家形象""把一些莫名其妙的句子分行"(见今年一月下旬某报)呢?我想,还是让读者评议吧。

四川一家出版社要出版我的诗集,我写了个后记,现附上,不知能否多少回答您提出的一些问题。

并祝

安好!

王蒙

8月18日

《布礼》英译本前言

为神圣的信念而激动起来的人民革命,为革命的伟大胜利而更加激动地崇拜革命、投身革命的人民——特别是青年,却受到了无端的以革命的名义进行的迫害与打击。这是一个荒唐的悲剧吗?这是一个不可避免的试炼吗?这是历史的普遍的规律吗?这是一个有价值的——或者无价值的代价吗?

然而,不论怎样评价历史,不论怎样评价历史中的各类角色,对历史的刻骨铭心的经验却是不能抹杀的。也许这种经验得不到理解和同情,但是至少,应该能够引起一点思索或一声叹息。

感谢盛温蒂女士,将我的一篇叙述内心体验历程的小说《布礼》译成英语,使生活在完全不同的条件下的美国读者能有机会多少地体验一下这独特的遭遇。

1988 年 11 月

蝴蝶为什么得意*

我小时候喜欢文学是因为觉得语言的世界比现实的世界更美好。

后来我相信语言的力量,相信语言能帮助人实现一个更加公正和美好的世界。

年轻的时候我觉得世界正在足够地美好着,但是生活短暂得叫人揪心,只有语言的世界才能比现实世界更长久地存留下去,要不,生活的这种转瞬即逝的特性实在是荒谬得叫人活不下去。

现在呢,我还在写,为了心灵的自由驰骋,为了把哭、笑、痛苦、嘲笑、思索、爱情、平静、宽恕和自信写它个淋漓尽致,为了骄傲地超越我曾经如此膜拜过的世界和文学,也为了让那些评论者永远瞠乎其后,发出互相矛盾的断语:

王蒙是现代派的风筝。王蒙是停留在五十年代的古典。是幽默。是象征。是荒诞。是始终坚持现实主义。是永远的少共布尔什维克。是乡愿。是尖酸刻薄。是引进了西方的艺术手法食洋不化。是党官。是北京作家群的哥们儿。是新潮的保护人。是老奸巨猾。是智者。是意识流。是反官僚主义的先锋。是一阔脸就变。是儒。是老庄。是魔术师。是非理性。是源于生活。是"三无"(无人物、无情节、无主题)……

---

* 本文是作者为他的作品的英译本、德译本所写的序言。

我的一篇小说取名《蝴蝶》。我很得意，因为我作为小说家就像一只大蝴蝶。

你抓住我的头，却抓不住腰。你抓住腿，却抓不住翅膀。你永远不会像我一样地知道王蒙是谁。

1989 年 4 月

《冬雨》序

　　勤+缘出版社要把我的四篇小说旧作编一个集子在香港出版，我很高兴。

　　《冬雨》写于一九五六年初冬，那时我才二十二岁，已经经历了对于《组织部来了个年轻人》的大讨论，故而小说里也许有一点超出年龄的感喟。小说发表的当时，我曾收到一封充满感情的读者来信，居然把这篇小小的作品与什么"契诃夫的风格"联系起来。一九六〇年，当时捷克斯洛伐克的一本英语文学刊物叫"New World"（新世界）译载了它。二十年后我才知道此事，并获得了译文的拷贝。近年有论者说，从小说里可以看到作者的某种忧伤和不幸的预感。

　　《杂色》写于美国爱荷华城，当时是一九八〇年，我正在参加聂华苓夫妇主办的"国际写作计划"。这样一篇作品发表后在一段时间里居然还引起了争议，可能是一些朋友那时正很警惕地反现代派的缘故吧。

　　《蝴蝶》得过许多名目的奖，翻译到国外也最多。在日本出了单行本（相浦杲译），在前民主德国出了以此为书名的我的中短篇小说集。

　　《春夜》在我的小说里，就算是写日常生活、有那么点轻音乐的意思了。

　　我觉得这家出版社选的篇目还有趣。从"冬雨"到"春夜"，历时二十七年。王蒙老矣！

175

我感兴趣的是，各方面的背景都与大陆不同的香港同胞，看了这种对他们说不定相当陌生的作品，会有什么想法呢？我借此机会问候久违的香港朋友。

1992年7月

《表姐》序

勤+缘出版社编辑出版的拙著《表姐》一书,恰似一个什锦菜盒。其中最早的作品写于一九七九年,最近的作品写于一九八八年。有的相当写实,有的相当荒诞。有的脉脉含情,有的信口开河。有的偏重心理独白,有的近乎寓言可又不是。或谓亦实亦虚,亦庄亦谐,有长有短,有雅有俗,若隐若现,若悲若喜。不拘一格,而又万变不离其宗。

我希望全方位、全色彩、全天候地表现生活、摄取影像,试验小说的可能性,不断地考验我自己,发挥我自己,变化我自己。这本集子也提供了一个使读者更多方面地接触与了解评断我的机会。

我不喜欢把自己变成风格的奴隶。我喜欢拳打脚踢,翻跟头竖直溜,出人意外。我并不希望让读者一眼便认出我来,我更不希望读者摸准我的路数,猜得出我下次会写出什么来。

因为我觉得我的货还多着呢,我要写的东西还多着呢。

亲爱的香港读者,你们说呢?

1992 年

《轻松与感伤》序

收了若干篇散文,有一篇叫《轻松》,有一篇叫《感伤》。

有时候轻松,有时候感伤。有时候又轻松又感伤。经验和智慧使人轻松,正义和心灵使人感伤。

轻松得有趣儿,感伤得有味儿。轻松得健康,感伤得亲切。

感伤和轻松都有文章。

能写轻松和感伤的文章就不错。

我希望以后写得更加不错。

1992 年

我 的 写 作[*]

从一九五三年深秋那个晚上我提起笔来开始写《青春万岁》初稿的最初几行字的时候算起,到现在已经是整整四十个年头了。

我为了我们的国家、社会、生活更加美好而写作。我为什么写作?它的答案与为什么革命为什么活着是一样的。

我爱生活,我叹息一切美好的瞬间的短促。只有文学才能使美好的瞬间与永恒连接起来。

文学是一种特殊的记忆形式。文学就是怀念,文学就是复苏,文学就是青春,文学就是人生的滋味,文学就是余音绕梁三日不绝,文学就是生命所剩余的一切。

至少我有理由希望,我的作品会比我自己更长久。我已经不在的时候,也许有一个青年会为我的某一篇散文而微笑,也许有一个少女会为我的某一篇诗歌而动容,也许有一位长者会为我的某一篇小说而煎熬。单是这样想一想已经够让人激动的了。

至少我有理由希望,我的作品会比我自己走更远的路。我的作品会走进我还没有机会走进的房子;我的作品会说我还不会说的话;我的作品会有比我自己更宽阔的胸怀和臂膀,拥抱我们的这个星球,拥抱我们的这个世界,拥抱那个叫做人的同类。

至少我有理由希望,在写作的时候我能够比我自己还要好一点,

---

[*] 本文是1993年版《王蒙文集》序。

聪明一点，丰富一点，有时候更执着一点，也有时候更豁达一点。因为我是太平凡了，我有太多的缺点以至于缺陷。我不满意于自己，我已经没有办法再重新投胎一次生活一次，我只能在写作里得到一些校正与补偿。

我喜欢语言，也喜欢文字，在语言和文字中间，我如鱼得水。语言和文字是我的比人民币和美金更重要的财富，我要积累它们，更要使用经营——有时候是挥霍浪费它们。

我喜欢你也喜欢他。只有在写作当中，我们才得以相识、相交，成为朋友。而如果没有朋友，我们是多么孤独呀！

我喜欢写作还因为我并不是总是快乐的。谁能回避那些沉重的不愉快的甚至可怕的事情呢？然而当这一切经验都变成文学的契机的时候，人生就比较能够忍受了。

文学使往日重新鲜活，文学使黯淡变成趣味——至少是自嘲，文学使痛苦焕发辉煌，文学使灰烬蓬勃温热，文学使有所作为者尽情发挥。文学是仁人志士的战场、十字架至少是试验场，文学又是智者弱者无所作为者孤独者清淡者自大狂自恋狂胆小者规避与逃遁者的一个"自欺欺人"的游戏——避难所。

文学是有为更是无为。文学是有为的无为，无为的有为。

文学是一种快乐。文学是一种疾病。文学是一种手段。文学是一种交际。文学是一段浪漫。文学是一种冒险。文学是一种休息。文学是上帝。文学是奴婢。文学是天使。文学是娼妓。文学是鲜艳的花朵。文学是一剂不治病的药。文学是一锅稀粥。文学什么都是也什么都不是。

最后，我写作，还因为我是王蒙。我只能是王蒙，我希望我是王蒙，所以我只能写作。所以我还要一页一页一篇一篇一本一本地再写下去。我愿意放弃这和放弃那，但是我不能放弃写作。请原谅了，再一次地请求原谅了。

阿门。

漫游这个世界[*]

小小寰球,有机会转他几圈还是有意思的。

生逢改革开放的盛世,自一九八〇年起,本人有幸看了看世界。这十几年,我访问美国五次,意大利四次,德国两次,日本两次,新加坡两次,澳大利亚两次,俄罗斯、英国、法国、罗马尼亚、保加利亚、波兰、匈牙利、阿尔及利亚、摩洛哥、土耳其、新西兰、泰国、马来西亚、约旦、埃及各一次,途经并逗留过的还有西班牙和希腊。此外,去过香港两次,去年冬天又去过了台湾。很有意思。世界真奇妙。

世界又是很大。北半球的秋天正是南半球的春天。北京的正午恰是美国的子夜。你讲这种语言,他讲那种语言。你的钱他不用。你的法律管不到那里。在这个国家和地区不方便说的话,到了另一个国家和地区却变成了老生常谈。在这里觉得很重大很严肃乃至惊心动魄的事情,到了他那里只不过是笑话。世界并不是只你一家,正如不是仅你一人,认识到这一点很重要,免得坐井观天,鼠目寸光,自吹自擂,固步自封,夜郎自大,作茧自缚,画地为牢;再进一步就会是自欺欺人,抱残守缺,痴人说梦,倒行逆施,一会儿盲目崇洋,一会儿又是盲目排外……反正中国这方面的成语多的是,而我们这方面的教训大概比成语更多。承认世界的多元性才能进行与外部世界的交流并从中有所获得有所长进。

---

[*] 本文是《王蒙海外游记》序。

世界又是很小，彼此影响，互相之间的关系愈来愈密切。一家一本难念的经，和平的问题，发展的问题，环境的问题，进步与为进步而付出的代价，社会福利的必要性与副作用，工业文明的成就与困扰，民主的必要与民主的麻烦，道德的必要与道德的解体，传统与现代的对接与撞击……人类的困境其实是共同的与共通的。

世界各国是互为参照的。对任何一个国家的游览——哪怕仅仅是游览——都是极好的启迪，又是极好的超脱和消释。有一些关上门百思难得其解、令人头痛欲裂、只觉得爆炸在即的问题，拿到另一个参考系统的范围一看，实在是小菜一碟而已。

所以我们的古人已经知道读万卷书行万里路的重要。心胸开阔与狗肚子鸡肠就是截然不同。理念不同，气质也不同。行事不同，做文也不同。关上门称王称霸与"风物长宜放眼量"的风格迥然不同。其不同也如白昼之与黑夜。那些狭隘者其实是太苦了，太可悲了。

旅行很辛苦也很快乐。旅行很神气也很紧张。旅行很舒服也很危险——不仅是说治安或者交通。

然而我还是喜爱漫游。我喜爱旧金山的金门大桥。我喜爱波士顿教堂玻璃上的反光。我喜爱俯瞰佛罗伦萨的全景。我喜爱在伦敦的圣詹姆斯公园喂鸽子。我喜爱在策勒尼安海峡游泳。我喜爱大槟榔屿的街头吃肉骨茶。我喜爱布加勒斯特的湖泊与湖畔的落叶。我震惊于卡纳克神殿的宏伟。我陶醉于塞纳河的泛舟。我神往于塞万提斯石像肩头的鸽子。我谛听莫斯科教堂的钟声。我赏玩泰国少女编织的小巧而又精致的花环。我品味精美的日本和食。我遐想卡萨布兰卡的故事。我奇异于南太平洋的完全不同的星空……多么好！

我从年轻就特别喜欢"漫游"这个词。当然不仅仅是漫游，但也不妨漫游。人生苦短，未知的领域苦多，恼人的麻烦苦多，在漫游中安慰自己和别人，在漫游中得到休息和调整，在漫游中消释紧张和压抑，在漫游中避免急躁和意气用事，在漫游中消除偏见与空想。在漫游中获得智慧和灵感。在漫游中排遣自己的苦恼和愤怒，在漫游中得到新的知识与经验。

还有比这个更好的事么？在我漫游的时候，我更知道什么是重要的与值得的了，也更知道忽略那些本来不值得注意的事情和人物了。

我要将我的漫游的见闻告诉你们，然而更重要的不是我到了什么地方和我看见了什么，更重要的是我的漫游的心态——饶有兴味，心平气和，广结善缘，八面来风，努力去理解自己不同的一切。而不是噘着大嘴，气急败坏，拒人于千里之外。

1994 年 8 月

《淡灰色的眼珠》台湾版小序

　　一九六五年至一九七一年,我在新疆伊犁州伊宁县红旗公社二大队(现为伊宁市巴彦岱乡)"劳动锻炼",并一度当过二大队的副大队长。"文化大革命"的全过程,我都是在这里度过的。我当时认真执行领导关于要与农民实行"三同"——同吃同住同劳动的要求,与当地的维吾尔农民住同室、食同桌、耕作于同一片田地,不久我就学会了维吾尔语,与农民们建立了良好的沟通与情谊。据我所知,能做到这一步的人并不多。我是用最美好的眼光来看不同民族的农民的。我确实为之哭为之喜为之好奇为之做事,自以为发现了一个新世界。那时我一心要"改造"自己,使自己与工农兵"打成一片"。另一方面,这样的思想改造,又当真是看不到尽头,而自己又失去了手中的笔,面对满目疮痍的祖国边疆而忧从中来,莫知所以。

　　时过境迁,十余年后,我把这段时期的所见所闻所感所悟尽可能朴质无华地写了下来。这是一部相当严格的非虚构非小说——non-fiction——作品。此书在大陆受到相当的好评,并翻译出版了日文本与英文本。想一想在特殊的年代、特殊的地区的这一段特殊的经历,似乎怃然中又有所依依,不幸中有大幸焉。

　　感谢中时出版社出版此书的台湾版本。对于完全生活在不同的环境的台湾读者来说,你们看到的、你们感兴趣的,大概不仅是异乡奇俗、边陲风景,也许你们更会体认到那些境遇、教养、身份乃至语言文字、宗教信仰全然不同的维吾尔农民以及一切善良者的拳拳之心。

有了这样的一颗颗心,王蒙也罢,阿麦德也罢,大陆与台湾的读者也罢,应该能缩短一点彼此的距离,甚或能得到陌生者的更多的善意的理解与祝福。祝善良者生活得更加平安福馨。

1995 年 6 月

如诗的篇什[*]

　　回想年轻时候的我,和一般的文学青年一样,也和我现在时不时不自觉地嘲笑着的文学发烧友(对不起!)一样,极端地害怕庸俗,反感亵渎,痛恨油滑,伤感于人的总归要"成熟"。我那时向往浪漫的诗情与透明的单纯,常常徜徉在高蹈和美善的精神王国,不但乐不思蜀而且乐而厌形而下的"蜀"。我那时基本上不接受喜剧:一些深沉的激动的美妙的庄严的东西到了喜剧那里似乎就变得稀薄了,而笑容后面常常使我警惕地发现世故和无情、衰老和麻木不仁,以至于二十岁以前的我总是不大接受得了老舍和赵树理,而宁愿选择鲁迅和巴金。在鲁迅的作品中我又宁愿选择《在酒楼上》《孤独者》特别是《伤逝》,而不是《肥皂》乃至《阿Q正传》,虽然我知道《阿Q正传》是大大的重要,大大的有名。在俄罗斯文学中,初时我喜爱的是契诃夫与屠格涅夫,而绝不是谢德林和果戈理,至于转向陀思妥耶夫斯基,那是后来的事情了。

　　在我是新来的年轻人的时候,我曾经用诗的眼睛感受、观察和批评世界,在强大的刘世吾们面前筑起脆弱的防线,并为之付出了代价。

　　谁没有当过新来的年轻人呢?那时候我们多么年轻!(这是一句老掉了牙的话剧台词。)谁又能不老呢?"青春万岁"的呼喊,不正

---

[*] 本文是《王蒙诗情小说》序。

起源于对老年的恐惧么?

　　谁想得到,近年来,阴差阳错,我竟变成了或被"委派"成了调侃专家与玩世不恭的专职辩护士,竟愈益成了激情、诗意、悲剧感与梦幻,一句话,成了青春的认真与郑重的对立面,在某些人眼睛里,我成了最可恶的刘世吾加韩常新。这可真叫是活活的现世报。这一切是多么荒谬,与实际的距离是多么远啊。

　　当初拿起笔来写小说,我追求的是生活的诗化,是小说状的诗与诗味的小说,我努力写过多少自以为充满诗意的小说!早在一九五六年,我的《冬雨》就引来了忧郁和深情的呼应。从八十年代开始,严文井同志曾经给我写信谈我的《海的梦》,说那篇小说的诗的效果是诗本身所达不到的。岂有诗情似旧时,花开花落两由之!后来我才渐渐写起以幽默或荒诞风格为主调的作品来。初次发表较幽默的小说的时候,我还有些怅然,觉得自己"背叛"了自己。当然,这二者也不是不可共存和互相转移的。值得告慰的是,幽默了一阵子以后,我并没有丧失决不幽默的那另一面。一九八九年底我终于离开了行政工作,这时的新的开篇之作就是《我又梦见了你》。犹有诗情似旧时,花开花落泪迷离!

　　很可能,太多太油地幽默了也和太多太躁地拒绝幽默一样,或是一种老态,或是一种狂态乃至变态吧。

　　因此,当漓江出版社出版了我的幽默小说选而且据说销得还不错以后,我觉得我应该编一本诗情小说选。它们并不完全是对旧作的温习,而是我的作品、我的人的一个重要的方面,是对自己的一次招魂。却道天凉好个秋的前提是识尽了愁滋味,用我的话来说叫做泪尽则喜。这一切只能欲说还休。人生何患无知己?急什么?

　　我早就说过,有时候人们会摸到象腿就说像柱子,摸到象鼻就说像绳子。近年的体会告诉我,不一定是瞎子,就是象自身,也会闹同样的瞎子摸象的笑话:由于抬杠,由于意气用事,由于各执一词,由于逼入死角,由于有人攻击象鼻子太长……于是大象也一味地论证鼻子的重要性、批评短鼻的不方便、表演自己的鼻子的灵活性来,以至忘记了自己还有洁白的牙齿,还有茁壮的与稳健的腿,还有沉重的身躯,更有一颗与麋鹿一样善良的心。

那么,请读这些并没有完全枯萎褪色的如诗的篇什吧。

1997 年

《王蒙荒诞小说》序

　　小说是虚构的——却常常很像真实发生一般——故事。它虽然是虚构的,却又给读者以十分"像那么回事"即十分可能的感觉。从这个意义上说,小说写出来的是生活的可能性。小说而又荒诞——荒谬、荒唐、怪诞,作为小说中的一个变种,则是反过来有意凸现它的非实录性,强调它的"不可能性",(正确一点说应该是生活真实中所具有的"可能的不可能性"。)还要强调它"纯属虚构,如有雷同,乃是巧合……"不,根本不可能与真实的生活雷同。非荒诞的小说,往往追求的是让读者相信确有其事,因为,此种小说,虽有某些非现实的契机,却往往具备一种符合真实性的"事体情理"(《红楼梦》语)。如在神话、童话、民间传说故事中,神仙、鬼怪、会说话的动植物等是不可能的,然而,它们的故事的事体情理却是与现实相通的。而荒诞小说,不但其材料是不可能的,而且其逻辑、其事体情理也是不可能的。

　　不可能的却又是一种变形的可能,一种更加深层次的可能,或者可以说是一种深层次的事体情理。却原来世界上除了可能的事体情理在起作用以外,还有不可能的、不合逻辑的非事体情理或歪事体情理或乖谬荒诞的事体情理在起作用!亲爱的读者,你想一想你自己吧,你的一切遭遇一切经验难道都是很合乎逻辑的吗?何况你的逻辑,他可能认为是荒诞;而他的逻辑,你可能认为是非逻辑反逻辑呢。

　　我想不到自己也写了一些比较接近荒诞的小说。它们与我五十年代最初拿起笔来的时候写的那种羞怯的温柔的深情的与率真的东西是多么的不同啊。我变得多么的不老实不本分呀！我是多么对不起希望我每一篇作品都与五十年代一样的读者呀。对不起啦！我有意与现实生活拉开距离，我也乐于试验在我们这个长期缺少想象力的文苑里在小说写作上到底能发挥出多少想象力——看看大同小异的小说这玩意儿到底能够飞多高行多远。我愿意把小说的可能性（含不可能性）用足。

　　同时，在我的生活经验中，不但有清明的、真实的、可以理解乃至可以掌握的过程，也有许多含糊的、不可思议的、毫无逻辑可言的乃至骇人听闻的体验。还有一些东西，乍一看，很明白，再一想，又是匪夷所思了。比如政治运动，比如生老病死，比如人事无常，比如枉费心机的努力，比如，本来打算进那个房间，进去了老半天，才发现是另一个房间，比如最熟悉的人和事也许是最陌生的，比如最好的用意造成了最不好的后果，比如把最不通的语句写成了诗，失落者扮成了"大哥大"。

　　认识和把玩荒诞性，也是一种成年人的智慧。另一个成年人的智慧是幽默。而年轻人或许不喜欢幽默也不喜欢荒诞，那是合乎事体情理的即算不上荒诞的。

　　我出过各种小说选集，但以风格分，分别出我的"幽默""诗情"与"荒诞"小说选，则是一个创举。感谢漓江出版社的这一创举。因为最早编的是一本《王蒙幽默小说自选集》，有些本来最适宜编到"荒诞"卷里的作品已经编入"幽默"卷了，编"荒诞"时便只好割爱。好在荒诞大概可以算是幽默的孪生兄弟，那就允许它们之间保持一点交叉和流动吧。

1997 年

《王蒙漫游美文》序

这当然是我的幸运,改革开放以来,我有机会去过了那么多地方,国内,除了安徽和青海,包括港、澳、台在内的所有省、市、地区都留下了我的足迹。国外,欧洲的德、意、英、法、奥、西、挪、瑞(典)、俄、保、罗、匈、波、希(腊),美洲的美、加、墨,亚洲的日、朝、韩、泰、新、马、土、约、格(鲁吉亚),非洲的阿(尔及利亚)、摩(洛哥)、埃及和大洋洲的澳、新,也都列入了我造访的记录。

这是一种机会,你可以离开你熟悉的环境,夸张一点说,你离开一下你自己——自己的思维定势、情绪定势和知识局限,你得到一种参考,你见识一下世界,你开阔一下心胸,你得到一些平素没有得到乃至不会得到的知识和体验,你试图从不同的角度去思考一些问题。更不要说那令人倾倒的山峰和瀑布,湖泊和海洋,森林和草原,城市和乡村;那令人神往的教堂、寺庙、博物馆、美术馆、纪念碑、宫殿、雕像、喷泉、道路、机场、码头、摩天大楼和民居。你沉浸在世界的丰富与奇妙里,你面对长久的历史留下的种种痕迹。你觉得你应该抛弃抱残守缺、蝇营狗苟、鼠目寸光、夜郎自大。你得到了经验也得到了诗。你得到了安慰也得到了胸襟。你得到了休息也得到了启迪。你睁大了眼睛也张开了臂膀。你更加热爱自己的家乡自己的祖国,你也更加眷恋和善待你和你的祖先你的子孙所生活的未必仅仅是险恶和分裂的世界。

走了那么多地方,我只写下了一点点。原因是我较少现炒现卖的写作习惯,我更喜欢写的是经过沉淀、经过消化的题材。我希望今后有机会多写写我的漫游,我多么希望做一个幸运的漫游者,我希望能提供给读者以更多的令人欣慰和感慨的信息。

1999 年

《新疆精灵》序

　　三十多年前,我有幸到新疆去了,一去就去了十六年。我更有幸与新疆的维吾尔人包括维吾尔农民和维吾尔干部、维吾尔知识分子亲密无间,同吃同住同劳动,同患难也同娱乐同饮酒同唱歌……我还学会了维吾尔语,可以流利地说、听、阅读,只是书写方面不太理想。我当过无数次维吾尔语——汉语翻译,多数情况下是同声翻译。我曾带点吹牛地开玩笑,说我在新疆读了"维吾尔语博士后":预科二年,本科五年,硕士班三年,博士班三年,博士后再三年,共十六年整。

　　我去新疆时的情况有一些阴差阳错,但是去新疆本身,是我的一大幸运。我有机会见识新疆的极其迷人的,有别于内地的地理、人文、自然风光,使我学会了许多东西,使我接触到了与汉民族不相同却又是根连根心连心的兄弟民族和他们的文化、民俗、宗教等等。这不仅开阔了我的眼界,更使一个纤细和软弱的灵魂得到了雪山和绿洲、戈壁滩和暴风雪、季节河、大渠和坎儿井、原始森林和林场、牧场的洗礼。新疆十六年,我变得粗犷和坚强了,也变得更乐观和镇静了。我感谢十六年中关照我帮助我保护我的维吾尔弟兄姐妹们。

　　我运用我在新疆的经验,写下了一批反映维吾尔人生活的作品。这些作品的一部分见于《在伊犁》(副题《淡灰色的眼珠》)中。此书翻译成了维吾尔语和哈萨克语,包括居住在台湾和海外的新疆少数民族人士,读了有强烈的反响。此书有日语和英语译本。日本进步作家野间宏说他读了深受感动,他觉得这本书写得很"硬"又很柔软。一九八八年，日本前首相竹下登访华期间在专机上读了部分章节后，告诉当时担任陪同团长的我，他的访华日程里除了北京、敦煌、西安和最后在上海回国外，可以加上新疆，即读了此书后等于去了一次新疆了。目前，此书法文译本正在出版过程中，他们估计，当前的反恐形势将使这样的书受到关注。

我仍然关心着新疆，惦念着维吾尔兄弟，警惕着来自外面的恐怖主义黑手。在这个时候，上海文艺出版社重新编辑和出版我的一本描写新疆生活的书《新疆精灵》，算是我对于我的第二故乡人民的最好的祝愿吧。

2002 年 3 月

人 与 时 间[*]

对于我来说,人的纪念就是时间的记忆,就是生命的见证。

活到七十岁了,一想,那么多老师关心过我,帮助过我,为我付出了那么多。那么多年轻人令我神往,令我怜惜,而又禁不住对他们说点什么。

而一代一代的人活得都那么不容易。

而他们也是和我们或者更年轻的人一样的人,一样的喜怒哀乐,一样的冲动与计算,一样的得失与矛盾,一样的诚挚与悲欢,也一样的冒傻气和软弱,有时候却又是豪气满乾坤。

我不想"审父",也不想在子侄辈们面前一味地被审。我对师长们有时确实是感激涕零,但又不想仅仅是感激涕零。我只能平视他们。在视他们为师长的同时视他们为益友,好友,诤友,需要关爱的老人。如查仅仅从年龄上说,他们处于"弱势"。

对于比我年轻的人,就更是这样了,我非常羡慕他们,也知道他们未必能避免我们年轻时的幼稚与冒失,自以为是与自我作古。同时我特别想从他们身上得到冲击,好保持自己老得慢一点点。

世界是你们的,也是我们的,但是归根结底是他们——更年轻的一代的。

我漫望的是一种相通,一种直言,一种不被什么代沟不代沟围住

---

[*] 本文是《王蒙:不成样子的怀念》序。

的爱心和善意。

　　写人的时候我带着几分二愣子劲儿，因为吾爱吾师吾友，吾更爱真理。吾爱真理，所以才爱吾师，敬吾师，爱吾友，哪怕由于过分直方斋戒被友人痛恨一时。请问，如果对于友人还不敢说实话，一辈子还有机会讲几句实话呢？而始终不讲实话，不是活活要憋死了吗？

　　当然，我写到的也仅仅是管中窥豹，只有一斑而已。

　　是为序。

2004 年 12 月

《只要心儿不曾老》序

上个世纪九十年代初期,我主动给《新民晚报》的夜光杯副刊稿《天街夜吼》,至今已经小二十年了。

我喜欢把一些小文尤其是旧诗发给《新民晚报》,原因在于它的副刊"夜光杯"的生活化、真情化,自自然然,亲切放松。而一切真切的文字对于装腔作势、陈言八股、枯竭平板,还动辄摆出教师爷的架势的东西来说,就是一个挑战,就是一个救赎,就带来一个希望:让我们学会说实话、有个性的话、有信用的话、有感染力的话,唾弃假大空,告别牛皮轰,可贵是真情,做寻常老百姓。

当然也由于它的编辑严建平等对于作者的周到的照拂与实在的支持帮助。

当晚报的编辑说要将我在他们这里发表过的文字结集出版的时候,我完全没有想到,积少成多,我的大量每篇不过几百字的文稿,最后竟然积累了这么多。

我祝福《新民晚报》,祝福"夜光杯"与报纸的其他栏目,祝福所有这家晚报的读者。

2009 年 4 月 6 日

这一束束玫瑰*

我喜欢感受与描绘形象,也喜欢激活与抒发情感,我喜欢享受神思与幻梦,也喜欢掂量与分析道理。我喜欢戏剧性的猜测与挂牵,也喜欢抽象概括的挖掘与追问。我赞美太阳、月亮、星星、爱情、婴儿;也赞美哲人额头的皱纹,尤其赞美那些深邃的、勇敢的、巧妙的、迷人的,有时候是惊人的雷霆一样、闪电一样、春风一样与小树一样的思想。

与某些可爱的同行不同,他们戏说自己所以从事文学创作是由于自幼就数学不及格,而我从小喜欢文学与数学,二者难分轩轾。逻辑的过程也是精神的历程,也充满了激情与灵感,冒险与欢愉。算式与几何图形对于老王小王从来都洋溢着美的契机。我早就想过说过,世界上有许多美:花是美的,树是美的,女子是美的,而我尤其喜欢智慧的美丽。

因为你讲真善美也好,讲创造与理念也好,你注重文学、社会学、哲学、数学、生物学、物理学、经济学、美学与医学也好,你从事工农兵学商三百六十行随便什么行也好,我们面对的是同一个世界、同一束玫瑰。我们感受的是同一个世界、同一束玫瑰,我们表达着关切着、眷恋着与思索着的是同一个世界、同一束玫瑰。

我喜欢小说,也喜欢小说学,我喜欢诗,也喜欢诗学,我热爱生

---

* 本文是《王蒙的道理》丛书总序。

活,也喜欢品味与发见生活的道理。我喜欢唱歌也喜欢阅读科学与哲学的硬碰硬的思辨。

而不管是多么艰深的道理,它的生命在于从中可以发现生活的气息与生命的力量,可以从中发见玫瑰的鲜艳与多刺,爱情的甜蜜与辛劳,民谣后面的形而上崇拜,还有夜空微风的低语。在这一点上道理与情歌一样令人如醉如痴。它过去是活的,今后也永生。道理是灵动的、鲜活的、流转的、多情的与多彩多姿的。

于是我有了一批得到读者厚爱的讲道理的书。关于人生,关于红楼梦与李商隐,关于读书阅人,关于老子与庄生。安徽教育出版社准备以《王蒙的道理》为总题,出一套讲道理的豪华精装插图版的拙作,我觉得有趣,我觉得这件事做得不无道理,我希望它出得很美好,我希望能够尝试道理与痴情齐飞,清明共长考一色的滋味。

请接受我给可爱的世界与她的深远的道理的祝福与祝愿,请接受我对一束束玫瑰的不变的爱。

2010 年 3 月 13 日

说 话 的 活 性[*]

我喜欢开玩笑,说这一辈子常做的是体力劳动、脑力劳动还有口力劳动。很年轻时就参与政治、做青年工作,整天给人说话,给中学生作报告,整天开会,会能开出花儿来,说出花儿来,义正词严,革命没商量。后来很长时间是被说话,也都说得振振有词,天花乱坠。不但是被说话,而且是被肝儿颤。至于语言无味、千篇一律、了无新意,把人讲睡着了,那是后来的事。

爱写的人不见得爱说,最明显的就是韦君宜老师,她写得极晓畅舒服,说起来有点结巴加口齿不利索。但多数同时代的中国作家同行能说,不知道是不是时代特点。

我常常来到风口浪尖,接受中外记者采访,出席国内外研讨会,渐渐地还有胆量用英语讲话或接受采访。近五六年,出去讲课更是越讲越疯,一年能讲六七十讲,包括电台、电视台的讲座。

说话的特点是现场性、交流性、互动性、即兴性。我讲话从不准备底稿,有个大纲是为了制作投影幻灯片,同一题目,每次讲的都不同。许多人喜欢这种充满活性的方式,即兴的方式,认为它较少粉饰,较少加工,比较率真,不可能背稿念稿,随口一说,不太严谨,反见真情真心。我尤其不喜欢讲书面语言、既成语言,我就说老百姓常说的话。尤其是对面来了一位爱抬杠的兄台,张口就朝着你龇牙,你总

---

[*] 本文是《王蒙演讲录》《王蒙谈话录》序。

得妥为应对,哪怕只是闪转腾挪,也还要看你的腰腿与反应速度,不太能装假。如今朋友们这样喜欢即兴式谈说,可能是另一方面的无懈可击的文稿太多太靠色(shǎi)。有人说这是口才,口才主要是名嘴的事,是曲艺演员的功夫,例如贯口《报菜名》,绕口令"吃葡萄不吐葡萄皮"。我这儿更重视的还是干货:你的话语言谈里究竟有多少学问、经验、境界与心胸?你有多少创意、新意、发见、发明?一上来,受众会注意你的口音、胸腔与腹腔共鸣、辞藻、朗诵性、感情抒发、煽情性与表演性,包括手势姿势,时间长了人家就会看出来你是不是只是著名嘴皮子。更重要的是真诚、朴素、实话实说、自有见解、通达明白,听了有收获,听了有启发。

也许我更应该多安静一点,多多在案头做事。是的,我今后会大大减少我的口力劳动。先请各方原谅。但是我的特点恰恰是活性、活动性、参与性、在场性与挑战性,而且这不与我的静穆与深思相悖谬,我的生活有静有动,有活有歇,有世俗的一面有超脱的一面。我喜欢说话的挑战与被挑战的魅力,喜欢答疑辨伪,专找难剃的头剃。

说话也有毛病,太临时,不容易说全,有时候你说了一千句话,有一句某位兄台不爱听,活活气个半死,其他九百九十九句他是不听的了,只能不停地气下去。这已经是我的命了,我躲也躲不开。再一想,你说的话,那么多回响,有的拍手,有的发怒,也挺正常,谢谢关注。

古人说得好,病从口入,祸从口出。现在居然敢于把易招祸的即兴谈话式的东西编辑出版,令人想起彼时彼景、彼人彼事,人生的足迹又轰轰烈烈起来,这叫人感到某种满意、得意、感叹,乃至于温馨。顺便说一下,"温馨"是我最讨厌的一个词,就咱们这一身的功夫,一身的伤疤,您还想温馨呢?!别做小资白领的小小玲珑梦啦,您哪!我一辈子离温馨太远,离大笑或哭笑不得或苦笑,离攻讦或者背叛,离误解或者忽这忽那的评说,或者干脆离厚爱、与支持、与掌声、与颠三倒四的愤慨,比离温馨近得多。

2011 年 5 月 30 日

与韩国读者共享庄子[*]

古往今来,许多韩国的知识分子都有很好的中国学的修养,他们认真地又是创造性地把中国的传统文化与韩国的历史地理人文特色结合起来,使儒家、道家、禅、汉诗、汉画、汉乐与汉医"韩"化,丰富、拓展并充实了我们共享的一些传统文化。

我近年来写了一批有关老子、庄子的思想与著述的书,在韩国马上得到反响,并开始出版它们的韩文译本,这是非常令人高兴的。过去,我拜读过我的一位英国朋友、文学同行彼得·杰恩翻译的英、汉文对照的韩国汉诗,我很喜爱,并撰文向中国读者做了介绍。这次又有机会与韩国读者共议庄周,诚人生之至乐也。

《庄子的快活》一书,主要是谈庄子《外篇》的有关内容。一部分是我用现代汉语重述《外篇》的文本,我说是重述,就是不仅仅是翻译,而且加上了我自己的理解、探索与引申。谈中国的古代经典,不能回避古汉语的考证与疏解,但仅限于文字的考察诠释,却又会发生每个字都解释了一大堆,内容反而更闹不懂了的尴尬。

另外,更多的部分是我的理解,是我运用自己的七十好几年的人生经验、求学经验、写作经验也包括社会政治生活的经验,与庄子互证、互补、互相启发,也有互相的辩驳。也就是说,写这些书的过程是一个与庄周共舞的过程,书里有突然的急转,有冷面的亮相,有潇洒

---

[*] 本文是韩文版《庄子的快活》序。

的身段，有求胜的雄武，也有颓然的俯首。我是在以王解庄，也是在以庄解王。

我还为每一章加上了引子与结语，我希望拉近《庄子》与现代人的距离。

有前贤认为，《庄子·内篇》是庄本人的著作，而《外篇》《杂篇》多是后人的代笔。没有关系，《外篇》《杂篇》已经与《内篇》一道传播了两千多年，其中不乏脍炙人口的名篇，例如《胠箧》，例如《马蹄》，例如《秋水》……我们固然不能设想《庄子》中没有了《逍遥游》与《齐物论》，同样也不能想象身为庄子而没有讲说"窃钩者诛，窃国者侯"，或者身为庄周而不与惠子争辩知道不知道鱼儿的快乐。

在中国先秦时期的诸子百家中，最可爱的是庄子，最迷人的是庄子，最麻烦、难懂的是庄子，最挨骂的也是庄子。我很乐意与韩国读者共享庄子，一起与庄子共舞，并期待着有韩国特色的庄学的指教。

发表于《中华读书报》2011年7月27日

《红楼启示录》韩文版序

　　韩国朋友们对于中国传统文化的热情与兴趣,常常令我感动。此次翻译介绍我的《红楼启示录》到韩国去就是一例。

　　《红楼梦》是中国最受欢迎和重视的一部长篇小说。胡适、苏雪林、张爱玲、白先勇都谈红楼。而中国大陆毛泽东、江青、陷入囹圄的陈伯达,都研究红楼,不要说作家文人们了。清朝已有此说:"闲谈不说红楼梦,纵读诗书也枉然。"中国艺术研究院设立了《红楼梦》研究所,出版了《红楼梦学刊》,成立了《红楼梦》学会,召开过多次年会与国际研讨会。

　　对《红楼梦》的史的研究,如作者研究、版本研究、脂砚斋评研究,都不是我的强项,我是将它作为长篇小说来欣赏来阅读,而不是作为学术材料来考证的。

　　我的红楼启示录是一个对于《红楼梦》中所写的人情世故,兴衰成败,爱情亲情,人生体验的体悟与借题发挥。是我与红楼梦作者的对话。我常常在《红楼梦》中发现我的人生,从我的人生中发现《红楼梦》的印迹。我感谢《红楼梦》,给了中国文人一个这样好的话题,我们从中可以谈及一切,有多大的学问和本事,有多丰富的体验与经验,都可以从中发表出来。当然也可以与韩国读者讨论这一切。

致韩国读者[*]

我知道以孔孟为代表的儒学在韩国的重要地位。我也相信韩国朋友对老庄代表的道家有许多独到的体会与兴味。从韩国的国旗上就可以看出来，老子的万物生于有，有生于无，还有道生一、一生二、二生三、三生万物的概括，一定能使韩国的读者感到亲切。我对拙作谈老子的书译成韩语，深感快乐。

中国先秦时期的诸子百家，是中国古代学术思想的一个高峰，此后一个长久的时期，这个学术思想的格局并没有大的发展与突破。而老子，是高峰中的高峰。他见人之所未见，言人之所未言，他使得中华文化获得了深邃的智慧与阔大的格局，还有变化、应变的能力。他的祸福相生、物壮则老、无为而无不为、知白守黑、欲取先予、上善若水、为道日损、信言不美、善者不辩、柔弱胜坚强等命题，堪称是振聋发聩、字字珠玑、穿云破雾、独显天机，古今中外，再无第二个。

古今中外，研究、考证、翻译老子著作的人与书极多。老子的《道德经》在世界上的译本之多仅次于《圣经》。拙作《老子的帮助》，其特点是努力还原老子的生活性、经验性、天才思路与救世用心。

老子由于与众不同，颇显神奇。但是他的各种主张仍然是来自生活，他只是比他人看得更深远。他有一种类似教主、祖师爷的文

---

[*] 本文是韩文版《老子的帮助》序。

体,似乎在宣告,真理从此浮出了水面。然而他关心的仍然是社会、侯国、天下与民众的幸福。他的主张是活的,不是死的,他的书是生活的教科书,不是念念有词的咒语。我所做的是用现代人的知识与思路,用自己的人生经验、文学经验、政治经验与老子的书做一个对话切磋,用活的思想解释评价活的思想,用富有现实感与操作感的思路来贴近老子,更把经验的东西与终极的概括与追寻结合起来。

我相信读者会有自己的独到的见解与批评,我希望得到韩国读者的反馈与指教。

《这边风景》序言

我找到了,我发现了:那个过往的岁月,过往的王蒙,过往的乡村和朋友。黑洞当中亮起了一盏光影错落的奇灯。

虽然不无从众的嘶喊,本质上仍然是那亲切得令人落泪的生活,是三十岁、三十五岁、四十岁那黄金的年华,是琐细得切肤的百姓的日子,是美丽得令人痴迷的土地,是活泼的热腾腾的男女,是被雨雨风风拨动了的琴弦,还有虽九死而未悔的当年好梦。

也曾有过狂暴与粗糙、愚傻与荒唐……你仍然能发现作者以怎样的善良与纯真来引领与涂抹那或有的敌意,以怎样的阳光与花朵来装点那或有的缺失。那至少是心灵感受与记载的真实,是艺术与文学的映照与渴求,是戴着镣铐的天籁激情之舞。

抬望眼,仰天长啸……四(三)十功名尘与土,八千里路云和月。莫等闲,白了少年头,空悲切!
——1974年开始写作本书

慨当以慷,忧思难忘。何以解忧,唯有文章(杜康)。
——1978年写罢文稿

往事正(不)堪回首月明中。
——2012年重读并校订之

207

狼狈中,仍然有不减的挚爱,有熊熊的烈火。我们相信过也相信着。我们想念我们的相信。只不过是真实,只不过是人生,只不过是爱情。在想念和相信中我们长进。也有天真与傻气盎然的仍旧的青春,却没有空白……

在年满七十八岁的时候我突然明白:我与你们一样,有过真实的激动人心的青年、壮年,我们的中国有过实在的二十世纪六十年代与七十年代。

2012 年 10 月

《这边风景》后记

这是陈年旧事的打捞。

这是失忆后的蓦然回身——原来,原来是这样?

这是幽暗的时光隧道中的雷鸣电闪。

这是五十年前的大呼小叫的历史,四十年前的处心积虑、小心翼翼、仍然是生气贯注的书写。

这是偶然的发现与发掘。是偶然被文学与往事撞击的一记。

这是从坟墓中翻了一个身,走出来的一部书,从遗体到新生。

三十八岁时凡心忽动,在芳的一再鼓动下动笔开始了书稿,在写出来的当时就已经过时,已经宣布病危。作者也确认了它的先天的绝症,草草地将它埋藏。然后在房屋的顶柜里,像在棺木里,它的遗体安安静静地沉睡了四十年。

然后在我七十八岁时,它偶然地被我的孩子们所发现。

欢呼……

我说不,我说它已经逝世。

他们说:行。说:仍然活着,而且很青春。

虽然有过了时的标签,过了时的说法,过了时的文件,过了时的呐喊,过了时的紧张风险。

在过了时的框架中说的确实大致是当时想说的话。

重读?忘得这样彻底。几乎像在读一个老友的新著。虽然你们都说他的记忆力超常。我同时看到了懂得了他的忘记力超常。没有记忆的功夫,他还怎么爬格子?如果没有忘却的功夫,他还怎么高高兴兴地尽管活下去?

仍然令作者自己拍案叫绝,令作者自己热泪横流,令作者惊奇的是:当真有那样一个一心写小说的王某,仍然亲切而且挚诚,细腻而且生动,天真而且轻信。哦,你好,我的三十岁与四十岁的那一个仍然的我!他响应号召,努力做到了"脱胎换骨",他同时做到了别来无恙,依然永远是他自己。

许多许多都改变了,生活仍然依旧,青春仍然依旧,生命的躁动和夸张、伤感和眷恋依旧,人性依旧,爱依旧,火焰仍然温热,日子仍然鲜明,拉面条与奶茶仍然甘美,亭亭玉立的后人仍然亭亭玉立,苦恋的情歌仍然酸苦,大地、伊犁、雪山与大河仍然伟岸而又多情!

如果你非常爱这个世界包括你自己,这个世界与你自己硬是会变得更可爱一些。当你非常要求信这个世界与你自己的时候,这个世界与你自己,硬是更可信一些。生命是生动的,标签指向正确与拥戴的时候,它是生动的,指向有错与否定的时候,生命的温暖与力量丝毫没有减少,更没有不存在。世界与你自己本来就是拥有生命的可爱可亲可留恋的投射与记忆。

万岁的不是政治标签、权力符号、历史高潮、不得不的结构格局;是生活,是人,是爱与信任,是细节,是倾吐,是世界,是鲜活的生命。可能你信过了唆,然而信比不信好,信永存。可能你的过了时的文稿得益于这个后来越来越感到闹心的世界的一点光辉与真实与真情,得益于生命的根基,所以文学也万岁。

情况简介:

一九六五年,我去新疆伊犁哈萨克自治州伊宁县红旗公社二大队(位于巴彦岱)"劳动锻炼",并一度兼任副大队长。我努力做到了与维吾尔族农民同吃同住同劳动,学会了维吾尔语,成为当地农民的亲密朋友。

一九七一年,我离开巴彦岱进乌拉泊文教"五七"干校。

一九七二年,我三十八岁时在干校开始考虑书写在伊犁农村的珍稀生活经验,并试写了伊犁百姓粉刷房屋等章节。

一九七四年我满四十岁时,读了安徒生的一个描写一个一事无成的人的童话,深受刺激,同时我获得了我的芳的一再鼓励与催促。我决心不论写作环境如何不正常,努力写一部大长篇。为什么是大长篇?因为当时政治上的陷阱太多,越写得短越会顾此失彼。只有写大了,才好设防。

我得到了诗人铁依甫江与自治区文化局创作研究室主任阿布拉尤夫的支持,他们批准我不必坐班,可以在家专心写作。

一九七六年,后"文革"时代开始了,中国开始发生重大变化。

一九七八年六月,应中国青年出版社邀请,我在北戴河的黑石路中央招待所改稿两个多月。

一九七八年八月七日,乃成此书的初稿。

同年,由于此稿大情节是以批判"桃园经验"、制定"二十三条"为背景的,最初以此来做"政治正确"的保证,在形势大变以后,原来的政治正确的保证反而难以保证正确,恰恰显出了政治不正确的征兆。出版社觉得难以使用。

一九七九、一九八〇、一九八一年,我曾试图动一动,做一回起死回生的拯救。一九八一年我曾在浙江《东方》杂志上发表过其中片段。终于死了心,原作已经成形,体量太大,六十余万字,八十多个人物,推倒重来,已不可能。我本人承认无计可施:此稿因政治可疑而被打入另册。因汲取了教训而在政治上拼命求根据,因此根据不符合新时期的时宜而前功尽弃。同时我进入了新时期的创作喷涌状态。此稿连同那诡异的时代,再见了,永别了,呜呼哀哉尚飨!

二〇一二年三月二十一日,在妻子崔瑞芳去世前二日,旧稿被王山、刘颋发现,受到他们的极大欣赏。总算到了可以淡化背景的文学写作与阅读时代了。

重读旧稿,悲从中来,尘封四十载,终见天日。

林斤澜曾经打趣,我们这些人如吃鱼肴,只有头尾,却丢失了肉厚的中段。意指我们有二十世纪五十年代的初露头角,然后是八十年代后的归来。五十年代后期至七十年代后期的中段二十年呢?不知何往矣。

然而我是幸运的。我找到了我的三十八岁到四十七岁,找到了我们的二十世纪六十年代,即清蒸鱼的中段。

于是,四月以来,我投入了对此稿重新校订的工程。

二〇一二年七月至八月在中国作协北戴河创作之家开始校订此稿,基本维持原貌,在阶级斗争、反修斗争与崇拜个人的气氛方面,做了些简易的弱化。

二〇一二年七月二十三日,完成第一次校订。

二〇一二年八月二十八日,做了第二次校订,并编辑了目录,撰写了每章正文后的"小说人语"。

保持当年面貌,适度地拉到新世纪来。这是我的掌握。毕竟,写作那个时期初生的婴儿,现在已经壮年。而我写到的那个时期,即作品选材的那个时期的婴儿,例如睡在小摇床里的伊力哈穆与米琪儿婉的女儿,现在已经开始策划她小人家的退休生活了。

2012 年 10 月

《这边风景》外文版序言

一九六三年底,时任北京师范学院教师的我决心不远万里到新疆去。

原因是,第一,我希望能扩展自己的生活经验。第二,我已经无法适应北京的意识形态环境,"无产阶级专政下的继续革命"已经使我高度困惑。我估计还不如到少数民族聚居的边疆,头脑会比较清明,在那里讲民族团结,国家统一,热爱祖国,总会少一点为难。

一九六四年,我到南疆农村待了四个月。此后,国内的政治气氛日益紧张。一九六五年,根据自治区党委与文联领导的安排,我到伊犁地区农村"劳动锻炼",并一度担任伊宁县红旗人民公社二大队副大队长。我完全与当地各族农民打成一片,并逐渐熟练地掌握了维吾尔语与文字,受到维吾尔族农民的善待厚爱。

一九七四年,我开始写作长篇小说《这边风景》。虽然当时的文化生态不够正常,我仍然充分运用了我对于维吾尔族农民的了解与热爱,努力刻画出边地的风光、人民的命运,写出他们的各色人等,他们的日常生活与文化心理特点。

当时的新疆经历着风风雨雨。尤其是一九六二年中苏交恶与全国饥荒背景下发生的伊犁、塔城地区边民外逃事件,在各种人心中留下了伤痕。再有就是一九六三、一九六四、一九六五年间农村社会主义教育运动与毛泽东主席对于运动中所谓"形左实右"问题的说法,给了我以用文学作品揭露批判"左"的诽谤与对社会的毒化、对人们的伤害的可能。这样，一方面，在小说中，我不可能完全摆脱那个时期的个人迷信、阶级斗争、"反帝""反修"的种种命名，一方面我仍然是别开生面地在那个"左"的高调压力下批判"左"的极端与虚伪。我当然也有相当独特的对于民族、宗教、国家认同的观察与描述，更有大量的对于维吾尔族人民的历史命运与生活细节的体贴与表达。

一九七八年，此小说大致完稿，同时，"文革"已经结束，全国的目光集中在揭批江青等"四人帮"，控诉"文革"灾难上。我的小说显得不合时宜。我将小说稿束之高阁，尘封了三十四年。

二〇一二年，是我的孩子从旧居卧室顶柜中发现了手稿，大为惊喜。在他们的鼓励下，经少量改动，此书终于在二〇一三年出版。

评论家的一个说法是作者在文学生态极不正常的年代，倾听了生活的声音、人性的声音、文学的声音，写下了此书。另一种说法是此书是维吾尔人的"当代《清明上河图》"。

为了利于将此书翻译介绍到境外，本书由作者进行了删节，共删去十八章，情节内容上做了必要的补叙与说明。

《明年我将衰老》前言

《明年我将衰老——王蒙小说新作》收辑了我近七八年的中、短篇小说创作。

有好多人认为我转型了,不怎么写小说而专事学术了,倒也符合"青春作赋、皓首穷经"的古训。但事实上我从来没有停止过小说创作,这本集子就是例证。至于微型连环小说《尴尬风流》,从来没有停过,十多年来已写近三百段了。

写小说也好,写议论文字也好,关键是来自生活。用类似生活的原貌的方式写小说,是一种快活,是性情的游走,是感觉的铺陈,是想象的花朵的盛开,是逗你玩儿。即使从这七篇小说作品中您也会看到老王是怎样纵横笔墨,俯仰翻腾,闪转腾挪的。《秋之雾》是低沉的大管协奏;《太原》是小提琴的回旋曲;《岑寂的花园》是戏剧或歌剧的序曲,浪漫中不无谐谑;《悬疑的荒芜》是新新闻体。《山中有历日》与《小胡子爱情变奏曲》是朴素的现实主义,而《明年我将衰老》是感觉派与印象派。小说的魅力与优越就在于它有那么大的空间,那么多的路径,那么多的变化。

亲爱的读者,您能想象吗?那个写《中国天机》与《老子的帮助》的老王,其实仍然地地道道地沉醉在、享受在小说写作里。

2013 年 4 月

我要告诉你奇葩们的故事 *

去年国庆节假期的一个大风天，从东南门去到与我的青年时代密切相关联的颐和园。六十二年前，当我动笔《青春万岁》的时候，十九岁的小王蒙就那么钟情于颐和园了，那时候还没有见过黄河长江，泰山昆仑，更不要说大西洋与阿尔卑斯山了。

东南门进去就是十七孔桥。看着波涛汹涌，石桥山丘，长廊庭院，漫天落叶，回首往事，若有所思。因为我刚刚接到了一个老友的电话，两三年我们通一次电话，电话的时机与电话里讲的内容完全无厘头。我们都老了。"我们都老了"几个字让我十分感动。这句话最早打动我是看曹禺的话剧《雷雨》，侍萍辨认出她女儿打工的这一家的主人竟是周朴园的时候，她这样说。

一回来写了短篇小说《仇仇》，把大风中的十七孔桥与老友的电话联结起来了。生活中的 ABCD，本来是无厘头无关联的，但是某种情绪弥漫开来，就出现了小说的冲动，而且是深深的感动。小说家有时候像魔术师一样，从空中抓来了一只鸟，两副扑克牌，然后从大衣下面端出一玻璃缸金鱼。

于是捕捉土洋男女、城乡老少、高低贵贱的林林总总。弃我去者，昨日沧桑不可留，慰我心者，今日故事何烦忧，长风万里送秋叶，对此可以讲春秋！从抗日的儿童团红缨枪，一直讲到了德国的胡苏

---

* 本文是《奇葩奇葩处处哀》后记。

216

姆与奥地利的咖啡馆。你能不享受吗?

意犹未尽,写了另一个短篇小说《我愿意乘风登上蓝色的月亮》,这个故事已经贮存了三年,这个故事与史托姆著、郭沫若译的《茵梦湖》没有一毛钱的关系。但是《仇仇》扯出了《茵梦湖》与《勿忘我》,她们又生出了新的当下罗曼斯。

紧紧接着的第二篇小说感慨了入山出山、清浊沧桑、萍水相逢、永远惦记。却原来,小说是惦记也是祝福,是叹息也是顿足,是不能说,不好说,想说,干脆不想说的那么多,那么多。多情最是小说笔,枉为人间泪千行!

进入新年,说的是二○一五,一发而不可收,再写了近五万字的中篇小说《奇葩奇葩处处哀》,抒写了一个男子,尤其是与之有缘的六个奇女子。

如果说写前两个短篇时候我时而还沉浸在虚实相间、感觉印象、文字跳舞的《闷与狂》式微妙里,那么新中篇我一下子开放给了俗世。我早就积累了这方面素材:老年丧偶,好心人关心介绍,谈情论友,谈婚论嫁,形形色色,可叹可爱可哭。久久不想写,是因为太容易写成家长里短肥皂剧。俺不是那种写手也!

一旦敲键,就一点也不肥皂了。素材一开始,不无喜剧因素,颇有奇异的幽默感。这把年纪,已经可以叫做"落在时代后边"了,尤其落在当今女性的心思后边。本来无门径,书写便相知!一旦敲响了电脑键盘,一些荒谬,一些世俗,一些呆痴,一些缘木求鱼南辕北辙直至匪夷所思,一些俗意盎然的情节,随着小说的材文学的手悲悯的心,立马不再仅仅是泡沫,不再仅仅是卑微,不再仅仅是奇闻八卦家长里短,而是无限的人生命运的叹息,无数的悲欢离合的撩拨,无数的失望与希望的变奏,无数的自有其理的常态与变态,温馨与寂寞,手段与挣扎,尤其是女性彩图,以及青中老的过渡,生老病死的忧伤,爱情的缤纷色彩与一往情深,还有永远的善良万岁。我且写且加深,触动了空间、时间、性别三元素的纠结激荡,旋转开了个人、历史、命运的万花筒。

何况还有正在飞速地变化着、瓦解着、形成着、晒晾着与寻觅着的众生风景,载汝以形,苦汝以生,激荡与凝结汝以老,总结升华完成敬礼汝以死。能不拍案惊奇,太息掩涕?

俗人亦有雅念。搞笑不无哀怨。吃惊更生难舍。敲键奏响新曲。为奇葩立传,为男女尤其是女一恸,为生民抒情怀,写尽人生百态,其乐何如!长着一双俗眼,看到的只能是鸡毛蒜皮、洋相丑态。其实,没等着你发歪判决,你已经受到人家的审判。你的眼光清明了些,你注意了茅屋土炕、人间烟火、爱憎情仇、悲欢离合。进一步,你描述了生活的高高低低、坑坑洼洼、苦苦甜甜。再攀缘一番,发现了你我他她,主要是她们的不同凡响、风情万种、灵秀千般、心曲可通、伎俩可恕。你透露了天机,勾画了世态,靠拢了透彻与包容,学会了宽恕与理解,展示了新鲜与发现。你充满了大觉悟与大悲悯。

两个短篇,一个中篇,耄耋之年同时写就,二〇一五年春天同时发表。三篇小说新作,三个男人与他们目光中八个罕见的奇葩女子。这究竟是耄耋还是"冒泡儿"呢?吟道:"皓首穷经经更明,青春作赋赋犹浓。"还有"忧患春秋心浩渺,情思未减少年时!"春天,赶得恁巧,三篇新作同时在京沪三个刊物都是第四期上与读者见面,俺年富力强时也没这样的记录唷!能不于心戚戚?于意洋洋?于文哒哒?于思邈邈?

如今,这几篇作品与去年发表的短篇小说《杏语》,由四川文艺出版社结集出版单行本。《杏语》写的是杏花,是初春,是清明,是飒飒的小雨、雾霾,是墓地,是天与人,生与死,是梦游与祭奠。而且,《杏语》写作于《闷与狂》激情书写之中,它是《闷与狂》的突然转弯与小憩,是长篇大潮中冲起的另一个小小石子,是一朵水花,是又一个混合着喜悦与伤痛的诗的春天。王某何幸,心有戚戚焉,然后是乃有新作焉。我还得感谢,就是在去年清明期间,女儿给我讲了她的一个梦游故事。尚能梦游的小说有福了。

感谢编者与读者,感谢你们!

2015 年 7 月

怀念与夙愿[*]

写起小说来兴致勃勃,忆起往事来心潮涌涌,追起老底来有还下陈年老账的解脱和安慰,抒起情来好像年轻了六十岁,较真儿起来像查账本,幻想起来像梦像仙神,终于写了念念不忘的陈姐。难写,因为知之太少;必须写,因为刻骨铭心;还因为我深感她的与众不同,超凡脱俗。写这样的小说是对我自身的严重挑战。小说里还有一个人物就是俺个人,就叫王蒙,除了写《女神》,哪儿还能找得着这样的高龄少年的书写来情绪?

这样的小说的要劲在于非虚构得在在心动,虚构得明白真挚,牵挂得难舍难分,思忖得不露痕迹,没有小说的篡劲编劲,更没有纪实的报章气。唯愿结实得天马行空,自由得老老实实,轻盈得泰山磐石,板上钉钉,肋上插刃。感谢上苍,我仍然在尝试着新的追求,我在成长到死——这四个字叆自文友毕淑敏。

后来我看到了陈姐"文革"中给其夫张仃大师的信,她称呼夫君为"拜兄",有意思。她写道:"……给予了远比九九八十一难更多的锻炼……我们应当快乐健康,站得高高的,不只在智能上,而且在体质上,而且在情绪上,都大大的不同……"

她写道:"回过头来看看,不是有好几次差点失足落井吗!坏事真是好事,对于呆子来说,百试百验。"

---

[*] 本文是《女神》后记。

还有:"有月亮了,如稀薄的花色点在生宣上……我们明白了,她本不想出来,然而她得给我把信捎到,这么带病而出……于是我就对她说,请她转告我的孩子,我们极好,说不久咱们一定欢聚了。"

还有:"数风流人物还看今朝,我的孩子们是何等纯朴高逸啊。"

这是布文在"文革"中写的信,其时她与丈夫、孩子各在一方,她的文字里有坚强,有渐趋老练,有自信,有乐观,有月光清雅,更有纯朴高逸。多么难能!

她该有多积极正向! 她从未消极委顿,她绝无颓丧虚无,而她的选择又那样出人意料乃至匪夷所思。她无愧于己于人于伟大的历史。

北京话里神是神仙,口语上更是与众不同、出人意表、即神奇之意。

多么幸福啊,我能在有生之年再次怀念一心献身的老一辈革命者,并且为轰轰烈烈地开端、历尽历史风雨、坚守初衷、纯洁无瑕却在俗人眼中终于未成正果的一些革命的知识分子营造一个小小的纪念碑,还要为历史从心里树一个大大的丰碑。

> 我为自己建立了一座非人工的纪念碑,
> 在人们走向那儿的路径上,青草不再生长,
> 它抬起那颗不肯屈服的头颅,
> 高耸在亚历山大的纪念石柱之上。
> 不,我不会完全死亡……

我想起了普希金的诗《纪念碑》。

感谢九死一生的张郎郎先生,是他帮助我支持我写下了他神异的母亲:陈布文老师;感谢张寥寥先生。他们都支持我与四川文艺出版社合作出版了与他们的母亲的在天之灵合作的这本书。

2017 年 5 月

天地·岁月·人[*]

我很喜欢编辑先生为我的这一组散文起的段落标题：天地，师友，岁月。

我想起几十年来的中外亚欧非美，我想起了太平洋、大西洋、印度洋的波涛，我想起北京、伊宁、波士顿、喀山、清迈、卡萨布兰卡与哈瓦那。我想起南半球完全平置的上弦新月与北面雪山上吹得脸孔热辣的零下五十度寒风。

我想起了师友们的笑容与愁绪，箴言与提醒。他们的期待护佑了我的艰难时日，而其实我不能不满意的是越来越好的"所有的日子"。我想起了许多温暖的信念与碰杯，我的困惑与失落远远没有我的获得与福分丰满强壮美好。

我想起追悼与怀念，前天与昨天，日历与年历，生肖与纪念邮，还有永远看不完的报纸，唱不完的歌曲，写不完的小说和评析，烧不完的篝火。你的声音，我的声音，你的激动，我的激动，你的微笑，我的微笑，都还保持着闪电下载的光与热。

原来，当这一切集中略略盘点一下的时候，你觉得一切都那样地生动起来。往事依然，文章难老，少年诗句牵胸挂肺。周折起伏，铙钹齐鸣，浪花与潮汐并不平凡。镌刻熏陶，从容严肃，皱纹与嘴角发出忠告。面面页页，满满堂堂，文字无声细语坚守。趣闻妙句奇葩绝

---

[*] 本文是《天地·岁月·人》序。

词,思之莞尔,夫复何求?

在说着青春万岁与从哪里来与到哪里去的年轻人的时候,岁月仍然多情,老吾老以及人之老。它说:仍然可以翻阅品嚼,那没有磨灭的记忆,那记忆中的许多滋味与感恩。王蒙感谢天地、师友,王蒙感谢此生岁月,王蒙感谢我们的这个世界。

2018 年

出小说的黄金年代[*]

有幸活了八十五年多了,经历了那么多,历史、时代、社会、家国、人类、家庭、饮食、男女、风习、潮流,大事小事,辉煌渺微,青云直上,向隅而泣,喜怒哀乐,生离死别,爱怨情仇,否极泰来,乐极生悲,逢凶化吉,遇难呈祥,冷锅里冒热气,躺着岂止中枪。一帆风顺带来的是更大苦恼,走投无路说不定造就了一往情深,如鱼得水。相濡以沫还是相忘于江湖?忘大发了会不会得抑郁症?发达大发了也会有后患,磨磨唧唧起来您反而踏实?历史带来的故事可能是云山雾罩,也可能是一步一个脚印,越舒服您越危险,越胜利您越困难,新进展必有新挑战,新名词必有新做作。写起故事来只觉俯拾皆是,再问问有没有更多更大更妙的可能,既有如实,岂无如意?有没有更精彩的如果,有没有更动人的梦境,有没有更稀奇的平淡与更风光的大摇大摆,更深沉的回忆与更淋漓尽致的滥情?山那边老农的话,迸出火星子了没有?更疼痛的按摩与更甜蜜的伤口,更不能拒绝的召唤……你要写写写,不写出来,岂不是白活了?

信天游里唱道:"你妈妈打你,你和你哥哥我说,为什么要把洋烟(鸦片)喝?"回答之一是,她要会写小说就好了。挨打有挨打的活法,哥哥有哥哥的道行,中枪有中枪的后续,撞彩有撞彩的理由。我们赶上了到处都有故事,天天都有情节、有人物、有抒情、有思考、有

---

[*] 本文是《笑的风》跋。

戏的小说黄金时代。

　　你是写作人吗？你是小说人吗？你的记忆与回味，你的感动与清醒，你的糊涂与幽默，你的泪水与怀念，你的哭哭笑笑、笑出的眼泪与哭出的段子，总而言之，你写小说的生活资源、经验积累，读者期待，人民青睐，对手酸涩忌妒，你的那点大神的功夫，大仙的灵气，大嗓门的不管不顾，你的思维功逻辑功逆逻辑功计算功制图功鬼马功想象功毯子功腰功臀功足尖功街舞功唱念做打还有阴阳五行金木水火土之功，你的眼力笔力拽力抡力生杀予夺之力，你的满腹经纶，满身妙悟妙计妙词儿，用足了没有？你用完了没有？你用火了没有？你起风了没有？你沸腾了没有？你的小说对得起你的时代吗？对得起你的师长领导吗？对得起你的主编与责编，对得起你的历史你的教育，你的机遇与际遇，你的学习你的考验，你的苦难与你的幸运以及你的版税，还有刊物与各大出版社的器重了没有？

　　如果还不能说全够了，十足了，那就发力吧，再发力吧，用你的魂灵肉体生命耄耋加饕餮之力，给我写下去！

2019 年

《生死恋》序跋

前言:好的故事

  我听到过不止一位写小说的前辈、同行、后生说过,写小说与娶媳妇一样,是年轻人的事。还有人以多少多少年纪以后再不写小说,表达自己的适可而止,清凉明智。还有一位说老了以后,一想到写小说,烦。
  但是去年底看到比我大五岁的号称九秩高龄的徐怀中的长篇新作《牵风记》,新年伊始,又看到七十大几的冯骥才的长篇小说《单筒望远镜》。我自己呢,在《上海文学》二〇一九年第一期上发表了《地中海幻想曲》,在《人民文学》二〇一九年第一期上发表了《生死恋》。我,对不起,虽然这样说涉嫌嘚瑟,我好像掀起了一个写小说的小高潮,恋完了,曲完了,我立马投入非虚构小说的经营,现在,这篇文稿在我的电脑硬盘里猫着。
  我对人说,写小说的感觉是找不到替代的,你写起了小说,你的每枚细胞都要跳跃,你的每一根神经,都要抖擞,不写抖擞,写成哆嗦也行。
  大冯回答说,写小说的时候有一种成了仙的感觉。
  是的,摹写也罢,纪实也罢,你在创造一个世界,你在用语言激活人物和灵魂、情感和想象,你唤起眼泪和激情、关注与猜测。当然,还有好人的与智者的思想。

每次与每次都不一样。六年前《人民文学》上刊登了我的一篇写山村农民的小说,他们的一位编辑接到同学来信,说你们怎么敢用与王蒙的名字相同的名字标注作者。他们没有想到我也写农村。这次呢,一位朋友告诉我,如果把《生死恋》的题名放到一大堆小说名目中让她猜,费尽洪荒之力,她也不会想到王蒙的小说起这样一个标题。

我的责任编辑说,她已经把王蒙列入可以开拓出新领域的青年作者名单。

王蒙老矣,写起爱情来仍然出生入死。王蒙衰乎?写起恋爱来有自己的观察体贴。毕淑敏告诉我,日本有一种说法叫成长到死。那么小说也可以创造到老,书写到老,敲击到老,追求开拓到老。我还喜欢美国联邦储备委员会前主席伯南克的名言:"所有的故事都是好的故事。"我喜欢这句话,虽然全然不知道他到底是什么意思。我的引用是注释我的意思:就是说,包括悲哀与失落,种种经验都可以得到文学的滋润,发芽,长叶,开花,结果。让文学滋润普天下的人生吧。

跋一:纪念无可纪念的人生故事

上苍造就了这样一个痛苦与叫人震惊的故事,你长叹、顿足、怜惜而长恨。在巨大的历史与地域跨度之中,在急剧发展与变化的时刻,一个善良渺小,撕肝裂肺,走投无路,情有可原的挣扎者、奋斗者。故事出现了五个年头,我没有写它,我不能放过,我迟疑而又执着,我念念不忘而且自信自思自我较劲不已。

我想起美联储前主席伯南克的名言:所有的故事都是好故事。没听说过伯南克的文学特别是小说背景,但是我擅自将此言疏解为,它讲的是小说。我也想起一位友人对于我的评论,他说:"你们是什么也不糟践啊。"就是说,什么故事,只要写得地道,都可能是感人的与文学的:成功人士的故事,不成功的故事,恋爱的故事与失恋的故事,晦气与幸运的故事,找到与找不到的故事,甚至是没有故事缺乏故事的故事……契诃夫的名著偏偏叫做《没意思的故事》啊。时代的巨变,新生活方式的撩拨,历史潮流如斯夫不舍昼夜,幸福、欢呼与获得,被动、失衡与代价……你当真要写吗? 无法无动于衷。

一个研究生说,他注意到胡同大院式到单体复式小楼式的爱情的变迁,他还想到激情消失年代居然还有的生死之恋。

一位出版人则说到长风大野,天地为之久低昂。一位旅居海外的朋友说到对于作者的主观与生活的品位,他甚至说到从斯坦尼到布莱希特式的转化。写小说的感觉是无法替代的。一写小说,人就完全欢实起来了。我的责任编辑说,她已经将《生死恋》作者归类为"正在开拓新领域的青年"。也许这个说法里包含了对于老龄者的怜悯与鼓励。这也是一个无可纪念的纪念,这是哭而无泪的枯泪。

安息吧,二宝。

跋二:"非虚构小说"?

疾速发展的社会,一日千里的生活,带给我们亢奋鼓舞,也带来某些旧的失落与新的课题,生活与人,文化与风气,时时在前进中,时时在变革中,这种变化的获得与失落,朝阳与夕照,可以是文学的一种契机。

虚构是文学的一个重要手段,非虚构是以实对虚,以拙对巧,以朴素对华彩的文学方略之一。于是非虚构的小说作品也成为一绝。绝门在于:用明明以虚构故事人物情节为特点与长项的小说精神、小说结构、小说语言、小说手段去写实,写地地道道有过存在过的人与事、情与景、时与地。好比是用蜂蜜做药丸,用盐做牙膏,用疼痛去追求按摩的快感,好比是我在苏格兰见过的,在铁匠作坊里用大锤在铁砧上砸出来的铜玫瑰。

二战后不久,苏联的波列伏依,就以"真正的人"为题,写了苏式非虚构大书,而且提出了该国的非虚构真实生活大于强于更加文学于虚构的论点。

生于上世纪二十年代,逝于八十年代的才华横溢的美国作家杜鲁门·卡波特也写过非虚构小说,他获得过三届欧·亨利奖,他的《灾星》推了我一把,去写《风筝飘带》。日本的村上春树,说他曾经因为自叹比不了卡波特而很久不敢写小说。

或谓非虚构就不是小说而是报告文学或散文,错了,不同的体裁,在取材、细节、氛围、展开推进以及语言的推敲、渲染与色彩,节奏与气韵上,并不一样。报告文学要有新闻性、时事性、问题性;而非虚构小说可以有这些,同时更要有小说的小说性,例如曲折、故事、细部、与真人面对真事时的奇思妙想,要发掘非虚构的人对于非虚构的事的充分想象,这样的想象中可以洋溢着最最真实的却又是突破了真实的虚幻与结构。一篇好的报告文学内容,未必写得成非虚构小说,而一篇别致、有趣、多情的非虚构小说,如果作为报告文学发表,同样使人别扭。

《邮事》是我的新作,是非虚构小说,您说呢?

2019 年 7 月

《页页情书》序

上世纪的最后五年,我开始了自传三部曲的写作,《半生多事》《大块文章》《九命七羊》,写得酣畅淋漓,顺风顺水,后出版于二〇〇五至二〇〇七年。其时我曾经表示过,写完了这几部书,到二〇〇四年,我七十岁了,估计该告老辍笔,游山玩水,花鸟虫鱼,颐养天年了。

这时出现了一个重要的因素,出版人刘景琳先生动员俺写一部关于老子的《道德经》的书,我畏难,谈到了自己古代哲学史、古代汉语方面没有受过科班教育的短板,刘兄强调的则是我经验、经历、思考、分析、灵性方面的所谓长处。终于他说动了我。于是我开始了向孔、孟、老、庄的进军,然后发展到列子与荀子的解析与感悟。我读得、活得、写得、想得、讲得越来越充实,打开了众妙之门,其乐无穷。

有点"青春作赋,皓首穷经"的意思了。这个期间的小说创作,主要是系列微型或片段接连的小故事与寓言,一开始叫《笑而不答》,后来叫《尴尬风流》,以启示理性思维为主。也还有点动静。

光阴似箭,生活仍然是浪花起伏,感慨良多,小说情的激发仍然时时冲击着我。二〇〇五年,一次大雾中从天津回北京,乘车走了一夜,一夜听着梅花大鼓,拨动小说之弦,而后我写作了中篇小说《秋之雾》,有怀恋也有叹息,有刻画也有情思。二〇〇八年,太原之行让我回想起当年瑞芳在这里读工学院(太原理工大学)的情景,百感交集,发表了短篇小说《太原》,与早几年写的《济南》堪称短篇姊妹。二〇〇九年,发表了《岑寂的花园》,回忆中涌现了许多新鲜与发展的元素与兴头,有欢呼也有无奈与哭笑不得,端的一面是"逝者如斯夫,不舍昼夜",一面是"苟日新、又日新、日日新",是繁花迷眼、热热闹闹的风景。然后在二〇一二年,经历了芳去世的生离死别、痛苦与珍惜、往事与现实、画面与声响之后,我的文学情感的流淌又激荡起来,迅猛起来。二〇一三年,出版了获得新生的尘封旧作《这边风景》。同年冬在澳门大学,我写了散文诗式的短篇《明年我将衰老》,发表于二〇一四年一月号的《花城》,获得了当年《小说选刊》的奖项。一身二任,后来收入了同年舞蹈型新作长篇小说《闷与狂》,成为其中一章。一位尊敬的副总理读了此篇专门为此在大年初二给我打了电话。

而与《人民文学》编辑部的同志特别是马小淘小朋友的打交道,蓦然助力,再次打开了中短篇小说的创作闸门。我写大城市郊区的农民,我写几十年的沧桑,我写心情里贮存了多半辈子挥也挥不去的记忆与幻想,我写仍然的爱恋、趣味、好奇、记忆、重温与条分缕析,析不明白,就干脆大大方方地留点小说的神秘。二〇一二年是《悬疑的荒芜》《山中有历日》与《小胡子爱情变奏曲》,二〇一四年是《杏语》,二〇一五年四月号,《人民文学》《中国作家》《上海文学》同期发表了我的新作《仉仉》《我愿意乘风登上蓝色的月亮》与《奇葩奇葩处处哀》。然后二〇一六年是非虚构中篇小说《女神》。而二〇一九年,一月是中篇《生死恋》,短篇《地中海幻想曲》与《美丽的帽子》,三月是非虚构中篇《邮事》,十二月则是接近长篇小说的《笑的风》……对不起,俺不仅是耄耋肌肉男,更是耄耋小说狂。所有的日子都来吧,让我编织你们,用生命的甘苦与丰盈的牵挂,用四季的花饰与飘飘摇摇的花瓣落叶,编织你们;所有的日子都去吧,我琢磨你们,写下了你们,涨起了不比四十年前乏弱的晚潮。

我终于明白,立正!我向一切显示出安宁与尊严的老作家致敬与祝福!至于自身,管他古稀耄耋,管他生离死别,管他往事如烟非烟,管他老生马谭杨奚式的慢抬快落四方步,管他搁笔者的不平心理,写啊,写!写小说是多么快乐,人生经验了那么多,快乐幸福了那么多,悲伤哭泣了那么多,微笑了也晾凉了那么多……所有的日子又来了!它们铺天盖地,它们四面八方,扑来了,洒来了,涌来了,闹起花灯焰火秧歌与拉丁舞加太极拳来了,你想不写也不可能。写出一篇又一篇小说来,一切经历都不糟践,一切思绪都被反刍,一切逝水都留下自己的波纹与镌刻,这是造化,这是给世界给生活的页页情书,这是依依,这是永远。

2020 年 2 月

回忆创造猴子*

敲键轻轻心绪来,初时初恋好花开,
如川逝浪波犹碧,似梦含羞情未衰。
万岁青春歌不老,百年鲐背忆开怀。
扬眉吟罢新书就,更有猴儿君与嗨。

我十来岁时首次看了一九三八年我年方四岁时,在敌伪时期的上海,拍就的电影《雷雨》。印象最深的是侍萍时隔三十年与周朴园重逢,侍萍提到三十年前的事,说:"那时候还没有用洋火(火柴)。"

一个少年,听到一个妇人回忆三十年前的全然不懂的往事,我大吃一惊,我心头沉重,我为一个曾经在"还没有洋火"年代生活过的古人乃至猿人心跳加速,我哭了。

一九五八年,在我二十四岁时,读到毛主席《七律·到韶山》句:"别梦依稀咒逝川,故园三十二年前。"我肃然起敬,我想的是人生的伟大,时间的无情,事业的艰巨和年代的久远。我恭敬而且惭愧,自卑而且伤感,反省而且沉重。

那个时候我不可能想象:一个即将满八十七岁的写作人,从六十三年前的回忆落笔,这时他应该出现些什么状态?什么样的血压、血糖、心率、荷尔蒙、泪腺、心电与脑电图?这是不是有点晕,晕,晕……

还有六十三年前回忆中的回首往事,当然是比六十三年前更前

---

* 本文是《猴儿与少年》后记。

更古远的年代的回忆。

回忆中与泪水一起的,是更多更深的爱恋与亲近,幸福与感谢,幽默与笑容,还或许有飞翔的翅膀的扇动呢。

与遥远与模糊一起的是格外的清晰、凸现、立体、分明,浮雕感与热气腾腾。

与渐行渐远在一起的是益发珍惜,是陈年茅台的芳香,是文物高龄的稀罕,是给小孩儿们讲古的自恋情调儿。

与天真和一些失误在一起的是活蹦乱跳,是趣味盎然,是青春火星四溅,是酒与荒唐的臭鸡蛋,更是一只欢势一百一的猕猴儿。回忆创造喜悦和忧伤,以及猴儿。

三十年前的《狂欢的季节》里,我呕心沥血地写过1+1只猫。在三十年后的《猴儿与少年》里,我刻骨铭心地写了1+N只猴子。此一只猴子名叫"三少爷"与"大学士"。它们是我小说作品中的最爱。

一路走来,不仅仅走了六十三年与六十八年(我的艺龄),从前天昨天走到今天,还走到了明天明年后年,至少走到了二〇二三年。能够回忆成小说的人,也用小说来期待与追远,你不羡慕小说人的福气吗?

当读者看到这小小的文字的时候,三少爷、少年、写作谈、后记,也都变成回忆了。

然后鼓捣着新的小说写作。

2021 年

文艺杂谈

栽　　培

两年来,我写了几十万字,其中一半是废品,一半在改。我现在是在苦苦地摸索着。也许,处于这样情况的同志是不少的,所以,我也就愿意说说自己的一些要求了。

我想起开始写东西的情形:

怀着歌颂生活的激情,怀着多劳动、多干点活儿的愿望,怀着对于文学的迷恋,我写下了不成样子的一行字又一行字。大概许多初学写作的人都是这样的,他们的热情、感受、要说的话,总是大大地超过了他们的写作能力。主要的苦恼就在这儿。感受很多,写不出来;事情很多,组织不起来。开始写,挺高兴,写完了玩味玩味,就急了:怎么我写得这么糟呀!怎么人家写得比我好呀!怎么我还写不出成品来呀!于是脑袋愈来愈发热,心里愈来愈苦恼,一会儿想得很美,一会儿又悲观失望。这么多时间、精力,是不是都徒劳无益地浪费了呢?还不如用来多做些别的工作啊!我写了一篇东西后,给一个同志看,他把它交给一个出版社。然后等了差不多一年才有消息。这一年真够呛啊!

一个习作者,在他漫长而艰难的道路上,迫切需要老师和朋友,而相当一部分青年,他们的摸索,常常得不到直接的指导。他们的不成器的作品,得不到具体的评价。有困难,无人可商量;有疑问,无人可请教。我接触过许多爱好文艺的青年,他们都有这样的苦恼。

我想,能不能做一些组织工作呢?譬如,把读者、文艺爱好者、创作者,一同或者分别组织起小组,争取一些作家的指导。这样的小组可以交换阅读心得,可以讨论小组成员的作品初稿,可以访问一些作家……

这是一件并不困难而对我们却大有好处的事。当一个青年习作者不仅间接地而且直接地感到集体、组织对自己的支持帮助的时候,他的力量就大大增强了,也更容易走上正确的道路了。

我觉得,我们有许多该做而且能做的工作,过去没有做。许多该快做和能快做的工作过去没有快做。最近各种工作都反映了不少这种问题,培养青年创作者的工作也是如此吧?

作品是描写人、教育人的。我们的作家和编辑同志应该是对人充满了爱、信任和严格的要求的。如果不相信人和人的新的共产主义的关系,自己不去实践这种关系,就不能用这种思想教育别人。因此,我们也就有理由要求作家和编辑以新的态度对待人,对待作者。但是,有时事情不是这样。有些编辑,对作者的态度完全是事务性的,冷淡的。试想一个作者,他写友谊,写批评,写对人的关怀,但是碰到一位编辑,没有友谊,没有批评,没有关怀,只有公事公办的"处理",这够多难受!

我们要求作家协会按照它本身的性质,在自己的实际工作中,有创造性、有热情、有对人的关怀。我们对作家和编辑同志的要求也是如此。我们要求,他们不仅对作品多多指点,而且对作者能够问长问短,问寒问暖,了解他的生活、思想、工作,和他交朋友,做他的老师。我们希望,一个青年习作者开始与文学界接触时能够感到:自己在作品中所追求所歌颂的新人和新生活,在和文学界的接触中也能够看到。

我们国家的社会主义改造的高潮到来了,一切都是一日千里。人们开始振作起来,检讨过去脚步的迟缓,摩拳擦掌准备追上去了。第一次全国青年文学创作者会议在这样一个时候召开,使我们充满了美好的希望。我们盼望培养教育青年文学创作者的工作开始进入了一个新阶段,要做得更多,更快,更好,更经常。

春天到来了,春天是种树的季节,树根要扎得深、扎得正,就需要园丁辛勤的栽培,树苗有了充分的阳光雨露,再有了园丁的剪枝、施肥,它就会更茁壮更快地生长,结出更丰硕的果子。

发表于《北京日报》1956 年 3 月 15 日

关键在于质量

常常听到议论:某种题材的作品太多了,另一种太少了。例如,去年曾听说写工农兵的太多了,写其他的太少了;写生产、斗争的太多了,写个人日常生活的太少了。今年又听到写其他的太多了,写爱情的太多了,揭露阴暗面的太多了……

这种说法似乎不太科学。所谓"少"者诚少,斥其"多"者却未必多。

从全国范围来看,创作还亟需发展,无论量与质,都远远不能满足人民的需要。总的情况是我们的作品——比较好的作品太少了,不是太多了。去年都说反映农业合作化的剧本太多,其实真正站得住的却少得可怜;最近有人说写爱情写得太多了,其实,为了出产今天的《西厢记》《红楼梦》,也尚待作家加油努力。有时候,某种题材的作品奇缺,譬如反映学校生活、科学家生活和科学幻想小说等,呼喊一下"这种题材写得太少了"以示提倡之意,是完全必要的;但这种少了不等于那种多了,逆定理不一定成立。

有时候某种题材的某一部分作品发生了一些"流行病"。如写农业合作化的剧本出现了"套子",写爱情写成了"黄色",揭露阴暗面的时候未能更有力地肯定和巩固我们的新社会、新生活等。这时,需要细心地分析病源:或是公式化概念化,或是低级趣味,或是小资产阶级情调……却不必加白眼于某种题材,题材无罪,罪在作者。

作家写哪一种题材的作品,是并不完全以他的主观意图和评论者的好心劝告为转移的。任何了不起的作家,也要受自己的生活经验、才能特点等等的限制,有自己的"特长"和"特短"。作品题材的比例,不可能像按计划生产的商品,时时都能保持一定的平衡。在题材问题上,还是多做正面文章吧,如提倡写工农兵,提倡写新人物,提倡写作家所熟悉、所感兴趣的非写不可的东西!轻易地发出这个多了那个多了的指责,只会使作家迷惑。在这方面,作家是很苦的。他酝酿一个题材需要半年、一年甚至许多年,而某些评论者放的空气,却可能在短时间里打乱了他的计划。作家也要谨慎,要独立思考,不要在此风彼风下摆来摆去。

让我们更多地提倡写工农兵,写新人物吧!让我们多从作品的质量着眼吧!让我们更公正地欢迎有益于人民的一切题材的作品吧!

发表于《人民日报》1957年3月14日

创作是精神生产

首先说一下工作重点转移问题。文艺工作的重点转移应该意味着,或者首先意味着转到抓创作上来。过去搞了许多运动,似乎文艺工作的成绩不在于出了多少作品、培养了多少作家,而在于批了多少作品,揪出了多少作家。当然,该批该揪的还是要批要揪,但今后重点要抓创作,要出成果。

为此,要树立生产观点。创作是精神生产。要爱护生产力,要推动生产,要按照精神生产的规律来领导精神生产。

其次,关于如何使文艺能动地为政治服务,如何看待世界观、逻辑思维与形象思维的关系,过去搞形而上学。报上有了社论,作品就搞图解,敲锣打鼓造声势。似乎这就是为政治服务,实际是降低了文艺作品的作用。

今后该造声势,该图解的时候也可以搞,但特别需要文艺作品发挥以下几个作用:

一是侦察兵的作用。政治挂帅。帅不可能深入到每一个前沿、壕沟、敌后,需要作家做党的耳目、神经、感官,要搜索一下生活,要有所发现。不仅发现新问题,也发现正面的东西——尚未被认识的潜力,还没有遇到伯乐的千里马……因此,社会上还没提到的,作家也要研究,要写。

二是精神支柱的作用。林彪、"四人帮"败坏了马列主义、毛泽东思想的声誉,败坏了党的声誉,败坏了解放军的声誉。现在有些人丧失信念、信心、民族自尊心,认为中国什么都不行,似乎当中国人也倒了霉。这就需要有党性的作家唤起人们的信念、意志和尊严。十年来我们国家发生了那么多悲剧性的事,但我们的党没有垮,我们的国家没有亡,人民取得了胜利,证明中华民族大有希望,不应悲观。

三是滋润的作用。林彪、"四人帮"搞得人民,特别是青年的心灵如大旱后龟裂的土地,焦渴难耐,饥不择食。前几年有的青年看了《金姬和银姬的命运》,以为这是世界上最好的片子;后来看了南斯拉夫影片,接着看了香港影片,又是五体投地。听了日本电影《追捕》里的歌"啦呀啦",以为是世界最好的歌儿,其实是孤陋寡闻。"四人帮"把一切美好的东西都破坏了,用对敌人的办法对待人民,人和人之间的语言是"砸烂狗头""滚他妈的蛋"之类。粗野,不团结,到处吵嘴打架,这也是妨碍安定团结的因素,孕育着危险。我们的作家要给读者以美感和诗意,在人民内部,在同志、战友、夫妻、父子……之间要有友谊、爱情、体贴、关怀、温柔、安慰,总之,要滋润一下人民,特别是青年的心灵,这关系到安定团结能否实现。

逻辑思维与形象思维。作家没有完全理解、解释清楚的东西能不能写?过去有一种说法,似乎有了马列主义,就能"洞察一切",解释一切生活现象,一切都货真价实,言无二价了。其实,真理是一个过程,不是解释一切的万应灵丹。总会有些现象一时解答不了,但也可以写。写好了能促进人们运用马列主义去分析解决。自然现象亦如此,如雷电,近百年才解释得清楚,但古代人们就精彩绝伦地描写过雷电,这种描写甚至对物理学家都有帮助。社会生活也有雷电,使某些人恐惧,使另一些人振奋,一时理解不了,但它雷电般地震撼了作家的心灵,为什么不能写呢?逻辑思维指导形象思维,形象思维为什么不能反过来促进、推动、启发逻辑思维呢?

最后简单说一下,希望重视长篇小说。多数情况下,长篇小说是一个国家一个时代文学成就的标志,是重武器,战略武器。科学上搞高、精、尖,文学上也要攀高峰。好的长篇是生活的教科书,可以影响一代人的思想、感情以至服饰、起居等生活方式。长篇小说又是一个国家的文化使节。列宁、斯大林时期许多中国青年就是因读苏联小说才了解和热爱了当时的苏联的。好的长篇小说是历史的丰碑，民族的骄傲。邓小平同志欢宴西班牙卡洛斯王子的时候特别提出了《堂吉诃德》，虽然该书是讽刺西班牙当时的社会生活的，仍然是西班牙的光荣和骄傲。

长篇的创作更难，周期更长。希望加强评论、介绍、评奖，帮助作者解决困难，为繁荣长篇小说创作而努力。

发表于《新文学论丛》1979 年第 1 期

让文学永葆青春

有哪一个年轻人不喜爱文学,有哪一个文学家不喜爱年轻人?

当我们这一代人年轻的时候,我们古老的民族正在蜕变,正在新生,正在掀开历史的崭新的一页。那时候,文学推动着我们去为了光明向黑暗做殊死的斗争,推动着我们去参加革命。不论是"我以我血荐轩辕"的壮烈还是保尔·柯察金的英豪,不论是喜儿的命运还是李有才的智慧,都召唤着我们投身到人民革命的洪流中去。

革命改变着中国,革命点燃着新中国第一代青年人的心。于是,我们拿起笔,歌唱红旗和广场,歌唱理想和爱情,歌唱奔驰到边疆去的火车和架设在大河上的桥梁,歌唱各条战线上的最可爱的人……

我们怀着赤子的爱歌颂党和新生活。那是我们的共和国的童年,也是我们一些人的文学创作的童年。可能我们过于天真——一个比我们年长得多的前辈作家曾经预言,十年之后,中国人将不知道什么是眼泪。但正是在这个童年,我们树立了对革命事业的光明的信念,这信念在日后的风风雨雨中始终砸不烂、毁不掉、偷不走。即使乌云压顶,我们的心里一片光明。

如果责备我们,那就是,当我们拿起笔来的时候,还不知道这笔的分量,不知道为了把笔献给真理,献给人民,需要承担多么大的责任,经受怎样多的考验,付出多么沉重的代价。

二十多年过去了,我们学到了许多许多,懂得了革命的伟大和艰难,懂得了革命文学的神圣的使命,我们深信被挫折吓倒了的绝不是真正的革命者。在向四个现代化进军的新长征途中，党和人民重新把笔交给了我们。我们歌唱我们的党，我们的民族，我们人民的复活了的青春。在文学创作中，没有比年轻人的热情、敏锐、真挚、爱憎分明、生机勃勃更宝贵的了。拿起笔来以后，我们一下子年轻了多少岁啊！我们希望我们永远是一个稍稍成熟了些的年轻人。

我们希望永葆革命的青春，永葆艺术的青春。我们希望更多地看到文学队伍中新来的年轻人。在某种意义上，文学是属于青春的，文学是与一切的老迈、保守、迟钝、冷漠和看破红尘绝不相容的。没有青春就没有文学，没有文学也就没有足够美好的青春。让青春的活力推动我们的文学事业的起飞，推动我们整个社会主义的现代化的事业起飞吧！

发表于《中国青年报》1979 年 10 月 13 日

悲 剧 二 题

"兰桂齐芳"的悲剧效果

我对"红学"很少研究,对于高氏续作的后四十回提不出什么看法。但是有一点,窃以为现今流行的某些观点恐怕未尝不是可以商榷的。这里说的是,"兰桂齐芳"是否破坏了曹雪芹原本设想的悲剧结局。

许多评家认为,曹氏原意是"落了片白茫茫大地真干净",意即贾家荣宁二府家败人亡,病死的病死,上吊的上吊,出家的出家,坐监的坐监,就连家人婢仆、尼姑戏子,也都树倒猢狲散,各奔前程,于是乎热闹一时的荣华富贵、风流缱绻、酒色财气、悲欢离合……全部化为乌有,"色"变成了"空",空空如也,只有一个零蛋。但是高氏由于思想(叫做世界观)不如曹雪芹激进,还有各种正统、保守观念,硬是违背了曹公原意,硬是为贾府留下了苗裔:贾兰和贾桂,而且还让他们"学而优则仕"了一下子,于是乎悲剧不悲,老高之罪也。

可能评家的意见是正确的,我这里并不想为高氏辩护。何况对高氏的世界观我也知之无多,难以鉴定。但是有一条可以讨论,从艺术效果上,从悲剧之"悲"上来衡量,"白茫茫大地真干净"果然比"兰桂齐芳"更感人吗?

须知,悲与喜,生与死,兴与衰,这些都是相反相成的矛盾的统一,失去了一方,另一方也就无法存在。比起各种艰难困苦来说,死是最大的悲哀,但是一死了,也就不悲哀了。人死绝了,就更无所谓悲哀。如果白茫茫达到了真干净的程度,谁来凭吊呢?谁来见证呢?谁来洒泪呢?如若一切当事人,一切有牵连的人都不存在了,都不悲哀了,读者的悲哀又何以寄托呢?不也有点架空了么?如果真有那么一天,太阳系,包括我们的亲爱的小小地球也要驾崩了,这当然是悲剧之顶峰了吧?然而,真到那个时候还有什么可悲哀的呢?又有谁来悲哀呢?其实这种真干净而又很卫生的结局固然极富悲剧性,同时也是极富喜剧性的,称之为皆大欢喜未尝不可。

即使相当平庸的导演也懂得这个道理,譬如描写鬼子的一次扫荡,扫荡之后如果真是彻底"三光",镜头上一片白茫茫,未必能打动多少人。相反,如果被难者的尸体之中、断壁残垣之间,有那么一两个未曾饮弹的孩子哭叫着爸爸妈妈,那才叫摧肝裂胆,令人泪下呢!同样,一次飞机失事,一次地震,令人悲哀恐怖的往往不在于全部死亡,而在于个把幸存者的见证。

倒过来看,歌剧《白毛女》,如果不尽情渲染在贫困与重压下的喜儿与杨白劳的天伦之乐,喜儿与大春的爱情之乐,喜儿系红头绳、包饺子的节日之乐,杨白劳被逼债、卖女、服盐卤自杀的结局也就不会那样令人泪下。电影《祝福》如果不展现祥林嫂初则以死相拒,最后终于和贺老六和和美美地过起小日子,并且得了儿子的"幸福"情景,同样也衬不出日后祥林嫂的命运之可悲。反之,如果喜儿或者祥林嫂不活下来,悲剧也无从演下去。(当然《白毛女》后来就不是悲剧了。)而另一部优秀影片《农奴》,看后却稍觉沉闷,有的地方甚至该悲不悲,其原因就在影片只是直线地和重叠地描写主人公所受到的打击,打击上叠上打击,却看不到哪怕是处在奴隶地位的主人公对美好幸福的生活的追求和向往,看不到他的生活中的光明的信息、幸福的种子,也就体会不了他失去幸福的痛苦。这是生活的辩证法,感情的辩证法,也是艺术的辩证法。

现在回到《红楼梦》上来吧,读罢前八十回和后四十回,被读者所了解、所熟悉、所关注、所不能忘怀的毕竟不是贾兰或者贾桂,而是贾宝玉和林黛玉,是他们不幸的爱情,是他们的亲人和至友,甚至连按我们今天的立场、观点、方法看来实属十恶不赦的戴帽恶霸王熙凤的命运也会牵动某些读者的心,何况聪明而又美丽、本身也是受害者的薛宝钗呢?(当然,薛宝钗中毒太深,克己复礼、韬晦有术,她的鉴定该是很坏的。)最后,当这些人死的死,亡的亡,出走的出走,守寡的守寡,"飞鸟各投林",剩下两位不相干的小爷,终于活下来了,甚至承浩荡之皇恩,可以重整家业了,这些描写从艺术上(仅仅从艺术上)传达给人的不正是无可奈何的寂寞与悲凉吗?兰桂齐芳,就是芳如玫瑰,芳如巴黎香水,又怎能弥补与替代这失去了宝二爷,失去了林妹妹,失去了宝姑娘、凤辣子、勇晴雯、慧紫鹃等等的悲哀呢?兰与桂的重芳,适足以引起读者对于他们的父母伯叔等等的思念、凭吊、哀悼罢了。在一个追悼会上,是有死者家属(不管这位家属"混"得如何之好)更令人悲呢,还是"真干净"更令人悲呢?这大概不需要论证吧?

在悲剧中,"喜"可以成为"悲"的一个因素。正好像在高级甜食中,盐可以使糖变得更甜,个中奥妙,也许不是没有意义的吧?

《祝福》的启示

林彪、"四人帮"的文化专制主义,使我变得呆头呆脑,思想上不自觉地被束缚在许多条条框框里。记得前年电影《祝福》刚刚开禁,我在电影里看到鲁四老爷一家对待祥林嫂的态度时居然吃了一惊:第一,辞退祥林嫂时是规规矩矩算了工钱的,并没有克扣;第二,没有打骂,没有强奸,没有不给饭吃。

这些处理,和我们已经习惯了的描写旧社会的农村生活,特别是那种忆苦、控诉……的作品是怎样的不同啊!作为读者和观众,我们已经建立了条件反射了,一说算账,一定是强取豪夺、驴打滚、利滚利,算盘珠拨拉个山响,账房先生把眼光从老花镜上放射过来,宣布雇工干了一年(或十五年、二十年)不但没有结余,而且还倒欠东家若干若干。一说干活,一定是饥寒交迫,气息奄奄,额头上豆大的汗珠,身子东摇西晃,两脚如拌蒜,犹自背着大麻包,拉着套,推着碾子或者磨,最后一倒在地,还要挨几皮鞭。一说是女佣工,年岁又是十五至三十五岁,那就不是被捺倒在地就是拖到小屋,不是滚成一团和啪啪两个耳光就是寻死觅活、无颜偷生……所以,尽管我们十分熟悉鲁迅先生的小说和夏衍同志改编的电影,多年不看之后,一旦重看,到了情节发展的某些地方,就不免因为没有发生我们习惯了的"应该"发生的事情,而心中一动。

请看鲁迅先生是怎样写旧社会一个农妇的悲剧的吧:没有写被克扣工钱,没有写被强奸,没有写被皮鞭抽打,那里边的地主和地主管事应该说也还是规矩正派的。然而,正是这样一些"规矩正派"的封建势力的代表者,包括祥林嫂的亲属、邻居以及和祥林嫂一起当佣工的女人,也都结成一气,习以为常地、不动声色地、自自然然地从舆论上把祥林嫂扼死了。这里,鲁四老爷越是"规矩正派",越说明封建主义之罪恶、荒谬、残忍,它并不是由于某几个个人生性暴戾或者贪婪所造成,它不是个人品质恶劣的产物,而是整个的封建制度、封建思想体系的产物。这正是鲁迅先生对封建主义的批判的深刻之处。他字字批到了要害,批的是那看不见、摸不着的封建主义的灵魂。

我们现在写社会生活中的某些悲剧,写林彪、"四人帮"和我们路线上、政策上、工作上的某些不当所造成的某些悲剧的时候,就更应该观察得深些,想得深些,写得深些。须知,仅仅从表面的尖锐、情节的离奇甚至生理的刺激上做文章是太不够了,这不但可能有副作用,影响作品的思想深度和审美作用,而且也容易失真,给人的感觉是明明"四人帮"制造了那么多悲剧,我们还没有好好地写出来,却要编造一些不那么可信的东西。如果把"四人帮"的爪牙都写成青面獠牙,时时挥舞着皮鞭和拳头的打手,到底能给读者多少感染和教益,恐怕是很可疑的。其实,青面獠牙的"四人帮"爪牙是很容易识别的,这样的人即使真有也不会掌握那么大的权力,不可能制造出那么多悲剧。悲剧有有形的,有无形的,坏人有浅露的,有伪装得很深的。从毁灭了祥林嫂的封建礼教,到杀害了张志新的封建法西斯主义——现代迷信,其特点之一恰恰在于它的无形——思想控制方面、扭曲人的灵魂方面。被割断喉管、被枪杀的张志新这算是有形的,看得见的,更大的悲剧在于,在"四人帮"肆虐时期,有许多人(包括我们自己)不是虽有喉管却发不出、不敢发出真理的声音吗?不是虽有头颅,却没有也不敢有对真理的思索和追求吗?悲夫!

揭批林彪、"四人帮"的作品还要写下去,然而如何更深入一步,是值得考虑的。从《祝福》(小说和电影)里,我们有可能得到一些有益的启示。

发表于《芳草》1980 年第 1 期

谈 "收"

新年伊始,我离开首都到外地走了走,听到的最多的问题是:"是不是要收了?"这个问题最初使我很反感。难道我们国家的政治形势,我们的文艺工作的方针和政策,我们的十亿人民的生活方式和精神状态,就像一卷皮尺一样,想放就放,想收就收吗?难道中国人民近百年的斗争,中国共产党的半个多世纪的斗争,粉碎"四人帮"以来三年的拨乱反正所取得的初步果实:社会主义民主和法制的恢复和发展,百家争鸣、百花齐放的方针的恢复和发展,竟像一个玩具一样,想拿出来就拿出来,想装到口袋里(或者纸盒子里)就装到口袋里吗?难道当今的中国还是鲁迅先生写《风波》时的中国吗?难道剪了辫子的七斤,还要怕被"燕人张翼德的后代""嚓"的一声杀头吗?难道近三年来党中央采取的一系列拨乱反正的措施,不是体现了历史发展的客观必然性,体现了大势所趋、人心所向,因而具有不可逆转、不容逆转也无法逆转的性质吗?收,收,收,为什么这个字不时出现在一些好心人的嘴里呢?

再一个令人反感的是,收不收,靠谁来判断呢?难道我们每个人不都长着一个属于自己的脑袋吗?难道我们每个人不都在每天看报,关心时事,接触社会,了解党的方针政策吗?难道事到如今,我们还像那些年那样,靠动态、靠风向、靠小道消息过日子吗?难道听说要"收"了,我们就赶紧闭上嘴巴,赶紧改变调门,赶紧放弃自己的良知、良心和对真理的追求?

"是不是要收了?"我不是动态组组长,也不掌握内线,怎么回答呢?但是仍然有愈来愈多的外省好同志问我:"是不是要收了?"既然这么多人提出了这样一个哪怕貌似愚蠢的问题,我们就不能不好好想一想。

第一,这反映了许多善良而软弱的人们的正当的、可以理解的担忧。我们的人民有太多、太惨的教训。"钓鱼""引蛇出洞"的悲剧记忆犹新。而现实中,也确实有那么一些为数不太多的人,他们对党的十一届三中全会所确定的解放思想、开动机器、实事求是、团结起来向前看的方针实际上是不拥护的;他们对我国思想战线、文艺战线上出现的蓬勃生气是不喜欢的;他们中的少数人甚至是咬牙切齿的,他们总希望有那么一天把我国拉回到林彪、"四人帮"所设置的轨道上去。也就是说,他们早就希望"收"了,他们早就认为"放"得过了头了。这些人,便是"收"的基础。既然存在着希望"收"的人,就有"收"的现实可能性,就有极左牌的封建专制主义的阴影存在,那么,人们担心随时会被"收"进去,就不是什么难以理解的了。

第二,这反映了一种可怜巴巴的奴隶相。似乎我们的国家并不是由我们自己来当家做主,似乎我们的命运要依靠善心的恩赐,似乎我们的文艺不是出自作家的良心,人民的良心,似乎我们自己也只能仰圣人之鼻息而生存。几千年的封建社会,林彪、"四人帮"、十年浩劫,造成了这种"蚁民"心理。总是胆战心惊,总是担心到了嘴的白面馍被没收、被抢去,却从来没有想一想自己的责任、义务和权利。

第三,这既反映了一种神经衰弱的对生活的曲解,又反映了一种色厉内荏的虚弱心理。例如,对某些文艺作品,人们有一些不同的看法、议论、讨论。有一些评论家、作家或者领导同志对某些作品发表了一些商榷性的、批评性的或者是相当尖锐的不满意见,立刻,这些意见不胫而走,"看,这不就是要收了吗?"立刻就有一副风要变,天要塌,地要陷的架势。还有人拼命夸大这种商榷、讨论或者批评,以求蛊惑人心,唯恐天下不乱。这样做的人有两种,一种是他自己早就想收,想收已经想得垂涎三尺,所以稍有风吹草动,便连忙捕风捉影,制造空气,以便混水摸鱼,趁火打劫。还有一种是自命思想十足解放的神经衰弱者,只许自己放,不许别人放;只许自己发表作品,不准别人评头论足;只许自己干预社会,不许社会干预自己。其实,这是一种新型的老虎屁股,其特点与旧式老虎屁股一样:不准摸。一摸就跳,一摸就哭,就叫,就闹。"你为什么摸我的屁股?你摸了我的屁股就是要收!"于是乎添油加醋,添枝加叶,把"收"的空气放出去。

可能还有其他的各种各样的情况,心有余悸者,"嗅觉"灵敏者,善观"行情"者,胆小怕事者,冒险者,先驱者……都会对收与不收感兴趣。其实,这是一个相当愚昧、相当无聊的问题。在八十年代的正在为实现四个现代化而奋战的中国,时而有人提出这样的问题,实在是一件令人遗憾和惭愧的事情。收不收,首先决定于我们自己。即使在最黑暗的日子里,不是仍然有真理的声音从人民的嘴里、从传抄本里、从"四五"英雄和张志新烈士的嘴里"放"出来吗?如今,时代不同了,我们的党,我们的国家,我们每一个人自身,都坚强得多、成熟得多了,即使有人想收,历史也不会按照这些人的意志而俯仰屈伸了。尤其是一个革命的文艺工作者,一个革命的作家,更大可不必为气象状况而劳神。为人民,为真理,为四个现代化,我们要呐喊,我们要歌唱,鞠躬尽瘁,死而后已,收与不收,与我何有哉!其次,我们也不应该把"放"理解得那么绝对。世上本没有绝对的自由,绝对的民主,也没有绝对的"放"。一篇作品"放"出去了,就属于社会,就要受到评头论足,就要被人注意,被人议论,被人正确理解或暂时误解,被人称道或者责难,其中也包括被某一级某一部门的某一领导同志赞扬或批评,这不但是不可避免的、正常的,而且在多数情况下是有益的、必要的。我们在警惕和抵制横加干涉的时候,绝对不能不分青红皂白地把一切同志式的、民主的讨论和批评视作"收",绝对不能把一切言之成理的批评说成是镇压、迫害、压力。没有同志式的讨论、争论、批评和自我批评,就没有民主。压制批评就是压制民主,这对谁都是一样的。

愈是强调"放",强调民主,强调独立思考,强调解放思想,也就愈要加强我们的责任感。在法西斯的极左专制下,也有一个"好处",就是人们可以不负责任。"批判右倾翻案风"的时候,我们也可以喊口号,也可以伸胳臂,但我们是没有责任的,因为那时我们的脑袋、我们的嘴巴和人身并不属于我们自己。现在不同了,人们可以讲心里的话,写心里的话,可以尽情抒发自己的喜怒哀乐了,这样,我们的责任就更重了。我们应该对读者负责,对自己的作品的社会效果负责。这是不应该逃避的。那么,我们在忠实地反映我们所面临的矛盾和困难的时候,不能没有恰当的分寸感;我们在鞭挞丑恶的时候,也还需要一定的节制(例如,我们不赞成那种肤浅而富有生理刺激性的丑恶的堆积);我们在写一些以青少年、儿童为主要读者对象的作品的时候,更要注意维护下一代的身心健康(当然不是因此就只搞糖球哄慰式的所谓正面教育)。我们不能不自觉地、特别强调地展示人民的理想、力量和信心;我们不能不用真善美的光辉去照亮一切阴冷的角落。在这里,在作家的自觉里,是既有"放",有痛快淋漓的尽情抒发,又有严肃而负责的思考,有分寸、有节制、有客观的限度的。当然,对于反革命分子、破坏分子和各种犯罪分子的破坏活动,制造动乱的这样那样的所谓自由,我们从来就没有主张"放"过,也就谈不上什么"收"了。但这已经是严肃的文艺创作以外的事了。

其实,认真说来,"放"和"收"也是互相依存,互相矛盾对立的统一。把两者绝对化,谈收色变,闻收丧胆,是不必要的。关键在于总的原则,我们要按照党的三中全会的精神去做,按照四项基本原则去做。具体问题,可以各抒己见,可以保留互不相同的见解。但是,由于我国近十年来的特殊情况,"收"的意思已经大大改变了,人民不喜欢收,这是很自然的。正因为这样,才出现了这样那样的议论,正因为这样,我才写下了这篇杂感式的文字。

发表于《文汇》1980年增刊第3期

探 索 断 想

　　过去,咱们文学上的讨论,有时像是演话剧,搞 AB 制。反右时 A 组角色要上:倾向性、上层建筑、重大题材、写英雄人物、社会意义、社会效果,这些概念属于 A 组。与它相对的是 B 组:倾向性不上就上真实性,上层建筑不上就上生产力是决定性因素,重大题材不上就上题材多样化,英雄人物不上就上各种各样的人物……其实 A 组和 B 组并不是互相矛盾的,比如真实性与倾向性并不矛盾,但我们老是争论不休,好像争论吃饭与喝水哪个重要,时而反复阐述一个原理:不吃饭就不能生活,谁反对这个道理,就是没有理。过些日子,风向一变,又会说:光吃饭不喝水行吗? 需要喝水,这是颠扑不破的真理,又大声疾呼。现在可好了,请出 C 角来,探讨艺术技巧。

　　真实性、倾向性等等我们大家都能接受,我不重复。我考虑的是我们的文学艺术的发展问题。粉碎"四人帮"以后,恢复了现实主义传统,恢复了写真实的传统,这很好。但真实并不是就是一切,如果我们所有的作品都和生活本身一模一样,到底能给读者什么呢? 我们需要不需要给读者看到一个信念,看到一个世界,创造一个世界,这个世界是从生活中来的,又能使读者得到艺术的享受,得到熏陶,得到提高和教育呢? 如果你写的就像生活本身那样毫无二致,那他看生活本身不更好吗? 现在为写真实恢复名誉,这是一个重大的进步,但我们不能忽视从真实出发,创造一个绚丽多彩的艺术世界。

　　我们现实主义理论始终强调典型环境中的典型性格(有人说人

物就是性格)。拿这个理论去检验,契诃夫最好的小说是什么?只能是《套中人》《变色龙》和《普列希别叶夫中士》,但这些篇并不是契诃夫最好的小说的全部。他有一大批小说,用这个理论来检验就不行了。《苦恼》感人不感人?它有什么典型性格?向马说话的典型性格?没有什么典型性格。还有《草原》《带小狗的女人》《新娘》等等,在性格的典型化上都不如《套中人》,但其价值都在《套中人》之上,或至少不在其下。

要把文学艺术当做一个整体来考虑,文学要受各种艺术的影响,如受电影的影响,也受音乐的影响,它也追求节奏、画面等等。我们有一种观点:音乐要听懂才好。什么叫懂?就是把所有音乐旋律都能译成文学语言,或译成故事,比如这一段是大风刮来了,下一段是狼出来了;《春江花月夜》,这一段写夜,那一段写花,每一个曲子都有一个确定的解释。其实,许多音乐作品,并不都是这样。一个提琴曲,我认为你爱听,认为好听,就真听懂了。你说你怎么懂?听完了你能给我讲讲吗?一篇散文能讲,交响乐你怎么讲?

关于群众喜闻乐见的问题。一般说来,好的作品最终是会雅俗共赏的,但是我们要允许各种试验,允许不同作品有不同的对象。自然界的植物有高秆、矮秆,森林里的树木,各占自己的空间,用不着搞统计学。比如一篇作品,小青年爱看,老太太不爱看,那怎么办?不爱看就不看。我在西德时,他们对我讲,在他们那里,在儿童文学中,不但按年龄分,而且按性别分,有男孩子看的,有女孩子看的。他们进行过研究,九岁男孩与九岁女孩性格不一样,还有十岁男孩的读物,十一岁女孩的读物等。我问能不能串着看,他说当然可以串着看,给男孩的读物,女孩也看,但给女孩的读物男孩子不爱看。不同的作品有不同的读者群,这是正常的。

可是,我们往往要求平均数,一刀齐。其实对某个作品我愿意看可以多看两遍,我看不懂,就先不看,有人能看懂,就让他们看嘛。如某杂志发行三十万份,某篇作品有二十八万人看不太懂,如果有两万人看得津津有味,我看这个作品也不能算失败,也还应允许存在。《北京文艺》发行二三十万份,登的广告有两千人看了,而且认真地看了,登广告的人就没有白花钱。当然,任何时候我们都不能忽视读者的兴趣和需要。我们要努力争取到更多的读者,决不能关在房子里搞互相吹捧或者孤芳自赏、顾影自怜。

现在谈谈我最近在试验当中的一些问题,对试验冠以什么名义,我暂不表态。有人说,你这是纯意识流,有人说是半意识流,有人说是蜗牛式,有人说这绝不是意识流。反正我不排斥别人,也不排斥我自己。程咬金有三板斧,如果一个作家有四板斧,我觉得未尝不可。

还有一种观点,就是"一眼就能看出他的风格"。对这一点我怀疑,我认为一眼看出他的风格固然好,两眼三眼看出他的风格也未必不佳。为什么呢?因为风格与题材有关。鲁迅先生同样是写农村的作品,《祝福》与《离婚》风格大有差异,《故乡》的风格也不一样,所以风格未必是一眼能看出的。有些读者谆谆告诫我,说你应尊重《组织部新来的青年人》的风格,你得按这个风格写下去。我想,写一篇《组织部新来的青年人》还凑合,我要写二十篇,都是这个风格,早就没人看了。林斤澜的作品就靠他的新鲜劲,新鲜劲没有了,就成了老一套。

还有个语法修辞的问题。手法上、形式上的探讨,引起一系列的变化,包括语法修辞。第一条是句号的增加,我写《蝴蝶》句号占压倒优势;第二条是引号减少,对话变为心理活动,可以不用引号;第三是比喻的概念也有很大变化,一般是用群众熟知的东西比喻群众不太熟知的东西,或不容易想到的东西,但比喻不都是这样,可以反喻;第四,《春之声》有一大段,只有名词,只有主语没有谓语;第五,一般排比句应该用相近的词,但我常用相反词义的词排比。

还有时间的概念。离开了时间、空间就没有存在,一切存在都是有时间、空间的,但是大量写心理活动的小说,确实可以突破时间、空间,可以把时间放在一个比较短的瞬间,却无限延伸。生活的顺序是由远到近,由古到今,次序井然。心理活动的顺序则不然,它充满跳动往返,它是由强到弱、由浅到深。

要允许有各种探索,这种做法很可能失败,但是我觉得失败也没有关系。现在议论最多的是民族化、民族形式问题。是否民族化,头一条看你生长在什么土壤,如果你是言之有物的,是写的我们的生活、情绪、思想、概念、办法等等,这个就不能说你离开了民族化。当年鲁迅、郭沫若在文学上的探讨,那种离经叛道精神,比现在不知胆子大多少。还有《聊斋志异》、唐宋传奇,比现在的作品奇异得多。有时也有这种情况:用打着学习传统的口号反传统,就是因为传统力量太大了。我们对中国诗歌、绘画的传统研究不够,如果我们把这个传统研究够了的话,我们就可以大大突破,就可以大大解放我们的艺术想象力、艺术创造力。

在真实方面,还有个客观真实和主观真实的问题。从科学上说,人的眼睛是有错觉的,一男一女在一起,男同志比女同志稍矮一厘米,别人老远就看到这男的比女的矮得多,如果女的比男的矮一厘米,别人会说他们差不多高。这种情况从数学观点看,是错了,但从心理学观点来看,这是最真实的。我要写小说,就完全可以这样写:那人看上去比她矮。我要写心理小说,我连"看上去"三个字都不要。我写的是人的感觉,而这感觉是确实的,至于到底谁一米几,文学作品中可以写,也可以略而不论。

有时真诚就是真实。比如幻想,是最不真实的,但是他要是诚心诚意在那里幻想,写到作品里就是真实的、感人的。如果你没有真诚,像"四人帮"时期那样,你把这个人物写成"上云天、冲霄汉、入九天、意志更坚",别人看了谁也不认为是真实的体验。另外,你写一个人的幻想,写一个人的梦幻,你写得尽管非常玄乎,但是让人家感到其中有它真实的、感人的地方。你要按一般规律细研究,张洁的《爱,是不能忘记的》破绽确实很多,到底她那感情是怎么发生的?为什么感情那么好,手都不能握?为什么爱到这种程度?这个作品为什么能感动一些人呢？至少张洁本人在写这篇小说时是相信有一个超出时间和空间的爱的。

主题思想越来越隐蔽，这是近年来创作的一个特点。不论是高晓声的《陈奂生上城》，还是韩蔼丽的《米兰，我的……》，刘绍棠的《蒲柳人家》等等，都是如此。不像刚粉碎"四人帮"后每一篇作品表现什么一目了然。我认为有些观点隐蔽的作品实际上思想很丰富，《陈奂生上城》你这样看也可以，那样看也可以。我很喜欢这个作品，不但形象使我感动，而且引起我思考许多概念。不应该把这些作品简单化，也不可能用一两句话概括出它们的主题思想，也没有这个必要。

发表于《北京文学》1980年第11期

窝头就蜗牛,再加二两油

听到心武同志说我吃蜗牛时,吓了一跳。那玩意儿吃起来有多恶心!找来晚报,看完,知道了是被夸奖,又明白了蜗牛确实是一种营养丰富的美味,道理上全弄通了,但是潜意识里一想到从嗓子眼里下咽蜗牛,仍然膈应得慌。由此可见,习惯的力量有多么强大!

比起蜗牛来,还是窝头顺当。虽然不是吃不起细粮,我还是每每要吃吃窝头,可以调剂口味,可以促进消化,可以去"火",可以增加维生素,可以培养子女艰苦朴素的作风,可以不忘本(我是吃窝头长大的)。如果需要提高,可以到北海仿膳吃栗子面的小窝头,当年西太后都爱吃那玩意。

在吃食上,各有各的口味和"反口味"。酸甜苦咸辣,各有所好,也各有所厌。啤酒是引进品,已经被普遍接受,所以供应紧张,但是当年它曾被许多喝惯了衡水老白干的叔叔大爷讥为"马尿",至今笔者的亲友中仍不乏坚持确认啤酒为异端者。此外,有不吃香菜(即芫荽,据考芫荽出自波斯文,可见香菜也是引进的)的,有不吃胡萝卜的,有不吃牛奶的,有不吃羊肉的……这都悉听其便,不过,从理论上说,还是以兼收并蓄、广开胃口更符合营养科学。所以,也不妨吃点蜗牛,增加动物性蛋白成分。至于是否吃了蜗牛就会从脊背上长出螺蛳壳,似乎不必担心,因为至今还没见过哪位吃了鸡蛋就下小鸡,或者喝了牛奶就长犄角。关键在于消化、吸收,化为自己的血肉和卡路里。

以物质食粮比喻精神食粮,难免失之粗疏,无非是说要百花齐放,要博采众长,要多方探求试验,要敢于在艺术上闯和创。程咬金还有三板斧,一个作家有四板斧、五板斧又有何不可？我的口号是:"窝头就蜗牛,再加二两油!"窝头我所欲也,蜗牛亦我所欲也,谁云二者不可得兼？轮换食之可也。这里所说加油的油,则是指创造的激情、想象力和勇气。而这一切,关键是要来自我们的生活,要看不同的题材,要看内容的需要。矫揉造作,为技巧而技巧,不干。从一而终,更用不着。不同的作品会有不同的反映,正常。

至于某个作品的成败得失,欢迎批评,共同探讨,谨借晚报一角,感谢关心笔者的近作的同志,特别感谢那些诚恳地提出了批评意见的同志们。

发表于《北京晚报》1980 年 8 月 28 日

让生活变得更加美好

文学创作的空前繁荣是三十年来所未有。当然,我们的创作还不是那么完善、那么成熟的,还有缺陷和不足,而且,和古今中外一样,在出现一些优秀作品的同时还会有大量的比较一般、比较平、不那么深刻而又缺乏独创性的作品。甚至也有格调、趣味较差的一些东西,这都不足为奇。

我们常常在听到各种鼓励的同时也听到各种批评和责难,甚至也不能说没有人想重新拿起棍子,或者对某些作品抓住一点做夸大的、歪曲的解释,问题不在于有没有这样的不足或者那样的责难——怎么可能没有呢?问题在于,不管有多少缺陷和各种干扰,我们的文学事业正在健康地发展,正在富有连续性地却又是不断追求新东西地前进。离开了创作,离开了作品,那种所谓"沉寂下去、平淡下去"的论断,是太匆忙了。

文学的发展必然造成多样化,而多样化来自文学化。如果说在所谓"伤痕文学"初期,许多作品是以反映社会问题,以及时、迅速、放第一炮取胜,也就是说,这些作品有相当大的新闻性——这当然是优点而不是缺点,那么,随着时间的推移,人们当然会希望我们的作品更多样一些、更深一些、更耐咀嚼一些、形式更完美一些,有更长久的艺术生命力。

于是,人们在面对社会,不回避矛盾的同时,必然会更注意多方面地去刻画人物,去表现人的灵魂和内心活动,表现人的情操。

同时，艺术的刻画愈来愈排斥了思想倾向的简单抒发。作品的思想愈益深刻了、含蓄了、富有多义性了。我们的文学事业曾经吃过那种短视的、过分的社会功利主义或政治功利主义的亏，现在，作家和读者们已经日益把视野放宽，凡是人的生活、人的思绪、心理和情感，凡是和人有关的一切都正在或者将会受到文学家的挖掘和再现，同时，技巧的问题、形式的问题，也引起了愈来愈强烈的兴趣。

这种多样化的内容使人们难于用一个什么词句来概括。但是，当我们面对那些反映当前生活的作品的时候，我想冒昧地提出两个字，叫做"转机"。我认为不论是《乔厂长上任记》还是《陈奂生上城》，不论是《被爱情遗忘的角落》还是《月食》，也不论是《人到中年》或者拙作《蝴蝶》，难道它们写的是漆黑一团、暗无天日的生活吗？不是。是红旗飘扬、东风万里的被粉饰的生活吗？也不是。任何不怀偏见的人都会从这些作品中看到艰难，更看到希望；看到进展，也看到麻烦。这就叫做看到"转机"。生活是复杂的，小说自然也就跟着复杂一点，这样，简单化的评论，或白或黑，或"歌德"或"缺德"，和儿童似的只把人分成好人和坏人一样，未必是有眼光的。

还有一个共同的进展，便是我们的小说作品里愈益自觉地、激情洋溢地表露着人道主义的精神。不管有多少卑鄙的丑恶的事物，我们仍然充满了对于人的信心和爱，我们希望通过我们的作品使读者变得更美好，哪怕是只美好那么一点点或者美好那么一分钟。当我们的故事引起了读者的同情的眼泪、会心的微笑、开怀的大笑，使读者肃然起敬或者拍案而起的时候，我们不是给读者的心里带去一点丝丝光亮么？不管我们写了多么沉重、多么丑恶、多么黑暗的事情，我们的每一篇小说，不是应该至少发出一个火柴头的光焰和温暖么？加在一起，这光和热也是可观的了。

我始终认为，能够看透恶和再现恶的作家是可敬的，而只有那些透过所有的恶和庸俗,能够发现、能够挖掘、能够描写美和善的作家,才是可爱的、亲近的。所以,我的内心里充满喜悦,我们的民族、我们的人民、我们的祖国和我们的文学,和我们每一个人,一定会有比今天更好一些,或者更好得多的明天。为了明天,我们还要多写,写好,写得更好一些。

发表于《北京文学》1981年第1期

把文艺评论的文体解放一下

××同志：

……拙劣的文艺评论好像是饭馆里的一种多余的解说。如果在你品尝美味的时候，身边站着一个过分热心的人，告诉你什么好吃，什么不好吃，什么是酸的，什么是甜的……甚至于恨不得替你咀嚼以后再搅拌上他的唾液吐给你，你能不烦吗？而好的文艺评论却像一个精明的导游人，他给你以必要的指点、介绍，丰富你以有关的知识，把陷阱和荆棘也及时告诉你。但是，他不会妨碍你去寻奇探胜，不会妨碍你而是有助于你去欣赏、想象、体验、认识生活、开拓视野。

贵刊是登过许多好文章的，我是贵刊的忠实读者。但贵刊也有一些文章写得太大、太全、太一般化，说重一点，有点做总结的公文气、八股气。你们常登些《一九××年短篇小说漫评》《一九××年中篇小说巡礼》《近×年来的报告文学》这样的长文，我怎么觉得，把这些东西印成简报、通报、报告、专题材料、汇编，然后在文化宣传部门的干部会议上，或在作协扩大理事会上，或在什么代表会上散发，会比登在刊物上更适宜一些？

要想真正面向广大人民群众，我想还是多刊登一些短小精悍、深入浅出、不拘一格、新鲜独创、启迪心智、富有文采的评论文章为好。

这就牵扯到一个问题：可不可以把文艺评论的文体解放一下？不要一写评论文章就摆出那么一副规范化的架势。评而论之，大而化之，褒之贬之，真实之倾向之固然可以是评论；思而念之，悲而叹之,谐而谑之,联而想之,或借题发挥、小题大做,或独出心裁、别有高见,又何尝不是评论?

创作是作家对生活的感受,那么,评论呢?首先是评论家对作品的感受。正像作家应该善于感受(感觉、体验、认识)生活一样,评论家也应该善于感受(感觉、体验、认识)作品。而这种对于作品的感受,同样需要敏锐的知觉,丰富的情感,新鲜、强烈、大胆的想象,同样要借助于自己的生活经验与艺术经验的补充。同时,比作家更难的是,评论家应该有比作家更广博深湛的知识,更强大得多的概括、思辨能力。所以说,评论不仅是解说和表态,不仅是总结成绩、问题、优点、缺点,而是一种创造。评论应该是创造性的,才不致成为欣赏者耳旁的干巴扫兴的聒噪。欣赏也是创造啊,当我们读到"问君能有几多愁,恰似一江春水向东流"的时候,不是各自用各自的"愁"去补充创造了这一名句的意境和情绪色调吗?

所以,作家有风格,评论家也应有风格。作家要寻找"自己",评论家也要寻找"自己"。或气魄宏大、高瞻远瞩,或旁敲侧击、机智奇警,或广征博引、浮想联翩,或婉约深沉、寓理于情,或纠缠执着、穷其究里,或从容点化、含而不露,或淋漓尽致,或游刃有余。写出来的文章,可以接近于散文,可以接近于杂文,可以接近于笔记、书信,可以接近于诗、散文诗乃至小说、故事,自然,也可以是逻辑井然的论说。总之,尽量去摆脱那种公文体、总结腔、表态式。这样,评论文章的语言也就丰富、多样了。翻一翻我们的评论吧,怎么来回来去老是那十几二十几个词和短语?

创作是对生活的探索。评论呢,似应是对作品、对作品所提供的形象的世界、情绪的波流、语言的舒卷的一种探索。也是对作家的灵魂,他的全部激情、苦恼、矛盾、追求和愿望的探索。甚至于它还应该探讨读者的灵魂,读者的趣味、期待、时尚和可能有的偏见。任何探索都不是一次可以完成,一次可以穷尽的。因此,最好不要那么简单而轻易地把结论告诉读者,不要只是简单地对一个作品的长短优劣表态,这种表态往往像是让读者吃你嚼过的馍。评论家不要急于为人师或者当法官,还是循循善诱地去引导读者去探胜吧,做一个聪明而又有分寸的导游者。应该相信,读者自己做出结论,比接受现成的结论不知有力和有趣多少倍。任何探索都旨在发现,都带有几分风险。文艺评论更是如此。评论之可贵在于它把一般读者看不到的东西,或者虽然看到了却容易轻轻放过的东西一把抓住,吟咏玩味,分析探求,并予以补充和发挥,最后拿出评论成果来。这时,不仅使读者茅塞顿开,而且使原作者惊叹宾服,大呼:原来如此!原来如此!如果我们的评论只是介绍、论断那些头脑和情感发育正常的读者大致都看得出的东西——如指出《人到中年》提出了一个令人关心的问题或"马列主义老太太"写得很生动,那又有什么意思?

我们常讲作家需要形象思维,其实读者如果没有形象思维、想象,就不可能阅读文学作品,更不可能为文学作品所吸引。那么,评论家难道可以不发展和运用自己的形象思维吗?有些好的评论,可以把作品提供的形象的排列组合稍稍打乱一下,重新编织一下链条(像是转动了一下万花筒),马上就可以显出一种奇观,见读者作者所未见,感读者作者所未感,发幽洞隐,独具慧眼,只觉能穷千里目,皆因更上一层楼。我希望咱们的《文艺报》不要背"指导全国"的包袱。千姿百态而又含蓄的文章加在一起,仍然是有倾向、有意图、有概括的。不过这样可以搞得更巧妙一些,吸引更多的读者。目前,例如《人民文学》有百万以上的订户,而《文艺报》就少得太多了,这种状况不是丝毫不能改进的。解放评论的文体,便是改进之道中的一个。当然,你们的工作,你们的难处,我也不是不知道的。我的"献策"也许有点"空对空""夸夸其谈"乃至"攻其一点"的味道,但因为爱之心切,也就顾不得许多了……

王 蒙
1981年7月8日

发表于《文艺报》1981年第15期

说"贫 乏"

我很抱歉,因为许多电影我都没看过。《乡情》《邻居》听说是很好的,我还没看。最近看过的影片当中,《被爱情遗忘的角落》《小街》《牧马人》都是好的。我也喜欢《阿Q正传》,我没有想到这部名著能够改编得这样好,演得这样好,刺刀见红,有一种惊心动魄的思想力量。

在我看过的有限的几部影片中,除了格调高低的问题以外,还有一个贫乏的问题。

一个是思想贫乏,拿不出新的、丰富而又深刻的、有战斗力有说服力的思想,不能给人以启发、以推动,提不出新的问题、新的观念。比如说一些描写海外华人回归的片子,主导思想是什么呢?就是说人老了要回故土,要和子孙团圆。我的天,难道光凭这种思想就能战胜在海外分离着华侨与祖国的形形色色的反共主义?难道我们的共产主义思想的吸引力,我们的爱国主义思想的吸引力,我们的马克思列宁主义、毛泽东思想的吸引力对于海外华人只剩下了天伦之乐、家人团聚?如果没有亲眷,是不是祖国就没有吸引力了?拿出如此苍白、贫乏、甚至落后的东西去做海外华人的工作,不是会贻笑大方吗?

比如《牧马人》是一部公认的好片子,但是"先结婚后恋爱"的标榜是令人不快的。我们完全可以表现主人公在那样一种特殊状况下的十万分幸运的爱情,但是我们不能不谴责"先结婚后恋爱"的公式,这种公式,实际是对人的感情、对人格的一种侮辱、一种歪曲。巴金当年写了那么多书,《家》《春》《秋》……就是为了改变和颠倒这种野蛮残酷的"先结婚后恋爱",要改成"先恋爱后结婚",当然后者合理。

有一些描写中日人民友好、中美人民友好的片子,其简单、贫乏、做作、回避历史,也让人颇不舒服。

我们有久远的历史,有可歌可泣的近代史和现代史,我们有源远流长的哲学基础和历史背景,我们有最曲折、最复杂、最庄严的斗争的经验和教训,我们生活在一个思考的时代,我们的民族是一个善于思考的民族,我们的影片涉及到一些重大的问题——如海外华人的出国与归国,中国人民与某些曾经侵略过我们、与我们曾处于敌对、战争状态的国家的人民的关系——的时候,不思考是不行的,回避矛盾是不行的,投合时髦而又苍白无力也是不行的,不加分析地美化和赞扬落后的东西也是不行的。

其次是生活的贫乏。有一些影片所以普遍反映"假",就是因为生活细节、生活逻辑、生活的绚丽多彩在这些影片中得不到表现,表现出来的却是陈腐不堪的俗套子。我们的电影是有套子的,爱情片有爱情套子,反特片有反特套子。有套子即无生活、无艺术、无生命力。有套子就只能千人一面、千部一腔,可憎可厌。当然,影片是各式各样的,科幻片、歌舞片、风光片、武打片,可以有不同的要求。但对一般的文学片,从剧情到表演,我们应该要求它们来自生活。

再有是感情的贫乏,主要表现为表演上的虚假与做作,过火的表演往往是感情贫乏的表现。真情总是简练和有分寸的。我往往碰到这种情形,当影片中人物大声号啕的时候,观众却哧地笑起来。还是不要责备观众缺乏"阶级感情"吧,谁让我们的影片缺乏真情呢!

搞电影是不容易的,我就不敢"触电"。这些想法,很可能是站着说话不腰疼的"空对空",说得不当的,敬请原谅吧。

发表于《大众电影》1982年第 8 期

新的世界　新的文学

那时候我还是一个少年。那时候旧社会已经进入了它的弥留期,到处可以听到猫叫春式的、痢疾患者呻吟式的流行歌曲,可以听到"欧……噢……你把我抛弃了"之类的话剧道白,可以看到香艳言情、神怪武侠、多角乱爱、岂有此理的小说。我还记得我的一个十七岁的中学同学写下的两句诗:

> 蟋蟀在墙角拖着它孤独的悲歌,
> 月牙儿在天上背负着残缺的旧梦……

就在这个时候,我从地下党员同志手里借到了几本解放区出的书:《李有才板话》《李家庄的变迁》《我的两家房东》《白毛女》《吕梁英雄传》和《洋铁桶的故事》。怎么形容一个向往革命的少年读了这些书的狂喜心情呢?好像一个瞎子忽然看到了晴川历历的大千世界,好像一个聋子忽然听到了黄钟大吕的雄浑音响,好像一个因患白喉或者肺炎已经透不过气来的人突然消除了病相,吸到了清新、纯朴、洁净的空气。这样一种舒畅,这样一种冲击,这样一种欢乐,是我永远不会忘怀的。

这就是在毛泽东同志的《在延安文艺座谈会上的讲话》指引下创造出来的新的文学。新的文学反映的是新的生活、新的世界。新的文学是为了建设新的生活、新的世界。在这个世界里,"红旗卷起农奴戟,黑手高悬霸主鞭",劳动人民成为掌握自己命运的主人。在这个世界里，历史不再是东倒西歪、到处碰壁的醉汉，全社会都将有自己的明确的向前运动的目标。在这个世界里，文学将不是金钱的奴仆，不是迎合低级趣味的、靠有钱人的残羹剩饭度日的瘪三，文学将成为无产阶级和全人类最崇高、最美丽、最智慧和最庄严的精神花朵，而那些令人作呕的虚情假意、忸怩作态、廉价的颓废伤感、百无聊赖、可鄙的庸俗卑陋、肉麻噱头……将永远和我们绝缘。一句话，在新社会，人将成为真正大写的人，文学将成为真正大写的文学。

然而，建造这样的文学大厦，培养这样的精神花朵的路程是不平坦的。"讲话"发表以后的四十年来，我们有胜利也有挫折，有成功也有失误，有凯歌行进也有跌跤撞墙，我们付出的代价，也许是超出了原来的许多人的想象。

在我们总结历史的经验教训的时候，在我们回顾走过的道路的时候，我们的心情是深沉的，我们的思考是勇敢的与郑重的，我们的讨论是坦率的与多方面的。然而，我们何曾对这缔造新的生活、新的文学的总的方向有过一丝一毫的怀疑和动摇，我们何曾对毛泽东同志指出的与新的时代新的群众相结合的道路有过一丝一毫的怀疑和动摇！正像中国革命是中国历史的必然要求一样，中国的革命文学也正是历史的必然要求。它不取决于一时的得失，不取决于个别人物的意志。不喜欢社会主义中国的人不会喜欢中国的社会主义文学。然而，与他们的心愿相反，中国的社会主义文学取得了长足的进步，它将克服自己队伍里的某些困惑和摇摆，向着更成熟的高度，向着更加美善的境界发展。四十年前在中国大地上震响起的庄严、雄浑、清新的声音将变得更加深厚和响亮。让悲观者向隅而泣去吧，当此"讲话"发表四十周年之际，我们胸怀坦荡，步履坚实，目光清明。新的世界，新的文学是人民的，谁也夺不走。

发表于《北京日报》1982 年 5 月 18 日

长篇小说要水涨船高

新时期的中短篇小说创作呈现了空前的繁荣的局面,这些小说中的优秀之作,差不多写到了现实的与人们所关心的社会、道德、伦理、历史、精神生活的各个方面。这种状况,为新的长篇杰作的诞生准备着条件,同时,也向长篇小说的创作提出了前所未有的高要求。

这就是说,如果我们的长篇小说所表达的生活领域、思想见地、人物形象以及所采取的艺术手法没有更新、更深、更高、更概括的开拓和挖掘,如果我们的长篇小说提供的内容和形式并没有超出我们的中短篇小说所已经或者正在提供的内容和形式,甚至如果我们的长篇小说在表达这种似曾相识的或人云亦云的东西的时候只是比中短篇小说更拖沓、更不知剪裁、更直露,那么,我们的长篇小说就无法立足,更无法发展。

为了推动长篇小说的创作,必须提出更高的要求,例如,这些要求应该包括:

一、我们的长篇小说应该表现更广阔和长远的生活内容,生活经历和阅历,提供更加浩繁的风景画与风俗画。一句话,长篇小说里应该有更多更深更系统更扎实的生活,长篇小说里的生活应该更加真切、深厚和富有社会意义。

二、我们的长篇小说应该有更强烈更鲜明更深刻的历史感,我们的长篇小说应该能够提供历史的形象与形象的历史,我们的长篇小说所描写的人物命运、悲欢离合、日常生活画面当中,应该更好地体现出历史的脉搏、历史的推移、历史的前进。我们要特别善于从普通人的喜怒哀乐生活故事中,表现出历史的发展趋势。

三、我还希望我们的长篇小说能够体现出更加深刻、更加严肃、更加热烈的思考和追求、理想和诗情。为了能确实给读者提供一点精神上的营养,增加一点精神力量,我们确实应该从生活故事的寻找和复述当中升华出思想的力量来。

四、小说写得长了,也容易搞得泥沙俱下、水分很多。例如一个老朋友会面的情景,在中短篇小说中也许本来可以只写二百字的,但在长篇小说中,却有可能写上一千五百字,连两个人怎样握手,怎样让坐,怎样递烟倒茶全都写上,这些描写如果既不表现性格又非情节要素,就可能变成过场水分,因此,我最后一个希望是长篇小说也写得更浓缩、更含蓄、更有味。

我过去有一个很不科学、很容易被人驳倒的说法,即短篇小说比长篇小说更讲究技巧,而长篇小说比短篇小说更讲究生活底子。现在我想换个说法,即写得不好的长篇小说往往只是堆砌、平铺直叙生活而忽视剪裁、含蓄、诗意、警辟,而写得不好的短篇小说则易流于雕琢造作,用玩弄技巧掩盖生活的贫乏。

因此,我希望,不论是长篇小说、中篇小说、短篇小说,都更讲究生活容量、思想容量与艺术的精美,创造出无愧于我们的伟大时代、伟大人民、伟大祖国的杰出的作品。

不做长篇久矣!所谈难免有"空""谬"之论,愿得到指教匡正。

发表于《当代》1983 年第 6 期

感 谢 和 呼 吁

我刚写完一个短篇小说《青龙潭》,一篇散文《群山如潮》,一篇论文《生活呼唤着文学》,都将从今年一月起陆续发表。

将在今年发表的还有中篇小说《风息浪止》,短篇小说《黄杨树根之死》,随笔《作家应无恙,当写世界殊》。

最近我在我国南方的海军部队深入生活。这是去年三月军事题材创作会议上确定的。

不久以前我在京郊门头沟、密云、房山农村转了转,看到农村形势的巨大变化,颇受启发鼓舞。这种触发的结果,已经表现在上述待发表的我的一些新作里了。

我写得不算少,但我很惶恐。这几篇近作都不算深厚精致,我想这首先是由于我对新的生活了解、感受、体验、思考得不够。今年,我要把更多的精力放在深入生活和学习上。

我趁此机会想呼吁一下,再不要来慕名盲目约稿了!全国各地报刊几十个,信件、电报、专人,有的还辗转通过我的老上级、老战友、老同学、亲属来约稿、催稿,有的采用激将法,说我未寄稿是看不起他们,架子大了,不给面子,使他们难以交差云云。这样下去,一个作者,纵有三头六臂,也难以应付。而且,这也是过多地产生急就章乃至粗制滥造的客观原因之一。

把主动权还给作者本人吧!他确有所感所思,就会欣然命笔的。让每一篇手稿在作者的抽屉里存放一段时间,多推敲推敲,删改删改,再与读者见面吧(正像酒一样,窖存的阶段是不能略去的)。盲目慕名约稿,既是对读者不负责任,也是对作者不负责任,甚至客观上会毁掉一个作者。

当然,我对约稿的编辑同志的信任和热情十分感谢。

类似的还有文学青年直接寄来的手稿和信件,一般我也只能转给有关报刊编辑部处理,在这里谨向青年朋友致歉。有的青年直截了当地要求我代为推荐,并在信上说:"我相信你是有能力为我推荐稿子的"(重点是原写信者加的),这实在是一个误解。我没有能力,也不相信谁有能力推荐任何不够发表水平或不符合该报刊需要的稿子。至于真正有希望、有苗头的稿子,即使几经曲折,也必定会破土而出,受到社会和公众的承认,这一点,古往今来的文学史便是证明。

形势大好,形势逼人,而我的水平、能力、精力都太不够、太差太差了。在新的一年开始的时候,我希望因为我未能满足他们的热切希望和要求而对我恼火的人们对我能有所谅解,同时,我也决心加倍努力做好我力所能及的创作和工作,以报答编者、读者、广大文学青年的期待与关怀。

发表于《人民日报》1983 年 1 月 4 日

切莫拥挤在文学小道上

——与文学青年谈心

　　这几年，我国文学事业空前的繁荣昌盛，爱好文学的青年也愈来愈多。各出版社、文学期刊编辑部每天都收到大量青年习作稿件，有些大刊物的来稿是装在麻袋里由邮递员送来的。各种文学讲习班以及函授、刊授大学吸引着成千上万乃至成十万的文学青年，这些青年不惜缴纳从十几元到三四十元的学费以期学到文学创作的本领。许多知名作家每天都收到文学青年的求师信。

　　这是好事，反映了青年思想的活跃，反映了文化生活的丰富，反映了精神文明包括文化程度的提高，当然，首先是反映了党所领导的文艺事业的巨大进展和它的群众性。

　　但有时我也想到，这种急剧发展会不会带来一些流弊？例如，名目繁多的收费的文学讲习形式，是否都是严肃的和有效的？会不会更助长了某些天真青年急于当作家的不实际的空想？特别是，我们国家更加亟需也更加重要得多的一些领域，如经济、科技、农牧、教育、政法、国防等战线，是否反而不像文学那样对于年轻人更有吸引力、诱惑力？相当一批尚无起码准备的青年人孜孜于文学习作，究竟是好事还是坏事？我们又应当怎样引导青年人树立志向、选择道路呢？

　　这些问题一次难以讨论清楚，但确实需要从国家利益出发，从青年立什么样的志向、走什么样的道路出发，对这些问题予以严肃的考虑。这里,我仅就文学与青年的志趣问题谈一点看法。

年轻人思想活跃,感情丰富,喜爱文学是必然的。用一种夸张的说法,每个十八岁的人都是诗人,如果一个人长到十八岁,对周围的世界和生活全无诗情诗趣,那未免多少有点令人遗憾。何况对文学作品的阅读与欣赏乃至某些习作,正是高尚、文明的业余生活的一个重要内容,从这个意义上说,爱好文学的人是多多益善。到目前为止,与十亿人口相比,中国作家并不是太多而是不太多(考虑到我国有阅读能力的人远远少于十亿,故而亦不能说是太少)。再说,作家队伍同样有一个不断发展补充更新,乃至需要更加年轻化的问题。对许多青年有志于文学创作,我们应该欢欣鼓舞。

但也存在着问题:一,有许多毫无基础的年轻人,也挤到了文学的小道上。有些人文理不通,却写了数十万乃至数百万字的"作品"。这是对自己、对别人的精力的极大浪费,是社会人力的极大浪费。二,许多人因为爱好文学便轻率地立下这种志愿,不好好做本职工作,甚至上了理工科的大学也不好好学自己的专业,其结果很可能一事无成,成为鲁迅所告诫其后人千万不要做的空头文学家。三,确有极少数人由于酷爱文学因而过分激动、过分执着乃至胡来,不择手段。有的投稿后因被退回而威胁要自杀乃至真的吞服了大量安眠药片。有的卖物卖血做路费千里迢迢去访自己崇拜的作家。有的拼命拉关系、请客送礼以踏入文坛等。四,有的人确有写作能力,但他的本职工作明明更需要他,他不安心,想转业。有的已经进入了高级科研部门,却宁愿改行写小说。五,业余写作稍露头角便被吹捧、被拉稿、被邀去参加文艺界的大小活动,搞得本人心猿意马,头昏脑涨。六,业与余的矛盾普遍尖锐化,业余作者一心以余为业,在本业上表现不好,调不上级,评不上职称,反过来更不安心本业。如此等等,均非好事。

我们理应清醒地看到,在开创社会主义现代化事业新局面的今天,我国有多种亟需的工作召唤着有志有为的青年,而文学创作,毕竟是一个小的战线。文学工作,毕竟是一个作用有限的工作。专业作家,毕竟只能占人口的极小极小比例,而且专业作家体制也有待改革,终身专业创作的人数将会更加减少。而根据各地踊跃报名参加文学创作讲习班的情况,我们可以估计现在全国至少有几百万青年在梦想当作家,这条小道上挤了多少人,成功率又是如何之低而又低,这样的真相,难道我们不应该预先告诉可塑性很强的青年人么?

当然,业余作家会多得多。问题恰恰在这里,从整体来说,文学只能是人类的业余活动,社会生活是文学艺术的唯一源泉,只有生活才能产生文学,文学本身并不能产生文学。即使那些专业作家,他们的生活、斗争在他们的人生路程中占有第一性的地位,而他们的写作,只是他们的生活和斗争的结晶,只是他们的生活和斗争的一部分。生活和斗争是他们的主干,作品是结在这样的主干上的花朵和果实。事情就是这样富有教训意味:往往愈是一心孜孜于写作,愈是厌弃于、淡漠于日常的劳动、工作、生活,就愈空虚,就愈写不成;而愈是热爱各行各业的工作,热爱各种形态、各个地区的生活(而不是热衷于跻身文坛),钻研包括文学艺术在内的各方面的文化科学知识,在丰厚的生活积累与知识积累的基础上以余力去写作,倒较多地具有成功的希望。

因此,我不赞成年轻人动辄立志当作家。我也不认为一个国家大批大批有文化的青年人向往文学创作之路一定是好兆头。我常常接到这样一些理工科学生的信,说是他们受到某一篇作品的鼓舞,决心改行搞文学,这多半是一种无知的胡思乱想。有一位学地质的同学,来信说他已铁了心要做中国的托尔斯泰,然而他的信错别字很多,文理不通。对这样的年轻人,不结结实实给他泼一盆冷水,可以预见他的奋斗结果是鸡飞蛋打,不但当不成托尔斯泰,而且把地质也耽误了,岂不是害了他?

还有一些作者,在被退稿以后万分不平地诉说自己花了多少心血,付出了多少代价才写成一篇东西,因而咒骂编辑有眼无珠或者怀疑编辑作风不正。这就牵涉到一个问题,有志者事竟成这样一句格言,到底是否对从事文学习作有指导意义?我想,有志者事竟成云云只能一般地鼓励一个人的进取与实干精神,本身并不是一个科学的命题。有志者事成不成,显然决定于许多因素,要看是什么样的志,立志者具备什么样的条件,在走什么路,用什么方法。例如发明永动机的"志",就只能一事无成,头破血流。搞文学创作是需要一定的条件的,文学创作这一行对人才有相当严格的选择性,这是事实,虽然到底是些什么条件各人有各人的看法,笔者也不准备在这里多谈这个问题。用天才论对文学创作作神秘主义的解释吓退广大群众,当然是错误的,是唯心主义。以为一个人只要拼命干就能当作家乃至当托尔斯泰,这是唯意志论,也是唯心主义。

这又牵涉到我们的工作问题,各种报刊、团体、机构在进行创作知识的普及的时候,一定要严肃郑重,不要吹嘘哄抬,不要只讲顺利的可能、成功的可能这一面。搞文学的人不要王婆卖瓜自卖自夸,以致使周围崇拜你的青年只知有文学而不知文学有根基,有土壤——生活。作家对崇拜自己的年轻人要头脑清醒,负起引导帮助的责任,切不可去培植拉拢助长这种崇拜,举办各种文学创作的讲习班、函授刊授大学,应该严肃、认真、对社会负责、对青年负责。对学员应有严格的选择。不应助长某些青年的盲目的写作积极性,更不应为了赚钱而盲目扩大讲习班的规模。同时,我们更应正面宣传社会主义现代化事业的多方面的需要,让青年人立志成才的时候想得更实际、更多样、更宽阔一些。

八十年代的有为青年们,首先立志去从事各式各样的实际工作吧,千万不要拥挤在文学小道上。国家搞好了,工作做好了,有余力时适当写作一点,说不定反而会写得更好。切不可做空头文学家!切莫相信那种"小说作法""当作家之路"之类的指导!在生活中,不要希图侥幸!

发表于《中国青年报》1983年3月31日

涤除污垢,迎接新的繁荣

十一届三中全会以来,我们国家的形势愈来愈好,各条战线上的成绩有目共睹。振兴中华,正在成为蓬蓬勃勃的现实。相形之下,我们思想战线的工作太不相称,存在着资产阶级自由化、软弱涣散的问题。中央明确地提出了反对精神污染,这对于建设精神文明,同心同德搞"四化",长治久安,振奋民气,发展社会主义的理论、文化、教育事业,必将是一个巨大的鞭策和推动。

精神污染是一个客观事实。有的来自十年动乱的流毒,如无政府主义、政治上的机会主义与实用主义,派性、关系学等。有的来自古久的封建传统与近百年的半殖民地半封建意识,如封建道德与封建迷信、从盲目排外转而变成盲目媚外的洋奴买办思想等。当前特别应该引起严重注意的,则是随着我们对外开放(对外开放本身是完全正确的、必要的)传播进来的西方资产阶级影响。

这种影响有的表现为腐朽没落的生活方式,虽然较易辨别,但是其腐蚀性不能低估。有的则是露骨的或者稍加打扮的反共主义,有时候这种丑恶的反共论调竟能在某种幌子下在一些翻译出版物中渗透进来,实在令人触目惊心。我们还应该指出,甚至在一些中性的或较好的西方学术、文艺作品中,也难以完全摆脱它们的产地的根深蒂固的反共偏见的影响。对此,我们的头脑应该保持清醒。

这种影响更多的时候表现为一种时髦的学术或艺术思潮,例如在宣扬所谓人道主义、现代主义的名目下面,实际在宣扬主观唯心主义与历史唯心主义,极端个人主义,非理性主义与颓废主义。近年来,各种生吞活剥的新名词、新"学科"风靡一时,有许多是与马克思主义、共产主义的思想体系格格不入的。如有的宣扬人的行为动机不外是为了金钱、名誉、权力或感官享乐,这实际上是资产阶级没落时期的赤裸裸的自私主义。

文艺创作上问题也不少。如有的胡编乱造,歪曲革命历史与革命现实,背离了马克思主义的基本观点。有的作品甚至发展到美化国民党,美化大地主、大资产阶级,否定阶级和阶级斗争,否定革命、革命战争的正义性、必然性与必要性,提倡超阶级、超党派、非革命的"人性复归",实际上是拾起了历史唯心主义的滥调,拾起了用资产阶级人性论反对马克思主义阶级论的陈词滥调。有的把对于历史过程、历史的经验教训的严肃探讨变成编造个人恩怨的虚假故事。例如,有不止一篇的作品把"好人"受到不公正待遇的"左"的悲剧,归结为某个有权有势的领导人看中了"好人"的情人或者妻子,结果"好人"被打击,妻子被夺走。出现个别篇这样的情节的作品,也许还问题不大。但接连效尤,成为一个新"套子",就不好了。这不但是缺乏生活基础和思想深度的生编硬造,而且社会效果之坏,认识价值之低,是不言而喻的。

此外,还有不少格调低下,趣味庸俗,情绪灰暗,无病呻吟,或者单纯玩弄一些浅薄的所谓技巧的东西,离开了火热的现实斗争,离开了社会主义方向,离开了千百万劳动人民的需要,有负于新时期的文学艺术工作者的崇高使命。

确实,文艺工作者当中,作家们当中,深受极"左"的错误之害,大家有切肤之痛,因此说起反"左"来往往是兴高采烈,眉飞色舞,说起批评右来则有不同程度的疑虑和紧张情绪。这种心情是可以理解的,包括我自己在内,这方面也是有一个认识过程,并且正在提高认识。"左"无疑是要反对的,但当前,尤应注意批评右的,软弱涣散的现象。决不能听任精神污染继续蔓延扩大,否则,混乱孕育着危险,后果是严重的。

我还认为,在反"左"的时候需要区分带引号的"左"和不带引号的、意味着革命的左。不能认为所有的左都是坏的、带引号的。反"左"又反右的目的不是为了搞中庸之道,取消倾向性,提倡无原则无是非的自由主义。我们是站在革命的、前进的历史的前列,彻底地革命的无产阶级这一方面的,在这个意义上,我们当然是左派,过去是,现在是,将来也是。我们都知道以鲁迅为代表的"左翼作家联盟",我们首先要继承和发扬的正是左翼的、革命的文学传统,而不是中性的,更不是右翼的东西,这难道还有什么疑问吗?

由此看来,坚持四项基本原则的问题,不仅是一个口号、一个表态的问题,它牵扯到我们思想战线的基本方针,文艺工作的基本方针,文艺创作的指导思想。过去,我们在这方面的学习还是不深、不透、不充分的。确实有人至今不喜欢四项基本原则,把四项基本原则与解放思想对立起来。我看,这个问题还需要好好学习讨论一下。

我国文学有着光荣、悠久的革命传统。甚至在第二次国内革命战争时期的白区,反革命的文化围剿也是以失败而告终的。几乎所有严肃的、有成就有影响的作家都或先或后站到了革命的人民这一边,这是我们的现代文学史的光荣。解放以来的风风雨雨当中,我们绝大多数作家经受住了考验。在拨乱反正过程中,我们的文艺创作是起了好作用的。当前,我们的文学事业的主流与作家队伍的主流仍然是好的。目前的问题在于,正视精神污染的问题,并通过严肃的与实事求是的批评与自我批评来清除之,这是不能掉以轻心的事。当然,这种批评不能简单粗暴,不能用屡有教训的那种"左"的办法。反对精神污染并不是反对一切有益的借鉴、交流和真正严肃的、方向正确的学术与艺术探索。这样,不但可以涤除污垢,而且可以发展马克思主义,发展社会主义的文学艺术事业,迎接新的繁荣。

发表于《北京晚报》1983年11月7日

长篇小说是史诗

长篇小说是史诗,是交响乐,是纪念碑。

长篇小说就是生活。生活的五光十色,生活的温热,生活的忧思,生活的报偿。

生活了,并且写下了长篇小说,这可真福气,真有意思。

你读了他用生命和心灵写的书,你好像获得了另一个生命、另一个世界、另一次人生。于是,你叹服了,含着泪和笑。

一个作家,一辈子能写几部真正的长篇小说呢?一个刊物,一年能发几部真正的长篇小说呢?

伟大的、历史悠久、文化光辉灿烂的中华啊,你的几千年文明史上,出了几个曹雪芹、几部《红楼梦》呢?

《长篇小说报》创刊了,让我们拭目以待。会有好东西的,因为我们毕竟经历了、经验了那么多。

发表于《长篇小说报》1984 年第 1 期

且说"撞车"

近年来,文坛内外对当前某几篇作品与某些外国名家作品相雷同的事议论颇多,有些议论很气愤,很尖锐。而且这些议论针对的恰恰是一些颇有影响的作家的颇有影响的作品。甚至还传出这样的故事,说某作家有一密友是搞翻译工作的,故而他可以从密友处得到尚未公开出版发行的最新外国作品的情节、结构线索等等,由此便可抢先套用在自己的作品中,从而维持了他的新作源源不绝云云。

这种说法乍听似觉荒诞,但说者又多有根有据地做出了考证,某某作品与某某(外国)作品故事雷同、情节雷同、结构雷同,乃至整句整句直到整段整段雷同。

雷同本是创作的大忌,抄袭则更是品德问题。(如果我们有完备的出版法的话,抄袭恐怕还涉及到司法问题。)如是抄袭,处理起来倒也干脆,现在的麻烦在于,目前出现的雷同,多半更像是模仿、套用、移植。而且往往是攻者证其有,辩者证己无。受到指责的作者,有的声称自己根本没有读过那与之雷同的作品,而我们显然不该随便怀疑一个作者的诚实。有的虽承认自己过去读过该篇(外国)作品,但声称写时完全无意抄袭,而且还能有不止一个信誉昭著的同志证明作者确是酝酿多日,苦思良久,几经增删,并听取了周围同好的意见,才写就了今日的作品的,怎么可能是有意模仿呢?最多是不谋而合,无意中"撞了车"罢了。

有的作者痛苦地表示:我正在辛辛苦苦地构思一篇新作,但谁又能保证它不会和已有的某篇作品撞车？搞写作的同行听了不免毛骨悚然。

有的前辈宽容地进行心理分析:这种情况之所以发生,很可能是作者过去读过某篇作品,读后也就忘了,构思新作时下意识(即不自觉)地套用了该篇作品模式,还自以为是创新呢。分析到了下意识这一层,言无言有似乎都失去了论证的根据,也就只能不了了之,"六合之外,存而不论"了。

当然也有另一派,从理论上坚决拒绝群众舆论中的这种指责,从理论上坚决维护模仿乃至套用甚至移植的难免性、合理性、合法性。他们也可以引经据典,古今中外的大师中,颇有其某个作品是脱胎于前人之作的。于是乎"千古文章一大抄"也就理直气壮了。

文艺领导部门、报刊编辑部等遇到这类官司,常常颇感为难。既怕因在没有充足根据的情况下进行指责而伤害了作者,又当然不能护短,从而不但脱离了群众,并影响了我们的文学创作、文学事业的信誉。

具体作品、具体作者的状况会有千差万别,笔者无意在一篇短文中乱判乱断。但作为搞写作的人,我也想不通,创作怎么可能与雷同成为近邻？撞车的危险怎么可能伏于创作的道路上？我们从来不担心自己生的儿子与别人的孩子"雷同",为什么反倒对作品没有把握呢？我这里愿与创作同行们讨论如何加强创造的根基,如何能使自己更有把握、更自信、更万无一失地站在牢固的地基上创造自己的"大厦"(至少是亭台楼阁),而决无撞车乃至下意识地去撞车之虞的问题。

创造不是凭空的,任何创造离不开继承、借鉴前人的经验,离不开已有的作品的影响。甚至,对于初学写作者,也不能绝对地排斥一切模仿。问题在于,我们是否有足够的生活经验做创造的基础？没有这种基础而要创造,正如没有坚固的地面跑道却想让飞机上天一样不可能,并且危险。任何人的生活经验都是相当独特的和不可重复的,虽然大家有共同的命运,但决不可能两个人的具体经历一模一样。而生活越丰厚,体验得越深,就越有可能抓住生活本身的独特性,发现新的思想、人物、情节,特别是与众不同的生活细节和语言。两个故事有某些相似之处,这是可能的,全世界许多国家都有类似的狼外婆的故事,我们无法说是谁抄了或套了谁的。人物雷同,就有点不可原谅了。性格类似,却有可能。越是作品的精微之处,就越不可能雷同。雷同或类似到细节和语言也可以互为参照,那就尤其不能被读者原谅。

以笔者的切身经验为例,我的处女作是《青春万岁》,写《青春万岁》时毫无写作经验的小小年纪的我不断反复翻阅苏联小说《青年近卫军》《大学生》《一年级大学生》《三个穿灰大衣的人》等。这些作品特别是其中的《青年近卫军》,对我影响颇大。但我绝对不担心我会有意无意地抄了、套了、移植了或撞上了上面的任何书。关键在于,我要写的作品,确实是自己从大量的生活经验、生活感受中提炼出来的,对这些经验和感受我只苦于没有足够的能力去表达,却从不担心这种原始的第一手材料会和旁人撞车。也从不担心我的感受体验会和旁人雷同,因为这些感受体验在我心中酝酿已久。我要汲取、学习、借鉴的,最多只限于某种表达手段罢了。就是说,我用的是自己的料,造的是自己所设想的产品,我毫不隐瞒地需要参考借鉴的,不过是某些加工方法罢了,而且这些加工方法也要融入到我的幼稚艰难的工艺过程中去。

可以设想,如果我对我要写的人物和生活只有一知半解、零星印象、若干故事线索,如果我并无切身的感受体验,一句话,我并无真实货色,我却读过大量的题材与之接近的作品,而又要在这种情况下写作,那么,不论动机多么纯洁善良,一构思就会轻车熟路地走到人家的辙印里。

这样的经验也是有的,我曾被朋友邀去帮他改作品,但我完全没有他所要写的生活。这种情况下冥思苦想出的主意,大多属馊主意,是似曾相识套出来的主意。

我们的作品其实也是"无一字无出处，无一字无来历的"，但这种出处和来历，既可能是生活也可能是已有的作品的框架、套子、模式，当前者不足的时候，必然会滑到后者里去。正如当水浅了或者干涸了的时候，一艘船必然会沉底。正如一个女人没有怀孕却急于要儿子，那她只能是去领义子。没有足够的生活积累和感受体验千万别急于写，这可以说是避免"撞车"的写作"交通规则"。

因此，我希望受到类似指责的同志多从自己主观上找原因，多在生活积累和艺术加工上下功夫，没有足够的创造的根基——生活和对于生活的消化提炼熔铸生发，就宁可不写，而不必把出现这种不愉快的事情归之于不可知。

至于确有个别人企图在文学创作上找窍门和捷径，那就更应该予以严肃的批评揭露了。

其实，读者对这种套出来的作品的短处也是可以看出的，并不一定非得靠学富五车的专家为这样的作品考证出样板。例如某小说，我读时并不知它与某某作品雷同，但我总觉得它的人物心理描写与语言"不太像"，所谓不太像，即与主人公身份不贴切，不像从生活中来的。不久之后，就听到了该小说系移植某外国作品的议论。

与此同时，对那些作者显然拥有独特的生活经验和艺术发现的作品，对那些作者确实提供了独特的生活画面与人物形象的作品，对那些写得确实"像"我们的生活、我们的同时代人的作品，即使发现其构思上有某些模仿或受影响之处，似亦不可轻易斥为抄、套而全盘否定，更不必捕风捉影地传播一些抄套有术的离奇故事。

发表于《文汇报》1984年1月18日

文学与文学之外

一位同志向我发表感想说,近两年能够走出文学圈子的文学作品还是太少了。

他所说的走出文学圈子,是指一部作品能够受到社会的注意,能够打动千千万万各行各业的人的心,这些人并不一定具有特殊的文学兴趣与文学素养。

就是说,文学的力量超出了文学的范围,它成为投入生活的池塘里的一枚石子,它成为照耀了人生的一束光,它成为点燃了读者的心灵的一把火。

狭义地说,文学本身也是非常迷人的。一部好的作品应当是一个艺术精品。比如说《红楼梦》,仅仅那构思就令人倾倒,那样丰富、那样恢宏而又那样分明、虚实相间、疏密有致,既有一种建筑的美,又有一种流动的音乐的美。还有它的描写刻画,艺术感觉,形象思维,鬼斧神工,维妙维肖,活灵活现,令人叹为观止!

文学语言也是最为吸引人的东西,好的语言使你如闻其声,如见其影,行云流水,俱是天然;遣词造句,每个字都恰到好处,每个字都闪闪发光!

文学之道,至大至精至深至微矣!

但好的文学作品的力量往往超出文学之外。《红楼梦》之所以不朽,不仅因为它构思宏伟巧妙,刻画生动逼真,语言流畅丰富,更因为它是封建社会的百科全书,它是古老的封建中国的挽歌,又闪现着新的觉醒、新的要求的曙光,它是历史、是文献、是记录,是纪念碑也是宣告。

于是乎,我们可以稍加夸张地说,《红楼梦》的价值不但是立体的,而且是全面的,似乎是任何人可以从任何角度去追求《红楼梦》,研究《红楼梦》,感受《红楼梦》,论断《红楼梦》,猜测《红楼梦》,考证《红楼梦》。

是不是可以这样说呢,有些伟大的作品,它的认识价值(包括文献价值、历史价值)和人格力量,甚至可以说是超过了它的文学价值,或者至少是不亚于它的文学价值。

人格力量是文学作品的价值的一个重要方面。作为一个一知半解的读者,一个门外汉,我总觉得杜甫的诗之所以能征服世世代代的人心,至今催人泪下,固然是由于他的文学修养与文学表达手段,首要的恐怕还是由于他的人格力量。李白的诗则似乎是二者平分秋色。

比起巴尔扎克来,我宁愿承认自己更喜爱托尔斯泰和雨果。我想,这主要是由于他们的作品的人格力量。

例如《钢铁是怎样炼成的》,它是小说,但它更是无产阶级的革命教科书、生活教科书。它的威力远远超过了一般的小说。

例如《班主任》和《乔厂长上任记》,它们在当代文学园地中的作用远远超出了文学之外。有一些工人读完了《乔厂长上任记》以后,甚至写信给有关部门,要求"给我们派乔厂长来"!

甚至有些描写爱情、私生活的作品也走到了社会上,有人同情,有人赞扬,有人摇头,有人痛斥,形成了某种冲击波。

当然也有那种赶浪头、找噱头、逢兴头、触霉头的作品,或因触及时事尖锐,或因正赶到点子上,或因投合了某种流行的欣赏趣味而造成轰动一时的虚假繁荣效果,时过境迁之后,再翻出来看,便只觉其思想之浅薄与艺术之粗糙了。

确有一些相当严肃的作家,献身艺术,长期寂寞,呕心沥血,惨淡经营,"吟安一个字,拈断数根须""为人性僻耽佳句,语不惊人死不休",其精神着实可感,而且,追求文学艺术的精美,追求艺术构思、艺术表现与艺术锤炼的精致,这确是一件不容忽视的事。

但仅仅有这些是不够的,如果没有"先天下之忧而忧,后天下之乐而乐"的志士胸怀,没有对人民、对祖国、对社会进步事业的炽烈情感,没有丰富的生活阅历与生活经验,没有思想家的独具慧眼的见地,没有广博的学问知识,没有与当代现实生活、与人民群众特别是广大青年的血肉联系,没有为人民代言、为新事物开路、为推动历史的车轮出一把力的热忱,那么,你写得再努力、再好,常常仍是小打小闹小摆设,或能赏心悦目于一时(这已经很不错了),或能被少数内行专家击节赞赏,广大读者却会觉得与自己有距离、有隔膜,打不动自己的心,引不起自己的关切、共鸣、焦虑、兴奋。这是无法强求的事。

回避和冷淡文学以外的现实生活的作品,必然会被现实生活所回避和冷淡,事实就是这样。

谁不羡慕职业的小说家的那种几乎可以把一切化入小说、写成小说的娴熟的技巧呢?但娴熟的技巧未尝不包含着一种危险,它会使作者有意无意地与读者做文学的游戏——构思的游戏、排列组合的游戏、抒情状物的游戏、语言文字直至标点的游戏。游戏有时候也是需要的,但读者期待的是小说后面的真实的货色——生活和对于生活的思考,还有作者的鲜红灼热的心。

这就是为什么业余作者的不成熟的作品常常比职业作家的驾轻就熟的作品更能打动人的重要原因之一。回想一下自己的幼稚的"少作"吧,它们的那种生活气息、生动性和写作时把全部心窝子都掏出来的真诚感,不是至今令人向往么!

文学编辑也有这个问题,长期的文学职业训练了他的鉴赏力,但往往这种鉴赏力会造成自己的局限,即只注意文学作品的文学价值,却忽略了文学作品的文学以外的价值。

把作品的价值分为文学的与文学以外的,这种用语可能很不科学,我希望能有更好的表述方法。

陆游说过,要学作诗,"功夫在诗外"。这是极有见地的话。文学是文学,是一门专业,但它又决不仅仅是一种专业。它和社会、政治、历史、哲学、经济、天文、地理、宗教、民俗、生物、地质、考古,和一切领域的生活、和一切学问密切相关,互相交叉;和一个民族、一个国家的全部文化传统相关。

画家与画匠是有区别的。同样,小说家与小说匠也不同。一个区别在于,前者不仅注视着文学,而且注视着文学之外:世界、祖国、人民、生活……

我们所向往的文学的价值和力量,正在于它是对于生活的一个发言,它是历史的记录,又是历史的发动机的热源之一,它是生活、世道人心的见证和纪念,同时,它又必须是"自成体系"的一个艺术精品,它的力量既然在文学之中,又在文学之外,在远远比文学本身更广阔、丰富、严峻而又坚实的社会生活与大千世界里。

发表于《解放日报》1984 年 2 月 14 日

我们为什么自豪

中国走过的道路曲曲折折。人民经历了痛苦、战争、革命、动乱，经历了胜利、令人痛心的失误、重新振兴的巨大的崛起。在这漫长的道路上，中国作家和人民一直是同悲欢、共命运的。

在迎接建国三十五周年的光辉节日的时候，我们更有理由感到真正的自豪，历尽艰辛、终于走上了康庄大道的国家的主人、文学的主人的自豪。

我们自豪，是因为我们的劳动果实。我们可以开列一个长长的书单，它们赢得了那么多真诚和热情的读者。读者读这些作品不仅仅是为了获得赏心悦目的休息，更是为了和作家谈心，和作家共同探讨历史和时代提出的激动着亿万人民良心的社会、政治、思想、道德、审美诸问题。我们的作品形成了古往今来世界各国所罕见的广泛而又深入人心的文学生活。阅读、欣赏、评议、探讨当代的文学作品，已经成为我们人民的生活，特别是青年生活的不可或缺的部分，成为精神文明建设的不可或缺的部分。

我们自豪，是因为我们的文学属于人民、属于历史。我们当然重视作家个人经历、气质、性格、遭遇及其独具特点的聪明才智在文学事业中的巨大作用。但是通过这种非常具有个人特点的创造，我们记录了中国人民经历的伟大历史事变、进程、飞跃。正是新中国的文学作品，特别是新时期的一批优秀作品，具有那样深沉激越、庄严大度的历史感，那是一种许多别的作品所不具有的历史感。而历史感，差不多是一部作品的深度的最重要的标志。

作家的经历是作家的财富。我们没有白白地为我们的经历付出代价,我们经历了真正的历史、浓聚的历史,这样的历史锻铸了我们的文学。我们的文学有着少有的历史意识、社会意识、群体意识、与祖国与人民同呼吸共命运的意识。这正是中国文学,特别是中国当代文学的骄傲。

我们自豪,还因为我们是在这样一个拥有悠久的文化传统的国家进行创造性劳动的。源远流长的文化传统特别是文学传统哺育了我们,无论是楚辞的忧患深沉、唐诗的恢宏隽永、宋词的洒脱真切,还是《红楼梦》的迷人的真实与梦幻,《聊斋志异》的鲜活洗练以及现代文学的奠基人鲁迅、郭沫若、巴金等的文德文教,都时时给我们提供着教益,提供着榜样,也提供了吸收消化世界上一切有益的文学产品、文学经验的根基。立足本民族的优良传统,勇敢地拿来一切好东西为我所用,我们已经创造了而且必将更多更好地创造我们自己的新时期的社会主义文学。

急剧发展前进的生活向文学提出了新的课题。中国作家在热情欢呼改革、开放、安定团结的同时,正在深入农村城市的汹涌澎湃的生活急流,力图用自己的新作反映历史的新的进步、新的色调、新的激发。

大量出版(居世界首位)的文学书刊不断地报道着文学新人的涌现,不断给我国文坛吹入新气息。但同时,大量平庸乃至粗制滥造之作正在损害文学劳动的声誉并且淹没着优秀的或较好的作品。这说明,与量的增加相较,我们的同行更应该把注意力放在质的提高上。经过了几年的喷发,经过了拨乱反正之后文学事业的大发展,现在是相当一批作家考虑一下怎样进行一次决定性的拼搏,怎样登上自己所能达到的最高峰的时候了。

这也说明,我们多么需要更加严格的批评。实际上今天的读者已不是"四人帮"刚刚垮台的时候的读者了,他们对文学作品的要求已经严格多了,他们已经用自己的"不买账"来纠正我们对自己的过分宽容乃至自我陶醉了。

新的生活与学习的积累,对新的历史时期的热情拥抱与执着追求,新的严格要求的精神,必将使我们的文学掀开新的更加灿烂的一页。

发表于《光明日报》1984 年 9 月 9 日

致习作者

在我们国家里,文艺创作具有广泛的群众性。欢迎各条战线上的朋友们拿起笔来,与我们共同切磋创作的规律、过程、方法和技巧。

你想写吗?首先的问题是,你究竟有什么东西要写?

写一件好人好事,报纸上登的好人好事委实不少。写一个工程的竣工,那也是新闻报道的事。写爱情吧,古往今来,古今中外,写爱情的作品汗牛充栋,究竟留下了什么东西给你写呢?

关键在于对生活要有自己的新发现。不管我们的新闻报道有多么充实和生动,生活的实际进程,特别是人们的思想感情、心理活动,总还是要丰富和多样得多,你从你自己的经历、从自己的所见所闻所思所感之中,难道没有什么独特的、新的发现吗?

世界是有它的共同性、普遍性的。但具体到一人一事一时一地,又是独特的。人心不同,各如其面。世界上没有绝对相同的两片树叶。人不可能两次涉足于同一水流。这些言语,都是人们对事物的独特性的朴素的总结。

对生活的独特的发现在于独特的眼光,在于作者的思想、品格、情感的独有的深度。细细想一想我们日复一日、年复一年所经历的、所见闻的、所感受的一切,难道其中就没有什么使你激动、使你微笑、使你忧伤、使你沉醉的人、事或感想吗?早晨的太阳难道不曾使你振奋?匆忙的人流难道不曾使你惶惑?原野上的雷雨难道不曾使你战栗或者欢呼?老朋友的问候难道不曾使你觉得心里温暖?如果是这样的,就把这些写下来吧。要写得真实、诚恳,要写真正属于自己的发现。当然可以有所生发,有所补充,有所想象,有所加工和更动,但决不能装腔作势,东施效颦。

这就叫做从生活里发现文学。

为了从生活里发现文学,首先要的是从文学里发现生活。

那就是说,当你阅读文学作品的时候,你不觉得我们的平淡无奇的生活得到了某种色彩、某种启发、某种验证或者某种解释吗?书中的人物没有使你联想起生活中的某人吗?书中的某事没有使你联想起现实中的某事吗?书中的某个风景、某个场面以至某段对话,没有使你想起看到过或听到过的某种风景、某个场面、某段对话吗?

这就叫做从文学中发现生活。

能从生活中发现文学,才有写作的源泉,才有写作的真实货色。能从文学中发现生活,才会生活、会体验生活、会理解和欣赏生活。

两个发现,互相发现,生活和文学都成为活泼泼的流水了。

有的人一辈子埋头读书,一辈子埋头写作,却无有成就。一个重要的原因就是没有这种互相联系和互相发现,结果,生活和写作变成了互不贯通的死水两潭。

让我们一起来探讨、来进行这种有趣的发现吧。

1984 年

防御价值歧义的陷阱

　　中国古代四部最重要的典籍之一《大学》中提出了个人的道德修养是实现全部政治理想的基础思想。它说:"欲平天下者,先治其国;欲治其国者,先齐其家;欲齐其家者,先修其身……"反过来,此书又提出"身修而后家齐,家齐而后国治,国治而后天下平……"的命题。

　　这个在逻辑上未必经得住推敲的命题却为许多代的中国士人所信奉。修、齐、治、平,是中国封建社会士人的最高人生理想。只是在道德层面上,个人是高度受重视的。至于个人的正当利益,却少有论述。儒家的第二号人物孟子提出"义利之辨",他轻视"利益"的观念,而强调"道义"是高于一切的,儒家还提出了"杀身成仁,舍生取义"的命题,认为为了道义原则而牺牲生命是最崇高光荣的事。

　　一九一九年五四运动以来,"修齐治平"的理论人们讲得少了,共产主义也好,自由主义也好,民主主义也好,更侧重的是社会的制度方面的变革。但是对于家庭的重视却是一直很少变化的。中国古典的八种美德"孝、悌、忠、信、礼、义、廉、耻"中,前两种就是专门讲家庭和血缘关系的。儒家学说首先不是人权的学说而是人的义务的学说,它认为:人是生存在与他人,特别是与自己的亲属的伦理关系的链条中的,每个人都有自己的位置,也都有相应的义务;如果各安其位,各行其义务,这个社会就是清明和太平的,反之就将是灾难。甚至婚姻的基础也不是爱情,而是伦理义务。

在中国的传统哲学与历史发展中,少有多元制衡的观念与实践。适应着大一统的封建王朝与严格的尊卑长幼秩序,儒家强调的是中庸之道,即通过抑制极端主义的偏激做法来维持社会的平衡。历史上中国人提倡忠君,同时又抨击暴政,要求君王爱民如子,并提出"民为贵,社稷次之,君为轻"。同样,在提倡孝敬父母、师长的同时,提出"子不教,父之过,教不严,师之惰"。儒家的理想包括了被统治者的忠诚与驯服,但它的前提是统治者的仁爱、谨慎、宽容和在道德教化方面的表率作用。至今,中国的执政党仍然时时强调党员干部的身教胜于言教;至今,中国共产党选拔干部的标准仍然是德才兼备,就是说,把一个人的道德表现、道德形象,视为担任干部的首要的条件。"仁政"是中国几千年来的政治理想。

中国共产党人强调自己是代表无产阶级利益的,而无产阶级由于一无所有,由于失去的是锁链而得到的是全世界,所以是最大公无私的。毛泽东在延安时期就提出了完全彻底地为人民服务的观点。刘少奇在《论共产党员的修养》中提出个人利益应该无条件地服从革命利益。解放后,在二十世纪六十年代,周恩来为"学习雷锋"题词时提出要"公而忘私""奋不顾身"。毛泽东的"老三篇"上出现过"毫不利己、专门利人"的说法。中国报刊上还出现过"个人主义是万恶之源"的提法。"文革"中,提出了"狠斗私字一闪念"的口号。当时有许多说法提倡大公无私。如"个人的事再大也是小事,国家的事再小也是大事""把有限的自我,融入到无限的为人民服务中去"等。对个人利益的极端漠视,影响了劳动者的积极性,妨碍了社会生产力的发展,也妨碍了文化、科学、艺术的繁荣。

早在一九一九年的五四运动中,人们已经提出张扬个性的启蒙主张。改革开放和市场经济大大发展以来,人们更倾向于合理地界定与保护个人的合法权益,注意运用个人利益原则来刺激劳动的积极性。在文化艺术上发展与张扬个性也被各方面所认可。与此同时,又产生了见利忘义、贪污腐化、道德滑坡、信仰危机以及社会犯罪现象有所增加的问题。中国的执政党与政府,则一直强调集体主义与继承革命传统,强调两个文明一起抓,希望能建立起一个富裕而且文明的社会主义国家,但是迄今为止,这方面仍然面临着巨大的挑战。

总之,中国的文化传统比较强调群体和集体,强调个人对自身的道德约束与个人对集体的奉献直至牺牲,这与西方的文化传统有所不同。如今,中国正在走向现代化,中国的传统道德观念社会理想正在发生变化,这个变化远非一帆风顺和轻松愉快,相反,这是一个充满了机遇和挑战,充满了价值失范的陷阱与价值歧义的冲突的过程,对这个过程做出轻率的判断和干预,是危险的。但中国永远不可能全盘西化,过去不可能,现在不可能,将来也不可能。同时中国必然走向现代化,必然实现中国传统文化的价值观与人类的普遍价值观念的整合,并在这一整合过程中,做出对全世界全人类的贡献。

不懂之后

在欣赏文艺作品的时候碰到不懂的情况确实是够叫人恼火的。遇到这种不愉快的情况常见的反应有下列几种：

一、发牢骚，骂一顿。什么破小说（或电视剧，或乐曲，或画，或诗，或……），看都看不懂。

二、上纲上线去批。我都看不懂，别人怎么办？看都看不懂，还怎么为人民服务？不为人民服务，就是方向原则问题、政治性问题了。

三、问问别人，查查资料，多看（或多听）几遍，设法弄明白，再说。

四、管他懂不懂，赏心悦目悦耳就行，看着（听着）不犯困就行，解闷儿就行。

五、越不懂越好！这才叫深刻！这才叫深奥！这才叫深邃！好！好！好就好在不懂！

这几种态度当中，第一种是可以理解的，但不可靠，欣赏文艺毕竟不是吃凉粉，张嘴就行。就是吃凉粉也还需要一个习惯的过程，一样东西从小没吃过，甚至视为禁忌，成年以后再吃就会觉得难以接受。没听过交响乐的人一听交响乐就觉得乱得慌，认为是随意乱响，这责任不在交响乐。没见过油画的人见到油画觉得模糊，线条不清，轮廓不明，这责任也不在油画。你不懂，不见得是因为作品"破"。审美经验需要积累，需要修养，需要一定的文化知识与生活知识的基础。就连品茶品酒还需要一定的基础呢,何况艺术品?

第二种态度相当危险。我们多年来习惯于批判我们不懂的东西,如由一个初中生批判爱因斯坦的相对论,由某个大批判组批判儒家。我就听过这样一个发言,由一位炊事员批判一位音乐家,可爱的老炊事员说:你每月拿着二百多块钱工资,究竟干了些什么呢?你的那音乐谁也听不懂,谁听了谁脑仁儿疼!

呜呼!

"不懂就批"的条件反射,实际上就是提倡愚昧无知,就是愚民政策的遗风。"文化革命"给每个人都带来了一些经验教训,其中有一条真理,切切不可忘记:

不懂的事别瞎批。(即使批了有你的好处。)

第三种态度比较科学,但是有些麻烦。但麻烦一两次,必有好处。麻烦一两次三四次以后,确认应该批,再批不迟。

第四种态度并非全无道理。一幅画,什么叫看懂呢?看得出画的是什么人什么物什么景,是否就算懂了呢?还是能欣赏,能感到美的愉悦才算懂呢?一曲音乐,配上中文歌词,是否就人人都懂了?加上文字解说,是否就懂了?或者是否学过和声、对位,才配听音乐呢?

"懂",一般说来是指弄清了一种道理、一种概念、一种逻辑关系。看小说戏剧看懂了,一般系指弄清了情节关节,这与真正的懂仍然不是一回事。何况许多文学艺术作品的美是只能意会不能言传的呢!"懂",是有层次的。谁能断言自己懂了《红楼梦》?谁又能断言《红楼梦》是难懂或无法弄懂的呢?

最后一种态度和第二种态度异曲同工,也是赶时髦,盲目起哄,愈哄愈乱。

具体到一个作品能否被人读懂、能被多少人懂和懂到什么程度以及究竟这些情况意味着什么,只能具体分析。提高作品质量与提高鉴赏能力,这是相互密切相关的事。

发表于《五月》1985 年第 1 期

当我想到一九八六

当我想到"一九八六"这四个字的时候,真抱歉,我首先想到的是"无产阶级文化大革命"爆发二十周年。这似乎违背了迎新大吉的礼法。但深刻记取历史的痛苦的人未必以为不吉。当今之拨乱反正、全面改革、百业俱兴、搞活开放之欣欣向荣的局面,无不与深刻总结历史的特别是那十年的经验教训有关。可以说没有对"文化大革命"的彻底的而不是含糊的、深刻的而不是表面的批判,就没有今天,就没有未来,就只能自我毁损而万劫不复。这样的大事的二十周年,也就是它的覆亡的十周年,难道不应该认真纪念么?

近年来写"文化大革命"的文学作品多矣。历史意义与贡献彪炳文学史册。但其中写得肤浅的,写哭哭啼啼的悲欢离合的,写少数坏蛋夺妻陷害忠良的,写"人造故事"与表面现象的为数不少。邓友梅的短篇小说《荒寺》(载一九八二年《人民文学》)较有深度,竟未引起任何注意。

一九八六年应该有几篇像样的作品吧?更冷静的解剖,更深刻的开掘,更积极的意向和结论,更充实的思想和情感,将标志着我们的读者、我们的作家的新的高度、新的成熟。而人民的成熟与提高,才是永远不蹈历史覆辙,坚定地走上康庄大道的根本保证。我自己也要试试。

当然更重要的是改革,是新生活在胜利地前进。乱乱哄哄之中,曲折迂回之中，有一个总的来说只能前进不能后退的历史趋势。思之欣然，释然。

正是干活的时候，我不想做任何预告或广告。拿出货色来，由读者评判吧。

发表于《群言》1986年第1期

搞文学这条路……

许多人喜爱文学并欣然拿起笔来,这是好事。但投稿就要慎重一些了,因为投稿就包含着把自己的文章提供给社会的意图,就不能不先经过自己的衡量、审视和筛选。如果你写的东西极一般,了无新意,如果你言之无物敷衍成文,如果你写的东西内容极不健康,那么你的投稿便只是徒然的,对自己、对编辑人员以及对邮递人员的劳动的浪费。只有尊重出版者的劳动、尊重自己的写作与投稿、亦即懂得自重的投稿人才有权要求编辑人员的尊重。在这里,退稿转化为发表是要有一定的条件的。并不是说只要坚持写下去、投寄下去写作就能成功。除了你本身的思想情感、生活经历、文化水平等条件外,最重要的一条就是要严格要求自己,清楚地看到自己写作中的不足,这样,才能有长进。是不是发表就意味着成功呢?也不见得。全国各种出版物那么多,也会发表不少平庸的东西,随发随灭,自生自灭,不过如此。只有瞄准了比发表更高的标杆,以更高的标准要求自己,发表才是有意义的。如果投稿的目的仅在于发表,做起来恐怕只能等而下之。

至于立志以全部精力从事文学创作,就更要慎重再慎重了。全国所需要的专业创作或专业文学工作者,与其他各行各业相比较,数量是极有限的。例如我曾接到过一位重点大学工科新生的来信,他说他决心放弃工科专业,做中国的托尔斯泰。我不赞成他的打算。考进重点大学是很不容易的,国家极需这方面的人才。他在写作尚未入门、尚无优异表现的情况下就放弃专业，是极危险的事。能不能成为中国的某某，只能水到渠成，不能强行扭瓜。写作是旷日持久的事业，能成为什么样，难以事先预定。相反，脑子太热，往往反而搞不成。

我还曾见到过一位海军航空兵飞行员，他把他写的小说习作给我看，平平无甚可取，我就明确向他提出忠告，在飞行服役期间趁早连业余写作也别搞。能做一个飞行员，其重要性、其价值绝对不在一个普通的作家之下，开飞机需要全神贯注，开着飞机想起小说构思，后果实在可怕。

这样提还有一个道理，真正的大作家都是生活培育出来的。动不动就想放弃自己在生活中的已有的岗位去搞文学，常常反映了自己对生活的冷漠，反映了自己创作源泉的枯竭，常常反而搞不成文学，或至多成为空头文学家。我多次著文说过，文学本身并不能产生文学，文学来自生活。

总之，文学爱好应该得到鼓励，有条件有希望（这只能具体分析了）的业余写作应该得到支持，对以追求发表为唯一目的的乱碰乱撞应该泼一点冷水，喜好写作的人应该首先做好本职工作。青年树立自己的志愿时，应根据自己的实际情况把眼光放宽，从工、农、兵、学、商……各方面做更实际的选择，我们面前的道路是宽阔的。

发表于《解放军报》1986年1月19日

给孩子一个世界

孩子们应该有两个世界,一个是他们生活于其中的现实世界,一个是他们所幻想、所向往、所追求、所迷恋的世界。在后一个世界中,孩子们的热情、兴趣、好奇心、爱心、求知欲(孩子也不是没有寂寞与烦恼的哟)能够得到最大的安慰。他们的精神可以在这样一个世界里自由地遨游,他们的意志可以在这样一个世界里得到充实和锻炼。

儿童文学作家为创造这样一个世界,提供这样一个世界,已经做了许多工作。如果没有孙悟空与狼外婆,没有白雪公主与七个小矮人,没有木偶匹诺曹,没有小英雄雨来,没有小兵张嘎和放羊的王二小,孩子们的生活将是多么贫乏!

当然,这样一个世界与我们生活于其中的现实世界并不是脱节的。正是现实世界给作家以鼓舞和灵感,使他们得以创造孩子们自己的理想世界;也正是现实世界给孩子们以鼓舞和灵感,使他们去追求、去领略、去感染、去投身于自己的理想世界。

所以,儿童文学作家的光荣使命不仅在于创造理想的世界,而且在于在现实与理想之间搭起一座彩虹一样的桥梁。

为了未来,让孩子们的世界更广大、更丰富,也更美丽吧!

发表于《文汇报》1986 年 6 月 1 日

谈"兴　奋"

　　新时期十年的文学将记载在史册上。那么活跃,那么日新月异,那么热烈,拥有那么多读者作者特别是新作者。正因为这辉煌的实绩为人们所称道,我撰此小文时候忽发奇想,要不这次专门谈点"缺点",行吗?(也许要冒点"风险"。)

　　新时期充满了文学的兴奋与兴奋的文学。思想解放实际是灵魂的解放,解放使文学的作者与读者的灵魂大大兴奋起来。兴奋地突破"禁区",兴奋地探索和借鉴新的表现手法,兴奋地发奖、得奖、批评、反批评,兴奋地提出各种观念和旗号,兴奋地办刊物、拉队伍,兴奋地开放、交流、出国,一直到兴奋地盯住国际性的什么什么奖,又忽然兴奋地大谈需要"寂寞"……

　　文学之需要兴奋正与不需要兴奋相同。这方面也正与体育竞技相似。艺术劳动是艰苦的、旷日持久的,往往难以立即得到收获并判明得失。需要的是长期的生活、思想、情感的积累,长期的深邃的学习钻研,长期的精神专一的潜心劳动。如果今天慷慨激昂、痛切陈词,明天如坐春风、热泪盈眶;今天一鸣惊人、身价十倍,明天引起争议、十目所视;今天被奖励、被接见、被破格提级,明天被帮助、被传帮带、被疏导;今天上九寨沟,明天去建国饭店;今天传播一个消息,明天探得一个"精神";今天打出一个旗子,明天发明一种提法;还能塌下心来写作么?

　　文学又是严格的事业。如今刊物这样多,约稿的编辑这样了得,买青苗的、苦肉计的、半路被劫的、大抢出手的……还有哪个编辑斗胆给一个速成知名作家的某一篇基本成功的稿子提几点修改意见？你不是竟敢建议作者把稿子某处"润色一下"吗？早另有高人等在那里呢，他定然乘虚而入，拍胸脯道："这稿子一个字也不用动，我们拿去发头条，稿费从优！"

还有常常调子偏高失度的舆论，包括文学评论。今天给某个作家某种观点某种流派（如果庶几形成流派的话）吃大力丸，明天给同一个同一种或另一个另一种作家观点流派吃泻药。不能"悠"着点么？

有人提出了要有"拳头作品"先要有"拳头评论"的主张，有人干脆明说，作家是"捧"出来的。待到作品和评论都变成了拳头，读者不就被打蒙了么？还有的地方提出了几年几年达到什么水平的规划。对这种说法和想法，我也觉得可敬而又可疑。

还有作家自身的活动力与风气。为发表为评奖为评论为当理事为出访而纵横捭阖，找靠山拉关系，不是耗费了一些可以不耗费的精力吗？

还有种种对作家的环境与地位的雄辩讨论。无疑，我们国家还有相当一部分作家社会地位太低（有的地方在评定技术职称的时候甚至不承认作家是知识分子），工作条件与生活条件太差，这是事实。各级领导有责任为作家的创造性劳动提供更好的条件，改善现有状况。这是无可怀疑的。

综观中外的文学史，环境、地位与作家劳动成果的关系并非直线的与立竿见影的，这也是事实。还是不用举例了吧。

还有各种观念的更新各种口号的提出，这当然是思想活跃的可喜现象。但一种新观念、新方法、新口号，至多在我们攀登文学艺术的高峰的时候为我们提供一种更多的选择，给我们增加一个选择路径的可能罢了，却绝对地不能代替长期的、艰苦卓绝的攀登本身，不能代替独特的生活经验，独特的学识、文化积累，独特的有价值的思考、发现与匠心独运的表现，更不能代替求也求不到的、模仿起来很易流于东施效颦的独特的与崇高乃至伟大的人格。不论是卡夫卡还是加西亚·马尔克斯，不论是庄子还是彩陶片，不论是"新三论"还是"新新三论"，都能给我们以劳动与创造的启发，却不能向我们提供现代的模式，不会使我们突然面貌一新，宣告"突破"。毋宁说，真正有分量的杰出的作品，是难以产生于吹吹打打的热闹气氛中的。综观古今中外的文学史与文学现象，不论托尔斯泰还是曹雪芹，不论李白、杜甫还是普希金，都不是在"过热"的情况下进行创作的。

文学愈来愈成为社会的事业乃至热门的事业了。与此同时，我们应该形成一种相对平静的亦即稳定的局面。特别是作家自己，不论境遇如何红火或恶劣，应该最大限度地保持稳定，专心致志地搞创作，心静自然凉才能出活儿，也才能增加免疫力，抵制各种文坛的不正之风的干扰。

我说过，文学的黄金时代到来了，目前，文学劳动的条件比以往任何时候都好，但并不是说黄金时代的文学作品篇篇都是闪闪发光的黄金。过高的热度和过急的吹吹打打或指指划划或过于膨胀的文学会产生出一大批不如黄铜乃至不如黄瓦的赝品，在黄金时代创造出无愧于黄金时代的作品，我们需要更平静些，需要更专心致志地生活、学习、劳动。

发表于《文艺报》1986 年 6 月 14 日

我 的 祝 愿

书出得愈来愈多了,太好了。

但也麻烦。书店里卖的书当中,颇有一批可看可不看的平庸之作。有少量的书读了不如不读,而一些好书却极易被忽略。

有的读者被书之多吓住了,反正尽一生也读不完。有的瞎猫碰死耗子,逮着什么读什么,有的则凭书名、凭嗅觉来挑选自己的书。但书毕竟不是腐乳,靠鼻子嗅是辨不出良莠来的。

于是各种《书讯》《书窗》……应运而生,把新书评介一下,充当书海里的导游人,功德无量。

但这种小报往往有一个缺点,立足于"吹",靠拢于广告,凡是我这儿出版、出售的书,都好,这个值得一读,那个不可不阅,说了半天等于没说,溢美的评价的威信趋向于零。

因此,我祝贺《新书月报》的出版,而且希望《新书月报》上的书评严肃精当,好处说好,坏处说坏。特别是对于那些作者无名,书名也不响亮、不诱人的书,更要多加介绍。

批评和指出一本书的缺点是会得罪作者的。但是,作者把不合格的产品抛给编辑,就不怕得罪编者、印刷者和发行者吗?就不怕得罪千千万万今天的和明天的读者吗?

因此,我希望《新书月报》上不仅刊登评家的评介和作家的夫子自道,而且,要更多地刊登读者的意见。

尊重读者却又不能趋时媚俗,尊重作者却不能吹吹拍拍。可见,办好《新书月报》也是不容易的,我愿它能办得好。

1986 年

剧 场 拾 艺[*]

《宇宙锋》这出京戏里,赵艳容因抗婚而不得不装疯,这本来是一个令人气愤、令人悲痛的故事。如果是话剧,表演该是声泪俱下的吧。但在京剧里,观众却被演员装疯中的美丽身段、巧妙舞姿、大胆的言语动作所吸引,只顾击节赞赏,顾不得悲愤了。

怎么回事?道理何在?

装疯对于封建中国的大家闺秀,实在是一个大解放。不但解放了思想,而且解放了形体、动作、言语。试问,身份如赵艳容,不疯,能歪来倒去的吗?能狂笑吗?能眼珠乜来斜去的吗?能说那些放肆的话吗?能表现自己性格中强烈恣肆的那一面吗?不疯,赵艳容不是只能"笑不露齿、行不摇裙"的单调寂寞、司空见惯吗?要看这种符合《女儿经》规范的女性,又何必进戏园子!

装疯的目的完全符合当时守节的道德标准,又符合现下抗暴的道德标准。装疯的手段释放了角色的女性的热辣与美丽。而古今观众,均可以在看疯子的名目下不违规范地观赏平日看不到的女子形象。

这种找出路的智慧算是"镇"了。

然而,不仅《宇宙锋》,许多京戏都善于引导观众从审美的角度、

---

[*] 本文发表时署名"伊方"。

旁观与欣赏的角度间离地看戏听戏。不管这装疯如果发生在现实生活中将是何等惨烈沉重，表现在舞台上却只能是、必须是疯得美、疯得甜、疯得勾人魂魄。就像《拾玉镯》里一个小女子的"初恋"竟受尽一个糟老婆子的粗俗调笑，如果发生在现实里，只能让人觉得无聊、杀风景、甚至不大"人道"。在戏里呢，却完全地喜剧化了，表演化了。人们赏心悦目地看的是戏，是表演，不是别的。

"过于执"的观众，是无法接受京戏的。比如说《武家坡》。薛平贵十三年未归，见到苦守寒窑的发妻王宝钏，竟然能"八月十五月光明，薛大哥在月下修写书文"地调侃起来，这不是混账透顶又是什么呢？这还好一点，到了《玉堂春》里，弱女子苏三几乎为王三公子送了命，"三堂会审"起来，人物关系却成了笑料了，能说不可恶吗？

当然，这些状况反映了京戏的一些剧目对待女人的态度的局限性与陈旧性，但这种表演的相对独立，这种形式与内容在某种程度上的分离，在外国戏剧中也有。西洋歌剧中，情人永诀（不论是病死或是殉情或是被害）之际，不是常常要来一大段男高音、女高音、花腔、二重唱，尽情发挥表演一番，引起一次又一次的喝彩与鼓掌么？要是单纯从剧情感人来考虑，戏进行到这里，全剧场应该鸦雀无声、微有暗暗啜泣才是。

反映现实题材的话剧《不知秋思在谁家》在京演出，获得相当的成功。靠什么呢？戏剧新观念？看不出来，一个景实实地贯穿到底，一点新花样也没有。故事情节悬念？也太平常，就像我们周围发生的一些"小事"似的。

对了，靠的就是生活气息、真实感、切近感。什么母亲为女儿的婚事而伤透脑筋啦，"大龄青年"的婚姻问题啦，事业与家庭关系的矛盾啦，考不上大学的青年成了个体户，虽然挣上钱仍然没有社会地位啦，两代人的不谐调啦，门当户对的婚姻习俗啦，都让人觉得那么真切。连人物的语言都是高度生活化的。我还要说，都那么"世俗"——我是从最好的意义上用"世俗"这个词儿的。

世俗感,应该是一个被承认的审美范畴,其重要性起码不在"距离感"之下。我们讲艺术的超越性、象征性、神秘感、距离感,种种高论,都可能有道理,有启发,但所有这些,近似于讲艺术的彼岸性、非现实性。只讲这一面,艺术就成了断线风筝,成了符咒,不但成了象牙之塔,而且这个塔连地基和象牙材料也不屑一顾了。显然,艺术,特别是戏剧,还得讲此岸性,就是讲现实性、人民性、切近感、世俗感。想让人们彻底摒弃"罪恶深重"的世俗此岸而皈依极乐的彼岸天国,伟大如释迦牟尼与耶稣基督都未能达到的这个目的,靠艺术新潮先锋,更不可能达到。

《不知秋思在谁家》(顺便说一句,何必把剧名搞得这么啰嗦,就叫个《谁家秋思》或《秋思在谁家》不就行了么?甚至就叫个《秋思》,不是更含蓄么?)充满了、洋溢着而今城市生活的世俗感,这是它的一大优点。它让人感到的恰恰是你的我的大家的日常生活的味道,使人们热爱实实在在的生活而不是新而深奥的某种观念。如果说此剧有什么不足,恰恰是在作者用费解的与不搭调的"字儿话"表现诸如二姐的柏拉图式爱情哲理的时候。

用架子鼓、电声乐器等将"样板戏"的豪迈音乐演奏成通俗轻音乐,个中意味,似可揣摩。

这说明,即使轻音乐、通俗音乐的听众,也不满足于整天听郎呀妹呀的软调调(倒不必说是什么靡靡之音)。人之需要刚强慷慨激烈悲壮,正如需要轻柔缠绵诙谐,二者是不能偏食偏废的。物极必反,当某种欣赏趣味成为一时的时尚、一股潮流的时候,观众的心理也就开始转向了。一窝蜂而上的东西,不论自命多么新多么洋多么刺激,多了只能使人厌倦,笔者曾在电视里看到一个情况,在一次歌曲演唱会上,最受欢迎的歌儿既不是《外婆的澎湖湾》也不是《采槟榔》,而是堂堂正正、响当当的《我是一个兵》。

有一些同志对"样板戏"曲调、唱段出现在舞台上感到不快，甚至怀疑其中有什么"意思"。不愉快的条件反射是可以理解的，"意思"，窃以为没有。剧场里热情鼓掌的小青年，没有什么人会从政治的观点来为所谓样板戏喝彩。任何艺术，包括最最政治的艺术，一旦成为艺术品，就提供了一种"有意味的形式"，而这种形式就提供了再创造、提供了变化发挥改造提高乃至降低歪曲变形的可能性。

类似的情况还很多。例如，在苏联，我曾看到激光配合下把《喀秋莎》演奏成类似"迪斯科"的样子。在香港，把《红珊瑚》《洪湖赤卫队》的歌曲演唱成嗲嗲的流行歌曲。在国内，用通俗唱法唱《十五的月亮》《望星空》《十送红军》的也越来越多。凡此种种，有时使纯朴高尚的革命歌曲的知音者痛心疾首，认为是心目中的革命的崇高美受到了亵渎。而另一方面，这种歌曲的某种通俗化乃至软化却受到了更多的青年观众的欢迎。好乎？坏乎？福乎？祸乎？通俗化不应该是庸俗化，通俗化、世俗化、庸俗化又常常相伴随。其中的是非成败得失，恐怕不是一句话可以说清楚的。

发表于《中国文化报》1987年4月5日

也谈文学作品的读者面

就近几年的趋势来说,各种比较严肃的文学作品的读者都在大幅度下降,各种刊物的订户也在大幅度减少。具体数字不清楚,因为我没从出版部门了解这个情况。现在出版的书刊、杂志比过去多得多,可是我们当代作家创作的长篇小说如果能卖到五万册,就很不容易了。有很多书看了也觉得不错,后来一征求订户,一千,甚至六百,搞得堂堂一本书没办法印,就连被文学界连篇累牍赞扬的作品也卖不出去,也没有多少读者看。形成这种局面的原因非常复杂。原因之一,现在群众文化生活的样式比过去丰富多了,已经占去了人们不少时间;原因之二,现在可供阅读的作品种类比解放以后任何时候都多。设想在五十年代,期刊数量就少,品种也单调,几乎只有政治时事与文学这两类,自然科学之类很少。现在的情况则不然,既有政治类、文学类的,又有实用类的,像体育、足球、气功、中华武术、武功、太极、长寿、老年等等很多。另外还有服装、烹饪、食品、家居布置以及自然科学、科幻类的,这说明人们的业余文化生活的选择性越来越强了。遗憾的是我们不能否认,很多读者把看小说作为一种消遣,尽管小说本身可能很伟大,看小说在他们全部业余生活的消遣方式中也只是其中的一种。有计划的商品经济是我们社会主义初级阶段组织我们经济生活的唯一正确的方针,我对此毫不怀疑。我们今天在这里不是讨论经济问题,但是在商品经济比较发达的地方,这种纯文学的书籍的读者会减少,这里我不再解释了。全世界都是如此。原因之三，是现在群众的口味高了。我觉得五十年代是一个接受的年代，那时候一首歌，像《我们年轻人有颗火热的心》《歌唱祖国》，或者随便一首苏联歌曲，都能很快被接受、推广，唱起来甚至还热泪盈眶。一本小说，中国的、外国的，特别是苏联的，很快就会被接受、被传播。《拖拉机站站长和总农艺师》一发行就是一百五十万册，一部《攻克柏林》或《侦察员的功勋》，有人看五次，也有人看六次。和我同时代的年轻人甚至有看过八九次的。这和现在人们的心气不同，现在不是一个很容易接受的年代，现在人们更富于选择性，说得难听一些，他们更爱挑剔，说得好听一些，他们要独立思考。这种种状况还有更严重化的可能。原因之四，就是文学的分化。目前国内的分化并不明显，但是我们引进的港台作品就非常明显。比如金庸的武侠小说，琼瑶的言情小说，他们的作品覆盖面很大，但是并没有深度。不过，这种事情也很难说，比如说你的作品有一万个读者，他们从你的作品中得到了非常深刻的思想感受、艺术熏陶，永远忘不了你带给他们的艺术冲击、感化，而另外一部武侠小说或言情小说，它可能有五百万个读者，他们当时看着挺有趣，可是看过之后就扔了，那么究竟是谁的作品更成功呢？这样说也有毛病，容易被一些人当做"脱离群众有理"的口实。当然，可能还有很多其他的原因，包括有些作家的探索不能被广大读者所接受。所以这个所谓普及程度的问题我现在还没有一个很明确的看法，我感觉这个问题非常值得讨论，《文汇报》上登了一篇该报记者写的为什么纯文学的读者越来越少的文章，我觉得这个问题提得很好，记者也分析了两三条原因，我认为原因不止两条三条，很可能是十条八条，甚至更多。好的作品，真正有价值的作品，应该雅俗共赏，既有很高的读者层次，又能被广大群众所接受，《红楼梦》就是这样。不过，我们也难对每一部作品都这样要求。

发表于《文艺报》1988年1月2日

漫 说 喜 剧

仁者悲,智者喜。

悲的基础是同情,是善,是火。

喜的基础是超越,是明,是水。

喜是悲的升华,是悲的超度,是悲的极致。而悲,是喜的核心。

生死亦大矣。生死亦悲矣。生死亦喜矣。

悲从中来,是有深度的悲。

喜从中来,喜从悲来,是有深度的喜。

喜是额头的慧眼,喜是洞穿的预见,喜是对世界的把握与完成。

比如博弈,胜者喜,败者悲,这是普通的一层悲喜。

胜者喜后或还想再胜连胜叠胜,或想本可以胜得更快更好,或虽胜而并未得到足够开胃的赞誉,便也讪讪地悲将起来,寂寞起来,隔膜起来。

败者悲后或反省自己悲得小里小气,或回味相斗的许多乐趣,或思量个中道理若有所得果有所恃,便也款款地喜将起来,豁达起来,活跃起来。

就是说,可以悲其悲,也可以喜其悲。可以喜其喜,也可以悲其喜。更可以若悲若喜,既悲既喜,无悲无喜,全看你停在哪里,走几步,走到哪里。

误会,是悲剧与喜剧的一种普遍有效的形式。有时,误会便是戏剧性。把衷心读成哀心,把猎人读成腊人,或者一种古怪的方言口音,便有点可笑。这种笑很浅薄,但任何文字与语言的游戏已经包含着形式的独立化与抽象化。强不知以为知,既可笑复可悲。当然这都是浅层次的喜与悲。把风车当成敌人,把奸贼当成亲信,这是深一层的误会,因为这误会不是局部性与偶然性的,这误会是一种认真的谬误,是悲剧性的喜剧。

可以为必然的谬误而悲哀,可以为对于这种谬误的洞悉与揭穿而欣喜。

都追求成功,但常常遇到失败。都抱怨别人,却不知自己同样受到抱怨。都费尽心机,殊不知其中只有极小的一部分有作用。这是一种深刻的误会,一种深刻的悲剧、喜剧、悲喜剧。

失度,是另一种普遍适用的形式。

都知道文学的夸张,艺术的夸张是喜剧的格局。却没有想一想,人生中有多少非文学非艺术的夸张(或忽略,即负夸张)比文学的与艺术的夸张更夸张,也更文学并且更艺术。

比如遗失,丢了东西便着急地寻找,这是正常的,不是戏剧。丢了一角钱便捶胸顿足满地打滚,便有些喜剧味道。欣赏这种喜剧又有点残酷的意味了。

比如林彪。他是在演戏吗?他是一个出色的喜剧丑角演员吗?究竟是生活在夸张还是艺术在夸张呢?

比如夫妻吵架打架,只要没发展成彻底破裂,旁观者便总觉得带有喜剧色彩。总觉得为一点小事不必动那么大肝火,更不宜浪费眼泪。

所以说,喜剧感常常是一种清明感、一种分寸感,也是一种距离感。与一切谬误、误会、失度保持距离。与自己的局限性保持距离。与自己的私心私欲保持距离。

浅的幽默是一种小儿科的游戏。比如耍贫嘴。比如出洋相。比如故意打岔。

一点也不耍贫嘴,一点也不出洋相,一点也不自娱娱人并且动辄责备别人贫嘴的人却也令人敬而远之。甚至觉得有些可怕,干吗这么一脑门子官司?

幽默感是一种距离感,却又是一种亲切感。是对群众的良知良能的认同。

嘲弄,批评性的幽默、讽刺,要深刻得多。它是一种传神的勾勒,是机智也是学问和经验。

然而,被嘲弄者也嘲弄嘲弄者。世人读《阿Q正传》莫不为鲁迅对阿Q之嘲弄所折服。但阿Q也嘲弄城里人切的烧鱼的葱丝不合规格。如果阿Q会写剧本的话,他又将怎样嘲弄他的读者和观众呢?

常常有一种误解:认为悲剧比喜剧更有深度。

是这样的吗?《阿Q正传》的故事当然可以写成一个悲剧,写成对封建社会迫害农民的控诉,令人悲愤,催人泪下。然而,能有那样深邃和丰富的内涵么?

更深刻的喜剧既是嘲弄又是辩护。既是嘲弄别人也是嘲弄自己。既犀利尖刻又宽厚慈悲。既骄傲自信又谦逊克己。是机智的笑,又是赞叹的笑,是开怀的笑,又是会心的笑。

这样的笑的核心是理解。是严厉的笑,又是宽容的笑。

喜剧常常具有一种轻松感,即使表现着最不轻松的题材。比如关公战秦琼,以及其他一些韩复榘的故事。

这种轻松,是对韩复榘式的伪庄重的一种惩罚。是充满了人民性的轻松。做到这样的轻松并不容易。缺乏自信的人怎么弄怎么难受,轻松不起来。作威作福的人生怕不能吓倒一片,便要摆架子、撑面子,欲轻松而不敢。私欲重的人——小人——常戚戚,轻松得了吗?鼠目寸光,为鼻子底下的小利而苦斗的人也太不轻松了。

当然,也有另一种轻松。浑浑噩噩者,事不关己高高挂起者,丧失了最起码的责任感的游戏人生者也轻松。归根结蒂,喜剧的精神并不就是一切。谁知道呢?喜剧精神和悲剧精神都是需要的。后者是指一种我不入地狱谁入地狱的献身精神,认真精神,英雄主义精神。

喜剧精神是一种自我批评的精神。是一种健康的反省精神。是一种民主的精神。没有民主的自我批评,就没有喜剧。

喜剧总是充满着人民性,传达着老百姓的乐观、达观和自信。从长远和整体来说,谁也消灭不了人民,欺骗不了人民。人民是真正的强者和智者。

喜剧又发挥着一种制衡的作用,用笑的手段平息着沉淀着躁狂的灵魂,所以它完全可能很深沉。

中国应该并且一定能够出现优秀的喜剧性作品。她的经验太丰富了,她的对比太丰富了,她拥有喜剧的传统和喜剧的智慧,她拥有一个充满喜剧的世界。

原题《"喜剧"与"幽默"》,发表于《人民日报》1988年2月16日

对深刻与真挚的珍视

——电影门外谈

近年来电影看得越来越少了。因为忙,因为看完电影常感到头晕眼花腰酸,因为觉得花一两个小时看电影不如用来喝茶读书写点什么。我常把这种"影冷淡"作为自己无可抵抗地在老化的表现之一种。别的方面,似乎还自我感觉不错。

但还是看了一些。《老井》《红高粱》引起争论是意料中事。因为看到衣角擦食品、咬虱子、瞎子唱小调、往酒里撒尿等导演的得意之笔也略感不安。可能是自己也有那么点僵化吧。不安感中也有沉重之意。说不清是为了电影中很难说是无意地或客观地集中表现这些玩意儿,还是因为生活中确有这些个东西,甚至于不妨说自己也是这样生活过来的吧。

不过我仍然不赞成批评这些电影是"售国人之陋、邀洋人之赏",以至于去批评奖了这些电影的洋人。原因很简单,文艺批评应该是文艺批评,文艺批评应该批评文艺成果——文艺作品的客观存在,对作品见仁见智争个面红耳赤怎么说都可以,指出什么样的问题都可以,却不可省略掉对作品的认真分析,说不好听的话即还没弄懂作品便去断言创作者与给奖者别有用心。一上来就给创作动机扣帽子,不是个好办法,不好开展争鸣。攻之者曰有,辩之者曰无。我们该给张艺谋等人做怎样的政治鉴定呢?如果有人以其人之道还治其人之身,反攻那些热衷于维护光辉形象的人动机也不无可疑之处呢……算了吧，还是离开这种由影及人由艺及政的批评的思路吧。

写了、表现了落后就有辱尊严，这条逻辑未免过于天真可爱了些。依照这种逻辑，各国的大作家各国的文学瑰宝就都会成为该国的国耻了。《堂吉诃德》《复活》《欧也妮·葛朗台》《大卫·科波菲尔》直到《阿Q正传》，哪个没写落后没写黑暗没写罪恶？它们究竟是各自国家与民族的骄傲抑或耻辱？我们干吗这么神经衰弱？

但我仍然不能完全对《老井》《红高粱》《盗马贼》之类的电影认同。问题不在于写了百分之几的落后，而在于这些作品似乎缺少一点真实而深刻的人生经验、人生意味、人生思考。使我们或惊喜或困惑的是它的取材、它的手法、它的风格，却不是它的深度。它引不起我们的灵魂深处的共鸣，它未能使你在银幕上映出"剧终"以后仍然难分难舍、回味咀嚼、余音绕梁三日不尽。它们的某种情调、氛围的强化处理既是成功的、别开生面的，又是不无做作、刻意为之、以"力"为之的。多么费劲的几部电影！创作者真是挖空了心思！要黄土味、要严峻感、要野、要寻根挖根、要张力与力度、要原始人性……要这个要那个，而且，对不起，要猎奇！要符合世界的特别是西方发达国家的趣味！

这最后的一句话违背了笔者自己确立的规则，有"诛心"之意。好在本文不是电影评论，只是个人的杂感。

而好的作品，窃以为，不必要求那么多、那么大的劲。真正的艺术品，或者说笔者偏爱的艺术品恰恰是人生的结晶，是真才真情的流露，是恍如先验的智慧果实，是不要那么多"这个那个"的、举重若轻的、妙手天成的作品。

例如，最近看了《人·鬼·情》一片，影片题材不算大，场面也不宏伟。情节与人物性格刻画甚至也谈不上多么深刻。但它是那样真挚，那样令人信服，那样令人感动。把一个出身低微的戏曲艺术家、一个女人在亲情、爱情、世情上的小小的却也是刻骨铭心的经历表现了出来，又把人生中的种种真味、种种酸甜苦辣与影片女主人公创造的昆曲中的钟馗形象沟通起来,形式内容,第一形象第二形象,人的经历与艺术的经历,都结合得那样合适。观罢影片,唏嘘不已。时隔数月,仍然为之感叹。虽然,笔者的经历绝无或绝少与影片女主人公有相似点和可比性,仍然觉得,那种种的挫折和奋斗、侮辱和坚毅、宿命感和孤独感与你相通,与人类相通。与人类相通的经验可不仅仅是原始本能的经验哟!看完《人·鬼·情》,你不能不为影片中的主人公——也是为你自己而洒泪,而长久地发出会心的叹息。

人生的真味、会心的叹息,这就是笔者个人对电影的期冀——一个观众对于电影所抱的最殷切的企望!笔者深深地感谢这样的电影的创造者。外国也不乏这样的成功之作,比如美国影片《回首往事》,那种理想主义的不见容,那种感情上的理想主义的失败与依恋,那种真诚、可爱而又确实未免迂僵的性格,常令笔者发出会心的叹息。再如影片《末代皇帝》,外国导演当然不会放弃以猎奇、大场面来刺激观众的努力,但笔者仍然为之鼻酸,为之牵肠。因为,在神秘的场景、在奇风异俗(对于洋人来说)、在传奇故事后面是活的人,是人的命运、人的沧桑、人的美丑、人的喜怒哀乐,就是说,是真实的人生。末代皇帝的经验虽然绝无仅有,影片表现出来的却是普通人可以感知可以理解可以咀嚼可以推敲的真人生。

对于电影功能的多元性,笔者理论上和情感上都不拒斥。看完《少林寺》笔者也想学几套拳路,并且精神为之振作。看完《珍珍的发屋》笔者为之微笑,为之不无唏嘘却又明知故事是编造出来的。看完《良家妇女》实在欣赏江南风光与丛珊的演技,又不免为情节故事的如此集中单一浅显而感到不满足。看完《星球大战》《大白鲨》就只剩下了佩服了。佩服人家的技术、场面、想象力直到资金,佩服而不感动、不共鸣。

看完《老井》,也震动,却又觉得如果导演把更多的笔墨放到刻画人物身上也许会更好。表现环境、表现风俗画、表现诸如械斗、坍方、井底做爱之类的刺激固然未尝不可,但是当这些东西掩盖了真实的人生,至少是胜过了真实的人生的时候就会使观众觉得头重脚轻。一分刺激就需要十分人生垫底儿,不知道这种粗陋的表述是否能包含一些真理。《芙蓉镇》的不足也在这里,此片充满政治意识道德意识,都是好的,看着能令人想起许多过往的年代,就是说,此片也充满了时代意识年代意识即历史意识吧!如果再多一点人生意识,就更好了。说下大天来,《芙蓉镇》里正、反面人物的划分自然是似嫌简单化了一些,其中有几个人物甚至是脸谱化的,历史与生活要都这样简单那敢情好了,可惜,这种用道德两极来处理政治两极的表现路子,恰恰是"左"风下的文艺遗产,虽然影片拼力反"左"。

回过头来谈谈热门话题《红高粱》。高粱地拍得真绝!酿酒场面也好,但是令笔者联想起苏联影片《童年》中高尔基的外祖父的洗染作坊。浓烈的野性不失为成功的色调,从剥人皮到打汽车表现抗日大为出新。热烈的情绪、色调、氛围、风俗画、场面、情节处理,都有不凡之处。就是说,这一条龙的龙须龙尾龙身龙鳞都很不错。

缺少一点的是龙之睛,是人的命运与灵魂。"我爷爷"与"我奶奶",野了半天爱了半天烈了半天却仍然使人觉得陌生,觉得相隔,摸不着他们的心思,虽然他们似乎不乏血肉。然而他们缺乏的是灵魂。他们的存在与所作所为所感所思所念,他们的人生抉择令人难以信服,经不起推敲,不令人感动。他们更多的可能是伟大的创作主体所牵的线、所煽的风、所点的火、所派生的而不是人物固有的。他们有点像道具。

无疑,《老井》《红高粱》的得奖是可喜的,请张艺谋接受我这个观众的敬意。但我们不妨探讨,这两个片子是否外在的东西胜过了内在的东西,外化、视觉化的东西太厉害了,它打动的是你的眼睛而不是你的心。形式的追求超过了深挚的意味。视觉形象的丰富新奇并未建筑在思想与情感的相应的丰富上,毋宁说更加突出了头脑与灵魂的相对不够充实。我们看到了野合,却体会不到"我爷爷"与"我奶奶"的爱,爱的力量、爱的压抑、爱的爆发、爱的喜悦。我们看到了反抗,却体会不到反抗的艰难、反抗的威严与反抗的决心。我们看到了红色的酒,却体会不到酒的味与热。更解不开"我爷爷"向酒里撒尿的意味,尽管撒尿的镜头确实拍得颇有雄风、颇有弗洛伊德的暗示性,终于还是为撒尿而撒尿,终于还是导演牵线而"我爷爷"当了会尿的傀儡。否则,即使是撒尿拉屎,也可以有性格有逻辑有慨叹有同情。对人物的原始化处理,给人以感染的与其说是人性、自然、生活的深刻揭示不如说是创作者本身的热烈、狂放、执迷,很可爱,但不免有些小儿科。

也许现在这些话说得早了些,特别是在颇有一些人心虚地对得奖一事疑神疑鬼的时候。还是先祝贺和保护我们的电影艺术新成绩吧。也许这里反映了笔者的一种狭隘欣赏习惯与狭隘艺术价值观念。以人生经验人生真味会心叹息要求一切影片,客观上会不会打击一大批诸如历史片、社会片、推理片、传记片、战斗片、青春片、歌舞片、体育片、边疆片呢?艺术评价上确实不能搞整齐划一。我承认本文有这方面的问题。但是谁让"老"与"红"得了大奖而名噪一时了呢?在为张艺谋庆功的同时,我们不是可以以真正的艺术、以电影大家而不仅是追逐潮头的工匠即押宝押对了的赢家的标准来要求他们吗?六十年代,笔者看到《冰山上的来客》也就叹为观止了。而现在,真正的艺术(比好莱坞的标准应该高一些或高得多吧?)离张艺谋还颇有点距离。与真正的艺术之神相比,金熊金猫金狗金象不是不在话下的吗?只知道与人家"看齐""走向人家"的人,又能有多大出息?难道不应该追求自己的路、自己的目标、自己的高峰吗?取法乎上,得乎其中。我们的电影评论能不能比庆功、辩护,跟着人家捧或者生怕吃亏上当丢脸……的种种初级心态更高明一点,更富有独特的性格与深思呢?

又及:本文写完后,传来我国"参赛"电影《孩子王》在戛纳电影节上被评为最差影片——获得金闹钟奖的消息,当然,这是非正式与非权威的。

而本届戛纳电影节一开始,我国报刊上已出现期待捷报之类的文章了。现在呢,据说《孩子王》的创作者又在那儿叹息中国电影(不是自己的那一部片子)与世界电影水平(?)颇有差距了。看来洋朋友们的心思以及所谓世界水平也不好捉摸,还是多琢磨艺术本身,琢磨艺术的更加深刻和真挚吧。

发表于《文汇报》1988年6月9日

关于文艺批评的一封信

　　一别数日了。每次你到京,我们都要品茗畅谈,纵横文事,评论古今,煞是有趣。我非常赞赏的是你对当前一些名家作品的看法,不趋时,不随俗,却又绝非抱残守缺、无视文坛的新发展新经验。你说到某一位的小说琐碎充数。说到另一位的文章善选材而不善表达,没有文采也就令人生厌。说到某一位常常流露出小市民趣味。说到某一位做作地大吹大哄,色厉内荏。我不能说你的看法都百分之百的准确,但确实是言之成理、入木三分、见解独到,有许多看法比现时的流行说法要高明些。

　　但当我建议你将这些看法写成文章时,你却慌忙摆手不迭,似乎我在建议你铤而走险,似乎文坛到处是不可摸的老虎屁股。××吗,如日东升、风头正劲、东南西北、交口赞誉,此时提几条不同意见,我岂不是"与大众为敌,与潮流作对"乎?××吗,急公好义、舍己为人、谦虚谨慎、今世少有,批评他的文章,我岂有良心与正义感乎?××吗,小人也,上蹿下跳、外联内扯,一经招惹,后患无穷,光匿名信你都得准备收它几打,批评他的作品,我活腻了乎?××处境坎坷,不能批评,批评则有落井下石之嫌。××青云直上,不能批评,批评则有嫉妒不服之(潜)意(识)。××太老,批评则有不敬长上之病。××太小,批评了就有扼杀新生之误。××自我感觉甚佳,批评了他会受不了。××享有盛名,批评之无异以卵击石。××无名之辈,批评之无异雷公打豆腐。××广交豪杰,批评一个就会树敌一群。××

洁身自好,批评他就会在客观上与反对他的宵小同流合污。不仅如此种种,如果你批评了谁的作品就会变成文坛内外的研究对象,分析对象:授意批评乎?好出风头批评乎?公报私仇批评乎?讨好上司想升官而批评乎?讨好洋人想出国而批评乎?怕寂寞怕冷落为哗众取宠而批评乎?中年丧偶或与配偶离异导致心理失调而批评乎?更年期综合症批评乎?青春期躁狂性批评之再现乎?

批评也,难矣哉!表扬呢?更有风险。吹捧乎?谄媚乎?抬轿乎?吹打乎?敲门砖乎?飞眼儿乎?接受了作者的红包儿乎?交换乎?改换门庭乎?特别是,表扬甲的实质不就是刺激甲的对立面乙丙丁吗?为表扬一个甲而开罪乙至癸,"效益"何在?

甚至于,你说,不批评不表扬也会有祸。一位满面笑容的老友小友作家找上门来,请你就他的某篇作品评论评论,而你保持沉默,这又是什么意思什么潜台词该怎样解释呢?这样的后果,谁又想象不出呢?

如此这般,令人惆怅叹息。

但更令我叹息的是你自己。阁下春秋已盛,又操了文学之业、批评之业,也确实出了书出了名。尤其可悲的,您确有自己的头脑,脑细胞的活动无劳看上下左右内外官民老中青的颜色。最后敢情真正的见解还存在肚子里呢,只有不咸不淡不冷不热的东西才写了出来。只有血气方刚、未经深思的东西才抛了出来。其他的,该批评的不敢批评,该表场的不敢表扬,该探讨的不敢探讨。多难过呀!如果我们得了病了呢?(绝无咒人之意。)如果你,当然也包括我、我们,弥留之际忽然发现还有一百篇文章虽揣摩得烂熟却硬是未敢写出来呢?

真是天大的遗憾,天大的悲剧啊!

没有批评的文坛是多么寂寞、多么不正常的文坛。当然,"金棍子"们的"批评"大大毁损了文学批评的声誉:见风使舵、恶意整人、讨了令箭后的引蛇出洞、阳谋阴谋与自封为正统真理的代表者固令众人切齿;拉拉扯扯吹吹擂擂的批评也令人齿冷;言不及义、束之高阁式的令人摸不着头脑的批评又是多么贫乏啊!

搞点有真货色的批评吧!即使需要付出代价。一时的被误解与永远的虚与委蛇相比,不失为有真味的人生,不失为有真意的文学劳作。也说不定,真正的文艺批评开展之日,见不得人的阴风凉气也就逐渐销声匿迹了。不然,一个文艺批评家,还没批评出声音来就老去了,还没挨几句骂就告辞了,多么冤枉啊……

发表于《光明日报》1988 年 6 月 10 日

文学评奖与文学尊严

今年六月二十二日,《人民日报》海外版的一则消息报道粤港澳作家第三届联谊会时,有下面一段文字:"为什么华文文学得不到诺贝尔文学奖,成为会议的热门话题。发言者对大陆、港澳台和海外华文文学的现状做了冷静的评价。华文文学在世界上影响不大,原因之一是翻译介绍不够,许多优秀作品不为国际上所知。另一个重要原因是对世界人民共同关心的问题、对人性的抒写不够充分,因而较难取得国际上的认可。华文文学作家要走向世界,在创作上应该反省……还需朝探讨人性结构深层探索。"

读之怆然,又窃有疑焉:

一、对国际奖特别是奖金数额高(相当于我国茅盾文学奖的约一百八十五倍,而且是硬通货)而且声望高的诺贝尔奖有兴趣,属人之常情。变成一次郑重的作家集会(而不是国际文化活动家、出版家的集会)的热门话题,则多少有失文学的尊严与纯洁。文学、艺术、社会理想、道德理想与审美理想,文学家的追求、操守与历史使命意识,是不是应该比任何得奖,哪怕是令人羡慕的诺贝尔奖与奥斯卡奖更崇高、更巨大、更深刻、更永恒、更根本得多呢?没有这样的信念又哪儿来的文学与艺术?

二、将得奖作为热门话题,并从中引起"冷静的评价""反省",是不是有点本末倒置,有点那个呢?换句话说,果真凡是得了奖的,就不需要同样的冷静评价和反省了吗?

三、打个比方来说,先不说人类、国家、民族的命运,不说历史和未来,就诗神缪斯与诺贝尔奖来说吧,哪个高、哪个重要?还是二者相等、相同?或者某一种奖变成了我国的诗神偶像?

四、一个作家或一群作家的兴奋灶在哪里?盯着什么?为人生而艺术的盯着人生。为艺术而艺术的盯着艺术。为得奖而艺术的呢?就那么廉价吗?

五、按一般规律来说,一个严肃的奖,是不会或很难被一心盯着它的人们得到的。严肃的奖需要严肃得多的精神境界。金钱、地位、名誉、风头,人有好焉。一心盯着,则差之甚矣。

六、由于种种原因,华文文学被外部世界特别是发达国家读者所接受,需要一个过程,这是没有办法的事。《红楼梦》已屡经"翻译介绍",而且绝不能说它没有"探讨人性结构的深层",但至今似并未引起"世界"的多么大的"认可",其影响甚至还不如一些别的中国古典小说,更赶不上获得了令一些人垂涎的奖的外国人写中国的作品,如赛珍珠的作品。难道这需要我们帮着曹雪芹反省或改变对《红楼梦》的评价吗?更不要说鲁迅了。还有我国现代文学史上的一批大作家。还有一大批世界大家如托尔斯泰、契诃夫、高尔基。需要反省的是这些大家吗?

七、由于种种原因,也有些华文作品被较多地介绍或开始有了某种国界外的呼声了,这也蛮好。但对这种文学现象难道不是同样需要冷静评价和反省吗?没被洋人看中就疑神疑鬼,葡萄酸,固是可笑可叹;被洋人看中了就受宠若惊,就趋之若鹜,不也有点小儿科吗?

八、是不是凡写普遍人类和各国共同关心的问题(应是裁军之类吧)的都能走向世界,写了一国一地一族的人性都不能走向世界?恐怕不能这样说吧。远的不说,福克纳、伊·萨·辛格、马尔克斯等等,一大批,不都是以民族、地区为基础"走向世界"的吗?能把普遍人性与一国一族一地的人性对立起来吗?

九、有几个世界知名的大作家是那样孜孜于自己"走向"世界

333

的？有几个当之无愧的获奖者是自己"走向"奖台的？不管多么伟大的奖，仍然是由一批人掌握和发放的，获奖的作家，其精神力量和创造力量至少应该在给他奖的那些人之上吧？愈是有力量，也就愈可以从容含蓄一些吧？毋宁说：是世界走向了这些大作家，是奖走向了这些大作家和作品。

十、文学需要时间的检验。即使是最公正最理想的文学评奖，也因为它的迫近性而具有先天的不足。很可惜，现在还没有一种文学奖是专门奖励二百年或一千年以前的作家的。但过了许多年，伟大的作品就不需要评奖了，渺小的作家就更不需要。他能考虑那么长远？真正伟大的作家将赋予文学以尊严和荣誉，将赋予某项文学评奖以荣誉，而不是相反地被某奖赋予光荣，等待评奖的桂冠的只能是相对比较渺小的作家。垂涎评奖的作家只能是令人羞愧的作家。何况现实的世界就是不那么公正和不那么完善的。把某一种评奖偶像化的作家，匍匐在某种评奖前面的作家，能有多少精神能力，能给读者带来些什么呢？

总有一天，世界会走向我们，各种奖会走向我们。等到我们有堪称伟大的成果的时候。也许还要等到世界有堪称公正的秩序的时候。这一天也许还很长，更可能不太长，需要我们做的只是，心无旁骛、纯正精诚地攀登人类精神生活的高峰。而到了那个时候那个境界，即使是伟大的评奖又是何等的不足道啊！

堂堂中华作家，多一点信念，多一点尊严吧！

发表于《人民日报》1988 年 7 月 12 日

话说实验小说

只要人类的历史没有终结,一切创造性的(有新意的、非重复的)活动就都具有实验性。

也可以说,人类一切活动的开头都是实验。然后积累了经验,形成了模式,变成了传统,甚至成了金科玉律,走向了实验的反面。

许多猴子都是四条腿走路的。不知是一只什么样的富有实验意识的猴子,抬起了两条前腿,于是出现了类人猿、猿人。因此可以说,人类就是实验的产物,没有实验也就没有人类。

但又非所有的人都敢实验、会实验、支持实验、欢迎实验。正像非所有的猴子都抬起了前腿一样。

如此这般,大而化之,泛实验而已。为何又闹什么"实验小说"呢?

因为,很明显,近几年出现了一批在思想、感情、叙述、结构、文化、语言方面,都与一九四九——一九六九年的小说颇异其趣的小说。主题思想含蓄深奥,难以一下子抓住说清。感情很不正规,相当越轨或扑朔迷离,朦胧神秘。题材难以按人物职业划分(诸如农村题材、工业题材、教育题材等)。叙述常常变化视角、打乱时空秩序。结构不再以情节的发展变化为中心,甚至使读者失落了主线。非逻辑、潜意识、幻觉、荒诞、变形等范畴日益在这些小说中得到体现,得到验证。语言上似乎也不再老老实实地听命于语法修辞规则的规范,以至于小说与散文、与杂文、与其他体裁的界限也变得混淆起来,等等。使人喜使人奇也使人忧而惧之愤之。

小说实验一上来就不那么顺顺当当。尽管一些明智的实验者对传统采取了温柔低调的姿态,强调和平共处和平致富而不是你高我低,更不是你死我活。

还是有人说话。先说是看不懂。不懂还怎么服务大众?不服务大众就出现了方向问题。事情真有点伤脑筋,又说是很异端很腐朽的某某派来了,危险性又加了一步。说是不可避免地要有一场大辩论,不是偶然的,还要掌握政策界限什么的。

奇怪的是尽管如此这般挡了一阵,这种实验很快发展成了一股不大不小的潮流,谁也挡不住,叫做新潮。特别是八十年代中期开始崭露头角的一些年轻作家,几乎无小说不新潮。新潮变化得也很快,于是急于自我作古,说是像样的新潮是从他和他的友人们那里涌起的,而此前的太不够、太不新,或者是伪新。他们甚至说真正的文学是从他们这一伙人才开始的,以前的,从屈原到杜甫到鲁迅,全是对文学的误会。说得可真痛快!这些大抵说不出一句完整的外语的小友们还都成了现当代外国文学的专家。他们张口闭口大谈外国。他们十分聪慧,社会经验也相当早熟,所以能靠一些残缺不全的间接借鉴营造自己的新潮佳构。

与此同时,一九八七、一九八八年以来,为人师表的评论家和编辑家们先后论述说或不论述而宣告说,实验小说已经失败。论据是:1. 实验小说缺乏读者;2. 实验小说中未出现伟大作品。

如果真的没有读者,也就不需要宣告其失败了。我们不妨提一个问题"反思":实验小说与宣布实验小说已经失败的评论,哪个读者多?如果我们编一本《实验小说选》再编一本《实验小说批判选》,哪一本更卖不出去?

至于伟大作品云云,不实验就伟大吗?有哪些巨著得益于拒绝实验?这符合文学史与文学现状吗?另外,在没经过时间的考验之前,固然无人有权宣布这个或那个伟大(按,也不是没有宣布过,例如李庆西的评论就曾把韩少功的《爸爸爸》归于伟大一类),谁又有权宣布这个那个不伟大呢? 如果说,伟大的作品需要伟大的眼光,起码是不带偏见的、更有容量的眼光,是不是也不无道理呢?

这样说,当然不是为一切打着"实验""新潮""现代意识""后××主义"的小说辩护。对于作家来说,旗号的意义远不如对于洪秀全李自成那么重要。小说写不好,打最新最新最新的旗号或者打最红最红最红的旗号,都救不了人。

而我国的特殊的"养起来"的优越办法,使一些小有机灵与语言文字能力的人甚至连吃饭都不必操心。从实实在在的生活中极方便地"升华"到云里雾里,写些发昏第十一章之作,再互相捧捧图个吉利,也确实在考验着人们的承受力。

但总是活跃了,热闹了,也混乱了,和其他行业——例如农贸市场——差不多。

实验小说的出现不是偶然的。"五四"以后是一次新潮,近几年又是一次。它产生于全民族的精神解放的过程中。从这些小说中,我们可以看到我们的作家(并与读者相互影响)的观念与思维模式是怎样地开阔了! 他们的想象力、摄取力、表达能力、思辨能力与语言能力特别是探索的勇气、标新立异的勇气,是怎样空前地发展了! 人们的灵魂的活动天地,是怎样地扩大了! 这难道还不值得我们欢迎吗?

以上所云,是我看了《实验小说选》(李陀编,浙江文艺出版社出版)之后的一点零碎感想。至于具体作家作品,见仁见智,乐山乐水,还是任人评说为好。

发表于《光明日报》1988年10月23日

白话文是中文吗？

提出这样一个似乎是白痴化的问题，是由于读了今年一月二十八日《文艺报》第三版的孙津的一篇文章《没有文化的累》。这篇文章阴阴阳阳地讲了一通"我总觉得评论近几年来文学创作的好坏得失多少有些滑稽"，因为那是"对一种几乎本是无的东西七嘴八舌""到头来还是一个无"之后讲道，"一个民族或国家要想干点儿自己的事，首先就要有自己的语言。（笔者按：不一定，诸阿拉伯国家都用同一种阿拉伯语、瑞士规定德语法语意大利语都是官方语言……他们都干了许多而不是一点'自己的事'。）但白话果真是国货吗？难道它不就是语言、语法、语义的西化吗？"

真是惊人的高论！原来，时下中国人的说话（当然是白话而不是文言了）、写请假条与求爱信、写检讨与小说，用的都不是中国文中国话！原来包括"爸爸爸"与"妈妈的""和尚摸得我怎么摸不得"与"砸烂狗头"（都不是文言），都是"语言语法语义的西化"！什么叫语言的西化呢？语言中最重要的构成因素语音西化了吗？如果用英语骂"妈妈的"，或用西班牙语世界语，能被广大炎黄子孙感受理解吗？能有刺激性吗？说不定会被认为是要赠给你点礼品呢！说语法西化就更离奇，我们表达名词的单复数与格，表达动词的时态，用的是西方的语法？语义呢？当孙津在文中写道"二十世纪以来中国没有自己的文化"或者"唯一可称为自己的文学的东西，或许就是报告文学了"，它们的语义将如何西化或如何地已经西化了呢？

如果孙津的论点属实,对于某些轻薄儿来说,事情不是太好了太妙了太 wonderful 了吗?原来,全盘西化的大业早已完成了,连我们说的话也早在"五四"时期就实现了西化了。叫做不是国货而是外汇进口的抢手货了!不,笑笑生曹雪芹文康也早就超前西化了,因为从语音语法语义和基本词汇来说,我们今天的白话与笑曹文这几位尖陀曼(绅士)的语言并无二致。我们早就走向世界了,从二十世纪以来,中国已经没有文化了,我们已经是西方先进世界的臣民或候补臣民了!

这实在是超乎常识的梦呓。语言首先是指口头语言即有声语言,它的发展过程迟缓而相当稳定,即使最激烈的改革家提出汉字拉丁化的大胆方案也未敢设想过改变中国几亿人的口头语言。即使汉字拉丁化全部实现了(?),也只是文字的改革而非语言的改变。语言不等于语言学,语言是先于语言学的稳定的存在。语言也受外来影响。几个几十个乃至几百个借词,某些专门词的转义以及叙述方式受外来语的影响等等,所有这些加在一起再增长十倍也谈不到语言的西化。日文、朝鲜文中用了或用过那么多汉语借词和汉字,他们的语言也绝对没有汉化。白话文中即使至今喜用"德谟克拉西""布尔乔亚"或者像香港那样"的士""巴士""菲林""泊车"一通,直到动辄"欧开""拜拜"一番,都与西化差着十万八千里,土耳其语在其国父凯末尔领导下,废除了阿拉伯语波斯语借词,引进了法语新词达四千条,又改用了拉丁字母,这么大的改变,也完全谈不到土耳其语的西化或法化。在语言学上,我们引入了许多西方的术语概念不假,但并不等于将西方的语法转入了我们的活的语言。

孙文还断言"自本世纪初,中国自己的传统文化已敌不住各种外来力量,政治、经济、军事、教育、文艺、宗教等所有领域乃至理论的系统化和一般方法,统统都是外来的领先……"

这话说得大致不差,虽然用"文化"特别是"传统文化"去"敌""力量"特别是"外来力量",这有点不合逻辑。文化当然不是力量的个儿。在学科和科学方面、技术方面、"治国平天下"的社会体制方面,二十世纪以来或十九世纪中叶以来,中国确实经历了并经历着一个痛苦的蜕变过程。从这方面看,二十世纪以来的中国文化是一个变动、争斗的过程,也是个缔造新文化的过程。这个过程本身就是中国的文化,而且是作为人类文化一部分而又独树一帜的二十世纪中国文化。这个过程同样对世界有意义也有贡献,当然远远不能令人满意。另一方面,中国的传统文化如语言文字炊艺建筑及工艺中医药礼俗等等,则没有或基本没有根本性的变化。这后一部分与现代化绝非不相容,绝不可能也不应该弃之如敝屣。现代化不但不排斥而且应该也可能更好地保持这些传统,西医与中医,就是这样共处的。问题在于,即使我们承认孙文的外来领先论又如何呢?不领先就是无、就不存在吗?一个家庭之中,夫或妻都可能领先,可以说夫领先就是"无妻",或妻领先就是"无夫"吗?在孙文提到的那些学科领域及其系统(笔者按:这里用化字是不通的)与一般方法方面,日本也是外来力量领先的,日本古代文化是"中(国)来力量"领先的,但有哪个狂人能够从而断定因缺少本国货日本文化从未存在呢?须知,许多学科,本就无国界!

  从中国的历史与现状看,如果事情真像孙文说的那样,倒简单方便了。中国文化不复存在,中国语言已经西化,多方面"外来领先",干脆宣布中国的不存在 nonbeing 好了!可惜,这九百六十万平方公里的土地好说,十亿十一亿人口给谁去?谁敢要?考"托福"放出去几个又能减少多少人口压力!

  其实,在我国,"领先"的过程也是复杂的。初则"外来力量"领先一阵,继则"内来力量"领了先;初则"外来文化"改造了"传统文化",大有全盘西化之势,继则"内来文化"改造了"外来文化",大有白费劲了之叹息。所以事事才有中国特色,才要和中国的具体实践相结合。连这一点都看不到,岂不只有梦呓式的哀鸣与哀鸣式的梦呓?这种哀鸣与梦呓倒是地道的国货了!可惜是最无价值的国货!

如此这般，又怎能不哀叹"我友刘晓波那以彻底否定为快的最为轰动的论调，也没有引起理论界较长时期、甚至是较为认真的对待"，哀叹"朱大可近来连续发表的比刘晓波远为激烈的否定论调，几乎连空谷回声都没有"，悲夫！

为什么呢？孙津说："……委实因为它们或多或少都是一种没有自己文化的瞎折腾……"

这是不是有点道理呢？只是，没有就是没有，或多或少的没有是个什么状态的数量呢？没有应该是零，或多或少则是正数或负数。或多或少的零，这倒有点浪漫了。或多或少的瞎折腾？那又何必要求"较为认真的对待"呢？

发表于《文艺报》1989年3月4日

你为什么写作

你为什么写作？听一听世界各国著名作家的回答,确实有趣。

一九八五年年初,法国巴黎图书沙龙向世界各地的作家提出了这个问题,并收到了答复。上海文化出版社选编了其中一百个人的答复,出版了中译本《世界一百位作家谈写作》。(对此书名,实在不敢奉承。原名《你为什么写作》有多好!)

我反复阅读了这一百个人的答复,虽然我深知这种答复未必作数。根据我的统计,在这一百名作家中至少有十五名从根本上否定了这个提问。美国作家查尔斯·布列斯基说:"一旦我知道了我为什么写作,那么,肯定地讲,我就再也无力写下去了。"智利的何塞·多诺索等不止一个作家回答:"我写作是为了弄清为什么要写作。"法国女小说家马格丽特·杜拉斯除声明"对此我一无所知"外,并调侃说:"也许到二〇二七年,写作将会终止……"还有的作家认为这种"为什么"的问题就像问"宇宙为什么存在"或"你为什么搞同性恋"一样。是的,问一个作家为什么写作和问一个活人为什么活着具有同样的本初与宽泛无源的含义。越是这种问题越气人,"老虎吃天,无从下嘴"。

大约有三分之一的作家把写作解释为个人的精神需要。英国大作家格林厄姆·格林不耐烦地回答:"好比我长了个疖子……非把脓挤出来不可。"与此异曲同工的是尼日利亚获诺贝尔文学奖的作家索英卡,他说:"写作,是我患受虐狂的一个方面。"许多人回答"因为入迷""因为有瘾"。不止一个人回答:"如果不写作我就不是我了。"塞内加尔的比拉戈·狄奥普说:"主要还是为了个人的消遣。至于其他外来因素,即使有,也是微不足道的。"英国女作家多丽丝·莱辛回答:"因为我是个写作的动物。"类似的说法有"我生活在写作中""写作证明了我的存在"(大意)等。比利时的雨果·克洛把这种人的需要表达到了极致:"我写作则我生存……人需要选择死亡还是歌唱。"是的,他们强调写作是生命的内在要求,从单纯的兴趣、入迷、有瘾直到生与死的界限。也许这种说法我们看来太"个人主义"了,然而,没有个人的内在的精神需要,会出现怎样的干瘪的文学写作,也是不难想象的。

"兴趣论"多少有点"玩文学"的嫌疑。瑞士的弗里施明确宣告:"写作首先是为了游戏。"但一位作家说得好,开始写是个人的事情,越写越有了读者,也就有了对读者的责任了。当然,娱乐读者,使读者和自己一起玩,也至少比玩赌博、玩酗酒要好得多,而且玩着玩着就会出真格的了。他们谈游戏的时候,并没做出轻薄、痞子之状。

有三四个作家提到了写作的目的是为了死后给这个世界留下点什么。有的说,写作是为了创造一个更永恒的自我。这也是完全可以理解的。文学的一大魅力在于它可以突破时间与空间的许多限制,文学是对于时间和空间的挑战。

从空间来说,十个以上的作家说他们写作的目的是为了与人交流。《百年孤独》的作者,在我国极负盛名的加西亚·马尔克斯质朴地回答:"我写作,为了使我的朋友们更爱我。"更多的人说写作可以使人摆脱孤独。西班牙的拉法尔·阿尔维蒂明确地说:"我一直认为,写作是为了……进行交流。"他还在抨击兵荒马乱的年代的同时,声称"在最强大最猛烈的暴风雨之中,我是一个和平的避雷针"。美国的迈克尔·赫尔和加拿大的安东尼·马耶都强调他们的写作是为了创造一个更理想的世界。"我写作是为了完善世界,完成创世的第八天的工作",马耶这样说,对写作的创造性的陶醉使他自比于继续"上帝创世"的工作。这里,陶醉、热爱、向往比是否需要表示谦虚谨慎更重要。爱尔兰女作家艾德娜·奥布赖恩的说法也与上帝有关,她讲得极得体。她说:"写作近乎祈祷,首先触及作家,而后又触及读者心灵的最深处。"

同样在中国很知名的捷克作家米兰·昆德拉则没有这样的理想主义和平和。他强调写作要"反一般人之常态""反一切之常规""向敌手挑战并激怒他们的朋友"。他是以挑战者的姿态进行写作的。

有十三四个作家则强调至少要意识到一个作家、一个知识分子的精神使命。巴金当然是严肃的,他说:"人为什么需要文学?"为了"扫除我们心灵中的垃圾""带来希望……勇气……力量"。美国的诺曼·梅勒等强调写作是追求真理的手段。加拿大的加斯顿·迈伦强调写作为了提高文化修养。南非小说家慕帕赫列列强调写作是一种"文化教育的手段,作为唤醒全人类的社会觉悟的手段,使人们意识到文化需要不断更新、确立与巩固"。有两三个作家提到写作是为了反映生活,认识世界,这很容易被我国作家和读者理解。

这一百个作家当中,有四五个人直接谈到了政治,谈到了写作的政治意义。有趣的是这多是中国人。丁玲说她是"为人生,为民族的解放,为国家的独立,为人民的民主,为社会的进步……"而写作。台湾的陈映真说:"我写作为的是人类解放。消除不平等、非正义……消灭形形色色的精神与物质的压迫。"加籍华人作家陈若曦则说自己"借以倾诉由于祖国分裂和不良社会制度给我国人民带来的苦难"。巴西的费尔南多·加贝拉说,她写作的目的是"为了改变南美的专制社会及自我改造"。获诺贝尔文学奖的南非作家纳比娜·戈迪默在谈到自己的一篇小说"用私生活和爱情去体现政治"时,她诅咒道:"原因既简单又可恶,在南非,政治完全干涉了人们的私生活。"她不否认她的作品的政治内容,但她更强调了这是出于无奈。

有几个黑人作家提到他们的写作动机是为了让人们更好地了解

黑人,他们是从人际(种际)的理解的角度而不是直接的政治的观点来讲自己的写作的。昆德拉的"挑战说"当然有政治的尖锐性,但他也宁愿更强调写作的个性方面与文化价值观方面的意义。

有六七个作家的回答包含几方面的意思,既有个人的兴趣,也有对社会对读者的责任。法国的米歇尔·图尔尼埃便引用了巴尔扎克的说法:"写作为了出名和富有。"他又引用了另一种回答:"写作是净化心灵的必要手段。"

巴尔扎克的说法倒也简便实在,有点通俗文学的俯就性。此书中也收了类似的回答,即认为写作是一种职业而已,这样回答的有两个人。可以把写作想象到天(上帝)上,也可以拉回地面,这就是写作的上天入地的性质。可以上天,可以入地,其实不仅写作是这样。

此外还有一些回答很难看得太认真,像是调侃,又像是自嘲,既嘲笑了写作,也嘲笑了"你为什么写作"这种拙笨的提问。我个人倒是非常欣赏德国的格拉斯的答复:"我不能做其他的事。"我以为最好译成"别的事都做不成"。无独有偶,法国的帕特里克·莫迪亚诺回答:"我之所以搞写作,是因为我不会做其他事。"这也是实话,如果他们能做总统、元帅、富商、体育明星、黑手党魁……就都不用写作了。德国的克里斯蒂安的回答便是:"我写作,因为我不是个出色的游泳者。"这样用一笑来回答未必比老老实实地答上一大篇更不准确。还有,把写作说成由于自己一无所成,很像《红楼梦》开篇的一个说法:"今风尘碌碌,一事无成……欲将已往……编述一集,以告天下。"这至少不比把写作吹得神乎其神更失真。格拉斯与曹雪芹相通,估计格没读过《红楼梦》。

作家五花八门,回答与回答的思路五花八门。不足为凭,不无兴趣。写作的内涵与效果是多方面的,都回答得有根有据。即使是拒绝回答或者开一个玩笑,也表明了写作的某种特质。读一读这些说法,可以解颐,也可以开阔开阔心胸呢。

发表于《文学自由谈》1992年第4期

中国的先锋小说与新写实主义

虽然从八十年代以来,文学作品的发行量呈下降趋势,中国仍然是一个文学大国。全国的纯文学刊物将近二百种,每年出版的文学新著也在一百种以上。即使在时而出现的复杂情况下,作家们也没有停止写作。新进的青年作家不断涌现。近年来,出现了新的畅销书作者,像王朔的小说、汪国真的诗、华艺出版社的名家新作系列,都有相当不错的销路。某些大型文学刊物如老作家巴金担任主编的《收获》等都拥有上十万的订户,某些诗歌刊物的订户没有减少,而且略有增加。

八十年代后期以来出现了一批青年作家。一部分人被称为"先锋派"或"新潮派",如马原、孙甘露、余华、格非、洪峰等。他们的作品侧重表达作者的内心感受,他们很讲究叙述的技巧与语言的奥妙、语义的含蓄与多层次性。一位评论家提出了过去的小说看故事,新潮小说则主要看语言的命题。他们继卡夫卡热、福克纳热、加西亚·马尔克斯热以后最近又掀起了普鲁斯特热。普氏的七大本《追忆似水年华》竟然成了畅销书之一。他们的作品丝毫不掩饰他们从这些外国大师那里接受的影响。他们实际上沉浸在一种艺术更新与艺术引进的热情里。他们热衷于艺术形式的探索。他们越来越远离那种在我国仍有影响的政治功利主义的考虑。

近年他们也受到一些评论家的讥讽与批评。如指责他们拥有不了多少读者,批评他们不懂得民族文化传统,他们的作品有模仿痕迹。有的批评者干脆宣布他们已经失败,中国的新潮文学业已终结。

另一派青年作家则呈方兴未艾趋势。他们被称为"新写实主义"者,虽然我个人对这种动辄"主义"的表达和概括不感兴趣,但也无法扭转这种说法已被广大读者作者包括赞扬者与批评者接受的事实。他们的代表人物有王朔、刘震云、池莉、苏童、李晓、叶兆言、刘恒、周梅森等,他们当中有不少人住在南京一带,南京办的一种名为《钟山》的杂志曾在一九八八、一九八九年举行了"新写实主义小说大展",使之引起了各方面的注意。

大家知道,在中国长期以来是十分推崇现实主义的,直到今天,超现实主义仍被一些坚持社会主义现实主义的人视为异端。写实主义在中国本不足为奇,现在的问题出在这个"新"字上。新在哪里呢?主要是:一、他们的作品倾向于平静的叙述,而不做出对自己的人物与事件的评价。二、他们摒弃正面人物、反面人物的两分法,他们取消作者对自己的人物的道德审判功能。三、他们讨厌感情的流露,讨厌煽情,讨厌小说家的诗人气质。四、他们还语言以自己的本色,讨厌转文、雕琢与装腔作势。他们消解褒义词与贬义词的区别。五、他们回避神圣与崇高,用调侃的态度对待一切,消解崇高与卑微的区别。六、他们大体上避免写大人物(VIP),而多写没有地位也没有使命的小人物。七、他们反对执着,有的干脆说自己无法做到像民族英雄、革命先烈那样英勇不屈。

他们当中的王朔成为近年来的一个热门作家。他不属于任何单位,他不领工资也不享受社会福利待遇。他与前面提到的那个畅销诗人不同,他并不写那种流行歌词式的东西。他的走红主要是由于他的漂亮的北京口语、轻松调侃的幽默、亵渎神圣——包括政治、爱情、道德与艺术——的挑战性以及他写的那些卑微的、不入流的青年人物。他被某些人称为中国的嬉皮士。他的作品大量改编成了电影或电视剧。他拥有一个既写影视节目又做生意的海马集团。虽然也有批评者对他表示痛心,然而他从社会各方面得到的仍然是赞许至少是宽容,他生活得潇洒愉快。

对新写实主义的批评也有不少,有人甚至指出它在政治上是有害的乃至是危险的,有一些严厉的批评文章准备好了却未能发表,它们的影响实际上有增无已。

目前在中国,有的论者严厉地批评文学多元化的提法,但也有的论者认为多元化已经是事实。

发表于《当代作家评论》1992年第6期

周末与文化

各种报纸的周末版风起云涌。首先得有周末。战争无周末。政治运动无周末。革命加拼命也少有周末。我刚参加工作那会儿,几乎以大年初一参加或召集紧急会议为乐为荣。大跃进也无周末。革命化的春节、革命化的婚礼,我们宣传的是娶媳妇那天晚上两口子去挖一宿河泥,遑论周末?

中国沉睡得太久了。需要刺激刺激,紧张紧张。太紧张也不好。一些伟人,如果生前能更有节奏些,能有空闲读读报纸的周末版,事情说不定会好一些。当然,那时候没有这种条件。前人种树,后人歇凉,让我们永远记住他们的辛劳业绩。

现在总算可以堂而皇之地度周末了。而且一下子出了那么多周末版。这股风反映了一种对于消费型文化的需求。温饱了,太平了,人们想读一点短小、轻松、有趣的东西。想换换精神,想找点东拉西扯的,或渊博、或新奇的谈话资料,想知道点更富有凡人的生活气息的新闻或知识,想把弦松一松。

报纸应该是战斗性的,应该是教育性的,应该引导……都对。但也可以具备一点消闲属性,茶余酒后,把此一玩,无伤大雅,有益世道人心。起码把人们从斗斗斗、防防防、动荡不安的心态中解放出来;庶可以言改革开放、发展生产力、赶小龙还有祥和呀什么的。无可讳言,理想主义的大概念少了,庸俗的至少是凡俗的东西会多起来,部分志士心态正在被市民心态取代。何况,这里还有一种回避敏感话题、迎合市场的心理。市场规律供求规律有可能造成对教育需要与艺术质量的双向冲击。事情一味这样发展下去确有令人遗憾乃至令人痛苦之处。但是，假大空少一点，紧张气氛少一点，形式主义、哪壶不开提哪壶的蠢事少一点，仍然是好的，无法避免的，而且是必要的。

轻松的话题仍然可以谈得高雅、丰富、有学问、有境界、有修养、有新意，至少是健康，有利于形成一种生动活泼、尊重理性、尊重文化、富有创造力想象力和建设性的精神面貌。消闲文化毕竟是文化，例如《红楼梦》里的宝玉、黛玉、宝钗们的文化消闲就与薛蟠更与贾珍、贾琏、贾蓉的流氓恶棍式无文化消闲（下流消闲）大相径庭。我们当然应该更好而不是更差，更丰富而不是更贫乏。

很长时间以来，由于温饱有虞、战乱不止、外敌侵略、反动统治、极"左"思潮，等等，我们没有发展这种人民大众的消费型文化，它们一旦出世，或趋之若鹜，乃至冲击了排挤了严肃的高、精、尖文化成品；或被识为可疑，总觉得不大姓"社"。哄抬也罢排斥也罢，都不足为奇，都有一定的道理。总而言之，这都是过程中应有之义。

我们的文化生活包括报刊出版发行的格局会有所发展，有所调整。在经济建设的过程中、发展商品经济与改革开放的过程中，人们的精神面貌与文化需求会发生一些变化（对这种变化的评价可能有争议，但已经和正在并继续变化却是明显的事实），文化事业会呈现出新局面。这是不可避免的。当然，还有农村。农村有些地方连温饱问题也没有解决，离普遍建立周末休息的制度还远。所以我们的根本任务是发展生产力而不是别的。一些富裕地区的农民也日益参加到文化休闲文化消费的行列中来了，令人高兴。

人们不会仅仅满足于周末文化。这么一个大国古国，人们期待着雄浑巨大的精品珍品，我们需要全面的文化建设。无论如何，周末文化的建设也是整个文化建设的一翼，是不可缺少的。让我们拭目以待，并致以良好的祝愿。

发表于《南方周末》1992年6月26日

王朔的挑战

王朔当真火起来了。他造成了某种尴尬。一些以纠正和指挥文艺为己任的报刊在王朔面前承认不是，不承认也不是，没词儿啦，便闭上了眼睛，假装看不见。

王朔的语言是漂亮的口语，读之如闻其声如见其表情。他还赋予了语言以新的特质：褒义与贬义的消解。他的人物在说"我是诡计多端的"或"我是卑鄙的"的时候你觉得他相当可爱。在说"你真悲壮"或"你英勇不屈"的时候说不定是在涮你。

王朔的人物非工非农非兵非知识分子非领导非被领导非反革命非革命非先进非落后非中间非改革非保守非正经人非黑社会……

王朔的调侃胆大包天，什么神圣的词儿他都敢调戏捉弄，什么恶劣的词儿他都敢往自己身上安。

他太尖锐，他戳破了所有的道貌岸然。他很轻松，哈哈一笑也就消食化气。他很油滑。他也辛酸。他其实挺老实，没有出大格的东西。他根本不信也不让读者信那冠冕堂皇的假大空。他又很和解，只要允许开玩笑他的人物都是大大的良民。他不太或者干脆不相信你和你的盟友，但是请放心，他同样不信和嘲笑你的敌人和敌人的敌人。他什么都能适应，什么都能找出茬儿来。他永远快乐、尖刻、潇洒、真真假假、虚虚实实，绝不冒傻气。

看了王朔的作品，你会觉得痛快，但不悲伤；你会咯咯地笑，但不喜悦；你会骂骂咧咧，但不生气；你会啧啧称赞，但不敬重——他压根儿就没想让你尊敬免得你上当,不要上任何人包括他王某的当。看王朔的作品你却也没有得到什么,你绝对不会感到受到启示受到教育受到激励,但也不会受到败坏。看他的作品你绝对不会失眠,不会想入非非。看完他的作品你一切照旧却不无轻松透亮。

看别人的作品你觉得作家人五人六挺高深。看王朔的作品你觉得他和你一个鸟样如果不是更晦气。唯一让你没脾气的是他太能砍了,不是侃侃而谈的侃,而是胡抡乱砍的砍。你还相信他一定聪明精明。

当然不是没有倾向。他替小人物说话,油滑中有时亦有无可奈何的呻吟和装疯卖傻。

他不严肃也不媚俗。他不新潮也不古典。不洋也不土。下流话到了他那儿也还质朴直率。"上流"人儿进了他的小说也怪可笑。如果你说他小丑,他似乎还真有那么点胆识——不小也不大,至少不比你差。

他千真万确地不是灵魂工程师正像不是痞子。据说他这位老弟还挺乖的呢。

除了他,中国只有巴金是不领工资的作家。

他确实是另一路,他自成一家却又仿佛失落了许多。

文学是被他拓宽了还是搅和了呢?

中国前几年出现王朔,这两年火了王朔,不符合任何方面的意图,却又是各方通力造成的。这一切绝非偶然。他是应运而生。

王朔的影响正在扩大。你拦不住,更引导不了。

你怎么办呢?

这是一个社会在转型期中必有的心态,王朔的作品将此种心态活灵活现、维妙维肖地传达了出来,使社会上最普通的小人物得以达到心理平衡和自我肯定。看王朔的作品你看不到"长"(此处可读 cháng 亦可读 zhǎng),却可以最充分地体验到一种"短、平、快"的释放与轻松。

王朔从事文学(不仅文章,还有影视,还有别的)活动的方式比他的作品更有魅力,也更具前锋性,我认为这更是社会转型期中的一大必在历史上留下痕迹的文化现象。你喜欢也罢讨厌也罢,嫉妒世界鄙夷世界,反正他和他那一伙哥们儿还有"托儿们"活蹦乱跳地存在着、折腾着、喧闹着,你现在是横扫不了也抹煞不了,蒙住眼睛堵住耳朵不失为一个对付他们的办法,可那多累得慌憋得慌?

　　现在王朔的书不仅在个体书摊上一摆就是好几种。去新华书店看看,一样的多!人民文学出版社和《收获》杂志那样的"最高文学殿堂"也都在隆重推出他的小说,他搞的电视剧不仅市井小民议论纷纷,高层领导也曾表态。据他小说改编的电影不仅足可以搞一个电影周,简直可搞一个电影月。翻开大大小小的报纸,隔三岔五必有关于他的消息,不仅告诉大家他写出了什么正写什么,连他想找个经济人,有个什么新念头,都细细致致地报道出来,往往一则短文还被转载十处,王朔真是火得有点长了。

　　可我心中还只是暗笑。王朔的"托儿"多,所以那些大大小小的捧场文字,我认为一半都是王朔自己背后导演的"造神运动"(他的用意在促销)。这小子这点就不聪明,须知"登高必跌重""月满则亏",所以我私下里早奉劝过王朔:你小子现在无论如何得找人猛批你一顿才行。我连题目都替他想好了:《哪个阶级的"顽主"?》《怎么可以"千万别把我当人"?》《"过把瘾就死"是什么样的人生?》《编辑部里怎会有这样的"故事"?》《谁是你爸爸?! 你是谁儿子?!》……可是王朔说偏偏这样的"托儿"特难找,那原因,也许是没人眼红他兜里揣的那个街道办事处给开的"求职证"吧?

　　我跟王朔在文学上是两股道上的,所以我觉得对他能冷眼旁观一番;他一不留神斜个眼儿,大约也能把我窥个八九不离十,这很有趣。文学的路数很多,各路有时会如网络般交叉纠结,除了《虹南作战史》那号非把别人剿灭独留自己一尊的文学瓦斯和色情暴力的文学垃圾以外,各路文学都可竞争、竞赛或不争不赛地自得其乐或者各发其痴。

长得了吗？

至少我和王朔，对这个根本就不在意，没那么一份焦虑。

社会如筛，生活似剪，人心是秤，历史无情。任其发展，听其自然吧！该长的，必能长，不能长的，只要无害，存在过一段也不错。

发表于《中国检察报》1992年8月31日

漫话文艺效果

文艺现象的社会意义,其呈现的途径是多种多样的。

塞万提斯的《堂吉诃德》是一部讽刺小说,对当时的社会风尚进行了辛辣的嘲笑(差不多是"恶毒攻击"了),但是这部天才的书和它的作者最终为西班牙,为她的历史、文化、语言赢得的是尊敬和荣誉,而不是尴尬和羞辱。现为国王的卡洛斯陛下于七十年代末以王子殿下的身份访问我国的时候,当时担任副总理的邓小平同志在晚宴讲话中便热情地提到了塞万提斯和他的小说。我至今记忆犹新。

美国的好莱坞影片中,显然以市场价值为主要考虑的商业片、娱乐片居多,但这些影片为美国所做的宣传的影响是难以估量的。从山川景物到时装歌曲,从生活方式到语言思维,它在全世界各地推广着美利坚合众国。不少国家(包括西欧国家)斥之为文化侵略而采取若干行政限制措施,不少严肃的艺术大家提起"好莱坞"时带有一种贬义,但是说实话,限制也罢贬低也罢,收效甚微。

美国电影中不乏恐怖片与揭露社会黑暗的片子,依我们的观点,放映这些电影莫非是号召观众起来造反砸烂闹事么?但我在美国旅行时听到过一种对于我们来说匪夷所思的解释:观看了这样的影片,走出电影院,只见华灯初上,满目琳琅,并无暴力强奸私刑鬼怪白鲨,观众会长出一口气,会更加庆幸和热爱自己的生活。

如果讲到文艺现象的纯洁,"文化大革命"时期的样板戏确实达到了顶峰,江水英、阿庆嫂、方海珍连自己的老公都没有,更没有私利、没有小家庭、没有"性"了。但是那一段的文艺历程，究竟留下的是什么呢？是荒凉，是伤害，是深重的遗憾。

印度电影《流浪者》五十年代就大演特演过。当时没听说怎么样。七十年代末又二度红火了一回。听说某地窃案现场发现了作案者"拉兹"的大字签名。据说一个电视剧《玫瑰香奇案》也有过类似的副作用。究竟怎么看这些问题好呢？是把文艺看成社会现象、还是把社会看成文艺现象更符合历史唯物主义呢？

鲁迅对国民性、对传统文化、对线装书、对中医、对京剧都曾做过极为沉痛激烈的批判，但鲁迅是"空前的民族英雄"。而对传统文化持温柔和平爱护得多的态度的周作人却做了有失气节的事。

有些文艺现象是特定的政治历史条件的产物。例如"红太阳热"，是与"文革"时期的"大树特树"分不开的。这样的政治历史条件已经成为往事，文艺现象的某些形式却遗留了下来，最近又很热了一阵子。尽管不同的人会对这同一种现象做出不同的乃至为我所用的解释，但对绝大多数热衷于听这些歌的人来说，不存在回到"文革"中去、回到个人迷信中去的政治动机。熟悉、亲切、幽默（用邓丽君式的女声崔健式的男声唱"毛主席来到咱们农庄""毛主席的书我最爱读"，岂无反差）、内容与形式的某种分离……比起某些人的政治意图起了更大的作用。

无法否认，艺术常常为政治所用，艺术家有自己的特定的政治身份。例如李香兰便是日本侵略者一手制造的伪中国人、伪中国影星歌星。前不久，日本四季剧社为庆贺日中建交二十周年特来华献演大型音乐剧《李香兰》。所奏序曲的主旋律是李香兰当年唱的《夜来香》的旋律。如果我的印象不错，这个歌在我国因其"汉奸"性质是上不得台盘的。音乐剧中的"李香兰"却演唱了《夜来香》与《何日君再来》。其实，十余年来，《夜来香》一直在流传，从邓丽君的"盒带"到卡拉OK歌舞厅里，都找得到《夜来香》的旋律。对这样的歌继续禁下去我并无意见，我没有调查研究过这个问题，我只是实话实说，

《夜来香》实际仍在流传演唱。听与唱这首歌的人中没有几个想当汉奸,没有几个一唱《夜来香》就想起伪满或者汪精卫、陈公博,"大东亚战争","坏歌"《何日君再来》也已经抹不掉了。

还有一些自以为是非常革命非常姓"社"简直是唯我独"马"的文艺现象。如宣布一本杂志怎么怎么大好特好起来了,简直是从重灾区回到天堂里来了。然后该杂志销路锐减,自己也承认缺乏知音了。一种姓"社"的文艺现象却脱离了广大作者和读者,它的好的效果的意义究竟在哪里?这是为社会主义增光呢还是为社会主义抹黑?

有一些文字比较晦涩,情调比较黯淡的作品。无可讳言,它表现着一种通常认为是消极的诸如孤独、烦恼、幽怨的情感。它会引起一种消极的共鸣,而不可能催人奋进。但它又毕竟是以一种相当讲究的精致的艺术形式表现出来的,把哪怕是消极的情感升华为美,体现为对于美的追求,这又是积极的了,例如李商隐、李贺的诗就是如此。他们的诗有消极情绪的发泄,他们的为诗本身又是一种对于消极情绪的约束和导引,他们的诗更提供了温馨、瑰丽或者奇异的美的享受。据说,革命伟人毛泽东就喜欢他们的诗呢。

幽默作品的效应就更复杂,它们在把矛盾尖锐化的同时,又因为其极度的夸张而失去了可信性、化为轻松一笑而已的说学逗唱。把马三立划为"右派"本身比马三立说的相声还要荒诞。(按:马三立同志已入党,并曾被评为优秀共产党员。)

长期与近期。形式与内容。动机与效果。正面作用与副作用。抑制与疏导……在文艺现象的效果问题上呈现出不拘一格的复杂性与可变性。用过于执的眼光看待这个问题,肯定不能达到预期的效果,这倒是已经屡屡被事实证明了的。

发表于《解放日报》1992年8月25日

再说文艺效果

文艺的作用有直接的、眼前的、正面的与间接的、长远的、侧面的乃至反面的之别。

活报剧《放下你的鞭子》动员抗日,《凯旋》反对内战,演完了观众边哭边喊口号。电影《英雄儿女》里,文工团员在行军路上说快板为战士鼓劲。给被我军俘虏的国民党兵演出《白毛女》《赤叶河》《血泪仇》,看完戏原国民党兵立马参加我军……这都是直接的眼前的正面的效果。这样的效果有赖于作品的鲜明性与煽动性,感情充沛,爱憎分明,针对性强,一看就懂。这些,是它们的特长。

轻音乐、警匪片、通俗小说的作用也是直接的与迅速的。听(看、读)时备受吸引,颇可解闷娱乐,使人哪怕是暂时从繁忙沉重的工作与现实人生负担中解脱出来;听(看、读)完也就拉倒。这种娱乐与解脱的作用有赖于文艺作品(或活动)与生活的距离,软绵绵的情歌、惊险离奇的侦探故事、没完没了的江湖恩怨或者感情纠葛,都不是生活现实中所固有常有的。如果以为给农民就应该放映种棉花与计划生育的电影,给工人就应该唱抡铁锤与开机器的歌曲,是机关干部就一定爱看一个会接一个会、一个争论接一个争论的电视剧,就不会有这种作用了。

文艺的认识作用就不都是直接与即刻的了。一部政治倾向性特别明确的作品往往可以轰动一时,发挥强大的社会作用,例如据说是推动了美国南北战争的小说《黑奴吁天录》和培养了一代又一代革命青年的《钢铁是怎样炼成的》。而《红楼梦》则被一代又一代的读者与专家琢磨分析,像一个取之不尽用之不竭的聚宝盆,这当然是《红楼梦》的杰出之处。但是这样的作品也有它的遗憾,它无法强有力地影响读者的解读方向,读者常常不按作者的创作意图理解作品,字里行间都留出了被人曲解的空隙,难以成为一部热烈地推动历史前进、帮助社会先进力量的"精神原子弹",难以成为政治家极为满意的合乎时宜的书,像高尔基的《母亲》为列宁称道那样。此有一得,彼有一失,此事古难全,没有法子的。

文艺的潜移默化作用本身也常常是隐蔽与长期的,而且常常与作品的主题不甚搭界。例如一个国家的文艺作品在另一个国家的流行,必然会造成该国人民对于文艺产地国家的文化的好感,哪怕这些作品并没有宣传其产出国的美好而恰恰是随便地糟改嘲弄。线装书读得多的人有的变成了传统文化的陶醉者,变成"国粹主义者"(外国汉学家也有走上这条路的);但也有的变成了激进的批判者,比如鲁迅。以为讴歌龙的作品一定能使接受者爱龙,讴歌凤的作品一定能使接受者喜凤,这是过于天真的想法,它可能适用于少年儿童,而不适用于已经有了相当成熟的观点和阅历的成人。对于成人,过于直露的干预他的思路的企图常常会使他反感乃至对您这个文艺敬或不敬而远之。

至少是一半对一半。一半是作者的意图与作品的倾向,另一半是读者欣赏者接受者的已经形成的观点、接受过程中的期待、敏感点和加上了接受者的倾向、创造的各自不同的解释发挥。所以,"一千个读者有一千个哈姆莱特";对《红楼梦》,佛家见禅、道家见道,情种但见风月,毛泽东见阶级斗争,蔡元培见排满……

有意栽花花不发,无心插柳柳成荫。文艺常常会有一种意想不到的"侧翼效应"。日本电视连续剧《血疑》放送罢,"光夫服"流行起来了。一个电影或许许多人没有看过,或早已成了明日黄花,但它的插曲久唱不衰——却原来文艺作品既是一个有机的整体,又是可分的诸文艺因子的集合。拙作《哦，穆罕默德·阿麦德》发表后我收到的许多来信是向我询问新疆维吾尔医对白癜风的治疗办法的——拙作为维吾尔医皮肤科做了广告，这当然是始料不及的。我的一位好友的淘气的儿子看了革命内容绝无丝毫问题的电影《大浪淘沙》以后居然要模仿其中的自缢场面——导致了极其不幸的后果，电影编导大概是做梦也想不到的。

文艺由于它的虚拟性而有一种特殊的心理补偿作用。爱情生活的不尽如人意使得人们更愿意一遍又一遍地去体验罗密欧与朱丽叶、贾宝玉与林黛玉、梁山伯与祝英台的爱情。极地探险、绝处逢生、艳福天降、豪门秘事、帝王生涯、剑侠悍匪，直到天堂地狱、牛鬼蛇神、魑魅魍魉……许多一般人难以经验或根本不可能一睹而又对其或向往而不可得、或恐惧而又好奇的领域氛围，人们靠文艺的体验而得到了心理的补偿，这多半是有益身心健康也有益于社会和谐稳定的。

但不要误以为这种心理补偿的要求仅限于欢乐的温柔的愉悦的美好的东西。正面的东西可以补偿正面的需求，负面的东西也可以满足负面的需求。一个生活稳定的人会庆幸自己的处境，却也可能因生活的单调重复而闷闷不乐，他希望获得某种刺激，希望看一出悲剧而痛哭，为剧中人也为自己的不可能没有的种种遗憾而大恸一场。他也可能想看一点恐怖的场面：吓得捂上眼睛或者大叫失声，经过了这样的扰乱才能获得新的更稳定的心理平衡，就像乱而后治。甜食固然可口，甜的吃多了必然腻味，酸的辣的苦的虽然难于被儿童和部分不习惯者接受，却确有开胃作用。这也好像夏天多吃冷饮自是抗暑一法，我国著名"火炉"重庆却要偏偏在盛夏吃火锅，以毒攻毒，大汗淋漓之后反得清爽。我们吃喝都能接受辩证法，为什么对复杂得多的文艺现象却喜欢简单化、表面化、急功近利不拐弯呢？

文艺现象林林总总，文艺效果千头万绪乃至千奇百怪。但是有一条是无疑的，是既有近期效果更有长期作用的。那就是，好的文艺作品是一个国家一个民族的文化的花朵、文化的果实、文化的载体。

文艺成果在很大程度上是一个民族一个国家的文化传统文化事业文化工作的积累。人们——包括外国人和子孙后代——会依据我们一个时期的文艺成果来评估或者部分地评估我们的文化乃至我们的国家民族;评估我们的国人的心灵、脾性、智慧、道德、情操、意志和匠心。《红楼梦》反映的那种生活实在一无可取;《红楼梦》和曹雪芹却是我们的骄傲。人们不是根据贾宝玉、薛蟠的酒令和阿Q的圆圈,而是根据曹雪芹与鲁迅来评价我们的文学文化成就的。作为一个文明古国、一个社会主义大国,我们只有拿出自己的堪称伟大的作家艺术家、作品艺术品才能提高我们的声誉,也才能向世人后人交代,这是最大最根本也最重要的效果。这样的无形的"金牌"比有形的金牌其实更事关重大。毕竟是文艺而不是别的更能够反映人们的创造力与想象力,能够成为一个时期一个民族的精神丰碑。建国已经四十余年,文艺工作正反两方面的经验已经积累了许多,实现东方的文艺复兴之类的豪言壮语已经讲了不知凡几……提出这个问题,该不算太超前了吧?

发表于《解放日报》1992年9月3日

题材与作家

记得多年前听一个剧作家的发言,他说:"多年来,我就是春天写抗旱,秋天写防涝。"这话说得未免俏皮,但它确实反映了我们的社会与作家本身对作品题材的重视。

我们表扬过描写合作化运动的小说,我们大力宣传过反映大跃进的诗歌,"文革"前后出现了"写十七年"的提法及对现代戏的大力提倡,还有一种在什么社会制度下就应该写反映什么社会生活的作品的理论,十分吓人。直到后来要求作家写"文化大革命"、写"走资派",而在"四人帮"倒台以后,又揪出这样的作品批了一通。成也题材,败也题材,这里边的经验教训值得思考。

题材是重要的,当然。

但是更重要的是作家,是作品中反映出来的作家的智慧、才华、勇气、良心和创造力,是作品的独特性、艺术性、深刻性、丰富性。特别是经过了一段历史的过程和时间的冲刷以后,作品的价值主要在于创作主体的精神力量与精神品质,这是被无数事实证明了的。

从题材来说,苏联文学是无与伦比的。它创造了一个这样美好、光明、崇高的新人新世界。苏联已经解体,但是它的文学的艺术理想主义与道德理想主义永存,它对中国作家(包括笔者)的影响并没有消失。

与此同时,一些发达国家的文学题材令我们不无反感。性、暴力、恶、种种令人难以容忍的黑暗、恐惧、孤独、绝望。依我们的一些同志的眼光,这样的国家不亡,苏联不万古长青、青云直上,简直是无天理。

事实却并非如此。这个问题很复杂,非本文能够论述清楚。但这里边至少有这样一个问题,通篇光明伟大的作品里掩盖着某种程度的作家的创造力和想象力的萎缩,个性和勇气的萎缩。而另一类作家固然良莠不齐,却体现了作家们的穿透眼光、探索精神、创新追求、对人生穷其就里的思索与作为理想国的描绘者的作家们必有的不停顿不满足的反省精神、批评精神。前者的健康是题材的健康,后者的健康是创作主体即作家的健康,前者的强大是作品主人公的强大,后者的强有力却是作家的强有力。

阿Q是病态的、令人沮丧的,但鲁迅的深沉、犀利与忧思却永远地鼓舞着我们。贾宝玉与林黛玉是没有未来的,但是曹雪芹的博大、天才、至情却为我们的民族树立了文学的也是文化的丰碑。样板戏中的人物是完美高大的,样板戏的创造性却极有限,请看,"能胜天""冲云天""冲霄汉"……李玉和、杨子荣的唱词竟如此相似乃尔,离不开跟"天"干。

就是说,我们在关注题材的同时,应该学会更加关注作家。

体现文学的水平与魅力的首先是作家的精神能力而不是题材与作品的主人公的选择。

经验证明,以削弱作家的创作个性为代价来满足社会的题材要求,其结果往往是得不偿失。

目前,加速经济建设和改革开放的春潮正在汹涌澎湃。大写经济建设、改革开放是各方所希望与欢迎的。对此我完全赞成。但这不等于说只有写三资企业特区发展股票上市转变经营才是对改革大业有作用的。我以为,为改革开放创造更好的精神状态、积累更好的精神能量,才更是我们文艺工作的大有可为大显身手之处。文艺的繁荣不但标志着生活的丰富与提高,更体现着整个国家民族的精神的活跃。没有这种精神的解放与活跃,没有高涨的创造力想象力进取心，没有打破过时的条条框框、甘冒风险探索新路子的胆识，是不可能搞好改革开放取得四个现代化的成功的。而文艺家与文艺批评对于培养这样的精神品质是事关重大的。试想，如果我们的文艺千篇一律陈陈相因唯书唯上小脚女人，如果我们的文艺家一个个畏首畏尾呆头呆脑东张西望哆哆嗦嗦，如果我们的评论一个个装腔作势借以吓人没有文采只有帽子，我们能有精神的解放与积极性的充分调动么？我们还有改革开放的一浪又一浪的健康发展么？

对于文艺家来说，改革开放不仅是政策和体制的变化，不仅是经济生活的变化，不仅是经济现象，更是一种精神状态、精神现象。改革开放是对这种精神力量的呼唤与解放，也是这种精神力量充分发挥的果实。当改革家、建设者的生活实践大大活泼起来的时候，当人民的生活大大丰富见闻视野大大地扩展的时候，我们的文艺能够是死气沉沉的吗？即使写的是古代题材神话题材科幻题材私生活题材都与这个精神状态的大题目有关。不仅是某一类题材，而是多种多样的题材的创造主体——作家艺术家都焕发起来、活跃起来、勇敢起来、聪明起来、生动活泼起来、纵横发挥起来了，才是我们的事业大有希望的标志。在这个意义上，是百花齐放百家争鸣还是一（种）花独放一家独鸣，就不光是方法问题，而是关乎建设有中国特色的社会主义的成败的精神面貌问题了。

从更深远更宏观的角度思考一下文艺与改革开放与经济建设的关系吧，更加尊重和珍惜创作家的精神活力吧，我们期待着。

发表于《解放日报》1992年9月10日

建设与文艺

我们的革命文艺工作长期以来是以革命、特别是以战争——包括人民革命战争与民族解放战争为中心的。简单一点说,我们有长期的与优秀的战争文艺传统。在战争当中,夺取胜利是压倒一切的,敌我斗争是压倒一切的,目标明确统一。英雄主义、忘我牺牲精神大为发扬,胜利了就一切都好,失败了就什么都完了,逻辑也是黑白分明的。

建国以后,我们未能及时转移工作重点,我们的文艺又长期以来围绕阶级斗争——叫做两个阶级、两条道路、两条路线的斗争来进行,并形成了一整套理论观点、价值观念与审美习惯(定势)。这些,简单一点说,可以称之为以阶级斗争为纲的文艺。以阶级斗争为纲的文艺力图继承和发扬战争文艺的鲜明性、政治功利性、战斗性和煽动性,但终因对阶级斗争的夸大,对复杂的社会生活的简单化、模式化、图解化以及对文艺功能的理解的片面化而大大影响了它们的成就与革命文艺的声誉。相反,一些政治性不强的文艺作品——所谓"无害文艺",或回顾革命、革命战争的作品,成绩要好得多。

经过了曲折的过程,终于明确了以经济建设为中心,经过了近年的复杂局势的考验,终于又一次更加强调地确认了经济建设的中心位置,否定了明明暗暗的把我国拉回到以阶级斗争为纲、以姓社姓资之辨为纲的主张和实践,这一点的重要性,是怎么样评价也不会过分的。

有一个问题我们却还很少讨论研究。以经济建设为中心的全面落实与贯彻发展,究竟会给我们的人民的精神生活以什么样的影响?在以经济建设为中心的时期,我们的文艺生活、文艺工作究竟会有些什么新的特点、新的发展新的问题?而不研讨这样的问题,不面对与解决这个问题,人们就有可能以战争文艺、阶级斗争文艺的思维定势来要求、评论、剪裁、指导以经济建设为中心的文艺,因而他们总是怒气冲冲、格格不入、怨天尤人、四面楚歌、主观认识与客观规律和客观实际顶牛,乃至顶得鼻青脸肿。

记得一位我十分尊敬的革命文艺前辈在谈到文艺工作者的思想毛病的时候就曾经这样愤愤地说:"一定要把他们一批一批全部送往老山前线去锻炼……"

他老的意思可能是好的,但我也立即产生了一个问题,仗不打了怎么办?持久和平了怎么办?是不是只有战争才能锻炼我们、净化我们,而和平建设时期我们就只有腐化下去堕落下去呢?(据说西方倒是有这样的"好战"理论,即认为战争使人崇高而和平使人卑微。)

战争是悲壮的。"壮志未酬誓不休""甘洒热血写春秋",这是战斗英雄杨子荣的唱词。设想一下,如果杨子荣同志活到今天主管一部分外贸工作,他能照样唱"交易不成誓不休,甘洒热血换外汇"吗?

战争是高度集中统一的,"我们万众一心,冒着敌人的炮火,前进!"这是何等崇高感人的最强音,现在呢,能唱"我们万众一心,冒着市场的风险,改善经营"么?

显然,照搬是行不通的。建设的文艺有建设文艺的特点。战争文艺与建设文艺(亦是一种简称)相比,前者似乎更悲壮、更集中统一、更简单明了也更富有理想主义、信仰主义、牺牲精神与高屋建瓴、压倒一切的气概。到了阶级斗争为纲的文艺,就走向了反面,而暴露出了假大空、千篇一律、独断论等弱点。

而后者呢,由于条件的改善与人们的要求的不同,会更加丰富多彩,更加讲究精致也更加富有文化消费的性质。经济生活使人们变得更加务实,这种务实心态也会反映在文艺当中,从而减少了豪言壮语,爱听豪言壮语的同志可能感到不满足。另一方面,越是务实与面向市场,一些人也许反而更加感到精神的东西、感情的与理想的乃至形式上的追求与探寻的可贵,他们会常常处在一种精神的饥渴当中,我们的文艺是会反映这种饥渴、困惑与探寻的。如果误以为这种反映是要求回到战争文艺与阶级斗争为纲的文艺的旧轨道上,那就是一个可笑更可悲的误会了。

后者在反映我们伟大祖国的团结统一的同时,会更突出人们的灵活多变、适应性与创造力想象力。而前者要执着得多(搞不好也可以变成偏执),对此,自然也不能以世风日下人心不古的观点视之。

从以阶级斗争为中心到以经济建设为中心,这是一个大的转变,许多观念许多方法都要变。对此,我没有足够的研究,但是我希望更多的同志特别是一心导人之向纠人之偏的同志们研究研究,不妨也开它几次座谈会,这正是事关方向的大问题呢。

当然,这样的问题的提出也不能够绝对化。文艺有它随时代而变而发展的一面,也有它相对稳定具有较长时期的历史适用性的一面。战壕里的战士也需要温柔的抒情与轻松的娱乐。精明的企业家也同样会为红岩烈士而激动神往。再说和平本身就不是绝对的,还有冲突斗争乃至战争的危险,还有国防与公安等任务。居安思危,继承发扬革命传统(而不是把阶级斗争扩大化的"传统")从来都是必要的。上述问题的提出并不意味着革命题材战争题材阶级斗争题材与其他政治题材的过时,而只是针对某种思维定势,提一点小小的质疑。"文律运用,日新其业,变则其久,通则不乏。"汉朝的刘勰就这样说过了,不是吗?

发表于《解放日报》1992年9月24日

为了民族的生机

从某种意义上说,文艺的活跃代表着一个民族的生机。文艺是一个民族的敏感的神经,是最富于创造力、想象力、探索精神、才华智慧和内在激情的文化载体,是思维定势、唯书唯上的教条主义的天敌。文艺活跃是人们思想活跃、精神解放、创造性积极性得到发挥的表现;而文艺的沉闷、肃杀、单调、浅薄是民族的生机遭到扼杀、民族精神贫困、广大人民的积极性受到压抑的征候之一种。显然,没有民族精神的活跃,没有人民的积极性创造性想象力与求实精神的发扬,就没有改革开放与四个现代化。

党的十一届三中全会以来文艺生活的活跃是整个社会生活特别是经济生活活跃的重要标志之一,是改革开放确有成效的标志之一。对十一届三中全会以来的文艺事业的成绩必须充分肯定、热情爱护,并且实事求是地分析存在的不足,总结经验教训,以求提高改善,而不能横扫一切,打击一大片,更不应咬牙切齿。

对于十一届三中全会以来党所制定的文艺方针政策,要注意保持连续性、稳定性,更好地全面贯彻,而不能任意增删,脱离开党的基本路线自成体系,以昨天压今天,硬要把文艺事业拉回到三中全会以前或"文革"以前或建国以前的模式中去。

只能够以经济建设为中心来进行文艺建设,不能够明明暗暗地搞以阶级斗争为纲,乃至批"唯生产力论",搞什么"破字当头"。不能够回到"文化大革命"的提法、口号上去。

希望能有实事求是、具体分析、生动活泼、新鲜创造的文风,而不是陈陈相因、摘引武断、披大旗作虎皮,把文艺评论搞成棍帽齐飞的讹诈恫吓。

希望重视文艺的多方面的功能,使文艺生活丰富多彩、祥和大度,满足人民的日益增长的多种多样的文化需求,使人民高兴、提高、进步,而不是气急败坏、一花独放,到处摆出一副教师爷的面孔。

阵地要建设在人心里,脱离了读者又脱离了作者的阵地,只能是形式主义的自欺欺人。

希望搞大团结,而不是十几个人七八条枪、自立门户、"肥水不流外人田"的小团结。

希望超越姓"社"姓"资"的片面的、过分的、抽象的争论,焕发文艺生机,立足于解放和发展社会主义社会的文艺生产力,立足于提高和丰富社会主义国家的人民的文化生活,立足于增强我们的民族我们的人民的精神活力、提高精神素质,立足于稳定、改革、发展。

更希望那些前一段一心搞以阶级斗争为纲的以导向为己任的亲爱的同志认真学习并和大家一起学习小平同志的南巡谈话,转变观念,不要再讳言改革开放与"左"的危害,不要再讳言以经济建设为中心,不要再讳言团结、稳定、繁荣,不要对邓小平同志的谈话和中央领导同志的指示采取视而不见的态度了。

发表于《中国青年报》1992年10月18日

调　侃

　　文学的调侃,调侃的文学,是当前一个值得注意的文学现象。

　　它叫人不那么舒服,因为它亵渎神圣:政治、爱情、口号、人际关系、社交、艺术、异性、一切规则和秩序、意识形态、权力、金钱、信仰等等,它都耍而弄之。

　　我们已经很少看到武松打虎了,代替武松打虎的是武大郎耍虎,以下蹲的特技饰演武大郎的名优巧匠把要吃人的老虎当猴耍,煞是好看。弄好了不伤和气还消除了虎威。弄不好照样有被吞噬的风险。

　　没有人教给他们这样调侃,是生活启示了他们。如果说有人大大地亵渎了神圣,那首先应该归功于"四人帮",归功于"左"的假大空,他们开始是那样吓人,后来又是那么滑稽。与其说是悲剧,还不如说是喜剧更贴切一些。

　　生活中的伪崇高伪完美包括个人迷信,实是产生调侃的温床。

　　可能也有我们的与外国的喜剧传统的影响。相声的传统和"京油子""卫嘴子"的传统,发扬光大成如今的文学调侃了。

　　调侃反映了文学的敏感。在我国这样一个古国、大国,处于改革开放走向现代化的转型期,各种矛盾、摩擦、失衡、错位是少不了的。除去社会历史的因素,人生自身的苦恼,不协调、尴尬与遗憾也是少不了的。敏感的作家既痛感这些东西的存在又明知道它们是必然存在而一时半会儿是解决不了消除不了的。那么,这种心理——包含着痛苦、愤怒、认命、谅解、哭笑不得、无可奈何——就以调侃的形式发泄出来了。

是的,调侃是一种发泄。这种发泄带有一定的挑战性。它可能撕下了皇帝的新衣,撕下了伪君子的假面,捅破花花哨哨的肥皂泡,还装腔作势以卑鄙丑陋原型,它们这方面的作用是很大的。更准确地说,这种文学调侃的盛行本身就是假大空和拉大旗作虎皮的反拨。假大空与调侃真是一对活宝,二者相反相成,相生相克。调侃是治疗假大空的浮肿的一剂良药、凉药、泻药,良药苦口利于病,调侃实是假大空的克星,是哲学上的专断论的克星,是一切伪劣产品的克星。它是有好处,有妙用的。反过来说,要搞假大空就必须歼灭调侃,或者是只许他调侃你,却绝对不许你调侃他。

当然,调侃也可能一味任性发展下去,变为一种颓废和自甘堕落。识破假大空的结果发展为一切语义的消解,一切价值标准的消解,一切道德社会人际关系的规范的失落,终于成为真善美的失却与艺术本身的失却。到那时候,调侃有可能变成厚颜无耻自私自利的外衣与借口,变成一种野蛮。调侃否定了一切包括调侃自身。这就好比不吃不喝不补充营养一味地用泻药,后果如何是可想而知的。

调侃式的发泄又有它宽容和解安全乖觉的一面。调侃只不过是调侃罢了。多大的矛盾,付之一笑,越是调侃得成功调侃得精彩就越有足够的笑料,哈哈一笑,消食化气,活血化瘀,便于理顺情绪,化解矛盾。要笑就要夸张,夸张了也就不能太认真了;所以,请放心,不会有一个人听完了相声变得怒气冲冲,图谋不轨,危及社会。一千个喜好听相声人的人当中,至少有九百九十九个是大大的良民,相声的成绩大约会与整顿治安的成绩成正比。谓予不信,不妨请文化部门与公安部门联合搞搞调查。

是的,调侃者有一种消解矛盾的本领。他调侃权贵,也常常调侃横眉立目的反权势者。调侃者最善于洞察人性的弱点,他不相信你不相信他也未必相信他自己。他不迷信已有的,也不迷信应许有的期待有的，所以它具备一种特别的冷静和润滑的品格，它具有一种难得的分寸感和见好就收的自制力。它实际上在劝阻你不要去做过于激动和偏执的事。这是一种安全性，也是一种非行动性，在使少数人不舒服的同时，他使大家感到舒服多了。调侃是聪明而又无能的文人剩下的唯一嘴上功夫、嘴力贡献、"恶习"与趣味。

如果连调侃也容不得，如果一脑门子官司到见了调侃也要疾言厉色地批判一通，那就更说明我们对调侃尚远未服用过量。对您这种偏执狂自大狂唬人狂和一言堂的非清醒状态，看来还要美美地调侃一番。

息怒吧，醒醒吧，亲爱的。

发表于《解放日报》1992 年 11 月 10 日

文 学 绿 浪

在花花哨哨的刊物丛中,出现了《绿叶》——由环境保护机构与文学工作者合作创办的以保护环境、强化环境意识为主旨的文学期刊。

从封面到封底,弥漫着一种生机盎然、亲切素雅、美善和平的绿意。对地球、对大自然、对祖国河山、对人类、对一切生命的钟爱,流露在整本杂志里,读之令人现出温馨和从容的笑容。即使是一脑门子官司也罢,面对象征生命的绿色的叶子,您能不能少上点火呢?

刊名"绿叶"二字娟秀中显出苍劲,是夏衍所题。薄一波、王任重、张爱萍、彭冲、宋健等领导人以及谢冰心、艾青、严文井、杨沫等老作家的题词显示了方方面面对环境与文学的关注与良好祝愿。

再看看头两期的作者阵容吧:李国文、司马言、刘心武、叶楠、张扬、谌容、蒋子龙、赵大年等的小说,冯牧、雷加、汪曾祺、郭风、艾煊、柳杞、张长、韦君宜、黄秋耘、李准、白桦、杲向真、李杭育等的散文,黄宗英、陈祖芬、俞天白等的报告文学,还有匡满、顾工、冯其庸、晏明等的诗和端木蕻良、霍达等的杂文……你也许会吃惊:久违了的老、中、青著名作家们啊,原来你们都来到了这里!

文学关心环境,环境需要文学。以环境为主题的纯文学刊物,据说这是地球上的独一份儿,至于以环境为题材的文学作品的大量涌现,则是当代世界性的文学潮流。有了这样一个崇高而又和善的目标,有了对于环境问题的共识,作家们自然而然地团结了起来。谁说文坛只会"窝里斗"呢?

如果说中国文学的绿色浪潮正在兴起,不知道算不算有点夸张。反正一片绿色的叶子确实带来了春天的希望,春天的消息。

1992年

最好再从容些

真正的文学家对于是市场经济或者不是市场经济大概没有超出正常的反应。汪曾祺就说:"面对市场经济,我无动于衷。"

这不是说他们不关心国家的发展或者经济建设,而是说他们对于自己的追求与使命的把握是很稳定的。因为他们之追求文学压根儿就不是为了钱。在任何社会经济制度下,搞文学而求直接获益,恐怕有点像是缘木而求鱼。做生意、炒股票、房地产……当然比卖小说赚头大得多。搞政治、做官,在一切社会制度下也比爬格子风光得多、威猛得多。钱是个好东西,但是钱的好毕竟是物质的好,而人需要的不仅是物质。许多非物质的东西是用钱换不来的,例如友谊、爱情、人际关系的和谐与真诚,再如从人缘到荣誉、地位、威信、国内外影响……都是仅仅用钱搞不来的,是无价的。无价的东西常常比有价的东西更显得珍贵。许多人有钱,但是并不幸福,他能获得的只是有价的东西却得不到无价的珍宝。

当然,没有钱也是很苦恼的事情。

在某种社会体制下,权比钱还要重要得多。但权也不是万能的,单纯的权可以使人怕你服从你趋奉你却很难使人爱你。权的妙处在于使人服从并从而建功立业,服从的结果往往要付出代价,人们对待你是以暂时的利益与心计取代真诚与平等,权愈大愈听不见真话,这样的代价还不大吗?功业的考虑也常常挤掉常人的生趣。许多执权柄者其实相当孤独,更不要说他们的沉重的责任、紧张与风险了。一个艺术气质很重的人不会愿意为了权而放弃自己的文学,这是可以理解的,遑论钱乎?反过来说一个文人而又贪权迷财,把艺术型的疯癫激动嫉妒偏执与政客的勾心斗角野心勃勃与商人的唯利是图贪婪抠唆备于一身,那个形象可真够呛了,唉!

价值的追求应该是、实际上也是多元的。麦当娜挣的钱比总统还多,但是没听说哪位美国总统因而心理不平衡。麦当娜的价值可以表现在门票上,而总统的价值无法表现为年薪。脑体倒挂当然不合理,这个问题应该认真解决,但是即使在倒挂的情况下,搞原子弹的人的地位价值仍然不能与卖茶鸡蛋的人相提并论。做颅外科手术的医生与理发的师傅在人们的心目之中的地位也不会因为收入的倒挂而倒挂起来。通俗歌星挣的钱再多也不能取代受过正规教育的音乐家,反过来说,帕瓦罗蒂也无法取代猫王或者约翰·丹佛。不过二者并非半斤八两,在音乐之神面前,在追求艺术的人们面前,帕瓦罗蒂是"我的太阳"而旁的星也就最多是颗星罢了。我们可以为作家的低收入而愤愤不平与奔走呼号,但是完全不必以作家的收入与歌星相比。眼睛盯着歌星的钱袋,殆矣!任何社会里,钱都不是一切,何况搞了那么多年的社会主义!

对于许多人来说,幸福是与大量的消费联系在一起的。消费型的人生观当然更重视钱一些。

但人们不仅有对消费的追求。对于另外一些人来说,更重要的目标是自己的建树,是自我的发展与完成,是对社会的奉献与功绩。当然没有基本的生活资料是不行的,不吃不喝不花钱的人是没有的。但是在满足了最基本的生活需求以后,更多更多的钱,对于非消费型的人生观的保持者来说,确实是不屑一顾。他们宁可放弃诸多的物质财富与享受也要进行自己道义上的或精神上的追求。他们更看重自己的名誉、操守、事业、对于国家民族人类的义务乃至自己的个性趣味等等。他们绝对不肯为几个钱而放弃这些他们看重的东西。仁人志士,自古有之;风流雅客,于今不绝;信仰原则,重于泰山;兴味乐趣,胜于生命;金钱何物,岂足挂齿?

如果一切是为了钱,那么钱又是为了什么呢?

凡是认真追求艺术、感受到艺术的魅力、感受到自己确实与艺术的真趣相通,感受到自己确实是在攀登艺术的高峰的作家,不但不会为了几许钱财而弃文下海,更大的诱惑也休想让他们动摇分毫。尝到过艺术的真味的人,就像尝到过革命的真味、宗教的真味的人一样,是会有一股子"邪"劲的。

从另一个角度看来,凡是有这股子劲的作家,大体上是能写出或者已经写出点真玩意来的。他们大多并没有市场经济一发展自己就如何如何失落了没用了货色卖不出去了之感,他们没有这种遭遇。他们照常写作,他们照常是"卖方市场",约稿的催稿的在户外排着队,他们把全部心思用在写、写、写上还还不清稿债,他们听到种种关于市场经济的喊叫或者哀鸣,只觉得颇有些莫名其妙。他们不明白究竟是在咋唬个啥。谁饿了肚了?谁失了业了?一本书没有卖出去一百万册五十万册而是一万册两万册,不也是很好么?市场经济八字还刚开始画第一撇,大锅饭铁饭碗还牢牢靠靠地抓在自己手里呢,怎么就这么闹腾起来了?

有什么办法呢?人们选择了文学选择了艺术,人们选择了清贫与相对的寂寞,同时也选择了精神生活的高峰、选择了对时间与空间的超越。人们应该有自己的矜持与自信,人们应该坚定一些。

有一些作家涉足于经济生活特别是商业领域。这也没有什么了不起。作家当然也是要吃饭的。全世界仅靠写作就混得上饱饭的在外国是凤毛麟角,在我国有一批但也混不了多风光。一个作家除了爬格子另搞点进钱快的行当既不必悲壮也不必哀哭。完全用不着给自己的下海找出那么多冠冕堂皇的说法似乎是为天下作家树了样板。也用不着大惊小怪生怕从此小说绝了种而人们被钱淹死。即使有可能发生这样的事也远远在咱们身后的身后,何必那么超前忧患意识?

其实只要是人心未死，人情未灭，文学就不会灭绝。何况在中国这样一个文化大国文学大国！

真正跟得上时代的作家也是有的。比如王朔，他既能迎合市场的需要又能发挥他自己的个性，充分利用市场为他提供的活动舞台，包括维护市场运作中自己应该拥有的物质利益。大批的作家转向纪实文学，搞热点搞秘闻搞爆炸搞趣味，在满足读者的好奇心求知欲娱乐要求的同时也还能发表自己的见解主张，有的也还有一定的认识价值，当然也有较好的版税收入。有些作家在构思长篇小说的时候便考虑到电视剧的改编，以扩大影响增加收入，这也蛮好，他们对市场经济的态度是如鱼之趋水，他们也不会在那里咋咋唬唬。

那么为什么还是真有一批作家同行面对市场经济闹嚷个不住呢？

一段时间，历史给人们的机会实在太少了。过去一个聪明能干雄心勃勃的小伙子或者大姑娘，他（她）能去干什么去呢？没有人给你分配下达任务你硬是什么也干不成。在绝对的集中统一的计划经济体制下，除了写小说写诗，几乎一切你都不可能尝试。一些人就是在无可选择的情况下才走到文学之路上来的——我早在十年以前就曾经著文提出"不要拥挤在文学的小路上"——他们压根儿就不安心老老实实地搞创作。现在，社会主义市场经济的提出为他们创造了前所未有的可能，他们怎么能不想去一试身手呢？他们愿意去就让他们去吧。祝他们成功。也许他们搞了一段下海又出海上岸，回来再写作，那也蛮好。祝他们返回以后写得更好。这是他们的自由，既不是方向也不是歧途，既不算弯路也不算必经之路。既不是样板也不是反面教材。

还有一些同行，写作的全盛时期已经过去。他们既做不到艺术高峰、岿然不动、我行我素、光辉自在，又做不到适应时代、追风赶浪、常新常鲜、畅销利市，他们的创作有点两头够不着。其实就是没有市场经济一说他们的创作上也会是不乏苦恼的。对于这些同行应该给予同情和帮助,也要善于听懂他们的时时发出的今不如昔的满腹牢骚。总是可以发发牢骚的嘛,这种牢骚有时候也能赶上点儿,变得可贵和正义起来,例如在需要宣布文艺界是重灾区的时候。人无百日好,花无十日红,写不出来就不写,不写比勉强写其实更伟大,大可不必看着年轻人写的东西不顺眼而生闷气。也不一定把罪过全推到市场经济上来。

其实谈谈市场经济对文学也有好处。追求金钱最多是俗鄙肉化,而追求整人——不论以多么伟大的名义——则是凶恶狼化了。考虑有没有读者总比考虑写完发出来一篇作品会不会因此被扣上什么政治帽子好得多。过分注意市场即使一时降低了艺术品位也比为了臆想的政治问题而大批废黜作家与作品好得多。毕竟是市场而不是非市场能够为作家提供更公平的竞争机会。毕竟是市场能带来更快的生产力的发展,从而使文化教育的发展也获得更好的条件。市场当然并非万能。我们除了市场还有精神还有文学还有道德还有传统。面对市场经济的起步,我们可以稍安毋躁。我们不会失落自己。我们知道我们能做什么,不能做什么。我们知道我们能够指望什么,不能够指望什么。我们仍然是从容的。

发表于《随笔》1993 年第 4 期

苏联文学的光明梦

苏联解体了。世界上第一个社会主义大国的立、破、兴、衰,人类的相当一部分在这块广袤的土地上所进行的实验的英勇、荒唐、恐怖、富有魅力与终未成功;个中的经验教训,爱爱仇仇,则会长久地留在人们的记忆中,留在史册上,警诫着并且丰富着人类文明,使人类变得更加聪明与成熟。

我个人以为,苏联文学的影响可能比苏联这个国家的影响更长远。前者毕竟是艺术,是理想。艺术与理想更多地取决于人们的主观感受,更多的是满足人们的精神的需求,谈不到实现与现实的成功——毋宁说,艺术与理想的"落实"既意味着"成功"也意味着失败乃至破灭——所以也谈不上认真的"解体"与消失。

我们这一代中国作家中的许多人,特别是我自己,从不讳言苏联文学的影响。是爱伦堡的《谈谈作家的工作》在五十年代初期诱引我走上写作之途。是安东诺夫的《第一个职务》与纳吉宾的《冬天的橡树》照耀着我的短篇小说创作。是法捷耶夫的《青年近卫军》帮助我去挖掘新生活带来的新的精神世界之美。在张洁、蒋子龙、李国文、从维熙、茹志鹃、张贤亮、杜鹏程、王汶石直到铁凝和张承志的作品中,都不难看到苏联文学的影响。张贤亮的《肖尔布拉克》、张承志的《黑骏马》以及蒋子龙的某些小说都曾被人具体地指认出苏联的某部对应的文学作品;这里,与其说是作者一定受到了某部作品的直接启发,不如说是整个苏联文学的思路与情调、氛围的强大影响力在我们的身上屡屡开花结果。

我觉得苏联文学的核心在于正面人物,理想人物,正面典型,"大写的人"等等范畴。他们肯定人、人生、人性、历史、社会的运动与前进。他们写了那么多英勇献身的浪漫主义的革命者,单纯善良无比美妙的新人特别是青年人,嫉恶如仇百折不挠的钢铁铸就的英雄。他们歌颂劳动、祖国、青春、爱情、生活、友谊、忠贞、原则性、奋斗精神,歌颂祖国、革命、红旗、领袖、苏维埃、国际主义……他们批判白卫军、富农、反革命,也批判自私、怯懦、保守、心口不一。他们极善于把政治上对苏维埃政权的忠贞与爱国主义与对白桦树和草原的依恋,与对于人和人性、人生的天真的勃勃有生气的肯定结合起来。即使今天重读以制造个人崇拜为己任的苏联作家巴甫连柯的直接歌颂斯大林的长篇小说《幸福》,你仍然会觉得他对"幸福"的体验确有真诚的、丰富的与动人的内容,他写到了外高加索的葡萄酒的香醇;他写到了一个因战争而残疾的孩子的奋斗毅力;他写到了主人公的爱情,写到了一个护士、一个普通的女人对生命的短促与延续、爱情与婚姻的力量的思索。妙就妙在他把这些富有生活气息、人情味的体验、抒发与对于斯大林的歌颂水乳交融地结合在一起,这比中国式的"就是好""四个伟大""最红最红最红"要富于感染力得多。

与中国的同期的革命文学歌颂文学相比较,我至今仍然觉得苏联文学有它的显著的优点:一、他们承认人道主义,承认人性、人情,乃至强调人的重要、人的价值;而中国的文学理论长久以来是闻"人"而疑,闻"人"而惊而怒。二、他们承认爱情的美丽,乃至一定程度上承认婚外恋的可能(虽然他们也主张理性的自制),并在一定程度上承认性的地位。三、他们喜欢表现人的内心,他们努力塑造苏维埃人的美丽丰富的精神世界。而在中国,长期以来文艺界相信"上升的阶级面向世界,没落的阶级面向内心"的断言。(我未知其确切出处,但一位可敬的领导常常引用此话,并说是出自歌德。)我们里常常对大段的心理描写采取嘲笑的态度。四、他们喜欢大自然和风景描写以及静态的细节描写,这可能与列宾等的绘画传统有关。而我们中国,常常把这种风景描写、环境描写、静物描写、肖像描写视为可厌可笑,视为"博士卖驴,下笔千言,未见驴字"的笑话。五、那些在中国肯定被批评为"不健康""小资产阶级情调""无病呻吟"的东西,诸如怀旧、失恋、温情、迷茫、祝福、期待、忧伤、孤独等等,都可以尽情抒发;苏联文学有一种强大的抒情性。在苏联文学中,什么感情都可以有,但在最后,海纳百川,所有的感情都要汇集成爱国爱苏维埃直到爱党爱领袖的"大道"上去。这种对人类感情体验的珍视与咀嚼,使人不能不想起俄罗斯的音乐——从柴可夫斯基、强力集团到伏尔加河沿岸的俄罗斯民歌——的抒情传统。女作家潘诺娃在《光明的河岸》中描写人们回想起自己的童年时代的伤感情绪,并讽刺一个死官僚——只有他才没有这种普通人的弱点。如果是在当时的中国,褒贬的对象肯定需要易位。六、与当时的中国文学界的情况相比较,五十年代的苏联文学界似乎已有一定的自由度,虽然他们从未提过百家争鸣、百花齐放的口号。那时我阅读结集出版的一九五三(?)年苏联第二次作家代表大会的发言,便可以看到肖洛霍夫与他所支持的奥维奇金对于作协领导人西蒙洛夫与支持西的法捷耶夫的尖锐抨击。这在当时的中国,简直难以想象。对爱伦堡的小说《解冻》与潘诺娃的小说《一年四季》的不同意见也确实在报刊上展开了争鸣,这种争鸣并未受到苏共党的干预。

这里所讲的意思当然不是苏优中劣,对二者的比较不是本文的主旨。我只是想回顾,苏联文学在中国曾有的巨大影响,这不但是无法否认的,而且是事出有因的。

苏联——俄罗斯革命以前已经拥有了普希金、莱蒙托夫、涅克拉索夫、屠格涅夫、果戈理、托尔斯泰、陀思妥耶夫斯基以及跨越十月革命的高尔基……的强大的批判现实主义的文学传统。俄罗斯的绘画、音乐、自然科学技术在十月革命前已经有了相当的发展,这与鸦片战争后大清朝无善可陈的尴尬状况并不能同日而语。靠近欧洲发达国家的地理位置与彼得大帝开始的维新西化的历史成果,都有助于苏联文学的建设与发展,在苏联,全民的教育程度也大大高于同时期的中国。在六十年代中国的好多同志们还在为"交响乐听不懂"而莫知所措的时候,萧斯塔柯维奇早已经震动了世界,肖洛霍夫也早已赢得了世界性的声誉。

强大的现实主义传统是"本钱"也是包袱。从某种意义上说,苏联提出的真实地、历史地、具体地反映生活,并把反映真实生活与用社会主义思想教育人民结合起来的社会主义现实主义的"定义"正是批判现实主义的合乎逻辑的发展。对沙俄旧社会的血泪控诉痛加针砭以及想象中的出走、"革命"(例如像契诃夫在《新娘》,屠格涅夫在《处女地》《前夜》中所描写过的那样),再前进一步就要动真格的、走现实的、最终成为唯一可能的布尔什维克主义的革命的道路了。高尔基与列宁的友谊是这方面的一个具有象征意义的事例。

但这种苏式的"社会主义现实主义"的提法也带来了负面的结果。它是对现实主义的继承,也是对现实主义的背离,粉饰太平的自己安慰自己的幻想的真实正在取代严峻的真实。上述的巴甫连柯的作品中已经洋溢着这种粉饰自慰以激情充真实的调子。《光明的河岸》《金星英雄》等更是等而下之。有趣的是,那些标榜着反对无冲突论("无冲突论",居然有这样的"论"还要认真地去加以反对,文学到了这一步,已经够可叹与可笑的了!)的作品诸如《收获》《拖拉机站站长与总农艺师》及奥维奇金的"干预生活"的特写等等,现在看来,其对冲突、矛盾的揭露又是何等简单化、小儿科、模式化!名为揭露矛盾,实际上仍然是对苏共的一个时期的"新政"的图解与对旧政的抨击罢了。

尤其糟糕的是,对现实主义的推崇导致了对一切非现实主义、超现实主义、前现实主义或者后现实主义的上纲上线的一概排斥。特别是四十年代后期日丹诺夫主义的出笼,对一批苏联著名作家艺术家(左琴科、阿赫玛托娃、萧斯塔柯维奇等)的批判,使现实主义变成了唯一的正统,而一切别的艺术手法艺术流派变成了政治上可疑的异端。把艺术问题搞成政治问题,宣扬僵硬的艺术教条主义,动用自上而下的行政手段直接干预文艺,这树立了一个极吓人极恶劣的样板。到了五十年代联共十九大上,马林科夫又咋咋唬唬地提出"典型问题是一个党性问题"这样一个不知所云的命题。赫鲁晓夫也罢,仍然继承了日丹诺夫主义的某些衣钵,直接干预和压制获得诺贝尔文学奖的帕斯捷尔纳克的创作。呜呼,哀哉!

(与这种僵硬的"社会主义现实主义"定义、典型论相比较,我曾经宁愿选择毛泽东提出的"革命的现实主义与革命的浪漫主义相结合"的命题。它毕竟为非现实主义开了一个口子。当然,这个口号当时的"浪漫主义"的代表作——"大跃进"的浮夸吹擂的《红旗歌谣》实在令人无法恭维。另外,连斯大林都肯定过——至少是口头上肯定过的"写真实"的口号在中国一度也作为"修正主义"的文学主张来批,这是颇堪一嗟的了。)

据说十月革命后的一段时期,苏联的作家艺术家曾经真正的思想解放过,包括前卫艺术的各种流派都曾在苏联十分活跃。我在一九八六年十二月访问匈牙利时,便参观了在布达佩斯举行的二十年代初期的苏联美术展览,真是琳琅满目,一派生机!匈牙利朋友告诉我,只是在后来,斯大林时期,文艺政策才愈收愈紧了。

斯大林死了。个人迷信被否定了。日丹诺夫主义的影响仍然不能低估。即使认同现实主义在文学创作中的首要乃至主流地位,画地为牢、排斥异端的做法也仍然与艺术的创造力、想象力互不相容。五十年代后期以后,苏联文学的自满自足的教化性、道德伦理的两极化处理、俨然社会先锋乃至救世主式的自吹自擂的调子仍然束缚着它的进一步突破和发展。即使一些苏联作家写到了诸如领导人的特权、领导人的决策失误、敏感的历史事件这些新鲜大胆的题材领域(有些带有"闯禁区"的味道),即使他们采取了不同寻常的手法(如寓言式、变换视角、几条线共同发展),这些作品仍然具有一种苏联文学的特殊胎记,即他们的主题思想的分明性,善恶对立的分明性,认为战胜黑暗就必定是一片光明的时至该日未免显得太天真纯朴的生活信念与历史信心。善与恶的具体对象与界定标准改变了,例如可以把劳改营的犯人处理成罪人或者英雄,又可以把党的工作者处理成英雄或者恶棍,这种处理可以改变,作品的鲜明的倾向性与自信性以及作者的煞有介事的郑重却如出一辙,多无二致。到了八十年代,到了当代中国文学这个喷薄迸发的时刻,人们在常常认同苏联文学的价值取向,并仍然接受他们当中的杰出人物如青季思·艾特玛托夫、叶甫图申科的影响的同时,又不免感到苏联文学的冗长与沉闷。与卡夫卡、海明威、加西亚·马尔科斯以及普鲁斯特乃至米兰·昆德拉相比,苏联文学在中国的影响、特别是对于当代中国作家的影响,呈急剧衰落的趋势。与中国八十年代以来的当代文学创作相比,苏联文学反而显得缩手缩脚,踯躅不前。

在我年轻的时候,一面热情而轻信地陶醉在苏联文学的崇高与自信的激情里,一面常常认真地思索。我认为,任何不带偏见的人,读了苏联的文学作品都会立即爱上这个国家、这种社会制度、这种意识形态。它们宣扬的是大写的人,崇高的人,健康的人;宣扬的是社会主义的人道主义与历史进取的乐观精神;宣扬的是对人生的价值,此岸的价值,社会组织与运动的价值即群体的价值的坚持与肯定。一句话——而且是一句极为"苏式"的话:苏联文学的魅力在于它自始至终地热爱着拥抱着生活。

与此同时,我们如果打开西方发达国家的作家们的文学作品,即使姑且不置论于它的性加暴力的通俗读物,不置论于它的直接进行社会批判的作品(如西德的海因里希·伯尔的一批作品);我们也在那么多的作家笔下看到孤独、疏离、病态、疯狂、怀疑、自杀、仇恨……看到那么多败坏人的胃口的对于人生对于生活的否定、怀疑,至少是十分消极的叹息。我曾经真诚地认为:提供光明的文学作品的社会,必光明必好必胜必成功;而提供阴暗的文学作品的社会,必阴暗必恶必败必瓦解消失。也许,最有趣并且最意味深长之点就在这里:为什么光明的文学并没有为一个社会贡献出光明的图景,而"阴暗"的文学也并没有把一个社会推向阴暗的泥沼?

成也光明,败也光明。苏联文学像是一个光明的梦。苏联文学的光明性本来是它的魅力所在,然而:

一、把愿望当做现实,把认为应该有的光明当做实有的光明来展现,便变成了自欺欺人。至于为迎合某种需要而光明,就更是等而下之了。

二、不敢正视、有意无意地回避人性当中、人生当中、现实当中也包括理念当中那些有缺陷的东西、那些通向假恶丑或者使假恶丑与真善美混成一锅稀粥的东西。这种闭上自己的一只眼或一只半眼的对"光明"的确认,如果不是虚伪和懦弱,最好的情况下也只是天真和幼稚。

三、认定自身是光明的使徒而非己异己者是黑暗的魔鬼。这种价值取舍便捷简明果决,然而离真实与真理愈来愈远。由此而派生的独断论、排他性、极端性本身便渐渐发展成为背离了理性与天良的烛照的狂妄与邪恶。

四、社会与文学的关系,并不总是同步或互相适应、互相影响、互相配合的关系,更不可能仅是主从关系主仆关系。不是社会光明文学表现出来的就一片光明,社会进步文学表现出来就一片进步,社会停滞文学表现出来就是一味停滞,社会混乱文学表现出来就是一塌糊涂。更不是文学光明就意味着社会一定光明,文学表现混乱社会就从而一定更加混乱。文学与社会的关系,可能是一致的,也可能是各有侧重多元互补的乃至互相激励挑战的。文学更多地表现个人、更多地执着于理想追求而对现实采取批评或抱怨的态度,常常流露人生的各种痛苦和遗憾。文学本身并不能亦不善于积极地建设性地解决社会面临的问题。这样,第一,对于社会实践来说,文学具有它的消极性,用文学去直接干预生活干预社会,常常并非可取。第二,文学的这种消极性在一个健康与自信的社会中很容易转化为积极性。这样的社会是在不断的反思与自我批评中前进的,它不会视文学的"消极"为洪水猛兽。相反,文学的宣泄与疏通反而易避免大众的情绪郁结与爆炸。愈是健康与自信的社会愈是会对文学(还有艺术)采取比较宽容的态度。一味地响应配合紧跟,削弱了文学的多方面的可能性,也只能降低文学的艺术品位。它不但束缚了作家艺术家,也束缚了全民族全社会的精神能力的创造发挥发展。归根结底,对于一个社会的发育与健全是没有好处的。

五、在文学创作与文学理论中,相异的思路完全不一定是互相敌对与不相容的。现实主义与非现实主义或超现实主义,反映(再现)与表现,自我与世界,写意与工笔,民族的与外来的,传统的与时髦的,它们之间更多的是需要互相激荡互相启发互相补充而不是你死我活的斗争。死抱着一种思路而压倒灭绝一切不同的思路,只能是创造力的衰退与想象力的禁锢。死抱着一种选择(哪怕是当时当地最佳妙的选择)而不准进行不同尝试,只能使这种选择愈来愈变成失效的方略与沉重的负担。

六、在多数比较正常的情势下,一个社会的多数读者会倾向于选择轻松解闷或惊险刺激的通俗读物。这虽然有可能败坏严肃的艺术审美的口味,但却有助于抵制文学的专横单一和武断。苏联文学(除有一些反特惊险小说外)长期缺少这方面的品类,在严肃的文学作品中也缺乏更多地吸引读者的兴趣的自觉,这造成了苏联文学的沉重呆板有余而生机勃勃灵动飞扬不足的负面效果。

七、归根结底,文学作品中最积极最活跃最正面的因素来自创作主体,来自作家的人格、精神能力、勇气、智慧与艺术语言的捕捉与表达能力。以抑制、管束、干预创作主体的精神能力为代价,去取得文学作品所描述、反映、表现的对象的一片光明,其结果是创作主体的委顿与缺乏自信,是文学本身的委顿,是极得不偿失的。

八、文学可以提供某种经验、感受以及愉悦、刺激,却常常不能提供答案;能够传达某种呻吟感叹,却常常不能提供药方。文学不具备正面的可操作的行动特质,这可以说是文学的先天的"弱点"。最好最反映现实的作品也带有纸上谈兵的性质,作家们和读者们最好能就这一点达成默契。文学不是交通规则,不是动作要领,不是行动纲领或者宣言。文学常常是创作主体陷于困境陷于矛盾的熬煎的产物,而不是小葱拌豆腐——一青(清)二白的果实。愈是提供那种咀嚼好了、处理过了、消化好了的模式分明的文学内容,就愈是降低了自己的文学品位与作品的独创性、震撼力。愈是摆出一副谆谆告诫、万物洞察与救世救民的样子,便愈是暴露了创造主体的幼稚浅薄与自不量力。这样做下去,就等于把文学的大厦建造在臆想的一厢情愿上。画虎不成反类犬,对自己的社会角色的夸张定位,反而使自己走进了简单明了规范化的政治社会艺术模式中去,哪怕不同的模式具有截然对立的取舍倾向。

当我们想到,一些杰出的苏联作家——如法捷耶夫、费定和阿·托尔斯泰——无法摆脱他们的孩子气的虔敬恭谨,而终于没有能够尽情尽才地写出他们的传世之作,当我们想到另一些不错的作家——如西蒙诺夫、苏尔科夫、柯切托夫、巴甫洛夫——有意去迎合意识形态的模式,而终于囿于已有的却是未经验证的武断之中。当我们想到还有一些杰出的作家——如阿赫玛托娃或者左琴科、帕斯捷尔纳克以及可能有的没有被允许发芽的种子——潦倒压抑、有花不能开的时候,我们怎么能够不为世界上第一个伟大社会主义国家文学上的严重失误和失算而痛心疾首呢!

文学正如人生。"人生不满百,常怀千岁忧",永远不会十全十美。毋宁说文学是缺陷、是遗憾、是可望而不可得的焦首煎心产物、是梦的近邻。当你把你追求的一切搂在怀里抱在胸前,尽情地交欢做爱的时候,很难有文学,倒是失恋更可能造就一个爱情诗的作者。从这个意义上说,苏联的瓦解、苏联文学的成为历史、一心热爱生活拥抱生活的文学追求的失败本身就是极好的文学契机、梦的契机。

论文学与创作(三)

时过境迁,现在再回顾《铁流》与《士敏土》,《初欢》与《不平凡的夏天》,《毁灭》与《青年近卫军》,《收获》与《金星英雄》……我们看到的是一个又一个的光明的梦。那是一个关于人成为历史的主人、宇宙的主人的梦。那是一个关于计划性与目的性终于全部取代了盲目性与混乱性的梦。那是一个人类的荣誉、智慧和良心具体化为、凸现为列宁、斯大林、联共党苏共党苏维埃与契卡(后来成为臭名昭著的克格勃)的梦。那是一个关于朗朗乾坤、清明世界、整个世界都变得那样明晰而且生动的梦。这样的梦不但苏联作家与读者,而且许多其他地方的作家与读者都不同程度地做过。今后,人们也还要继续做下去。苏联瓦解了,苏联文学的光明梦、产生这种梦的根据与对这种梦的需求并没有随之简单地消失。资本主义当然不是无差别的天堂。苏式社会主义实践的失败并不能证明资本主义的万事大吉。说不定因为世上许多人转而追求资本主义而会产生对资本主义的新一轮的失望与批评。在这种情况下梦都不要做,太清醒也太沉重了。而梦做下去,就仍然会时而在这里时而在那里出现苏联文学的回声与反照。

用文学来表达人们的梦想,这本来是天经地义的。做梦是可以的,作做梦状却是令人作呕的。只准做美梦不准做噩梦则只是专横与无知。守住梦幻的模式去压制乃至屠戮异梦非梦,这就成了十足的病态。梦与伪梦的经验,我们不能忽略。苏联文学的历史并非空白,苏联作家的血泪与奋斗并非白费。总会有一天,人类的一部分为苏联文学而进行的这一番精神活动的演习操练会洗去矫情与排他的愚蠢,留下它应该留下的遗产,乃至在未来的某个时期,蜕变出演化出新的生机新的生命新的梦。

发表于《二十一世纪》1993年第6期

致鲁枢元信

枢元兄：

信悉，甚喜。我于四月中收到尊作，旋即赴滇，一路上只带了一本书，即《超越语言》。看了一路，回程经重庆乘船长江，三天航程，欣赏两岸风光的同时阅读此书，俱觉心旷神怡。你研究得很认真，在中国还很少或干脆没有人这样认真研究过。我打算就此写一篇文章，当然，这是下半年的事。可惜书中引用并辩驳的一些学者、观点我太不熟悉。结构主义云云，各种文章提到不少，仍觉不甚了然，不知兄能有见教否？能否用一两句小儿科的语言讲讲这个问题？

窃尝作"摸象说"。文学的诸方面犹象的各个部分。强调反映、再现的如摸到了象腿，强调表现、感觉、形式的如摸到鼻子（没有"牛鼻子"那种褒义），强调结构、模式的如摸到了脊骨，强调弗氏宣泄功能的如摸到了下体（无贬义），而阁下一直在钻研象耳朵、象眼睛、象牙。您的研究极有价值，但因之似也否定不了别的，例如理性、逻辑、概念……在文学创作和阅读中的作用。理性不但是理性，也是激情，"朝闻道夕死可矣"，遂与生命扭结在一起。我完全相信逻辑具有一种光辉，一种声响；我相信科学家、哲学家用他的犀利和周密的思辨解决一个课题时他应该感觉到光色的变幻与一个大合唱的进行。我相信你在写《超越语言》的时候，超越的与非超越的，语言的与前语言、后语言的，逻辑的与非逻辑的……当是浑然一体的，你的理性的清明感与直觉的混沌与丰富应是俱在的，好比走在一条路上，随时都有路,随时又被风光所迷惑和震撼而迷了路、迷着路……我坚信这里不但有相区分的东西也有相一致的东西。作为人类的精神活动、精神创造的颂歌,作家的体验和数学家的体验是相通的,正因如此,许多年前,我就直觉地不排斥林兴宅最高的诗是数学或最高的数学是诗论。

岂止"气数未尽",您的学术前途正好!等待着新作。

我在埋头写长篇,间亦有杂篇逗逗哏。一切都好,勿念。

夏祺!

王　蒙
1991年6月10日

发表于《作家》1993年第11期

文学与企业家

历史将会记住一九九二年。这一年,坚持社会主义并且已经搞了四十多年社会主义、搞了十多年的改革开放的中国选择了市场经济,叫做"社会主义的市场经济"。

也许现在预言这个选择的意义还为时太早。也许怎么往高里估计这项选择的意义也不会太高。谁也不可能预见到从此将在中国发生的进步和变化、困难和麻烦以及面貌一新或者面貌半新不旧的前景。

我们可以推测下面一些东西:社会生产力的大解放,物质生活与精神生活的丰富与提高,社会的、团体的与个人的积极性与主动性的大大发扬,意识形态的中心位置让位给了经济建设;还有社会精英从理论理想型向务实型的过渡,各种文化形态的活跃与相互冲突,在经济突飞猛进中的理论困惑与道德困惑,教条主义的尴尬与激进主义的碰壁,变得逐渐富裕了的生活与不可能一下子变高的文化素质之间的矛盾等等。

企业家将是这个时期的崭新的——自然也是拖着长长的旧的尾巴的——存在。他们不同于旧社会的资本家,也不同于高度集中统一的计划经济体制下的国营企业的管理干部。更多的独立负责精神、更强的自信、永不停顿的革新追求、精明眼光、务实的作风、策略性、风险意识,更主要的是市场意识,所有这些都是对于官本位、家长制、僵化保守、革命清谈与唯意志论的有力冲击。同时我们也完全可以设想由于我们的企业家文化素质还不够高、市场机制还不够完善，还由于他们的经营活动特别是走向国际市场的活动毕竟是刚刚起步，因而必然会出现的种种缺陷乃至洋相。

这一群企业家将愈来愈受到人们的关注。羡慕与嫉妒，眼红与红眼，轻视与奉承，不怀好意、幸灾乐祸与寄与希望……他们的存在将打破某些平衡，改变许多观念，激起新的欲望与与欲望共生的纷争。

所有这些都是文学的好题材。所有这些都将受到作家们的关注。我盼望在《中华工商时报》上看到各种企业家的造像、得到这样那样的启发——但不是那种收了企业家的赞助便胡吹乱捧一番的文学广告。

1993年1月6日

作家从政

这里所说的政治,有广义与狭义之别。

广义的政治是指国家的兴亡,民族的命运,人民的福祉,社会的进步,世界的前途……

狭义的政治是指通常意义上所讲的"从政""官场",指在我们这个社会主义国家参与领导,参与执政,走上"仕途"。

另有一种狭义的政治是指那些充当反对派角色的活动,这里先不去谈它。

作家——特别是中国的作家处于国家民族生死存亡的关头,处于社会大变动的情况之下,继承着"先天下之忧而忧,后天下之乐而乐""兼善济世"的中国士人的传统,对于广义的政治有极大的积极性与广泛的参与。中国作家在共产党领导的民主主义革命中的积极程度和贡献牺牲都是空前的。我们应该敬仰他们的爱国精神和革命精神。

也有少数作家一直采取与广义狭义政治都保持距离的方针,他们忍受了寂寞与误解,但他们终于还是保全了自己的相对平安无事。我们也无法不佩服他们的聪明。

一热一冷,各有得失;为人为文,各有选择。历史长河终将对一切人和事做出公正的评价。话又说回来了,进入历史之后,没有评价或有评价而不公正也无妨。每个人都无需为自己的选择而愤愤不平、怨天尤人。做了伟大的选择的人应该不拒绝为自己的伟大付出代价,做了明智的选择的人也应不拒绝为自己的明智付出代价。

问题是我们这里对狭义的政治也多有参与。作家的传播能力、煽动能力、文字能力对于政治家不是没有意义的,什么笔杆子论、造舆论论,都反映了政治家希望作家为己所用的不容分说的气概与明确指令。

作家敏感、热情、思维发达、能说会道,搞起政治来有时候蛮精彩。例如批斗会上如果有作家在场发言,往往能发出花儿来,文理并举,声情并茂,有时候还能做到涕泪交流而崇高悲壮,让你觉得天下再没有比他这位作家更真诚地革命的了。笔者就有幸与闻其盛、与睹其盛若干次。

另一方面作家自身往往也对狭义的政治很积极。第一,官本位,"参谋不带长,放屁也不响"。第二,从政来得快,写一本书远不如发好一次言见效益。特别是当政治家需要批谁斗谁的时候你若能好好发上一言开上一炮,真是一本万利,一夜成龙。第三,文学界的竞争淘汰实在是太无情。一千个人投稿,一定能有一个人的稿件被采用吗?一千篇文章,一定能有一篇获得巨大的成功吗?一千篇成功的文章,一定能有一篇流传久远吗?一百个作家当中几乎有九十九点九九个有未遇伯乐的千里马之悲愤,有对成功者之既羡且妒,有不甘寂寞之苦,有对文坛这个永远的重灾区之怨恨。此种不平之气积累日多,一旦有个政治运动,一旦出现了名誉、权力、待遇再分配的机会、打乱重来的机会,一家伙威名大震,名利双收,因政治风头之硬而变成了名作家,连过去发不出的稿子都能遇着得奖的机会,何乐而不为乎?

一位年高德劭的老诗人便说过那位善于发言悲壮的作家,说他是名作家,只是没有名作品。他的名得力于狭义的政治。

但作家又往往言过其实,说风是雨,意气用事,门户之见。《三国演义》上说马谡"言过其实,终无大用",用这个话来评价从政作家(鄙人也不例外),多半并不冤枉。作家又强调个性,常常把一己的情绪置于政党的阶级的集体的利益之上。特别是当一个作家误以为自己是政治家是老同志是分享权力的人而且丢掉了写作本业,再没有退路之后,他津津有味地搞的政治往往只是朗诵诗式的政治、演话剧式的政治、自说自话的政治、发神经式的政治乃至报私仇式的政治,最好的情况下也只不过是书呆子式的政治。

所以作家又常常为政治所厌烦。作家们斗起来似乎比政治家们的真格的斗争还苦大仇深,难以罢手。有时候互相矛盾的政治家都和解了,作家那儿还死死咬着不撒口呢。作家们搞起那个二把刀的政治比真正搞政治的还搞得偏激、极端、形而上学、钻牛角尖,学不会辩证法,学不会两点论,学不会全面地发展地看问题,学不会实事求是,学不会胸怀宽广团结多数,学不会冷静理智顾全大局。特别是当国内外形势比较正常,执政党坚决以经济建设为中心,坚决维护安定团结的时候,作家式的情绪政治灵感政治滔滔不绝的政治实在是政治的灾难国家的灾难,更是大多数真正的作家文学家艺术家们的大灾大难。

所以,从政的作家的最佳选择是急流勇退,见好就收。见到不好了呢?更要收了。

发表于《南方周末》1993年3月19日

杂　　感

从事文学创作四十余年,回顾其间发生的种种事件,发现作家命运与时代的变迁紧密相连。作家的命运与社会角色的替换构成了有趣的现象。

革命与爱情

一九四九年以前,有一个很有意思的现象,就是有相当多的一批作家,从同情革命、向往革命到投身于革命,这一点和俄国以及东欧的一些国家有很大的不同。我想这固然是中国国家的贫弱、社会饥寒交迫的矛盾结果,同时也和中国自古以来"文以载道"的传统有关。中国向来重视文章的社会意义和文人的社会义务,"穷则独善其身,达则兼济天下",也就是中国的文学有一种"济世"的传统,所以很多人是抱着"救国救民"的理想或幻想来从事文学工作的。譬如大家都知道鲁迅本来是学医的,但是为了治疗所谓中国人的国民性,便弃医从文了。另外,也不能小看当时苏联的革命及文学对我们这一代人的影响和吸引力。

我个人也是从很小的时候就参加了革命战争。我在美国访问时,常常提到:对年轻人而言,如果不革一次命也是很遗憾的,就像没有恋一次爱一样,当你到了三十五岁才恋爱,你会很成熟,少做很多蠢事,不过在十几岁时,没有爱过异性,毕竟是一种遗憾,所以年轻人革一次命是需要的,至少是可以被理解的。

在一九四九年时,有一大批作家是以"革命的先锋""革命的号手""革命的大炮"的身份来迎接共和国的。但是与此同时,作家们却也发现一个出乎意料的现象,就是当这些作家真正投身到以农民为主体的革命当中,愈加发现自己的言行举止相当不符合革命对他们的要求。在农民的革命当中,要求作家无条件地参加革命,要求作家认同工农战士,放弃自己许多在贫苦农民眼中的奢侈习惯,有的作家甚至连刷牙都做过检讨,因为农民们认为没有必要每天刷牙。我在农村劳动时,也有过这种经验,农民曾问我:"你嘴里有大粪吗?为什么每天用个粪勺子在里面掏来掏去的!"当然,这并不是最严重的问题。

有一本小说在当时的革命根据地出版,解放后也再版过,但没有受到重视,这本书叫《动荡的十年》。叙述一个知识青年参加了革命,不过,他的一举一动都被认为自由散漫、小资情调,很不普罗。然后,这个知识分子便很努力地来改正自己,结果大家都说,他的思想改造得很好,已经和革命军人完全一样,因为不管走到哪里,他的裹腿都能打得很好,已经和革命军人完全一样,而知识分子是不会打裹腿的。而就在别人认为他改造得很好,就在他快成为中国共产党党员时,从城市里来了一个新参加革命的女青年,这个知识分子一看到漂亮的女青年,凡心大动,又听到女青年喜欢唱一首歌:"从前在我少年时,胡思乱想去航海,越过重洋漂大海,波浪是我忧,海风是我愁。"这位已经很革命化的知识青年一听,心一动,十年的改造又白改了。还得从头改造起。

"写自我"与"写问题"

"文革"以后,作家们批评"文革",控诉"文革"中倒行逆施、穷凶极恶对作家们的大规模迫害。几乎所有的作家都有共同的看法,认为中国不能再这样下去,不能再这样对待作家。不过,在"文革"以后中国大陆的文学要如何发展呢?作家应该是什么角色呢?实际上,就有相当分歧的看法。一部分作家在"文革"以后,希望中国的文学回到五十年代的百花时期,因为在一九五六、五七年时有一阵比较温暖的风,在文艺上,有相对比较宽松的政策,而且允许作家不仅可以歌功颂德,也可以批评生活上的种种缺陷。

不过,还有另一批更年轻的作家却不赞成文艺回到类似一九五六年或一九五七年的状况去。他们觉得在那种情况下,文艺仍然是作为政治的工具,无非是不同的政治罢了。一种是绝对领导地位的政治,也就是谁领导就歌颂谁,谁领导谁就是最好的,而一切反对派都是十恶不赦的魔鬼。另一种政治就是允许探讨的、批评的,允许既讲生活的光明面,也讲生活的阴暗面,也就是一种批评性的政治。不管是绝对歌颂式的政治还是批评性的政治,都是文学或作家角色的泛政治化,也就是说,作家仍然作为一个政治活动家存在,你是一个绝对歌颂者,那么你便是一个绝对歌颂的政治活动家,你是一个批评者,那么你是批评的政治活动家。在绝对歌颂和批评性的作家之间,尽管在政治上见解有所不同,但在文学作为政治的手段这一点上,二者并无不同。

在一九八五、一九八六、一九八七年这两三年间,是涌现青年作家最多的时期,这些青年作家有意无意地回避尖锐的政治题材,他们希望写自我、写人的感情世界、写中国的传统文化、写生命本原存在的形式等等。但是,这些青年却会受到来自两方面的批评,一种是坚持绝对歌颂者的文艺家的批评,说这些青年作家没有国家主人翁的意识,也失去了革命作家革命的传统,是一些自私自利的人,总而言之,作家是一代不如一代。另一种则是来自坚持批评性作家的批评,现在海外的一位著名批评性作家就曾责备这些年轻人,说"现在有了创作自由,但是大家不会用,拿了创作自由去写大海、写爱情,而不写社会的阴暗面"。

我想这是"文革"结束后作家面临的选择，就是说继续做政治使命的载体，尽管对政治使命的理解有所不同。而另外一批青年作家则希望慢慢拉开文学与政治的距离，他们希望文学不再成为任何政治的传声筒，不管是多么伟大、漂亮的政治。早在七十年代末期，在南京就有些作家提出了"寻找自我"的口号，就是在创作中寻找自我。在八十年代初期，又出现了关于现代派的争论，这个现代派是否符合英文的现代主义（modernism）完全不重要，或是说用了现代派一词也没关系。当时用现代派的意思无非是对文学艺术性、个人性的一种强调，文学除了为人民宣言，为历史树纪念碑这些功能外，文学还是个人的精神活动，在个人的精神活动中充满了各种各样的可能性，我可以写这个世界，也可以是自己的内心；我可以为大家讲故事，也可以是自己的独白；我可以有明确的时间和空间的规定性，也可以没有规定性，也可以没有明确的社会政治的指向（一定要反映什么，批评谁或赞扬谁）。在这场关于现代派的争论中，有一批对文学采取严峻态度的批评家把现代派大骂一顿，视现代派是一种异端，但这种对现代派的批评并没能继续下去，相反的，愈来愈多的青年作家喜欢"现代派"或"拟现代派"或"准现代派"的文学潮流，也就是更强调内心、语言、文学的个人性和超时空性。

为人民写作还是为钱写作？

到了八十年代中期，文坛出现了一种奇特有趣的现象，就是有一批作家和评论家出来争相贬低文学的意义，经常用自嘲、荒诞无稽的语言来"作践"文学。例如上海有一位评论家说："为什么要搞文学呢？无非是因为文学好玩。"他这种主张被称为"玩文学"，以致遭到旷日持久的批评，但这种批评已经没有任何的压力，和过去因文导致悲惨的命运已经完全不一样了。他们可以批评这种玩文学的主张，但是这位提倡玩文学的人却玩得越来越高兴。《红高粱》的作者莫言更进一步用挑战性和恶作剧的语言,在他的小说里写道:"文学无非是一种发泄,作为发泄而言,文学也是人类的一种大便。"这可能是一种荒诞无稽、离奇的说法。

在八十年代初期,法国的《世界报》向全世界的五百个作家提出了一个问题,就是"你为什么写作?",希望大家用比较简短的语言陈述一下自己的写作观,中国有一些老作家如巴金等也接到这样的问题,他们的回答都非常认真、严肃,在回答中陈述自己对文学的重视,或者与抗日战争联系起来,或者与中国的前途联系起来,简言之,他们都是为救国救民而写作的。稍微年轻一点的作家便不太一样,例如最近被选为美国研究院院士的张洁女士便回答说:"我为什么要写作?因为我不知道我是谁。"汪曾祺则答说:"我为什么要写作?因为我中学时数学不及格。"阿城的答案是:"因为我要骗几个钱买烟抽。"这种竞相贬低文学的做法,也引起了一些不安。

到了九十年代就更离奇了,例如王朔说:"写作就是码字的。"又说:"过去的作家里有许多流氓,而现在中国的流氓里大部分是作家。"我们用不着非常认真去对待这些说法,因为我个人就不认为中国的作家里有超过百分之五十是流氓。然而所有的呼声、调侃、玩笑、胡说八道、荒诞无稽究竟是意味着什么?我觉得它意味着青年一代的作家疏离政治。因为把作家捧得太高,作家受不了,作家曾被捧为"人类灵魂工程师",然后却又回头来审视作家的灵魂是否清洁,作家的灵魂必须先消过毒,才能当人类灵魂的工程师,否则带菌操作,把别人的灵魂也弄脏了。作家还被捧为"时代的鼓手",当你写一点风花雪月、留恋乡愁啊,他就说:"你这不是鼓手啊,鼓敲起来不是这味儿的,鼓要不断地嘭嘭嘭。"战鼓催杀,不断催着你从胜利走向胜利,所以当鼓手既不容易也不好过。作家又是"社会的良心",当作家喝醉酒时,又招来指责:"社会的良心难道是醉醺醺的吗?"

现在,作家又面临来自另一方面的冲击,那就是市场。这几年通俗的东西一下子出现,政治家的逸事、歌星影星的私生活、神奇的故事,甚至以性为题材的文学作品"呼啦"一下走红起来。在这种情况下,有一部分作家觉得无所谓,汪曾祺说:"面对市场经济,我无动于衷,还是照常写我的小说。"我也觉得无所谓,因为我的小说原本就不是最畅销的,但也不是最滞销的。一些年轻的作家对这种市场非常适应,他们纷纷转向去写电视剧,因为电视剧长,给的报酬也高。所以,这些人对市场经济也不怕,最怕的是"攀登艺术高峰攀不上去,迎合时代潮流也迎合不了"的那些人,这一批作家很痛苦,便大叫"文学的末日已经到了""市场已经腐化""没有人需要我们了"。所以,面对市场经济的发展,以及文化市场的发展,叫好的,惶惶不可终日的,无所谓的,或者如鱼得水的,都有,都很正常。

当然,这种市场的发展也从反面激励一些作家追求精神上的价值,譬如张承志是第一位用小说来颂扬宗教的,他在小说中颂扬宁夏回教的抗争、信仰及生活方式。史铁生、张炜都表示要在市场的浊流中巍然挺立,追求更高的精神价值。

至于今后的发展会是怎样,我相信经济要发展、教育要普及、法制要健全、民主的程序要慢慢地成熟起来。不论用什么方式,我想每一个作家都在争取营造自己的精神空间,每一个作家都希望自己的文学创作能够得到更大的发展,而对全社会而言,这种不与政治有密切关系的文学实际上对于政治的进步有着积极的意义。

1993 年 12 月 24 日

先锋文学失败了吗？

差不多每年都有知名的与正在被知名的评论家宣布先锋文学的破产。这种风光令人想起马克·吐温的幽默。据说马克·吐温说过："没有比戒烟更容易的了,我已经戒了许多次了。"

戒烟而要许多次,说明了烟的不易戒。已经破产了的先锋文学还要不厌其烦地每年宣布失败或破产或消失一次,说明的会不会恰恰是先锋文学的生命力与先锋现象产生的不可避免性什么的呢？

记得一九七九年十月二十一日拙作《夜的眼》在《光明日报》上发表以后,居然有一些文学名流说是"看不懂",还有一位长期习惯于养尊处优地在文艺园地里杀杀砍砍的老哥立即"敏锐"地指出："这篇小说不好。"而现在呢,一些激进的新秀,在指责过往的年代里人们研讨文学作品的时候太强调主题在文学作品中的意义的同时,又指出："王蒙的……《夜的眼》等,也只是在表现手法上被视为比较陌生,而其主旨仍然是很正统的。"（按:这位评者在重视主题方面与他所批评的老眼光其实难分轩轾,所以他至今读不懂《夜的眼》的"主旨"——或无"主旨"——其实那篇小说与陈腐已极的主旨一词与更加陈腐的主旨手法二元论并不搭界。）

天若有情天亦老,人间正道是先锋！先锋一出现往往会被认为是怪胎。先锋之为先锋就因为它超前,与众不同,有点奇形怪状之意——如果先锋一上来就被公众认同,如果先锋一上来就与大众的阅读拉平,如果先锋一上来就与传统接轨,只有连续,没有断裂；那还谈得上什么先锋呢？换句话说，如果先锋一上来不让人觉得别扭，不受讥讽抵制，那又算得上什么先锋呢？而先锋——有生命力的艺术突进——又不会总是处于与读者与社会格格不入的状态。先锋的胜利就是他逐渐、他终于被接受被采纳，也就是说这部分艺术空间终于被扩展开了，被打开了。如果说一九七九年《夜的眼》式的心理独白还有点"陌生"，茹志鹃的《剪辑错了的故事》的时空打乱还很有冲击，王蒙的另一些所谓意识流作品还被称为"他在吃蜗牛"，如果说那时候为了开拓艺术空间还需要在正统的无可争议的主旨下做一点大有争议的披荆斩棘磕磕绊绊的工作，那么时至今日，老先锋早已司空见惯，而后来者已是唯我独新，唯我独先，睥睨万物，所向披靡了。

我们大概还没有忘记一九八二、一九八三年间如临大敌的关于"现代派"的不知所云的讨论。讨论完了呢，被认为是危险的现代派手法——时空倒错呀，心理独白呀，意识流呀，视角转换呀，荒诞魔幻呀，所指能指呀，虚拟性的强调与拉平作者与读者的距离呀，对于叙述过程的重视呀，直到性心理性意识呀什么的，对于不少作家来说，已经是家常便饭，常备的小菜了。不必说孙甘露、马原、余华、格非，也不必说铁凝和王安忆，就是绝无"现代派"的嫌疑的邓刚，写出那荒诞小说《出差》，也没有任何人觉得有任何怪异了。继王蒙在《杂色》里写了马说话以后，不久张贤亮的马也说开了话了，就连绝对民族化，绝对不洋，绝对要土要古的贾平凹老弟的牛不是也说起话来了吗？而且不仅是小说，连报告文学也"现代"起来了，君不见陈祖芬的文体乎？从她的文字当中，人们难道发现不了艺术空间的扩大是怎样地解放了作家手里的笔！

再以诗为例，当年舒婷也是朦胧诗人的代表，为此她还受到过张冠李戴的批评，比如说什么在大是大非(！)的问题上不能朦胧之类。现在呢，已经有人指责舒婷的诗写得太古典了。我们的诗歌的品种和手段，我们的诗人的精神活动的世界是怎样的扩大了呀！对于这种扩大，舒婷已经做出了自己的贡献。舒婷的诗被说成"古典"，这不正说明了她的诗的被接受被肯定的程度,正说明了她的诗歌的大大的成功了吗?

也许更值得欣慰的不在于某种手法某种风格某种文体某种试验之被接受,而在于人们通过先锋或者类先锋们的努力,对文学艺术现象已经开始抱一种更多元更开阔的态度。后来的试验者所面临的文学环境文学观念文学胸怀,已经比当初强百倍了。而这样的文学环境文学胸怀的开始出现与正在发展,这才是最值得珍视的。正是从这个意义上来说,先锋文学打开的艺术空间,不仅提供了新的更加先锋的先锋,而且,在不断拓展的艺术空间里,新写实主义呀、寻根派呀、新笔记体呀、新文言体呀、新寓言体呀等等才得以更顺利地涌现出来与涌动起来。

没有先锋没有怪胎没有探索和试验就没有艺术空间从而也没有心灵空间的扩大。空间的扩大正是先锋艺术大获全胜的标志。而当这空间确实是扩大了的时候,当怪胎丰富了常规,从而使常规展延;新潮涌推了主流,从而使主流壮阔;先锋改变了观念,从而使观念活泛以后,正是先锋的胜利使先锋也就不再成其为先锋了。先锋已经改变了我们的文学艺术的面貌了。

现代文学史正是这样发展的。最初,契诃夫、鲁迅的小说也够先锋的了。我们的读者习惯的是"三言二拍",是章回体,是有头有尾,是大团圆,是明晰的教化主旨,是善恶分明的人物区分。而"五四"以来的新小说算是什么呢?谁能看得懂呢?如果无头无尾地一写就叫小说,那不是人人瞎涂乱抹一下都可以自称作家了么?然后人们接受了现实主义并奉为经典。然后看到与这经典不甚符合的作品便又不懂呀,随意性呀,舶来品因而危险呀,不大众呀,乃至异己呀什么的批上一通。曾几何时,时过境迁,又是一百八十度转弯,于是先锋并不够先呀,新潮并不够新呀,流派并非原装呀,朦胧其实是古典呀,主旨大体依旧呀,先锋已经破产之类的聒噪也就上来了。

标新立异的目的并不是永远标新立异。标新立异的目的无非是为了开拓，为了从更新鲜处更细微处从更深潜处更开阔处表现人和人生，是为了笔的进一步解放和心灵的进一步自由。第一个吃螃蟹的人是先锋，然而这个先锋的目的不是为了永远独吃螃蟹，不是为了自秘，而是为了大家同享美味。等到大家都爱吃螃蟹的时候，当第一个吃螃蟹的人被指责为不够先锋或者已经失败的时候，他仍然无法掩饰自己的高兴之情，因为螃蟹的普及已经标示了他的成就。

从先锋的"怪胎"屡屡被宣布失败，到先锋精神的终于见怪不怪，说明这十几年我们的文学已经走了多么长的路。一些先锋成功了因而不太先锋了，另一些新的先锋又会跟上来，新的风潮新的争论新的嘲讽与审判宣告也自然地跟了上来。很好，很好。

当然，如我不厌其烦地多次指出过的，先锋与否并不是充分与必要的价值判断依据，甚至也不是首要的价值判断依据。新奇古怪的东西可能开一代风气之先，也可能只是装腔作势，故弄玄虚地跟着起哄的泡沫；古色古香之作可能是功力深厚，源远流长的国宝，也可能是臭气烘烘东拼西凑的破烂。连打着马列的旗子的人里头都有自吹自擂的唬人的伪劣货色，何况先锋文学之类？但是，伪劣并不能代表先锋，起哄的泡沫很快就会被淘汰被遗忘，正如十几个人七八条枪之属并不能代表马列。

对先锋或者对传统的标榜，可能是一种严肃的追求，也可能只是一种轻薄或者幌子。但是无论如何我们应该像尊重传统礼拜传统一样欢迎先锋鼓励先锋。笼统地抹杀先锋或者笼统地抹杀传统都不是可取的。是的，天若有情天亦老，文学正道是先锋——而先锋正道是被新的先锋所取代。你能充当个把次先锋吗？很好很好。你不打算搞什么先锋吗？那就按部就班地写下去吧，反正会有先锋为你和你的朋友开路的。

发表于《今日先锋》1994年第2期

文化市场一议

六七年前,文化市场这个名词曾经引起过争议。一些老专家说:"能不能换一个说法?文化市场?太难听了。"

革命的威严与崇高,使投向革命的文化工作者鄙视市场而珍视意识形态的纯洁性。他们认为文化是为了意识形态的理想目标而高扬的。他们认为(在革命前)投合市场的需求就是投合统治者反动派的需求,就是出卖知识分子的良心、为几张纸币而降低自身的价值。

这种思想发展到极端,在"文化大革命"时期,便取消了稿费,大部分歌舞演出被称为"宣传毛泽东思想"的"战斗",而战斗是与市场风马牛不相及的。各种报刊上更是绝无广告。

这样,当改革之风吹遍全国,当人们开始以一种消遣的心情进入文化活动而不全是去上课、受教育、参加战斗的时候,文化市场便显现了自己的存在。早在八十年代初期,当一些出版社大量出版克里斯蒂的推理小说著作——这当然是市场的力量使然——的时候,立即引起了当年的进步知识分子的抗议。这完全是可以理解的。

直到近年仍然有人为市场在文化生活中的作用而痛心疾首,他们甚至夸张地咒骂,现在的文化市场比旧中国还要坏。类似"世风日下,人心不古"的议论比比皆是。

然而市场往往比文化人的理想主义更强,抗议并没有能阻止住通俗小说的发展。香港与台湾的武侠小说、言情小说、秘闻小说大量地涌进来,出现了一次又一次的热潮。大陆的通俗作家诗人也出现了,良莠不齐,无法一概而论。

让我们回过头来想一想,"文革"后的中国的文化生活的变化与日益开放,也许应该回溯到七十年代末与八十年代初。那时候,没有任何组织没有任何领导也没有任何旗号的一位港台女歌星邓丽君(的唱片)自发地闯进了中国大陆,风靡一时。

这里,讨论邓丽君的歌曲的艺术价值是没有意义的。当时与现在,都有大量的人指出最好的歌唱家并非那些港台歌星。是的,中国人也知道并且热烈地欢迎与欣赏过帕瓦罗蒂和普拉西奥·多明戈。但是,十余年来,第一个赢得了中国城乡广大听众的境外歌者是邓丽君,即使我们对此颇不以为然也罢。

现在,各种对歌星的崇拜、追星族、发烧友,愈来愈多了。一个著名歌星的出场费已经高达数十万元。对此,一些传播媒体最近颇有批评引导匡正,电视节目中对歌星的报道已经减少,交响乐之类的高雅艺术在电视节目中的比重正在增加。

你可以方便地在一个更加亲切和随意的场合欣赏歌星们的演唱,我这里指的是营业性的歌舞厅。回顾一下交谊舞在中国的发展曲线也极有趣。在延安革命根据地,许多革命者是跳舞的,美国进步记者史沫特莱对此有过生动的描述。五十年代初期,中苏"蜜月"期间,中国的许多大城市也对于跳舞采取开放的态度,我个人那时作为一个共青团的干部,就有过与苏联专家一起跳舞的经验。自从五十年代后期开始,连年的政治运动,把跳交谊舞看成了资产阶级或修正主义生活方式的一个表现。二十余年的时间内,只有少数人有跳舞的特权。那时候得到一张舞票,实在是身份与能力的象征。

七十年代末期以来,跳舞的事一直反反复复。就在一九八五年,有关部门还正式发布文件,严禁任何形式的营业性舞厅出现。一九八六年底,文化部等部门做出了开放营业性舞厅的决定。有一个省的人大常委会为此专门通过了一个决议,决定该省仍然严禁营业性舞厅,他们至今没有撤销这一决议,虽然在他们那个省,营业性歌舞厅已经遍及全省。

据不完全统计,海南省现有歌舞厅(包括 KTV,下同)五百一十六家,北京市有歌舞厅三百八十七家,上海市有歌舞厅两千二百零七家,有许多歌舞厅是与外资合营的。过去被认为是极其腐朽的 nightclub(这个词被不准确地译为"夜总会")的大招牌,也已经堂而皇之地挂了出来。

其实歌星有歌星的作用,大歌唱家有大歌唱家的作用,互相难以取代。国家要有所引导有所倾斜,这是当然的。高雅的艺术家倒似乎不必对通俗音乐手厌憎有加。很难把高雅艺术的低谷归咎于通俗艺术的发展。在一些通俗艺术大大泛滥的发达国家,高雅艺术也有相当可观的成就。例如在美国,不仅有麦当娜、好莱坞(好莱坞影片中也有高雅的,但大部分是商业性的)与各式各样的色情、暴力题材读物;也有像波士顿交响乐团、费城交响乐团、哥伦比亚乐团这样的第一流乐团与斯·巴·辛格、索尔·贝娄、托尼·莫里森这样的诺贝尔文学奖得主。另外,通俗之中也有蛮好的。一些论者指出,我国的几大才子书,一开始也是以通俗小说的形式出现的,终于成为了中国文学的经典,所论极是。轻音乐、爵士乐中也不乏优秀曲目、乐队与乐手。上面提到的多明戈就不拒绝演唱通俗歌曲。提倡高雅文艺,同样应该重在建设、重在推崇赞助高雅,而不必忙着去斥责甚至取缔通俗。艺术的天地是广阔的,文化市场是广阔的,愈是高精尖的文艺愈应该充满自信——完全用不着排他。

有些高雅艺术的从业者收入远远低于通俗红星,对此也可以看得更全面一些,起码不必为之痛心疾首。一,希望提高高雅艺术家的物质待遇。二,红星收入多是世界现象,如果艺术歌曲唱红到帕瓦罗蒂、多明戈的程度,收入绝对不会比歌星少。三,除了有形的收益以外,毕竟还有无形的收益——例如您的高雅的形象与社会地位,您不可能样样占全,只能有所放弃,豁达视之。

其他一些与商业活动密切相关的文艺活动正在迅速发展。愈来愈多的豪华餐厅在用餐的同时安排演唱与演奏。一些豪华旅馆的大堂里也时而响起钢琴与提琴的乐曲。甚至古典的欧洲歌剧选曲也会极正规地在这种场合演唱。很难说这就是斯文扫地。当然,国家与社会对正规的演出应该给予更多的支持。

至于纯粹游艺性的活动场所,增加得就更多。包括电子游艺机、台球、保龄球等,已经逐渐形成新兴的游乐行业。显然,更多的娱乐活动有利于社会心态的轻松化正常化,有利于乖戾郁积粗暴邪气的消除而不是相反。

是的,在计划经济与阶级斗争为纲的时期,文化市场是无从谈起的。在人们温饱问题还没有解决的时候,也谈不上文化娱乐的消费要求。正是由于中国走上了经济建设的轨道,由于人民物质生活水平的大幅度提高,使文化消费的要求迅速增长,文化消费的习惯正在改变——人们希望参加的不仅是观赏性的文化娱乐活动,人们更喜欢参与性的活动。

与此同时,音像市场(中国农村与小城市中有大量营业性录像放映点)、报刊书籍市场(现在有大量个体书摊与国营的新华书店平分秋色)、美术市场(已有相当一部分画家靠卖画而富了起来)、演出市场(有相当多的经纪人在组织这种被称为走穴的计划外的演出)、电影市场、文物市场(已举行过文物拍卖)、文化艺术培训市场(私立的钢琴提琴学校等)与中外文化交流市场(已有愈来愈多的企业承包或参与经营外国艺术团的访华演出)也都迅猛地发展了起来。文化市场已经是一个不可更改的事实了。

这里我还愿意特别提一下旅游文艺的发展。随着旅游业的发展,各种中国书画、民间工艺大大地发达起来。虽然目前一些城市,还有专门给外国游客欣赏的演出节目和演出人员,常常偏于猎奇,几至荒诞不经,但多少可以传达一些中国的历史、文化信息,也可赏心悦目。

我国的广告业方兴未艾,电视广播广告,街头广告,体育赛场广告,机场、火车站、地铁站广告正在铺天盖地而来。特别是化妆品、营养品、日用品的推销,得益于广告处甚多。有一些外国商业机构,早在其商品未进入中国市场之前便已大做广告,收效很好。至今许多公众认为最好的瑞士表是雷达牌的,或只知道这一种牌子的瑞士表,不能不说是他们的强大的广告攻势的效果。

市场当然不是万能的。文化市场的发展也带来了许多问题。不成熟的文化选择心态使民族传统艺术与高雅艺术的市场有逐渐缩小的趋势,歌星影星偷税漏税的事情屡有发生,色情读物与赌博屡禁不止等等,这些问题日益困扰着人们。但是无论如何,目前中国的文化市场的发展是积极的、大有前途的。在提高物质生活水平的同时提高自己的文化娱乐生活,这是必然的也是中国形势稳定与健康发展的一个表现,这反过来有利于形成一种祥和安乐歌舞升平的气氛。

说到底,市场对于文化的影响,是广大文化消费者的意愿的一种表现,是一种文化的民主。当然,正像在其他领域里一样,民主不是绝对的也不是万能的,但是民主的发展仍然是一个积极的发展,比起长官意志决定一切垄断一切是一个不小的进步。在人民群众的教育程度文化素质还不理想的情况下,市场的要求往往失之于鄙俗、刺激、重乐轻教等等。这些问题的解决要靠全民族教育的普及与提高,也要靠文化市场的完善——包括文化市场活动的完善与有关管理法令、制度、机构与政策的完善。对此我们既应该保持清醒的头脑,也应该有足够的耐心。我们对于文化市场的兴起与发展,似乎还可以持更积极的态度。

发表于《北京政协》1994年第5期

关于散文

小时候是从《模范作文选》之类的书里学散文的,那个时候的作文课作的就是散文。我特别佩服范文里的那些词藻,"皎洁"呀,"潺潺"呀,"徘徊"呀,"灿烂"呀什么的,都是那时学会的。

老舍写过一篇文章,说是他不能理解"潺潺"的含义。我却很接受这个形容词,我接受它不是由于我通晓它的词义和由来,而是由于它的形状。请看,"潺潺",这多么像是波光粼粼的水面啊!我不知道我的这种体会会不会让文字学家气昏。

愈追求文学反而愈不那么看重散文了。依我的曾有过的心思,散文没有什么创造,大体实录罢了,人人得而写之,不像小说戏剧和诗,那要点过硬的文艺细胞,起码是想象力与进入心灵的深层次。散文也不那么艺术,许多其实是应用文——书信、日记、备忘录、检讨、申请书、社论、报道乃至政令、决议、批文、通牒、贺电、讣告、悼词……都是散文,都是可以收入全集的。

我个人,对于一段生活一组人物一片刻骨铭心的记忆,我要把它写成长篇小说。一个影响比较深远的经验,一块激起了不小的水晕水花的石头,会推动我去写一部中篇小说。而一个电光石火式的启示与触发,一次不期而遇的邂逅,造就的会是一篇隽永的短篇小说。另一种自我感觉最良好——最优美也最深情的状况下,我写的是诗。这些东西都没有了,约稿催稿又急,不得不应付一下了,我才写散文。

所以我常常怀疑把散文吹得邪乎了是不是有点唬老百姓。

请散文大家们恕罪。艺术也如人生,常常是有意栽花花不发,无心插柳柳成荫,歪打而正着。紧紧盯着,运足了气,发足了功的作品不见得就能写得好,常常可能写得更矫情更雕琢更累人。而无心修饰的散文,更见出了真性情真境界真品位。散文总还是真实的多,干货多得多。而在一种充满包装与大旗的气氛里,真实就难能可贵。散文总是更个人也更边缘,从而更轻松。而在一种常常是众口一词地高谈阔论豪言壮语的气氛下,人也常常希望放松一下,散文也总是更短小,适宜于一些心态忙碌的读者。如此,散文之受到欢迎也就是自然的了。

所以,我也就更怕装腔作势做激情状做文雅状的散文。包括怕那些小学时期激赏过的"皎洁""灿烂"之类的词藻,现在只能使我退避三舍。

发表于《文汇报》1994 年 10 月 23 日

艺术属于人类

　　机缘使我与目前居住在香港的国画家姜丕中先生相识。姜先生画如其人,古朴、苍劲、耿直、有风骨,有气力,有不平也有豁达。我特别喜欢他的姜太公垂钓图:长长的一条线,占据了大半张纸,漫长而又枯燥,耐心而又舒展,只此一线就让你看也看不完。他的石印是:"直钓去饵五十年",有自嘲也有骄傲,是抗议更是怡然自得。我也喜欢他画的各式各样的钟馗,总觉得他画那么多钟馗自有他的蹉跎坎坷的背景。他送给我一方印,四个大字,叫做"一笑了之",我实在想不出有谁能给我这么美好的礼物,有谁能给我这么可心的言语。

　　而所有这些,又与香港的花花世界那么保持着间距。无怪乎他给自己闹个武陵庄主的别号了。

　　他搞了一个武陵庄美术学会,在商业化极昭著的香港,刻苦地,有时是寂寞地一心搞他的艺术。谈不上商业上多么成功,但至少他坚持了自己的独特的"活法",他从来不随波逐流。他的存在和他的事业,使人们相信,世界上的价值并不那么简单,并不是仅仅用港纸或者美钞就能实现得了或者改变得了的。

　　他居然不嫌麻烦,东奔西跑地搞出来个"中国、日本、韩国及香港地区美术交流邀请展",请来了那么多风格各异,异彩纷呈,师承不一,传统也各有千秋的画家拿出自己的作品来咸与盛会,供人欣赏品评。也算是一个以画会友的大聚合,大喜事。

　　艺术是相当个人的东西,谁也不想和谁搅和在一起。然而艺事业又毕竟不是一个人的事。艺术属于人类,至少也属于人类中的为数不少的知音。地域与流派都无法隔绝艺术,甚至偏见也阻挡不住艺术的交流、竞争及互学互助互补。在地球变得愈来愈小的今天,在光阴变得愈来愈速的此日,你中有我,我中有他,古中有今,今中有古,中中有西,西中有中……又是不争的事实。盖自其异而观之,我们不能不赞叹各人的匠心独运,大千世界的色彩缤纷;自其同而观之,我们又不能不惊奇于冥冥中的天心的大手笔,有一种使我们汇合的东西,有一种使我们相通的东西,有一种使我们彼此这样感动又这样温暖的东西。

  我赞美这一切。我祝贺姜先生的努力结出硕果。

1994年11月

文学与世界

　　动不动有人出来就什么中国文学"走向世界""与国际接轨"问题指手画脚。一会儿说是翻译问题。一会儿说是中国作家缺少宗教意识，作品中没有"神气"。一会儿说是中国作家的题材太中国，没有写世界人民普遍关心的问题，例如环境、同性恋、人类的绝望等等。一会儿又说是中国作家太"聪明"了，没有能在一些政治运动中当张志新，如果再多死几个人也就可以与国际接轨了。

　　有点让人恶心。一面视中国作家中国作品如草芥粪土，一面视世界视国际如不包括中国的屡屡高攀却硬是高攀不上的神圣殿堂，一副没见过世面的小土包子的自惭形秽求宠待嫁心态。

　　走向、接轨的含义是什么呢？如果是指被介绍到国外，那么压根儿中国文学就是世界文学的一部分。特别是近十几年以来，中国文学的成就与动向日益受到国外专家与读者的注意。就拿我自己来说，《活动变人形》有俄、意、日、德、韩及英语译本，中短篇小说有英、法、西、俄、泰、匈、保、罗、荷、挪、斯(洛伐克)、瑞(典)、日、拉(脱维亚)语译本，诗歌有意、阿(拉伯)语译本等等。外国书商是盯着市场的，如果王蒙的作品无人问津，他们大概不会这样傻出版下去。一九八五年，西柏林"地平线"艺术节上还专门举行了王蒙作品国际研讨会。关着门在房间里为了走向与接轨在那儿使什么劲呀？

　　如果是指作品取得更好的销售效果，那么张洁的《沉重的翅膀》、张辛欣的《北京人》、戴厚英的《人啊，人》、冯骥才的《三寸金莲》等等的外语译本都是相当成功的。

至于老一辈作家中,巴金的《寒夜》、沈从文的《边城》、老舍的《猫城记》等等都是在外国同样享有盛誉的名篇。

如果是指得奖或接受荣誉称号,那么看一看《作家》杂志近年的封面也可以有所了解。

如果是指轰动效应,那么应该说世界上,特别是西方近年来轰动的、特别是公认为杰出的作品也不那么多。西方有人将这种相对的冷寂现象称之为后现代现象。何必为之耿耿于怀?请看近年的诺贝尔奖得主,除加西亚·马尔克斯以外,其他几个人至少对于中国人来说也都是名不见经传的,即使得奖以后,作品译成中文了,他(她)们的大作在我国也远远没有获得成功。

那么,是指诺贝尔奖金了。这倒是。今天还没得上。但这并不意味着就是没有走向世界。将来有一天个把人得了这一类的奖,除了接了支票以外也不等于就接了什么比文学本身更伟大的轨。因为让文学与什么什么接轨,本身就是一个空洞而又鄙俗,冒傻气而又没有价值判断内涵的幼稚的、十分不成熟的提法。

还有一个就是指我们还没有像《百年孤独》一类的作品在西方大获成功。这又能说明什么呢?天时地利人和,五行阴阳八卦,作为一个有着那么独特与悠久的文学传统的国家,早晚会出现这样的作家,早晚会让外国人认识到,中国有最好的作家,中国作家的创造是世界文学的瑰宝。我说过多次,一个有自信的作家,一定有信心让世界倾倒在自己的天才与创造脚下,而不会是自己眼巴巴地流着口涎削尖了脑袋去搞什么接轨。

当然,希望中国当代文学被更多的外国人所接受,这是可以理解的。我无意说现在已经无可努力或完美无缺。我这里只说外国而不是说世界,是因为不能认为外国才是世界而中国处于世界之外。完全可以而且应该把这方面的事情做得更好一些。

希望中国的国际地位更加提高,与中外各方面交流的进一步扩大与发展。希望中国作家评论家将来能更有钱,能自费到世界各地去旅行。这有助于中外的相互了解。

希望外国对中国文化特别是中国语言文学有更多的了解与关注。起码能做到与中国对外国与外语的了解持平。

希望中国作家中国评论家更多地了解外国与外国文化——首先是外语。这么走向那么接轨的,与其磨这些嘴皮子还不如用这个宝贵时间去学外语——倒还实在一些。

更加希望中国作家中国评论家更多也更深地学习与掌握、继承与发扬本国的光辉悠久的文学艺术遗产。

希望有更好的翻译介绍评论、更好的发行与包装,希望中国出现更懂得外国书市的操作与特点的文学经纪人。

但是从根本上说希望中国作家写得好一些更好一些。与别的问题一样,这里需要的是进一步的自尊自强自信自励、反求诸己。同时希望少一点干扰与阻碍,希望早日告别抱残守缺、教条主义、急功近利、画地为牢的旧习惯旧心态。

而写得更好些的目的只能是为了艺术,首先是为了本国的读者,而不是别的。

我们既不能自吹自擂,也不必因为外国人不理解自己而咕咕哝哝酸葡萄,想当然地去贬低人家给人家抹黑乃至给人家扣政治帽子——那也是幼稚无知和缺乏教养,他们政治上文化上与我们有别,这实在不是新闻。同是中国人也不是铁板一块嘛,有区别才更需要交流嘛。

尤其是不必去迎合俯就,不必去盯着你也不甚了解的外国市场或是外国奖。外国人也是人,外国作家也是作家,外国奖也是奖,外国市场也是市场,中国人的一切毛病外国人差不多都有,虽然程度和方式不太一样。不要自己给自己编织神话和罗网。一个真正的艺术家文学家自有自己的主见与尊严,不会听信对外国市场与奖金垂涎三尺的小评论家的药方,也不会理睬他们的抱怨乃至胡说八道。我们不会是那么低下与庸俗的精神状态,那种境界即使混上了个什么什么奖也不光彩。得奖与轰动都是可遇而不可求的,遇之固可喜,遇不上更应处之泰然,因为艺术高于奖金与市场。孜孜于奖金与市场的作家至多是二三流作家——要不就是文学界的投机分子。孜孜于接轨的评论家,至多是对文学少有所知,对中国国情基本上不知,对外国国情、对艺术的真正价值与境界一窍不通的无聊小文人。

发表于《随笔》1995年第3期

自 由 与 质 量

自由是个好词,质量也是个好词。但是常常是自由与质量形成一种悖论。

自由并不能自动带来好的质量,虽然从长远来说,从总体来说,好的质量是不能与自由分开的。但是在一个短时期,具体地看,自由却又常常与贬值联系在一起。一自由就什么胡说八道都上来了,这个情形并不罕见,这个道理也并不难解。

怎么办呢?牺牲自由以求质量与负责?牺牲质量与责任心以求自由的外表?

都不可取。最好是又有宽泛的自由又有严格的与鲜明的质量要求。

可喜的是《文学自由谈》这个刊物在标明自由的同时,也非常注意质量,它的质量近年来有明显的提高。

《文学自由谈》这个刊物已经是愈来愈重要了。因为它确实是体现了创作自由与批评自由的方针,体现了百家争鸣与百花齐放的形势,它及时而且相当全面地大胆地反映着文学人士对各种热点与冷门问题的相同的与不同的见解。尤其是它形成了自己的独特文风——短小,生动,活泼,明快,幽默,不拘一格,有时候还相当的泼辣。在文山会海,转(读 zhuǎi)文成灾,名词轰炸,到处是佶屈聱牙的长文和大话的今天,拿过一本《文学自由谈》,读着如花似锦的短文,一边看一边笑,一边笑一边思考,未尝不是一种乐趣,一个享受。

我希望刊物愈办愈好。当然,我认为首要珍贵的还是观点见解,言之有物,言之成理,在自由抒发的同时,注意不要为尖刻而尖刻,不要因文害意或言过其实,这就能保证质量了。

我觉得有一本《文学自由谈》和没有这本《文学自由谈》还是不一样的,这本刊物的影响在日益扩大。刊物上面的一些文章还是值得看的,即使有时候看完了令人不甚愉快也罢。

值此刊物创刊十周年之际,我愿向编辑部的同仁们致以衷心的感谢与祝福。

发表于《文学自由谈》1995年第4期

关于晚报文体

近来有一种关于所谓晚报文体的批评。无非是说晚报上充斥着鸡毛蒜皮、婚丧嫁娶、儿女家务、烟酒糖茶、公婆老小、山水草木、猫狗鱼雀、衣食住行、阴晴寒暑、风花雪月、兰菊盆景、医药养息……的小事小文、小打小闹,而缺少国家命运,人类前途,理想信仰,大道大义的惊世撼世救世传世之大言大喊大作。

自由联想之一:我想起脍炙人口的电影《决裂》,那里的"资产阶级知识分子"代表人物——一个老教授没完没了地给学生讲述"马尾巴的功能",而不讲路线阶级主义等大问题。这当然是方向性路线性的大错误!幸亏有工人阶级的英雄出来说话,拿起贫下中农的大手,指着他们手上的茧子说:"这就是资格!"……

当然,现在批评晚报文体的人的旗号已经变了。例如不是讲路线斗争了,而是讲什么更抽象更绝对更抓不住的"终极关怀""反媚俗"之类。但是那种对于马尾巴的功能的蔑视与对于君临一切一通百通或曰一本万利的大道理的向往,那种以天下为己任,希望充当意识形态(不论是主流的或者反主流的)旗手至少是斗士的心态则很少变化。

自由联想之二:我想起批了几十年的一句老话,叫做"只拉车不看路",叫做"只抓粮棉油,不问敌我友",叫做"方向问题解决了没有?"最为有趣的麻烦在于,学习了不知凡几,讨论了不知凡几,在领导的直接掌握下做了不知凡几,最后还是永远解决不了方向问题。

那不成了天天转向就是没有进展了么?你纠正我我纠正你,一转就转了几十年,没有比这更令人困惑的了。谢天谢地,这十几年已经不怎么听得到这种义正词严的责备——声讨了。

自由联想之三:除了晚报体,大概还有一些什么文体呢?社论体?思想汇报体?祝词体?外交答问体?年终鉴定体?大体上,社论是社论体,抒情散文是抒情散文体,鉴定是鉴定体,有什么不好?如果抒情散文是社论体,或者如我们常见的那样,一个小学生一张口,说出来的却是八股腔——工作总结体,又有什么好?

我们国家所以有晚报,所以某些晚报大受欢迎,难道不正是因为它们有自己的特色么?轻松、闲适、亲切、娓娓动听,促膝谈心,"飞入寻常百姓家",大方向仍是为了稳定改革开放建设发展,这不正是它们的优势么?这样的文章得以涌现,不正是说明了稳定与繁荣正在向我们走来,而动荡与乖戾正在离我们而去么?

其实晚报上也颇有以小见大乃至微言大义之作,如果不是另有城府,似乎不会喝了半天粥而喝不出味道来的。

那么晚报上有没有文章写得差乃至很差,就是说晚报体的文章有没有写得差劲的呢?当然有。社论里,工作报告里,大批判里,祝词里,差的也不少。这里除大批判外,问题不在于文体。

自由联想之四:从笼统骂倒晚报体文章的文章上,我想到了另一种文体:"文革"时期的红卫兵大字报体。

发表于《解放日报》1995年1月5日

冤屈的魅力

上海京剧团在北京演出了新编《狸猫换太子》获得了巨大的成功。我那天在民族文化宫听这出戏,全场精神贯注,掌声与喝彩声迭起,剧场效果之好,为近年来所少见。

这出戏的核心是一个冤案。李娘娘明明生了一个大儿子——应该是太子呀,却被人陷害,婴儿与一只剥了皮的狸猫掉了包,从而李妃以生产妖孽的罪名被打入冷宫。刘妃害了李妃,自己当上了皇后。黑白颠倒,是非混淆,一至于斯!简直是不可思议!

不可思议,但是人们一代又一代地看这个戏,认同这个戏。戏演到李妃在冷宫里一住多年,孤苦伶仃,备尝辛酸,见了自己的六岁的儿子也不认得的时候,全场一片唏嘘,为之动容,戏的确是非常抓人。

据说狸猫换太子的故事并无史实根据,只是民间故事性的传奇。老百姓喜欢这个故事,首先是喜欢这个大冤大屈奇冤奇屈千古奇冤的情节。呜呼,世间奇冤多矣!全部及时平反则是未必。有冤无处诉的经验,极易与百姓相通,乃有冤情戏,在舞台上抢天呼地地呼冤乃至怨天怨地与痛斥赃官,如《窦娥冤》《苏三起解》《林冲夜奔》还有岳飞戏等。

这么大一个中国,几千年的封建社会,一切是唯上唯君,不讲民主法制,大概免不了冤假错案。冤假错案一多,老百姓心中便郁结了不平之气,叫苦之气,这种不平之气叫苦之气再发展一步就会变成愤懑之气、怨气怒气,直到暴戾之气、爆炸之气;于己于国于君,这都是很危险的。因此,历代君相都很重视平反冤案,哪怕是隔朝冤案也要平反(有时候隔朝平反还更方便,省得投鼠忌器,自乱阵脚),补封号,改殡葬,优待后人等等,以彰上德,以利视听。另一方面,舞台上演冤情戏,也是既安全又解气的办法之一。动不动上来一个角色,血泪交迸地叫一声:"苦啊!"马上就会是满堂彩,无他,说出了人人心里有话罢了。林冲、苏三、窦娥、李妃……都在舞台上大喊其冤,虽说是又哭又叫,其实戏者戏也,不碍政事,捆不住当权者的手脚,相反更显出了本朝的圣明。看,我们这会儿就没有发生过狸猫与太子掉包的事儿;又能出气,多多少少也算是造一点惩恶扬善的舆论,于世道人心不无小补。

老百姓喜欢这个,朝廷也没有理由不喜欢。冤而善,没有比这样的命运更让人同情让人落泪让人顿足的了。这里反映了中国传统戏剧的特别突出的道德感。没有道德激情,或者道德观念无法被老百姓认同,这样的戏就难以在群众中扎下根。如果世界上真有如此多冤而善的人的话(也许实际情况会比狸猫换太子的故事复杂得多,麻烦得多),他们在舞台上的表演的效果,与他们在生活中的悲剧命运相比较,也算是"堤外损失堤内补"了。

冤情故事的魅力还在于它的戏剧性,首先是悲剧性乃至煽情性。一个好人蒙受奇冤而又任人宰割,世上诸事还有比这个更令人憋气而又泪下的吗?看起戏来怎能不为之痛哭为之流涕呢?其次是紧张与离奇,这种奇冤情节真是闻所未闻,见所未见,令人瞠目结舌呀!再一个是它的丰富性与关键性。事态的严峻考验着每一个人,真伪分明,忠奸立见。例如《狸猫换太子》中的寇珠,就是一个非常动人的角色。家贫出孝子,国乱显忠臣——不冤就看不出谁忠谁奸来,一场冤案发生,除了含冤者与害人者之外,还会涌现一大批忠良义士和同样不小的一批落井下石、上下其手的小人直至奸佞之徒来;可说是冤案——考验,一切都洞若观火!这样的戏扣人心弦,一波未平,一波又起,悬念抓人,观众的期待——对于正义终将胜利的期待十分强烈,堪称荡气回肠,感天动地!

上海进京献演的这一出戏,改得合情合理多了。演出水平也很整齐。尤其令人感叹的是,这么一出家喻户晓并且应该说是相当通俗的老戏,就是说本以为难有新意的戏,竟是这样常演常新,有着永不衰竭的生命力。

发表于《解放日报》1995年1月26日

清明的理性

接连收到《读书》的老编们的告捷电话,说是他们的刊物明年又要增加两万印数——订户加一万,零售加一万,发行量直指八万大关了。

《读书》是一本高雅的学术刊物,创办以来,一直维持一个三万来册的印数。他们很知足,认为宁可缩小读者圈子,也不可迎合流俗,不应再求多销,因此安于三万,安贫乐道,从来没有在促销上包装上下过什么功夫。但近几年刊物的影响愈来愈大,如今,它的发行量不仅在学术刊物上首屈一指,就是比起一些通俗畅销刊物,也不在以下。而且,在愈来愈多的其他学人刊物,明明暗暗地以《读书》为标杆和榜样,正在加紧努力办刊,但是到现在为止,还少有能望其项背者。

《读书》究竟是一本什么样的刊物呢?说实在的,它不是一本热气腾腾的杂志,少热点,少噱头,少直涉时事,少花花草草,一点都不热闹。甚至于我要说,它总是跟不上形势。人家大解放大突破的时候它温温吞吞,咬文嚼字,谈洋论古,东拉西扯,一点"刺刀见红"的真玩意儿也没有,显得大不解气。人家刮风的时候,它若无其事,不紧张也不忌讳,不配合也不唱对台戏,不装熊也不逞雄,不沽名也不钓誉,任凭风浪起,稳坐钓鱼船。从它那里几乎观不出气象、风向来。它的文章发得快也不觉得早,发得慢也不觉得迟,几年以前的文章,过几年再读还有教益、有趣味。在人文科学范围内,它的走向与状态、它的质量可以说是最稳定的。想来想去，全国严肃刊物中似乎只有只发创作的刊物《收获》可以与它的这股子稳劲儿相比。

它有一批作者，老中青都有，以老为核心为统领，面不算窄也不算宽，但是相当稳定。比如金克木、张中行、杨绛、吕叔湘、冯亦代、袁可嘉、王佐良……真才实学，不急不躁，不僵化也不新潮，不苟同也不苟异，不迎合也不故作惊人之论，不吹大话也不躲躲闪闪，其中有些师长的文章已经庶几可以称为"从心所欲不逾矩"了。

它非常清楚自己的个性，自己的读者对象，自己的作者结构，自己的话题。尤其是它非常清楚什么话题不是自己的，什么事情是自己干不成的，什么读者不是自己的，什么作者不是适合于自己的。就是说有所不为才能有所为，有所不能才能有所能，有所不言才能有所言。十二亿人口，几千种刊物，每个刊物都求大求全，怎么可能，怎么得了。关键在于你是否像《读书》那样找得着自己。

尤其是近几年来，由于情况的变化，也由于种种可以想象的难处，更由于时代的变迁、读者的变迁、需要与口味的不同，各种刊物都受到了严峻的考验。有些八十年代初期红极一时、发行量几十万近百万的刊物，现在已经奄奄一息，找不到感觉了。而人们经过了这么一段考验，更感到了《读书》的可贵。

一九九四年是一个非常令人愉快的年头。其中，最最让人高兴的事情之一，就是《读书》的日益成功。

我是把人们对《读书》的选择当做对于清明的理性的选择，亦即当做对浮躁和赶浪头的拒绝来看待的。我多次说过，真正的学问或者艺术是有"免疫力"的，如果真的是在谈学问，求真知，自然就得免除例如投机取巧、看风使舵、大言欺世、媚俗媚潮、急功近利、哗众取宠、邀功邀名、黑马黑驴、吹吹拍拍、拉拉扯扯……这种种学界文坛的流行一号二号三号四号传染病。

这也是对内容和质量的选择，仅仅靠包装和广告是达不到这种效果的。仅仅包装广告或可行时于一时，绝难持久。

走向读书与《读书》,这是人们特别是知识分子们经过了浮躁兴奋,经过了追风赶浪,经过了美梦连连与碰壁连连,经过了痛苦,经过了危机,经过了自省,获得了自觉与自知的结果,它反映了我们的知识分子的进一步成熟。它增加了人们对于正在向我们走来的新的世纪的信心。这实在是一件非常非常令人告慰的事情。

发表于《羊城晚报》1995年1月26日

大愚若智话阿甘

用一个弱智人的眼光看世界,这是电影里常用的手法。《锡鼓》呀《雨人》呀,都是如此。是不是世人的聪明智慧已经走向了反面了呢?倒是傻一点能够咂摸出一点人生的真谛。

尤其是,种种的意识形态的框限、文化积淀的重负、媒体的操纵、集体无意识的导引,往往使对于傻子来说一清二楚的事情,对于聪明人反而莫名其糊涂起来。做一回傻子吧,你或许能有新的宝贵的发现。

在美国,类似阿甘的犯傻青年似乎愈来愈多。相对的衣食无虞,教育上的偏于放任,家庭的不稳定,父母的自顾自,人际关系的疏离与相对单纯,都在造就一批又一批的相对弱智者,至少在中国人的眼光里是这样。

《阿甘正传》就是沿着这样的思路做出来的。看来荒唐而又亲切。但报载《阿甘正传》在中国的上演并不叫座,为什么?

窃以为,一是它不符合中国一般观众对美国片子的期望走向。中国人看好莱坞片子,往往倾向于看灯红酒绿、摩天大厦,或者是情意缠绵、大胆刺激,或者是特技惊人、出奇制胜等等。而《阿甘正传》是一部相对平淡的文艺片,对美国生活与历史充满了嘲笑。嘲笑而又谈不上是什么批判,不狠辣,不过瘾,中国人看了不够味儿。

再有就是对美国生活细节缺少直接感受的人难以体会其中的笑料。例如关于总统接见、越战与反战、美式足球、跑步、义(务)工

（作）、性、乱伦、乒乓外交、电视热线、艾滋病、传媒、儿童及青少年教育之类，都是美国人非常在乎也十分关心的话题，影片对之充满了调侃解构。阿甘大愚若智，不受流行见解与社会政治功利的影响，干脆把美国近几十年的历史看成荒诞可笑的小小闹剧。这恐怕正是这部片子在美国空前成功的原因——它实在是贴近（美国人的）生活而又出奇地新鲜大胆，提供了一个新的角度与观点，叫老美们看了哭笑不得。

这种解构是一种超脱与跨越的表现。喜剧常常是超脱和跨越的果实，而悲剧正剧是难解难分身在其中的标志。总起来说有些中国观众喜欢的还是悲剧，例如《魂断蓝桥》。中国人看电影要认真得多，你可不能调侃太多。

电影也就是电影。不等于说美国人已经解构了一切，他们该珍重的照样会珍重，该冒傻气的照样冒傻气，该犯错误的时候照样犯错误。既允许认真，又允许调侃，才可能出现各式各样的作品。一脑门子官司，就没了戏了。所以，我多次说过，幽默是成人智慧。与远未成熟的人，慎勿幽默的好。

最后，我要说的是，千万不要以为影片处处都在微言大义。大义云云，无意而天成，往往比刻意制作还有收效。一个轻松愉快的电影，如果不是专门的研究家有专门任务，轻松愉快地以平常心看看笑笑也就行了。自然而然的无意中的收获，也许比刻意求之的要好些。

发表于《新民晚报》1995年6月19日

美丽围巾的启示

在香港明珠台的英语电视节目中,播放广告的时间段,经常插播一个短片:

陈旧的城市风景,字幕:一九四八年,上海。一个中国小女孩,手执用糖稀(麦芽糖)吹成的凤凰图案(这是吹糖人的匠人的杰作,现在已经差不多失传了)向一个白人小男孩挥手。

两个孩子一起游玩,一起吃糖稀玩具甜品。

两个人撑着小船,两岸风光怡人。两个人走在铁路上,长长的铁轨上的小孩子使你感觉孤独无依。小女孩捂着嘴做咳嗽状。男孩连忙把自己的一个漂亮的围巾解下来,围在了女孩脖颈上。

一个新的城市风景画面,字幕是:今天(现时),上海。一个白人老头子的饱经风霜的面孔和深情的寻找着什么的目光。

一个上了年纪的中国女人,优雅,善良,纯朴,同样饱经沧桑。她带着一个年龄仿佛一九四八年的她的女孩子。她的目光与白人老者的目光相遇了。

是微笑还是伤悲?是矜持还是超然?老女人的表情深若幽潭。她从口袋里拿出了完好如新的绒毛围巾给自己的孩子(女儿还是孙女儿?)围上了。

英国——该是英国吧——老人看到了这个围巾,潸然泪下,同时也显出了欣慰的笑容。

小女孩子说了一声"白白"。这是全片唯一的一句"台词",此外只有抒情的钢琴小品乐曲伴奏。

这时,荧光屏上出现了字幕:"The beautiful things in life never change"(生活中的美好事物是永存的)。

我的第一个感受:这个短片的精练、完美、动人、内涵丰富,简直无与伦比。一九四八年到现在,一句话没说却饱含着多少惊心动魄的历史!童年,战火,革命,巨变坎坷,胜利,隔绝,交通,一直到三中全会以来的改革开放,尽在不言中!

江山依旧,风物常新,人生苦短,管他中国人外国人资产阶级无产阶级……都老了。天若有情天亦老。

故人别来无恙。优质的绒毛围巾别来无恙。经过历史的冲淘,经过人间的试炼,经过烈火和寒冬,几度春秋,恩怨情仇,以这个围巾为代表的美好事物永存不移!

真的不移吗?移了的不也很多吗?凤凰状的麦芽糖玩具食品已经难寻了哟。

然而还是让我们相信这个不移,依恋这个不移吧。如果不相信,又能相信些什么呢?

我一次又一次地看它,一次又一次地感动,胜过看多少鸡毛蒜皮的肥皂剧;只觉得它如诗如画,如一个短篇故事更如一部长篇小说;如泣如诉,默默无言,浑然天成,却又胜过了千言万语。

它充溢着爱、美、善,充满了超乎人种与国界,不怕岁月的搁置与消磨的友情的温馨,充满了对人生的咏叹、抚摸、回味、珍重。它强调的是永远与不移,是人生当中有一些让你觉得值得为之活下去的东西——用现在的时髦的话来说,就是充满了人文精神与终极关怀!

说实话,很长一段时间,我以为它是一个关于英国纺织品、特别是英国围巾的广告。因为,电视片上的围巾是一个关键的道具,其成色确实非常好,素雅、温暖、柔和、精细,看一看便得到了一种愉悦,看了它便想购买一条,令你想起飞亚达手表不惜血本在香港做的长年广告,它的关键词叫做:"一旦拥有,别无所求。"而且我借题发挥地想：原来广告也可以做得很艺术，很人文，很终极，很含蓄，很抒情的。原来艺术也不是只有天马行空，排斥一切人间烟火的那一种。

这里便说到了艺术，艺术是什么？艺术是不是一定完全排除功利的目的？广告能不能成为艺术？这样一些可能使洁癖者觉得杀风景的话题，却由于这个电视片的成功而变得更加难以回避了。与电视片一道，探讨杀风景的话题的结果不是进一步残忍地杀死艺术而是尽可能健康地、实事求是地去获取正面的有益的启示与验证。这个短片就充满了艺术，演员的外形与气质、无言与有情的表现都是第一流的，几个画面的蒙太奇纯朴自然，钢琴声十分幽雅，情节与细节的设计完美而且成熟，童年与老年的形象前后吻合无疵，连小小的道具也是精益求精，如吹出来的糖稀的图案，令你立即想起一个一去不复返的时代。我尤其赞美那种既怀旧又达观，既温柔又节制，既天真又深沉的人生的沧桑感，赞美它不着一字尽得风流的巧思。短短一两分钟，并未煽情，却硬是令你感动得怆然而涕下。而同时，这部片子可以充满功利，作为美丽围巾的广告片，它也是精到完美的。

然而它不是广告，我终于弄清楚了它的性质，它是香港政府组织拍摄和放映的教育宣传片，类似中央电视台的"广而告之"专题节目。类似的港府教育片还包括以科学卫生知识、号召慈善事业乃至政治性宣传为内容的。

这就有趣了，这也是一种功利，另外一种。港府关注的远远比为英国纺织品或英造围巾做广告要多。它注意的是道德教化，也许还有意识形态。

我必须承认，知情以后，我相当沮丧。我多么希望这部短片只是一个商业广告呀！这将是世界第一流的广告！与意识形态宣传相比较，纺织品或围巾的成色问题和与之有关的商品弘扬不是更多一点单纯和人类共识，更多一点艺术的童心，更多一些人文精神乃至终极关怀——不是对上帝或某个概念的关怀而是对普通人的物质的从而也是精神的关怀吗？

而意识形态呢？我的天！港府的意识形态我们岂能照收无误？它的一九四八年的阴郁画面焉知不是为国际资本主义失去了中国而悲伤？他的白人男孩子给予中国女孩子围巾情节焉知不是要表达殖民者对当地土著的恩惠？它的永垂不朽的美好事物焉知不是指英国式的优越的绅士风度乃至居高临下的怜悯与爱惜？它的近五十年的跨度焉知不是包含了对新中国的历程的绝对阴暗的不怀好意的悲鸣乃至诅咒？它的悲怆的情调焉知不是流露了"九七"将近、香港回归祖国将近给"他们"带来的无可奈何花落去的绝望？它的钢琴的柔婉的曲调焉知不是为了大英帝国的走向没落而奏的挽歌？

该死的意识形态！该死的殖民主义！该死的近代历史！如果没有这一切，艺术将是怎样的天真和纯洁！

（没有这一切，又哪儿来的沧桑感和历史感？如果一代一代人的生活就像一代代鸟儿一样只有叽叽喳喳的天趣，你满意吗？）

愈想愈像！愈想愈是这么一回事！

这样想了是想了，正确可能确实是"正确"了，也可以说是入情入理地批判了，"划清界线"了；然而，短片的魅力未必就此便烟消云散。钢琴曲的旋律仍然在耳边回响，这个钢琴曲无疑是美好的。吹出来的糖稀仍然有美丽的图案和引人怀旧的效应，怀旧的心绪也无疑是美丽的。不分种族与国籍的两个孩子的友情与呵护无疑是动人的。四五十年过去了，人的一大半生命过去了，韶光不再、驻颜无术、两小无猜、旧情难舍的感叹无疑是温柔和弥漫的。即使是令人烦恼的意识形态冲突，作为人生艰难、人生沧桑、人生有太多的好戏的一个契机，也是值得体验一番的。所谓"the beautiful things never change"令人感动——比较起颓废、疯狂、仇恨、自轻自贱来，我们其实仍然更需要这种对美好事物的感动，哪怕这种感动未免廉价了一点、"酸的馒头"（sentimental）了一点也罢。

横看成岭侧成峰，看你怎么看了。

现在让我们做一个简单的回顾：

艺术的力量与人性是分不开的。而且不仅艺术,一切的商业的乃至政治的与意识形态的魅力与功能、人的一切活动与目标之所以成为可能,都与人性的筛选——从长远与整体来说——与人的物质的与精神的需要分不开。人当然可能迷失,可能醉心于非人,但是非人的追求终究会失败与消失。与其说人文精神是一种反世俗的高扬的神哲圣贤的精神,不如说它是一种珍惜人的生命、珍惜此岸而不仅是彼岸的生活的一切具体而微的美好方面——例如一条美丽的毛围巾——的精神,如果我们确实非常喜爱人文精神这个词儿的话。

然而,商业的或政治的、意识形态的功利目的,又确实可能利用人性的形式、艺术的形式表达自己,它们有可能在艺术中塞进自己的货色,使某个艺术品多多少少地变成自己的载体。与此同时,常常被人们忽略也被艺术家回避的是,艺术其实也在利用功利目的,使艺术品的生产成为可能,使艺术品进入传播和流通成为可能,使艺术品被受众欣赏和利用成为可能。因为艺术品毕竟不仅仅是潜伏在艺术家的神经元里的情绪和脉动,而是凝结于某种物质的材料或手段的,能够被人间社会所享用的创造果实乃至商品。就是说,在功利利用艺术做载体的同时,其实艺术也在利用功利做载体,它们是在借功利的"灵堂"哭自己的块垒。它服务了功利有时却又稀释着功利,使功利的可能的短见与褊狭被艺术的普遍与永久所大而化之。以本文所举电视短片为例,大多数受众完全可以欣赏它的真善美它的表演和情调,却不去管其或有的政治或意识形态宣传,同样也不管其或有的商业广告功能。我的意思是,为这个电视片所感动的人并不一定要去买同样的围巾。买或不买围巾的计算斟酌,与喜欢不喜欢感动不感动于这个短片,完全可以在不同层面上展开,立体交叉,并行不悖。该怎么样就怎么样,人用不着为了一个短片自己跟自己较劲。

前面所说的把功利"塞进"艺术,其实是不高明的与不成功的,是相当讨嫌的,然而又是的的确确存在着的。艺术未必能御宣传与广告于大门之外。问题并不在于艺术能否与某种功利目的合作,问题是高明的与成功的宣传或广告应该与人性的流露、与艺术的抒写、与人心的节律契合,天衣无缝——无缝了也还有迹可求,有分析文章可做。

同样正确的是,高明的与成功的艺术应该具有一种"解毒"机制,不论人们是否自觉,真正的艺术将使作品中非艺术反艺术的歪曲因素的含量特别是影响作用减少到最低限度。

关键在于,只有确信自己的目的本身就是充溢着人性内容的,是充溢着对人的物质的与精神的关怀的,是非常慈爱的与美好善良的,才能做到上述的契合与天衣无缝。上述的自信既是成功的保证也是争斗的根由。上述的商业的政治的意识形态的功利的冲动本身就可能同时是艺术的。艺术家并非只可以生活在象牙之塔里,他或她完全可能有自己的功利冲动。问题不在于有没有或是否允许有这种功利的冲动,而在于这种冲动是否具有足够的人性的内涵与通向艺术的契机。

所以列宁说过,没有人情味就不会有对革命的起码追求。难道人们革命不是由于爱人民,而是由于恨人民吗?不管人民的水平还是如何的不够高或者人民身上还有多少世俗的缺点,以崇高的哪怕是革命的或精英的或艺术的名义来抹杀与贬低普通人,来冷淡乃至施虐于普通人,都是有罪的与说不过去的。我们感动的是围在少女脖子上的一条围巾,如果由于少女的种种原罪与不够伟大而把围巾换成一条毒蛇或一条绞索呢?我们能够苟同吗?

既然有功利的目的便自然会有功利的冲突,我前面提到的是艺术的与人性的自信,却不是也不可能是艺术的与人性的客观标准,更不是唯一的放之四海而皆准的使全人类进入无差别天堂的统一价值标准。艺术再动人,世界上照样会有一大堆可诅咒的麻烦。艺术上的成功和动人并不足以解决一切麻烦。很可惜,我们还不能活得不那么清醒。

无视这种冲突也许会近于呆鸟,因为这种冲突便否认艺术与人性的力量乃至专门与人性的艺术的力量为敌,也未免是一叶障目、自我封杀、自找苦头。反过来说,有了一点艺术的趣味或思辨的能力就视一切商业、政治与意识形态的目的如敝履如狗屎,也只能是——对不起,我又用这个词了——云端的空论。

即使对于何谓美好我们保留着自己的不同看法——就是说在现实生活中仍然令人遗憾地存在着种种价值观念上的冲突、斗争、掠夺与势不两立,而我们暂时对之并无良策——我们还是相信世界上有类似于或远远优于绒毛围巾的美好事物,美好的事物就在人间,就在形而下,就是"in life"的——当然也可以在玄思与冥想之中。让我们同时向玄思冥想者致以最良好的祝愿,祝他们天冷的时候也有世俗的优质围巾可戴。

什么时候我们能够不薄政治爱艺术,或者不薄商业而尊重政治,或者深爱艺术而又胜任愉快地从事社会活动与处理各种必要的俗务呢?什么时候我们能够不仅看到政治、意识形态、商务、艺术、道德与人的本性间的冲突,也看到他们相互交通、相互激励、相互补充与整合的可能呢?也许这样的面面俱到的设计本身就是难以实现的乌托邦?也许这种全面发展的要求恰恰有可能妨碍了政治也妨碍了艺术和商业?那么,请勿为难,我收回对做不到理想化的全面发展的朋友的这种指望。每个人必然有自己的侧重与选择,但总有一些人的选择多一些成熟和整体性兼容性的理解。即使我们每人最多只是一颗星,也仍然有人向往苍穹;即使我们每人至多只是一朵浪花,也仍然有人向往大海。这难道不是值得赞美而是必得加以嘲笑和想当然地抹杀的吗?

    又及:文章写好后,发现这个宣传片又变了,一九四八年那一段改成了同样光明的调子,两个孩子一起游戏,在码头送别,与后来一样的天光明丽。不知这个改变的目的是什么,反正看改后的片子实在是味同嚼蜡。

1996年4月—5月写于香港,补充于北京

发表于《读书》1996年第8期

精 神 食 粮

把文学作品比喻成精神食粮,这是很妙的。

食粮,或者更准确一点说食品,应该是有营养的。一些作品里有真实的生活画面,有有意义的经验知识,有做人的深刻道理,有充实的内容,使你读后收获颇多,他们是文学中的"饭食"。

有的作品读之微醺,浮想联翩,虽然说不上过硬的知识经验,却也不乏愉悦和抚慰的作用。这样的作品如美酒,适当啜饮,增加快乐,扩展体验,固人生乐事也。当然喝得太多也会酒精中毒,搞得自己整天如醉如痴,天昏地暗,丧失了对平凡的实在的生活的乐趣,丧失了现实感,乃至走到了普通人的此岸的人生的对立面,就不那么可爱了。

有的作品像补药,像大力丸,很煽情,很投入,很饱满,读之气冲斗牛,心跳气喘,肾上腺素为之大量分泌,这对于患虚症痿症的人来说,当然很有好处,但是人应该明白,大力丸是不能当饭吃的。

有的作品像凉药,吃了会拉稀,它们对有虚火、实症、便秘的患者也是有好处的。当然更不能拿巴豆大黄当饭吃。

也有些小文章,小趣味,读来如嗑一点瓜子,如嚼一粒话梅,如吹一块泡泡糖,无大用处,但也被人需要。对它们既不必哄抬,也不必排斥。

有一些下笔不知所云的人,读他们的作品如嚼蜡,如吃本来不能吃的东西——例如胶皮或者布条。还有些咋咋唬唬的夸张大话之作，读之腹胀欲呕，过一会儿又饿了，它们并没有真正的热量。

更不要说有害的不洁的假冒伪劣的"食品"啦。

所以，对于精神食粮，还是要精心选择。而且，不要偏食，不要只吃不消化，不要自己爱吃什么就排斥其他。

我祝愿人们的精神生活与物质生活一样更加丰富健康，不断提高，兴味盎然，从而全面改善我们的身心素质。

发表于《人民政协报》1996年3月3日

面对真实的世界

我不是一个纯粹的文人。我很羡慕那些纯文人,一生就是读书、写书、教书、买书、藏书、品书。他们有时也受到不公正的待遇,但是等到时过境迁以后,他们显得更可爱更清高更经得住考验。

我没有受过完备的高等教育。我刚上初中就一心要当职业革命家了,刚上了高中就入了党。然后北京解放了,我才十几岁就当起干部来了。我佩戴过北京市军事管制委员会的标志。我在中央团校学习。我到区里工作。我做过建团、登记一贯道、为军事干部学校招收学员、三反五反、天主教三自爱国运动……种种事宜。我常常和党委、公安局、税务局、审干办公室的人打交道,交流思想和感情,配合工作。

一九五七年的运动中出了麻烦以后,我在建筑工地当过小工,和沙子灰和水泥,搬运三十六斤一块的城砖,递灰递泥,抹灰。我到北京郊区劳动,背篓子、扛麻袋、锄地、挖鱼鳞坑、栽树、烧石灰。我去了新疆,我担任过维吾尔族聚居的农村的副大队长,我抡砍土镘,检查水利和生产,晒场扬场,装车卸车,有时也整理活学活用毛主席著作的先进人物的事迹材料。我常常与农村基层干部在一起,包括与他们一起喝酒吃瓜,深知他们的苦衷,我常常同情他们。所以,我从来不像我的某些同行,他们一写到农村基层干部,就以绝对清白的道德优势和正义裁判的架势恶狠狠地把他们骂个狗血喷头。

有哪位作家艺术家有兴趣到农村当两天基层干部吗?有哪位清

高的人士体会过那种上面百十条线压下来,下面几百几千张嘴骂过去,又有几百几千只手伸在你的眼前等待着你的帮助或者"孝敬"时的滋味吗?

所以,我多次著文提倡作家和非作家交朋友,和党政领导干部、和公安干警、和引车卖浆者流、和打工仔打工妹、和个体户练摊的直至董事长经理,当然尤其是和承包了土地的农民交朋友。我希望作家走出自己的沙龙圈子,走出文人相轻的圈子,接触更大更实在更混浊也更具有原生性和前进的力量的世界。我希望作家艺术家不要作茧自缚,只和同质人物来往,结果可能使自己的品种退化。我有时甚至想著文提倡作家最好不要和作家结婚,免得动不动你激动我也激动,你灵感我也烟士披里纯,你悲哀我也痛不欲生,你失眠我也睁着眼,夫妻最好是二元互补,而不是沿着一条窄胡同赛跑,直至撞墙。

对于作家艺术家自身来说,文艺是最最崇高的事业,每个人都在努力拿出自己的最好的货色来。理所当然。但是与整个的社会生活人民生活宇宙大千世界相比,作家艺术家没有什么根据或必要非得自恋自怜自高自大自思自叹不可。顾影自怜的作家也是一种作家,也可以写出一种具有某种趣味的作品。但是,如果能走出顾影自怜的圈子,知道世界上除文艺外尚有别的事,除文艺家外尚有别一种人物。如果大家都面对真实的而不是虚幻的世界,面对真实的而不是虚幻的三教九流的人们,事情大概会更好,大概会好得多。

发表于《中国艺术报》1996年12月27日

你赢得尊敬了么?

新中国的演员的社会地位是大大提高了。感谢社会主义,他们大多有了固定的工作,有力的社会保障,有了自己的组织——协会、工会、表演团体,他们在演艺学校的中专、大专、大学本科直至进一步深造的学历被政府与全社会承认,他们中的确有成就者被尊称为表演艺术家、人类灵魂的工程师、专家、大师,他们中的佼佼者可能获得各种头衔职称职位:人民代表、政协委员、院团长、文化厅长、局长,有的还当了副部长或省一级的政协副主席,他们经常有机会受到领导的接见、合影留念,有些人颇自得于自己的通天云云。更不要说他们是如何经常在传媒上曝光了。

但是,对不起,这些还都是演员赢得尊敬和信赖的可能性。我要问的是,作为具体演员的您,您赢得尊敬了么?

您可能赢得了掌声,但掌声不一定意味着尊敬。特别是那些通俗艺术的"星",说不定您只是一时满足了部分层次并不很高的文化消费要求(我们可以假定那要求是正当的),满足了消费者取乐乃至获得刺激的要求罢了。比如全聚德烤鸭店端上来一只烤得红油油的鸭子,食众也会鼓掌的,但是谈不到对鸭子的尊敬。您也可能确有一技之长,但是对一技之长的肯定不等于尊敬,我不再举刺激各位的例子了。

您可能赢得风头,赢得名声,赢得大量崇拜者的来信乃至被树为青春偶像之类。但是,知名度不等于敬意。每一种身体上精神上的特异发育特异素质特异官能特异功能特异表现都能使您出名。名声可能是由于好奇,可能是由于欣赏,可能是由于惊叹,可能是由于补偿乃至发泄的需要,甚至可能是由于厌恶与恐惧,都不一定是尊敬。

您也可能赢得其他的身份,如当了什么什么长。但由于您是一个公众人物,反而难以干脆以官员的身份颐指气使,人们仍然会念念不忘您的舞台形象您的口碑,仍然会用一种挑剔的眼光注视着您议论着您传播着有关您的小道消息包括财产和情恋故事。您的任何闪失都逃不过公众的眼睛,您只能严格地要求自己。

您可能赢得了金钱,但是高价并不等于尊敬。请注意:人家为您出的价愈超出常规(超出劳动和各种成本)的高,就愈证实了您的某种特殊商品属性、消费价值。"购买者"从而认为有权利消费您和挑剔您直至支配您,如果您不能满足人家的消费需求,人家会认为他们有权退货和要求补偿直至报复,如果您从事的、您的特长是消费型的表演活动的话。(否则谁出那样的高价?)顺便说一下,严肃的艺术家再不要为这"星"那"星"的高收入而愤愤不平啦。

那么,您需不需要尊敬呢?

我想这是无疑的。随着您的年华渐长,您不会仅仅满足于高额的出场费与公众场合的曝光率。您不会仅仅满足于成为群众娱乐的对象。您是一个堂堂正正的公民,一个有专长的艺术家。您有亲属也有或迟早会有子女晚辈,有自己的结交的圈子。您当然希望自己得到尊敬得到信赖。当您听说一个您所爱的人的父母与朋友都在劝他或她不要与您继续来往下去,原因就在于您是一个演员是一个"星"的时候,您肯定会大哭一场。您一定会埋怨社会对演员的偏见和种种的旧思想。

对不起,我说了最令您感到侮辱的话。我请求您的原谅。我一千个为您好,但我提起了最不开的那一壶水。是的,如果您看一看那些由于自己的不检点而招惹了观众、招惹了传媒、招惹了地方领导——叫做犯了众怒——的演员的狼狈遭遇,您只要读过近来的

《中国演员报》,您会突然发现被新社会新风尚提高起来抬举起来乃至宠惯起来又被改革开放市场经济搞活了搞大发了的演员,特别是演员们中的少数幸运者侥幸者,如果没有以自己的行为赢得尊敬的话,他或她已经获得的一切——金钱、名声等是多么脆弱可怜,不堪一击;他或她的实际地位,会多么便捷地一下子又回到那旧社会习惯势力为您设置的地方去。

那么除了教育各界尊重艺术、尊重演艺人员以及加强对演出活动的依法管理以外,您自己该怎样努力去赢得尊敬呢?

第一,您得下苦功夫学习,包括专业、政治、方方面面的文化知识学识。人们尊敬的是有真才实学的专家,而不是仅凭某种生理条件特殊机遇或包装炒作侥幸成功的幸运儿。

第二,您必须加倍的诚实,说话算话,而且要有自己的主见,绝对地把生活与做戏分开。在舞台上,表演是您的特长,在生活里,表演弄不好有可能是虚伪、廉价、滥情、不负责任、朝三暮四、靠不住的同义语。在不该表演的地方与场合慎勿表演!切记!切记!

第三,您必须尊重别人,特别是偏僻小地方的普通老百姓。水能载舟,亦能覆舟,这著名的警句,不仅对执政者是重要的,对一切公众人物都极有意义。您的名以及从而得到的利都是人民给的,人民是您的衣食父母,您一旦触怒了人民,哪怕另有隐情,哪怕只是暂时的,您也将处处碰壁、八方告急,付出十倍百倍的惨痛代价,弄不好您会毁了。

同样,您应该加倍尊重那些在边远小地方工作的干部,否则,还用告诉您您将怎样倒霉吗?

第四,也是最重要的一点:为了让旁人尊重您,首先是您必须自己尊重自己。如果您表现得贪婪、任性、刻薄、骄纵、矫揉造作……如果您什么破广告片都拍,只要给高价什么场合都唱都演都去,如果您把自我彻底地商品化了,如果您自以为自己的声带、身段、举手投足、一颦一笑都奇货可居,都能卖个好价钱,您的形象本身说明您压根儿就没有把自己与旧社会的玩物、与如今的宠物分清楚，您太对不起明星、艺术家、演员，更不要说灵魂工程师的称号了，您丢了整个这一行的人。您必须讲艺德，讲品质，讲表现，讲群众影响。而这里最根本的是讲人格——拿自己当一个高雅的、文明的、有觉悟、有道德、有所不为的人看。莫忘：人必自侮而后人侮之！

第五，您必须尊重同行。要知道，一切对同行的不尊重，都是对演艺业这一行业的不尊重，亦即对艺术本身的不尊重。您向同行泼去的所有污水，最终都落到了你的脸上。演艺界的内讧呀，可让人家怎么看得起你！

这几点的另一种概括方法就是您赢得尊敬要靠学识、靠人格、靠高素质、靠道德自律、靠正确地与克制地处理人际关系和个人与大众的关系、靠严格要求与培育自己的全方位的公众美好形象。

还有第六，关于您的私生活；第七，关于您的遵纪守法，包括照章纳税；第八，千万不要拉一帮哥们儿炒你自己，那样肯定是得寸失尺；第九要听得进批评意见，别干愈描愈黑的蠢事；第十……我说得太不客气了，我真心盼望您赢得尊敬尊重信赖，我真心相信您本来会是人间的花朵，是人自身的身体能力与精神能力的卓越证明，是文明的使者，是使生活变得比实际上更美丽更迷人更高尚的一个源泉。我希望再也不要看到关于您陷入尴尬境地时可耻可悲复可怜的样子的报道！那时候，您即使有一万张生花妙口、再找上一万个借口，再找一大堆哥们儿姐们儿帮忙，也洗不清您身上的耻辱烙印了，亲爱的兄弟姐妹们啊！

发表于《中国演员报》1996年11月15日

写作这一行

　　写作带来许多悖论。从四十多年前一提笔,我就感到了。比如说,你是爱生活才写小说的,但是你为了写作常常需要"放弃"许多生活。人们在忙着各种活生生的事情,而你躲在一角自思自叹,自爱自怜,咬文嚼字,如醉如痴。一个整天写爱情的人在爱情上不会得到太大的成功,写作的辛苦肯定会排挤了爱情两个字的"好辛苦"。如醉如痴也绝对不是真醉真痴,如果您是一位瘾君子,您很可能写不成。不是么?

　　反过来说,一个怀里拥着心上人的人,还会去写爱情诗么?他需要的是说喁喁的常常是不能免俗的情话,需要的是爱抚的种种操作,还需要许多东西,甚至需要背诵一点旁人写的通俗情诗,而不是在做爱的同时构思新作。有一个电影描写俄国作曲家李姆斯基·柯萨柯夫,他在与一个美人拥抱的时候脑子里突然涌出了新的旋律,他走了神,美人离开了他。没有哪个美人喜欢拥抱时走神的艺术家。

　　这是一个基本的矛盾:自我与世界,愿望与实践,主观与客观,乃至言与行。一方面,我们说,世事洞明皆学问,人情练达即文章,就是说,只有投入客观拥抱客观熟悉客观世界才能获得源源不竭的写作源泉;另一方面,又常常是与客观世界拉开一点距离,深深地潜入自己的内心世界,保持一点赤子之心、天真之心,一点书呆子气,才有可能进入创作过程。如果你太积极地入世,拥抱世界,清醒地懂得什么可以当真，什么只是说一说的，你很可能由于过分冷静而丧失了写作的激情与想象力，丧失了浪漫更丧失了天真。再者，可能由于人至察而无徒，特别是招得那些醉醺醺的文学狂热者讨厌乃至仇恨你。而反过来说，如果你太自我、自恋、自怜、自大、与俗鲜谐，到处碰壁不说，你终于会愈来愈苍白、空洞，愈神经兮兮，愈钻入牛角，愈忘乎所以，愈活不下去。你最终要么自杀，要么发疯，如果你的天性里还有许多残忍和野蛮，也可能最后还杀起人来。

雅与俗，理想与现实也是一对吊诡。你爱文学，爱美丽的东西，爱一种精神生活乃至超越时空的最终与最高。但是你又是一个爱食与大食人间烟火的生灵，你明明乐于至少不拒绝因为你的伟大的语言而获得的名声与物质报酬直到异性的青睐。文场正是名利场。文人相轻，争名夺利，等而下之的还蝇营狗苟。清高的文人常常有颇不清高的记录，令人叹息。年轻时我见过一个我很崇拜的作家，只看一下他的吃相，我就再也不想读他的美文了。老作家李準有言：作家别见面，见面熊一半。当然，这只能说明我的幼稚。以人观己，一样。

不要以为自己写过美文就一定很美很超凡脱俗，乃至高人一等，不要像青蛙一样吹炸了自己的肚皮，这是作家的谦虚和清醒。努力以文学的美丽和高尚要求自己，这是好作家的使命意识。

不要以为作家的佳言高论就是可以拯救众生的灵丹妙药，不要以为作家一定高人一等，这是读者的清醒和自信。在一种比较稳定与自信的状态下，不要以为作家的偏执激烈会成为多大多实际的气候，这又会给文学留下更宽广的空间。

文章是自己的好。有几个作家能清醒地估价自己呢？有哪几个作家能清醒地估价文学本身（的特长与特短）呢？有哪一个作家在欣赏自己的巨人式的语言的同时，能看到自己或有的行动的矮子的这一面呢？另一方面，所有这些或有的文人作家的弱点，不也常常是他们的应该被理解被宽容之处么？虚构与虚拟，是多数文学作品的特点。（我愿意承认，对以更多的真实自命的报告文学、历史小说与传记文学,我的认真信任度,即超过文学真实的信任度是有限的,请写这一类作品的作家原谅。)允诺得太实或要求得太实,都只能扼杀想象力,也就是扼杀文学。无论如何,把一篇作品看得非常伟大或非常危险多半是没有道理的。

正因为现实生活中有许多客观条件的限制,有许多不能没有的规则与禁忌,有许多东西是不能任意打破的,才使文学应运而生。例如,现实中的人,体能智能是有限的,但是功夫小说、神话故事等里的侠客、英雄、人猿泰山、福尔摩斯等等就大大突破了现实的人的可能性,并因而令人读得如醉如痴。

再如爱情,爱情其实也受到许多制约,任意突破这些制约,轻则伤人伤己,重则危及社会。每个人的先天与后天条件不同,对一个民族一个国家的道德、法律、习俗也不能掉以轻心,选择的失误与失误的后果都是现实存在需要考虑的,如此这般。谁的爱情的可能性是无限的呢?没有太多的人在爱情上能够感到酒足饭饱式的无求无思无怅无梦,这正是与生活现实相比总要写得更自由更浪漫更纯洁或更刺激的爱情作品大受欢迎的一个原因。如果以现实中的各种绝对化的清规戒律来规范爱情小说,常常会使这样的小说不复存在。如果小说家完全不考虑现实乃至以自己的想象的伟大清纯理想来规范操作现实,同样也是幼稚得可以。

再比如说人的不平之气,这也是难免的。如果把一切不平之气都纳入实践的轨道,也许这孕育着相当大的危险,例如做出危害社会危害群体的事情来。但是虚构的文学作品就相对安全得多,可以有所抒发宣泄而缓解,却不至于造成严重的后果。我常常开玩笑说,发动一次战争在现实中是多么严重的事!而在小说家来说,却要方便得多。自然,在小说里发动和赢得一百次战争,也不等于有把握打一次胜仗。

这就牵涉到一个更大的悖论:真实与虚构。也许文学的许多麻烦许多魅力都可以归结到这一组矛盾下边。一切虚构其实来自于真实,真实的人情事理、真实的客观规律、真实的主观感觉、真实的主观愿望。孙悟空的筋斗云是以猴儿的特点、云天飞翔的愿望、天空与云朵的魅力这些真实的材料为基础来构建的。猪八戒的构建则是根据另外的真实材料。虚构其实是真实之树上的枝杈和花朵。所以作家应该努力把握真实忠于真实,没错。但是,虚构毕竟不同于真实,仅仅靠小说来认识世界,难免片面乃至走了形。看了金庸的小说就上山求仙,毕竟是中学生的故事,成人之为成人,就在于他能把握小说与生活的关系、区别这个度,他能把握认识功能、娱乐功能、教育功能、审美功能之间的区别与联系这个度,把握认真阅读、从中寻求真理寻求自我教育与茶余饭后把玩自娱、换换精神、乐和乐和这个度。既不可掉以轻心吊儿郎当不负责任,又不可执拗太过,胶柱鼓瑟,一脑门子官司。

当然这里又有个别和一般、少数和多数的悖论,例如各民族各个历史阶段,特别是战乱和黑暗的年代,当主流政治家哲学家理论家完全无能为力失去了公众影响力的时候,常有一些成为民族良心良知旗手的作家高耸入云,我们不能不五体投地地崇拜之,这可能是作家的伟大,也可能是民族的悲哀;不是常态,更不是标尺。

"言过其实,终无大用",刘备对马谡这个的批评,对于大多数作家都是适合的。纸上谈兵,对于大多作家来说,也是恰当的形容。纸上谈兵比真的用兵更方便更自由也更安全,却不等于真的善于用兵——作家不但常常有马谡的毛病也常常有赵括的毛病。如果一个作家不明白这一点而以为自己是人有多大言,地有多大产,那实在是一个可笑的误会。反过来说,言过其实,常无大害,也是事实。问题是小说家应该懂得不能随意越位,社会也应该懂得小说家言只是小说家言而已——包括此文。如果您对一个社会的稳定和调节进步的能力多一点信心,也就能够以更加平常的心态看文学,是不是呢?

发表于《文学自由谈》1997年第2期

活动的限度

有一些人或许可以被称为"文学活动家",这里指的不是文学事业、作家团体或编辑出版科研活动的组织者,这种组织者全世界哪里都有,哪里都需要。这里指的是一种以文学活动牟取私利,为此而大搞"公关",实为亵渎公关的人物。

在我国,文坛是一个公众园地,是一条"战线",是一个方面,是一支不大不小的队伍,因此,文学就与别的事业特别是与公务商务人员的其他活动一样,常常变为不是个人而是大众的、有组织有领导有计划有部署的事业。众人及其代表者即领导的好恶、评价、对待,对于一个从事文学工作的人说,关系颇大,不但影响他或她的情绪,也影响其物质利益。确有这样的人,善于活动,虽然文章不怎么样,但是评上了"一级作家"(我猜测,后人将不会理解我们的一级二级作家与创作员之分,就像难以理解蝌蚪文一样),得了奖,分了几室几厅的房子,出了国,当了什么什么理事、委员,频频出镜亮相,并在自己的作品讨论会上请到了国家领导人级的大人物出席。老诗人艾青早就对我讲过这种"著名作家",说"他们并没有著名作品"。此外文坛还有一种说法,说这样的活动家"功夫在诗外"。

同时,也有一些比活动家们写得好得多的人,由于生性木讷,不善交际,只能是形影相吊,寂寞贫寒,是斯人独憔悴的命运。

当然这种事不仅文学领域里有,你不可能完全杜绝黄钟喑哑,瓦釜轰鸣的错位。文学事业中也大有活动的余地,文学事业中的活动也不能小看了。那么,这样的劣性至少是低级公关活动的作用到底有多大呢?

说得简单一点,无非是涂脂抹粉而已。涂脂抹粉也有用,也有效,但毕竟作用有限。一个人美不美还是要靠自己的条件,一个屎壳郎,再涂脂抹粉,也只会引起更大的反感,只会更丑,更令人恶心。

以评奖为例,第一,您的作品太差,发表都勉强,硬要争奖,恐怕实在不易。六十分争到七八十分的收益,偶然一次两次还是可能的,二十分要争取一百分的奖励,就大不易了,哪怕你的活动能力出类拔萃。第二,就算评上了,就一定能贴金而不是出丑么?不见得,得了奖同时又被人耻笑,被人戳脊梁骨,这样的事也不是没有。得了奖然后立即朽掉,无人问津,被读者也被专家抛弃的更不在少数。第三,在"活动"上愈成功,人们的逆反心理就愈大,愈是"活动家",愈是被人轻视,你在这一头占了便宜,你就会在另一头大大地丢份掉价。这样的例子俯拾即是,这也算天道有常吧。

有一种活动不是找领导而是弄几个情投意合的知已,准桃园,准结义,有意无意地抱成一团,一呼百应,一唱百和,一荣俱荣,一损俱损。这样搞起来倒也有些声势也能挟威裹众。但这仍然不是文学,而是狭隘庸俗的公关;没准实质上是商业性的,或带几分政治性,或是地盘争夺性的即有意无意略带黑社会性的,反正绝对不是文学性艺术性的。

至于纯商业性炒作,也不过是广告一流,对于增加书籍销路兴许真有些用处,但那是出版商的事,作家不必太上心。作家太分心了一定写不好。

我从来不认为文学高于其他,但是您如果搞文学最好真的爱文学,说话还是得靠作品也只能靠作品,别的说多了就会是泡沫。一个没有文学感觉文学追求的诗外"作家",比一个没有性别的男人可悲得多。如果,您的着眼点是在"诗外",不如去当官。一个社会岂能无官?我们又不是无政府主义者。渴望当官就尽量到党委部门、国防部门、公安部门、财政部门、物资部门、人事部门……去谋求发展，岂不比在文人骚客里混更有出息？如果您志在赚钱，文学也绝对不是最佳选择。作家是一些敏于言，拙于行，目光如电，口舌如刀，手底下磨磨唧唧，能把死人说活，也能把宵小用言语杀死的"人精人核"（后四字引的是浩然语）。在本来应该屏神凝气、苦心孤诣、才华洋溢而又志存高远、升华坐化的这一群里，利欲熏心地上钻下跳，恐怕要倒霉，今天不倒霉明天也要倒霉，今天占的便宜愈大，明天倒霉也就倒得愈大。文人们一人一口唾沫也够淹死这种活动家的了。几年过去，几十年过去，几百年过去，你的作品摆在那里，你在作者姓名上加头衔加级别加获奖经历加特殊津贴获得者……一句话，你这个作者加上了宇宙大帝国的总统头衔也不灵，如果你的书只能令人皱眉摇头的话。

发表于《新民晚报》1997年12月2日

通俗、经典与商业化

大片《泰坦尼克》商业上的成功已不待言——当今世界上,文化产业的可能性正在拓展。我看这个电影是在纽约州的首府奥班尼,一九九八年四月二十二日晚上,与仁斯利尔理工学院的中国留学生强化 MBI(工商管理硕士研究生)班的学生一道。说是这部片子是从一九九七年圣诞节开始放映的,到我们看的时候已经历时近两个月仍然是场场爆满。在美国看惯了那种门庭冷落车马稀——观众席冷冷清清,甚至一个大厅里只有三五个观众——的电影,看到人们争看《泰坦尼克》的热烈场面,确实觉得新奇。一位小经沧桑,精通几国文字又在商海中游泳颇有效益的留学生告诉我,他看了电影,觉得震撼灵魂。

这种盛况在美国一直延续到五月初。一些传媒分析说这部电影的成功主要是由于吸引了女中学生,而吸引女中学生的王牌是青春小生演员里奥纳多·迪卡普里奥——他确实长着一副极可爱的模样。到五月中旬我结束了在康州三一学院一个学期的访问时为止,一会儿是《人物》杂志,一会儿是《十七岁》杂志,更不要说那些电视与电影杂志了,他们竞相把里奥搬上了自己的封面。书店里卖着里奥的专刊,从幼小到长大,有他的各种玉照。此外以真实的泰坦尼克船为题材的画刊也出来了,有关《泰》的出版物一直在畅销榜上名列前茅。甚至由于这部片子的走红,和船有关的旅游业也热了一阵子。

后来说是中国也进口了这部大片,说是在中国此片掀起的传媒炒作热浪甚至超过了美国。美国出版的华文报纸略带嘲讽地报道了这一点。其实他们不知道,中国也有精英对"泰"片表示自己的清高与不屑。他们声称自己没有看也不想看《泰》片。好在有几个精英不看也无妨事体。你热我也热的情形下,精英的不屑反而显得无奈和酸酸的。《泰》片在中国火起来了,票价比在美国还贵。美国最贵的票是八美元一张,而中国高达八十元人民币,等于九个多美元。而中国的人均收入大概是美国的几十分之一。中国人不买房子不买汽车,大体温饱以后的消费失去了方向,从而消费欲望与能力被高高挂起。任你银行再降利率,百姓们是"死猪不怕开水烫",照旧高储蓄率不误。与此同时,抽不冷子某种消费突突突地乱往上蹿,也够绝够邪的了。

窃以为《泰》片的成功不仅在于里奥那个靓仔,他演了许多片子,都没有取得《泰》的效果,相反还被人诟病。关键在于《泰》的配方完全符合一部成功的商业大片的要求:骇人听闻的高投资大制作先声夺人;现代的科技和电影特技令人咋舌;戏剧性极强的故事情节;爱情至上;把影片的主人公放到了最最严峻的生死考验关头;令观众叹为观止的巨大场面(有的地方干脆是"人海战术"),包括豪华场面、惊险场面、恢宏场面、庄严场面和灾异场面等;招人喜欢的俊男靓女的不乏激情的表演;一分崇高、一分纯洁、二分善良、半分丑恶、半分叹息、二分令观众干瞪眼的豪华、一分半恐怖、一分正义再加半分虚空——其酸甜咸淡都正可口;而最叫我感兴趣的是它的古典加通俗的价值观念,这种价值观念有极普泛的覆盖面。

我们有些作家艺术家,在祖国大陆效应平平,而特别走红于台港;当然也有相反的例子:《秋菊打官司》受到大陆观众与老外的好评,却不能见爱于香港同胞。这也与某种配方问题有关,这是另外的话题了,不赘。

这种价值观念说简单了不外乎真、善、美。这三个字已经被讲得很滥,又早在现代后现代面前过了时。却原来被宣布为过时的东西也还有生命力,有时过时的力量超过了行时的泡沫,这的确发噱。人们恰恰在眼花缭乱日新月异的思潮冲击当中,钟情于某种相对稳定乃至古老的东西;人们渴望着某种天不变道亦不变的古典与永远。以为人愈进化就愈是三天一小变五天一大变,恐怕也是只知其一,不知其二。永恒与古典之一便是男女之情的热烈与纯洁,包括对世俗的门第观念的否定,对浪漫与自由境界的向往——理想。片中也有对大自然例如大海的敬畏、服膺与热爱,对尽职尽力的恪尽职守者的尊敬,对临危不惧特别是先人后己的道德勇气的彰扬,对人的尊严的肯定——即不愿意把人的弱点写得太淋漓尽致太丑陋,不愿意把人写成狰狞残酷的怪兽。这些老一套的观念,从莎士比亚到莫里哀,从关汉卿到曹禺,其实是没有什么歧义的,几乎是人类所共享共识。

也应有不同之点,因为中国传统价值观念的一大特色是反淫防淫,《泰》片最不符合我国国情之处当是罗萨与杰克的"苟合",不知道在中国上演的时候是不是对这一类涉嫌污染的地段有所剪裁。不知道中国农村里能不能接受罗萨与杰克做爱这种"丑死了"的镜头。当然,男主人公杰克站在船头自称是世界之王(后来该片导演詹姆斯·卡梅隆在领取奥斯卡金像奖时也用了这句台词,他举着金像喊道:"今晚我是世界之王!")也与中国人的文化传统不合,中国人提倡的是谦虚,是做老黄牛与螺丝钉,一个小娃子竟敢称王称霸,那岂不是作(读嘬)死!

真善美的范畴很古典(classic,一译经典)也很通俗。包括影片对下层大众的同情与对装腔作势的英国贵族的嘲弄(几乎达到了卑贱者最聪明,高贵者最愚蠢的"毛主义"式的结论呢),其实也并没有脱离开古典加通俗的路子。中国传统戏曲里也鞭挞嫌贫爱富嘛——也许正是因为现实生活中嫌贫爱富太多了,才更需要为贫而壮志凌云的人出出气。这里边当然有美国人的特色,他们对等级观念、贵族门第观念特别反感。他们的影片中的英雄起点也许是窃贼(《风流女窃》),也许是海盗,也许是妓女(《漂亮的女人》),更多的则是无业游民流浪汉。这就与狄更斯的高贵出身,误入下层,终回高层的故事编法不同。《泰》片这一点表现得很尖锐,甚至还让丰满可掬的凯蒂·温丝莱德饰演的女主角啐了高贵的混蛋一脸唾沫,使练啐唾沫一节也有了着落——叫做各种细节一点也不糟蹋——这种手法也符合古典加通俗的原则——叫做长了卑贱者的志气,灭了高贵者的威风。但他们的这种大众意识与我们的马列主义毛泽东思想人民大众立场搭不上太多的界。这无非表达一种"亲民"的倾向,不知道算是"媚俗"还是"媚民",这后一"媚"似乎是越南劳动党在六十年代反右倾时提出来的。依常理,讨好大多数或者说得严肃一些叫做争取大多数,这既可能是商业化的规则、手段;也常常是任何一种社会功利的考虑者例如政治家之所以为政治家之所在。在大众面前灰溜溜酸溜溜乃至恶狠狠的,是否就反衬了自己的一定超庸拔俗,这很可疑,倒说不定是一种心虚和一瓶子不满半瓶子晃荡的心态的流露,更难以成就什么社会贡献。当然,以大众小众作为判断是非美丑的唯一标准也蠢得可爱复可悲。我们不能肆意否定小众化的"精品",正如我们不能不面对大众化的经典——例如莎士比亚和《红楼梦》,甚至也可以正眼看一下艺术成就有争议但确已红遍全球的《泰坦尼克》。

在作品当中替劳苦大众说了几句话,或者声明自己是站在了下层大众一边,固没有什么可以大惊小怪的——连美国好莱坞的商业大片也如是做过了嘛。与其大惊小怪于自己或别人的居高临下的大众立场,不如多写一点亲民的作品,哪怕只亲到了商业化大片《泰坦尼克》或《今古奇观》的《金玉奴棒打薄情郎》的程度也罢。

问题还不仅在于价值观的通俗加经典的普泛性与无可争议性,我觉得《泰》片在表现"终极关怀"上也还可以。冰海沉船的场面令人想起远古的洪水,想起诺亚方舟的故事,想起基督教文明的积淀。茫茫的大海的形象与苍茫而又真挚的歌曲,似乎表达的不仅是沉船者,而是整个人类对于宇宙时空的无限和生命无常的刻骨感受。年老的,由格洛丽亚·丝托娃扮演的皱纹比蛛网还要密的作为回忆者的今日罗萨,与散发着青春的健康与热力的昔日罗萨、即不但有纯洁的对于爱情与幸福的追求而且有鲜活美艳的肉体的作为当事者的青春罗萨的对比,无法不令人哀叹人生的短暂与时光的无情,青春的易逝与驻颜的无术。豪华的、崭新的,气宇轩昂不可一世的泰坦尼克号轮船,触礁后千疮百孔、危机四伏、惶恐无地、回天无力的破船,与海底的锈得不能再锈了的烂船死船古船即船的遗骸的对比,不能不叫人想到色即是空空即是色,或者佛教讲的生住异灭生老病死。或者从儒家的观点来看,沉船的故事说明了居安思危的忧患意识,会令人沉思历史的各种兴衰沉浮。是的,泰坦尼克的故事里包藏着一种大悲哀,大教训,有警策存焉;令学问平常智商也平常的观众看过后唏嘘不已。

商业化的东西也能表达古典与终极?是的,不但可能而且必须,完全没有古典与终极的商业追求往往导致过分的粗鄙与刺激,例如单纯的色情片与暴力片,那些东西往往低于受众的文化素养水准,它们的市场其实是有限的。当然,这种古典与终极要以观众能够接受为度,不能太独创太深奥太抽象了,它又是有限的叫做有限终极或有限哲理,或者叫做常识以内的终极眷注,你从中得不到新的认知新的思维的启示——大学问家不会太为它喝彩。看一部电影与读一部大师的哲学著作的收获毕竟不同。浪漫与理想也是如此,谁能说《泰》缺少浪漫、理想与人文激情?谁说商业化通俗化注定了要排斥浪漫理想古典与人文?当然其古中要有新,起码是新形式新技巧;终极中要有趣味,要符合人的已有认知水平即人们所掌握的常理常规。要表现在具体可触的人物与情节之中,而不是强加庸常的观众以他们感到玄虚而又偏执的哲学或神学教义。

在文艺作品当中我们常常碰到商业化、社会功利化(主要是教化要求)与精英化的不同取向与歧义。美国确实是一个文艺极其商业化的国家。好莱坞的电影商业化的手段几乎什么都用上了,包括最丑恶最下作的刺激。有时提到这种商业化的表现,美国知识分子也捂上脸以表厌恶以至惭愧,但他们很少人自认为是什么精英。不是精英却也不一定渴望堕落。没完没了地看血腥和性肯定会叫人厌烦,觉得"开眼无益"。人们常常还要回到古典即经典的价值取舍上去。美国也不乏正人君子,绅士淑女。美国的正派人对美国社会、美国大众也具有相当的影响。用正派人所不齿的手段去追求商业利益,那是恶性的商业化,狗肉包子上不得台面,其商业利益恰恰为自己的商业格调所囿限所破坏。这一点其实眼下的中国个体书商也注意到了,低级下流并不是文化经营的出路,这里还没有说到"一要繁荣,二要管理"的政府行为。与八十年代相比,美国对色情与暴力作品的管制也大大增加了力度。这样说,正人君子们的取舍也会以一种形式在市场上反映出来,商业化的思路并不注定要排除对于正人君子的尊重。一个老板资助交响乐团,不仅是为了艺术也可能是为了他的或他的公司的名声——而名声是不无商业效益的。为了名声他就不能只媚俗(低俗,不是指通俗)不媚雅,哪怕他自己对于交响乐一窍不通。其实这种"媚雅"的事我也不是没有遭遇过,遇到令自己一头雾水的艺术创造,我也常常是硬着头皮"做欣赏状"的。

商业化说到底是一个中性的概念,它的前提是希望自己的作品得到更多的观众和读者,就是说希望自己有市场而不是没有市场。如果我们说某个作家或导演已经没市场,那恐怕很难说是恭维。这本来是(艺术从业)人之常情。为了这个目的,它可能采取良性的或恶性的手段。在非恶性的情况下,商业化的货色也可能搞得不错直到很好,如《泰坦尼克》。争取受众的考虑并不是一个罪恶的考虑,但毕竟又是一个浅层次的思路。争取受众与发挥艺术独创性攀登艺术的高峰各有各的内涵与外延,在生活实践中,它们可以相龃龉相冲突,也可以各不相干——你争取你的诺贝尔、奥斯卡、戛纳……奖(就一定不俗么?),它争取它的票房和印数。如果你为了争取受众而牺牲了自己的艺术独创,而你的艺术独创确实又很天才很伟大,那是太可惜了。但那与其说是商业化潮流之罪不如说是你缺少操守之过。(我以为一个真正天才的与郑重的艺术家,根本不存在为了商业化而牺牲艺术的可能,艺术人格、才能与修养连这么点免疫力都没有,能够是天才的与伟大的么?至于一个平庸的艺术从业者,有了商业化追求固然搞不出杰出艺术品来,但没有了商业化思路或表示极端轻蔑商业化,就能搞出杰作来吗?我也深表怀疑。说实话,如果我们至今没有拿出当今的《红楼梦》来,恐怕只能怨我们自己没有曹雪芹的出息,而未必应该太多太多地怨完了政治再怨经济,怨完了头头再怨歌星与卡拉OK。)何况商业思路与艺术追求也可以并行不悖乃至相得益彰,自古以来就有雅俗共赏的通俗的经典,例如中国的几大才子书与英国的莎士比亚,它们能够寓独创性于传统,寓深刻性于人们的喜闻乐见。

至于教化方面的考虑当然更不能排除受众。一个乏人问津的作品,再提倡再给奖再贴标签也是徒劳的。这样说并不意味着商业化可以涵盖一切,而只是说商业、教化与艺术独创性的追求,既有相抵牾的一面也有相作用的一面。美国也好别的国家也好,特别是一些欧洲国家的艺术家其实是很愿意标榜自己的电影制作的艺术性与非商业炒作性的。一方面,奥斯卡奖的十一项大奖与金球奖的四项大奖都被《泰》片夺走,另一方面是英国的电影学院评奖坚决不买《泰坦尼克》的账,一个奖也不给它。一方面是美国的各种通俗杂志以里奥的照片做封面,另一方面是他在奥斯卡评奖过程中连提名也没有;他也就干脆没有参加奥斯卡的颁奖典礼。我看这也说明了某些问题,即在一个多元的社会、多元的文艺环境里,你想得到所有的百分点是太难了。以一己的标准抹杀一部广受欢迎的作品也同样是太难了。至于以不看来表达自己对于商业化的拒绝,却多少给人以捂上眼睛以保持纯洁的天真感,看完了再否定应该也还来得及。当然,也可以说,那么多的杰作"精品"还看不过来呢，谁有空闲去看一部好莱坞 blockbuster——大片？那是太对了，我向你致以缪斯名义的敬意，并为自己的居然频频未能免俗而不好意思。

发表于《读书》1998 年第 4 期

华文创作的魅力

不久前,我出席了一个会议,叫做"北美华文作家作品研讨会"。如果说得再全一点,可以叫做"中国福建泉州北美华文作家作品研讨会"。去年,我在吉隆坡参加了一个华文会议,名称叫做"马来西亚华文文学国际学术研讨会"。

一些涵盖面或大或小的名词交错组合,这样的会议名称本身就很有趣。这样的词组,在其他领域也不鲜见。譬如在北京,有一家面馆,叫做"北京东四美国加州牛肉面大王"。这些词语现象的出现,说明我们这个世界终究向着开放和交流的方向发展,这给词语带来了麻烦和趣味。这个会议名称,这个互相兼容吸纳互相参照影响的世界,给我们带来欣喜与希望。

如果世界没有从战争到冷战再到和平发展的主流,如果中国没有独立没有改革开放以至今天的进步发展与在世界上的影响日益扩大,我们不可能开成这样一个会。我们很难想象在全民抗战救国救亡的时候开这个会,也很难想象在抗美援朝战争时期开这个会。召集这样一个不大的会议,却需要许多很大的条件和机遇。在我们祖国日益繁荣壮大的时期,在海外华文文学越来越引人关注的时刻,我们首次在祖国内地开这样一个会,它是中华民族和民族文化伟大复兴的一个吉兆。它使我们重新面对华夏子孙在新的基点上的团结凝聚,重新面对中华文化新的整合。

百余年来,中国传统文化确实受到了严重的挫折与挑战。怎样看待和估价我们的传统文化？在重审和扬弃的过程中,产生了许多不同的文化派别,如国粹派,如激进派,等等。也出现了形形色色的观点与论争,包括一些非常著名的人士,也提出过一些非常激进的观点。例如胡适,主张"打倒孔家店"。例如吴稚晖,主张把线装书统统扔到厕所里去。还有鲁迅,也主张青年不读或少读中国书。经过百余年来的政治变迁,社会演进,经过那么多的文化思潮的冲撞,我们今天终于有了一种可能,以一种前所未有的比较平静的心态,也就是说,以一种更全面也更理性的心态,重审那些文化思潮,重新看待和估价我们的传统文化。不管怎么说,汉语和汉语创作,我们现在称之为华文和华文创作,不仅是我们割舍不掉的倾诉方式、是我们的生活、是我们的灵魂和命运,而且是我们的命根子、是与我们生死攸关的一个命题。

至少在我们这个星球上,汉语是独一无二的,是哪一种语言也不可替代的。汉语属于词根语的汉藏语系,它与以结构语为特点的印欧语系与以黏着语为特点的阿尔泰语系极为不同。汉字与拼音文字有差别,它兼顾着形、声、音、义。对使用汉字的人们来说,汉字的魅力,它所传达出来的意象,真是美不胜收妙不可言。譬如"沧海月明"四个字,你看到"沧海"的两个三点水,就会自然看到苍苍茫茫的海水。"明"字就更特别了,它是日与月的组合,日与月的交辉。海上生明月,沧海月明珠有泪……真是美妙至极！如果把它变成拼音,面对"cang hai yue ming",你很难产生那么美的联想。所以说,仓颉造字的时候"天雨粟、鬼夜哭",大哉中华之文字也。我在少年的时候,觉得汉字很难学,你学一辈子,恐怕也学不完,学不透。我曾经激进地主张废除汉字,实现拉丁化。现在我的年龄已过了一个甲子,据我的写作体会,尽管汉语很难学,但用它来表达我们华人的情感,是无可替代无与伦比的。汉语言的表达力量是无限的,它紧紧纠缠着我们的心灵和魂魄,纠缠着我们的欢欣和痛苦,纠缠着我们的一切。它是我们华人的珍宝和骄傲。

这使我想到著名的黄鹤楼。出席北美华文会议的方方女士是从武汉来的,她比我了解得多。现在的黄鹤楼完全是复制的,而且不在原址。但是它仍然吸引了络绎不绝的游客。它的门票涨到了十元,哪怕再涨,还会有大量的游客到那里去。为什么呢?因为李白的黄鹤楼诗不是假的,崔颢的黄鹤楼诗不是假的。有那些优美不朽的汉诗在,黄鹤楼就不会灭亡。岁月还可能湮没其他古迹,但只要有我们优美不朽的华文文学在,我们的心就会凝聚在一起,我们的古迹就不会亡,我们的汉文化就不会亡,我们中华民族就不会亡。华文和华文文学,是我们民族的根基之一、国魂之一。

我们当然不是汉语一元化主义者,不主张汉语霸权。对于用住在国语言写作的华裔作家,我也充满敬意。如汤亭亭(亭·金斯顿)、谭恩美,她们取得的成功比一些用华文写作的作家大得多。这个世界有多种多样五光十色的语言和文字,我们华人也有我们自己独钟的语言和文字。它与我们生死攸关,息脉相连。我们同样有可能有权利也有足够的才华,大大方方地坚持和发展我们的北美华文创作和世界各地的华文创作。让华文创作红起来,昌盛起来,让它获得世界的认同和瞩目,同时以它特别的风姿,贡献于世界文学。

发表于《文学报》1998 年 11 月 19 日

泡沫与文学

最近看杂志,读到把"酷评"改称"醋评"一段,却原来酷了半天,酷也醋乎?令人忍俊不禁。真能解构呢,写不出新作来,就变成酸溜溜的醋人了,不咸不淡,七扭八捏,点名三竿子,不点名两刀子,这边捅一下,那边招一下,连一个话题也制造不出来,却专门接话茬矫情抬杠,这也算文学?不过也行,至少混一个出镜率。

有些义正词严的针对作者而不是针对作品的论说使我想起特殊年代组织生活或劳改队的小组会议上的思想根源分析,抓住或者并没有抓住一句什么话或是什么背景,于是隔代观火,空中立论,深文周纳,名教杀人,气势汹汹,壮怀激烈。这些东西那真是后继有人的了,虽然论者的价值认定截然相反,其顺昌逆亡,政治标准第一的绝对劲儿却是与姚文元难分轩轾。

不知道什么时候开始人们认为道德是万能的,于是一切缺陷一切遗憾也就都是道德的缺失道德的瑕疵所造成的了。对文学与文本的评论变成了对作者的道德记录的审察,变成了操行鉴定,而首要的道德标准是政治的节操;于是出现了各种义正词严高屋建瓴任意上纲抹煞一片的大话、空话、洋话、烈话,最后仍然是以非艺术的简单全称判断代替艺术分析。还有各种的危言耸听与怨天尤人,有的作家的收入不如或普遍不如经商,这新鲜吗?作家本来就不是一个经济效益绝佳的职业。还有对环境和条件的种种批评。当然了,作家是不会因为对自己的环境和条件过分满意而愤怒的。我也是希望自由度愈大愈好稿费愈高愈好掌声愈热烈愈好佳酿菜肴愈上层次愈好政府和企业给文学家的钱愈多愈好，好了绝对不嫌好。但是我们不能不想想文学史的事实，托尔斯泰是在怎样的环境和条件下工作的呢？尤其是陀思妥耶夫斯基又是在怎样的环境与条件下展现自己的天才的呢？那么曹雪芹呢？杜甫呢？而且杜甫是怎样地执着于一定的意识形态呀！还有李商隐呢，他的一生充满了多少怀才不遇的牢骚！世界文学史上还有多少被贫穷和疾病过早地夺去了生命的作家，多少被流放被囚禁被枪杀以及最后得了神经病自杀的天才作家！如果我们表现不出曹雪芹的才华，如果我们无法证明自己是卡夫卡或陀思妥耶夫斯基，如果我们写不出李义山式的《无题》诗和"三吏三别"式的感时诗，除了说明我们不是曹雪芹，不是杜甫，不是卡夫卡也不是李商隐以外，又能说明什么呢？

不仅是评论，其实创作里边也有不少泡沫。一切的投其所好，一切的炒作闹哄，一切的土洋关系学，一切的装腔作势、搔首弄姿与肌肉块秀，不是泡沫又能留下什么呢？泡沫多了还成了真的了，于是什么危机呀，什么危险呀，什么绝路呀，什么抵抗呀，花样繁多，层出不穷，嘛玩意儿都出来了。但还是有办真事的，抱病写作的，不问收获的，用作品说话的，不事张扬的、即是人们常说却没有几个人能做到的甘于寂寞的作家也还是有的。现在并不是评分的时候，骂一顿也好，哭一场也好，膜拜神灵也好，一把鼻涕一把泪也好，牛皮冲天也好，一厢情愿的各种说法能不能算数还要假以时日才见分晓。至少有一点是明白的，泡沫不是文学，起哄不是文学，咋咋唬唬、流言蜚语、轻薄为文、拉拉扯扯、吵吵闹闹也都不是文学。离了作品的小道消息、趣闻轶事、行情涨落、怪论诡辩、名词堆砌和各种小联盟小伎俩都不是文学。文学作品是一个字一个字写出来的，字里行间，有没有真情实感，有没有真知灼见，有没有艺术的创意与艺术的感觉，文学作品的有没有一颗真诚的与伟大的心，那不是连蒙带唬能骗过去的。

发表于《中华文学选刊》2001 年第 1 期

回眸琐记

一

人为什么回忆过去？可能是为了怀旧,为了吹嘘当年的光荣,为了总结过往的愚蠢,或者为了忏悔……也许什么都不为,而只是为了填补老大以后的空虚。

所有的回忆的目的都是可能的,但也都被大大地简单化了。在某种意义上,回忆决定了性格,回忆决定了身份,回忆决定了智慧和命运;回忆决定了现状,回忆决定了今后,回忆决定了谁是谁,回忆导致了纷争、沟通、误解、仇杀、做爱、运动和结盟,回忆就是一切。

二

现在流行着别样的作家:遗老遗少、糜烂者、吸毒者、巫婆神汉、牛皮大王、愤青愤不青、外向求售型等等。

很可惜,我成不了他们。在革命最吃得开的时候我被认为不够乃至完全不革命甚至是革命的对立面。在如今不革命才吃得开的时候,我发现,我一辈子最大的经验最多的思考最深的记忆最根本的性格就是革命。革命一直与我息息相关。我成不了遗老遗少,成不了巫婆神汉,成不了愤青愤不青,成不了书斋里的春兰秋菊。呜呼。

三

说是反讽,仅仅反讽,够用吗?说是自嘲,仅仅自嘲,够用吗?说是抒情,仅仅抒情,够用吗?说是史诗,仅仅是史诗,够用吗?说是倾诉,仅仅倾诉,够用吗?说是爆炸,乒——乓——不过是一两响而已。

四

说是力透纸背,如果根本没有发力而且拼命收着力呢?说是汪洋恣肆,如果根本没有打开口子而且拼命地修堤筑坝呢?说是滔滔不绝,如果滔滔不绝底下是欲说还休乃至(用一个时髦的肉麻词儿)失语呢?说是游刃有余,如果庖丁其实也糊涂着就是说自己跟自己正较着劲呢?还说什么反小说,上哪儿反去?有那么新潮吗?是不是原地踏了一下步就成了飞人了呢?抱歉得很,太长了,甚至于最好的最认真的朋友也或许只是远远一望。

五

再说一遍,幽默是成人的智慧,与悲愤的孩子无关,与自以为是的师爷无关,与只会做小葱拌豆腐的五级厨师无关,与以拯救为己任的这功那功无关。幽默有高低贵贱之别,有真伪之辨,有深浅之分,而且幽默不是目的不是实质,讨论幽默本身就太不幽默更是太不知识了。

六

如果回忆什么都不是的话,那么至少是一项智力的操练,是对那些急着做结论的大空白小空白的一个玩笑。

七

人的表达与操练离不开言语,但是言语把思想和感情凝固化和简单化了,虽然也明确化和条理化了。一切言语都有一种概括的倾向省略的倾向和排斥的倾向:说是快乐,就不是悲哀。说是调侃,就不是严肃。说是浪漫就不是幽默。说是梦幻就不是现实。说是戏弄就不是诚挚。说是深爱就不是厌恶。说是激动就不是平淡。说是认真就不是游戏。说是有意就不是无心。说是辩护就不是谴责……然而,如果你的心里充满了快乐和悲哀、调侃和严肃、浪漫和幽默、梦幻和现实、深爱和厌恶、激动和平淡、游戏和认真、辩护和谴责、有意和无心……呢?

八

没有爱的批评是隔膜的批评,没有批评的爱是愚蠢的爱,没有理解的嘲笑是刻薄,没有嘲笑的理解是呆板,没有游戏的人生和文学是恐怖主义,没有虔诚的人生和文学是肿瘤,没有珍重的超越是轻浮,没有超越的回忆是弱智,没有过程乃至艰深的过程的明白是幼稚,没有被误解过的作品往往是平常的作品。

九

许多年前我写过,长篇小说不仅是小说,而且是生命,是宇宙,是历史和地理,是书信和日记,是病案和机密,是金木水火土和心肝脾胃肾。我还说过本体大于方法和先于方法。故而,所有的对谈呀、琐记呀、絮语呀,其实都可能是多此一举。

发表于《文艺研究》2001 年第 4 期

小说永远不会被替代

有人说,对社会发言写小说不如写杂文。倒也是。如果目的是发表主张,小说岂止不如杂文,我看杂文不如论文,论文不如告同胞书,告同胞书不如公众演说或上书言事——没听说过言事上一篇小说的,演说或言事有时还不如商业广告,广告是多么美丽多么直接;而广告有时候又不如喊几句口号:例如打倒什么、拥护什么、捍卫什么、誓死干什么,一呼百应,惊天动地,那种风光岂是小说能梦得见的?

小说之所以是小说,正因为它说了很多却又没有直接发言,它提供的不是一个简约化了的主张,而是一种真实的和假设的生活,诗化了的或者荒诞化了的,自然状态的或者变了形的生活。像生活一样生活,像回忆一样回忆,像感觉一样感觉,像喜怒哀乐一样喜怒哀乐而又是别一种喜怒哀乐,一种经过个人的独特心灵折射,独特的酿制创造,从而艺术化了的生活、回忆、感觉、喜怒哀乐。它提供的是一种经验、一种感受、一种智慧和一种激情,更多的时候是一种困惑、一种无法言说,它恰恰不是明快的主张本身。《红楼梦》本身并没有提供好的与简约的主张,却提供了刻骨铭心与千思万虑的一切。那个时代的主张已经过时了,被大多数人忘记了,已经早就被新的、更进步更高明的主张代替了,人们一般不再读那个时期的策论了;然而《红楼梦》没有过时,没有被忘记,没有什么更进步更高明的书能够代替它。

还有人说现在小说正在衰落,正在走下坡路。大概是说现在的人都愈来愈物质了,又都一脑袋数字化呀科技呀什么的,让古老的诗与她的姊妹小说戏剧之属酸溜溜的。还有人在自己基本上江郎才尽之后，说现在最聪明的人再不会去写小说了。谁能反驳这些说法呢？正如宣布五十年后华文的小说创作将有一个大繁荣大高潮一样，它无法被证实，所以也无法被证伪，他们这样写了或者说了，他们的声音传播在空气中，他的文字也算是一种文字。而已罢了。小说这种事业太个人了，出一两个大家面貌就会一新。小说这种东西又太需要时间了，在时间的检验面前各种信口雌黄嘛也不是。小说这种事业又是非常开放的，你无法像管理医生一样实行执照制，什么不怎么样的人都可能写篇把小说，更可能大谈其小说。与此同时，比较不错的小说仍然有人写也有人看。

一个明显的例子就是香港中文大学文学院经办的"新纪元全球华文青年文学奖"，它的成果超出了我个人的预期，它的多彩多姿，它的光怪陆离，它的对于新意的追求和大胆突进中的自我控制，它的对于一种精神品位与艺术形式的讲究，特别是它对于华文写作的眷眷之情，都十分可喜。华文写作正在充实着我们的精神家园，天涯一方的小说创作彼此间有一种自然而然的亲近感和吸引力。看来用华文写作的人们并没有因为饿了很久以后开始吃饱便丧失了精神生活——我个人也不认为饥饿是出好作品的必要条件。人们也没有因为电脑和证券市场的存在，或是因为努力学好了英语便丢尽了母语中的灵性。至少是你丢你的，他或她捡拾他或她的。人只要是人，就会有倾吐的愿望，就会有太多的感受太多的话告诉旁人。人更会感到不知说什么好。华文愈是不能在世界上畅通无阻，就愈具有一种特殊的凝聚力亲和力。一些人正在怀着特殊的心痛的心情经营着独特的华语。母语写作与阅读的欣慰感与寄托感都是别的东西所无法替代的。

以文会友，中华的古老而通俗的说法其实很美。

2001年

文化工作战线空前稳定

对于我们广大文化工作者来说,这十三年可以说是历史上少有的、非常好的时期,大家的工作条件非常稳定,也非常开放,各个方面的处境一直在改善之中。文化这条战线,以前在阶级斗争中是非常敏感的,常有风波动荡。改革开放以后,也有一些意识形态上比较敏感的问题。但是近十三年,却是一个空前稳定的健康发展时期。我之所以说是"空前稳定",表现在以下几个方面:

这十三年中,党的文艺方针一以贯之,没有起落,没有摇摆,十三年以来一直坚持"二为方向"与"双百方针"。这是很重要的一点,这样做就避免了大起大落,避免了不断地调整、纠偏。

这十三年中从没有"刮风",碰到文化工作和文艺作品中的某些问题,处理都是比较慎重的,而且都是作为个案来处理,没有大规模地搞什么东西,简单说,就是没有"刮风"。在这期间,没有因为工作上、出版上或者是作品上有一些问题或意见,就造成全局性的动荡,这一点是很好的。

这十三年中,从中央来说,对文化事业重视和支持的力度不断增加。特别是"三个代表"的思想,把代表先进文化的发展方向作为这个思想的组成部分,使文化工作的地位得到空前提高。这些年中央和各级政府为文化艺术的发展做了许多实事。许多作家、艺术家、学者的生活条件都有了非常突出的改变,他们的收入、住房等各个方面都有提高。特别随着高等学校经费的增加,许多文化人的工作条件、生活条件都有了显著的变化。

这十三年中,开放度越来越高,广大文化工作者获取的信息是过去不能比拟的,也是想象不到的。通过互联网和我们日益发展的出版事业,各种文艺的、学术的新的消息和新的成就,文化工作者们差不多都可以同步地了解,能够有所借鉴。

这十三年也是文艺工作者逐步实现了大团结的十三年。不争论与重在建设的方针,结束了长久以来的文艺战线内耗不断的局面,使人们在"三个代表"的重要思想基础上联合起来,而把门户之争减少到了最低限度。广大人民的文化生活、精神生活与精神状态,都有了积极的开拓与发展。

这十三年,对外文化交流进入了一个新的境界。仅从在北京举行的三大男高音的演出以及其他的文艺演出,就可以看出文化交流非常活跃。而且,我们的文化交流也越来越符合国际惯例。我在文化部工作的时候,帕瓦罗蒂、多明戈都来华演出过,那时候他们来还是照顾中国,是不要演出费用的。短短的十几年过去,现在他们来,我们完全是按照国际惯例,付给他们酬金,这也说明了我们国家的发展。另外,我非常重视的一点是,我们和法国互设了文化中心。这也是长期以来一直想做的,但由于条件不成熟,一直没有做成。现在两国互设了文化中心,在二〇〇三年法国将要举行中国文化年,二〇〇四年中国将举行法国文化年。所有这些事情都说明,我们的对外文化交流在规模上和过去不一样了,而且我们的信心和开放的程度都有很大的发展。

这十三年,我们重大文化设施的建设也是空前的。国家大剧院已经破土动工。几十年来,每年政协会上大家都会提这个问题,现在是指日可待,一个规模很大的、很辉煌的国家大剧院就要建起来了。对作家们来说,现代文学馆的建设也是令人欣慰的。从全世界的范围来看,这么好的文学馆也是不多见的。我在美国、日本也看到过很多作家的纪念馆,但大多只是一个故居的形式,根本没有我们这样的规模。另外，上海的几大文化建筑都是新建的，包括大剧院、图书馆、博物馆等。北京的首都图书馆也是一个大规模的新建筑，而原来的北京图书馆现在改为国家图书馆，在规模上、藏书上也有很大的发展。在文物上，一些重大的成就更为明显，越来越多的文化遗产被联合国教科文组织承认，命名为"世界文化遗产"。在这方面，布达拉宫、平遥古城都做了修缮，这在全世界都是很有意义的。

我觉得，这十三年在文化工作上不"刮风"，做切实的工作，使文化工作者和人民群众得到了实惠。

发表于《瞭望》2002年第45期

长篇小说的历史感

新中国成立以来,常常提倡多写报告文学,这大概表明了让文学贴近现实、服务于"沸腾的生活"的急切。而在复苏的季节,大量文学刊物创建或恢复之初,如二十世纪七十年代末,多提倡短篇小说,这也反映着文学在写作和阅读双方面的激情。大型文学刊物开始出现的时候,一种叫做中篇小说的体裁非常看好,人们开始要求更大的阅读分量,当然也要求着深度。

这些年出现了对长篇小说的呼唤和关注,这不简单,这是一个飞跃。这里有对历史包括文学史的面对,有不那么急功近利的长远眼光,有相对稳定下来以后的消化和酿造,有作家们奋力一搏的战略抉择,也有从呐喊到彷徨又终于开始了从容的叙述的历程、经验。我们的新中国已经历经半个多世纪,人们有了历史,有了历史感,有了稳定感,该出现几部像模像样的长篇小说巨著了。至少是近二三百年以来,中外文学史首先是由那些经典的长篇小说奠了基的。

于是我国每年出现了大量长篇小说,一年五百部上下。而"文革"前的十七年平均每年是十余部。虽然同时也出现了时髦的迳自西方的文学将要衰亡、小说将要进入博物馆的哀鸣和不无做作的坚守与抵抗的姿态秀。其实没有多少人注意这种哀鸣与姿态,其实写的仍然在写,读的仍然在读。中国是一个罕有的文学大国,没有几个别的地方像中国这样关注文学,做文学的人活得这样辉煌热乎,叫得这样响亮。

长篇小说多了也有麻烦,物以稀为贵,一年只出几部长篇的时候,出一部就是一部,人们排着队买新书,除非什么也不看。而现在呢,优秀的书淹没在大量平庸乃至低劣的书里,书愈多愈显得没有好书。繁荣也要为繁荣付出代价。

然而仍然不断有好书冒出来。宗璞以病弱之身写出了《南渡记》与《东藏记》,高雅雄劲,匀称错落,明丽端庄,为抗日时期知识分子们的爱国历史写下了难得的见证。余华的几部长篇,哭哭笑笑,不哭不笑,写透了小人物的无奈与风景。王安忆的长篇努力挖掘着陈年记忆,解剖着大千人生,淅淅沥沥,像是永无尽头的江河活水。铁凝的长篇里即使充满了纠缠与变异,也不失她的永远的对美与善的天真信念,她表达了历史的试炼下一个个少女美丽灵魂。张炜的长篇里则洋溢着诗情与灵魂的焦灼张力。韩少功的《马桥词典》把思索与描绘结合到了极致。张洁的《无字》几多执着,几多忿懑,几多苦情情苦。迟子建的《伪满洲国》气势恢宏,描写老到。张抗抗的长篇新作里充溢着与时俱进的张力与前沿性的火热追求。黄亚洲、张平、周梅森、陆天明等人的大时代大题材的写作,不但饱含了时代感与社会责任感也时有处理上的新意。刘震云的小说匪夷所思,把想象力与反讽抡得满天飞舞。王朔的小说语言的活性拉近了文学与北京街巷胡同的距离。唐浩明、二月河、张建伟、凌力等人的历史题材长篇小说则给了读者多少知识多少联想多少启迪多少干货。还有许多年轻人,他们她们写市场经济下的欲望与冲突,写"官场",写企业、酒吧、咖啡馆和经济特区,写新一代人的幼稚和奔忙,写城市和乡村,写境外国外的华人……以至于写强盗,写小偷,写少数民族,写贪官清官,写确定的地方与凭空乌有之乡……千奇百怪,绚烂缤纷,令人目不暇接。

文学个性充分发展,反过来更证明了写好一部长篇是多么不容易,一切好条件给了你,让你由着劲儿写,你就能够与中外文学史上的长篇小说大师们比肩了吗?未见得也!那些大师们又是在怎样的条件下写作的呢？恪守某种价值与自以为是的作者,时而表现出小家子气的褊狭;游戏笔墨的作超拔状的作者,则掩盖不住价值的虚无与内心的苍白;玩弄形式的遮不住自己思想与艺术上的寒碜;动不动脱掉内衣的卖弄,与其说是流露着放肆,不如说是透露了贫乏可怜——只剩下了脐下的那点东西好写了……还是正视自己的不足吧,还是少来一点叫卖和炒作,多来一点高尚与正直的惭愧吧。

然而现在还不是打分的时候,文学需要时间的检验,长篇小说尤其需要时间的检验,我们可以对自己提出更高的要求,我们能够做的只有孜孜不倦地努力,再开阔些,再深刻些,再写得好一些。

发表于《光明日报》2002年12月4日

在"新概念"作文大赛的讲话

各位朋友,各位老师,各位家长,各位同学:

"新概念"作文大赛进行到第六届了,我个人也已经多次在这个房间里头参加评奖的会。显然这个活动的发展和举办,以及它的影响,是处在一个急剧上升的势头上,所以让人非常高兴。我先向第六届获奖的和入围的、所有在场的同学,表示热烈的祝贺,也向《萌芽》杂志和有关的老师,和支持赞助的单位,表示热烈的祝贺。

我觉得刚才王老师讲得非常好,任何一件事情做得越好,有时候也能够变成对我们的限制,或者误导。我隐隐约约有这种感觉。譬如刚才那个获奖的同学代表讲话里也讲到了,破除作文八股。我觉得非常好,非常对。提起作文的八股来,有些例子,听了以后我的感觉用四个字表达:"痛不欲生",因为它对作文的那种限制。但是呢,我又有点害怕,我怕过于求新求怪求另类。我已经从有一些考试啊命题啊感觉到这么一点苗头,也可能是由于我自己年事日高,已不能适应这个与时俱进的社会了,我看到一些高考的作文命题以后啊,我常常一身冷汗,这怎么做呀这个东西,没法做呀,这题目本身就够我们费一会儿劲的,经过一个阶段以后,才能够把这个血压恢复正常。所以就是我的那个老观点,新概念里头其实也包含着旧概念,有很多旧概念它是不可以改变的。譬如中国人讲修辞立其诚。就是说我们不管怎么修辞,目的是最诚恳地最如实地把这个东西讲出来。譬如我们说言为心声,譬如我们主张言之有物,我们不主张无病呻吟。另外写文章我们也不主张用力太过,雕琢造作,这都是不值得提倡的。我想这一类的很多东西,都是历久而弥新的,它不会改变的。所以我觉得我们做这个工作的人,可以总结这方面的经验。文无定法。如果说什么时候,"新概念"作文大赛被别人总结出一些窍门,一些捷径,一些秘法、秘诀,总结出一点什么葵花宝典、连城诀来,那一天就是"新概念"作文大赛的忌日。

文无定法,文如其人,人心不同,各如其面,它是多种多样的,它应该是非常宽阔的,决不能让人摸着咱们的脉,摸着咱们的筋。他说这样的文章好,但那样的文章也是好的。很理性的,论述的,条条有理的,是我们所喜欢的;多少带点直感的、直觉的,有点让你摸不着抓不住的,我们也是喜欢的;非常清晰,非常质朴,有一说一,有二说二,一点夸张都没有的文章,我们也是喜欢的。我想,我们这个"新概念"的作文大赛应该是一个没有任何窍门任何捷径的作文大赛。

我建议,我们这些年轻的参赛的朋友,你们当然是对作文有兴趣,对文学有兴趣,你们在作文大赛中得到了优胜以后呢,也受到一些高等学校的文科,特别是和文学有关的,譬如说中文系的青睐,这都是值得祝贺的。但是毕竟我们还年轻。我经常到各地去,别人告诉我,哪个十二岁的孩子写了一本什么书,美国已经用五十万美元买了去了。我说很好,祝贺。一般地说,十二岁的写不成,但是特例我不发表意见。现在甚至有九岁的、六岁的,还有五岁的出诗集的。这些超出我的经验的范围,我一律采取致敬的态度,我不干涉。但是我的孙子五岁,我绝不允许他写书,我怕影响他玩游戏或者付出健康。

所以还是要扩大我们的知识面。我常常讲,文学本身并不能产生文学。如果你一辈子就是喜欢文学,就是读文学的书,就是管文学的事,就关心文学,别的什么事都不管,那就变成单性繁殖啦,只有插条,它不开花,它没有雄蕊也没有雌蕊,所以它没有变异,没有竞争,也没有进展,单性繁殖的结果它就会退化。

有时候别人跟我讨论一个问题,这是我没资格谈的一个问题。

他们讲,双语教育影响了我们母语的学习。放在学外语上应该有多少时间,多少课时,多少自修的时间,放在学母语上应该多少时间。这个我没有资格反对。但是从理论上说,我不认为学外语会影响学习母语,我见到的多数例子都是相得益彰。辜鸿铭外语最好,中文也最好,至于他思想冬烘那是另外的问题。如果辜鸿铭生活在今天这个时代,当"新概念"作文的评委的话,他也不见得坚持他原来的那种观点。钱锺书外语那么好,但钱锺书的中文也绝不是洋泾浜啊,钱锺书的中文是最地道的中文,是古色古香的中文,是老牌中文。林语堂甚至还入了外国的国籍,被我们骂成香蕉人,其实人家不香蕉,林语堂的中文是非常漂亮的,地地道道的,原汁原味的,至少比我的中文好得多,你查我的中文绝对有翻译的句子和句法,但是林语堂那里头没有。还有很多都是这样。事实证明,学了外语以后,你才能知道中文的妙处和中文的特点。反过来说,你中文都说不清楚,而能把英语学好,这不可能的嘛。你用本国的语言跟你爸爸说话都说不清楚,你跟美国专家美国教授美国物理学家能把话说清楚?根本不可能。

科学也是这样,所以我们要学外语、学科学,还要学政治,那些你越是不感兴趣的东西,越是要好好学学。不要作茧自缚,不要用文学把自己圈起来。文无定法,学问要从宽处来找,相得益彰。

这就是我今天在这儿随便讲的几句话。祝贺大家。

发表于《文学自由谈》2004年第2期

莎乐美、潘金莲和巴别尔的骑兵军

二〇〇〇年我在爱尔兰首都都柏林观看了王尔德的话剧(诗剧)《莎乐美》的演出。我想写点感想之类的东西,一想就想了四年多。

独幕剧,不长,把美女、宫廷、爱、屠杀、死亡、人头、宗教或邪教、舞蹈……混在一起,刺激得令人目不暇给,却又难于理解把握。

我一面看一面想的是我们的国粹潘金莲。此后更是想起来没有完。

莎乐美与潘金莲,同样地美丽而又似乎邪恶。二人同样地把爱情与杀人与血腥连结在一起。二人同样以杀人始,以被杀终。两人同样爱上了不爱自己、对爱无回应的人。两个人都有另外一个男人的性介入,一个是莎乐美的继父希律王,一个是西门庆大官人。(希律王还兼着潘故事中的张大户、即原来潘的主人、在潘金莲身体上未能得手,遂将潘金莲下嫁武大郎的那个极端坏蛋的角色。)两个故事里都有一对嫂子与小叔子的恋情。《莎乐美》中是莎乐美的母亲与小叔子希律王成了婚,潘金莲的故事中是潘金莲苦恋武松。

在西洋,叔嫂之恋是否有特殊含意,非我所知。在中国,"养小叔子"是难听的话,在性事上,年龄或辈分上大的一方负第一责任,并非完全无理。

两者还都有一个年长的女子,一个是莎乐美的母后,据《圣经》原文,本应是此人教唆莎乐美要挟父王割下了约翰的头,原因是先知约翰反对她与希律王的婚姻。在王尔德的剧作中,这个角色的作用不明显。另一个是王婆,作用大了去了。

潘金莲与莎乐美都是有争议的女性角色,潘金莲与莎乐美的故事也都是余波未断,始终不息,而且,随着时代的发展,她们的故事愈来愈现代化、后现代化了。

潘金莲的故事,发展壮大成了《金瓶梅》,另有京剧《狮子楼》;"五四"后有欧阳予倩的话剧为之翻案,改革开放以后有魏明伦的所谓"荒诞川剧",其实内容仍然围绕着在潘金莲的故事中的新旧道德认定问题。香港名小说家李碧华早就写过《潘金莲的来世与今生》一书,据此拍过三级片;最近,内地的当红作家阎连科又把潘金莲的故事今天化农民化,写成《潘金莲逃出西门镇》,把武松写成只要升迁不要爱情的农村基层土得掉渣的干部,把潘金莲写成追求爱情而历尽艰辛,终于不得的悲剧性伟大女性。

然而二者又有明显不同。首先,潘金莲与莎乐美的杀戮方向是相逆的:与莎乐美有关的杀戮是这样进行的:一、叙利亚军官因拗不过莎乐美的任性,放她见到了在囚的先知约翰,见到希律王时惭愧而自杀。我观剧的印象,则是叙利亚军官也爱上了莎乐美,不成,自杀。二、莎乐美向约翰求爱不得,乃要求杀下约翰的头。据说这与西方的恋头癖有关,《十日谈》里,《红与黑》里都有恋头情结情节。三、莎乐美被希律王所杀。

按照这个顺序,搬到中国潘金莲的故事上来,大致应是:一、武大郎因得爱无门而自杀。二、潘金莲因求爱不成而杀死了武松,三、西门庆发现潘金莲这样酷爱武松而且出手辣,乃杀掉潘金莲。

潘金莲的杀人故事则是:一、张大户想占有潘金莲的身体,不成,乃作主将潘嫁给武大郎。二、潘金莲不爱武大郎,而爱上了二郎武松,不成,与西门庆通奸。三、武大郎碍事,被潘金莲联手西门庆,毒死。四、武松为哥哥报仇,杀死潘金莲与西门庆。

而按照中国的潘金莲故事模式,我们也可以为莎乐美设计一个中华式、《水浒传》式的故事：一、希律王为自己到手方便，将莎乐美许配给叙利亚军官，继续与莎乐美胡搞，叙利亚军官碍手碍脚，被莎乐美联手希律王毒死。二、先知约翰讨厌莎乐美的性骚扰，并与叙利亚军官是把兄弟，乃为乃弟报仇杀死莎乐美。三、先知约翰一不做二不休，干脆杀了希律王并思夺取政权——之后是成则王侯败则贼，王侯则万众欢呼，贼则终被招安或另有明主消灭之。

比较一下二者的杀人方式也发人深省，莎乐美是向父王勒索，由卫兵将约翰斩首，再献头，至今伊拉克有些武装人员采取的仍然是这个古老的方式。中国的屠杀则更热闹。请看武松是怎么样杀潘金莲的：

> 那妇人见势不好，却待要叫，被武松脑揪倒来，两只脚踏住他两只胳膊，扯开胸脯衣裳。说时迟，那时快，把尖刀去胸前只一剜，口里衔着刀，双手去挖开胸脯，抠出心肝五脏，供养在灵前；胳察一刀便割下那妇人头来，血流满地。四家邻舍眼都定了，只掩了脸，看他忒凶，又不敢劝，只得随顺他。

注意，四家邻舍都在，共同观看梁山好汉排名极靠前的武松的英雄事迹。而同书中的另一个潘淫妇巧云，被宰杀得更是火爆异常：

> 迎儿见头势不好，待要叫。杨雄手起一刀，挥作两段。那妇人在树上叫道："叔叔，劝一劝！"……杨雄却指着骂道："你这贼贱人！我一时误听不明，险些被你瞒过了！一者坏了我兄弟情分，二乃久后必然被你害了性命！我想你这婆娘，心肝五脏怎地生着！我且看一看！"一刀从心窝里直割到小肚子下，取出心肝五脏，挂在松树上。杨雄又将这妇人七件事分开了，却将钗钏首饰都拴在包裹里了。

可以看出小说写到这里的神采飞扬，满足酣畅，杀淫妇，是英雄们的庆典，比杀贪官富商过瘾得多。

神州大地最讲究"文以载道"。一个《水浒传》里杀了三个淫妇：

潘金莲、阎婆惜与潘巧云。小说正邪分明,判若水火。后来的欧阳予倩与魏明伦则是明确地替"淫妇"们说话,带有人性论与女性主义的价值引进与价值启蒙色彩。其用心仍然在文以载新道,翻案之道。所以,《水浒传》虽涉嫌诲盗而被禁过,具体到潘金莲的故事,则反而被接受了,没有引起太大的风波。

而王尔德一开始就唯美地欣赏莎乐美,极力突出了对于莎乐美的情欲与美丽的表现。莎乐美则从正反方面吟咏先知约翰的肉体:

> 我渴望得到你的肉体!你的肉体像田野里的百合花一样洁白,从来没有被人铲割过。你的肉体像山顶的积雪一样晶莹,像朱迪亚山顶的积雪,滚到了山谷来了。阿拉伯皇后花园的玫瑰也不如你的肉体白净。

这之后是约翰的拒绝,约翰大义凛然地批判道:

> 退回去!巴比伦之女!女人是人间的万恶之源!别跟我讲话。我不听你讲话。我只听上帝的声音。

这倒有点武松的腔调,与《水浒》英雄所见略同,华夷也有至少是曾经有共识。

这一类仇恨女性的语言显现了不同的意识形态(不论价值取向是直指上帝,暗指英雄主义或明指人民)都多少包含着相当合理的禁欲主义倾向(连俗欲都管不住,还能成就什么大事伟业?),许多伟人因出家离家毁家或终身不娶不嫁而突出了一生奉献的光辉形象,不论是释迦还是胡志明、林巧稚,他们极受大众尊敬爱戴。当信奉这种价值取向而又不够坚强的人在男权社会遭遇美女辣妹(辣嫂)的情欲勾引难以自持时,自易变成痛恨:我以为同时这还是男权社会的庸众,对于阴阳不调、阴盛阳衰的生理状况的无可奈何,乃恼羞成怒,演化为色厉内荏的破口大骂。

而在向希律王勒索取下了约翰的头颅之后,莎乐美匪夷所思地狂吻约翰的唇,说道:

啊,我吻到你的唇了,约翰,我吻到你的唇了。你的唇为什么有点苦呢?是血的味道吗?不,或许,这就是爱情的滋味?人们都说,爱情有一股苦苦的味道。但那又怎么样呢?那又怎么样呢?我吻到你的唇了,我吻到你的唇了……

所以,《莎乐美》的命运竟然比潘金莲的故事还多舛。从一出来王尔德就挨骂,被认定了是伤风败俗。连巴黎这样开放的地方也禁演过这出戏。后来王尔德终于因同性恋事败露被判刑劳改,从引领时代潮流的风头人物变为罪犯,最后隐姓埋名,去国而死。

我早就知道王尔德是唯美主义者,但是只看他的童话《快乐的王子》,我几乎以为他是左翼。看过《莎乐美》,我服了,真是唯美呀。以国人的观点,他是不是有点唯美得走火入魔了呢?

艺术大概是唯一允许走极端的领域,由于它是非现实非实践性操作性的。艺术上的走火入魔毕竟可以提供新的冲击,新的话题,新的启示。美常常与善在一起,但也有邪恶的美,美也可能与血腥、与恐怖、与死亡、与暴戾等在一起。而且,正像无巧不成书,无教化不成书一样,无恶、无假、无丑也不成书更不成戏。所以古今中外都有类似白骨精、狐狸精、褒姒、妲己、海伦、女巫、黑天鹅、吸血鬼直到某某宝贝、某某娃娃式样的"邪恶"美女文学人物。黑白分明的真善美与假恶丑的对立是一种解读办法,这种对立在我国文学中源远流长。而恶美、假美、真恶、真丑或者是丑而善,丑而真的人物(如《巴黎圣母院》中的敲钟人),这种安排更是十九世纪以来,批判现实主义出现以来——更不要说现代主义的出现了——文学艺术的所好,是一种剪不断理还乱的题材处理方法,艺术概括与艺术表达的方法,更是一种对世界和已有的文明的质疑,对黑白分明的思维模式的质疑,是对人心的折磨和震撼。

你读一下《马特韦·罗季奥内奇·巴甫利钦柯传略》吧:

它,一九一八年,是骑着欢蹦乱跳的马……来的……还带了一辆大车和形形色色的歌曲……嗬,一九一八年,你是我的心头肉啊……我们唱尽了你的歌曲,喝光了你的美酒,把你的真理列成了决议……在那些日子里横刀立马杀遍库班地区,冲到将军紧跟前,一枪把他崩了……我把我的老爷尼斯京斯基翻倒在地,用脚踹他,足足踹了一个小时……在这段时间内,我彻底领悟了活的滋味……

这是一份革命宣言!是农民起义的圣经!是造反有理的替天行道!也是使一切温良恭俭让的小资大资小文人酸绅士吓得屁滚尿流的冲锋号!

这里的主人公是一个牧民,老婆被地主老爷霸占,工钱被克扣。巴别尔的骑兵军也是爱憎分明的,不但要杀坏蛋,而且光杀不过瘾,要踹一个小时。而踹一个小时当然不合现代文明的规范,也不合三大纪律八项注意的条例。

哥萨克的魅力几乎胜过了水浒,也胜过007,因为一骑马,二爱(干)女人,三杀人不眨眼,四在大空间即草原或谷地上活动,五是真的,有历史为证。

有了这样的骑兵军,水浒好汉也罢,莎乐美也罢,相形见绌或者可以搭车顺风了。

我们以首篇《泅渡兹勃鲁契河》为例,

> 田野里盛开着紫红色的罂粟花……静静的沃伦……朝白桦林珍珠般亮闪闪雾游去,随后又爬上……山岗,将困乏的双手胡乱伸进啤酒草丛。

写到这里仍然是平静的与传统的俄罗斯文学的风景画描绘,但是下边:

> 橙黄色的太阳浮游天际,活像一颗被砍下的头颅……

这里也出现了恋头癖,然而写的不是性与爱,而是革命、阶级斗争、民族斗争。故事主人公做梦也是梦见你枪毙我,我枪毙他。故事主人公睡了半夜不知道他是与死尸同眠。

斗争与爱情都要冲破压抑,冲破既有的观念与规则。如果你到陕北延安附近的安塞县听原汁原味的民歌,你就会发现,那么多革命的边区歌曲,其旋律取材于当地的爱情酸曲。被压抑的爱情,被污辱的尊严,其悲情与反抗,其以死相争的决绝,(当然会过分,毛泽东的名言是"矫枉必须过正,不过正不能矫枉",这在取得政权以后,说起来似是极端了一点,但是在美学上倒是极有道理。同样有理的是美学上的含蓄与节制原则。)心理结构上有共同性,且都有一种特殊的美感。

巴别尔的《骑兵军》也是这种矫枉过正的产物。哥萨克骑兵,把斗争搞到了极致。以至于故事里的戴眼镜的主人公,为了显示在开杀戒上决不犹豫半点以被哥萨克们接纳,上来一脚就把一头鹅的鹅头踩扁,(又是恋头癖?)来显示自己绝非屠头。这里哥萨克的魅力很大程度上是审美方面的,是说人要克服自身的善良——软弱、忌杀的一面,成为乐于征战敢于随时不眨眼地杀敌的永远勇敢的斗士极致。仅仅从审美上说,这与欣赏莎乐美的血腥与欣赏武松的杀戮可以互为参照。从绝对的意识形态性上来说,至少莎乐美与潘金莲直到赵艳容都是反叛性的,或多或少都具有对体制与维护体制的规则的挑战性。所以据记载刘少奇同志很欣赏《雷雨》中的繁漪(也是有准乱伦记录的),并认为新的条件下繁漪是可以成为共产党员的。

这样我们就可能给刺激和内心黑暗说力比多说以一个更光明正大的解释,文学上的反抗,艺术的反抗,爱情、情色上的反抗和阶级的人民的反抗,在某种情势下呼唤着"恶"之花,死之美,砸个稀巴烂的狂放与豪迈。而站在暴力革命学说的立场上,这里所说的"恶"正是历史的金刚力士,是创造历史,创造新一轮社会正义的铁与火;它们至少比武松、石秀的杀嫂更理直气壮。

而即使你从意识形态上完全不认同布琼尼的骑兵军,你也同样可能欣赏巴别尔，例如美国，对苏联作家包括诺贝尔奖得主肖洛霍夫早已不睬，却至今对巴别尔情有独钟。当然，这里包含着唯美主义、形式主义的欣赏，尤其欣赏他为文的简练、晶莹与力道。本书推介者王天兵先生说，巴别尔的为文像用兵一样，往往一点就刺中咽喉，直取性命。这也像欣赏潘金莲的鹞子翻身与莎乐美的提胯旋转，欣赏武松的刀花与叙利亚军官的英俊。与死亡的联系显现了她们他们的艺术形象不同流俗，非同小可。

《莎乐美》也还有其他解读方式，如下一段，也是莎乐美的台词，讲约翰的：

> 你的头发令人发指。它粘满泥土和灰尘。它像扣在你额头的一顶荆冠。它像绕在你脖子上的一疙瘩黑蛇。我不爱你的头发……

底下说的是莎乐美爱的是约翰的红唇。其实此前刚刚要摸约翰的头发的也是莎乐美。除了莎乐美的任性以外，这里还有点文化冲突与文化对话文化互补的意味。一个是娇生惯养而且涉嫌淫荡的美公主，一个是苦行僧式的圣徒。这样的爱情正是对于规则的谋杀，古往今来的文学作品都喜欢把规则踩在脚下，如写查太莱夫人与花匠热恋，王子爱上了灰姑娘……这种对于规则的谋杀，安慰了旷男怨女与被压迫工农的心。不过王尔德、巴别尔走得更远，而《宇宙锋》《杀嫂·祭兄》走得更润滑。毕竟中国文明讲究谋略，围魏救赵，声东击西，欲取先予，外松内紧，等等，非我族类，不足道也。

人最宝贵的是生命，只有写出了超过生命的事件或者理念或者情欲，才算是达到了艺术的极致。所以人性论者们爱讲什么爱与死的永恒主题。这个公式是永远的：生命诚可贵，爱情价更高，若为 X 故，二者皆可抛。即使这个白莽的译本并不完全符合裴多菲·山陀尔的原作也罢。

古今中外的意识形态、哲学、神学、伦理学、文学与艺术，都对 X

进行了并且正在进行着惨烈的追寻与表现。这是文学艺术回避不开死亡、杀戮、黑暗等等不愉快的对象的一个原因。当然,作为一个庸人,我宁愿意多读一点被讥为布尔乔亚、小布尔乔亚的生命的安宁与温馨,不论怎么样对《莎乐美》《杀嫂·祭兄》《骑兵军》谬托知己,我仍然没有出息地祝祷这样的安宁温馨早日普照世界。越安宁就越觉得不妨在舞台上看点血腥:我建议京戏演演《莎乐美》,芭蕾舞演演潘金莲,电影拍拍《骑兵军》。好在我也心存侥幸地设想,多演莎乐美未必就多出美女杀情人的案例,多演《祭兄》,也不大可能从此小叔子们磨刀霍霍。拍了《骑兵军》呢,算了吧,巡航导弹与信息战的时代,各国早没有骑兵啦。

发表于《读书》2005年第3期

咒骂与预言

前不久看到蒋子龙的一篇文章,他说自己悟到一个道理,就是对文坛一定要"骂",不要说好话。他说因为他在出访时说了中国文坛两句好话,结果就被攻击得非常厉害。于是他就做了一个试验——找了个机会把文坛"骂"一顿。像"没有廉耻""没有标准""胡说八道""黑白不分""良莠不齐""风气恶劣""不负责任"等这一类的话说上一大堆,果然得到热烈的鼓掌,各地报刊纷纷报道,报道我们中国作协的蒋副主席严厉谴责文坛。我看了以后,非常地感慨。他说的是一个非常真实的情况。谴责也是可以的,不是不可以谴责,作家总是喜欢谴责的。问题是能不能把自己摆进去,就是在你认为的这个不理想的、不舒服的、不满意的文坛当中,阁下充当的是一个什么样的角色。你究竟是怎么样"众人皆浊我独清"的,或者你究竟是怎么样"众人皆薄我独厚"的,能介绍些这方面的经验,也有益于读者和同行。

这里有一些非常复杂的问题,就是在这样一个不很成熟的市场经济和社会迅速发展的背景下,我们究竟应该有一个什么样的精神生活的预期?我们究竟应该有一个什么样的文学创作的格局?有时候这些问题很难形成讨论,还没讨论几句就互相骂上了,把很严肃的问题讨论情绪化了,或者个人化了。

文学作品不是"干部必读",不是"交通规则",也不是"健康守则"或者"炒股指南",文学读物如果能有几万册甚至上十万册的发行量,那么再互相传阅一下,这基本上也是正常的。比如说像《小小说选刊》。这个刊物很成功,走的是市场化的道路。但是她并没有来邪的,既不是靠黄段子冲出来的,也不是靠一种作秀、一种噱头打出来的。办刊人一方面踏踏实实地选小小说、编小小说,鼓励小小说的创作,同时也不以一个清高的、不食人间烟火的态度忽视发行、编辑、传播、宣传、广告、公关这些方面。不管怎么样,一个刊物是有很多人看好呢,还是没有很多人看好呢?我觉得还是有很多人看好,离开了阅读,离开了被受众所接受,你空有非常伟大的志向,也可能是空的。而同时,小小说这种文体,反映了当前的读者对文学的兴趣,对文学的快速阅读的需要。因为,除了我刚才提到的对文坛的种种指责和咒骂以外,也还有另一类后现代、后后现代的各种预言。譬如说有人认为文学已经死了,小说已经死了,今后进入了视听和网络的时代,因此搞小说已经没有什么意义了,这是一个走向死亡的艺术等"伟大"的、"惊人"的预言,这些预言正在以一种唯恐不刺激的方式向外传播。对此,至少我觉得我无法预言一千年或者两千年以后的事情,但是我认为在可以预见的将来,中国仍然是一个非常重视文学的国家。世界上没有一个国家像中国一样有这么多的纯文学刊物;没有一个国家的作家能够很像那么回事地出现在社会生活当中;没有一个国家会拿那么多的力量,来关心小说、诗歌、报告文学这些文学样式的发展。那些动辄预言小说正在死亡的,所反映的说不定是自己的或者是自己那个小圈子的在文学上的黔驴技穷、江郎才尽,或者反映的是一种另谋他图的自强不息的精神,但是用不着反过来说文学已经死了,小说已经死了。

发表于《文学报》2005 年 5 月 19 日

安　徒　生

　　到现在为止,没有任何童话作家在中国能够与安徒生相比。王尔德的童话也很精彩,但数量有限,而且王尔德的主要作品不在童话上。国内作家的童话叶圣陶、宗璞的较好,其他的文学性就不见得很理想。而安徒生的童话有别于许多在民间故事基础上演绎而成的童话,那一类童话更多的是道德教训,是好人好报与恶人恶报,是民间是非观念与报应观念的通俗化,是一个群体的习俗与思维方式、哲学深度的载体。安徒生的童话则充满了大师个人的风格与天才,是一种非群体的、独特的、伟大心灵的光辉。他的童心和情趣后面是不寻常的想象和深情,在温暖与细腻的细节和语言后面是天使般的救世之心、悲苦之心与极尽灵动之心智。他洋溢着天才与美善。他的童话是一种儿童读了喜悦,成人读了叹服的童话,是诗与情节完美融合的童话,是内容丰富深邃而又深入浅出的童话。到现在为止,我不知道谁的童话能与安徒生相比,我不知道谁的童话能够与《卖火柴的小女孩》《海的女儿》《丑小鸭》《灰姑娘》……相比。即使不是仅仅与儿童文学作家作品而是与一切文学大家与名著相比,安徒生的光芒也丝毫不会逊色。当我想到世界的与中国的伟大作家屈原、莎士比亚、托尔斯泰、巴尔扎克与但丁的时候,我必然同时会想起安徒生。

　　而安徒生是北欧人,是丹麦人,只此一点,已经使中国的儿童,中国的读者与作家对北欧,对丹麦产生了最美好的向往。

　　一个没有很好的童话作家的民族是不幸的。中国为什么没有安徒生？这与丹麦没有曹雪芹或者李白是一样的。但是我们可以期待,随着全面的小康与和谐社会的到来,随着想象力空间的扩大,随着生活在向中国人展示严峻的同时也展示宁馨与温柔的时代的到来,随着心智的日益健康化,我国将会出现更好的儿童文学特别是童话的创作势头。未来的中国儿童有福了,他们将读到自己民族的最最美好的童话。

学好汉语,没有借口

每年夏天,高考都是最热的话题之一。教育体制和选拔机制我了解得太浅,不能随便评论。但我那些孙子辈的人,有的还在上中学,看到他们从早到晚地做功课,实在是苦不堪言,让我很是感慨。

我的孙子还比较小的时候,语文常常不及格。我就奇怪,你语文怎么会不及格呢?我给你讲讲。他说你讲不了,你根本就不懂。我连初中的语文都根本不懂?后来我一看,我真不懂。

第一个选择题是这样,原句是:在我的窗外长着一棵杨树,下边写几个选择:有一棵杨树长在我的窗外;隔窗望去有一棵杨树;我看到窗外有一棵杨树。这几个里头你挑一个最符合原意的句子。

我一看几个都符合。我的水平太低了。

第二个选择题,保尔说:"人最宝贵的是生命。生命每个人只有一次。"下面又是几个句子:A. 人,最宝贵的是生命,因为生命对于人,只有一次。B. 生命对于人是非常宝贵的,因为他只有一次。C. 既然生命只有一次,所以它非常宝贵。

我看完这几个,又都觉得对,可在孙子面前又不甘心败下阵来,于是就发挥自己的最大智慧,挑选了一个。孙子一查答案:错,零分。

由此,我联想到高考作文,如果这个孩子是中等水平,千万别想什么出奇制胜,让他四平八稳写就行了,起码能得个及格。可是这个孩子如果智商特别高,突然来一个绝的、怪的,按老师这种答题思路,恐怕"风险"就太大了。

语言是灵活的,很多时候并没有"标准答案",中小学的汉语教育搞成这样,令人费解。究竟应该怎么教孩子学好母语,我不是教育学专家,不好乱讲,但祖先留给我们的汉语这么美,实在应该好好研究一下怎么传给子孙,而不是一门心思研究让孩子们摸不着头脑的"标准答案"。

　　前一段网上宣传,说王蒙提出来要进行汉语保卫战,因为现在英语学得太多了。这纯粹是胡言乱语,我是谈到过这些问题,但我没有提过"保卫战"。其次,我也不认为学英语是汉语水平降低的原因。

　　如果说学英语学得好,你可能没有辜鸿铭学得好,没有林语堂学得好,没有钱锺书学得好,但他们的中文比英文都更好。

　　而且,我宁可相信学好母语是学好外语的基础,学好外语是学好母语的参照。所以,如果你的汉语水平屡屡出现问题,那就是因为你汉语太差,而绝不是因为你的英语太好。你不能以学好英语为借口不好好学汉语,也不能以学好汉语为借口不好好学英语。如今社会上很多地方,包括一些媒体的语文水平太差,恐怕,一来和从小接受的"标准答案"式的汉语教育有关;二来也和这种爱找借口的思维有关。

发表于《人民日报》2007 年 7 月 18 日

让中华文化在我们手中发扬光大

中华文化是目前世界上唯一没有断裂的古老文化。加强文化史的开拓、保护、弘扬，对于我们的文化事业事关重大。

在重大的转折与急剧的发展之中，我们的文化史或文化沿革的某些局部存在着被轻慢、被遗忘的危险。例如在弘扬传统文化的热潮中，同样需要认真研究与继承以鲁迅为代表的五四新文化运动的革命批判的传统。批判与自我批判精神，与善于学习、汲取、继承一起，是古老文化历久弥新的保证。对文化事业上有过的曲折，同样要正视总结，理直气壮地视为我们的宝贵经验资源，人类的经验资源，而不能使之空白化。

中华文化的特色之一是对于道德、修身（思想修养）的重视，是以德治国——仁政与王道的理想。我们需要加强对于社会主义核心价值与以八荣八耻为主要内容的社会公德的传习与深化研讨。

对民族民间的作为生活方式的文化积累，要在不同层次上保护。有的继承充实发展，例如民族节日，民间文化活动形式。有的要抢救保护，防止失传。有的要多轨并用，例如地方方言与普通话，老式酒缸与西式酒吧，老式新式茶寮茶馆与西式星巴克及各种咖啡间。文化的生态规律告诉我们，一种富有生命力的文化，一般欢迎异质形式的掺和、丰富、挑战和引进，并有能力化异为己，古为今用，洋为中用。

对中华特有的艺术品类给予适当的政策倾斜扶植。但是防止急躁与虚夸（例如以商业方式到某外国剧院演出然后大吹大擂）。对某些含有明显糟粕的文化现象,如风水、占卜、巫术也聊备一格,保留下做民俗学的资料与风景,同时防止它们的恶性膨胀。

对源自西洋东洋的文化样式,一般抱兼收并蓄、为我所用、汲取学习的基础上力求出新创新、存优汰劣、存利去害的态度。

对我们的传统文化中比较缺乏的部分,例如科学实验与实证、数学演证的论证方式与严密的逻辑推理、法律与契约体系、效率与企业管理、权力制约与转移……要积极引进,予以中国化的改造,使之起到"化中国",即推动中国文化的发展丰富的作用。中国化是基础,化中国是效用。

对大多数自然科学与产业技术,则是努力学习、迎头赶上,实事求是。

对敌对型与公害型文化,采取遏制打击管理防范的必要措施。

我们要宣示我们建设文化大国的目标与方针。编辑出版权威性的中华文化大观与中华文化史。根据我国对于有杰出贡献文化人士建立祠堂的传统,参考自称文化超级大国的法国巴黎的先贤祠的做法,建立中华文化纪念馆。制定国家级的人文学者、社会科学学者,包括文学艺术家的荣誉称号体系与评奖体系,每年或每数年,由国家领导人向获得此类荣誉的人颁奖。

与此同时,重视人民群众的文化娱乐、文化消费需求,发展积极健康、有益身心的娱乐、消闲、旅游、健身、收藏、交谊、展演活动和有关文化产业、文化市场。增加这些活动的文化含量。建设更多的收费俱乐部。用文明的美好的生活方式取代赌博、色情、吸毒、迷信等非法丑恶现象。文化精英们应该指点低俗,提高低俗,超越低俗,而不仅是进行情绪化的声讨。一个和谐的小康社会,从某种意义上说,自然是歌舞升平的社会。这并不是掩盖社会矛盾和冷漠弱势群体,也不是放弃知识分子的忧患与批判意识,这是两个问题,不能混为一谈。

发表于《人民日报(海外版)》2007年8月16日

北京奥运的文化意义

晚清以来,中国的有识之士,存在着一种严重的文化紧张与文化焦虑。一方面是忧虑自己的传统文化难以应对陌生的异己的世界,突然暴露出千疮百孔,是否气数将尽;一方面是怕挟着军舰大炮的强势的西洋文化会把自己的文化传统战胜与吃掉。于是王国维跳湖自杀,而严复晚年也只能是吸食鸦片。各种对于文化问题的讨论充满悲情、激动人心、争执不休。

这样的紧张性,使人进退都不好掌握。学西方(包括苏俄)学多了,怕是丢了祖宗。学少了,怕是不能自立于世界民族之林。继承传统,多了,怕是复古封建;少了,怕是丢了民族特色。直至今日,关于价值观念、关于建筑风格、关于民俗节日、关于服装、关于文艺与生活方式的有关争论不绝。

在文化上同样有反帝反侵略的严峻的斗争。有全盘西化、全盘苏俄化的主张与对它们的拒绝。也有与国粹派、封建遗老、封建迷信与野蛮邪教以及种种小生产意识的斗争。有各种文化主张:中学为体、西学为用,以夷制夷,第三条道路,改良主义。

在激烈的斗争中,中国人民选择了马克思主义,同时也培育了拿来主义,培育了马克思主义的中国化,培育了民族的科学的大众的新文化方针与实践,培育了面向世界、面向现代化、面向未来的改革开放的文化方针与成果。随着经济建设高潮的出现,随着"三个代表"重要思想与科学发展观的提出,随着构建和谐社会与和谐世界理念的明确与成熟,出现了积极对世界开放,同时热烈地弘扬民族文化的优秀传统,直至国学热的新局面。当然对于国学热也还有种种批评和疑虑。

在这样一个文化环境下,二〇〇八年在北京主办奥运会,并提出"同一个世界,同一个梦想"的口号,其意义是非常重大的。可以说近代以来的国人的文化紧张、文化焦虑、文化对抗的形势正在发生重大的变革,中国与世界正在寻求沟通与互相认同,国人的精神资源正在迅速地扩大,我们追求的和谐社会与和谐世界正在成为一种普世的价值。我们的中华文化的主动性正在恢复。我们的文化建设的大发展大繁荣就在眼前。

当然和谐绝非易事,某些文化冲突与文化摩擦难以避免。对于中国的偏见与思维定势仍会长期存在。国人的某些狭隘与不文明现象的消除也绝非开一次奥运会就可万事大吉。但是我们积极申办与举办奥运会已经说明了我们对于奥林匹克精神与原则的认同,是我们对和平与友谊、对重在参与、对更高更快更强的理念、对公平竞赛的奥林匹克精神的认同;而世界积极地到中国来参加二〇〇八盛会,也是对于中国的发展与进步的认同,对于中国的文化是人类文明的一个重要组成部分的认同。我们至少可以有所期待,更多的文化交流沟通互补,古老的中国文化的更多的传承、发展与更新,以文化和谐的期待与努力取代文化紧张、文化焦虑与文化对抗的前景,是可能实现的。

发表于《人民日报(海外版)》2008 年 1 月 31 日

请爱护我们的语言文字

语言文字是一个民族的文化基石,尤其是我们的汉语,属于独特的词根语——汉藏语系,而我们的汉字,集表意、表形、表音于一体,象形、会意、指事、形声、转注、假借六书更是我们的瑰宝,是我们的独特文化传统的根基,它的构词与句法语法与我们的传统思维模式关系极大。汉字更是我们伟大古国凝聚统一的一个重要因素。

我们正大张旗鼓地宣传弘扬传统文化,然而,语言文字的一些状况却令人担忧,值得引起我们的重视。

例如电视屏幕上常常出现的错别字,包括面向境外播出的节目。

例如获得大奖的作品中出现"你家父"这样的句子,他不知道尊称别人的父亲是"令尊",谦称自家的老爷子才是"家父"。

各种对联包括刊载在媒体上的与贴在门上的,很多是对对联的嘲笑,风马牛不相及的两句话,不讲平仄,不分虚字实字,不讲比较衬托,硬写在那里了,实在是对中文的不尊重。看这样的对联,有时真与吃一个苍蝇一样恶心。古代甚至曾经以"对对子"取士。如今成了这样,令人能不痛心?

把小品演出中为了搞笑而错误百出的语句当成了范例,例如认为"相当"是最高级的副词,认为"相当好"的好的程度高于"很好"。这足以令语文工作者叹息!

媒体的一点玩笑,往往误人子弟多多!当读到"离离原上草,一岁一枯荣"时,有的孩子的第一反应竟然是"脚气药",只因脚气药广告中用了此句。再如"刻不容缓",某些地方,竟然不如"咳不容缓"那样被青少年熟知。

当然不是故意,名为调侃,实则糟蹋。

简化字回繁,也常常搞得笑话百出。例如谷与穀本来都是繁体字,前者指山谷,后者指谷物,二者合并后简掉穀。谷可以代替穀,但穀绝对不能代替谷。现在一时兴回繁,把山谷也写成了山穀,笑死人。繫与係也是如此,当我看到"文学大繫"的标题,真的是哭笑不得!简体的钟代替了鍾和鐘,但二者含义不同。鍾是钟情,鐘是钟表。非要把钱锺书老的名字写繁体字,却又不知道鐘与钟的区分,能不闹笑话吗?繁体範范是两个字,后者是姓,前者才是模范、范式的范却又兼作姓氏。现在一回繁,姓范的都变成姓範的了,其实还真有姓範的,但也有范而不範的呀,真是乱了套了。

跫进一些文理有问题的说法:如"不尽人意",本应为不尽如人意,演绎的用法大大出了格,前者甚至取代了后者。

区分不了"不以为然"与"不以为意",将不重视说成"不以为然",其实"不以为然"是说不赞成,"不以为意"才是说不理会。

错用成语,如把希图侥幸的"守株待兔",当做军事上的固守用。

不说了,由于一些不负责任的传媒的影响,由于简体繁体字的随便混用,由于对外来影响的匆匆接纳,我们的语文使用进入了无序状态,这已经成为影响一代国人文化素质的大事了!再不能熟视无睹。

发表于《人民日报(海外版)》2008年3月10日

从文化紧张到文化和谐

鸦片战争以来,中国面临着生存危机、生存悲情,同时也是文化危机、文化悲情。一方面是陌生的、敌意的与强大有效的西洋的船坚炮利。一方面是亲爱的、古老的却又在西洋主导的异己的世界面前一筹莫展的列祖列宗留下来的文明传统。这里有双重的文化失望与文化对抗。一是对传统文化的失望:它竟然不能帮助我们挺直腰杆,摆脱落后挨打、积贫积弱;一句话,在实现我国的现代化方面,传统文化似乎显得无能为力。一方面是对西方的现代文明的失望,它在科技上是先进的,然而它的竞争意识、欲望趋动、个人主义、金钱与商品崇拜、法律治国、科学主义、实证主义与形式逻辑,又是我们不熟悉乃至一时难于接受的,何况它给我们带来的竟然是侵略、掠夺、民族耻辱。我们一方面要对抗帝国主义的文化侵略,另一方面要对抗传统积习的抱残守缺,误国误民。变法图强吧,困难重重,而且面对着违背祖训、被西洋化掉吃掉的危险与指责。以不变应万变吧,则只能衰微灭亡。

于是长期以来,出现了文化紧张、文化焦虑、文化冲突与文化对抗。

同时出现了文化乌托邦,以为可以全盘西化,最好连中文都废除。或者仍然留恋半部论语治天下的旧梦。此外中西体用之争,改良与革命之争,学美国与学苏俄之争,国粹派、洋务派、乡村建设派、实业救国派与其他各种文化方略之争,莫衷一是,势不并立。

这样的紧张性,使人进退都不好掌握。学西方学多少才合适?中华文化传统中何者精华,何者糟粕?中国文化传统如何适应现代化的需要与步伐……不论是读书留洋,语言文字、学术思潮、音乐美术、衣食住行,无不举步维艰,步步争议,事事斗争。

马克思主义来到了中国,使中国现代史与文化史面貌一新。但同样有一个问题摆在眼前,是照搬苏俄,还是使之与中国的实际、中国的文化传统相结合,使马克思主义中国化。中国化的马克思主义,当然不是舶来品,而是中国文化的一部分,是中国文化的指导思想。同时中国文化当然又是世界文化、人类文明的一个组成部分。

于是有了拿来主义,有了民族的科学的大众的新文化的方针与实践,有了面向世界、面向现代化、面向未来的改革开放的文化方针与成果。一方面是从来没像十一届三中全会以来这样地敞开国门,学习吸收先进的一切文化果实;一方面,也从来没有像十一届三中全会以来这样地强调弘扬中华传统文化的精华。(不是糟粕!)

随着经济建设的高潮的出现,随着"三个代表"重要思想与科学发展观的提出,随着构建和谐社会与和谐世界的方针的明确与成熟,开始出现了文化建设的大发展大繁荣的新的可能性。

在这样一个背景下,二〇〇八年北京主办奥运会,并提出"同一个世界,同一个梦想"的口号,意义非常重大。从文化学的意义上来说,强调文化的共同性与互补性,这表明:近代以来的国人的文化紧张、文化焦虑、文化悲情对抗的形势正在发生重大变革,中国与世界正在寻求沟通与互相认同,在继承弘扬传统与改革开放实现现代化的选择中,人们已经不耽于零和模式的此取彼弃,而是追求传统与现代的双赢。国人的精神资源正在迅速地扩大,我们追求的和谐社会与和谐世界正在成为一种普世的价值。我们中华文化的主动性正在恢复。

当然和谐决非易事,某些文化冲突与文化摩擦难以避免。对于中国的偏见与思维定势仍会长期存在。国人的某些狭隘与不文明现象的消除，也绝非一日之功。各种文化争论（例如对于奥运场馆与国家大剧院建筑风格的争论，关于传统节日与西洋节日的兴废的争论，关于国学的争论，关于帝王电视连续剧、关于某些走红影片的争论……）仍将会长期存在。但是我们积极申办与举办奥运会已经说明了我们对于世界性的奥林匹克精神与原则（和平非战、重在参与、世界人民与运动员间的友谊、更高更快更强、公平竞赛即费厄泼赖——fair play 等）的认同。世界积极地到中国来参加二〇〇八盛会，也是对于中国的发展与进步的认同，对于中国文化的自主性与独特性的认同，对于作为国际社会一员的中国的友好、好客、现代性与组织能力的认同。二〇〇八北京奥运会，是一次体育盛会，也是一次文化盛事。

我们的国家还从来没有像今天这样地重视文化，珍惜文化，强调文化。我们至少可以有所期待，更多的文化交流沟通互补，古老的中国文化的更多的传承、发展与更新，以文化和谐、文化交流与文化互补的期待与努力取代文化紧张、文化焦虑与文化对抗的前景，是可能实现的。

而中华文明、中华文化将在和谐社会和谐世界的构建中得到空前的弘扬与创造性的发展。

发表于《文汇报》2008 年 4 月 9 日

也谈一点中国的当代文学

某种意义上说,五四新文学的主流,我称它为雄辩的文学,就是它有很多话要说,它要倾诉,而且它要辩驳,它有一个假想的对手,这个对手就是封建的、落后的、完全没有现代化契机的旧中国与当时认定的无甚可取的旧文化。

鲁迅雄辩的激情甚至于使他在从事了一段小说与散文诗的创作以后,主要以写杂文为主。巴金的"激流"三部曲从头至尾都在滔滔不绝地与封建中国、与封建礼教进行辩论,进行控诉。这样一个雄辩的文学和它处在革命的前夜和革命当中这样一个语境有很大的关系。

谈到雄辩的文学,也许我们会想到来源于十九世纪中期的现实主义思潮,它强调整体性、本质性和批判性。但是在我的脑子里出现的雄辩文学又不仅仅限于现实主义,比如说法国的浪漫主义作家雨果,俄罗斯的直到苏联解体以后才能把他的坐像雕塑和展现在莫斯科的大街上的陀思妥耶夫斯基,那样一种愤怒,那样一种说不完的批判的话语、控诉的话语、责备的话语、忏悔的话语都充满了他们的作品。

在中国谈到雄辩的文学,我不知道为什么会联想到屈原的《离骚》和司马迁的《史记》。这种雄辩的文学也是挑战的文学、悲情的文学、浪漫的与强大的文学,有着政治上的叛逆性、思潮上的启蒙性,道德上的谴责性、人格的理想性与文学使命上的崇高性。在革命的前夜(顺便说一下,"前夜"一词是俄罗斯作家屠格涅夫的一部长篇小说的题目)以及革命当中,比如说冰心的《到青龙桥去》与《英士去国》,比如说老舍的《骆驼祥子》也都含有这样一种摧毁旧中国、旧社会的一种雄辩性。

作家是很容易、很愿意倾向于革命和变革的,但是革命以后、变革以后会怎么样,除了鲁迅以外,几乎没有人谈到这个问题,就是在苏联也没有人谈这个问题。鲁迅是最清醒的,他说过革命真起来了,就不一定有革命文学了。因为反动的军阀是靠大炮轰走的,靠文学是轰不走的。他还警告过,革命的作家不要以为革命胜利以后人民群众会拿着面包和黄油来恭恭敬敬地招待你。鲁迅先生早就感到这个问题,革命的文学和革命的实际不见得完全一致。另外,前革命,就是革命以前的文学的怒吼进入到革命成功、革命已经掌握了权力以后的那个语言环境里后,也不见得完全适应。

所以这种雄辩的、辉煌与痛苦的文学在革命以后,它的雄辩性变得可疑了。当然还有大量的继承着这样一种革命的理念和气势的作品出现,但是这个毕竟已经是在批判、已经是在辩驳被打败了的阶级、被打败了的旧的社会。革命以后的雄辩的文学,有时候想起来让人觉得有一点有趣的,就是革命以后有一段时间经常有全社会的雄辩来责备文学、来批评文学、来要求作家进行反省。有时候雄辩的文学可能变成被雄辩的文学。

早在延安时期就曾经有过这样的讨论,比如说还能不能用鲁迅的笔法来写作,是不是还是杂文时代。在中华人民共和国建立以后,尤其是在若干的政治运动以后,也有过关于如果鲁迅活着会怎么样的讨论。这样的问题令人不无困惑。

改革开放以后,文学的雄辩性主要存在于八十年代初期,但是这些雄辩的文字未必经得住时间的考验。雄辩性带来了动员性、精英性、浪漫性与煽情性。雄辩的作家不但是叙述者,抒情者而且是旗手、是火炬手、是精神领袖。雄辩性的式微,就是雄辩性越来越减少了,引起了失望乃至于痛心疾首的情绪。有人对现代的文学感到失望,有一个原因就是现在没有鲁迅,中国只有一个鲁迅。我个人不能完全接受这种观点,因为我认为中国只有一个鲁迅,也只有一个曹雪芹,也只有一个杜甫,英国也只有一个莎士比亚,不可能有两个莎士比亚。另外鲁迅有鲁迅的语境。在鲁迅时代,一切雄辩客观上通向革命。而革命后的语境,要不同了,要微妙得多也复杂得多。

让我们来探讨一下,这当然不是两相矛盾的,在中国的文学当中,雄辩性的同时还存在着文学的亲和性,就是说它是良师益友式的文学,而不是一个精神领袖式的,不是一个抗议者更不是审判者的文学,而更多的是精神伴侣式的文学,是营养性的、建设性的与补充性的文学。这样的文学我觉得它包含着下面的一些命题。

第一是对于此岸,就是对于人间的肯定和爱恋。比如说《卿云歌》:"卿云烂兮,糺缦缦兮……日月光华,旦复旦兮。"还有《击壤歌》:"日出而作,日入而息,凿井而饮,耕田而食,帝何力于我哉!"它们充满着对于人间的爱恋与肯定。

第二是对于世界万物的平衡、和谐与运转的赞颂。古往今来的许多作家歌颂喜雨,"好雨知时节,当春乃发生"。歌颂一年四季节令的运转,"爆竹声中一岁除"。歌颂万象的"江南可采莲,莲叶荷田田。鱼戏莲叶间,鱼戏莲叶东,鱼戏莲叶南,鱼戏莲叶西,鱼戏莲叶北"。它充满了形象与动感。

第三是这种亲和表达的是中国文化关于天人合一的理念。在天人合一的理念当中,它又协调或者说保持了中国的士人、读书人或者说一个知识分子入世与出世的互补与互相转化的可能,包括中国的山水画、山水诗在这方面的作用。

第四,全世界都一样,就是文学当中对于爱情、亲情、对于母爱种种情感的讴歌。中国的文学作品里,包括当代的文学作品里都有大量这方面的内容。

第五,在亲和文学当中,表达一种豁达、豪迈、潇洒和超脱。我们可以回忆王维、李白、苏东坡、辛弃疾等等。这里边文人一生会有很多的遗憾,会有很多的痛苦,但是他发挥了文学在这方面的自慰的作用。文学不仅仅是一个添加剂,是一个煽风点火的能量,它本身也能有一种精神上的自慰、自我的调剂。

当然,这些东西我们如果从全世界的范围来讲,我们谈到亲和的文学,仅有中国的文学不是很够的,所以我说第六是对于世界的礼赞、爱心。最突出的代表是印度的泰戈尔。他以一种虔诚的宗教式的态度歌颂人、母亲、少女、天空、月和星,以及飞鸟与树叶。

第六,是对人间的各种事业的开拓和力量的表达,像美国的诗人惠特曼,在中国的文学当中见到比较少。

第七,亲和的文学中存在的一定程度的唯美倾向。人生是令人不满意的,人是受到许许多多的限制的,但是好的经验和悲伤的经验、无奈的经验以及生老病死的经验,以及无限遗憾与依恋的经验,失落与痛苦的经验,都可以经过美的转化而变成人的一种灵魂的滋养。日本川端康成就有类似的说法:"悲即美"。

第八,也许我们可以讨论幽默。幽默的特点在于它既是雄辩的又是亲和的,既包含着"狡黠"也表现着顽强执着。一笑可以解千愁,一笑也可以讲出皇帝的新衣的实质。一笑可以狂狷,也可以随和从众。

当然我所说的雄辩的文学和亲和的文学并不是截然对立的,不是说现在只允许亲和,不允许雄辩。现在有现在的雄辩,但是现在作为精神现象的文学比革命前与革命初期或者是刚刚革命胜利的时候的文学有更多的亲和性,有更广泛的精神的内容与作用,它更宽泛也更多样,这是不争的事实。有些在斗志昂扬的热烈事件演习中成长起来的文学人,强烈地要求、唯一地要求雄辩,痛心地要求雄辩,并绝对难以容忍亲和,也成为文学生活中的一道景观。实际上并未多么雄辩,但仍然有表演雄辩的激情,这也是屡屡有见的。

同时这里也产生了一个问题,就是雄辩者好像是大师,好像是烈士英雄,亲和的好像最多是"小师",是普通人平常心,他们咋唬不起来。中国人除了文学以外,哪方面你要说有大师人家都承认,就是文学不行,因为你找不到一个当今的雄辩的鲁迅,找不到一个悲壮的扛着十字架的文学弥赛亚。所以相对亲和的文学的潮流中会出现什么样的作家、大家,这是我至今也没有想出答案来的问题。

发表于《文汇报》2008 年 8 月 2 日

享受自己的文化

今天所说的传统文化

　　传统文化和中华传统文化并不是一个凝固的、已经完成的和不变的观念,传统文化是一个历史的存在,但是对于传统文化的关注重点、理解、阐释、弘扬,并不是就历史谈历史,而往往是包含着现实的、时代的,乃至于前卫的因素。活着的传统而不是博物馆的传统,既属于传统也属于当今。它是不断演进的,动态的。例如《诗经》是早已存在的,但是闻一多对于诗的解读就吸收了弗洛伊德的理论。
　　我们今天面对的中国传统文化已经是实现了与现代性对接与全球化对接,经过了一番淘洗转化选择的活的文化传统,是同时保留了自己的个性与特色的文化。这有别于一百多年前的晚清或是五四运动时期许多有识之士所痛心疾首的"孔家店""酱缸文化",不是那种面临亡国灭种的危险的,找不着通向现代化的契机的旧文化,我们要弘扬的中华传统文化与那个时候所看到的传统文化有很大的不同,百八十年以来,当初中国传统文化的有些糟粕已经淘汰了。我随便举个例子,例如剐刑,用鱼鳞网,用小刀割,现在我们谈传统文化当然不包含这样的糟粕。太监,男人的辫子,纳妾,这些玩意儿已经淘汰。同时这一百多年来,我们吸收了传统文化没有的,或发扬不够的东西,人权、法制、民主、社会主义、平等的思想都已引进和吸收消化,我们同时知道了马克思、达尔文、康德、杜威、黑格尔、伏尔泰、爱默生……所以说,中国文化是善于更新和吸纳的文化,是敢于拿来为我所用的文化。

我的小学同学威斯康辛大学的林毓生教授提出了一个中国传统文化进行创造性转化的观点,他的提法是很有趣的。这也说明中国近百年来,面临西方的强势文化侵略、文化霸权,造成了中华文化中华民族的危殆与尴尬。但同时,西方强势文化把中国文化置之死地而后生,西方文化的引进又激活了我们的文化,使我们的文化能够有所调适与更新丰富,获得新的生命力,还能走出去反过来对人类作出贡献。现在人们提起"五四"的时候,常常会讲到"五四"对于传统文化造成的冲击与断裂,我却要说,"五四"虽然有过激之论,却正是"五四"挽救了中华传统文化,使之不至于衰落灭亡,不至于进博物馆。事情还有这另一面。

入世与积极的性格

在发展中国家的文明中,中国文化相对比较能够连接现代化,正是因为我们有一个积极的入世,正视现实乃至实用的传统。我们自古就强调自强不息,"苟日新,又日新,日日新",与时俱化,与时俱进,我们强调"天道酬勤""不进则退"。我们重视家庭和种姓的延续,重视后代,特别是重视子女的教育。我们重视勤俭节约,重视积累,重视储蓄,这些东西都推动了我们走进现代化。

有些国家的文化也有非常可爱的一面,但是跟现代化有时接不上。在印度、喀麦隆都流传着,还有德国的诺贝尔文学奖得主海因利希·伯尔,写过同样的一个故事。什么故事?一个渔人在打鱼,一个青年在柳树下睡觉,渔人说不要睡觉,打了鱼你就可以过幸福的生活,青年人说在柳树下睡觉这才是最幸福的生活,为什么要打鱼?渔人回答不了,故事的作者并不是把它作为一个反面教材来讲述的,而是对现代文明,对西方式的生存竞争和无限膨胀提出了怀疑。这个故事作为文学作品无可厚非,作为价值认同,就不无麻烦。

香港是一个重视效率的城市,一个香港商人到一个亚洲大国之后,感叹说我对这里绝望了。但在中国的大陆和台湾,都不会令人绝望,在华人为主的地域人们不会绝望。

终极概念的妙处

有很多境外人士质疑,认为中国传统文化,尤其是精英文化中缺少认真的宗教传统。中华文化寻找终极的道路不是寻找特异的神人,或人神,像耶稣、释迦牟尼……中国的崇拜是概念的崇拜,中国的终极哲学之一是名学,中华文化最重视的问题之一是正名。通过命名的过程来找到终极价值,找到本原本质,所以,老子强调的是道,孔子强调的是仁,不管是老子还是孔子他们都强调"一",一以贯之,定于一,天得一以清,地得一以灵。朝闻道夕死可也。像这样的概念的崇拜确实有极大的包容性,可以在坚持概念的同时,不断地往里面丰富新的内容,淘汰旧的内容。

中国社会主义改革何以能够成功?这一点,不仅仅我们看到,实际上,英国的撒切尔夫人和美国前国家安全顾问布热津斯基都说,苏联和东欧的改革肯定不成功,而中国的改革可能成功。因为中国有自己独特的文化传统。在坚持和信仰某个概念的前提下,来调整概念的内涵与使用,这是我们文化非常大的一个特色,也是一个力量的所在,它增加了中华文化的应变能力与生长更新的能力。当然也可能造成另外一种危险,讲权变、谋略,以至于失去了它的核心理念。

对现代性的补充与矫正

有人认为中国文化是早熟的文化,先哲早就提出了超前的问题:

其中有对价值偏执与价值霸权还有价值狂热的怀疑,对文化乃至智谋、技术与人的能力膨胀本身的怀疑。文化不断地越来越精进,人的思想越来越复杂,智慧越来越发展,是不是一定就是好事?是不是人应该控制一下自己的欲望?这样的一些观念在没有实现现代化的时候,在前现代化的时候,对现代化是非常有害的,正如鲁迅说的,中国书看多了会让人静下心来,缺少了向前、更高更快更强的冲击和力量。可是,我们面临的全世界的现代化,带来了这么多的问题,中国的文化有可能提供许多好的补充。所以说,不一定需要你的文化思想遗产全部符合现代化的效率层面的要求,它不一定都是正面推进现代化的,却有可能成为现代化的重要的补充。就是说,我们强调道德化,我们倾向"天下唯有德者居之",我们认为利和义比较的话,应该把义放在前面,这个对于现代化、对于追求利益的最大化、对于一个全球化的世界,非常有启发和警戒意义。

再比如说,我们比较强调修身养性,强调我们一切的一切要从自己内心的和平、平衡、和谐与道德达标做起,这个对于生活在生存竞争日益复杂,常常要斗一个不亦乐乎的世界来说,也是非常宝贵的,我认为这是符合科学发展观的,因为追求的是和谐。中国历史上曾经有时候不重视人的基本欲望了,尤其是长期以来,视人的某些欲望完全是罪恶,这对中华文化是没有好处的。

但是反过来说,各种欲望无休止地泛滥,某些欲望永远不得满足。贪婪并不给人带来幸福,反而至带来了灾难,带来战争、掠夺、浪费、金融危机,等等。不丹人均收入是中国的几分之一,它非常的低,但幸福指数在全世界有的说属于第一位,有的说属于第二位,这值得今天的人类深思。这一类说法也使现代化有点泄气,所以我说这是一个补充,我也不相信世界现代化全球化的进程会因为中国文化有这种道德化、修身养性或者是控制欲望的观念就会受阻,但是有这么一个观念,与没有是不一样的。

我们一方面要有文化的前瞻,有大的发展,但有的时候也不妨怀一下旧,想想人和大自然的和谐相处,想想田园牧歌的美丽,想想陶渊明与《击壤歌》,古琴与山水画,太极与静坐。中国文化这些特色有的是有实用价值的,有的虽没有实用价值却也有补充的价值,甚至是提供了忙于现代化的当代人以精神的享受。

一个全面小康的社会,将能更好地享受自己的文化,而不是急功近利,浮躁排他。

2008 年 12 月 13 日

演出、表演与展演"秀"

在中文里 perform 与 show 都叫演出，在英语里，其实是不一样的。

例如奥运会开幕式、例如近年来在一些景点利用地形地物与当地群众排练的演出：深圳民族园里常常举行的彩排大流行加演出，桂林的《漓江印象》、杭州的《印象西湖》，还有在西安华清池公园展演的《长恨歌》等，都是真山真水真古今建筑，有的还有船舶、马队、火把、当地人民大众做群众演员……尤其要加宏伟场面与综合刺激：声光电化直到温度与气息。

这一类演出，更应该叫做"秀"。如嫌"秀"字太洋，就叫展演也可。"秀"就是 show，主要作展示乃至炫耀讲，要求轰动，要求震人耳目，要求热烈红火，短、平、快、巨、冲、强（当然也有偏柔的节奏起伏），大致上是出人意表，一接触就喝彩，要求的是短期效果。因此，北京奥运会的开幕式是相当成功的。这正是张艺谋的强项。

不要以孔子或者福柯（网上有这样批评张艺谋的，就是说他不如孔、福深刻）、鲁迅或者托尔斯泰的标尺来衡量张艺谋和他的"秀"。也不要以莎士比亚的戏、贝多芬的交响乐、威尔第的歌剧，还有经典芭蕾舞来衡量这类展演。反过来以这类"秀"的效果来要求舞台剧场演出，也完全不可以。何况还有更规模小的表演，最好叫表演，不叫演出，如茶馆、咖啡厅、餐厅、供少数人看的中式戏台、小剧场、较小的曲艺剧场的表演。

曲艺的特点是轻型化，但有一阵子都往剧场演出上靠，曲艺表演也搞大乐队伴奏，可以一试，终非正道。

"秀"有时也可译作演出，但不如叫"秀"贴切，演出——perform 的第一含义是履行与执行。在"秀"里与演出里演员的作用有所不同：在演出里演员是主体，演出要求的是节目（编创）与演员的内涵、质量、真功夫，而在"秀"里，设计与导演乃至制作人才是主体。在"秀"里，演员是被展示的。仅仅说那个大场面，有时（不是绝对）演员个人也已经被压缩得快看不见了。

例如网上有人说张艺谋爱搞人海战术，其实，"秀"里人海战术是完全需要的。值得张先生参考的倒是电影里，不必那么侧重人多势众，似乎可以有深一点的内涵。真正的文艺片艺术片，不会搞得过于"秀"的。

对于一个"秀"提出对于演出的要求，可能不切实际。该俗则俗，该雅则雅，该大呼隆就大呼隆，该意味深长就意味深长，才算难得明白。

我并非内行，提出这个问题来仅供参考。

发表于《中国文化报》2009 年 1 月 3 日

从赵本山的《不差钱》说起

事实上,赵本山已经成了近年央视春晚的台柱子之一。他以大众化,尤其是农民化的语言、做派、幽默与"狡黠",表现当代生活,铺陈笑料,营造喜乐,鞭挞不正之风,追求诚实纯朴与人心深处的古道热肠,引起观众的普遍欢呼。二〇〇九年春节晚会上他带着两个徒弟表演的小品《不差钱》,更凸现了年轻演员的才艺功夫,弘扬了东北地区"二人转"不拘一格的表演特色,含蓄地表达了来自基层所谓"土得掉渣"的文艺走上主流媒体,进入主流文艺生活、进入城市舞台的酸甜苦辣,以及相互整合交流的大趋势。尽管我知道在知识精英中不无对于小品与大众文艺的白眼,但人们已经无法不正视这个赵本山"现象"的意味深长,即以地道的东北土腔土调攀登央视文艺殿堂的连续成功。

赵本山将本来在某些人包括我本人心目中未必能登大雅之堂的喜剧小品提高到了骄人的水准。正像金庸为武侠小说、张艺谋为大制作的奥运会开幕式文艺展演树立了后来人难以企及的标杆一样。

同时我们并不满足,我们有更高的与更多方面的期待。我们需要的不仅是文化的普及、热闹与和谐,我们还需要文化的巅峰、文化的巨人、文化的前瞻。我们期待的是中华民族的智慧新果实。我们不但需要有模仿秀的天才,更需要提供原型、新型的创造者、发明者,开一代风气之先的文化宗师。我们希望得到笑料,更希望笑的背后有洞见式的深邃。我们追求群众的喜闻乐见,我们还期盼对于群众的振聋发聩或者春风化雨或者洗涤启迪。我们需要思想、需要艺术、需要想象力,需要应对挑战的勇气与本领,需要全面小康的、有中国特色社会主义的、独树一帜的也是汲取了一切精神营养的哲学、伦理学、人文科学与社会科学的苗头与思考,需要正视历史也正视现实,能够为今天的乃至于明天的读者观众解惑释疑,能够带领读者观众探索真理消化真理的作家艺术家学者。我们需要大众化,也需要化大众,就是说,我们期待全面的文化的繁荣与振兴,期待人民文化素质的全面提高,我们期待文化艺术巨匠的新人辈出,我们期待今天的文化艺术发展能够无愧于前人,同样也不会害怕后人的审视。

新中国成立初期,毛泽东曾经预言过"随着经济建设高潮的到来,不可避免地将要出现一个文化建设的高潮"。现如今的文化生活格局,比较起新中国成立初期,已经大大地丰富多彩了。我们当然会重视普及,重视民族民间,重视工厂农村连队,同时我们也必然会重视专家学者,重视大学与科研机构,叫做重视大众也重视小众,重视大众与小众沟通与互补。以二〇〇九年春节文艺活动为例,在央视春晚的同时,各种媒体文艺部门与文艺团体也分别组织了不同的春节文艺献礼。它们同样不乏精彩,同样应该得到足够的关注与切磋。我相信这样的共识会推动我们的文化艺术事业的大繁荣、大发展、大提高。

发表于《人民日报(海外版)》2009年2月4日

小小说的明天更美好

现在我们国家的文学生活面临着许多新的情况、新的可能,也有许多新的困惑。有许多情况,是中华人民共和国成立几十年以来没有碰到过的,也是一九四九年以前我们没有碰到过的。譬如说,有些公认的,至少在文艺界被共识、被肯定的作品,它们的销路并不太好,市场并不成功;也有一些,精英意识比较强的,也非常努力的作家,对目前文学读物的市场化,感到很悲愤;另外我们又碰到不知道说什么好的一些现象,像身体写作,美女写作,低龄、超低龄写作,一些许多人明明都觉得它的质量不是很理想,但却能够得到很大的"成功"的一些事情;还有其他一些作品,对既有的社会理念、道德原则产生冲击和挑战,都是不能让人很迅速地作出明确的价值判断的。就是在这样一个不很成熟的市场经济和社会迅速发展的背景下,我们究竟应该有一个什么样的精神生活的预期?究竟应该有一个什么样的文学创作的格局?

这使我想到,我们面对这样一种形势,是不是也还有另外一种选择?比如说像《小小说选刊》这样的一个选择。这本刊物办得很成功,走的是市场化道路。但是它并没有来邪的,既不是靠黄段子冲出来的,也不是靠一种作秀、一种噱头打出来的。办刊人一方面踏踏实实地选小小说、编小小说,鼓励小小说的创作,同时也不以一个清高的、不食人间烟火的态度忽视发行、编辑、传播、宣传、广告、公关等这些方面。不管怎么样,一本刊物是有很多人看好呢,还是没有很多人看好？我觉得还是有很多人看好，离开了阅读，离开了被受众所接受，你即使有非常伟大的志向，也可能是空的。而同时，小小说这种文体，它反映了当前的读者对文学的兴趣，对文学的快速阅读的需要。譬如说有人认为，文学已经死了，小说已经死了，今后进入了视听和网络的时代，因此搞小说已经没有什么意义了，这是一个走向死亡的艺术等"伟大"的、"惊人"的预言，也正在用一种唯恐不刺激的方式向外传播。对此，我觉得我无法预言一千年或者两千年以后的事情。预言太远我是做不了，但是我认为在可以预见的将来，中国仍然是一个非常重视文学的国家。世界上没有一个国家像中国一样有这么多的纯文学刊物；没有一个国家的作家像中国的作家那样重要的出现在社会生活当中；没有一个国家会像中国一样用那么多的力量，来关心小说、诗歌、报告文学这些文学样式的发展。而且从《小小说选刊》的成功来说，我们也可以看得出来，那些动辄预言"小说正在死亡"的，所反映的说不定是自己的或者是自己那个小圈子的在文学上的黔驴技穷、江郎才尽，或者反映的是一种另谋他图的自强不息的精神，但是用不着反过来说"文学已经死了，小说已经死了"。

中国的传统是用简短的文字表达自己的意思。同样的内容，按一般通用的字号，用中文的一页，翻译成英语以后就是一页半，翻译成日语以后就是两页，因为汉字呈现的信息量比较大。中国古代文学像笔记小说那可以说是非常精粹的，而且比现在咱们的小小说篇幅还要短，像《聊斋志异》里的许多作品，只有几百个字，或者是千把字；杰克·伦敦和欧·亨利的许多经典名篇同样也是在两千字以下，像《麦琪的礼物》《秋天的最后一片藤叶》，等等。我还特别爱看佛经故事，如《百喻经》，里面有很多篇幅都可以作为小小说或者微型小说来读。还有很多非常精彩的寓言，寓言和小小说也是可以互相涵盖的，不管是伊索寓言，还是克雷洛夫寓言，如果当小小说来读的话，也都特别精彩。所以这种短小的篇幅，古今中外都有许多范例，让我们能够充分地运用这种短小的形式满足阅读的需要。

所以,我觉得《小小说选刊》的成功经验给我们一个启发,让我们用一种建设性的态度,用一种良性的努力,来回应市场经济对文学提出的许多新的挑战和新的困惑。当然其他刊物统并不排除,像《收获》《当代》《十月》,还有《花城》《钟山》等,它们始终也维持着相当大的影响。我觉得这种情况非常好,文学作品并不是《干部必读》,也不是《交通规则》,更不是《健康守则》或者《炒股指南》,文学读物如果能有几万册甚至上十万册的发行量,那么再互相传阅一下,这基本上也是正常的。但是《小小说选刊》,它并没有处于风口浪尖,也并没有显示出一种高高在上的或是教训旁人的姿态,发行量却也很大。一位获奖的作者特别讲到这种平民化的心理,这样一种姿态,我觉得是一种非常健康的心态。当然平民化也不排斥别的"化",只要你的作品写得好,你的作品确实有与众不同的地方,哪怕你摆出一副自己是"天字第一二三号"的精神贵族的架势,也还是可以肯定的。所以我想我们的《小小说选刊》以及小小说事业的前景一定是光明的。同时我们不能满足于已有的成就,希望我们的小小说也能够出现经典,也能够出现进入文学史的东西,也能够对我们这样一种新的状况下的精神生活作出独特的贡献。

发表于《文艺报》2009 年 6 月 9 日

平常心看待当代文学

　　文学是我们最生动、最刻骨铭心的记忆,是我们的"心灵史"。《班主任》《于无声处》《天云山传奇》《芙蓉镇》《哥德巴赫猜想》《周总理,你在哪里?》……这些耳熟能详的篇目,仍然使我们激动不已。我们陡然回到了那个过往的年代:涕泪交流,却又是美梦如霞,仍然不乏天真与一厢情愿。

　　有了文学,历史就难于抹杀,激情与思考将成为永远,怀念与记取,充实着我们的灵魂。

　　过去三十年的中国文学,比历史上许多阶段的文学,都更热闹、更活跃、更多姿多彩,但也更难以概括,形不成"文学运动",缺少公认的优秀高峰。所以,至今许多人对于文学创作,仍然怀念从《保卫延安》《林海雪原》到"三红两创/闯"(《红旗谱》《红日》《红岩》《创业史》《李自成》)的年代。

　　我们的文学生态鱼龙混杂,泥沙俱下。下三滥与纨绔牛皮同在;装腔作势,装时尚、装白领、装洋化与装冬烘传统同在;迎合与无定向横炮同在;口水表演与假冒伪劣同在。同时,大骂文坛的声浪也在涌动,貌似合乎时宜,其实无知而廉价。

　　尽管如此,你又不能不承认,是今天,人们写得更深沉也更多样,更风格也更个性,更耐读也更艺术,更人性也更动情,更富有想象力与幽默感。

　　从更广阔的角度来看,我们的文学是日益正常了。好的和差的,深刻的与浅薄的,独到的和迎合的,真诚的与虚伪的,都日益正常——正常的年代总是有好有坏,有真有伪,有毒素也有营养;当然,同样正常的,有对于假冒伪劣毒的揭露、批评与义愤。

有趣的是,二十世纪后几年的作品中,越来越平常化、平淡化了。平常心,三个带有佛心禅意的汉字,现在变得大行其道。

国家不幸诗家幸。文学的非凡高潮,往往和社会的郁积与历史的风暴联系在一起。而相对平稳的文学积累与拓展,则更富于渐进性与细无声的润物性。

沉迷于昨天高潮的同道,难以掩饰自己的失望,甚而痛骂世人的庸俗市侩侏儒化。假定这种批评是适当的提醒,我们也还需以平常心,去面对渐渐非高潮化的社会,非高潮化的文学。你有时要懂得天道有常,与时俱化,经济建设、民生、市场等,有可能在某种意义上积极促成了自高潮化到正常化的移动。

我们也感谢时间对真正的文学的帮助。时间是文学的慈母。时间的法官会有差池,但是更长时间的回旋与淘洗,常常能自行纠正过失。时间的因素同样能制造假象,但是更长的时间的反复与不舍昼夜的思量,定能使文学自行显露真容。

事实证明,经过了三十余年的洗礼,时间仍然偏爱已经被认真阅读过,并且仍然值得重读或新读的许多作品。同时,某些红极一时、人为地被哄抬的,现今已经难于卒读,某些悄无声息、长期被忽视的,如今显得光彩照人。

毕竟,耐心与静谧的阅读,终会取代急功近利及一时的喧嚣。

发表于《人民日报(海外版)》2009年8月17日

六十余年的性沧桑

今年春天我到香港参加一个由香港岭南、上海复旦、美国哈佛——三个大学的中文系联合召集的中国文学六十年研讨会。会议本来谋划,由男作家一组谈文学与社会,女作家一组谈男人与女人,后来这个安排遭到了女作家们的抗议,掉了个个儿,改由男作家谈男女之大伦了。

这个花絮事件既反映了某种对待女性的不妥,也看出女作家的缺少自信与实居弱势。

我不得不就对于我绝非长项的这个话题谈谈看法。

革命的动员与被侮辱与被损害的女性

列宁说,没有人情味就没有对于革命的追求。人情味的重要内容之一,在于革命的缘起之一是为受到性侮辱、性压迫的女性说话报仇。

例如《白毛女》中的喜儿,例如《太阳照在桑干河上》的黑妮,例如《红色娘子军》中的吴琼花(在样板戏中被更名为吴清华,这个更名也流露了非女性主义、羞于女性特点主义),例如《家》里的鸣凤,例如话剧《屈原》中的女弟子婵娟。

有些本人并非革命作家,但是他们描写的不幸女孩,极具煽情性,例如《复活》中的玛丝洛娃,例如《白痴》中的娜斯塔西娅·菲丽波夫娜,例如《悲惨世界》里的芳汀。想想看,如果喜儿没有被黄世仁强暴的遭遇,人们能不能激起那样强烈的阶级仇恨?甚至,如果不是每个乡村都有一个或几个准喜儿的故事,中国能不能出现急风暴雨式的土地革命?

站在被侮辱与被损害的女孩的对面的是黄世仁,是南霸天,是那些享有性特权性霸道性暴力性穷奢极欲的旧社会的地主恶霸沙皇将军富商等人。他们的存在是革命的暴力必然性的依据。

也许我们还可以提到解放战争时期的城市群众运动,在北京,抗战胜利后第一次大规模的学生运动是一九四六年由于美国海军陆战队人员皮尔逊强奸北大女生沈崇引起的抗暴大游行。当时的口号是谁无妻女,谁无姐妹,这样的群众运动使美军与国民政府处于与广大学生、老师、市民对立的千夫所指的被动地位,而使反美反蒋的烈火从此燃烧不息。

所以,谈到一九四九年标志第三次国内革命战争胜利的歌曲,一般都认为是《解放区的天》,而我宁愿选择郭兰英首唱的《妇女自由歌》,歌中用山西梆子的悲情风味唱道:

旧社会,好比那,黑咕隆咚枯井万丈深,
井底下压着咱们老百姓,妇女在最底层。

如泣如诉,有冤有仇,郁积千载,苦情万状。听了这样的控诉歌曲,谁能不与旧世界血战到底?

性的分野阶级化了,政治化了。无怪在五十年代末期,苏联专家在华导演话剧《柳波芙·雅洛瓦娅》,描写一个可爱的女子柳,发现了自己钟爱的丈夫是反革命,从此爱情与革命角力,令人唏嘘不已。据说在排练时,饰演柳的三位 ABC 制中国女演员,在导演说戏的时候,回答导演问题:如果你发现自己的情人是反革命,会怎么办?三位中国女演员一致回答要报告公安局。使苏联专家叹为闻止。比较起来,苏联出现过这种所谓人性与政治选择的冲突的故事,例如《第四十一》或《蓝眼睛的中尉》,写一个红军女战士与白军中尉的爱情。顺便说一下,现在中国的电视剧,则没完没了地表现这种革命与反革命的人情,可能是夫妻,可能是情人,可能是姐弟,也已经俗不可耐了。

革命女性的光辉形象

与此同时,有各式各样的革命女性的光辉形象,极有魅力、说服力与动员的力量。

一种是《青年近卫军》中的柳巴型,疯玩疯闹,能歌善舞,个性完全解放,玩弄敌人于股掌之上,显现了女性革命化后能够达到怎样的自由与美丽的完美结合。哪怕结局是革命女孩的光荣牺牲,也是虽死犹荣,虽死无憾。

一种是丁玲喜欢写的贞贞(《我在霞村的时候》)类型人物,受人之所不堪受,忍人之所不能忍,背负着几千年的封建十字架,对于革命作出特殊的贡献,却为俗人所诟病。贞贞的形象也令我联想起苏联革拉特考夫的《士敏土》中的丽莎,女性的身体与情欲,成为她们对于革命的慷慨而且狂热的奉献与牺牲品。也许这样的女性形象还能令人联想到莫泊桑的《羊脂球》,看来性献身的传统也是源远流长。

还有一种是向往革命的浪漫的女性,多半是知识女性。巴金的《家》提到过俄罗斯戏剧《夜未央》,剧中描写俄罗斯的虚无主义女革命者(应该是名叫苏菲亚的吧),为自己的情郎打信号,情人以大致上是人体炸弹的方式去消灭沙俄统治者。这样的苏菲亚是革命女神的形象代表。她让人想起法国的圣女贞德。

而在日本女作家、日共总书记宫本显治的妻子宫本百合子的小说中是伸子,在中国的《青春之歌》中是主角林道静,在契诃夫的小说中是"新娘",她们都不能容忍乏味庸俗的中产阶级生活,走出家庭的樊篱,投身革命。尽管我们可以说,契诃夫对于革命其实一无所知。

性压抑、性淡漠、对于生命的高潮化的期待,与性有关的各种不平衡不公正,完全有可能成为一种革命的驱动力。

性的劳动化与人民化

新中国的建立,在继续宣扬记述性的革命化的同时,也宣扬与刻画性的劳动化人民化。

评剧《刘巧儿》中唱道:

> 我爱他,能写能算能劳动,
> 我爱他,下地生产他是有本领。

黄梅戏《天仙配》中唱道:

> 你耕田来我织布,
> 你挑水来我浇园……

这里,对于性伴侣的诠解更像是劳动生产互助组合。但是,在五六十年代,这样的唱词,仍然给人以质朴与健康的新鲜感,远远高明于古典中国文学作品对于女孩儿的二八妙龄、三寸金莲、杨柳细腰、破瓜娇羞的轻薄与病态的描写,也高明于好莱坞的某些影片的对白:"你的屁股(如何如何……)"

其实老区的秧歌剧《夫妻识字》与《兄妹开荒》中已经包含了这样的意味,虽然兄妹关系的安排回避了性这个国人羞于面对的情势。

也有麻烦。萧也牧五十年代写了小说《我们夫妇之间》,写一名小资男性娶了劳动女生为妻,小资男性要赏月,女生认为月亮不如大饼能为人民充饥。为此萧受到批判,他从此一辈子没有抬起头来,"文革"中悲惨地死去了。头一个批判萧的是自身也命途多舛、令人扼腕的杰出女作家丁玲。

性的新的社会内容：公与私、人与己、资本主义与社会主义

早在五十年代曾经高调宣扬过一些小说乃至一些先进人物的事迹，由于忙于做好事或其他任务，一个人不但多次推迟自己的婚期，而且到了结婚那一天，又是身陷公事好事，乃大大迟延了他与对象约好的结婚登记。

也宣扬过这样的道德标兵，配偶已经完全残疾乃至死亡，女性则为了照顾公婆等坚守不再嫁。这确实令人感动，同时也会有人为之有所困惑。

应该不是偶然。"大跃进"中李準有名篇《李双双小传》，"文革"前夕有影片《天山上的红花》，描写女生走社会主义道路，而男性搞自搂资本主义，同样的题材不止上述两篇。这可以解释为是用女性的魅力增加集体所有制的向心力的尝试。

我也曾经欣赏过王汶石的中篇小说《黑凤》片段，描写大跃进中的柳巴型女生黑凤，可惜此篇终未完成。如果把大跃进女性化，会不会使得大跃进变得更加迷人呢？

大跃进以后，《洪湖赤卫队》《红珊瑚》《江姐》《红色娘子军》等都由女性主打革命英雄，应该并非偶然。

而此后宣扬无产阶级专政条件下继续革命的歌剧《夺印》当中，一个活跃的角色叫烂菜花，是个专门腐蚀干部的女子，说明在女生革命化的同时，女人是祸水的意识或无意识积淀也远未消失。

无 性 化

"文革"当中一批样板戏的特点是无性化、非女性化，《海港》中的方海珍，一切做派连同唱腔，都往男性上靠。人们也熟知"文革"

中的笑话,即人们看了《沙家浜》以后会浮上一个问题,只有阿庆嫂,那么阿庆呢？戏中唯一提出这个问题来的是坏蛋兼白痴胡传魁,好人是不该问这个的。

也无怪乎《龙江颂》出来之后,有人说主角江水英似乎有些不同,因为她有点女人味儿。

不知道不愿意提性别,尤其是不愿意提女性,是不是与汉语有关系。世界各族语言多数是分阴性与阳性的,提到人,如是印欧语系或阿尔泰语系,一听,男女自明。但汉语常常不分,汉语可以忽略性别不计。我们有些极好的女作家,就对于女作家一词反感,质问为什么说到男作家时不提是男作家,而说到她们时要说是女作家,其实这更多是语言系统与构词规则造成的。

女生或有人愿意以男生或无性人的身份出现,但男生很少有人愿意以女生方式出现。也许我们可以追溯到解放初期的战斗英雄郭俊卿,她是现代花木兰,她以女身而假作男孩参军,英勇杀敌,最后最后才呈现女身。我还记得有关她的报道中,唯一提到的她的女性特点,就是她有时候喜欢一块花布衣料。

所以在"四人帮"倒台以后,刘心武要专门写一篇小说讲《爱情的位置》,而且把爱情写得仍然十分柏拉图化,是对于一个死者的思念,而仍然是绝对地无生理的性、非生理的性。

柏拉图的与肉的性展现

在改革开放的初期,柏拉图化的《公开的情书》是相当有影响的作品,个中出现的是知识分子的情愫与声音,是思想者的风度,是理性的优越感。它的作者金观涛与刘青锋选择了分析与批评的主调,保持一定距离的姿态,这是中国社会的一种新现象。

王小波与李银河夫妇的情状令人想起金刘二人来,虽然王的作品中有极其具体的肉的描画,而李干脆是性学专家。李的有些涉性观念,如关于强奸,关于同性恋,关于性工作者,虽然与王小波的作品一样,还无法被整个社会认同,还无法走上主流台面,却仍然是合法地传播着讨论着,被一些人欢喜赞同着,这说明了中国的开放程度的正面发展。

贾平凹的《废都》曾经找了麻烦,即使没有出版管理上的麻烦,也仍然有许多女作家、许多评论家例如舒芜与吴亮对此抱批评的态度。性的问题牵扯到道德、舆论、法律、妇女与儿童的保护、扫黄打非……对于许多人仍然是既然惹不起不如躲得起。于此同时,市场对于涉性的暗示如什么有了快感就喊等标题,有很敏锐的反映,有利于畅销与效益,这是无人避讳的公开法门。

还出现了公然的所谓"下半身写作"的涉嫌下作的说法,出现了以"下半身写作"为借口,全盘否定当代文学写作的基本教义派舆论。如说现在的文学不但比新中国建立以来的任何时期都糟糕,而且比白区、沦陷区时代还糟糕。如果你试图批评改革开放以来的中国,抓住性描写与性现状这个突破口未尝不是一条捷径。一位身份较高的人物,拿着一本印有大美人的封面的杂志,严厉抨击意识形态工作的传闻,是完全有根据的。

五花八门的性话题

改革开放以来,性话题五花八门。我亲耳听到过一位身份很高的领导质疑说是反思"反右"的文艺作品中,屡屡出现由于争老婆而陷人于右的情节(如《天云山传奇》),这恐怕不太典型吧?

非婚爱情问题、第三者的问题也狠狠地争论过。甚至对陈世美的评价也有歧议。

出现了新的或暧昧或露骨的名词:一夜情、二奶、三陪、三点、鸡、鸭、"同志"、驴(女)生、南(男)生、按摩女、洗浴女、毛片、自慰……同时也出现了正规的扫黄打非、取缔淫秽、保护青少年、打击低俗等努力。

　　这里最刺激的说法应属"黄色娘子军"。甚至说当年的红色基地，现时的黄色正在弥漫。虽然从政治颜色的观点来看，我们宁愿意千百次的姐妹们的赤化也不是黄化，虽然红变为黄的说法刺耳椎心，我仍然相信天若有情天亦老，人间正道是沧桑，我不认为沧桑是人间歪道。当然对于进行人生的文学观察与表现来说，正道与歪道的判决无需急躁，我们不能不保持理性，人们对于性的敢于面对，青年男女的生活空间的空前扩大，信息与观念的急剧丰富化与多样化，对于小康生活的逐渐接近，正为中华民族提供着前所未有的生机。"黄色军"的说法当然并非光彩，一代女生无需乎去拼刺刀、掷手榴弹、钉竹签，倒也不能说是堕落腐化。旧的问题解决了会出现新的麻烦，永远没有最后的句号，当然。

　　把性与腐化联系起来的文艺作品也不在少数，以反贪为题材的小说与电视连续剧，无不描写贪官的非法非道德的性堕落、性放纵，为不正当的男女之事更加贪得无厌地去贪污……令人警惕。

性与作家

　　这里笔者不屑于多说那些为畅销而在文学中作的性挑逗，并透露出一些男性作者的下作与无耻，玩弄女生的嫖客心态的下三流作品。这倒也好，一涉性，一个外表冠冕堂皇的作家立即流露出下三滥的流氓相。涉性书写能令作者大显原形，有点意思。

　　我们也看到，在帝王戏里一些人的皇帝情结，一个是能任意杀人，一个是能够任意占有女性，或者占完了再杀，令观众看得流口水。

　　有的女作家的涉性描写带着朝露的甘甜，她是在制造自己的性糖果。有的女作家的涉性描写透露着怨妇的愤懑，老旧的痴心女子负心汉的公式中不无好冤枉哉的感情勒索。有的女作家的涉性书写当中闪烁着她的偷窥的鹰眼。有的女作家的涉性书写中表达着叛逆的粗犷，她好像要说，我让你们压制了几千年了，这回本小姐我要痛痛快快写一回啦，吓不死你！

当然也有不少男女作家更热衷于写社会与历史对于性的劫持，写市场与金钱对于性的扭曲与谋杀，写生活的艰难对于性的蚕食，写弱势群体的性悲剧，写野蛮与无文化对于性人权的残酷压制，例如八十年代的《被爱情遗忘的角落》其内容是非常严肃的。

呜呼哀哉，为什么再也读不到，至少是难于读到那种伟大的人性，那种男女的真正平等的两厢情愿的完美的结合，那种在性上的善良、体贴、多情与人们已经厌弃(?)了的忠诚与相依靠？变了，变了，人们公然高唱着"不愿天长地久，只要曾经拥有"，那么，"执子之手，与子偕老"的名句果然显得有些傻气了吗？《红楼梦》的故事，《安娜·卡列尼娜》的故事，果真已经完全过时了吗？贫贱夫妻百事哀的句子，已经引不起共鸣来了吗？

性观念的拓宽必然会带来性价值的失范与失落。我完全没有能力为此划线路定标杆制标准。在本文结束的时候我想起了一个似已古旧的不合时宜的故事。我的一位朋友，他兄弟姐妹好几个，父母早亡，大家靠大哥养育成人，成家立业。在最后一个小妹妹出嫁以后，她们的大哥已经五十大几了，大哥找了众弟妹来宣布："我想结婚了。"刷地，弟弟妹妹全部给大哥跪了下来。

……不论何时，只要讲起这个故事，我就会热泪盈眶。性是美丽的，性是自然的，性也是有文化有道德的。是不是呢？

发表于《读书》2009 年第 10 期

两三千册的新文学大系

我在一些地方讲学的时候,已经不止一次被提问:文学是不是正在消亡?

人们喜欢危言耸听,不知道是说明了浮躁还是受了商业广告忽悠文体的传染。

出版社正在忙于改制,从事业单位改成企业。对于企业,当然利润非常重要。

这个时候,上海文艺出版社兴师动众,旷日持久,一家伙出版了三十卷《中国新文学大系》的第五辑(一九七六年至二〇〇〇年)。继续走着一九一七年起始,赵家璧先生编辑出版新文学大系的艰难道路。而且,这次连同过去的诸卷,影印补缺,统一封面,一共一百卷堂皇登场。

仅仅这样一个出版事件,也说明,文脉犹存,文心永继,文事仍然辛苦忙碌,文章依旧刻骨铭心。中国仍然是个文学大国,中国人仍然是文学书籍的热心读者。只要是活人,只要是能讲中国话会念汉字,他或她在作完作业、下班打烊、点完钞票、看完新闻联播之后,仍然可能读点文学,仍然会有所回忆,有所慨叹。

文章千古事,得失寸心知。千古,言其长远。寸心,表其细腻。这样的大系编纂工程,优势就在于不是太赶风追浪,不是承担太多的非文学非出版的思虑干扰,不至于大而化之,我们就文学编文学,就大系谈大系,把文学适当地历史化、距离化,虽做不到千古定评,却仍然能从容评说,能倾听不是立马,而是过了十几二十年的回顾眼光、历史掂量。文学需要时间的承认,时间的筛选高明于任何权威评判。过分短命的东西,那忘记了的,就让它们永远地消失吧。

"大系"印了两千到三千多册,为十三亿人口提供小几千册,大约是五六十万分之一吧?总人口数的十万分之一(乘上 N)仍然寄情于文学并涉猎于历史的全面回溯,当然还有这方面的学术研究。抚摸旧日,感叹沧桑,往事甚堪回首,记忆不无绚烂,出色的笔触不失其灵动鲜活,感人肺腑,仍然会有人为它们击节赞赏直到哭一鼻子。我们应当满足。

说实在的,除了上海文艺,还有别的出版社愿意干这种吃力不讨好的事情吗?

2009 年 11 月 8 日

文化三说

说"五四"与文化传统

近年来,弘扬中华传统文化的呼声很高,这说明了人们在文化问题上愈来愈以珍惜和建设性的态度取代简单粗暴的骂倒一切与自我作古。这也反映了追求长治久安的自觉,执政者必须拓宽与开掘本国本民族的精神资源,达到和谐、稳定、凝聚的追求。同时也是对于"文革"代表的极"左"文化思潮的一个反拨。

但是从而否定"五四"的声浪又起。这就太荒唐了。从总体来说,正是"五四"挽救了中华文化传统停滞、衰落、病弱乃至走向灭亡的颓势。传统不是一个僵硬的、业已终结与完成的死东西,一切传统都在变化发展。正是新文化运动反省与荡涤了我们传统中的封建落后愚昧无知的糟粕、与面对列强主导的世界的一筹莫展,引进了民主、科学、马克思主义、现代文明……引进了全新的思想体系与知识技能体系,并与我们的传统文化中的精华部分整合,做到了先进文化体系的本土化中国化,才有今天,才有明天,也才有对于中华传统的骄傲与自信。如果我们的国人仍然处于"五四"前、革命前大清末的那个惨状,传统文化还不是眼瞅着气息奄奄地完蛋!

关于国学

我十分热爱中华文化传统,多年来,我谈《红楼梦》,解李商隐,讲老庄,写作与出版线装旧体诗,强调全球化进程中保持民族文化个性的必要,不遗余力。但是我一直很慎重地使用"国学"一词。学界本来对此说就有歧义,甚至有人指出这是一门"伪学科",因为它不是依照治学领域与对象划分的。

《辞源》上解释"国学"一词是旧时国家办的学校,无现在的国学含义;说明此词的出现比较晚。《辞海》中"国学"条目定义为:"本国固有之学术也。亦称国故。"而"国故"条目定义为:"谓本国故有之掌故与学术也。对于外来科学而言,故又有国粹、中学、国学之称。"固有二字,令人心戚戚焉并且不无疑惑。因为学术的力量在于它的与时俱进、开放包容、消化吸收、自我更新、拿来主义。强调固有会不会画地为牢,自我较劲?反正马克思主义就绝非固有。牛顿、爱迪生、爱因斯坦也绝非固有。有的国家和地区一固有,所余无几了,其实他们对人类仍然有自己的独特贡献,有自己的无法取代的特色,例如美洲国家、韩国日本等。二〇〇九中华书局新版的《当代汉语词典》中,对于"国学"词条的解释其一仍然是国家办的学校,另一条则是说:"我国传统文化,包括哲学、历史学、考古学、文学、语言学、中医养生学等。"此说恐怕亦不严谨。中医药学算不算,中西医结合的研究算不算?只有养生学算,怎么解释?民俗学人类学算不算?然而连民俗学、人类学等词也是引进的,包括文学。唐诗宋词元曲明清小说的研究算是国学?极少听说过人们将李希凡、余秋雨甚至编辑宋诗的钱锺书或各名牌大学教授古典文学的专家学人视为国学家的。其实最早国学承认的只有原有固有的训诂、考证、校勘类的学问。现在,一般人望文生义,也只承认谈先秦诸子的哲学是国学。

另外,国学的并列或对应学科很难命名,有国学,那么有没有西学、新学、洋学呢？

我们中国现时强调的主流意识形态、指导思想、核心价值，又都是什么学呢？与国学是什么关系呢？

一些大学设立了国学院，好办，没意见。一个大学有几十个学院，除了国学院还有文学院、法学院、教育学院、管理学院、传播学院、财经学院、外语学院还有理工农医体育旅游种种学院，国学院居其一，不会引起误会。但传媒上的与社会上的对于国学大肆炒作人们，是否想过有关国学的定义、地位、对应学科等问题？

国家图书馆原馆长任继愈先生，生前曾对儒家治国说颇感困惑，他甚至于觉得不便多说话了。他主持的文津图书奖奖励了李零的《丧家狗——我读〈论语〉》。

读《三字经》

今年新学期开始之时，正规的通讯社在网站上发出了一些小学生穿着特制的古代服装集体朗诵《三字经》的情形。与此同时，许多有志之士包括来自台湾的亲爱同胞，致力于读经诵经，正在成为气候。

这有点别扭。《三字经》不无可取，但是它的内容强调规矩规范，在把孩子训练得低头垂手、老老实实上有余，而在提倡勇敢、健康、活泼、创造、竞争、想象力与维权等方面则太不够了。它太不现代了。如果以《三字经》作为培养下一代下两代的圭臬，那么我们建设成的将不是富强民主和谐的社会主义国家。

特制古装秀也有点搞笑。有人说旗袍不也有人穿吗？真是开玩笑，我还喜穿唐装呢。旗袍唐装，是个人的消费行为，是穿活着的传统服装。特制古服，则是公立学校（真正的原义上的"国学"）的匪夷所思的统一部署，有的小孩子在大太阳底下晒得大汗直流，所为何来？

弘扬传统文化的目的不是复古,不是向明清或唐宋或周公看齐,也不是向海外某地看齐,而是为了面向世界面向未来面向现代化。如果我们的教育走向三字经化子曰诗云化,这太可悲了。

　　请不要忘记邓小平的沉痛告诫,闭关锁国(应该包括文化教育方面的保守复古,王注)的结果只能是贫穷落后,愚昧无知。

　　至于上早自习的中小学生,我建议他们还是利用这段时间背诵外语词字。

2010 年 2 月 1 日

让春节成为百姓畅言的节日

弘扬春节文化,当下有三个问题值得我们重视:一是要提高和丰富我们传统节日的文化含量;一是要把传统节日和某些群众喜闻乐见的风俗联系起来;还有一个,就是要改善和提高传统节日的饮食文化,因为中国人向来重视"吃",几乎任何一个传统节日都与某种特定的食品联系起来,比如元宵节吃元宵,端午节吃粽子,中秋节吃月饼等。

当然,现在的春节又增添了许多新民俗,如央视的春节晚会、中央和国务院每年春节的团拜会。在北京,传统庙会也是越办越红火,地坛庙会、龙潭庙会……都很有特色,值得逛一逛、看一看。

我有一个想法,建议把春节变成中国一个传统的戏曲节。我们的文艺生活越来越多样,春节期间唱大戏,既是古老习俗,又可以成为新的传统。春节为什么不可以变成中国的传统戏曲节呢?每年节前,中宣部、文化部都会在中南海组织一场戏曲晚会。要是能让全国的老百姓,也都能在春节期间听听昆曲、京剧,看看各个地方戏曲,该多有滋有味啊!

正月十五最热闹。历史上逢"灯节"必万人空巷,《红楼梦》一上来就把女儿丢了,就是为了"灯节"看灯。元宵节看灯可以更丰富多彩,还能和产业连在一起。现在的灯具花样繁多,传统的红灯笼,现代的吊灯、台灯、壁灯,甚至还有游乐灯。每年"灯节"何不来个评比,在弘扬传统文化的同时,促进灯具制作行业发展,不亦是件好事吗？

　　记得，有一次在国外过感恩节，碰巧看到有慈善机构在街上为无家可归的人免费发放成盒的火鸡。如果我们在过年的时候，给需要的人们送去蒸饺，相信一定会让他们感到温暖。温暖，是的，我特别希望，春节能变成全国老百姓畅言自己心愿的节日，不论是在媒体上，还是文艺当中，充分表达大家的心愿，让百姓感到温暖。

2010 年 2 月 11 日

欢欢喜喜过大年

首先,我得为春节正名,春节就是中华新年,这一点,世界上是都知道的。美国和英国等一些欧洲大国元首在向本国华裔族群祝贺春节时,从不说春节——Spring Festival,而是说中华新年——Chinese New Year。我小时候,已经将这个日子命名为春节,因为我们把"新年"这个名称奉送给了公历新年。但人们春节时见面仍然是说"新年好",很少说春节好。报纸上的通栏标题叫做"恭贺新禧"。而在老百姓尤其是农民中,至今仍将春节叫做过年,过大年。大年三十、大年初一等等都是人们口头上常用的极亲切的词。只消看一看中国春运热潮,多少亿农民工坐火车回家过年的场面全世界独一无二,我们就知道这才叫"过大年"。我们应当知道:中国人的"年"是指这一天,而公历的一月一日那叫阳历年。

再找一找中国古典诗文上有关过年的描写吧。"爆竹声中一岁除,春风送暖入屠苏。千门万户曈曈日,总把新桃换旧符。"中国人的骨髓里,只有这一个大年,并对此充满了"一元复始,万象更新"的美好期望。团聚、太平、生活一年强似一年、心想事成……大年是人们表达对于幸福生活美好愿望的日子。为了不与现时已经被公认的新年之说摩擦,我建议今后将春节正名为"大年"。

这就牵扯到一个大问题,如果申遗,最应该"申"的是中华历法。人们称之为阴历,翻译作月亮历(Lunar Calendar)或称之为农历,都是近百年我们对自己缺乏信心、自我贬低的表现。中国历法是兼顾了太阳、地球、月亮三者的运动与位置关系的极聪明极全面极方便的历法,二十四个节气,数九、入伏的计算,都精确地考虑到了地球的公转,准确地计算了地球与太阳的位置关系,是符合历法要求的。中华历法的月的计算按照地球与月亮的相对位置,所以看了这本中华历,谁都知道当夜月亮的朔望圆缺。但这样的十二个月与地球围绕太阳的公转一次即一个阳历年有差别,中华历法又设计了闰月来调整,使中华历的年份从略长一点看与公历相一致。中华历法是中国人民古代的伟大创造与对人类的贡献。所谓的阴历、农历,应该更名为中华历。

顺便说一下,目前有人热衷于春节申遗,闹得太热也是缺少信心加浮躁的表现。我们的"遗"太多太多了,既是遗产,也是被某些人某些时候所"遗"忘的瑰宝。整个中国的存在,整个中国文化是最大的物质的与非物质的文化奇迹,是最大的人类瑰宝之一。完全用不着挤着去什么国际机构排号,不需要排这个号。没有排上号,被遗忘了,首先是人类与联合国教科文组织的损失,而不仅是中国某地的旅游损失。

2010 年 2 月 13 日

呼唤经典

我们的文化、文艺生活正在呈现出空前的繁荣和蓬勃生机。思想的解放,体制的改革,经济的成长,教育事业的发展与人民文化程度的提高,文化设施的全面建设,传播手段的突飞猛进,群众的积极与日益普遍的参与,对外文化交流的渐趋畅达,使我们的文艺作品与群众的文化生活从数量上、品类上、规模上、参与程度上与选择的个性化上都是以往完全不能相比的。一九四九年至一九六六年,全国新出版的长篇小说只有二百多种,而现在一年的长篇小说书目就达千种,加上网络上的新作,更是数不胜数。再如目前国内观众能够收视到的电视广播节目的丰富多彩以及广播电视的覆盖面,还有上网人数的扩大速度,都令人叹为观止。传媒在文化生活中影响越来越大,似乎是轻而易举地制造成功了大量文化与文艺明星,制造成了各种畅销文化产品。明星与畅销作品意味着大叠的纸币。网络新媒体的出现,改变了人们的许多习惯与观念。被西方思想家称为"沉默的多数"的大众,其中尤其是低龄大众,正在网络上发出声音,兴起波澜,越来越成了气候,甚至影响着舆论与社情民意的表达。

与此同时,我们缺少力透纸背的经典力作,缺少振聋发聩的文艺高潮,缺少学术创新与文化发现,缺少大师式、精神火炬式的文化权威。也经常听到大量的批评与责难的声音:认为现在到处是文化与文艺的垃圾,包括谩骂、造谣、生硬搞笑与各式胡说八道。

确实,人们的担忧是有道理的。市场的发达与大众的参与,传媒的发展与文化的多层次化是公民的文化民主权利得到落实的体现，也是现代化与小康社会的必然，它标志着有些过去无缘染指文化的群体，例如打工仔打工妹有了自己的文化诉求与文化享受，这首先是好事，我们不能怀疑与蔑视这样一个方向。同时，我们又不能不承认，文化的经典的产生有赖于个别的精英人才。人多势众的文化是热气腾腾的文化，也是泛漫汪洋的文化，它们必然是包含着大量低俗伪劣浅薄的货色。民族的文化瑰宝有赖于孔、孟、老、庄、屈原、司马迁、李、杜、曹雪芹这样的少量天才人物。人才当然离不开人民，人民是艺术与思想的母亲。同时人众不等于人才，数量在文化经典的诞生上所起的作用，相当有限。文艺的泛漫化与经典的出现常常不是一回事，越是泛漫人们越是容易痛感到经典的缺失。当然二者并非势不两立，淘尽黄沙应是金，四大奇书既是最普及的，同样也是最优秀的。湮没在泛漫的文化与文艺生活中的智慧奇葩与天才成果，终将永垂史册，成为民族的经典与骄傲。我们无需对泛漫的大众文化产业痛心疾首，但也不能对文艺生活泛漫化带来的问题视而不见。

　　对市场力量的片面接受正在使人们变得浮躁，一些文化产业事业人追求的只限于印数、票房、收视率、点击率，一些作品正在通过拳头枕头、陈腐迷信、八卦奇闻来促销谋利，使文艺日益消费化、空心化乃至低俗化，失去了思想与艺术的追求与积累。传媒的炒作与炒作背后的经济利益正在使文艺上高下不分，真伪不辨，黄钟暗哑，瓦釜雷鸣。急功近利的风气使本来大有希望的文艺人也在走捷径，宁要无知的起哄与人为的速成明星，不要伟大的经典，不要文学艺术与学术的深刻性、严肃性与创造性，更不要说文化创造上的艰苦卓绝与不应逃避的付出代价。低级趣味、思想品味上的零度化、牵强附会、互相模仿（如前几年的帝王戏与近大半年来所谓间谍剧的突然走红），各种强编胡凑、不合情理、信口开河的作品越来越多。相形之下，常常产生这样的印象：似乎好作品越来越少。甚至学术上也令人担心，媒体的巧言令色会不会冲击真正的学问修养与功底？抄袭、枪手、拼凑、交易……学风的腐败为什么屡有传闻？在某种文化的幌子下，迷信巫术会不会借尸还魂，假冒伪劣的文物与民俗会不会大行其道？跟着发行量与收视率走的传媒手段应该怎么样负起对人民的责任？

商品经济的发展在给了文化生活以有益的启发的同时，也带来了急功近利与浅薄浮躁。一些营销名词正在使一些出版、传媒、制作人、投资人、旅游公司与有关地区与部门头脑发热，例如包装、炒作、品牌、名片、时尚、热销元素，成为某些地方的发展文化事业的首要思考。而思想、艺术、真实、深邃、完美、智慧、才学、责任、激动人心与精益求精的"古典"的说法似乎正在被人忘却。各地拼命寻找与争抢自己的历史文化名人名著名事迹，为此不惜以一充十，编造故事，夸大吹嘘，制造假象，有人甚至称之为"先造谣后造庙"。而在打起名家名作名事迹这个招牌后，用热销商品与尚待论证的所谓本地文化古迹互相命名，新建一批可靠性与文化内涵近于乌有的人造文物，然后用殿堂、寺庙、公园、生态园、景点、纪念馆、祠堂的名义，搞餐饮游乐等三产，人们在先秦诸子的名义下吃喝洗浴按摩，请问这究竟是弘扬了还是亵渎了我们的文化资源呢？究竟是推崇还是滥用着文化的名义呢？现在，甚至连新举办的大学也以当地的热销商品命名。这样下去，粗鄙的营销手段可能吞噬真正的文化品味。

也许这一类的问题有一定的普遍性，放眼欧美，我们也会有其人文成果不如达·芬奇、伏尔泰、巴尔扎克、托尔斯泰、惠特曼时期的感慨。历史与社会生活的逐渐正常化，使人们不再期待着文艺学术的呼风唤雨、电闪雷鸣、天翻地覆。在一些人痛砭当今缺少鲁迅式的大家的同时，我们不能不正视产生鲁迅的年代与当今的时代的大不相同。雄辩的悲情的旗手式的文化艺术也许正在向亲和的良师益友式的文化发展。我们难以期待历史的重复上演。

再者，一个时期的文艺生活的有无经典、有无大师巨匠，有待于历史与时间的淘洗与沉淀，谁能急得？不论《哈姆雷特》还是《红楼梦》，不论《对话录》还是《论语》，其经典地位都是在作者死后许多年才确立的。满足人民的文化需求的方针——包括学习探索的需求与休闲消费的需求——这是不应该怀疑的。在经济发展的时期,有一个比较浮躁与嘈杂的过程,这我们也不能够完全避免。我们对当代的文艺生活不应该妄自菲薄,更无需痛骂诅咒——痛骂诅咒也未必有用。重要的是,我们必须保持头脑的清醒:

文化、文艺,不仅是"名片",甚至其首要意义也还不是软实力,虽然软实力的提法意义重大,获得了普遍认同,值得认真面对与部署。文化,首先是对人类的物质与精神需要的满足,是对人类的生活质量的提高,是民族人心的寄托与凝聚,是心智与人性的拓展、积累、结晶与升华,是对真理的接近与拥抱,是人生的魅力、生活的多彩,是历史的庄严与世界的光明与温暖的源泉。一个有志于文化、文艺的人,尤其是一个文化文艺从业者,应该有自己的品味与追求,有自己的境界与底线,有自己的志向与抱负,不能停留在市场与传媒炒作的层面,不能停止在招牌与名片的层面。招牌、名片与效益,可能有助于文化生活的发展前进,也可能尚距离真正的文化传承与积淀十万八千里,甚至可能成为对文化传统的歪曲与贬低。问题在于你能不能有对文化的真正认识与敬爱。

即使是从事大众文艺、通俗与民间文化、科教普及等事业的朋友,也应该明白,要力图使自己的作品中包括更多更有意义的内容,更美好的形式而不是相反。同样的大片,《泰坦尼克号》《阿凡达》"秀"出来的是爱、尊严、环境保护、对大自然与生命的尊重,而某些拙劣的作品表现的是空无一物,是拼凑一堆热销元素、展演愚昧与无知。我们不满意思想与艺术的趋零化,这是当然的。

我们的社会需要逐渐培养与建立权威的、强有力的思想、学术、艺术评价体系,靠的是参与者的道德良心、学术良心与艺术良心,靠的是评价者的对历史,对祖国、人民,对人类的责任感与独立思考,同样靠的是评价者物质上的自足与直得起腰来。一些学术与文艺团体,一些高等学校,一些研究机构,一批境界高蹈的专家,应该迎难而上，挺起胸膛，敢于好处说好，坏处说坏，拒绝一切实利的诱惑与干预，应该将学术与文艺上的黑金作业视为最大的丑闻与耻辱。

文章千古事，得失寸心知。历史证明，文化与艺术需要实践与时间的淘洗，大浪淘沙，真金火炼。文艺如水，自有清浊，文化如金，自有成色；任何人为的吹捧或贬低，哄闹与造势，在历史的长河面前，都显得无能为力，不管这种人为的折腾表现为什么形式。正因为人文领域的高下优劣不像体育或者实用技术那样好判断，因此良莠不分的现象就更加令人痛心。对此，我们的社会舆论应该有自己的判断，自己的主见。我们的国家，我们的执政党也必然会有、要有、要尽到自己的责任，要心中有数，要有主心骨。尤其对那些确实具有重大学术与艺术价值，值得留给后世子孙的学术与艺术成果，对那些成就卓越、实绩斐然，但并不能急功近利地成功创收的学术艺术大师，要有更多的表彰、提倡与支持。市场再好，只是市场，传媒再炒往往也不过一时对人民币有效，对文化仍然无效。只有有了专家与社会的负责的与郑重的声音，传达出深刻与高远的思考，我们的文化文艺生活的价值认知才能得到校正与平衡。

党的十七大提出了建立国家的奖励与荣誉称号制度的问题，这太重要了。我们热烈地期待着。世界各国，包括那些号称不管文化、连文化部门也不设立的国家，他们都有这样的由国家元首颁发的奖项。这样，就会大大地冲淡市场与传媒的主导作用，改变但知泛漫、不知经典为何物的有缺陷的现状。

中国是一个历史悠久的文化艺术大国、古国，我们潜力极大，我们任重道远，需要填补的空白太多太多。我们不但要考虑到现时，还要考虑到怎样向后世子孙交代，让我们在泛漫的文化大潮中，为给中华民族的文化经典添玉增色而殚精竭虑吧！

发表于《人民日报》2010年6月8日

文化,可不仅仅是品牌

近年来,文化建设越来越受到各方面的重视,文化设施的增加与改善、文化产品的大量涌现、文化生活的丰富、文化资源的受到重视、文化交流的蓬勃发展,其规模都是前所未有的。

但同时,由于人们对于当今的社会变化还缺少必要的认知与准备,急功近利与浅薄浮躁正在成为文化事业中的流行病。一些营商名词使一些出版、传媒、制作人、投资人、旅游公司与有关地区、部门头脑发热,例如包装、炒作、品牌、名片、时尚、投资、回报、热销元素,成为某些地方发展文化事业的首要思考。而思想、艺术、真实、深邃、完美、智慧、才学、责任、激动人心与精益求精的"古典"的说法似乎正在被人忘却。各地拼命寻找与争抢自己的历史文化名人名著名事迹,为此不惜以一充十,以编造充根据,夸大吹嘘,制造假象。有的地方领导甚至戏称之"先造谣后造庙",即先造谣抢滩,声称自己这块土地上出现过文化名家。而在打起名家名作名事迹这个招牌后,用热销商品与尚待论证的所谓本地文化古迹互相命名,新建一批可靠性与文化内涵近于乌有的人造文物,然后用殿堂、寺庙、公园、生态园、景点、纪念馆、祠堂的名义,主要是搞餐饮游乐等三产,人们在例如先秦诸子的名义下吃喝旅游洗浴按摩,请问这究竟是弘扬了还是亵渎了我们的文化资源呢?究竟是推崇还是滥用着文化的名义呢?现在,甚至连新举办的大学也有以当地的热销商品命名的。这样下去,粗鄙的营销手段是可能吞噬真正的文化品味的。

文化、文艺，不仅是品牌名片，不能将文化只当做商标来任意使用。甚至文化的首要意义也还不是软实力，虽然软实力的提法意义重大，获得了普遍认同，值得认真面对与部署。

文化、文艺，首先是对于人类的物质与精神需要的满足，是对于人类的生活质量的有效提高，是民族人心的寄托与凝聚，是心智与人性的拓展、积累、结晶与升华，是对于真理的接近与践行，是真理的火炬与花朵，是人生的魅力、生活的多彩，是历史的庄严与世界的光明与温暖的源泉。一个有志于文化、文艺的人，尤其是一个文化、文艺的从业者，应该有自己的品位与追求，有自己的境界与底线，有自己的志向与抱负，不能停留在市场与传媒炒作的层面，不能停止在招牌与名片的层面。

文化建设是个细活、慢活，需要的是一代又一代人的学习积累，需要真正的大师与人才。需要教育先行，以全民的文化素质的提高为先导。品牌、名片与效益，可能有助于文化生活的发展前进，也可能尚距离真正的文化传承与积淀十万八千里，甚至可能成为对于文化传统的歪曲与贬低。问题在于你能不能有对于文化的真正认识与敬爱，有没有起码的文化底蕴。

发表于《人民日报（海外版）》2010年6月8日

重树文化的公信力

如今,传媒日益显示出了自己的力量。它们可以极大程度地实现人们的知情权利,传播信息,普及知识,推进现代化公民社会的构建。同时,它们也可以轻而易举地制造出浅薄且火爆的"文化明星"。

电视小品与手机段子正在空前发展,它们与信息产业合作,带来高收视率、高效益,同时在游戏人生、稀释难题,有意无意地推广着油滑与鲁迅所说的"看客"意识。网络更是使大批的青少年、包括过去无缘染指文化的打工一族,参与到社会讨论、指点批评、设坛(博客)立论、兜售叫卖、讨伐扫荡、制造舆论中来,从而推动了文化参与的广泛性与民主性有时还有短平快性。

这首先是好事,是文化民主的发展与社会生活活跃的表现,是舆论空间的扩大。但问题是,文化的高峰不能靠人多势众来攀登,文化的瑰宝不能靠炒作与铺天盖地的传播来培育、缔造、筛选。大众的平均数,将无助于促进一个民族一个地域的文化的积累提升,而或许带来的是一个民族一个地域的文化的平庸化、低俗化、贫乏化的可能。

我们不是多次强调了建设创新型社会的必要与决心吗?靠平庸与混世,靠一般的营商与竞争心态,是不会有什么认真的创造的。创新的文化基础与精神准备是不可或缺的前提。真正能够做出创新的成果来的是人才,是对于祖国、人类与文化传承的责任感与大无畏的献身精神,是真正的智慧与担当。爱护人才、尊重人才的口号仍然为我们所需要。为了爱惜真正的人才,使真正的人才脱颖而出,就需要具有真正的文化、学术与艺术的权威评估平台与评估体系。

甚至在一些资本主义国家,在文化、学术与艺术的评价上,主流与精英人士也绝对不是跟着传媒炒作与点击数量、更不是跟着福布斯排行榜走。例如《纽约时报》的书评与剧评,令许多大家与文化产业大亨也惴惴不安、等候评判。而那些所谓的"文化明星",多半根本进入不了该书评剧评影评的视野。而恰恰是我们这里,一些所谓专家,拿了次红包,被招待旅游了一趟,就赶紧为天知道的文化新资源新产品作人证"学理"证与唱颂歌。我们的专家与专门团体、直到研究机构的资质、公信力、操守乃至专业素养等,都大大有待于重整旗鼓,从头树立。

在社会主义的中国,我们的传媒在文化上岂能唯钱是瞻?我们岂能没有自己的品位与标准、使命与责任?我们岂能忽视文化的思想内涵与它对于提高人民生活尤其是精神生活质量的有效性,它的完美精湛的形式、它的智慧含量、它的合理性、它的感人的魅力、它的继承性与创造性的结合?一个社会主义中国的传媒,没有自己的文化品位,没有自己的文化权威,没有自己的文化公信力,不能在文化评估上发出自己的有力的声音,这是一个传媒的耻辱,不管它有多少广告利润!

我尤其寄希望于我们的高等院校,那么多文化人,那么多硕士博士教授博导,我们的高校应该建立自己的文化评估体系与威信。同时我也完全相信,迅速走红的明星们,大多数会有自知之明,会学习提高,乘胜前进,其中相当一部分最终会贡献一些真正的文化瑰宝,而不会满足于一时的鼓噪喧嚣。

发表于《人民日报(海外版)》2010年7月3日

汉 字 之 恋

中国文化的首要特色是什么？或说是儒家文化,或说是稻米文化,或说是重食的文化……我个人则愿意说,首先是汉字文化。

汉字是中华民族独有的瑰宝,它的形象性、多媒体性、体系性与关系、道理的自足性,无有其匹。它强调整体、强调根本、强调事物之间的联系与通达,影响了几千年的中华文明走向与中华儿女的命运。

一九九四年,我在纽约资深的华美协进社演讲,一位当地的听众问:"为什么华人都那么爱中国？"我回答,第一,我们都爱吃中国饭菜。第二,我们都爱汉字写的唐诗宋词。

我的意思是唐诗宋词是汉字的范本:整齐、音乐性、形象性、全面的符号性、"合理性"、同音字的联想与发挥、对称或对偶性与其辩证内涵、字本位的演进性质,都令人神往乃至痴迷。我们永远无法用"Bairi yi shan jin, Huanghe ru hai liu"替代"白日依山尽,黄河入海流"。不,拼音文字与汉字书写起来,印刷出来,给人的感觉是完全不一样的。

我年轻的时候并不这样想,那时候我很激进,相信汉字影响了识字的普及、造成了长期的封建专制的说法。现在,汉字已经完全感服了我。它是那样的美丽,那样的微妙,那样的丰富,那样的方便,字重心长,多彩多姿。无怪乎古人说它的诞生使得天雨栗、鬼夜哭,它是鬼斧神工、惊天动地的伟大创造。它现在已经完全解决了电脑输入的问题,它同样完全可以适应现代化、全球化的需要。

而且,他对于中华儿女来说是牵肠挂肚,凝结团聚的象征。没有汉字,中国早不知分裂成多少块了呢。一行方块字,双泪落君前,这是中华学子的共同体验,尤其是在全球化的今天。汉字在,中华在,中国人的文化自信与文化向心力在。

尤其是中国的读书人,读写用汉字,本身就是一种韵味悠长的文化习俗与文化享受。明窗净几,文房四宝,添香研墨,笔走龙蛇,这是何等的快乐,何等的脱俗与超拔!

可惜的是,当下在青年人中,对于汉字的识读写用,有黄鼠狼下耗子一代不如一代的趋势。一是错别字到处出现。一是成语熟语的乱用误用。如说搞得不好是"差强人意",说防御守卫是"守株待兔",说轻忽大意是"不以为然"。一是称谓用语的误用,如将令尊叫成"你家父"。一是把简化汉字时原来两个字归并成一个字的,为了还原成繁体,而搞笑搞错,不伦不类。如将"塔什干"写成"塔什幹",他不知道,"幹"与"干"原本就是两个繁体字,"干"是用在天干地支上的,而塔什干的地名,即使没有简化,也从不用"幹"字的。至于把"山谷"写成"山穀",把"文学系"写成"文学係",就更令人笑掉大牙了。

还有些特殊的词我怀疑是不是在以讹传讹。我们日常说的"出幺鹅子",本来语出旧时的"斗骨牌",骨牌中的幺鹅,大致如麻将牌中的幺鸡。而现在被规范为"妖鹅子",天啊,我们的一点点关于骨牌的文化记忆,就此休矣,惜哉痛哉!

网上用一些怪字和莫名其妙的词儿,本来无伤大雅,可以任其自生自灭。但用得太滥太俗太恶心了,终非善事。把"东西"叫成"东东",不过是开一个极浅的即无文化含量的玩笑,属于小儿科的贫嘴罢了。把"女生"叫成"驴生",已经是谑而略虐了。把某一年的流行字说成是"被",不无趣味与含意。把打气、鼓劲、提神非要说成是"给力",则又回到了小儿科或牙牙学语的水准了。少年儿童当然有权发明各种说法嘲弄法玩笑话,但与此同时,恐怕还得学点识读写用我们伟大汉字的真学问。不然,等到您二三十岁了,仍然是只会这一类半通不通的话与字儿,长得太慢些了吧?

还有书写。我最近得到一本北京出版社出版的《初期白话诗稿》,是当年刘半农编辑的,内收李大钊、沈尹默、沈兼士、周作人、胡适、陈衡哲、陈独秀、鲁迅等人的白话诗影印手稿,令人爱不释手。说实话,这样的书我们看的不是诗句而是书写。李大钊的字浑厚大气,沈尹默的字深沉中显出潇洒,沈兼士的字收放自如,胡适的字比较书卷气,陈衡哲的字傲然有棱角,陈独秀的字极富才华,而鲁迅收在此处的字则显出一种稚拙。太有趣了。

学会辨识、阅读、书写与欣赏我们的汉字吧。其乐无穷,其妙无已,作一个热爱汉字、敬重汉字、保护汉字的正确性与美妙性的中华学子吧,而后才谈得到继承与弘扬中华的优秀文明。

2010 年 12 月 27 日

话 说 泰 戈 尔

　　文学作品中有大量对于社会的批判与对于人生消极面的痛苦呻吟。中国人早在古代就有欢愉之辞难工,而穷苦之言易好的说法,这是唐朝的韩愈在他的《荆潭温和诗序》里写过的。我也曾经说过,有雄辩的文学也有亲和的文学。前者容易激动人心,后者则十分难能可贵。总要给大家说点光明的,并不是说文学全是黑暗。如果文学都是看完以后让人疯狂,让人失眠,让人自杀,那咱们做文学读文学的人怎么得了?文学里会有一些非常正面的东西强调人生的美和善,强调年华和日子的快乐,凸显人生的魅力和它的意义。例如泰戈尔。

　　印度大诗人泰戈尔的家乡在加尔各答,那个地方是共产党执政,到处插着镰刀斧头旗。但是加尔各答到处都是垃圾山,一九九九年我访问了泰戈尔的故居,那是一个大花园,是另一个世界。泰戈尔很同情穷人,但是他本人过着贵族的生活,这是事实。对于当地人来说,泰戈尔首先是一个会唱歌的人,他唱得非常好,其次才是一个诗人。在他的诗里面尽情地讴歌了生命、光明、欢乐、爱、仁慈、妇女、儿童,他写的《飞鸟集》《吉檀迦利》非常有名,我随便挑几句说说:

　　夏天的飞鸟,飞到我的窗前唱歌,又飞去了。

　　秋天的黄叶,它们没有什么可唱,只叹息一声,飞落在那里。

印度人讲的英语是一种很特殊的英语,就像爱尔兰的英语一样,非常漂亮,非常文学化,以至于英国人有时候都很赞叹。

泰戈尔还写过:

世界上的一队小小的漂泊者呀,请留下你们的足印在我的文字里。

世界对着它的爱人,把它浩瀚的面具揭下了。

它变小了,小如一首歌,小如一回永恒的接吻。

是大地的泪点,使她的微笑保持着青春不谢。

他还写道:

无垠的沙漠热烈追求一叶绿草的爱,她摇摇头笑着飞开了。

如果你因失去了太阳而流泪,那么你也将失去群星了。

跳舞着的流水呀,在你途中的泥沙,要求你的歌声,你的流动呢。你肯挟瘸足的泥沙而俱下么。

你已经使我永生,这样做是你的欢乐。这脆薄的杯儿,你不断地把它倒空,又不断地以新生命来充满。

生命就好比酒杯,把酒倒进去,然后倒空了,然后又倒进去,又空了。印度人对生死的观点也有值得汲取之处,印度教有三座大神,第一座是生命之神,第二座是创造之神,第三座最根本的、最高大的是毁灭之神。这个哲学思想也是很有趣的。

这小小的苇笛,你携带着它逾山越谷,从笛管里吹出永新的音乐。

  在你双手的不朽的按抚下,我的小小的心,消融在无边快乐之中,发出不可言说的词调。

  你的无穷的赐予只倾入我小小的手里。

时代过去了,你还在倾注,而我的手里还有余量待充满。

  译介泰戈尔的作品的人当中,不能不提到郑振铎与谢冰心。冰心早期的作品,包括新诗《繁星》《春水》与《寄小读者》等散文里,明显地受到泰戈尔的影响。有一些年轻人对冰心十分不敬,我相信他们不但不了解冰心,也不知道谁是泰戈尔,谁是纪伯伦,否则,仅仅就译介泰戈尔与纪伯伦一事,他们也会对冰心抱另一种态度。

2011 年 5 月 13 日

文化自觉与文化自信

"文化自觉与文化自信",胡锦涛同志"七一讲话"中提出的这样一个问题,有着重要的意义。

自觉自信,首先是对于文化建设的重视,是一种观念,一种不仅看到物质财富的建设积累,而且看到价值观念、知识系统、生活方式与精神财富的眼光。建设有中国特色的社会主义的过程不但是一个发展生产力的过程,也是一个继承、弘扬、汲取、创造史无前例的中华文明与文明中华的过程。

文化的自觉与自信,首要的是大家保持一根文化的弦。例如,在突飞猛进的城乡建设中,在动辄拆迁腾地以促开发的大潮下,许多城乡的文化标志与文化记忆被人为地抹去了。一些百年老店,奉命迁址后一蹶不振,直至关门歇业。有些特色民居已经所余无多,代替它们的是千篇一律的、基本上无文化含量的公寓楼。在网络与电子书提供快捷方便的同时,在销量效益高于一切的趋赶中,文化的操守与成品的质量正在被马虎对待。在口口声声"传承文化"的同时,一些地方表现出来的是粗俗的急功近利,是对于文化的无知与粗暴,是浅薄的表面文章。他们只知道用文化吸引旅游、用文化鼓动招商投资,用文化包装"成绩"。如此种种,都不是文化自觉与文化自信,而更像是不自觉与盲目自吹自擂。

自觉与自信包含着对于长期积淀下来的优秀民族传统的熟悉与热爱,也包含着对于传统的创造性弘扬发展,将传统引导到现代。我们的文化从来是源远流长与互补共存的;文化上不搞零和,文化上不是不要传统只要新文化,也不是糊里糊涂地忽然膜拜传统回到封建的旧文化。

自觉与自信,包含着对于先进文化的自觉追求、自觉建设、自信宣扬、自信扩展。什么是先进文化,首先是价值观念的先进,是与时俱进而不是腐朽没落的颓废,是科学昌明阔步前进而不是愚昧迷信自欺欺人,是面向世界、面向未来、面向现代化的开放心胸而不是抱残守缺的狭隘,是重在建设与积累的理性而不是动辄起哄破坏的砸烂。

自觉与自信还包括着文化上的创新精神。当然,文化创新与理论、制度、科技创新等相比,范围更广泛也需要更长的周期。百年来,中国的变化惊天动地,欣与其盛的中国人民,抚今思昔,甚至会有恍若隔世或隔了几世之感。但中华文化的一些基本素质,仍然与两千多年前的先秦诸子的思路密切相连,与伏羲八卦与仓颉造字密切相衔接。我们仍然难于、也不应该简单地甩开孔子,我们仍然深切地感受到孔子的仁义教化有利于维护秩序与和谐,当然又不是没有出息地照搬儒家的一套。

具体地看,文化有时候比人强,文化可以超越几代几世人。文化产品可以汗牛充栋,文化活动可以此起彼伏,它们对于文化的基调的影响却可能比较微小。关键在于一种文化的内容与走向能不能够给这种文化的受众提供更高的生活质量,给尚未接受这种文化的人们以有益的启发与享受:益智、益心、益德、益生。

总体看来,文化的对象是人,文化的主体也是人,以人为本,人民以自身的利害好恶得失顺逆为标尺,人们以自身的智慧、自觉与自信为标尺,选择文化的走向,缔造文化的大发展大繁荣,同样也会抛弃糟粕与毒素,实现文化的自我更新。

发表于《人民日报(海外版)》2011年8月3日

家大舍小令人家

我不止一次在电视剧中听到,一个人提到对方的父亲时,说"你家父"如何如何,不免有点惊吓,不知身陷何处。因为"家父"是说自己的爸爸,别人的爸爸只能叫"令尊","你家父"之不通,就与"我阁下"或"您鄙人"或"他小可"一样,干脆分不清你我彼此啦。

更早一点,我是在阿城的名作《棋王》里看到了"你家父"一词。阿城的"三王"由于其中中华传统文化含量很高,一鸣惊人,很受称赞;却在称谓上如此露怯。为此我在写文表达对《棋王》的高度赞赏的同时,婉转地提出"你家父"的说法实在遗憾。我没有耳提面命地讲解应该怎么样称呼,我本来以为这些会有小学的语文老师出来讲。这样,我估计有一些读者也根本没有看出来我写的是什么意思,就是说干脆没有看懂我对"你家父"一词的痛苦反应。

此后的"你家父"云云变本加厉。一本我的好友的获得茅盾文学奖的巨著中也赫然写着"你家父"三个大字,为此,细心的国家图书馆老馆长任继愈先生向我提出了质疑。我也难过了良久:作者不知道这些称谓、尊称上的知识吗?编辑、责任编辑与终审编辑呢?评委们呢?各位如日中天、扬名海内外的大作家们呢?如此以讹传讹地扩散开去,不知伊于胡底呀喽。

中国人称呼他人或自己的亲属时,有一种尊称或谦称,其规律是"家大舍小令人家"。即称呼自己的亲属,比自己年纪或辈分大的,称"家",称自己的哥哥叫"家兄",称自己老子叫"家父"或"家严",

称自己老娘叫"家母"或"家慈"。称自己的弟弟妹妹为"舍弟""舍妹",关系远一点的亲戚则称"舍亲"。这些是不能随意更改的,如果你说自己的父亲是"舍父",说自己的妹妹是"家妹",那是会被认为精神错乱,是会被笑掉大牙的。

另外还可称女儿为"小女",儿子为"小儿"或"犬子",称自己妻子为"贱内""拙荆""内人"。顺便说一下,这些对妻子的称呼今天看来不甚妥当,但称自己妻子为"我夫人"也有些"二",因为夫人是对他人的妻子或其他女性的尊称。这就像"您老人家""您(他)老人家"是可以用的,"我老人家"则会显得可笑。"令人家",就是说到他人的亲属时要有个尊称,"令尊""令尊大人"是说对方的父亲。"令堂"是说对方的母亲。"令亲"是说对方的亲戚。"令姐""令妹""令兄""令弟"说的是对方的姐妹兄弟。称对方的女儿"令爱"对方的儿子则为"令郎",这都是很文雅的说法。此外还有称对方的女儿为"千金",对方儿子为"世兄""少爷",称自己为"在下""鄙人""小可""兄弟我",等等。

旧时代由于阶级等级森严,称谓的要求相当严格,没有到那个份儿上,自己"称孤道寡",那是要杀头的。对别人的亲属称呼不敬也会变成严重的冒犯。解放以后,这方面大大地"松了绑","你父亲""我母亲""你爱人""我老公"都是很简便也很亲切的说法。不知道"家大舍小令人家"的规则也不足为病,您可以不用这些尊称与谦称。问题是您别瞎转呀,转出一个"你家父"来,多么卸力,多么丢人!尤其是咱们的爬格子的同行,咱们互相提个醒儿,悠着点吧。

发表于《人民政协报》2011年8月22日

中华传统文化与软实力

中华传统文化是一个古老的文化,是一个覆盖面、影响面巨大的文化,是一个独树一帜并拥有巨大的影响与声誉的东方文化。它历经曲折,回应了严峻的挑战,走出了落后于世界潮流的阴影,如今日益呈现勃勃生机,它是一个能够与世界主流文化与现代文化、先进文化相交流、相对话、互补互通、与时俱进的活的文化。

更重要的是,它提供了一种有效的生活方式,提供了一种独具特点的世界观与哲学观,一种人文价值与思路,一种独特的与精致的语言文字、工艺与文学艺术,一种乐生的、务实的、注重此岸性的生活态度与生活质量,提供了一种有参考意义的克服现代性的某些负面弊端的思路。

中华文化首先是汉字文化。它重整合,重大概念,重万事万物间的关联,重书写与万事万物的统一。它不是着力于塑造人格神,而是追求终极概念——理念之"神":道、通、大、一、仁、义、天、易。追求自高而低、自低而高、自大而小、自小而大的思维秩序与社会秩序。

中华文化是一个泛道德主义的文化。它强调人伦关系,强调和谐与秩序的理想,主张克制无限竞争与不断膨胀的欲望,强调人生而有之的伦理义务,强调敬天与天人合一。这虽然有它的不足,影响了数千年来中国的科学技术的发展与文化创新,但同时,它维护了中华大国的延续与统一,帮助中华民族渡过了重重难关,以充满活力的姿态进入了二十一世纪。同时,今天看来,它对于回应恶性竞争、欲望的恶性膨胀、生存压力的畸形增重与飞速发展中的浮躁心理这种种"现代病",是有积极意义的。

同时,中国文化又具有一种天行健、君子以自强不息的积极进取取向。它较易与迅猛发展的现代性接轨,它接受发展是硬道理的思路,较少那种仇视现代性、敌视科学技术的心理与不求上进、消极懒惰的人生态度。

地球不能垄断,文化不可单一,中华文化,是现代世界主流文化、以欧洲为中心的基督教文明的最重要的参照系统之一。

文化的软实力,关键在于它的有效性,我所说的有效其含义是:

第一、它能提供越来越好的生活质量与生活乐趣,提供受这种文化熏陶的大众以幸福、满足、欣悦与尊严,它扎根于人民群众之中,使人们喜爱与尊敬这种文化。简单地说,它是以人为本的文化而不是以人为敌为奴的文化。

第二、它有足够的凝聚力与亲和力,使受这种文化的覆盖与影响的人和善起来,聚拢起来,而不是恶斗不已,极端、恐怖、分裂。

第三、它能坚持自身的特色和性格,独树一帜而又友好立身,正确地处理与异质文化的关系,能够与外来影响切磋交通,也能撞出火花,取长补短,互利互补。既不会动辄失去自信,屈服于强势的文化压力,自我瓦解;也不会盲目排斥异端;不会在急剧的全球化现代化进程中陷入认同危机,即失去自身的身份认定,陷入绝望与仇恨。

第四、它有足够的想象力与创造性,有足够的自我调整、自我更新与抗逆能力,它能够与时俱进,苟日新、又日新、日日新,自强不息。同时又有足够的对于自身的传统的珍爱与信心——文化自觉与文化自信。

我们已经并正在克服面临急剧走向现代化、全球化的世界所产生的紧张、困惑、焦虑与进退失据,我们一定能够做到文化兴国,创造历史,并为全人类做出更大的贡献。

发表于《人民日报(海外版)》2011年11月2日

谈词说字

雄关不可"漫道"

早在五十多年前,我在新疆,看到了报纸上刊登的一个戏剧预报,剧名《雄关漫道》,不免一惊。因为都知道毛泽东的《忆秦娥》中的名句:"雄关漫道真如铁,而今迈步从头越。"这里,雄关是主语,是指雄伟的关隘。"漫道"是谓语,"漫"是莫要或随意,"道"是说道、却道、且道、言道的道。"漫道"就是"不要说"。"真如铁"是补语或宾语,是"道"这一行为的内容、对象。"雄关漫道真如铁",就是(请你)莫说雄关如铁的意思,把前四个字分离出来是文理不通,是闹了笑话。

"漫道",其实是一个常见于诗词曲中的词,如"漫道帝城天样远,天易见,见君难"(不要说皇帝的都城与天一样远,天是容易见得着的,见皇上可就难啦。)"漫道而今无贺铸,尽肠断,满帘飞絮",(别说现在没有善书性情的词人贺铸了,照样到处是伤心极了的断肠飞絮景象)。"漫言不肖皆荣出,造衅开端实在宁",(不要说不肖子孙都是荣国府里出现的,真正留下了麻烦、开启了事端的其实是宁国府。)这里的漫,全都是莫、别、否定的含意。

古来的诗文上,漫更常作随意、或有、无心、不固定、无边界讲。如"漫卷诗书喜欲狂",如漫步、漫画、漫谈等。取出雄关漫道四字的朋友,恰恰忽略了漫与漫道的这些含意,而以为漫是漫长,道是道路了。赵朴初当年写过专文,介绍毛泽东《忆秦娥·娄山关》词含义,指这里的"漫道"就是"别说"的意思。就是说诗人的原意是,不要说娄山雄关隘像铁一样地艰险强固,如今我们红军迈着大步穿越过去了。

因此,雄关漫道云云是不通的,起这四个字作剧名是没有弄清断句,这就闹了笑话。漫长云云,是比较新的文学用法。"道"在此词里是当"说话"讲,"有道是"的"道"讲,绝对不能当"道路"讲。想当年,新疆文联的主席刘萧芜也叹息良久,说雄关漫道的题名不通。

将"雄关漫道真如铁"解释为"雄伟的关隘""漫长的道路""像铁一样难过",此种不通当时已现端倪,否则,赵朴初不会专门写文章做高小学生的语文教师的工作,专门解释"漫道"与"漫"字了。

半个多世纪过去了,如今更麻烦了,汉语的不通与误读已经成为顽疾、雄关漫道已经成为难医的老病灶。不但雄关漫道的剧名堂堂皇皇扬名于世,而且以"漫道"作名称的大公司也出来了。扭转一个字词使用上的不通,难矣哉!

我个人的小说《球星奇遇记》中有一歌词,曰"你且漫舞,我且漫唱",责任编辑死活要把它们改成"慢唱慢舞",真是活活地要你的命啊。

我曾经在某个场合提出过"雄关漫道"问题,一位用了此名称的作者说是某大领导已答应题写此剧名(后未题),另一位领导建议作者与王某人沟通一下。呜呼,语法构词等事宁有人际关系、公共关系的活动空间乎?语法构词事宜也要官本位乎?以不妥之文字稿求领导题写,这不是害领导吗?悲哉汉语,不通漫道真如铁,而今我辈从头学!

"神马"与"柴鸡"

不牵扯用字用词上的正误,只是说说有些词的演变,十分有趣。

青少年喜欢在网络上用点怪词怪字，表达一种往大里说是叛逆、调侃，往小里说是换换新鲜、开开玩笑的心情。青少年天天听家长的，听老师的，听社会的国家的，鞠躬敬礼，乖乖地接受教育，可能有点辛苦，想懈松懈松，捣点小乱。例如他们编歌谣说"早晨到学校，带着炸药包，轰的一声响，学校炸没了"，不，说上述歌谣的人多半没有恐怖倾向。还有童谣说："日照香炉生紫烟，李白来到烤鸭店，口水直下三千尺，摸摸口袋没有钱。"这也丝毫没有对李白的不敬，说句笑话，可能还流露了对于改善诗人生活待遇的关切。

二〇一〇年说是网上时兴"神马"一词，说什么"神马都是浮云"，等等。其实早在七十年前，我上小学的时候，我们就爱说"神马"，神马者，"什么"或"甚么"也。甚与神读音相同，什在这里也干脆应该读神。"么"一般应读轻声，如果轻声重读，再把韵母 e 读成更响亮的 a——，念出来就是神马了。我上小学时候男生之间互相讥笑，就爱说他人"神马玩意儿""神马东西""神马德性""神马话"呀，用意与"什么""甚么"无差别，现在说的"神马都是浮云"，也仍然是"什么都是浮云，都是转瞬即逝"的意思。

新啊新啊的新词，原来是旧词啊。

与其玩这些小意思、其实没多大意思的新词，不如学好汉语中文，当然也要学好外国语，长点语言方面的真本事，管用。

现在还有一个变异了的老词新用，就是"柴鸡"一词，自从二十多年前推广了工场化养鸡以来，人们痛感到这种集中快速用昼夜不眠与不准活动只准揣肉的惨无鸡道法养育出来的鸡只的肉与蛋都不好吃，于是人们更看重农家散养的土鸡，河北与山东很多地方把这种土鸡叫做"笨鸡"。铁凝的小说《笨花》中对此笨字有所解释。她写的"笨花"则是土种的棉花。我们现在常用的"柴鸡"一词，就相当于方言"笨鸡"。

问题是北京早有柴鸡一词，但写出来规范的不是"柴"鸡，而是"㞗鸡"。我小时候，养鸡的人都注意区分"油鸡"与"㞗鸡"。油鸡个儿大,母鸡也有不小的冠子,当然个儿比公鸡的小,油鸡腿上常常长着浓密的毛,母鸡下蛋数量多个儿大,蛋皮发红。我从小就有挑红皮蛋吃不挑白皮蛋吃的信念,与时下正好相反。这些油鸡其实是洋种进口的,由于它们形象的丰满滋润而被命名为油鸡,鸡而流油贮油肥墩墩,油乎乎。那么柴鸡呢,就是骨瘦如柴的鸡。于是著名满族学者金受申,在他的《北京话词典》中,干脆把柴鸡正名为孱鸡——孱弱的鸡。

我的童年时期,每到初春,街上都有挑着担子卖鸡雏的,买主和卖主经常会进行对于是否柴鸡的鉴定答辩。买主为了压价,一上来就一口咬定那些鸡雏一准是孱鸡,而卖主则信誓旦旦地保证他卖的全是百分之百的油鸡。看来,长大了好区别,小时候还真看不出油不油、孱不孱来,看鸡是这样,看人也是如此。

真是三十风水轮流转,不,不止三十年了,而是两个三十年只多不少,中国人认识到了并不是洋的都好,个儿大的都好,油乎乎的都好。土的、笨的、柴的乃至于认为是孱的小的瘦的,仍然有自己的存在的理由,天生我鸡必有用,油鸡惹厌柴鸡来!

顺便说一下,柴鸡蛋能卖更高的价钱,于是我国现时出现了假柴鸡蛋,甚至还有把染白了蛋皮的假柴鸡蛋卖到外国的,假冒伪劣,何至于斯!

"丫挺的"及其他

北京人有一句半调笑半骂人的话,"丫挺的",有人正经八百地解释说,"丫挺的",就是说一个未婚女性,一个丫头而挺起了怀孕的大肚子,被认为不雅乃至丢人现眼,故曰"丫挺"。

真是信口胡诌。"丫头挺着",民间语言有这样造句的吗?为什么不叫丫撅的丫鼓的丫凸的?不是更有大肚子的形象感吗?稍稍查查,体会体会,多少了解一下旧社会的观念与汉语的发音拼音方式就能知道,"丫挺的"的原话是"丫头养的","丫头养的"才是骂人的话。而"丫头养的",读快了,出现了汉语上常有也常使用的反切关系,即前一个字的声母与后一个字的韵母拼到一起的情形,头养切,是什么音呢？头应读 tou,声母是 t,去韵母 ou 而留声母 t。而养呢,读 yang,声母是 y,韵母是 ang,去声母 y,留下的是韵母 ang。前面的 t,与后面的 ang 连读拼到一块儿,本应发出 tang 即唐的音来,tang 中的 a,是后元音,即用发音器官的后部发的音。读得快了,马虎了,轻了,就弱化成了 i（或 e）,变成了前元音,即运用发音器官的前部发出的音。各种语言中都有后元音弱化而成前元音的例证,个中维吾尔语最为明显。

旧时没有注音符号,也没有拉丁字母的汉语拼音符号,古人注音就是用反切法,用前一字的声母与后一字的韵母相拼,如读过一些古书,对反切云云当不陌生。反切而出的复合字颇有一些趣味,如"甭",字如其形,本字就是"不"与"用"二字的复合,读不用切,即 bu 中的 b,yong 中的 ong,读成 bong,o 再弱化成 e 最后读成 beng。而"别"字,是不要切,是"不"与"要"二字复合。b 加上 ao,再把韵母弱化成了 ie,读作 bie,"别"就是这样出世的。旧书中有的干脆把别字写成上面一个不,下面一个要字的,即"嫑"。

反切中出现其他变化的是孬字,此字很通俗,就是"不好"的意思。现读 nao,如闹。其实严格反切,应是 bao,即读如包。问题是人们干脆把 b 字忽略了,读成 ao,如熬。但我国河北东部,一直延伸到山东,还有东北一些地区与天津市,方言中常常给元音起始的字音前加上一个辅音 n,将"熬茄子"读成"闹（阴平）茄子",将"安全"读成"南（阴平）全",将"挨着"读成"耐（阴平）着"。不好即孬的读音就是经历了从包到熬到闹（阴平）的过程,成了现在这个样儿的。

汉语里的元音或辅音弱化的例证也多得很,我国汉族聚居区常常有唐家庄赵家庄的名称,同时也会有唐各庄赵各庄的说法,其实,唐各庄、赵各庄就是唐家庄赵家庄。家读 jia,其声母 j,又常常与 g (i)的音相通。把张家庄读快了读弱了读潦草了,您多试上几次,就会读成张各庄或张介庄了。

关于j与g,我们还可以从一些外来词语的音译上找到例证。哥伦比亚作家加西亚·马尔克斯里的"加",也是来自"卡"或"戛",死一点的译本应译作戛西亚的。

这不光是一个读音发音的问题。能不能正确地理解"丫挺的",包含着对一些俗话的文化内涵的理解。旧北京以"丫头养的"骂人,当然与该时期人们的道德观念、性观念、性别观念有关,今后,未必能够这样侮辱女人与孩子啦。而现在说"丫挺的",谩骂的含意越来越淡化,调笑的含意越来越多了。

"妖蛾子"还是"幺鹅子"

大家好好的,一个人突然提出一个问题,或一个建议,或一个驳论……别人觉得莫名其妙,不可理解,不正常、有点无事生非、无中生有、故意为难自己与别人……北京方言形容这种事态,就会说是某个人在"出幺鹅子"。

比如一群孩子商量好了周日郊游,自带食物野餐;到了地方了,一人突然提出改为抓阄,让抓了某种标志的阄的孩子花钱请大家吃西式快餐,这在客观上不是故意捣乱吗?再比如《红楼梦》中赵姨娘的兄弟赵国基死了,像他那种身份的人,丧事如何办理,本来早有定例,但赵姨娘非得让代理"执政"的探春提高丧事规格不可,使力图办事井井有条的探春极其为难。这就是从来行事不尴不尬的赵姨娘出了幺鹅子。

可以这样说,"幺鹅子"的特点是:

一、违反、脱离了已经为人们普遍接受了的惯例、成规、正常程序,违反脱离了绝大多数人对待此类事件的正常思维方式。

二、它在大家毫无思想准备的情况下突然提出,带有突然袭击的性质,变成一个意外出现的难题,成为人人都以为可以顺利进行与平滑操作的过程中的拦路虎。

三、它提出的方案难以实现,造成他方乃至各方的困难。变成了临时变卦,故意为难,形同捣乱,几如破坏,但又不一定有意起此种消极作用。

网上的"百度·百科"则将此语标为"幺蛾子",并解释为:

"幺蛾子"……是北京方言……

《现代汉语词典》收有"幺蛾子"一词:幺蛾子,方言"鬼点子""馊主意"……

疑非。如上所述,幺鹅子不一定有馊主意的含义,馊什么,是说它很糟,低劣、愚蠢、必败的下下策。但"幺"强调的是它的脱离集体,脱离常识,脱离思维习惯。强调的是它的突发性、各色性、古怪性或离奇性,是从量上贬低它的难以被人接受,却不是说它质的低劣如说馊主意那样。

说什么"鬼点子"就更不对,鬼点子云云甚至于是可以用来夸奖一个人的设计与谋略的鬼斧神工,是说一种超人性、超凡性,当然也可能有阴谋诡计的贬义,也与是不是幺鹅子无关。

"百度·百科"中也提到了幺蛾子一语出自骨牌用语。甚是,太好了。我知道的是,骨牌中有一个点的,可以称之为幺。将一称为幺,太常用了,一些交通部门、通信部门,为了区分各种数字,特别是区别读音意接近的一与七,明确规定一必须读幺,七必须读拐,无其他含义。认为幺有不正的含义,疑非。

骨牌的幺则又称为幺鹅。幺鹅子,就是幺,就是骨牌里的一点,而且也是后来麻将牌里出现幺鸡的根由。麻将牌里没有幺鹅,却有幺鸡,显示了中国传统牌戏的来龙去脉的传承发展关系。

最近与一些出版工作者打交道,才知道有关方面又将"幺鹅子"统一成"妖蛾子"了。这就更令我惶惑不已。当然,这种方言口语,我们的书写只是记录其音而已,但也要符合我们的文化与言语的出现过程。说一个人释放出妖魅性的蛾子,这实在不像中国人的思路而像欧洲的童话与民间故事。

有一些方言土语,有一些俚语歇后语,都包含着文化含量,通过想当然的注解与标准化,抹煞掉它的全部文化含量,这令人觉得痛心。

"绕世界"还是"饶是介"

较早我是在浩然的《艳阳天》中,读到北京口语:"满世界"与"绕世界"。含义是指到处、各处、所有的地方如何如何,如说"满世界找他也没有找到",绕世界的含义大体差不多。

当时就有点疑惑:一、世界是个新词,"文"词。中国过去也用这个词,并不普遍,作为佛教用语,世是指时间即代,如世代,界是指空间,如退出"三界外,不在五行中"。另一个含义是指人间。将地球上的所有地方的总和称为世界,则是较新的用法。一般百姓尤其是农民俚语中出现"世界"这个词的频率不可能太高。

二、北京人说满 shijie,jie 字一定是读轻声的。而世界这个翻新使用的正规词儿,世与界都要清楚地读出来,就是说都是要重读的。jie 一重读,满不是口语的味儿了。

第三,绕世界的绕,应读第四声,而口语中读的是第二声。显然,不是绕,是饶。

绕是饶,无疑。饶在这里不是动词饶恕的饶,而是状态与程度副词的饶,如饶有趣味,即很有趣味,趣味大大地有。也可以当形容词用,指富有,如资用益饶,天晴物色饶。资用饶,就是花费多了。物色饶了,就是说天晴看着万物丰富多彩了。饶 shijie 就是说找了很多地方,到了很多地方。

那么 shijie 究竟是什么呢?先从 jie 说起,如果是界,天啊,太正规也太严肃太学问了,轻声读出的 jie 字,只是一个语气词。有时写作介,更多时候人们会写作价或家或劲。北京人称颂某些带有惊险意味的事物或体验如杂技表演,或讲到自身躲过一灾,会说"好 jie",即好劲、好价、好介。北京人用较日常的语气劝阻他人勿做什么事情的时候,爱说"别介""别价"。我当年的小说《小豆儿》中就有"别价"一词。

世则是"是"之误。我们今天的"是"字,除了当系动词用外往往是从是非的是的意义上理解。但是过去很多时候"是"是当做代名词来用的,可以当"这个"讲,如"是人""是时""是物""是日"等,还可以当"所有""举凡"讲,如唐诗"古风无手敌,新语是人知",更口语化的则是女人埋怨老公:"是人就比他强"或者"是人就没见过这样的"。后两个例句不是说自己的老公已经开除人籍,而是说老公太各色,与众不同。

中国古代与戏曲有关的文字中,常用"介"字,如南剧、传奇剧中,称动作、表情、状态为介,"笑介""屈身介""俯首介"等,不知是否与当时的动作状态等词后面已经喜用语气词"介"有关。

总之,不是"满世界",而是"满是价(介)",不是"绕世界",而是"饶是价(介)"。

或谓,一个记音的词,有什么认真掰扯的必要呢?是的,只有分得清正误,才能增加我们对于自己民族的语言文字的理解。我们的理解已经够差劲的了。连老王之流这种对语言文字并不那么作专门学理研究的人都憋不住话了。能不能不让汉语语言文字毁在我们这一代人手里呢?别介,别价,千万别介呀!

"礼义"与"极权"

从很小时候,就常常听老师讲,也从报纸上看到,中国是一个"礼义之邦"。礼的原意是指社会的等级秩序,尊卑长幼,不可逾越挑战。义的原意是指做人的原则,敬人、利他、讲究道德上的完美与正确,而不是只知道眼皮子底下的蝇头小利。孟夫子反复强调的就是义比利更重要,要懂得义利之辨。再简单一点说,讲礼义,就是讲规矩、讲道理、讲人际关系与小我大我关系的应有准则。

当然,说中国是礼义之邦,与儒家的提倡与主张关系很大。儒家主张的君君臣臣父父子子,就是说当国君的要符合当国君的要求与规范,当臣子的要符合当臣子的要求与规范,当国君的要懂得事事时时按当国君的道理去做人行事,当臣子的要事事时时按当臣子的道理去做人行事。父子、夫妻、师徒、朋友之间也是同样。儒家的逻辑是,大家做人行事都合规范,都没有非礼之争与不义之行,这个社会还能不和谐稳定文明美好吗?

可以说礼义之邦的说法是一种儒家乌托邦:治民先治心,齐民先齐心,治国则先成为举国的表率榜样,然后是各安其心,各安其位,各安其业,自然天下太平,而不会发生逆反、背叛、争戳、犯罪,即不会发生违反礼义的不良人员与不良现象。没有了不良心术与言行,也就没有了不良人员,没有了不良人员,也就没有了不良事态事件。这自然有一点一厢情愿,而且忽略了社会的经济基础与运行体制方面的时时调整,但此说仍然被我历代国人百姓所接受,深入人心,不无道理,我们也不可予以一笔抹杀。

近年来,随着传统文化的日益走红,出现了一个新词:"礼仪之邦"。礼仪,更多地应该是讲致敬、行礼的仪式:从招手、握手、鞠躬、请安、屈膝礼、三跪九叩,到升旗、奏乐、鸣枪、鸣礼炮、铺红地毯、检阅三军仪仗队,此外还有献花圈、花篮、悬挂挽联、挽幛、立碑、默哀、祭扫、奏哀乐等对于亡者的礼仪。再往大里说,婚丧嫁娶、写信、上奏、送行、基建、上梁、开工、开业、行船下水、行车远行、生日、宴请、聚会、节庆、剧场演出、政治、外交、宗教与军事事件……各种礼仪,多了去啦。

把中国说成是礼仪之邦,我想不太明白,也找不到出处,更像是"礼义"之笔误。说中国是礼义之邦,这是为了弘扬儒学儒教,是为了发扬光大孔子的学说与教诲。把中国说成礼仪之邦,那就有点可笑,似乎中国人专门讲究外表形式、繁文缛节。其实改革开放以来我们的经验证明,我们的生活方式更多的是随意与方便,有些事倒是欧美人士比我们更讲礼仪,例如着装、女士优先、进剧场、在公共场合说话低声、打电话、接电话、叫服务员,或向有关办事人员提问的用语与腔调等。也有些事,我们的讲究更多一些,如雨天下属或子女给老板或父母打伞、搀扶老人等。对此看法不尽相同。

无论如何,在我们这里并没有把礼仪树立为立国安邦的基础。英语把礼仪之邦译作 state of ceremony,意即典礼之国,实在可笑。

还有一个词,极权,此词来自外国,是指极端的权力,即绝对的权力,没有民主、法制、制约、平衡,只有权力决定一切人的生死存亡荣辱,这当然是指法西斯式的独裁,这是一个贬义词。有些西方国家用这个词时包含了冷战思维与意识形态的排他性,那是另外的讨论,与语词本身的含意无关。

问题在于,目前我国,很多地方,人们错用了集权二字,实际上说的是极权。极权是极端的绝对的没有任何约束与制衡的专制;而集权,是指集中的管理的权力与体制。集权的反义词是分权、地方自治、区域或部门权限扩大等。极权的反义词则是民主、制约、监督、法制、法治。

可见,集权,是一个行政管理的概念,集权分权,是可以随时调整的,集权并不是一个贬义词。即使是最最标榜民主的国家,遇到战争或者灾害,都会适当地集中权力进行管理指挥。而极权,则与现代化的民主、监督、法制观念针锋相对,不为人取。

极权乎,集权乎,可是不敢大意呀!

2011 年

眷恋与忧思

如果让我选一首我最喜爱的唐诗，我想，我会毫不犹豫地选李白的《将进酒》。只"君不见，黄河之水天上来……"就已经让人醍醐灌顶了。

但最近一批搞接受美学的专家，根据古往今来被刊印、被评点、被收入诗选或文学史、成为论文的主题与出现在网上的频率，进行精确的数学与统计学的计算的结果，被选择为"唐诗排行榜"第一名的是崔颢的《黄鹤楼》（见《唐诗排行榜》，中华书局2011年9月版）。

这很有个思考头。

> 昔人已乘黄鹤去，此地空余黄鹤楼。
> 黄鹤一去不复返，白云千载空悠悠。

开头这四句，写得平顺，像口语，不吃力，不像作者闹了什么炼字炼句的功夫。但它有点纵深感，沧桑感。不是中国这样的古老文明国家的诗人，是不会有这样的四句诗的。黄鹤不返的故事里包含着许多不可考的往事，许多怀念与记忆。中华民族是一个富有记忆的民族，是一个往事千姿百态、魅力无穷的民族。失去了记忆的浅薄的信口开河的中国人，很难像是个真正的中国人。

> 晴川历历汉阳树，芳草萋萋鹦鹉洲。

这是最最关节的两句诗。晴川历历，历历在目，晴空下的大江即长江，这说的是中华长江流域的亲切地貌，大地与诗人的距离如同零。芳草萋萋,是草木繁盛,说的是此地的植被葱茏,好田好土。短短两句诗充分表达了对中华大地的眷恋、亲近、温暖的感受,是诗人对于中华怀抱的投入。这样的描写催人泪下。

日暮乡关何处是?烟波江上使人愁。

这两句又有些不同了。晴川历历,本来一切看得清清楚楚,可能是近看很清晰吧,远望呢?波浪如烟,看不到故乡了,崔颢有游子之叹了。除了对于中华大地的眷恋之外,诗人表现了某种忧思。眷之深,恋之诚,也就会忧之弥漫而思之牵心动情了。能不为之感动吗?

我年轻时常读俄苏文学作品,常常看到苏联文学评论家讲述的俄苏作家对于俄罗斯大地的忧思,例如契诃夫的《草原》,例如高尔基的某些作品,例如列昂诺夫的《俄罗斯森林》。我很感动。

我们的长篇小说中对于大地的描写可能不是特别多,但我们更是一个诗歌的民族。我们的诗里充满了对于中华大地的眷恋与忧思:"卿云烂兮,糺缦缦兮。日月光华,旦复旦兮。"是这样的。杜甫的"岱宗夫如何,齐鲁青未了",还有他的"无边落木萧萧下,不尽长江滚滚来";李白的"五岳寻仙不辞远,一生好入名山游"与"明月出天山,苍茫云海间";王维的"大漠孤烟直,长河落日圆"与"明月松间照,清泉石上流"……多着呢。其中,气魄大,用语自然,特别动人的,不能不想到崔颢的《黄鹤楼》。

诗之外,我们的一些辞赋名篇,也有许多这方面的内容。

从这个角度检视中国的古典文学,也许我们能有新的发现与感悟。

发表于《人民日报》2012年1月9日

诗词的时间与空间容量

　　大江东去,浪淘尽。千古风流人物。故垒西边,人道是,三国周郎赤壁。乱石崩云,惊涛拍岸,卷起千堆雪。江山如画,一时多少豪杰!

　　一上来"大江东去"四个字气势极大,空间极大。从赤壁向东流去的是长江之水,是乱石崩云(一作穿空)、惊涛拍岸之水,当然也就是虎虎生气、一往直前之水。同时,在中国,流水是时间的视觉符号,"子在川上曰:逝者如斯夫,不舍昼夜!"在我国,从最开始,逝水就是时间的符号,谈到逝水,一个空间的辽阔,一个时间的久长与永无止息,都表现出来了。"故垒西边",一个空间的横坐标上的点——赤壁,表达的却是历史纵坐标上的点——三国周郎。据说苏轼说的是湖北赤壁,并非当年的群英会、借东风的战场,倒也无妨。苏轼写的是胸怀与感受。"江山如画",是写景,着力点却是风景引起的感慨:"浪淘尽……一时多少豪杰!"

　　应该说,毛泽东的"江山如此多娇,引无数英雄竞折腰"中,也有这种气势与胸怀。

　　景是如画的江山,是千堆雪,是大江流日夜,是乱石与惊涛,是故垒西边,情是慨叹多少豪杰已随逝水东去,尤其是下半阕的妙语:

　　遥想公瑾当年,小乔初嫁了,雄姿英发,羽扇纶巾,谈笑间,樯橹灰飞烟灭。故国神游,多情应笑我,早生华发。人间如梦,

577

一尊还酹江月。

遥想当年，是思古之幽情，是望洋而起的叹息，是想象力、感受力的伸展与穿透，是对于一幅幅历史长卷的击节赞赏与缅怀沉醉，是对于本国本地本族群的过往的遐想与挽歌，也是对不舍昼夜的逝水的悲怀遣吐。故国神游，是带有概括性的总结，是文人墨客的抒写的情怀。他与曹操的吟咏"周公吐哺，天下归心"的自诩的心情大不相同。苏轼无意学三国的周郎，学诸葛孔明，学曹丞相孟德，他的追求与经验与三国故事人物之间缺少可比性，但他还是为之感动，为之神游，为之早生华发，为之触景生情，为之想到多情人对他的感慨的感慨，亦即为之想到情的漫延与互动。苏轼并为之兴人间如梦之叹，乃至用一樽酒祭奠江水与明月，祭奠江水反映的月光之影使他的诗余音袅袅，至今不绝。

中国的诗学，推崇的是格局，是境界，是心胸，是气度。中国的诗学讲究的是大空间之感，大时间之感，大心胸之感，大诗词之感。中国的士人自古就不喜欢那种鼠目寸光、斤斤计较、嘀嘀咕咕、小肚鸡肠。从苏轼此词的独占鳌头，也许我们能够对传统的诗词文化有更多的体会，对拓展自身的魂斗罗有更多的努力。

发表于《人民政协报》2012 年 3 月 12 日

从莫言获奖说起

文学、文学家、文学奖

　　文学多半会偏于理想性与浪漫主义,包括文学作品里的那些穷愁潦倒自嘲解构之语,正是出自敏感与激情的发扬。文学愤青多于别的行业的愤青,也往往是想得越高,火气就越大的表现。文学不但反映与关心形而下,也硬是带着某种虔敬的情怀直冲霄汉,直奔终极与形而上。

　　文学家则是人子。雅与俗、阔与窄、高与卑、清与浊,往往兼备,未能全然脱俗免俗。当然不同的作家,良莠不一,相互格调相差甚远。

　　某个或一些关心文学、或热爱迷恋文学的人,一些有一些权威与实力的团体,主持了文学奖的运转。如果主持评奖的人士确有较高的鉴赏判断能力与对于文学艺术的敬畏与忠诚,这样的文学奖,有可能使得万众瞩目,更使得一些作家心潮澎湃。

　　大体上文学奖与文学家的关系可以分为五种。第一,其作品并不理想,但沾了获奖的光,立马青云直上,他(或她,下同)是预支或超支了该奖项的权威与影响。

　　第二,他的作品极佳。不给他评奖,文学奖项的损失远远多于文学家个人的损失。例如托尔斯泰,他没有获过国际知名的大奖,受损失的不像是他本人。

第三，他已经大放光芒，由于获奖，本人是锦上添花，奖项是咸与荣焉。

第四，获奖者尚未被受众充分认识，评奖人慧眼早识，证明了该奖项的伟大超前，近乎文学伯乐。某人获奖了，本地域的人们不知其为何许人，这样的事屡见不鲜。

第五，大致作品也还不错，公众基本认同，类似的作者也并不乏人，但得了奖啦，好事，算是顺理成章，也算幸运之极。

从长远看，从真正的文学史上看，则文学奖对文学的意义有限。古今中外，屈原、曹雪芹、托尔斯泰、巴尔扎克……谁得过什么大奖？即使得过也早被历史所遗忘或者忽略。

我们这里有一个奇怪的现象：重奖而轻文学，视境外大奖如神明，视本国的文学劳作如粪土。这里有第三世界国家的文化虚无主义，有急于走向世界的浮躁心理，有庸人的无知，也有依靠境外的认可来给自己壮胆的怯懦……

所以我多次套用一个电视广告词：某某某某大奖办得好，不如文学作品好。

诺贝尔文学奖、文学、政治

诺贝尔文学奖是目前世界上影响最大的一个奖项。诺贝尔文学奖多次与一些国家的政府发生政治的龃龉。原因之一是诺贝尔文学奖是由北欧瑞典文学院的有关院士们决定取舍的。他们一九六〇年代给苏联的帕斯捷尔纳克的《日瓦戈医生》发奖，使帕斯捷尔纳克受到苏联官方极大压力，被开除了苏联作协会籍，他只能选择拒奖，而晚年的赫鲁晓夫则对此事感到愧疚。

后来此奖发给了苏联的索尔仁尼琴，苏联政府的反应则是吊销了索的护照。

诺奖也与苏联有过较愉快的打交道的记录：发奖给肖洛霍夫，肖是苏共中央委员,曾跟随赫鲁晓夫访问美国,被赫称为他们的文化的伟大代表。

同时诺奖也有选择西方国家的左翼作家的记录。一九七九年,诺奖给了当时西德的伯尔。德国政府并不欢迎,这是时任驻华大使的作家厄温·魏克德对中国作协一批人说过的,但德国总理还是登门向伯尔表示了礼貌的祝贺。

在中国具有重大影响的哥伦比亚作家马尔克斯则碰到更多的麻烦。美国政府曾经拒绝他的入境。一九八六年春我在纽约参加第四十八届国际笔会时,美国作家为此事向出席致词的国务卿舒尔茨强烈抗议,哄了个不亦乐乎。

诺奖奖过葡萄牙共产党员、阿拉法特的好友、作家萨玛拉贡。

诺奖已经与中国方面发生过一些问题,留下了歧异的记忆,曾被认为它们在政治上是不怀好意的。此次给莫言发奖,比较起来,算是有较高的认同度。

主持诺奖的瑞典学者不承认他们发奖有政治动机,但仍然看得出他们的政治倾向。中国作家也没有几个人承认自己是为政治写作,但也能看出作品的政治含义。问题是对于优秀的文学成果来说,更重要的是生活,是心灵的倾吐,生活与心灵不可能绝对地摒除政治,但生活与倾吐却更加宽泛丰沛、更加原生态、更加直观、更加富有多义性、弹性,阅读与讨论起来有极大的解释空间。例如《红楼梦》。中国的作者与读者有足够的经验,知道狭隘地阐释文学作品有多么愚蠢,多么有害,多么可悲。

莫言获奖是一件好事

无论如何,莫言获奖是好事。它鼓励了在"网络时代"文学将会式微的鼓噪声中对认真的文学写作的坚守;它表达了对莫言的熟悉本土人民生活、富有艺术感受与想象能力、井喷式的创作激情与坚持不懈的劳作精神的肯定；它表达了人们对中国当代文学的关注。

一些人，先是赌咒发誓地否认任何国内作家获此奖的可能，后来又一再提醒奖了也只是奖个人，与你中国或中国文学无关。其实任何一个作家的成果都不可能完全脱离开当时当地的人文环境，在高度肯定莫言的时候，我们不会忘记与莫言同时代的中国作家，例如韩少功、贾平凹、铁凝、王安忆、余华、张承志、张抗抗、张炜……（以姓名汉语拼音为序）

接着出现了痛批莫言与另一个华裔获奖者的文章。文无第一，武无第二。对莫言的作品见仁见智，有所期待，有所不满足，这是很正常的。第一，他确实写得很好，早在三十余年前，我读了他的《爆炸》，已经感慨于他的艺术感觉的细腻与敏锐，并叹息自己的年岁日长。第二，他的写作绝对不是无懈可击。第三，文人之间，互不买账，乃是常态。

至于说莫言的作品是皇帝的新衣，则莫如说许多大权威包括此大奖"新衣"，有它的另一面，即破绽的一面。岂止是莫言被嘲"新衣"，在托尔斯泰眼中，莎士比亚剧作也是"新衣"。在陀思妥耶夫斯基眼中，屠格涅夫与别林斯基都很烦人。重要的诺贝尔文学奖，二战以来，一年一个得主，至今六十七年过去，有几个在中国获得了巨大的影响的？你能说出几个人的名字来？

视某奖及其得主是神明，那是无知与幼稚。动辄虚无化本国的一切，则是幼稚加上了粗野与卑贱。得了奖就顶礼膜拜，那是暴发户的天真。国人得了奖就百般贬低，是偏见的搅和。这是一个文学话题，应该足够文学地实事求是地思考与讨论它，不能把它庸俗化、泡沫化、八卦化了。

发表于《人民日报（海外版）》2012 年 11 月 13 日

浏览、阅读与我们精神生活的质量

便捷与舒适的浏览所得，至多是浅浅的一层表皮，它不能代替长久的专注。我们不能忘记高端的文化追求与文化献身，我们要善待科学技术与各种时尚产品，我们更要善待自身的头脑与古往今来的治学传统与经验

网络简化了一切？

先是广播电视的发展，然后是电脑、网络、手机的发展，使获取信息变得越来越便捷与舒适了。早在视听电器的控制板使用以后，已经有有识之士提出，人们的注意力的频频变换，会造成心神不定、迅速转移、信息杂乱，只剩下了走马观花，再无聚精会神与认真钻研，也再无精神活动的深刻性与高端性的问题了。

是的，当今信息工具、信息处理手段的性能与科学技术含量日新月异地膨胀着，例如电脑，例如异军突起的 iPad 与 iPhone 手机。同时对使用这些工具的主体——人的要求却越来越低了。为了推销作为商品的这些手段，它们的操作必须迎合最低最低最小、近于白痴的智商人的方便与要求。工具越先进，其操作就必须越简单，你只消敲几个键，要什么就有什么了。它比以往的读书、查书、抄书、背书、思考、温习……不知简便了多少。

现代人，几乎通过网络简化了一切，网络可以安排旅行、代办机

票、餐饮、住宿、各种手续,可以淘宝购物投资理财保险,可以网恋交友觅偶,可以问事、查字查词翻译,可以代行银行、邮递直至医药业务。甚至于,求职、求爱、申请补助、检讨错误、学位论文、结婚离婚的种种文本,也都可以从网上找到范本,可以照抄,也可以略施小计,改头换面,十分钟完成过去要几个半天才能做好的事情。

民主性与盲目性同时存在

在我国,网络的发展还带来了群众的民主参与及监督的便捷,一些坏人坏事就是网民们首先发现并群起而攻之的,国家领导人也开始应用网络与网民直接对话。这当然很好。

网络的发展会形成、有时是骤然形成强大的网民舆论,强大的道德谴责,仇官、仇富、仇名人,形成无法查对也拒绝推敲的众口一词,其民主性与盲目性,草根性与"多数的暴政"性同时存在。

网络的发展还带来巨大的经济效益,网上的商业活动与交际公关活动迅猛发展、势不可当。而一个点击率高的微博写手,他的一百多字的微博效益远远高于一个专家的专门学术著述。

同时,纸质的媒体开始受到挤压,读书的风气一再被上网浏览所削弱。所谓主流的媒体受到百般嘲笑。有人预言网络时代的到来,有人预言文学与书籍的式微。看电视听广播当然比读书更直观更有感官刺激也更解闷与舒适。看电视上美女与猛男的床戏当然比读《红楼梦》里的爱情描写更火爆。而电脑的发达与俯首听命更比广播电视丰富好看好使得多。于是越来越多的人鄙视冷落学术与艺术大家。市场欢迎的当然是能便捷与舒适地获取信息的手段及相关产品。

操控我们的头脑与灵魂?

便捷与舒适使受众获得的信息百倍千倍地增长,数量大增的信息刺激了获得更多更有趣更刺激的信息的欲望与永无缓解的信息饥饿症。公认的浮躁流行病的后果是更加成倍地浮躁。于是以秒计算浏览时间的微博与博客代替了花费数小时才能读完的论文,更代替了花费数月乃至数年才能攻下来的长篇巨著,成为受众的宠儿。有时,粗野与狰狞成为吸引眼球的"风格"。碎片化的"思想",耍笑化的"段子",俏皮话的"自得",八卦式的"渊博",不文明的"争论",歪曲变形的"流行新词",千奇百怪的化名与潮起潮落式的以与人为恶为特色的声讨与人肉搜索,已经相当程度地代替了传统传媒与言论文明,成为所谓P民与屌丝(指草民)们饕餮的精神食粮。同时它们与传统传媒特别是主流传媒分割成了两重天地,与传统传媒成为互相不怎么沟通的两个世界。一边是讴歌、赞叹、豪言、比好还好,一边是牢骚、爆料、捅破、根本不信。真假难分、是非难分、谣言与证词难分。而对真正高端的文化与理论乃至信息精品,越来越少人问津了。

全世界已经有越来越多的有识之士指出,网络化乃至现代性的结果,除了各种方便与推进以外,也可能带来精神生活浅薄化、快餐化、碎片化与单一化的危机,有可能培养出一大批什么都知道一点点,什么都是人云亦云、半真半假,而没有自己的感悟,没有自己的查证、没有自己的任何创见的"聪明的白痴"式的网络信息小贩;有可能让手段先进的媒介,操控我们的头脑与灵魂。说得严重一点,就是便捷化与舒适化有可能制造浅薄化与白痴化。

不能忘记高端的文化追求与文化献身

当然不是说先进的智能工具不好。而是说,作为一个伟大的古老的文明国家的中华儿女,至少其中的一部分比较优秀的人士,完全可以做到在任何情况下不放弃苦读与苦学的传统,不放弃自身的头脑的选择、消化、辨识、质疑、延伸、推导、洞察、发现与发明的功能,不放弃书山有路勤为径,学海无涯苦作舟的理念,不放弃明窗净几、潜心阅读的快乐与庄严，不满足于聪明的白痴随时卖弄白痴的聪明，以真正的经典的学者、发明家、思想家、科学家、文学家为榜样，阅读经典、守卫经典、致力于深刻的发明创造，而不仅是开拓市场与凑热闹，不仅仅是混个点击率，而是做出无愧于祖先与后人的对于精神瑰宝的贡献。

我们一定知道，学习、实践或实验、研究、思考、创造，是不可能便捷化与舒适化的。便捷与舒适的浏览所得，至多是浅浅的一层表皮，它不能代替长久的专注。精益求精的刻苦，永不停息的探索，反复的查证与纠错，系统的阅读与钻研，既能登高望远，又能见微知著独特发现。取法乎上，仅得其中。我们不能忘记高端的文化追求与文化献身，我们要善待科学技术与各种时尚产品，我们更要善待自身的头脑与古往今来的治学传统与经验。

2012 年 10 月 26 日

莫言获奖与我们的文化心态

二〇一二年,莫言获得了内外瞩目的诺贝尔文学奖,然后出现了各种说法。现以此为典型案例,作分析如下:

第一,诺贝尔文学奖是当代影响最大的一个世界性的奖,它有相当长久的历史,有北欧的大致上是社会民主主义的意识形态背景,有一批年老的,相当认真地从事着评奖事业的专家,有相当的公信力与权威性,同时也因其不足与缺陷而不断受到质疑与批评指责。

第二,它是西方世界的主流文化强势文化的符号,从事这项评奖工作的个别专家,确实也有自我感觉良好的种种表现,对中国的文学常意在指点。中国的一些人士,则对之又爱又恨,又羡又疑,又想靠近又怕上当,既想沾光贴金扩大影响,又怕被吃掉被融化演变吃亏。有些写作人,像小蜜蜂一样地围着被视为权威的评奖人士飞舞(语出香港作家黄维樑教授),希望通过此奖的认可来为自身加分求证添利。它反映了第三世界的正在迅速崛起、和平崛起的我国,在文化上还缺少足够的清醒的自觉与自信,对外部事务的知晓也还有待推进。我们可以通过莫言获奖这一好事,总结提高以非强势非世界主流的古老独特文化、面对强势主流文化时的各种经历与经验教训,我们应该逐步树立不卑不亢、实事求是、明朗阳光、该推则推、该就则就的敢于正视、敢于交锋、敢于合作、敢于共享的通情达理、尊严、自信、坦然的态度。

第三,我们现在很提倡中华文化的"走出去",一出国门,就会碰到同样一个非强势非主流文化面对强势与主流文化的问题,有时候你不想讲意识形态,但西方意识形态的代理人们揪住你的意识形态不放。有时候对方认为他讲的是并无意识形态色彩的普适价值或专业学术,但是引起你的意识形态的深恐上当的警觉,尴尬而且踌躇为难。这方面的自觉与自信,应该落实为从容不迫与实事求是,落实为眼界拓宽、心胸扩大、知己知人,追求真理。不必花一大堆钱到处送票然后吹嘘自己进了什么欧美演出大厅,也不必一言不合便断定对方亡我之心不死。简单地说,我们要大大方方,彻底超越、摒弃、清除义和团对八国联军的心态与逻辑。当然,看到那些八国联军式的高高在上的对中国的指手画脚,也令人觉得他们还迷迷糊糊地生活在庚子年间。

第四,文无第一,武无第二。文学是语言的艺术,是十分个性化、风格化的创造,它的接受、欣赏、评析、传播也是与受众个人的个性与风格爱好分不开。诗仙诗圣,唐宋八大家,托尔斯泰与巴尔扎克,普希金与拜伦、雪莱,哪个第一,哪个次之,岂有公认定论?奖励文学,排名次,是非常困难非常冒险的事情。但是在当今信息化、媒体化、市场化的时代,寂寞的文学与它的主体即作家们,他们中的多数人,其实相当愿意得到社会的扶持乃至炒作。与此同时,一些掌握了相当的社会资源的人士,有志于通过评奖推动文学事业,发现尚未被认识的文学天才,向受众推荐优秀的文学作品,直至从财务上支持作家并客观上支持严肃的文学出版事业,这是一件好事,是值得欢迎与赞扬的义举。

第五,文学奖搞得再好,它不是一个文艺学、语言艺术、美学、小说学或诗学的范畴,它主观上是一种文化友好加慈善的活动,最多是文化活动文化事业文化行为,不是文化创造更不是文学创造本身。客观上它已经成为重要的传播手段,是可能获得巨大成功的品牌营销,是文学的推手,当然也是已有成绩的文学家的美梦,是名利双收的大喜事,是为自己的作品与知名度进行促销的天字第一号手段。

第六,生活中常常让你觉得大奖比被奖的文学作品与作家更牛得多。一本好书出了,不过如此,大奖拿上了,响动甚巨。原因是大奖调动了社会资源,与国家、权力、财力结合在一起(如诺贝尔奖是由瑞典国王授予的,芥川龙之介奖是由日本天皇授予的。法国的龚古尔奖,美国的普利策奖,也都有很高的规格。同样,龚奖也受到为出版商谋利的批评),堂堂皇皇地闯入文学的象牙之塔(如果当真有这样的塔的话),以世俗之力去干预有脱俗之心的语言艺术。这样,各种奖被传媒与大众所十分关注。而单枪匹马的作家,没有这种实力。

第七,好的文学奖最感人的是它的伯乐作用。一个默默无闻的爬格子——敲键者,一登龙门,身价百倍,正是大奖最令人敬佩和感激之处。但是大奖也可能挂一漏万,也可能有遗珠之恨,也可能有看走了眼的地方,这也难免。前者我们可以举出海明威与加西亚·马尔克斯,后者我们可以举出一大批旧俄作家。对此,我们可以客观评价。既不必苛求苛责,也不必对某奖顶礼膜拜。我早就喜欢说的一句话是模仿一个电视广告词:"诺贝尔文学奖做得好,不如文学好。"

第八,文学追求脱俗,作家与做奖,不可能绝对免俗。作家与做奖,都是肉体凡胎的人类干的活。获奖者不是神仙。奖不是天赐金钟罩或飞天成仙灵药。各种世俗生活中都有失误或缺陷,作家与做奖都不例外,这不足为奇。我愿意相信主办此奖的专家的纯洁心意,但世俗中的人的判断受到世俗因素的影响,也属正常,例如受到国际形势、国家关系的影响,受到本身的价值取向的局限,受到社会风气时尚的影响(有时候刻意地去反时尚,也是受到时尚影响的表现),受到语种与翻译的影响,受到影视戏剧视听作品的咋咋呼呼的影响,乃至存在着某种公关活动的影响等,都是可能的,都是可以理解的。同时我们不能否认关键的关键仍然是作品。没有好的作品,能翻译好?能搞出好的配方?能响出动静或拉好关系?能碰上铃兰花(瑞典国花)运?离开了文学作品谈某某获奖,那都是庸人论文,是将文学奖与文学干脆八卦化。

第九,诺贝尔文学奖与社会主义国家发生过不少碰撞。苏联帕斯捷尔纳克与索尔仁尼琴的获奖,都得到了苏联当局的负面反应。但肖洛霍夫获奖,则是皆大欢喜。我们不妨注意一下,诺奖颁发也曾与美国龃龉。包括对莫言影响甚大的诺奖得主加西亚·马尔克斯,是卡斯特罗的好友,他曾长期被美国政府禁止入境,并因此受到美国作家的强烈抗议。诺奖也奖过阿拉法特的友人,葡萄牙共产党人作家萨拉玛戈、意大利左翼剧作家迪里奥·福等。我们最好不要简单地将此奖视为异己敌对势力的表演,正如不能将瑞典学者视为中国文学的考官与裁判一样。

第十,莫言获奖当然不是偶然。他的细腻的艺术感觉,超勇的想象力,对于本土人民特别是农村生活的熟悉,他的沉重感、荒诞感、幽默感与同情心,他的犀利与审丑,他的井喷一般的创作激情与对于小说创作的坚守,都使他脱颖而出。早在十一年前,日本诺奖得主大江健三郎就在北京预见了莫言将获此奖。

第十一,有人不喜欢莫言的作品,指出他写作上的某些粗糙乃至粗野粗鄙。这里有个性上的隔膜,也有言之有理的真知灼见。大奖并不能帮助作品的完善,这些评议是完全正常的,乃至是有益的。

第十二,说莫言的作品是皇帝的新衣,不如说许多庞然大物有皇帝新衣即破绽的一面。这奖那奖也未尝没有破绽,人类文明、民族传统、普适价值,吹得上了天的令人目眩神迷的说法,都不是无懈可击的。托尔斯泰大贬莎士比亚,陀思妥耶夫斯基厌烦屠格涅夫与别林斯基,都有他的道理,也都不是结论定论。

第十三,文学的魅力之一是它的可解读性,即它具有相对阔大的解读空间与分析弹性。对于一部文学作品,完全可以你解读你的,我解读我的。不能因为别人的解读不合我们的意就疑神疑鬼,也不必跟着北欧的风起舞,甚至于也用不着急于给莫言搞操行评语。至于将对莫言获奖的讨论变成对莫言的政治鉴定,责备莫言尚未做到又白又专,成为现行体制的敌手,那种立论,廉价、偏颇、浅俗,几近疯狂。

第十四,莫言获奖的最大积极意义在于,他使中国堂而皇之地走向了牛气十足的"诺贝尔",也使"诺贝尔"大大方方地走进了摸着石头过河的中国。所谓诺贝尔文学奖出现了真正的中国元素。也就是中国文学中出现了认真的诺贝尔元素。这与主观动机与一厢情愿的解读无干,莫言获奖意味着互相的承认。莫言在瑞典学院的讲话《讲故事的人》获得了诺贝尔所在地的知识界的好评,也全文刊登在了《人民日报·海外版》上,这太好了。它有利于民族、本土、中国特色与西欧、北美、基督教文明即所谓普适或普世的交通直至对接,用文学的夸张来说,它有利于世界和平与和谐世界、和谐社会的构建、文化的繁荣发展走出去与请进来。如果此后中国出现十个二十个更多的莫言与获奖事态,中国将会有所不同,世界将会有所不同。它的意义要慢慢地看。一些持反面看法的鼓噪者,正是力图用零和模式,用非此即彼的思路来简化世界。

第十五,诺奖开始运作以来,已经颁奖给一百多位作家,真正对文学事业产生巨大影响的人物与作品,其实有限。有人视诺奖为神明,视本土作家为粪土,这是面对强势文化的第三世界国家的文化虚无主义表现,也是十足的愚蠢与幼稚无知。

第十六,某种情况下,文学有某种边缘化的趋势。加上信息科学的迅猛发展,视听、网络的冲击,传统的严肃的文学写作目前远非一帆风顺。这种情势下的莫言获奖,是大好事,瑞典科学院对于文学事业的坚守,也值得赞扬。顺水推舟,借力打力,我们何不趁此机会多谈谈文学?

第十七,无疑,此奖是发给莫言个人的,但个人的写作有自己的语境、同行、人文环境。在莫言获奖的同时,我们想到毕飞宇、迟子建、贾平凹、韩少功、刘震云、舒婷、铁凝、王安忆、阎连科、余华、张承志、张抗抗、张炜(以姓名汉语拼音首个字母为序)等优秀作家的劳绩,我们不能不珍视,不自觉与自信于我们的当代文学创作。

第十八,一些国家自身的作家作品成就与影响一般,但他们奖项轰轰烈烈。大大增加了他们的人文话语份额与人文气势。与其抱怨旁人,不如当仁不让。我希望,首先,中国自己的文学奖,应该办得更好更权威更有规格。奖金应大幅提高,发奖最好是国家领导人出面。其次,中国应该举办世界性文学大奖,至少是华语文学大奖。

发表于《读书》2013年第1期

噱头与警报

就事论事地说,媒体上报道的《红楼梦》高居"死活读不下去的书"的排行榜首,《追忆似水年华》《尤利西斯》被命名为"十年以上有期徒刑"必备书目,只不过是个噱头。

可能是我们社会的急剧发展与变化正在引起各式的躁动、浮想、惶惑与无奈吧,我们的生活中我们的手机上正在出现各种荒诞无稽、似是而非却又不吐不快的"段子"。段子描写多了,生活本身似乎也正在离奇化、幽默化、段子化、噱头化,同时无所谓化。

最近传播的"死活读不下去的书",就是这样一类段子的一种。

找三千名网民,多半是青年"网虫",用微博之类的方式调查"死活读不下去的书",本来可以有更荒谬更大胆的结果。例如,有许多被调查者根本没有能力阅读甚至少有可能知道其存在的巨书、专业书、古文书、外文书、实用书、应考书等,网调没有提这些,因为这里有默契也有引导,这里要生事要吸引眼球的恰恰是一些如雷贯耳大名鼎鼎的书,是一些已经畅销了几十年几百年或者更长时间的书,是一些一时的畅销书不能望其项背的书。在一帮子微博网青中提到这些他们读不下去的书名,已经证明了这些书的无法绕过、无法否定,已经是经典书籍而不是时尚书籍的胜利。

如所周知,上网的人口是全国人口中较有文化的部分,可是在有文化、相对受过较好教育的人口中,耽于上网者又往往是其中教育文化程度较差的那一部分。从十几亿人口的一个大国找三千个网民博民,搞阅读调查,如同在芭蕾舞团里调查京剧票友的诉求,在寺庙里调查计划生育的措施体验,在黑龙江评选最喜欢的粤剧名角,在新加坡搞征文要求描写白雪一样,太不靠谱啦。顺便说一下三千与全国人口的比例约是四十三万分之一。

经典并不从数量上取得阅读优势,这本是司空见惯的事情。全国知识界、文艺界人士中,有多少人从头到尾读过《诗经》?外国文学的爱好者中,究竟有几多人认真读过《伊里亚特》《奥德赛》与《神曲》?热心于谈论经济问题的人又有几个人认真读过《原富》与《资本论》?

我个人就愿意从实招认,许多中外经典名著,我都谈不到认真与完整地阅读过。只有《红楼梦》,我从头到尾不知读过多少遍,而且还要继续读下去。托尔斯泰的《安娜·卡列尼娜》与《复活》,虽然被我激赏得五体投地,但他的《战争与和平》,我始终没有足够认真地读完。《追忆似水年华》的头几章叫我入迷,但我也没有坚持读下去。甚至在我国大行其道的《百年孤独》,一连几次,我都是读了四分之三后便不再准备读完了,个中原因不必细说。同时,我绝对不认为我的未读、读而不完,能说明那些名著与经典受到了什么冒犯或贬损,我不认为我的阅读情况于这些经典来说有太大的意义,不认为它值得挂齿。对于那些部头特大的书籍的阅读状况,本不必太在意。经典已经存在了几代、几十代、几百几千代,经典属于永恒,属于历史,属于人类文化与民族记忆,经典名著的地位绝对不是一个什么毫无科学性郑重性可言的微博统计所能撼动的。

顺便说一下,《红楼梦》是在新中国才取得了今天的崇高地位的。胡适对《红楼梦》的评价不高(见胡适与高扬的通信),谢冰心也曾经亲口告诉我:"我最不喜欢《红楼梦》了。"谢老的青年时代充溢着爱国救亡激情,她耐不下性子读卿卿我我、吃茶饮酒的《红楼梦》。

伟大如谢冰心,她的不喜《红楼梦》也没有给名著任何损害。我们还可以举出例子,托尔斯泰极其不喜欢莎士比亚,陀思妥耶夫斯基不喜欢屠格涅夫与别林斯基,颇有人不喜欢鲁迅却不一定是由于思想反动,而与我相识的当红作家中,不止一个人没有读过《红楼梦》,其中有同代人,至于年轻一代二代,更多。

但这一八卦新闻又不全是无聊。信息手段的突飞猛进,正在改变着阅读,特别是青年人的阅读习惯。获得信息的便捷化、舒适化、批量化、海量化、一体即统一化亦即人云亦云化,在扩大着文化民主、群众监督、信息共享的同时,也正制造着阅读的浏览化、接受的浅薄化、思考判断的匆忙化、精神能力的退化、思想认识的碎片化、非专注化、传播与相互响应的平均数化即非深刻化非独到化非精英化非高端化,还有所谓公意的廉价化乃至极端化煽情化大呼隆化起哄化。

阅读可能是消遣,但更重要的它是一种劳动。它是学习与自我的洗礼,它需要一定的精神的紧张度,它需要"朝闻道夕死可矣"的追求真理的执着精神,它需要提升自身精神品质的攀登志向,它需要类似沐浴焚香、明窗净几、聚精会神、碧落黄泉、四方八极的庄重、虔敬、钻研、想象与求证、复核的过程。而某些网民网青网虫们正在被培养成有谈资无学问、有信息无思想、有口才无见识、有段子无真知、有小品无大戏、有说法无头脑,快餐型、斗嘴型、万事通型、绝对不负任何责任型直到谩骂型的"聪明"的白痴。

还有一个严肃的问题,在市场与传媒的热闹红火的同时,在领导者越来越将文化建设看重、追求文化事业产业上的政绩的同时,我们需要有更专业更高端更深刻更有见识也更有公信力的文化大家、专家、师长。他们必须发出声音。文化如海,有浅层次的海藻浮萍,也有深处的珊瑚乃至"定海神针";文化如山,有山脚下的杂草也有山顶的雪莲巨石昆仑玉。至少,我们的大学,我们的科研机构,我们的文艺团体,应该鲜明地坚守文化品位、阅读品位,哪怕做到的只有一部分人,仍要坚持不懈地提倡真正的文化经典,令那些因无知与愚昧而获得点击率的白痴行动更收敛些。

我们还可以思考另一个问题,是信息社会、信息技术在考验经典呢,还是经典与人类的全部文明正在考验信息技术呢？在信息化社会,中国还有没有可能出现类似先秦的百家争鸣的盛况？欧洲还有没有可能出现类似文艺复兴时期的文化盛况？在亿万网民收段子、尚恶搞、开展恶毒对骂将智力发挥到"翠花上酸菜"与"你妈叫你回家吃饭"的时刻,究竟还有几多人在维系人类的与中国的文脉,我们究竟将拥有怎样的文化阵容文化品位文化质量？我们不能不认真地思考一番了。

发表于《博览群书》2013 年第 8 期

重拾艺术评论的尊严

我们的文化生活、生态、观念正在发生重要的变化。其中一个现象就是市场与传播的力量日益壮大,艺术传播与接受的便捷性、大众性、消费性、参与性飞速增长,而其高端性、经典性、严肃性、思想性的式微,令人不无忧虑。就是说,市场营销与传播造势的成功有可能替代思想与艺术的成功成为艺术从业者的首要追求,金钱与公关有可能左右传播舆论替代与弱化艺术评论,搞笑有可能替代幽默与讽刺,煽情有可能替代庄严的探求,消费化、轻佻化、空心化、碎片化、快餐化,有可能弱化艺术的献身与投入精神,无厘头化、垃圾化正在败坏广大受众的艺术品位与鉴别能力。

关键在于必须具有强有力的艺术评论。一个社会有大量的消费性、便捷性、消磨时间性的艺术商品,不足为奇也不足为病,不足为患,想让这些东西出列,根本不可能。问题是不能够仅有这些通俗与消费,还要有高端,有文化的含量,有民族的传统与精神,有面向世界的眼光与胸怀,有对待人生与艺术的苦苦追求,有对于人性的深刻挖掘,有对于真理与艺术品级的忠诚坚守,有对于消费性艺术品类的包容与清醒,更有艺术高端从业者应有的尊严、坚决与鲜明,我们的艺术评论关注的应该主要是这些高品级的东西,并且要让全社会懂得珍惜、尊敬与追求高品级的经典的艺术。

还有就是同样是通俗或自命高端,也还可以分个三六九等,我们的艺术评论要告诉社会,什么是真正的高端艺术,什么是通俗作品中的翘楚即雅俗共赏的瑰宝，什么是令人痛心的无聊迎合与品级滑坡，什么是哗众取宠与装腔作势。

我常常想起一九八二年访美时的一件事，我到康州戏剧作家阿瑟·米勒家做客，祝贺这位已经由于《推销员之死》的翻译与演出而被我国人民熟知的大家又有新剧作上演。但他的回应是忧心忡忡，他说，《纽约时报》的剧评版至今还没有表态。我很奇怪，以他的重量级身份会那么在意一家报纸的评论。不幸的是，果然，不久该报上出现了否定他新剧作的评论文章，而且似乎成了定论。

这在很大程度上决定于我们的艺术评论的态度、水准、公信力、权威性、使命感。我们似乎还没有这样的具有高度的学术性、专业性、严肃性、权威性与公信力的评论，原因是还需要提倡，需要不滥用行政性资源，需要树立对于艺术专业的敬意与慎重负责的态度，需要树立评论的不屈、不淫、不移、不跟风，拒绝与揭露炒作的独立品格。我们还需要树立在艺术上看高不看低的观念。就是说，与竞技体育一样，我们只能大致从精英成绩上评估这个领域的水准，如我们只能以屈原、李、杜来标志与评估我国的古典诗歌成就，而不可能顾得上各个朝代随时随地可能出现的二三流诗人与他们的作品。如今我们可以参考与掌握票房、销量、点击量、出镜率、商业效益的状况，却不可以以之替代艺术本身的标准，我们更不可能为了红包、友谊与公关而向受众发出错误的信息，我们的文学评论、艺术评论应该懂得爱惜自身的形象。吾爱吾师吾友吾领导吾酬金，吾更爱艺术与文化。

在《艺术评论》创刊十周年的时候，我们赞美刊物的宗旨与实绩，同时对它寄予很大的希望：发展艺术评论，强化艺术评论，与创作、表演、导演及各方面的艺术家一道，为真正无愧于我们的历史与时代的艺术生产，为提高全民的审美素质，为真正的中华民族的艺术高峰的崛起，为我们的文化事业的精进做出贡献。

发表于《艺术评论》2013 年第 10 期

情系阅读话今昔

回首往日,读书的感觉是多么甘美,读书的光阴是多么珍贵,读书的收获是多么丰饶,读书的心境又是多么清爽。

不能忘记九岁时(一九四二年)到"民众教育馆"借阅雨果(当时的译名是嚣俄)著《悲惨世界》的情景:冬天,当日"配给"的煤烧完,炉火熄灭,馆内的两名工作人员因为我的贪读而不能下班,他们和颜悦色地与我商量:下次再来读书好不好?而我正沉浸在以德报怨的主教对冉阿让的灵魂冲击里,我相信着,人本来应该有多么的好,而我们硬是把自己做坏了。在寒冷与对别人的歉疚感中,我又读了十一页。

不能忘记十来岁时我对《大学》《孝经》《唐诗三百首》和苏辛词等的狂热阅读与高声朗读背诵,那也是一种体验:人可以变得更雅训,道理可以铸就人格,规范可以塑造尊严与骄傲。

不能忘记十一二岁时从地下党员那里借来的华岗著《社会发展史纲》、艾思奇著《大众哲学》、新知书店的社会科学丛书如杜民著《论社会主义革命》、黄炎培的《延安归来》与赵树理的《李有才板话》,那是盗来的火种,那是真理之树上的禁果,那是吹开雾霾的强风,读了这些书,像是吃饱饭添了力气,又像是冲浪时跃上了波峰。

不能忘记十八九岁时对于大量国内外文学经典的沉潜:鲁迅使我严峻,巴金使我燃烧,托尔斯泰使我赞美,巴尔扎克使我警悚,雨果使我震撼,契诃夫使我温柔忧郁,法捷耶夫使我敬仰感叹……而在艰难的时刻，是狄更斯陪伴了我，使我知道人必须经受风雨雷电、惊涛骇浪。

甚至在"文革"那种绝非适于读书的日子里，我仍然乐此不疲地偷偷阅读着阿拉木图、塔什干等地出版的维吾尔文、乌兹别克文作品，还有以上语种斯拉夫字母版的图书《纳瓦依》《布哈拉纪事》《骆驼羊眼睛》，乃至阅读、背诵、手抄波斯诗人奥马尔·海亚姆《鲁拜集》的乌兹别克译文。

阅读使我充实，阅读使我开阔，阅读使我成长，阅读使我聪明而且坚强，阅读使我绝处逢生，阅读使我在困惑中保持快乐地前进。

如今却也有忧虑：是不是现在的儿童，现在的青少年，不再像我们当年那样热衷于阅读了呢？他们的生活与获取信息的手段是多么地便捷、舒适与多样啊。不一定读书籍报刊，只是看看电视或者从网上浏览一些图片与段子，他们就以为自己已然知道某些国内外大事与某些大名鼎鼎的书刊之大概了。

不一定也不需要弄得太清楚，你只要有手机，就能知道哪个官员出了丑，哪个大人物要倒霉，哪个名人的家庭成员犯了事，还有哪样食品吃死了人。当然也知道了哪个鸟叔成了世界第一的舞蹈明星，还有哪个五岁的孩子出版了他或她的第一本诗集。还有许多民意：要强硬，要严惩，要撤换，要上粗口，要敢于闹腾、折腾、翻腾、倒腾哟！

甚至越来越多的人没有认真读过，只不过是看了一眼视听节目，觉得一般乃至乏味，便大大败坏了对于经典作品的胃口。

不止一个人听到了洋人的只言片语，于是便在那里大言不惭地宣告纸质书籍的式微、文学的终结、小说的衰亡、语言符号在更加直观一百倍的多媒体与信息量极大的网络面前的窘境了。已经不止一个人用网上的浏览来代替专心致志的阅读，用虚拟的世界代替真实的体验与思考，甚至连游戏、竞技也龟缩在电脑的显示器前，数小时不离屏幕与键盘一步了。

然而，轻松愉快、马马虎虎的浏览当真能替代潜心认真的阅读，我们有时候称之为"攻读"的强心力劳动吗？获取信息的便捷化与舒适化，究竟是在发展我们的思维能力还是相反呢？听听歌曲音乐，看看千姿百态的演员表演或现场录像，果真能代替反复默诵与咀嚼、反复温习与消化那些花朵般、金子般、火焰般、匕首与针刺般的言语、段落、章节与鸿篇巨著吗？还有我们所说的信息，究竟只是一个数量的概念呢，还是应该具有深度与品质的追求呢？视听信息能取代学问、智慧、理念、心胸与一个人的全部格局吗？

不，绝不可能。心理学家、教育学家、语言学家与生理学家都已经判定，没有发达的语言系统，是不可能有深刻缜密的思维的。恰恰是语言符号，更能激发人的思维与想象能力，能更大限度地调动精神资源取得融会贯通，更大更好地发展与延伸已有的知识见解。而仅仅是浏览，是视觉与听觉的瞬间刺激，则容易停留在相对浅薄的层面上。目前，在世界各地，尤其是急于求成的我国，已经出现了一批百事通、万事晓、不查核、不分辨、不概括、不回溯、无推敲斟酌、无解析能力、更无创意的平面信息性达人了。这样的达人往往一身戾气，出口成脏，他们表现出来的只是白痴者的聪明与聪明的白痴化罢了。

干脆说，离开了阅读，只有浏览与便捷舒适的扫视，以微博代替书籍，以段子代替文章，以传播技巧代替真才实学，以吹嘘表演代替讲解探讨，将会逐渐使人精神懒惰，惯于平面地、肤浅地接受数量巨大、品质低劣，包含了大量垃圾赝品毒素的所谓信息，丧失研读能力、切磋能力、求真求深的使命与勇气，以致连掂量追究的习惯也不见了，苦思冥想的能力与乐趣也没有了，连智力游戏的水准也降到幼儿级别以下了。这样下去，我们会空心化、浅薄化与白痴化，我们的宝贵的大脑的皱褶将渐趋平滑，我们的"灵"的思辨思维功能将渐渐萎缩，而我们的大脑将只剩下操作眼珠一扫、舌头嘚啵的"肉"的功能了。

在这个当口儿，在国家的总体倡导之下，中国红十字基金会和谐家庭公益基金与家庭期刊集团合作，在《光明日报》《中华读书报》的支持协同下，组织并启动了百种中国家庭藏书书目公益推荐活动，这正是已经出现旱象以后的及时之雨。我从网上看到了他们组织一大批学者专家所评选出的推荐书目,非常高兴。因为,我从这份书目中看到了大量我自幼喜读的书籍,它们使我重温了往日的,说得严重一点,是此生的阅读的快乐与自豪,原来我竟然读过这么多好书,也算不枉活一世！同时,我也极受教育:还有许多书我没有读过,甚至于没有听过。我明白了,眺望书籍的大海,我不过是岸边一只自我感觉尚好的小蟹,生也有涯,知也无涯。读书是享受也是追寻,是撞大运也是冒险,是精神的发展提升也是对于经验与自我的挖掘。读书是快乐的,也是艰苦的,并因艰苦而大快乐。读好的书目也是快乐的,叫做心旷神怡。洋洋大观的书目,让你从这本书想到那本书,从此国的书想到彼国的书,于是你内心感到更加开阔恢宏。而从这一领域的书想到另一领域的书,例如从科学技术类的书想到文学、哲学、神学的书,那就像发现了新大陆、新海洋、新天空一样,人生能有几次这样的欣喜！正是这样全面的藏书书目推荐,使人们登高望远,心神俱畅！

由家庭期刊集团等单位举办的这次活动给阅读增加了几分亲切与温暖。家庭是亲情与恋情的基地,家庭是社会生活的细胞,家庭是混乱与恶斗时候的避风港,家庭是变一番节奏,理一下思绪,让人变得从容些、理智些、沉静些也明白些的精神补给站。家庭还可以是,并应该是一个小小的图书馆,夫妻父子兄弟姐妹,如果能在家里切磋一点学识,谈论一点书刊,关注一点世界,这会在多大程度上改变家庭中可能有的琐碎与平庸,斤斤计较与鼠目寸光啊。阅读使人文明,阅读使家庭文明并且和睦,在家里人们读书论道,这真是一幅陶然美景！我祝贺这个活动的举办并期待着它的硕果！也许明天早晨醒来,有些父母见到儿子的第一句话不再是关于当日的零花钱或者早点,而是关于全家正在热读的一本书,这简直像是一个美丽的故事啊！

发表于《中华读书报》2013 年 8 月 14 日

寄希望于文化

我们的"中国梦"里包含着文化梦,那就是我们中华民族应该在文化上有更多更高更出彩的文化人才与文化成果。在中国特色社会主义建设迅猛发展的过程中,我们应该有与时俱进的哲学、社会学、历史学、政治学、经济学新论点新贡献,我们应该有更多的科学家、工程家、企业家、文学家、艺术家,我们应该有更高端、更富有文化含量和学术含量的出版物,而不是一大堆鄙陋的八卦与破碎的段子。

文化的凝聚力与影响力:中国梦是个人的,也是民族和国家的

最近有不少朋友问我:你怎样理解"中国梦"?

我告诉他们:中国人要有自己的追求与理念,要有自己的前瞻与预见——这是我最初听到"中国梦"这个提法时的第一反应。

改革开放以来,中国取得了举世瞩目的成就与变化,我们的政治化、理想化、战斗化的思想方法与生活方式,渐渐走向务实,走向富有建设性的脚踏实地的思路。建设小康社会的提法,与过去的许多浪漫激越的说法相比较,已经实际得多了。小平同志强调马克思主义中国化理论成果的精髓是实事求是。与此同时,我们仍然要"欲穷千里目,更上一层楼"。"中国梦"的提出当然不是偶然的。

"中国梦"可以是个人的,也可以是民族的、国家的,可以是近期

的，也可以是较长期的。"中国梦"应该是更加公平的，不是"拼爹"的。人人都可以有自己的"中国梦"，人人都可以实现自己的"中国梦"。

那为什么会在今天提出"中国梦"的目标呢？我想，经过三十多年的改革开放，集聚精力的和平建设，我们在物质上已经大为丰富、大为强劲了，同时，思想活跃，利益与见解的多元性日益明显，而我们在精神上，包括理论建设、精神文明建设、文化建设上，有滞后的困扰。与延安时期、井冈山时期、新中国早些时期的革命理想主义相比，有人说中国人没有理想信念了，只相信金钱了。此时提出"中国梦"，会起到一个令全社会重视理想教育、前瞻教育的作用。就是说在经济迅速发展、务实精神占据优势的同时，人们看到了精神层面的涣散、鄙俗、恶化的危险。在这个时候提出要树立一种追求与梦想，是有它的针对性的。

琢磨"中国梦"三个字，你会发现，这个说法非常朴实明快、易于普及。向全社会提出一个口号，既要鲜明，又要易于接受、推广与记忆。我们曾有许多好的说法，因表达得过于繁复，记起来费劲，从接受学的原理来说，有一些令人惋惜。"中国梦"的提法，具有开放性、世界性、前瞻性，可以说，这是一个更加积极、更加现代的说法。"中国梦"的提法让人们看到前景，有助于激发动员正能量。这个梦，不能空想，需要我们既要有改革开放发展的胆略，还要脚踏实地、求真务实地工作。

实际上，今天的"中国梦"和中国人过去的梦想是紧密相连的。任何民族的文化中，都包含着人们的追求、理念、向往、愿景，直到信仰。而正是这些东西，构成了这个民族的精神支柱、精神能量和精神生活的范式。拿我们中华民族来说，早在先秦时期就形成了对于大同世界的向往，《礼记·礼运·大同》篇中所讲的"大道之行也，天下为公，选贤与能，讲信修睦，故人不独亲其亲，不独子其子……"，这奠定了我们的"中国梦"的渊源与基础。二十世纪的中国有识之士选择了社会主义理想,是与我们的大同梦有密切关系的。孔子对于仁政的鼓吹,孟子对于"老吾老以及人之老,幼吾幼以及人之幼"的推崇,老子的"无为而治"……这些都对于中华民族成员的文化心理与价值观念产生了巨大的影响。至今,我们中国(包括港澳台),仍然延伸着过往的传统,对于以德治国,对于古道热肠的行事方式与价值追求,有相当的认同,而对于纵欲贪腐、强梁霸权与绝对化的恶性竞争,普遍会深恶痛绝。当我们谈论"中国梦"的时候,当然不能忽略我们的已经深入人心的文化传统,同时也不可将这些理念停留在旧时原始命题的阶段。

现在,很多人都在思考,在网络时代,如何让更多的人聚集在"中国梦"的旗帜下?我认为,这是一门艺术,也是当务之急。

早在党的十七大上,中央已经提出了加强社会主义意识形态的吸引力的问题,这个问题提得非常重要、非常及时,一些年过去了,我们这方面的工作应该说还有大大改善的空间。一是要敢于善于解疑释惑。面对各种挑战,面对各种不同的说法,面对情况复杂的现实纷争歧义,面对曲折丰富的历史经验教训,要回应挑战,正视难点,探讨争论,而不是忌讳捂严,避之唯恐不及。回避的办法,绕开的办法,只能奏效于一时,却会贻害长久。二是要集思广益,开诚布公,百家争鸣,鼓励创见,营造人文科学、社会科学的繁荣昌盛局面。要提高人文社科方面的自信与理论创新的自觉,反对照抄照转、空泛号召、呆板僵化、空头理论、畏首畏尾。三是要生动活泼,联系实际,提倡想象力与立体思维,即从多方面多角度探讨我们面临的所谓敏感理论课题。要知道,理论问题的特点是越回避越敏感,越敏感就越复杂难办。四是要充分认识文化的人民性与长期性。文化如水,润物无声,让一种文化为广大人民群众所接受,或者要消除一种年头久远的文化陋习,都不是轻而易举之事,更不是靠行政力量能够办到之事。我们过去文化上提出的一些口号,有时偏高偏急偏大,工作得不到所期盼的效果。我们在这方面要更加重视人民群众的创造与心意,汲取人民的智慧与表达方式,让各种声音都在"中国梦"的领唱下聚集起来。五是要把中国梦所代表的主流意识形态,与中国的传统文化及世界的一切先进文化资源结合起来,要扩展与深化我们的文化精神的传播力。

在某种意义上,文化决定生活的质量与族群的命运。一个有实事求是的科学之心、无哗众取宠虚矫之意的民族,一个面对现实、诚信刚正而不自欺欺人藏头露尾的民族,一个善意理性、重在建设,而不是动辄搞文化爆破、夸张吹牛、谩骂诅咒的族群,是有希望的,是前途光明的,是永远不会被开除球籍的。

文化工作,是一件人心工程,人心的向背决定社会是否稳定和谐,人心的稳定才是一切和谐稳定的基础。这方面毛泽东同志早就说过,只有代表群众才能教育群众,只有做群众的学生才能做群众的先生。如果在我们的文化生活当中看不到群众利益、群众需要也包括群众的艰难困苦的一切真实反映,就难以取得群众的认同与我们希望得到的效果。无关群众痛痒的文化活动与文化产品,只想着搞笑搞乐,只想着恶搞解构,只想着利润的最大化,这样的文化,弄不好是文化的萎靡甚至堕落。虽然某些搞笑的、平庸的文化艺术作品也可以有它存在的位置,但是不能听任它们爆炸膨胀,充斥我们的生活。任何民族都更需要有承载教化深意、富有文化含量的较高层次的艺术作品。请比较一下我国的电影与伊朗的影片《小鞋子》《一次别离》吧,观众自会得出结论。

文化环境与国民心态:我们的国民不仅要能买得起高级奢侈品,更要有足以与中国文化相匹配的气质

说文化的"中国梦",就绕不开文化"软实力"。软实力不软,它蕴含着巨大力量。

文化道德是一种品质,它是无形的、轻柔的,然而是有效的,这就

是一种力量。它的品质与有效性是指：一种文化，必须能够为接受这种文化的族群与个人带来更高的生活质量，它应该是通向真理，通向科学、艺术、道德、智慧、健康、和谐与幸福的桥梁而不是相反，即不能是通向迷信、愚蠢、偏执、仇恨、霸权、排他、剥削与压迫的。它是以人为本的，给人以希望与幸福的。毛泽东同志说，我们中华民族有自立于世界民族之林的能力。确实，我们现在国力强了，经济科技发达了，我们还会更加强大。但是我还希望，我们的国民不仅仅能买得起LV箱包等高级奢侈品，更要有诚信的品质、良好的举止、文明的修养，有足以与中国文化相匹配的气质，我们的青年应该热爱、珍重至少是知道中国的与世界的文化珍品，而不是说什么"经典让他们死活读不下去"。如果能有这样的文明程度，中国人就更受人尊敬了。

因此，在追求"中国梦"的过程中，中国人在文化修养、道德品位等诸方面也应该同时有更大的提高。

文化环境与人的精神状态有极其重要的关系。在一个愚昧陋习充斥的国家是实现不了"中国梦"的。中华民族的传统文化中，对于读书学习的提倡不遗余力。我们提倡的读书学习带有一种对于知识与知识的拥有者——圣贤的崇敬，所谓焚香沐浴，明窗净几，腹有诗书气自华，读书深处意气平。这样虔敬与刻苦的读书学习，自然会消除许多令当代国人深为忧虑的浮躁、乖戾、鄙俗、凶恶之气。当然，我们所期待的这种阅读与学习，与触屏时代的网上浏览也就拉开距离了。

说到这里，我还想谈谈文化的认同与对民族国家的认同的关系。文化的认同是基础。中华文化的基本理念是对于道德的追求，对于礼（行为举止规范）义（义理，人际道理原则）的追求，对于道或仁的追求，这些是一通百通的根本概念，这种追求就是我们说的理想，也可以说是整体的文化走向。它所主张的自强不息与厚德载物，它所敬重的古道热肠、敬天积善、崇文尚礼、忠厚仁义、中庸和谐、勤俭重农、乐生进取等等，正是古代的"中国梦"。它更看重美善，而不是分辨真伪，它更看重和谐，而不是竞争。这样的文化环境有利于族群的凝聚、社会的秩序、生活的合理、文化的传承，但也有不利于生产力与科技发展的问题。对于人际关系的偏于理想的说法，也常常因说与做的脱节而显出颓势。不必多说，只读读《红楼梦》，就知道中华旧文化已经面临的危机，而"五四"运动的发生绝非偶然，绝对有其历史的必然性。

问题在于发展、创新、平衡与整合：与时俱进一定要与继承与发展中华传统文化结合起来；自强不息，投身于全球化的发展与竞争，要与在人民中积淀久远的仁义忠厚之梦结合起来；在当今时代，一个确定的目标的追求，要与多样性的认知、对于多元世界的理解与开拓进取、多谋善断、胜任愉快结合起来；要让每个人的"中国梦"与全体中国人共同的"中国梦"结合起来。要让"中国梦"面向世界、面向未来、面向现代化。

中国梦与文化梦：我们应该有高端文化成果而不是一大堆破碎的段子

我们的"中国梦"里包含着文化梦，那就是我们中华民族应该在文化上有更多更高更出彩的文化人才与文化成果。在中国特色社会主义建设迅猛发展的过程中，我们应该有与时俱进的哲学、社会学、历史学、政治学、经济学新论点新贡献，我们应该有更多的科学家、工程家、企业家、文学家、艺术家，我们应该有更高端、更富有文化含量和学术含量的出版物，而不是一大堆鄙陋的八卦与破碎的段子。

人民是文化的主体，而文化的高端部分，则是从广大人民创造的文化沃土中生长出来的参天大树与奇花异草。人民中的精英，人民中的文化巨人与人才所体现所贡献的精彩果实，代表了文化的追求与走向，文化的思想、理论、创造力、想象力，精神活动的广度、深度与精微程度，以至于整个社会生活的质量与品位，抗逆性、适应性、开放性与自我更新的能力。衡量一个国家的文化,是"看高不看低",例如,谈到中国的诗歌,李白与杜甫二人的重要性胜过了一千个二三流诗人。而一部《红楼梦》,其重要性胜过了我国数千年来二三流小说的总和。当然这些精英文化不是凭空产生的,它深植于大众文化的土壤中。

所以英谚云:宁可失去英伦三岛,不可失去莎士比亚。原因在于,莎士比亚代表的英国文化,是英国的人心,英国的品性与风格,英国人的骄傲与向心力,这正是理由与根基。反过来说,一个国家、民族、地域的文化完了,有之不多,无之不少,这个国家就陷入万劫不复的境地了。

最近有记者采访问道:"作为一个文化人,你对实现'中国梦'过程中文化事业有什么期待?"

对于这个问题,我想先举个例子:您到巴黎的先贤祠看看,伏尔泰、巴尔扎克、司汤达、卢梭、雨果、左拉、贝托洛、饶勒斯、柏辽兹、马尔罗、居里夫妇、大仲马等。先贤祠展示的七十二位法兰西人物中,除了十一人是政治家,其他都是作家、哲学家、科学家、经济学家等,这样的阵容当然让人肃然起敬。我们的伟大祖国,文明古国,当然也有自己光耀千古的先贤,同时,中华人民共和国建立快要六十五周年了,应该拿出怎样的阵容展示给世界呢?我们能不深思吗?我们喜欢讲科技兴国、人才兴国。现在,从人口数量上来说,中国是世界第一,从人才质地与阵容上来说,我们不敢夸口。

我希望,我国不但要有科学与工程学方面的院士,而且要有,更要有人文科学、社会科学以及文学艺术方面的院士。有一种说法,后者的政治性、时效性太强,无法评选,这就等于承认我们这里的人文科学、社会科学、文学艺术方面没有专业性和学术性,没有学理的与艺术创造的水准与尊严。我们一定要敢于面对这个问题,否则等于自己失去了信心,你又怎么去凝聚人心,实现"中国梦"呢?

我还希望,在文化生成与发展上,摒弃一切急功近利的说法和做法。我们能做的是文化政策、文化投入、文化硬件建设、文化事业规划与文化口号的提出,我们也可以做到发展文化产业与文化市场,兴办与提供文化服务,但政策、口号、事业、产业都不过是文化的平台,并不就等于文化的全部。文化是骨子里的东西。一切文化倡导与建设,都要经过人民群众与历史的筛选,一切文化口号与目标,都要经受人类学、文化学与文化史本身的客观规律的检验。一些东西存留下来了,发扬光大了,传之千古了,另一些虽然一时搞得动静很大,气势很盛,却可能被历史的河流冲刷得无影无迹。

真正的文化繁荣发展前进,深植于人民心中,深植于人民的日常活动中,深植于人心所向中。但它们更是表现在高端,看你有没有代表民族文化的制高点,有没有大创作、大发明,有没有不光票房高而且质地好的文化思想与文学艺术成品,有没有真正高端的教育科研成果,有没有不光能挣码洋而且可引以为自豪的出版物。要达到这个境界,我们还有很长的路要走,这正像实现我们的"中国梦"一样,还需要不懈努力。

发表于《光明日报》2013年8月19日

文化只剩下平庸就危险了

我们的文化生活正在走向大众化、民主化、消费化,但今天面临的危险是高端可能被平庸淹没。

过去时代的好书我们印象非常清楚,现在几千种书出来以后,谁能说得上来你最近喜欢哪种书?那种争相传阅、爱不释手、感动至深、拍案叫绝的书,你能说得上来吗?相对说得上来的多半是什么微博、恶搞、手机段子,顶多加上电视小品。

今天我们面临一个什么危险呢?就是高端的东西有可能被淹没在平庸的东西里。平庸无罪,但是只剩下平庸的东西就很危险了,尤其是中国这样一个古老的国家,一个伟大的文化的国家,如果说我们现在只剩下平庸的东西了,只有二流,只有三流,那怎么行?

小品可以做得很好,但是代表戏曲和戏剧的水平不可能只有小品,我们对舞台的艺术,要求有更高的东西出现。比如说给外国人看一个文艺晚会,你很难上小品,上一个手机段子,再上一段"翠花上酸菜",上一个《忐忑》,那不是把人家吓坏了?

将来我们这一代人留下什么样的文化遗产?我们现在能留下的只是电视小品、手机段子?这对历史不好交代。这是一个问题。

有一阵我们中国的电影很受欢迎,在国际的电影圈子内不断获奖,但假如说中国已经是电影强国,那绝对谈不上。我现在忧虑的是什么呢?即使在好莱坞这样极其商业化的地方,它生产的也并不仅仅是消费作品,总还有一些高端、高雅的东西,总还有那么一部分有思想、有亲情、有励志、有头脑的作品。但是我们呢？许多优秀的导演开始走无头脑的道路，追求视觉刺激，甚至有的知名导演公开撰文说，思想就是电影的垃圾。电影都是没有思想的吗？

我们有些通俗的作品，我称之为空心化的作品，它没有达到我们文化水平的平均数，更不用说高于平均数了。你追求市场当然是对的，谁不追求市场？当年理想的东西也要追求市场，你没有市场说明你不能被接受，票房在这个意义上它如同选票。但是为什么我们一个比较好的东西，就不能够在市场占有一席之地？是不是我们中国的受众已经都低级庸俗到凡好东西都一律排斥的地步了呢？我看并不是这样。帕瓦罗蒂唱的是经典的歌剧，既高雅又有票房，那么，为什么我们的文学家、艺术家不能够拿出既有比较高的文化含量又能够为群众喜闻乐见的好东西呢？

我们的中国梦也包括文化之梦。文化之梦是我们要有杰出的文学艺术家，要有感人至深的文艺作品。我们要有耐心，要随时地注意，随时地寻找，要寻找瑰宝，要帮助瑰宝，要积累瑰宝。在现在这种困惑当中，起码我们还有这种愿望，还有这种期待。

发表于《新华日报》2014年1月5日

今天读《论语》

今天还要不要读《论语》？我说要读。不读就不知道中国国情与中华文化。虽然《论语》从当初就受到道家、法家及一些著名人士的质疑，近现代以来更受到极大的冲击与反省批评，但它仍然活在中国人的心中。"礼失求诸野"，虽然《论语》早已不是主流意识形态的头号经典，但它仍然令国人感到亲切动人。戏曲中所提倡的"忠孝节义"，人们对于"以德为先"的认同，对于忠臣奸臣、清官赃官的析辨，对于敬天积善、古道热肠、崇文尚礼、勤俭奉公的推崇，都证明着《论语》的活力至今犹存。

《论语》记录的是以孔子为代表的一些人，处于乱世、面对血腥的争夺、忤逆、阴谋，挽狂澜于既倒的努力。《论语》提倡的是文化理想主义与道德理想主义，主张从人的善良本性、从孝悌出发，发展忠信礼义的美德；以仁爱为核心，优化世道人心；"为政以德"，以道德引领家国，以礼法规范社会，维护秩序。《论语》说的是，执政者的首要任务是教化，首要要求是示范作用，首要职责是"修己""安人""安百姓"。

《论语》中孔子说："德之不修，学之不讲，闻义不能徙，不善不能改，是吾忧也。"这些话，两千五百年后的我们，仍然深有同感。

孔子提倡的君子之道，对于今天提高思想境界与为人修养，仍有很大的参考价值。他提倡的中庸之道与多种美德，也有助于我们统筹兼顾、恰到好处、平衡完善。

《论语》讲的劝学诸语,"见贤思齐焉,见不贤而内自省也",可与今天的学习先进与批评自我批评对接;"三人行,必有我师焉""十室之邑,必有忠信",提醒我们充分调动精神生活中的积极因素;关于"举一隅不以三隅反,则不复也",也在告诫我们不能搞本本主义;尤其是"学而不思则罔,思而不学则殆"的说法,在今天的网络时代、信息爆炸时代,更有其特殊的切实性与深刻性。

读《论语》,我最感动的是它的"反求诸己"精神。孔子引用诗经上的诗:"唐棣之华,偏其反而,岂不尔思,室是远而。"意思是唐棣的花枝,在风中摇摆,我怎么可能不思念你呀,我离你实在是太远了啊。孔子评论说:"未之思也,夫何远之有?"美好的德行与理想,想就是有了,你想都没想,谈得到什么远与近呢?孔子说:"仁远乎哉?我欲仁,斯仁至矣。"文化是生活,也是理想。《论语》的理想并没有全部落实,但这不是贬损《论语》的理由。理想永远高于现实,美好的理想正是美好的文化元素,是对现实生活的不可或缺的感召。

《论语》很美好,它的思想有利于社会的稳定与文明化。历代统治者拼命树立儒学的地位,反而使儒学呆板化皮毛化停滞化。但儒学仍然不但起着维护统治的作用,也起着对于权力系统进行文化监督与道德监督的作用。朱熹对于《论语》下功夫,曾被当时的统治者视为危险人物,便是明证。

五四新文化运动与其后蓬蓬勃勃发展起来的人民革命文化,给了《论语》为代表的传统经典以很大的冲击,但也是一个破旧立新、起死回生的洗礼。我们要的是对于传统文化精华的珍惜与弘扬,是最大程度地开拓我们的精神资源,是面向世界、面向未来、面向现代化的新发展新创造,是读通吃透《论语》的新境界新水准,并且使之与五四新文化运动与人民革命文化整合,使中华文化踏上新的台阶。

发表于《人民政协报》2015 年 3 月 7 日

读 书 三 议

读书与看光盘

以我个人为例,前四十年,周末的主要活动是读书,读书给了我对于生活的发现、感触、理解与方向,读书充实了我的青春,读书满足了我太多的精神需求。

后三十多年,读书占我周末活动的第二位,更多的时间是看电视、看电影等。

很简单,多媒体的音像传播,更生动,更真切,更直观,更省脑力与目力,更能满足感官的与观赏的需要。越来越多的人通过多媒体接受作品,而不是通过专心致志地阅读,以至于不断有人宣布文学正在衰亡。

同样正确的,而且更重要的是,语言文字是人类思维的符号与依托,正是相对不那么直观真切的语言文字以及延伸为图表算式公式的符号性成果,使人的想象力、逻辑思辨能力、记忆力、表述与传授能力与综合判断的能力发展到前所未有的水平。读书的思维强度,大大地高于看光盘。

还有,阅读是我读、我思、我问、我答、我完成;而多媒体的全面性使你感到,你是在被看、被听、被3D乃至4D、被传播灌输满满。

阅读多了人多半会聪明些,固然聪明不一定就正确。光盘看多了,也许会变得犯傻一点。这个看法不知对不对?

就是说，以多媒体代替相对枯燥一些，但深刻得多也概括得多、精神能力发挥空间阔大得多的读书，其结果可能是精神能力的退化。读书能读出辜鸿铭、鲁迅、胡适、钱锺书、季羡林……看盘则不能。所以看盘的人比读书的人多多了，而认真阅读是追求精神提升的必由之路。

有志者除实践实习实验外，最好以读书为获取知识学问的首要方式，以其他为辅。

浏览是阅读的下滑

阅读包括浏览，但浏览不等于阅读，更不等于苦读、攻读、精读。信息不等于学问，更不等于见识、智慧与品质。被传播不等于真正接受与收获。

技术发展，使人们获取信息日益便捷化、舒适化、海量化。但请想想，任何代替人力的科学技术的发展，在便利于人的同时，会引起人的能力的某种退化。例如优秀马拉松运动员多半出自道路与交通工具不那么便捷的地区；空调越是进步，人的耐寒耐暑热的能力越会减弱；音响技术的发展使一些歌手的声带运用能力降低。同样，浏览的发达，往往会造成信息获取的平面化、八卦化、消费化、垃圾化……最终白痴化。

什么是白痴化呢？什么都耳濡目染一二，什么都真伪莫辨、是非不分。没有分析、没有判断、没有发展，没有举一反三、没有见贤思齐，没有综合、没有创造、没有深化。也就是平庸化、思想懒惰、人云亦云，知道得多，其实糊涂。

例如，网调的结果是中国网民最最读不下去的书乃《红楼梦》，是中国的四大名著，是世界的名家名著。这与其说是阅读者的某种反应，不如说是不阅读的丢人现眼。

读点费点劲的书

读书的亮点在于照亮生活,生活的亮点包括积累智慧与学问。生活与读书是互见、互证、互相照耀的关系。书没有生活那么丰富,但是应该更集中了光照与穿透的能力。

有价值的书籍,特色在于它高于一个时期的平均认知度,能穷千里目,是攀登更上一层楼的结果。它其实志在精神的喜马拉雅高峰,它提高着而不是降低着也不是迎合着大众,其认知水准绝不能比平均认知水准更愚蠢与更低下。文化的大众化利于文化民主,但同时也难免产生文化垃圾。当然还有故作高深的垃圾。

同时文化瑰宝绝对不是迎合的产物而是天才与勤奋、献身与奋斗、攀登与升华,然后才有万民的有效接受的产物。就像看一部电影或一台演出,赏心悦目,很轻松也很随心所欲,不一定就是最好的电影或演出,而能够引起思索、引起咀嚼、引起推敲与辗转,却会让你获益更多。

我主张读一点费点劲的书,读一点你还有点不太习惯的书,读一点需要你查查资料、请教请教他人、与师长朋友讨论切磋的书。除了有趣的书,还要读一点严肃的书。除了爆料的书、奇迹的书、发泄的书,还更需要读科学的书、逻辑的书、分析的书与有创新有艺术勇气的书。除了顺流而下的书,还要读攀援而上、需要掂量掂量的书。除了你熟悉的大白话的书,朗诵体讲座体的书,也还要读一点书院气息的书,古汉语的书,外文的书,大部头的书。除了驾轻就熟的书以外,还要读一些过去读得少,因而不是读上十分钟就博得哈哈大笑或击节赞赏,而是一时半会儿找不准感觉的书。

当然人们有时喜欢休闲的书,一笑了之的书,自我慰藉的书;但毕竟还有书能够使你发现新领域、感受新天地、寻找更好思路和更高质地,使你接受新的洗礼。

有时候书好，但是我们读得拙笨而又辛苦："鲁叟谈五经，白发死章句。问以经济策，茫如坠烟雾。"这是李白形容的某种书呆子。有时候是黄钟喑哑，瓦釜轰鸣，读起书来总有人弃珠玉精华而拾假冒伪劣。还有时候是形成了陈陈相因的学风，使读书变成苦役，例如贾宝玉就对乃父的提倡读书一百个不接受，而贾政对读书问题的指示是："那怕再念三十本《诗经》，也都是掩耳偷铃，哄人而已……我说了：什么《诗经》、古文，一概不用虚应故事，只是先把《四书》一气讲明背熟，是最要紧的。"

贾政连孔子主编的《诗经》都要否定，无非是因了《诗经》中多了一些生活和人性。这是"怎么乏味怎么来"的无灵性、无性情、无丝毫活人气息的读书论，是与人性为敌、与青春为敌的读书论。

我们今天的国人是多么幸福，再不会受到贾政式的训诫了。但是今天又出现了另一种恶劣与堕落。那就是用白痴浏览、八卦阅读、趣味泡沫来铲平砸滑自己大脑中的沟壑，来否定古今中外的文化精华。

我要说的是：不做懒汉，不做侏儒，用脑阅读！用心阅读！用阅读攀登精神的高峰！

发表于《文汇报》2015 年 4 月 23 日

身外之学与身同之学

我们可以将学问分为身外之学与身同之学两个部分。为应试而恶补的东西,考完多牛也就忘记了。过目成诵是令人羡慕的,古人更有"倒背如流"者。但背得再好也不过一个天才的小学生。所以我一直认为治这种路子宣扬一个大家的学问是一个误区,再比如有些职业训练,被训练者纯为求职,这些,我笼统称之为身外之学,即不对人产生总体性影响之学,不带感情不带创造,靠多次不走样的重复。身外之学很重要,学多了会影响自身影响全局,例如因大量背诵而提高了自己的全面记忆能力并旁及理解能力;因经常集中注意力而养成做事一丝不苟的习惯;因认真接受职业训练而养成敬业精神。

身同之学云云,肤浅者可以与之语方法。单纯的方法则极可能变为不无狡诈的计谋,大脑确实发达、心胸确实开阔者可以与之语智慧——真正的智慧对于邪恶是有一点免疫力的,因为邪恶不仅是不善不仁,也是最大的不智。而只有达到一定的思想品德境界的人可以与之语化境。

化境的境界读一辈子书也未必能够达到,如果只读只死记而不消化的话。化境的到达是一个学习的过程,也是实践的过程,琢磨的过程,领悟的过程,反省、发展和成熟的过程,更是一个感化、升华、荡涤、温暖与充实的过程。

发表于《广州日报》2015 年 9 月 14 日

文道与世道

中华文化传统的特点之一,是注重世道人心建设,并视文艺为世道人心的映象,也是对世道人心施以影响引领的重要抓手。

《尚书·大传》中以《卿云歌》歌颂舜禅夏禹的盛况与先民故土的朗朗乾坤:"卿云烂兮,糺缦缦兮,日月光华,旦复旦兮。"气象无与伦比。再如我们今天追求的"小康"一词,出自《诗经·大雅·民劳》。孔子亲自编辑《诗经》,指出了诗的"兴观群怨"功能与乐而不淫、哀而不伤的感情调理。孟子更喜欢以尧、舜、禹三代诗歌为据,要求各侯国君王为政的仁德性与规范性。至于音乐,孔孟强调它的节律、文化、庄严性,是秩序、敬畏、慎终追远的价值载体。

二千五百年前,孔子担心:"德之不修,学之不讲,闻义不能徙,不善不能改,是吾忧也。"这个说法,至今仍然有意义。生活飞速发展,带来许多新的挑战与课题,令有识之士有所忧患。今天所谓世道人心问题,表现为现代语境下价值观的混乱与淡漠。社会风气失范、社会评价失衡、行为举止的不良等负面信息不断传来,甚至连一个老人摔倒了要不要施以援手,也成了令人困惑的难题。这当中有传媒时代的放大效应,也有物质上的飞速增长与精神上的困惑杂乱的落差。

无疑,文艺作品在将核心价值观内化于心方面可以发挥不小的作用。文艺的精神性、感情性、形象性、丰富性、生活性、潜移默化性正好可以深入人心。屈原的忠贞与激情、李白的阔大与自由、杜甫的伤时与忧民、司马迁的栩栩如生与鉴古通今、曹雪芹的对于青春的珍惜与对于封建专制的痛切控诉,推动形成了我们前人的价值观,那就是从孔子开始就提倡的美德:仁义礼智信恭宽敏惠孝悌忠恕廉耻,等等。

而今天,国家的富强、民主、文明、和谐,社会的自由、平等、公正、法治,正是一代又一代国人杜鹃泣血的梦想与望眼欲穿的期待,也是"爱国"这一关键词的内容所在、追求所在。爱国、敬业、诚信、友善,则是国民人格的共识。在乱象丛生的今日世界,清醒坚定、和平友善、勤劳务实的建设性中国精神,正在逐渐显现出其重要意义。

核心价值是什么?它就是我们的生活、我们的向往、我们的心曲神髓。元代戏曲家、《琵琶记》作者高明有云:"不关风化体,纵好也徒然。"风化,就是世道人心、核心价值。中华艺文主张文以载道,情景交融,虚实结合,天人合一,即强有力的精神品质与对于生活的深扎熟察积淀酝酿的统一,这也正符合马克思的"人的本质力量的对象化"命题。这类佳作的打动人心之处,离不开对于精神价值的火热投入、严正选择与一往情深。

文艺家的杰出贡献,正是精神价值的丰碑。

历史发展到今天并提出了新的要求,我们能做得更好一些吗?

回答当然是肯定的。

2016 年 12 月 8 日

珍惜国家大剧院的荣光

二〇一七年十二月二十二日,国家大剧院将迎来建院十周年。响亮辉煌已十年,曾经有多少国家领导人和艺术家为它奔走呼吁并付出心血!国家大剧院的建成,是我国文化硬件建设的一个标志性进展,但如何在当代中国管理与运营好这个建筑上达到高端水准的剧院,之前我们尚无经验,对此曾经出现过畏难与悲观的论调。十载春秋,国家大剧院通过不懈努力,不负国家与人民的期待,受到人民群众的欢迎与喜爱,赢得世界的认同与尊敬,彰显了新时代中国的文化自信与文化自觉。

剧院,首先要吸引艺术家、吸引观众,这两个方面国家大剧院都做到了。它不仅是中国优秀民族艺术展示的平台,也是世界上最优秀的表演艺术的聚集地。当年国家大剧院未建成时,男高音歌唱家帕瓦罗蒂在北京演出,他在故宫听到用编钟敲出的《我的太阳》时非常感动,他说想不到两三千年前中国就已经有了乐器,现在还能演出。当时北京只有几个剧场,可是现在,全世界都知道中国有了一个有模有样的国家大剧院。

国家大剧院把诸多国外一流演出请到了中国舞台上,很多旅居北京的外国人在他们自己的国家也很难看到这些一流剧目、一流指挥和一流演员。更重要的是,很多世界一流艺术家都以能来中国国家大剧院演出为荣。曾有人说高雅艺术不行了,没有市场了,可是国家大剧院的出现,却使高雅艺术红红火火,真是风景这边独好!

国家大剧院致力于优秀舞台艺术的弘扬、创作与发展。难忘它在开幕时演出的《江姐》,新疆各地不同风格的《十二木卡姆》与交响化的木卡姆演出,歌剧《山村女教师》的上演,纪念长征的歌剧《长征》的演出……短短十年时间,国家大剧院竟推出了七十余部自制中外剧目,有些还相当优秀。再加上各种中国戏曲、话剧、外国经典名剧的演出,大剧院的剧目可谓数不胜数,实在难能可贵。

全球化与现代化,使人们的思维方式得到多方启发,文化思潮日益开阔丰富,出现了多样化的文化生态,也对我们的生活方式、语言方式、民族艺术形成一定冲击。比如一些批量生产的消费文化,冲击着主流文化、高端文化。文化是一个国家、一个民族的灵魂。现在,国家政策鼓励推出更多高品质的作品,推出叫好又叫座、对社会起积极作用的作品。但创作出真正让人享受的作品,很难,国家大剧院为此付出了很大努力。国家大剧院尊重艺术、尊重艺术家,搭建了一个艺术创造的平台,培养了自己的剧院文化。

我们的文化自信不是顾影自怜,也不是文化自傲。我们在文化上要有一个开放的态度。"古为今用,洋为中用",我们要以国际最高水平的艺术演出,用全世界最巅峰的艺术成就来营养我们自己,然后长知识、长见识,更好地讲述中国故事。我们从外国请的节目数量,多和少不应该有固定标准,只要是经典的、精彩的、大众喜闻乐见的,体现核心价值观、提升审美水平的,都可以邀请来,来了就为我们所用,这正是我们文化自信的体现。国家大剧院邀请各国艺术家来,也是在扩大中国的影响,帮助中国讲故事,让世界各国都了解中国的文化软实力。

国家大剧院全方位地亲近市民,凝聚人气,普及高雅艺术,对推动文化发展居功至伟。国家大剧院每年举办一千多场艺术普及教育演出和活动,现在已有"大剧院之友"二十余万人,这体现了大剧院在文化普及和为人民服务上的强烈使命感。现在,越来越多的观众愿意买票来剧院欣赏高雅艺术,欣赏艺术的能力也大大提高了。有些人是真"识货",遇到精彩的演出舍不得走,全场起立鼓掌,这说明我们的国民素质在提升,艺术已然融入了人们的生活。人民对美好的文化生活的向往,不是在逐渐实现吗?

国家大剧院有今天的成绩,和国家大剧院院长陈平的贡献分不开。我们很难找到这样一位文化管理者,他在基层工作过,当过文化馆馆长,也当过北京市的区长、区委书记,同时懂艺术,热爱艺术。他在《剧院运营管理——国家大剧院模式构建》中提出的"国家大剧院模式",不仅是一套具有中国特色社会主义的剧院管理模式,也是向世界表演艺术领域提出的相当完整的剧院运营管理"中国方案"。目前全国各地都在兴建剧院,运营管理好剧院剧场,关系到文化积累、精神培育、造福大众等政策与实践,这本书可以为中国文化产业供给侧改革与文化市场建设及开拓提供启迪。如果国家大剧院的经验能够被全中国的剧院借鉴,这也是时代之幸、艺术之幸。

文化自信是由内而外的自信,是有定力的自信,是有凝聚力感召力的自信。国家大剧院已经成为世界表演艺术领域中的重要一员,成为中国改革开放成功的标志,成为我们国家的文化符号。我祝福国家大剧院,相信国家大剧院能越办越好!

发表于《人民日报》2017年12月14日

坚持与时代同步，以人民为中心

在中国人民革命中，文学艺术起的是推动作用，这是中国革命的特点之一。俄国十月革命时，甚至一批同情革命的作家也吓跑了。与此情况不同，中国一九四九年的十月，大量著名作家翻山越岭，漂洋过海，八面来归，聚集北京，掀开了共和国的新篇章。胡乔木同志曾经对我说过，中国革命具有更深厚更成熟的文化准备与文化基础。

一九四九年七月二十三日，中国作家协会的前身全国文协成立。郭沫若、茅盾、巴金、老舍、曹禺、田汉、丁玲、艾青、赵树理、冰心、孙犁、叶圣陶、周扬、夏衍、林默涵……辉煌的阵容令我这个文学少年醍醐灌顶，五体投地。中国作协具有崇高的威望与吸引力凝聚力。

一九五六年初，是中国作协青年工作委员会萧殷恩师，支持了我潦草的《青春万岁》初稿，对习作的"艺术感觉"给予极大鼓励，指出了结构上的主要缺陷与修改思路，并以中国作协名义向我所在工作单位——共青团北京市委，发出了为我请创作假的公函。团市委领导汪家镠副书记看了作协的函件，感叹道："中国作家协会，了不起！"

一九五七年初，在有关拙作《组织部来了个年轻人》的争论中，茅盾主席、中宣部副部长周扬同志、中宣部有关领导林默涵同志、中国作协党组书记邵荃麟同志，以及郭小川、严文井、秦兆阳、韦君宜、黄秋耘同志等，都认真贯彻了毛主席的指示，对我循循善诱，倍加爱护，有保护有批评，有鼓励有帮助，使我对党的文艺方针，对作协特别是老一代作家与领导的殷切期望,对自己献身文学事业的选择与应有珍重,都有所领会,有所感悟。

直到上世纪六十年代,即使出现了复杂情况,我仍然受到周扬、邵荃麟、冯牧、韦君宜等同志的关心与帮助。中国作协始终是我走上文学道路的一个感召、一个依靠、一个指南,是我的精神亲人之家。没有作协,就没有今天的王蒙。

作家的劳动主要是个体的,或谓"宜散不宜聚"。作家比较强调个人风格与个性特色,有时一些同行表现了任性与相轻,社会上也时有对作协的刻薄质疑,这为作协工作带来一定的困难。但同时,正是这些难点,说明了作协的存在与积极运转,有助于创造更加健康与诚挚的文风与世风,作家的艰难与或有的孤独与常有的困惑,正是作协存在的理由。所谓"宜散"的文艺家们,正可以在作协的组织中找到美好与阳光的相聚;伟大的信念、使命与传统,心灵的沟通与智慧的切磋,正可以带来文学上相互提携砥砺的希望。作协对于采风与深入生活的组织推动,对于与社会各方面的生动与密集的信息获得,对于青年作家的培育与引领,对于与世界文学界的交流,对于文学报刊与出版物的编辑与支持,对于优秀作品的讨论、彰显、评奖与推广,对于作家的劳动与生活的关爱照顾,其任务是毫无疑义的。我也有幸频频参与了有关工作、活动,从中开阔了眼界,受到了鼓舞,获得了能量。以文会友,以文助神,以文丰富,提升作家们包括自身的精神生活与精神境界,这是毋庸置疑的天职与光荣。

改革开放以来,解放思想、实事求是、团结起来向前看,作协的声音更加响亮,作协的工作更加细致,当然也接受着各种新的挑战,积累着新的经验。我个人也参加到作协的工作中,得到巴金主席,张光年党组书记,唐达成、马烽、翟泰丰、铁凝、金炳华、李冰、钱小芊等作协领导同志的支持帮助,有所长进,有所作为。而令人感奋的是,中国文联与中国作协的工作,始终得到党中央、得到习近平总书记的亲自关怀与有力领导,得到中宣部的密切指引敦促与各有关方面的大力支持,新人新作不断涌现,文学生活兴旺发达,作协的工作日益深入与广泛。

在此中国文联、中国作协成立七十周年之际,我要向中国文联、中国作协表达我的感激与敬意,向各位同行表达我的祝福与问安。祝愿在习近平总书记贺信精神的指引下,中国文联和中国作协,中国的文艺工作者,中国的文艺事业,不忘初心,牢记使命,坚持与时代同步,以人民为中心,奉献精品,明德育人,引领风尚,在实现中华民族伟大复兴的中国梦的进程中,为实现世界东方伟大中国的文艺复兴,献出我们的全力。

发表于《文艺报》2019年7月17日

我们的儒学*

中华文化传统源远流长,内涵丰富,经历曲折起伏,屡遭考验挑战,终于获得了新创造、新生命、新时代与新机遇。我们正在中国特色社会主义现代化的历史进程中,实现马克思主义的本土化,也是实现传统文化、传统儒学的创造性转变与创新性发展。

文化创新、理论创新、制度创新,是觉醒年代——百年前,中国共产党建立的前提与昭示。中国共产党的建立,靠的是马克思主义、苏联范例,以及来自传统文化的天下为公、世界大同、替天行道、得民心者得天下,老吾老以及人之老、幼吾幼以及人之幼,兴亡有责、舍我其谁,穷则变、变则通、通则久,苟日新、又日新、日日新,成仁取义的中华传统变革精神、牺牲精神、知其不可而为之的奉献精神;靠的是意识形态与文化软实力,当时武备、财产、国家机器硬实力基本上在帝国主义、封建主义、官僚资本主义、反动派手里。支持中共的苏联,有一点有限的硬实力。

传统经典的革命精神、大同精神与家国担当意识,有利于马克思主义在中国大得人心,有利于中国工人阶级与知识分子觉悟历史使命。

构建人类命运共同体的精神,强调中国传统、中国特色,推进全球化与改革开放的大趋势,吸收与消化人类的一切先进文化成果,是

---
* 本文是作者在《国际儒学》首发式上的讲话。

民族振兴的中国梦题中之义。我们的民族振兴包括了民族文化的振兴,而民族文化的自信与创新,是实现中国梦的一个根本性驱动力。

中国共产党人继承了优秀传统文化的浩然正气,继承了见贤思齐、见不贤而内自省的文化自省与文化自信精神。

儒家学说是中国优秀传统文化的重要部分。正是五四新文化运动、中国共产党的革命与社会主义建设实践,激活了、丰富了、充实了也创新了古老的传统儒学,取其精华,去其糟粕,开拓了儒学新格局。

中国儒学的仁政、王道、内圣外王、天人合一、为政以德、修齐治平、礼义正名、敬老尊贤、劝学重文、热爱和平的大方向,在全世界,尤其是在日本、韩国、新加坡、马来西亚、埃及等国与欧非美澳诸洲,都有积极的影响。儒学国际化,做好国际儒学,广泛汲取儒学与世界各国各地文化融汇互通的成果,是中国对外文化交流的一个佳话。

没有积累就没有传统,没有传统就没有文化,没有文化就没有凝聚力;没有爱国主义、中国特色,就没有主心骨,没有主心骨就没有自信与定力。所以,习近平总书记指出:文化自信,是更基础、更广泛、更深厚的自信。

中国的马克思主义者珍惜中国传统文化,弘扬与创造性地转变发展着新时代中国的传统文化的认知与革新致用。

我们现在推广践行社会主义核心价值观,是对世道人心的一种匡正和建设,而关心世道人心,正是儒家文化的精神走向。孔子说:"德之不修,学之不讲,闻义不能徙,不善不能改,是吾忧也。"孔子之忧也是两千五百年后的我们之忧。

改革开放以来,物质上已经有了全新的格局,文化素质的问题,世道人心的问题,精神资源的开拓与发掘问题,日益引起方方面面的注意。当年孔子在这方面的忧患意识,与今天的我们,仍然相通相继。

我们的传统文化是至今活着的文化,而绝对不仅仅是博物馆与古汉语典籍中的文化。强调传统文化,不是为了复古,而是为了当今的新发展。传统活在四书五经、四大奇书、诸子百家、诗词歌赋、京昆戏曲、秦砖汉瓦、文物遗迹之中，更活在人民的生活、人民的心思里。"礼失求诸野"，何况我们并没有失，我们的传统文化经历了革命时期疾风暴雨的考验洗礼，显示出大难不死的疾风后的劲草品格。不论有过什么样的严峻挑战，什么样的艰难周折，其实在我们中国人的心中，在我们的文化基因中，至今仍然有很大影响的许多东西，都离不开传统文化。人心中本来就有评判好坏、善恶、美丑的一杆秤。

例如戏曲中的忠孝节义，选拔干部中的以德为先，政治运动中对风派投机分子的厌恶与否定，身教胜于言教的认知与衡量，对清正廉明的官员与为政以德即政治文明的期盼……这些都是我们从历史、文化、生活中继承下来的。勇于革命、勇于改革、勇于开放、勇于汲取，古为今用，洋为中用，善于消化，这些既是古已有之的，又是五四运动、觉醒年代我们获得的新驱动所构成的文化选择。我们现在所要做的，正是唤起人心、探索人心、发掘人心、优化人心，并且与当代社会接轨，与新时代、高质量的发展接轨，与社会主义现代性接轨。

我们在建设中国特色社会主义的过程中，不能无视中国传统文化对我们一代又一代人的潜移默化、陶冶熏染，以及匡正价值观、凝聚中国大陆与中国港澳台、遏制与消除分裂恶变的巨大作用和巨大软实力。许多被全世界认同的中国传统观念，比如习近平同志提出的"协和万邦""亲仁善邻""好战必亡""和而不同""取长补短""兼收并蓄"，都很精彩很有说服力，都有助于形成与不断发展我们的久而弥新、生龙活虎、与时俱进、诚于中而形于外的脚踏实地的中华文化。

我们读书人也喜欢传统文化中关于道法自然、天人合一、仁者乐山、智者乐水、自强不息、厚德载物、以民为本、反求诸己、仁者爱人、忠恕诚信、居安思危、慎终追远、和而不同、周而不比的格言与美德教训，中国传统文化对精英君子的期待与敦促，是一份无法估量的精神遗产。

勇敢开放地吸收一切先进有效的文化果实,坚定智慧地总结与提升从孔夫子到孙中山,尤其是出自中国共产党的改天换地的伟大实践的中华文化积淀,我们在习近平新时代中国特色社会主义思想旗帜下,文化强国建设的实践中,将越来越认识到、体会到,迅猛发展的我国,人心可用、世道可兴、传统可取、开拓可新。中国梦,我们的许多规划、目标、远景,正在指日可待地成为神州大地上的现实风景。

习近平总书记在给《文史哲》编辑部全体编辑人员的回信中指出:"需要深入理解中华文明,从历史和现实、理论和实践相结合的角度深入阐释如何更好地坚持中国道路、弘扬中国精神、凝聚中国力量。"

希望我们的哲学社会科学事业能够得到更多的支持与关注,能够有新的创造与发展,能够有所传播与普及,产生新时代的经典成果、经典大师,促进通古今、贯中西、本土化、中国特色社会主义现代化的文化事业与文化建设。

国际儒学,任重道远。通古知今,以社会主义现代化成果优化对传统儒学的解读与延伸,以全球化的视野与文化资源构建并站稳中华文化的实地,以传统儒学的精华联系实际,应对世界与文化的变局,推进社会主义、共产主义理想与中华文化传统的联系结合,推进一切先进文化、理论、管理、制度、科技、产品的汲取与消化,通过国际儒学的发展,通过中华文明的传播精进,与延续数千年的文明对话与互通、互知与互动、互敬与互学,中外文化交流将获得更上一层楼的发展。

2021 年

天意怜芳草，人间要好书[*]

  首先，我想感恩人民文学出版社。回想起来冯雪峰、严文井、韦君宜、孟伟哉、聂震宁、潘凯雄等许多人民文学出版社的领导，都对我有极大的支持和帮助。尤其是韦君宜同志，她是我最重要的恩师之一，另一个恩师是中国作家协会青年文学委员会的萧殷副主任。

  第二，我特别喜爱也尊敬人民文学出版社的一大优势，我称之为"功能优势"，那就是人民文学出版社的工作是出书，它面对的是文学的果实，面对的是文学的收获，用计算机语言来说，它面对的是终端。文学在中国经常遇到麻烦，也出现过各种各样的曲折和摩擦，比如说不同的文艺思潮的激荡，比如说作家怎么样深入生活、怎么样和工农兵和人民相结合，比如说作品的题材、内容需要有哪些规划，面对这些问题常常出现不同的意见，甚至于出现一些类似派别的分化。但是，人民文学出版社它要出书："天意怜芳草，人间要好书。"说出大天来，最后还是要出好书，而真正的好书有一定的免疫力，抗逆能力，无论什么原因，想硬把真正的好书否定掉非常困难，想把一本烂书捧起来也十分不易。好书，隔几年它又出来了，而且再过几年还很火热。烂书，哄闹一阵子，早被丢到废品站，再无人问津了。人民文学出版社正因为针对的是出书，所以对作家有一种广泛的团结，对好作品有一种锲而不舍的追求。尤其是十一届三中全会以后，在出版

---

  [*] 本文是作者在人民文学出版社七十周年大会上的讲话。

社的活动上,人出席得最全,对作家、对原稿、对书的质量非常重视,团结得面极广的是人文社。我觉得人民文学出版社真是有一个难得的优势,他们抓的是文学事业的根本——出好作品。希望能够把这个优势发扬下去。

第三,人民文学出版社的编辑、发行工作还是相当正派的,编辑工作很细致。现在我接触到一些年轻编辑,好像没有认真做编辑工作的习惯,总是忙着跑关系,有些人知识面太差,把对的字词改错的事情屡屡发生。当然发行也非常重要,可是像人民文学出版社的编辑却依然把案头工作做得很细致,简直是文学事业的天使,他们不怕麻烦,抠到每一个字、每一个标点,有时候抠得我都急了,但是他们总是尽量做到最好。

最后我想说的是,面对"十四五"计划和二○三五年远景目标,习近平总书记特别提出了"高质量"发展的思想,这个思想对于文学事业来说别提多么重要、合适。现在我们的文艺活动资金比过去多了,手段也比过去多了;新媒体、多媒体形式各式各样,声势非常大,体量非常大。这种声势、体量对于我们非常重要,但是质量怎么样?我们将来怎么样真正成为一个文化强国,成为一个文学大国,如何做到楚辞、汉赋、唐诗、宋词、元曲、明清小说那样地面对历史,面对民族与人民?希望我们大家和众多文学出版社共同思考,还得出更高质量的东西。《全唐诗》有的说收录了四万八千首,有的说加上补遗五万多首,作者队伍包括了两千二百或者两千三百个诗人,但是我也有一个体会,我有时候问喜欢诗词的人,唐诗的著名作者是哪些,没有几个人包括我自己能得出三十个人以上的名字。真正的《唐诗》还得靠这不到三十人的精品阵容。同样,当我们说到民国时期的文学家的时候,总是提到鲁、郭、茅、巴、老、曹,当然我们还可以加上冰心、叶圣陶、沈从文、丁玲、徐志摩等,人数也不是很多,但是阵容仍然可观。高质量,对于文学事业可以说是生死兴亡攸关。我希望人民文学出版社也一定真有好的东西,并注意发现文学的新生代。现在人民文学出版社虽然是企业，要面对市场，要考虑销量，但是我主张在考虑销量的同时，还要狠抓质量，比如百分之八十五的出品按销量走，另外还可以有百分之十五的书只考虑质量，确有创意特色质量的上品，可能一时不红火的，先印五百本出来再说，也有可能过二十年以后就成为了经典。所以我希望按照习近平总书记的"高质量"发展的思想，来推进我们的文学事业，来落实我们的"十四五"计划与二〇三五年远景目标的文化和规划。

2021 年